Christian Herzog

AKTION PHOENIX

CHRISTIAN HERZOG

AKTION PHOENIX

ROMAN

WUNDERLICH

Die Recherche für den vorliegenden Roman wurde im Rahmen des von der Beauftragten der Bundesregierung für Kultur und Medien initiierten Programms NEUSTART KULTUR durch die VG WORT gefördert.

Originalausgabe
Veröffentlicht im Rowohlt Verlag,
Hamburg, Dezember 2023

Songtext auf S. 312/314 «Wenn ich vergnügt bin,
muss ich singen».
Text: Hans Fritz Beckmann, 1936
Satz aus der Plantin
bei hanseatenSatz-bremen, Bremen
Druck und Bindung GGP Media GmbH, Pößneck
ISBN 978-3-8052-0106-3

Die Rowohlt Verlage haben sich zu einer nachhaltigen Buchproduktion verpflichtet. Gemeinsam mit unseren Partnern und Lieferanten setzen wir uns für eine klimaneutrale Buchproduktion ein, die den Erwerb von Klimazertifikaten zur Kompensation des CO_2-Ausstoßes einschließt. Weitere Informationen finden Sie unter www.klimaneutralerverlag.de

AKTION PHOENIX

PROLOG

Berlin, Freitag, 17. April 1936

«Da ist ein Herr Pölzl für dich am Apparat.»

Verärgert über die Störung blickte Sauer von seinem Schreibtisch auf. Er schob die Papiere des Untersuchungsberichts zusammen und klappte den Umschlag zu.

«Kenne ich nicht. Wieso ruft er freitagabends hier an?», fragte er seine Frau.

«Das wollte er mir nicht sagen. Er war nicht gerade freundlich.»

«Sag ihm, ich komme gleich», trug er ihr auf. Er drückte den Stempel ins Tintenkissen und schlug ihn auf dem Umschlag ab. «Streng geheim», hieß es nun direkt unter dem Hakenkreuz auf der rotbraunen Pappe. Die Unterlagen kamen in die Schublade, die er doppelt verschloss. Schließlich folgte er Marianne nach unten.

«Hören Sie? Da kommt mein Mann schon», sprach sie in den schwarzen Bakelithörer des Wandtelefons und reichte ihn gleich darauf weiter.

«Hans-Werner Sauer», meldete er sich.

«Sind Sie allein?», kam es aus der Hörmuschel.

«Wer ist denn da am Apparat?», fragte er gereizt.

«Ich bin es.»

Jetzt erkannte er die Stimme. Reflexhaft nahm er Haltung an.

«Sie? Ich bitte um Verzeihung», stammelte er und drehte

sich zu Marianne um, die ihn mit besorgter Miene musterte.

«Sind Sie allein, Sauer?»

«Einen Moment, bitte!», sagte er in den Hörer und fügte zu seiner Frau gewandt hinzu: «Geh bitte nach oben!»

«Was ist denn los?», wollte sie wissen.

«Geh sofort nach oben!», befahl er scharf und bekräftigte seine Worte mit einer nachdrücklichen Geste.

Endlich verschwand sie.

«Ich kann jetzt frei reden. Es ist mir eine große Ehre, dass Sie ...»

«... Schwätzen Sie nicht!», brachte die Stimme ihn zum Schweigen. «Sie sollten wissen, dass der Phoenix sich in die Lüfte erheben wird.»

Sauers Mund war auf einmal ganz trocken.

«Haben Sie mich verstanden, Mann?»

Sauer räusperte sich, bevor er stammelte: «Der Phoenix. Jawohl!»

«Ich kann mich doch voll und ganz auf Sie verlassen?», drang es schnarrend in sein Ohr.

Sauer fasste sich endlich. Er riss den rechten Arm mit der flachen Hand empor, obwohl er wusste, dass sein Gesprächspartner den Gruß nicht sehen konnte. «Jawohl, mein Führer. Zu einhundert Prozent.»

Ein Knacken in der Leitung zeigte, dass Hitler aufgelegt hatte.

WILDKÄTZCHEN

Berlin, Freitag, 17. April 1936

Edith trat vom Trottoir auf die gepflasterte Straße und überprüfte ihre Arbeit mit kritischem Blick. Sie hatte die goldfarbenen Lettern an der Fassade von Staub und Ruß befreit. Jetzt glänzte der Schriftzug «Rosen-Apotheke» wieder. Der Name wiederholte sich auf dem kleinen Schaufenster, das sie soeben mit dem Fensterleder poliert hatte. Keine Schliere war mehr zu sehen. Sie nickte zufrieden. Nur der Inhalt der Auslage erregte ihr Missfallen. Leere Schachteln und Verpackungen auf staubigen Aufstellern blichen neben Trockenblumen im Schein der Nachmittagssonne vor sich hin. Das wirkte schlichtweg völlig altbacken und erregte keinerlei Aufsehen. Kein Wunder, dass die Kundschaft immer öfter ausblieb. Vielleicht erlaubte der Chef ja, dass sie das Schaufenster neu gestaltete. Mit ihren bisherigen Überredungsversuchen in diese Richtung war sie allerdings auf taube Ohren gestoßen.

Die Rosen-Apotheke stand leider Gottes zum Verkauf. Edith war bei Josef Finkelstein – Apotheker in dritter Generation, wie auf der Glastür stand – gerade erst seit drei Wochen als Aushilfe beschäftigt. Ob der neue Besitzer sie vielleicht übernehmen würde? Aber bisher gab es ja noch nicht einmal einen ernst zu nehmenden Interessenten. Den letzten hatte Josef Finkelstein nach einem unverschämt niedrigen Angebot eiligst hinauskomplimentiert.

«Kannst du mir bitte die Stufen hochhelfen, Mädchen?», riss eine gebeugt gehende alte Frau sie aus ihren Gedanken.

«Gerne», antwortete Edith. Sie ließ das Fensterleder in den Eimer gleiten und wischte sich die Hand schnell an ihrer Schürze trocken. Endlich wieder eine Kundin! Sie reichte der alten Frau den Arm, den diese mit einer schmalen Hand dankbar ergriff. Pergamentdünne Haut lag über den hervortretenden Knochen. Die zwei Stufen bis zum Laden nahm die Frau mit deutlich hörbarem Schnaufen und Stöhnen. Edith stieß die Tür auf und löste damit die kleine Messingklingel aus.

«Kundschaft», trällerte sie in den Ladenraum. Sie trat zur Seite und ließ der Frau den Vortritt.

«Danke, Kindchen. Ab hier geht es wieder», sagte die Alte mit einem angestrengten Lächeln. Edith strahlte zurück und nickte. Sie sprang geschwind die Stufen hinab, um noch den Eimer hereinzuholen. Auf der Pestalozzistraße ratterte gerade ein schmucker Opel vorbei, wie Wilhelm ihn sich wünschte. Edith schaute dem Wagen hinterher. Die Glocke der nahen Trinitatiskirche schlug gerade zum vierten und letzten Mal. Edith hatte jetzt nur noch eine Stunde Dienst. Sie schnappte sich den Eimer und eilte zurück in den Laden.

«Frau Becker, was macht das Bein?», begrüßte Miriam Finkelstein die alte Frau und führte sie zum Tresen, wo sie sich auf die dicke Mahagoniplatte stützte.

Edith bewunderte die Frau des Apothekers, weil ihr Gesicht bis auf die Krähenfüße und Lachfältchen um den Mund ohne jede Schminke ebenmäßig glatt wirkte.

«Ach, Frau Finkelstein, ich sag Ihnen …», begann die Kundin. Es schloss sich ein wortreicher Krankenbericht über eine Wunde an ihrem Bein an, die auch nach Wochen der Behandlung nicht recht verheilen wollte. Miriam Finkelstein hörte ihr geduldig zu. Es ging um Wundflüssigkeit und Eiter, um offenes Fleisch und Fliegen, die sich daraufsetzten. Edith schüttelte es.

«Tanzen kann ich mit dem Bein nicht mehr», sagte die alte Frau Becker und lachte bitter.

Tanzen! Den Eltern hatte Edith gesagt, dass sie heute bei ihrer Freundin Gerda übernachten würde. Streng genommen stimmte das, aber dass die beiden sich vorher mit einer Gruppe Jungs in einer Tanzbar treffen wollten, hatte sie tunlichst verschwiegen. Einer davon war ihr Wilhelm. Er war nicht der beste Tänzer, aber in seinen Armen fühlte sie sich geborgen. Sobald sie an ihn dachte, durchfuhr ein wohliges Kribbeln ihren Leib. Wenn Wilhelm sie heute Abend küssen wollte, würde sie es zulassen. Edith biss sich erwartungsvoll auf die Lippen. Nur die Eltern durften nichts davon erfahren! Wenn es nach denen ginge, würde Edith wahrscheinlich noch mit 25 jeden Abend zu Hause sitzen und Tischdecken klöppeln. Vater war natürlich auch dagegen gewesen, dass seine Tochter bei einem jüdischen Apotheker arbeitete. Sie solle sich lieber fernhalten von diesem Pack. «Bei denen kommst du noch in die Bredouille», hatte er gesagt. Aber der Verdienst war gut, und sie brauchten das Geld. Und die Finkelsteins waren nette Leute, die ihr trotz des schlechten Zeugnisses aus ihrer vorigen Anstellung eine Chance gegeben hatten.

«Edith, kannst du Frau Becker den Stuhl holen, bitte?»

«Ja, Frau Finkelstein.»

Edith ging zum Korbstuhl beim Schaufenster. Sie nutzte die Gelegenheit für einen prüfenden Blick von innen. Auch hier waren keine Schlieren zu sehen! Obwohl draußen die Sonne schien.

Das Wetter war einfach großartig heute. Im April erwartete man in Berlin eher kalten Regen – es konnte sogar nachts noch bitteren Frost geben. Aber dieses Jahr war es richtig warm. Ein vorbeifahrender DKW bremste kräftig. Mehrere Jungs, die mit Eimern bepackt vor ihm über die Straße marschierten, pöbelten in Richtung des Fahrers. Der schimpfte zurück und gab Gas, als die Kerle aus dem Weg waren. Das gefiel ihr an ihrer Heimatstadt Berlin. Hier lebte man ganz ungeniert frei nach Schnauze.

«Edith, träumst du?»

«Oh, nein, Frau Finkelstein.» Schnell brachte sie der alten Frau den Stuhl und half ihr beim Hinsetzen.

Schwungvoll wurde die Ladentür mit einem erneuten Klingeln aufgestoßen. Ein groß gewachsener Kerl mit einem markant hervorstehenden Kinn kam herein. Er war einer der Jungs, die sie eben gesehen hatte. Die Seiten des Schädels waren geschoren, dunkelblondes, glattes Haar hing darüber. Er fuhr mit der Hand hindurch, um eine ins Gesicht gefallene Strähne zur Seite zu legen.

«Heil Hitler», bellte er und erhob den rechten Arm zum Gruß.

Edith bemerkte, wie die Miene ihrer Chefin sich verdüsterte.

«Guten Tag», gab sie kühl zurück.

Der junge Mann positionierte sich direkt neben der jetzt sitzenden Frau Becker, die ungerührt berichtete, dass sie zu allem Ärger mit dem Bein auch noch eine Blasenentzündung habe.

«Heil Hitler!» Diesmal ging der Gruß in Ediths Richtung.

«Heil Hitler», murmelte sie zurück. «Was kann ich für Sie tun?»

Der Mann war ungefähr in ihrem Alter, also um die zwanzig. Sein breiter Oberkörper steckte in einem braunen Hemd mit einer Schulterklappe auf der rechten Seite und glänzenden Silberknöpfen. Edith machte einen etwas jüngeren Rothaarigen aus, der durch die Glastür spähte. Auch der Rest der Gruppe versammelte sich jetzt vor der Apotheke.

«Wir sammeln Spenden für die Hitlerjugend.»

Edith bemerkte seinen Blick auf die Wölbung ihrer Bluse. Auf ihr Räuspern hin sah er ihr wieder in die Augen. Sein Grinsen zeigte keine Spur von Verlegenheit. Miriam Finkelstein atmete durch und bat Frau Becker um einen Moment Geduld.

«Hier», sagte sie knapp und legte ein paar Groschen auf den Tresen.

«Warte, Junge, ich gebe dir auch etwas», mischte sich Frau Becker ein. Sie kramte eine Mark aus ihrem Portemonnaie und legte sie dazu. «Für die Hitlerjugend.»

Der Mann blickte abschätzig über die Münzen. «Die Kundin gibt 'ne Mark und das Geschäft grade mal lumpige fünfzig Pfennige?», fragte er.

«Sie haben recht», sagte die Apothekerfrau nach kurzem Zögern. Sie öffnete die Kasse erneut, um eine weitere Mark zu den anderen Münzen dazuzulegen. «So, das muss reichen. Gehen Sie jetzt bitte!»

Der Kerl schob jede einzelne Münze quälend langsam zum Rand des Tresens und ließ sie von dort in seine offene Hand fallen. Als er alles Geld hatte, packte er es in seine Hosentasche.

«Wie heißt du, Kleine?», fragte er Edith.

Edith fühlte sich unter seinen Blicken wie gelähmt. *Kleine.* So hatte auch Gröbke, ihr voriger Chef, sie genannt, bevor er ihr einfach so an den Po gelangt und sie dann an sich gedrückt hatte. Edith war ihn kaum losgeworden. Als sie sich seiner Frau anvertraute, hatte die sie als liederliches Dreckstück beschimpft. Noch am gleichen Tag war sie hochkant rausgeflogen.

«Geh nach hinten, Edith, und sag dem Herrn Apotheker, dass er kommen soll.»

«Ja, Frau Finkelstein.» Edith war froh, sich den unverfrorenen Blicken des jungen Mannes entziehen zu können.

«Soll der Apotheker etwa meinetwegen kommen?», hörte sie ihn noch blaffen.

Der schwere Vorhang zum hinteren Bereich schluckte bereits jede Reaktion. In den tiefen Schubladen der deckenhohen Mahagonischränke lagerten die Medikamente, die regelmäßig benötigt wurden. Noch weiter hinten befand sich der Raum, in dem Salben gemischt und Pillen gepresst wurden. Von dort ging eine weitere Tür ab ins Büro von Josef Finkelstein. Edith klopfte vorsichtig.

«Ja?»

Der Apotheker war ein mittelgroßer, hagerer Mann, dessen knochigen Schädel ein weißer Haarkranz zierte. Er blickte Edith über den Brillenrand an, vor sich die Bücher und in der Hand einen Füllfederhalter.

«Ihre Frau möchte, dass Sie bitte vorkommen.»

«Was ist los?»

«Da ist so ein Junge, der sammelt für die Hitlerjugend. Er will einfach nicht gehen.»

Josef Finkelsteins Gesichtszüge verhärteten sich. Er setzte die Kappe auf den Füllfederhalter und legte ihn sorgsam auf den Tisch. Durch die Geschäftsräume erklang jetzt ein Klirren von zerberstendem Glas, gefolgt von einem erschrockenen Aufschrei seiner Frau.

Finkelstein eilte in Richtung Verkaufsraum. Edith packte aus einem Impuls heraus den Brieföffner vom Schreibtisch und verbarg ihn im Ärmel ihrer Bluse. Dann folgte sie ihrem Chef.

Der Mann war noch immer da. Er hatte bereits eine zweite braune Flasche ergriffen und hielt sie mit spitzen Fingern vor sich, als wolle er sie jeden Moment loslassen. Frau Finkelstein wich einen Schritt zurück, Frau Beckers Blicke wechselten entsetzt zwischen den beiden und den Scherben auf dem Boden hin und her. Die Flüssigkeit war klar wie Wasser, verbreitete aber einen alkoholischen Geruch.

«Was ist hier los?», fragte Josef Finkelstein mit seiner brüchigen Stimme.

«Erst mal Heil Hitler!», sagte der Kerl rotzig.

«Ich kenne dich», stellte der Apotheker überrascht fest. «Wie war noch der Name?»

Erkannt worden zu sein, schien den Burschen für einen Moment aus der Fassung zu bringen. Das Grinsen verschwand aus seinem Gesicht.

«Wie war noch der Name? Wie war noch der Name?», äffte er den Apotheker nach. «Ist doch scheißegal, wie ich heiße. Hauptsache ist, dass ich ein stolzer Deutscher bin, der sich um sein Land sorgt! Das zählt!»

«Hier braucht keiner besorgt zu sein», entgegnete Finkelstein nüchtern. «Stell die Flasche mit dem Peroxid zurück!»

«Benimm dich doch, Jungchen!», bat Frau Becker ihn von der Seite. Der Kerl schien verunsichert. Edith hoffte, dass er bald Ruhe geben würde. Zum Glück stellte er jetzt die braune Flasche auf dem Rand des Tresens ab.

«Das sind Juden», wandte er sich an die Alte.

Edith stellte fest, dass der Apotheker seiner Frau sorgenvolle Blicke zuwarf. Es gab sowieso nicht mehr viele jüdische Apotheken in Berlin.

Nun wandte sich der Unruhestifter an Edith. «Bist du auch eine von denen, Kleine? Siehst gar nicht so aus.»

«Ich bin keine …», begann Edith, wurde aber von Josef Finkelstein unterbrochen.

«Du bist Horst Kollmann!», rief er aus. «Du bist früher oft mit deiner Mutter und deiner Schwester hier gewesen.»

Ein erneutes Klingeln ließ alle zum Eingang schauen. Zwei weitere Jungs kamen herein. Der Rothaarige, der Edith vorhin an der Tür aufgefallen war. Er hatte ein völlig verpickeltes Gesicht und wog ein Kantholz in der Hand. Der andere war ein magerer Kerl mit Brille. Er hielt einen Wanderstock, an dem zahlreiche bunte Plaketten prangten. Allerdings nutzte er ihn nicht als Stütze, sondern präsentierte ihn wie eine Waffe.

«Wollen die Juden nichts rausrücken, Horst?», fragte der Rothaarige.

«Ich fordere Sie auf, meine Apotheke unverzüglich zu verlassen», bemerkte Josef Finkelstein. Das Zittern in seiner Stimme nahm seinen Worten jede Kraft.

«Und wenn wir das nicht machen?», fragte der Anführer und stieß auch die zweite Apothekerflasche vom Tresen. Sie zerschellte laut, und die durchsichtige Flüssigkeit spritzte umher.

Finkelstein wich zurück. Die beiden Neuankömmlinge lachten.

«Hört auf damit», maßregelte die alte Frau Becker.

«Ich glaube, die Oma sollte sich mal besser auf den Heimweg machen», sagte Horst Kollmann. «Kurti!»

Der Junge mit dem Wanderstock packte die alte Dame am Arm und zog sie vom Stuhl hoch.

«Lassen Sie die Frau los!», befahl Miriam Finkelstein, aber die Betroffene schüttelte hektisch den Kopf und sagte: «Ich gehe ja.»

«Brav, Oma. Und kauf in Zukunft bei Deutschen!», empfahl der schmächtige Junge.

«He, was macht ihr da?» Josef Finkelstein stürmte zum Schaufenster. Edith bemerkte es nun auch. Ein Kerl schmierte von draußen mit einem breiten Pinsel weiße Farbe auf ihre gerade eben schön geputzte Scheibe. «JUD», war schon in Großbuchstaben darauf zu lesen. Farbnasen tropften das Glas hinab. Der Apotheker pochte von innen gegen die Scheibe. Als Reaktion schlug der Schmierer von draußen mit dem weißen Pinsel gegen das Glas und erzeugte einen fetten ausgefransten Fleck. Durch die sich gerade schließende Eingangstür drang noch schadenfrohes Gelächter.

«Es sollen ruhig alle wissen, dass das hier ein Sauladen von Saujuden ist», sagte der Anführer und spuckte auf den Boden. Edith fand ihn ekelhaft.

Josef Finkelstein bewegte sich vorsichtig zurück zum Tresen. «Ich fordere Sie zum letzten Mal auf, meine Apotheke zu verlassen.»

«Sonst was, Jude?», rief der Rothaarige lauernd.

Der Apotheker stellte sich zu seiner Frau. Die Spannung in der Luft war fast greifbar. Ediths Hand umschloss den Brieföffner so fest, dass sie schmerzte.

«Sonst … sonst rufe ich die Polizei», sagte Finkelstein schließlich und schob seine Frau weiter zum Vorhang.

Sogar Edith erschienen seine Worte lächerlich. Selbst wenn es ihm gelänge, die Apotheke zu verlassen und die Polizei zu alarmieren, würde man diesen Horst und sein Gefolge bestenfalls wegschicken. Viel wahrscheinlicher war, dass dem jüdischen Apotheker am Ende noch größerer Ärger blühte.

«Du gehst nirgendwo hin. Schon gar nicht zur Polizei», stellte der Kerl klar. Er und sein Kumpan lachten. Frau Finkelstein schob den Vorhang zur Seite. Sie hielt jedoch inne, als der Rothaarige das Kantholz mit einem lauten Klatschen in seine Hand schlagen ließ. Horst Kollmann ballte die Fäuste. Beide machten einen Schritt auf den Tresen zu.

«Stopp!» Edith wurde erst jetzt bewusst, dass sie den Brieföffner wie ein Messer auf den Anführer gerichtet hielt.

«He, denkst wohl, du bist ein Wildkätzchen!», spottete er. Aber er hielt inne.

«Raus!», setzte Edith nach. Sie war überrascht, wie fest ihre Stimme klang, anders als sonst.

«Kind, lass es», bettelte Frau Finkelstein, doch schon schnellte Horst Kollmann vor, packte Ediths Handgelenk und drehte ihr den Arm schmerzhaft auf den Rücken. Es klirrte, als die improvisierte Waffe zu Boden fiel. Der Kerl schubste sie von sich. Edith prallte gegen eine Regalwand und stürzte hin. Mit großem Gerumpel fielen Seifen und Waschmittelpackungen auf sie herab.

Sofort kämpfte sich Edith wieder hoch und verschaffte sich einen Überblick. Der Rothaarige hielt sein Kantholz zum Angriff erhoben, und der Anführer befand sich wieder auf dem Weg zu dem Apothekerpaar. Er wandte ihr den Rücken zu. Ihr Denken war wie ausgeschaltet. Sie handelte nur noch aus einem Instinkt heraus.

Edith rannte los und schlug Horst Kollmann mit der Faust von hinten gegen den Kopf. Sie traf ihn an der Schläfe. Der große Mann stoppte im Schritt, begann zu taumeln und hielt sich an der Ecke des Tresens fest.

Schon dachte Edith, gewonnen zu haben, da hörte sie erneut die Klingel der Eingangstür. Es dauerte nur den Bruchteil einer Sekunde, bis ihr bewusst wurde, was das bedeutete. Jetzt kamen auch noch die anderen rein! Und sie würden mit keinem von ihnen zimperlich umspringen, nicht nachdem sie ihren Anführer geboxt hatte.

Edith spürte Tränen der Wut und der Enttäuschung in sich aufsteigen. Wut über ihre Hilflosigkeit der Übermacht gegenüber und Enttäuschung über die verlorene Gelegenheit, heute von Wilhelm geküsst zu werden.

STÜRMER

Berlin, Freitag, 17. April 1936

«Lassen Sie uns bitte hier raus, Reuseneck!», sagte Hermann zu seinem Fahrer.

«Gerne, Herr Schmidt.»

Der kleine, rundliche Chauffeur trug eine Nickelbrille. Seine Fahreruniform war tadellos gebügelt und sein zurückgekämmtes Haar mit Pomade fixiert.

«Ich warte dann am Bahnhof Charlottenburg auf Sie», sagte er.

Hermann wusste, dass er die Zeit bis zu ihrer Ankunft nutzen würde, um jedes Insekt von der Windschutzscheibe und der Stoßstange des Mercedes-Benz 170 zu kratzen und die Kühlerhaube zu polieren. Im Ministerium kursierte die Legende, dass Reuseneck sogar mitten in der Nacht aufstand, um nach dem Wagen zu sehen.

Reuseneck hielt an einem freien Platz vor dem *Gloria-Palast*. Hermanns Assistent, Emil Penske, stieg eilig aus, um seinem Vorgesetzten und den sie begleitenden Presseleuten die Tür aufzuhalten.

«Und wo sind wir hier genau?», fragte der Reporter mit hessischem Einschlag. Den Namen des Mannes mit Glatze und altmodischem Backenbart konnte Hermann sich einfach nicht merken, obwohl er schon einmal nachgefragt hatte. Etwas Französisches. Er schrieb für die *Frankfurter Zeitung*, ein liberales Blatt, das sich schon mehrfach über

Vorgaben des Propagandaministeriums hinweggesetzt und deswegen einige scharfe Rügen der Kollegen der Abteilung Presse abbekommen hatte. Da hieß es, vorsichtig zu sein.

Der Reporter stieg schnaufend aus dem Wagen. Der zu ihm gehörende Fotograf, ein sportlicher Mann mit einer NSDAP-Mitgliedsnadel am Revers, folgte ihm. Er hieß Dremberg, das immerhin hatte Hermann sich gemerkt.

«Der Kurfürstendamm», präsentierte Hermann mit Stolz in der Stimme, als sie zu dritt auf dem breiten Trottoir standen. Eine Vorstellung im *Gloria-Palast* war wohl gerade zu Ende, denn viele Leute, meist jüngere, strömten schwatzend aus dem Gebäude. Andere standen vor den meterhohen, gemalten Plakaten und überlegten, welchen Film sie sich heute Abend ansehen sollten. *Der Raub der Sabinerinnen* wurde schon seit mehreren Wochen gegeben und zog immer noch Publikum an. *Heißes Blut*, der neue Film mit Ufa-Sternchen Marika Rökk, war gerade angelaufen. Minister Goebbels hatte von dem Film und seiner Hauptdarstellerin nach einer persönlichen Vorpremiere in höchsten Tönen geschwärmt.

Auch sonst war gerade einiges los auf dem Ku'damm. Die zahlreichen Cafés hatten bei dem erstaunlich schönen Frühlingswetter die Tische nach draußen gestellt. Daran saßen verliebte Paare, plappernde Freundinnen oder Herren mit Zigarren und genossen die Sonne. Zwischen den Sitzplätzen und der Fahrbahn flanierten Damen mit modischen Hüten und wurden von einfach gekleideten Kerlen überholt, denen es pressierte, zurück zur Arbeit zu kommen. Mütter zogen ihre Kinder hinter sich her, und Geschäftsleute gingen in Gespräche vertieft an ihnen vorbei. Zwischen den Autos und Lastern nahmen mutige Fußgänger mit Papiertaschen voller Einkäufe eine Abkürzung auf die andere Straßenseite.

«Das ist also der berühmte Ku'damm!», rief der Reporter begeistert. «Ja, wo sind sie denn?»

«Wer?», fragte Penske verwundert.

«Na, die Kühe?»

Hermann fiel angestrengt in das kehlige Lachen des Journalisten ein und sagte dann gleich wieder ernst und zum eigentlichen Zweck ihres Ausflugs kommend: «In die Bäume wollen wir Lautsprecher hängen, um die Ergebnisse der Wettkämpfe direkt hierher übertragen zu können.»

Der Journalist kramte seinen Block hervor und kritzelte im Gehen ein paar Notizen hinein.

«Und was ist damit?», fragte er mit einem Wink auf einen *Stürmer*-Kasten, an dem sie vorbeikamen. «Ich habe gehört, das Blatt soll ebenfalls für die Zeit der Olympischen Spiele verbannt werden.»

Eine Handvoll Leute stand vor dem Glaskasten und regte sich über den aktuellen Aufmacher der Zeitung auf. Ein jüdischer Geschäftsmann hatte sich demnach mit Betrügereien am Volk bereichert und dabei noch einem jungen deutschen Mädchen Gewalt angetan. Eine übertriebene Zeichnung eines alten, hakennasigen Mannes mit gehässigem Grinsen zierte das Titelblatt.

Hermann bezweifelte, dass sich alle *Stürmer*-Geschichten wirklich so zugetragen hatten wie geschildert. Er hatte im Laufe seines Lebens einige Juden kennengelernt, die fraglos als ehrenwert zu bezeichnen waren. Seine in Amerika lebende Schwester war sogar glücklich mit einem verheiratet. Ihr David war ein wirklich guter Mann. Der *Stürmer* allerdings präsentierte nur negative Nachrichten. Das Blatt arbeitete bewusst mit Übertreibungen in die eine Richtung und Auslassungen in die andere und zielte darauf ab, Angst und Hass zu schüren. Hermann mochte diese Form des

Vorgehens nicht. Nach seinem Verständnis sollte Propaganda im besten Fall durch das Erzeugen positiver Gefühle wirken. Aber das würde er diesem Zeitungsmenschen nicht auf die Nase binden.

Dass man es Hermann aufgebrummt hatte, den Journalisten durch Berlin zu führen und ins Stadion zu bringen, lag zum einen daran, dass er als Referatsgebietsleiter Fremdenverkehr Hauptstadt und Mitglied des Propagandaausschusses einen thematisch weiten Überblick über die Planung rund um die olympischen Spielstätten in Berlin besaß. Im Ministerium bildete er eine Schnittstelle zwischen mehreren Abteilungen und arbeitete eng mit dem Innenministerium und dem deutschen Organisationskomitee zusammen. Dazu kam, dass Hermann auch bei schwierigen Gesprächspartnern stets die richtigen Worte zu finden wusste. Die Frage nach den *Stürmer*-Kästen überraschte ihn zwar, da dieser Teil der Planung noch nicht veröffentlicht worden war, aber er machte gute Miene zum bösen Spiel.

«Es gibt tatsächlich Überlegungen, die *Stürmer*-Kästen in Berlin zeitweise abzumontieren», antwortete er so beiläufig wie möglich.

«Warum wollen Sie die Kästen entfernen?», bohrte der Hesse weiter.

«Wie ich es Ihnen schon im Ministerium erklärte, wollen wir, dass sich das Deutsche Reich – und im Besonderen Berlin – der Welt in einem positiven Licht präsentiert», antwortete Hermann. Seine Ahnung, welche Frage nun folgen würde, wurde nicht enttäuscht.

«Der Umkehrschluss wäre also, dass der *Stürmer* Berlin in ein schlechtes Licht rückt?»

Langsam ärgerte Hermann sich über den Pressemann.

«Der *Stürmer* hat seine Berechtigung als Medium, seinen Lesern seine Themen nahezubringen. Genauso wie Ihre Zeitung», sagte er betont ruhig. «Aber das Ministerium hat beschlossen, dass wir die Einheit des deutschen Volkes und nicht die Konflikte in den Mittelpunkt unserer Funktion als Gastgeber der Spiele stellen wollen. Darum soll innerdeutsche Politik im Sinne des olympischen Gedankens im Umfeld der Wettkämpfe keine Rolle spielen.»

Während der Journalist sich Notizen in den Block kritzelte, knipste sein Fotograf die Gruppe vor dem *Stürmer*-Kasten.

«So, jetzt sollten wir aber weitergehen. Die *Stürmer*-Kästen werden in Ihrem Bericht sowieso keine Rolle spielen.»

Hermann sah dem Journalisten an, dass er sich diese Vorgabe nicht ohne Weiteres gefallen lassen würde.

«Ich kann mir vorstellen, dass das unsere Leser aber durchaus interessieren wird», sagte er.

Hermann lächelte ihn liebenswürdig an, als verteile er Zuckerstangen an Kinder. Er sagte: «Und ich kann mir vorstellen, dass die *Frankfurter Zeitung* und ihr Verleger es sich nicht schon wieder mit dem Reichspropagandaministerium verderben möchten.»

Der Journalist schluckte trocken. Er dachte einen Moment nach, dann sagte er: «Herr Schmidt, ich möchte Sie etwas fragen.»

«Nur zu.»

«Sind Sie nicht auch der Überzeugung, dass eine freie, unabhängige Presse ein wichtiges Gut für eine Gesellschaft ist? Insbesondere in den modernen Zeiten, in denen wir leben?»

Hermann wies mit der Hand nach rechts. Sie bogen ab in die Knesebeckstraße.

«Die deutsche Presse *ist* frei», sagte er schließlich bestimmt und fügte an: «Aber diese Freiheit darf niemals über die Verantwortung gestellt werden, im Interesse des deutschen Volkes zu handeln.»

Der Journalist blickte Hermann lauernd von der Seite an. «Und was im Interesse des Volkes ist, das entscheiden Sie?»

Hermann blieb wie angewurzelt stehen.

«Dafür haben wir unseren verehrten Führer, der die Geschicke unserer Nation wie ein Vater steuert und lenkt», stellte er kühl fest. «Ich hoffe, Ihre Bemerkungen zielen nicht in die Richtung, seine Führung infrage zu stellen?»

«Selbstverständlich nicht!», wiegelte der Reporter entschieden ab und wedelte abwehrend mit der freien Hand. «Nichts läge mir ferner.»

«Dann verstehen wir uns ja», sagte Hermann.

Sie gingen unter der Bahnbrücke auf den Savignyplatz und überquerten die Kantstraße. Auf der nördlichen Seite der Grünfläche zeigte Hermann den Besuchern die Skulpturen, bevor sie die Häuserschlucht der nördlichen Knesebeckstraße betraten.

«Hier sehen Sie ein gutes Beispiel für die Anstrengungen, zu den Spielen ein schöneres Berlin zu präsentieren», erklärte Hermann und zog die graue Weste zurecht, die zu seinem Anzug gehörte. Er zeigte auf eines der Gebäude. In den Türsturz des Mehrfamilienhauses war das Baujahr 1903 eingemeißelt. «Nach 33 Jahren war der Putz gesprungen und die Farbe kaum noch zu erkennen. Nach den Malerarbeiten sieht es jetzt aus wie neu.»

Der Journalist nahm den Themenwechsel dankbar an.

«Ja, das macht einiges her», sagte er. «Sie können aber doch nicht alle Häuser renovieren?»

«Natürlich sind wir auf die Eigentümer angewiesen», gab Hermann zu. «Und die Zeit ist knapp. Es sind keine vier Monate mehr, bis die Spiele eröffnet werden.»

«Dremberg, vielleicht könnten wir hier ein Porträt von Herrn Schmidt schießen?»

«Gerne, Herr Bouchard», sagte der Fotograf.

Bouchard. Das war der Name. Hermann prägte ihn sich ein, während der Fotograf ihn vor dem Haus postierte. Mit einem Belichtungsmesser nahm er die Helligkeit ab und wies Hermann an, noch ein Stück weiter zur Seite zu rücken. Dann stellte er scharf und drückte ab. In dem Moment öffnete sich die Tür des Hauses hinter ihm.

«Was gibt's denn hier zu fotografieren?», hörte Hermann eine schnodderige Frauenstimme.

«Wir machen gleich noch ein Bild», kündigte Dremberg an.

Hermann drehte sich um. Die Frau trug eine zerknitterte Kittelschürze und einfache Schlappen.

«Bouchard von der *Frankfurter Zeitung*», stellte sich der Journalist vor und schob sie fürs zweite Foto zur Seite. «Sie wohnen hier?»

Hermann nahm wieder Position ein und setzte sein Zeitungslächeln auf.

«Dann sind Sie bestimmt froh, dass Ihr Haus wieder so schön geworden ist?», fragte Bouchard.

«Hör bloß auf!», polterte das Weib los. «Nur die Fassade haben sie angestrichen. Drinnen, da wäre es nötig gewesen, was zu machen.»

Hermann spürte, wie ihm das Lächeln gefror.

«Und durchs Dach tropft's auch!», warf sie nach.

Endlich drückte Dremberg ab. Hermann wandte sich zu der Frau und sagte: «Soweit ich informiert bin, war der neue Anstrich nur der Anfang umfangreicher Arbeiten, die auch im Haus stattfinden sollen.»

«Das sagen sie immer, aber was wird dann gemacht? Nichts!» Die Frau winkte ab und eilte vor sich hin schimpfend davon.

«Es gibt Leute, die nie zufrieden sind», sagte Hermann abwiegelnd. Bouchard nickte.

«Das hab ich gehört!», rief die Frau.

«Jetzt hau endlich ab», zischte Penske ihr zu.

«Gehen wir!», sagte Hermann. Sie bogen in die Goethestraße und gingen an der Trinitatiskirche vorbei Richtung Bahnhof.

«Neben Tausenden von Sportlern, Trainern, Betreuern und Funktionären erwarten wir Zehntausende Gäste aus aller Welt», erklärte Hermann routiniert. «Berlin wird ein Aushängeschild für das ganze Reich sein und unser Land im Ansehen der Völker weit nach vorne bringen.» Er war froh, die Lage wieder unter Kontrolle zu haben.

«Was ist denn das?», fragte der Fotograf.

«Was?»

Aller Augen folgten seinem ausgestreckten Arm.

«JUD» stand in Großbuchstaben auf dem Schaufenster einer Apotheke. Ein aufgequollener Jugendlicher setzte gerade zum «E» an. Die Farbe lief in langen Nasen vom krakeligen Schriftzug die Scheibe herab und versaute das Trottoir.

Hermann verengte die Augen wütend zu schmalen Schlitzen.

«Penske!», fauchte er seinen Assistenten mit eiskalter Stimme an.

«Ich kümmere mich sofort darum», erwiderte der Angesprochene. Er wartete einen brummenden Lastkraftwagen ab, dessen Dieselwolke sie einnebelte, und lief schräg über die Straße.

Vier weitere Jungs feuerten den Schmierer an, ungelenke Kerle, deren Körper im letzten Jahr schneller gewachsen waren als ihr Geist. 13 bis 15 Jahre alt, schätzte Hermann. Zwei von ihnen trugen die Uniform der Hitlerjugend. Ein weiterer Junge führte eine alte Frau weg.

«So werden Sie die Besucher aus dem Ausland aber nur schwerlich beeindrucken», sagte Bouchard und konnte einen spöttischen Unterton in seiner Stimme nicht verbergen.

«Dieser Vorfall wird in Ihrem Bericht selbstverständlich keinerlei Erwähnung finden», entgegnete Hermann entschieden. Er verfluchte seine Idee, mit dem Journalisten ein Stück des Weges spazieren zu gehen.

«Herr Schmidt!», drang Penskes Ruf Hilfe suchend über die Straße.

Hermann wandte sich ihm zu. Er war umringt von den Jungen und winkte ihn mit hastigen Zeichen zu sich.

«Sie warten hier!», befahl er dem Reporter und machte sich auf den Weg. Erst im letzten Monat war das Gesetz über die Verpachtung und Verwaltung öffentlicher Apotheken erlassen worden, mit dem Ziel, dass Juden keine Apotheken mehr leiten durften. Sie wurden damit gezwungen, ihre Geschäfte zu verkaufen oder einen arischen Pächter zu finden. «Rosen-Apotheke» stand über dem Fenster und an der Tür.

Hermann machte durch das Fenster mehrere Personen im Inneren aus, während Penske auf die Jungen einredete.

«Schluss mit der Schmiererei!», dröhnte er mit befehlsgewohnter Stimme. «Wer hat hier das Sagen?»

Penske wirkte erleichtert, denn mit Hermanns Erscheinen und entschiedener Autorität wurden die Jungen plötzlich winzig klein mit Hut.

«Aber es sind doch Juden», krächzte ein Knabe. Er befand sich mitten im Stimmbruch.

«Der Führer will, dass Berlin für die Olympiade sauber ist. Es wird also nicht mehr geschmiert, weder bei Juden noch bei Deutschen», erwiderte Hermann streng. Er machte sich im Kopf eine Notiz, die Reichsjugendführung anzuweisen, auf ihre Jungen einzuwirken.

In dem Moment drang aus der Apotheke ein lautes Poltern. Hermann wartete nicht ab, sondern nahm die Stufen und drückte die Tür auf.

Mit dem Bild, das sich ihm hier bot, hatte er nicht gerechnet. Ein halbwüchsiger Rothaariger hielt ein Kantholz erhoben und bedrohte ein älteres Paar, wahrscheinlich die Apotheker. Ein anderer junger Mann wollte gerade auf ein Mädchen einschlagen.

«Halt! Sofort!», brüllte Hermann.

Seine Rufe sorgten dafür, dass die Szenerie für einen Moment wie eingefroren wirkte. Dann wandten sich ihm alle Gesichter zu. Der älteste der Jungen trug ein ausgewaschenes SA-Hemd. Die Verstimmung in seinem Blick war nicht zu übersehen. Zu seinen Füßen lagen Scherben in einer Flüssigkeit. Er stieß das Mädchen gegen ein Regal, zu dessen Fuß bereits mehrere Schachteln lagen. Sie schrie vor Schmerz, als sie dagegenprallte.

«Schluss, habe ich gesagt!», schrie Hermann.

Der Kerl stürmte plötzlich mit wütenden Schritten auf ihn zu. Er war sicher zehn Jahre jünger als Hermann, überragte ihn jedoch um eine Handbreit. Hermann blieb trotz der kaum gezügelten Angriffslust regungslos stehen. Nur mit dem Zeigefinger der rechten Hand gab er dem Mann ein warnendes Zeichen. Sein ruhiges und gefestigtes Auftreten zeigte Wirkung. Kurz vor ihm hielt der Kerl an. Hermann spürte sein Herz rasend schnell schlagen, ließ es sich aber nicht anmerken.

«Und wer bist du?», wollte der junge Mann wissen. Das Mädchen stand derweil mit der Hilfe des hageren Apothekers auf.

«Hermann Schmidt, Referatsgebietsleiter Fremdenverkehr Hauptstadt im Reichsministerium für Volksaufklärung und Propaganda», schoss Hermann Silbe für Silbe wie Maschinengewehrfeuer heraus, dem Anführer direkt ins Gesicht.

«Und was mischen Sie sich hier ein?», fragte dieser nun deutlich weniger großtuerisch. Hermann konnte Unsicherheit in seinen Augen erkennen.

«Bitte helfen Sie uns!», schluchzte das Mädchen aus dem Hintergrund.

Hermann gab dem Mann einen Wink zurückzutreten. Nach kurzem Zögern kam er der Aufforderung nach.

«Wie heißt ihr beide?»

Die beiden jungen Männer blickten sich unsicher an.

«Ich bin Horst, das ist Erwin», antwortete der Ältere. Der Rothaarige nickte.

«Ich brauche die Nachnamen», beharrte Hermann.

«Wozu?»

«Die Nachnamen!»

«Er heißt Kollmann», sagte der Apotheker in die Pause.

«Sie halten sich da raus!», befahl Hermann streng. Wie dumm konnte man sein? Als Jude musste er doch wissen, dass er sich besser bedeckt halten sollte. Wie zur Bestätigung von Hermanns Gedanken wandte sich Kollmann mit einem vernichtenden Blick zu ihm um.

«Und du?», versuchte Hermann, von dem Juden abzulenken.

«Rebkowicz», murmelte der Rothaarige.

«Also Erwin Rebkowicz und Horst Kollmann», wiederholte Hermann.

«Wir wollten eigentlich nur Spenden sammeln für die Hitlerjugend», sagte Rebkowicz.

«Genau», bestätigte Kollmann. «Ist doch nicht verboten.»

Hermann ließ sie stehen und schritt über die Scherben zu dem Mädchen. Sie weinte, schien aber nicht verletzt.

«Ihre Tochter?», fragte er die Apothekerfrau, die den Blick hob, aber den Kopf schüttelte.

«Sie ist eine Hilfskraft, mein Herr.»

«Sie sind alle drei Juden?», fragte Hermann.

«Wir sind …», begann der Mann und setzte dann neu an: «Meine Frau und ich sind Deutsche jüdischen Glaubens, mein Herr.»

«Und ich bin überhaupt gar nicht jüdisch», versicherte das Mädchen eifrig.

Hermann nickte und wandte sich um. Durch die Scheibe machte er draußen den Journalisten im Gespräch mit dem feisten Schmierer aus. Penske war damit beschäftigt, sich dem Fotografen ins Bild zu stellen. Verdammt. Dass der Junge sich einfach nicht durchsetzen konnte!

«Also, warum hast du das Mädchen gestoßen?»

«Sie hat mich angegriffen. Da, mit dem Ding.» Kollmann zeigte auf einen zwischen den Scherben liegenden Brieföffner.

«Ihr könnt weiter für die Hitlerjugend sammeln. Lasst nur in Zukunft jüdische Geschäfte aus. Die Apotheke wird sowieso bald geschlossen, weil Juden keine Apotheken mehr führen dürfen.»

«Richtig so!», rief der Rothaarige. «Wer weiß, was die uns für Gifte untermischen.»

Hermann brachte ihn mit einem Fingerzeig zum Schweigen. «Im Rahmen der anstehenden Olympiade möchte der Führer, dass das Deutsche Reich bei seinen Gästen aus aller Welt einen guten Eindruck hinterlässt. Solche Schmierereien sind ab sofort zu unterlassen. Und jetzt seht zu, dass ihr Land gewinnt. Wenn ich euch noch einmal erwische, läuft das nicht mehr so glimpflich ab.»

Die beiden verschwanden auf Hermanns Wink nur zu gerne. Das Klingeln der sich schließenden Tür ließ die Spannung im Raum abfallen.

Hermann wandte sich an den Apotheker: «Sie sorgen gefälligst dafür, dass diese Schmierereien unverzüglich gesäubert werden!»

«Ja, mein Herr», sagte der Mann und fügte hinzu: «Danke, dass Sie uns geholfen haben.» Er hielt ihm die Hand hin.

Hermann schlug nicht ein. Er nickte dem Mädchen zu, drehte sich um und folgte den beiden Kerlen nach draußen. Penske, Bouchard und Dremberg erwarteten ihn. Die Jungs machten sich schon aus dem Staub.

«Gehen wir weiter», befahl er so scharf, dass Bouchard und die anderen ihm ohne Fragen folgten. Doch das hielt nicht lange an.

«Worum ging es da drinnen …», begann der Journalist.

«Um nichts, was für Sie von Interesse wäre», fiel Hermann ihm ins Wort. «Das waren einfach Rabauken, die mit Ihrem Bericht nichts zu tun haben. Jungs. So sind sie eben.» Er bemühte sich, wieder zu lächeln.

Am Bahnhof Charlottenburg wartete Reuseneck auf sie. Der Chauffeur hatte das Verdeck des 170er Mercedes-Benz geöffnet. Wenn er das tat, konnte man sicher sein, dass es trocken blieb. Mit einem weißen Tuch polierte er inbrünstig eine Stelle auf der Kühlerhaube. Als er Hermann bemerkte, steckte er das Tuch schnell weg und beeilte sich, seinen Fahrgästen die Türen zu öffnen.

«Zum Stadion», sagte Hermann. «Haupteingang.»

PALINDROM

Berlin, Freitag, 17. April 1936

Wenn Leni Riefenstahl unzufrieden war, zuckten ihre Augenlider angespannt wie die einer Raubkatze, die ihre Beute vor dem Sprung fixiert. Und ihr Opfer hieß gerade Anna Kollmann.

Anna war seit zwei Wochen als Hilfskraft bei der Olympia-Film GmbH der Riefenstahl-Geschwister angestellt. Sie erledigte, wofür die anderen Mitarbeiter zu wichtig waren: Sie besorgte der Regisseurin bei schlechtem Wetter einen Regenschirm, trug ihrem Bruder Heinz Papiere zum Paraphieren hinterher, kochte Kaffee für die Kameraleute und die zahlreichen Besucher oder saß, wie heute, stundenlang im Sand der Weitsprunggrube im Olympiastadion. Lichtproben. Weil endlich eine wärmende Sonne über Berlin stand. Anna hatte sich die Arbeit beim Film glamouröser vorgestellt.

Seit sie dem Aushang an der Universität gefolgt und nach einem kurzen Gespräch angestellt worden war, hatte sie Leni Riefenstahls Launen schon ein paarmal zu spüren bekommen. Das kleinste Rad musste sich immer am schnellsten drehen.

«Das geht so nicht, Fräulein Kollmann», insistierte die Riefenstahl. Ihre sonst etwas nasale Stimme nahm die Schärfe eines frisch geschliffenen Messers an.

Anna wich unwillkürlich einen Schritt zurück.

Die Regisseurin ließ ihre weiße Jacke ins junge Gras neben der rötlichen Aschenbahn fallen, ganz in der Nähe von Annas Bildermappe. Darunter kam eine strahlend weiße Bluse mit taillierter Tweedweste über einer dunklen Marlene-Hose zum Vorschein. Ihr süßes Parfum konnte einen anderen, säuerlichen Geruch nicht ganz überdecken. Der Termin mit den Funktionären des Weitsprungverbands war ihr offenbar doch nähergegangen, als sie es sich anmerken lassen wollte. Doch die Wasserwellen auf ihrem Kopf waren so steif, dass die leichte Frühlingsbrise im Olympiastadion kein Haar in Bewegung bringen konnte.

«Ich habe in den letzten beiden Wochen jeden Tag zwei Stunden mehr gearbeitet, als ich Lohn bekomme», argumentierte Anna.

«Ach Gott!», ließ sich die Riefenstahl theatralisch aus. «Das Fräulein ist überanstrengt!»

«Ich muss heute einfach pünktlich los», setzte Anna nach. «Ich habe noch was vor.»

Die Regisseurin schüttelte voller Unverständnis den Kopf. «Wenn Sie es als Künstlerin zu etwas bringen wollen, kommen Sie mit Dienst nach Vorschrift nicht weit.»

«Ja natürlich, aber ...»

«Unterbrechen Sie mich nicht!», nahm Leni Riefenstahl ihr mit erhobenem Zeigefinger das Wort. «Ich habe als junges Mädchen beschlossen, Tänzerin zu werden. Wissen Sie das?» Sie wartete keine Antwort ab, denn alle wussten das. «Und ich habe jede Minute trainiert. Mein Vater ist ein einfacher Handwerker. Der hatte keinen Sinn dafür, dass seine Tochter Tänzerin werden wollte. Aber auch als ich in seinem Betrieb als Sekretärin arbeiten musste, habe ich vor der Arbeit trainiert, währenddessen unter dem Schreibtisch Tanzschritte geübt und bin danach ins Studio.»

«Es ist wirklich nur heute», sagte Anna etwas kleinlauter.

«Wir müssen das Licht ausnutzen.» Die Regisseurin schnitt mit der rechten Hand durch die Luft, um deutlich zu machen, dass die Diskussion beendet war.

Der Schatten der Tribüne näherte sich dem Sandplatz der Weitspringer unbarmherzig und würde den Lichtproben ohnehin in spätestens einer halben Stunde ein Ende bereiten.

«Ich habe eine wichtige Verabredung», preschte Anna noch einmal vor.

Leni Riefenstahls Blick wurde weicher. «Wenn er der Richtige ist, dann wartet er auf Sie», sagte sie und strich Anna zart über die Wange. Scharf fügte sie an: «Los! Zurück in den Sand!» Leichtfüßig und mit mädchenhaftem Lachen lief sie zu Walter Frentz hinüber und kniete sich hinter den Kameramann, der im Schneidersitz im Gras neben der Weitsprunggrube saß. Mit einem Blick über seine Schulter kontrollierte sie die Position der auf einem niedrigen Stativ befestigten Kamera, die den Sprung der Sportler im Schwenk einfangen sollte. Das Objektiv bewegte sich vom Absprungpunkt bis zur Sandgrube, um schließlich dort zu verharren, wo Anna eigentlich stehen sollte.

«Anna!», rief Wolfgang Brüning auffordernd. Leni Riefenstahls persönlicher Assistent war erst zwanzig und damit vier Jahre jünger als Anna und 13 Jahre jünger als die Riefenstahl. Es war offensichtlich, dass Wolfgang nicht nur bei der Arbeit ihr Liebling war. Sie ließ ihn morgens von ihrem Fahrer abholen, und abends sprang er manchmal auf einen Wink zu ihr ins Auto. Stets sah er sie an wie ein verliebter Welpe.

Anna fand es durchaus in Ordnung, dass eine Frau sich die gleichen Rechte herausnahm, die Männer schon immer zu besitzen glaubten. Sie selbst hatte die 1920er-Jahre nur als Mädchen mitbekommen. Aber was man so hörte, musste es verrückt zugegangen sein.

«Träumst du?» Wolfgang winkte ihr erneut.

Anna lief unter dem missbilligenden Kopfschütteln der Regisseurin in die Grube und ging bei der Acht-Meter-Markierung in die Hocke. Wolfgang schenkte ihr ein Lächeln und einen erhobenen Daumen. Der Kameramann sagte Blendenwerte und Zeiten an, die der Assistent in seine Kladde notierte. Die Riefenstahl überließ nichts dem Zufall.

Frentz verrückte die Position der Kamera um einen Meter, und die Prozedur wiederholte sich. Anna verfolgte derweil ungeduldig den Schatten, der über den Rasen Richtung Weitsprunggrube kroch.

Sie waren nicht die einzige Gruppe, die Lichtproben vornahm. Zwei Kameraleute arbeiteten auf der Tribüne, und eine weitere Gruppe filmte im Bereich der Hochspringer. Der Assistent, der den Springer mimte, kauerte auf einer Klappleiter. Klein und verloren wirkte er in dem kolossalen Oval, das höher als die Häuser in Berlin-Mitte emporwuchs. Anna ließ ihren Blick weiter durch das Stadion wandern. Der Boden war tief in die Erde des Olympiageländes einmodelliert. Wie in einem römischen Amphitheater reihten sich die Sitze versetzt nach oben. Hunderttausend Menschen fanden auf den Rängen Platz. Obwohl sie seit zwei Wochen regelmäßig hier ein und aus ging, stockte Anna beim Anblick des monumentalen Bauwerks noch immer der Atem.

Hitler hatte beschlossen, dass anstelle des alten Stadions ein neues, modernes entstehen sollte. Erst vor zwei Jahren hatten die Bauarbeiten begonnen, ein echter Kraftakt. Tausende Arbeiter hatten im Schichtbetrieb das alte Stadion abgerissen, das Reichssportfeld umgestaltet und den Neubau errichtet. Und auch heute gab es noch viel zu tun, damit hier am 1. August die besten Athleten aus aller Welt zur Eröffnungsfeier auflaufen und dann in den Wettkämpfen gegeneinander antreten konnten.

Wohin Anna auch schaute, überall sah sie Handwerker. Ihre Rufe und der Lärm ihrer Maschinen und Werkzeuge waren allgegenwärtig. Einige montierten Reihe um Reihe die Sitze oder brachten Leuchten an. Am Marathontor wurde ein letztes Stück der Treppe fertiggestellt. Ein Kran neben dem Stadion hob ein Bündel mit Fahnenmasten über den Rand, die später die Zinne des Stadions schmücken sollten. Der Rasen wirkte noch spärlich und musste geschont werden. Laufen war verboten.

«Das war's», hörte Anna von rechts. Der Schatten hatte die Lichtproben für den Hochsprung erreicht. Jetzt hatten sie höchstens noch ein paar Minuten. Schließlich half alles Antreiben von Leni Riefenstahl nicht weiter. Die Sonne verkroch sich hinter der Zinne. Im Schatten wirkte es gleich ein bisschen kühler.

«Wir machen am Montag hier weiter», rief Leni Riefenstahl. «Fräulein Kollmann!»

Anna wollte gerade in die andere Richtung verschwinden, aber den Ruf der Regisseurin konnte sie nicht übergehen.

«Ja?»

«Ich frage mich seit unserem Gespräch eben, ob Sie eigentlich erfassen, worum es hier geht.»

«Sie meinen den Film?», fragte Anna verunsichert.

«Filme, Mädchen. Es werden zwei Filme!»

«Ja, zwei Filme.»

«Es geht aber nicht einfach nur um Filme. Es geht um meine künstlerische und gesellschaftliche Reputation. Ich habe lange gezögert, als das Internationale Olympische Komitee mich davon überzeugen wollte, die Olympiade zu verfilmen. Die künstlerischen Chancen sind groß, aber das Risiko zu scheitern ist gewaltig. Verstehen Sie mich?»

«Ja, Frau Riefenstahl.»

«Und ich kann niemanden gebrauchen, der das Projekt auf die leichte Schulter nimmt.»

«Es ist wirklich nur heute, Frau Riefenstahl.»

Der Blick der Regisseurin wurde gnädiger. «Ja, für heute ist es gut. Aber heute ist nicht alle Tage. Merken Sie sich das!»

Aus den Augenwinkeln bemerkte Anna, dass Wolfgang sich ihrer Mappe näherte und sich danach bückte.

«Lass die liegen! Das ist meine», rief sie ihm zu.

Die Augen der Riefenstahl verengten sich wieder. Aber bevor sie etwas sagen konnte, brachte Anna vor: «Vielen Dank! Wie gesagt: Es soll auch wirklich nur heute sein. Wolfgang!»

Leni Riefenstahls persönlicher Assistent hob trotz Annas Mahnung die Kunstmappe an, die aus weinrot überzogener Pappe bestand und mit zwei schwarzen Bändern verschlossen war. Er grinste in ihre Richtung und kam auf sie zu. Über dem Arm trug er bereits die Jacke der Regisseurin.

Er reichte Anna die Mappe und half der Riefenstahl in die Jacke.

«Damit Sie sich darauf einstellen können», sagte die Regisseurin, «ich brauche Sie am Montag, Dienstag und Donnerstag. Schönes Wochenende.»

«Schönes Wochenende», entgegnete Anna. Dann atmete sie tief durch. Sie hatte es geschafft. Mit einem Winken verabschiedete sie sich von Walter Frentz und prüfte noch einmal ihre Mappe. Gut verschlossen. Dann schnell. Leopold wartete sicher schon auf sie.

Solange sie den jungen Rasen überqueren musste, ging sie vorsichtig. Kaum aber hatte sie die Aschenbahn erreicht, lief sie los. Sie fühlte sich fast wie eine Athletin, hörte regelrecht die jubelnde Menge und sah das Zielband vor sich. Bevor sie es erreichte, bog sie allerdings ab und nahm die Treppe in den Rang, immer zwei Stufen auf einmal. Hier waren die Arbeiten noch in vollem Gange. Überall standen Pakete und Stapel mit Baumaterialien wie Holzbretter und Sand. Der Platz unterhalb der Sitzreihen war nicht nur für Technik- und Aufenthaltsräume vorgesehen, sondern auch für zahlreiche Toiletten, Geschäfte und Gaststätten. Es gab sogar eine Post, damit die Besucher ihren daheimgebliebenen Lieben eine Ansichtskarte vom Ort des olympischen Geschehens schicken konnten.

Anna fragte sich, ob Leopold heute wohl etwas Besonderes zu ihrem Geburtstag geplant hatte. Sicher würden sie zuerst über Phoenix reden, aber dann würde er sie ja vielleicht sogar ausführen? Sie musste sich sputen, um die nächste Bahn nicht zu verpassen.

Anna eilte um eine Ecke und erschrak. Ungebremst prallte sie gegen die Brust eines Mannes, der ihr mit mehreren Begleitern entgegenkam. Er war einen guten Kopf größer als sie und breit gebaut. Während sie von der Wucht des Aufpralls zurückgeworfen wurde und sich gerade noch vor einem Sturz retten konnte, hatte ihn der Zusammenstoß nicht einmal aus dem Gleichgewicht gebracht. Nur sein Hut rutschte ihm vom Kopf und landete direkt neben Annas offener Mappe auf den quadratischen Steinplatten.

Annas Blicke schossen zwischen dem stattlichen, aber erschrocken wirkenden Mann und ihrer Mappe auf dem Boden hin und her. Schockiert stellte sie fest, dass die Verschlusskordel gerissen war. Man konnte die oberste Zeichnung sehen, das Porträt eines bettelnden Mädchens, das sie vergangene Woche beim Warten auf den Zug auf dem Bahnsteig am Kottbusser Tor beobachtet hatte. Der im Gang kanalisierte Wind griff sich das Mädchen und riss es ein Stück mit sich.

«Fräulein!», mahnte der Mann mit einem warmen Bariton. «Passen Sie besser auf!»

«Entschuldigung», murmelte Anna. Weitere Blätter wurden vom Wind angehoben. Sie griff hektisch nach der Mappe, während der Mann gleichzeitig nach seinem Hut langte. Beinahe wären sie mit den Köpfen zusammengeprallt – wobei Anna nicht umhinkonnte, seinen überraschend angenehmen Duft wahrzunehmen. Ein dicker, älterer Mann mit einem Block in der Hand lachte über das Missgeschick. Bevor Anna die Mappe zu fassen bekam, erfasste ein weiterer Windstoß mehrere Skizzen und verteilte sie im ganzen Gang.

«Oh nein!», stöhnte sie laut.

Ein jüngerer Kerl aus der Entourage stürzte in einem Anflug von Hilfsbereitschaft einem Blatt mit einer Tuschezeichnung hinterher.

«Ich hab's erwischt», rief er und hielt die Zeichnung stolz empor. Anna hatte sich auf die anderen Blätter gestürzt und sammelte sie hektisch ein. Niemand durfte diese Skizzen sehen!

«Oh, das nenne ich mal ansprechende Kunst», spottete der Dicke amüsiert.

«Penske!», erklang die mahnende Stimme des Mannes, der seinen Hut wieder aufgesetzt hatte.

«Was ist, Herr Schmidt?»

Anna spürte das Blut in ihr Gesicht schießen. Es handelte sich um einen weiblichen Akt. Das Modell saß nackt mit überschlagenen Beinen auf einem nur angedeuteten Stuhl und hielt eine Brust verborgen, während man die andere sehr genau sah.

Jetzt bemerkte auch der junge Mann, was er da in der Hand hielt, drehte das Blatt schnell um und hielt es gegen seinen Bauch. Das machte die ganze Situation noch peinlicher.

Anna bemerkte, dass Schmidt sie musterte. Sein Blick war streng, aber dahinter schimmerte noch etwas anderes, das sie nicht benennen konnte. Gern hätte sie länger hingesehen, aber da unterbrach er ihre Grübeleien: «Sie sollten wirklich besser aufpassen, wo Sie hinrennen, junges Fräulein. Vor allem, wenn Sie so brisante Fracht bei sich tragen. Herr Bouchard, Herr Dremberg, ich würde sagen, wir sollten uns von diesem Missgeschick nicht aufhalten lassen, sondern schon einmal weiter ins Stadion gehen. Penske, helfen Sie dem jungen Fräulein doch, diese Kunstwerke einzupacken.»

«Ich brauche keine …», sagte Anna, doch Schmidt war mit seiner Entourage ohnehin schon weitergezogen. *Eitler Affe*, dachte sie.

«Emil Penske, sehr erfreut!»

«Her mit dem Bild», sagte Anna schroff. Sie steckte den Akt zurück in die Mappe und blätterte hektisch nach einer besonderen Skizze, die nur für Leopolds Augen gedacht war. Da! Penske hob sie gerade auf!

«Gib mir das sofort!», fauchte sie ihn an und riss ihm das Papier förmlich aus der Hand. Einen Moment später lag es mit der bemalten Seite nach unten in der Mappe. Anna klatschte die Front zu.

«Ich wollte ja nur helfen», sagte der Junge.

«Es tut mir leid. Heute ist einfach …» Sie beendete den Satz nicht, sondern stand auf.

«Nicht dein Tag?», ergänzte Penske grinsend.

«Eigentlich schon. Es ist sogar mein Geburtstag. Aber irgendwie geht alles drunter und drüber. Aber wieso erzähl ich dir das überhaupt?»

Penske war kaum größer als sie. Sein Anzug war klassisch einfach geschnitten, der Hut schien eine Nummer zu klein und wirkte ein bisschen altmodisch, als gehöre er seinem Vater. Er hatte weiche Gesichtszüge und versuchte ganz offensichtlich, sich einen Hitlerschnauz zu kultivieren, aber der Bart wuchs nicht dicht genug.

«Glückwunsch», sagte er strahlend.

Automatisch ergriff sie die ihr hingereichte Hand.

«Äh, danke. Ich glaube, du musst jetzt gehen.» Seine Gruppe war fast außer Sicht. Er blickte kurz in die Richtung, schien aber noch bleiben zu wollen.

Anna fragte: «Was seid ihr überhaupt für eine Truppe? IOC? Leichtathletikverband?»

«Propagandaministerium», erwiderte Penske stolz. «Und wer bist du?»

«Ich muss los.» Anna schüttelte den Kopf und presste ihre Mappe so fest unter den Arm, dass sie auf keinen Fall noch einmal aufgehen konnte. «Danke für die Hilfe.»

«Moment, das geht so nicht», rief er ihr hinterher. «Sag mir wenigstens deinen Namen!»

Im Laufen drehte sie sich um. «Ich bin ein Palindrom.» Sie grinste über seinen verwirrten Gesichtsausdruck und hastete aus dem Stadion.

KRUZIFIX

Berlin, Freitag, 17. April 1936

Anna zog die hohe Tür vorsichtig hinter sich ins Schloss. Leopold arbeitete noch. Mit schnellen, kraftvollen Schlägen übertrug er seine Energie und Kreativität mit Eisenfäustel und Meißel auf den knapp zwei Meter hohen Marmor vor sich. Der Stein ließ bereits eine menschliche Figur erahnen. Leopold stand mit dem Rücken zu Anna und hatte sie noch nicht bemerkt. Obwohl es im Atelier kühl war, trug er nur seine verstaubte Arbeitslatzhose und ein geripptes Unterhemd.

Anna betrachtete ihn. Auf seinen muskulösen Armen vereinten sich Marmorstaub und Schweiß zu einer matten Schicht, die ihn selbst wie eine lebende Skulptur wirken ließ. Seinen Beinen sah man es in der weiten Hose nicht an, aber Anna wusste, dass sie ebenfalls sehr muskulös waren. Sie hatte sie gezeichnet und berührt.

Auf einmal hielt er im Schlag inne, ließ die Werkzeuge sinken und drehte sich zu ihr um. Ein breites Lächeln entblößte Zähne, so weiß, als habe er sie sich selbst aus Carrara-Marmor geschlagen. Sein ebenholzfarbener Schopf bildete dazu einen reizvollen Kontrast.

«Anna!», begrüßte er sie mit seiner samtigen Stimme und fuhr mit seinem Blick ihren Körper entlang, als wolle er ihn ebenfalls in Stein verewigen.

«Ich bin etwas spät», sagte sie.

Er winkte generös ab. «Das ist nicht schlimm. Ich war so in der Arbeit, ich habe es nicht einmal gemerkt.»

Anna mochte seinen bayerischen Akzent. Er ließ ihn exotisch und distinguiert erscheinen.

Leopold kam auf sie zu und wollte sie an sich ziehen, aber Anna wich zurück.

«Du bist so staubig», sagte sie.

Leopold zuckte mit den Schultern.

«Sind alle schon weg?»

Er zeigte herum. Der Bildhauersaal in der Vereinigten Staatsschule für freie und angewandte Kunst war nur noch von Steinfiguren und Plastiken bevölkert. Seilzüge hingen von schweren Haken an der Decke, in verstaubten Regalen lagen Werkzeuge, Bildbände zur Kunstgeschichte und vergessene Ersatzkleidung. An Wochentagen konnte es hier sehr laut sein, wenn die Steinsäge angeworfen wurde und an jedem Arbeitsplatz Metallhämmer auf Stein prallten. Nun jedoch hing nur noch Leopolds letzter Schlag wie eine hörbare Erinnerung im Raum.

«Und?», fragte Anna. Sie wartete eigentlich darauf, dass er ihr gratulierte.

«Ich geh mich waschen», sagte er stattdessen.

Anna wischte in der Zwischenzeit den Staub von seinem Werkzeug und packte die Meißel zurück in die Ledertasche. Zuletzt ergriff sie seinen schweren Hammer und strich darüber. Der Gedanke, Leopold einfach im Waschraum zu überraschen, erregte sie. Aber auch wenn jetzt niemand mehr hier war, mochte doch jederzeit jemand kommen.

Anna hatte schon vor Leopold Erfahrungen mit Männern gesammelt. Das reichte vom schüchternen ersten Kuss mit einem früheren Freund ihres Bruders über eine leider einseitige Liebe zu einem Kollegen während ihrer

Ausbildung zur Bauzeichnerin bis hin zu der einjährigen Affäre mit Gerhard. Durch Gerhard war sie schließlich mit Leopold Stickelsperger bekannt geworden. Der stammte aus München, war das schwarze Schaf einer wohlhabenden Ärztefamilie und strahlte eine Selbstsicherheit und künstlerische Reife aus, die Anna sofort in ihren Bann gezogen hatte.

Sie waren nun seit acht Monaten ein ... Anna wusste nicht, wie sie es nennen sollte. Denn sie waren kein Paar im klassischen Sinn. So, wie Leopold stets an mehreren Kunstwerken gleichzeitig den Hammer ansetzte, hielt er es auch mit den Frauen, das war Anna von Beginn an klar gewesen. Trotzdem – die Verbindung zwischen ihnen beiden war weit intensiver als die zu seinen anderen Bewunderinnen, die er nach ein oder zwei Wochen ablegte wie einen schmutzig gewordenen Mantel.

Und neben allem körperlichen Verlangen, einer gegenseitigen Bewunderung, die zu Freundschaft und vielleicht sogar einer Form von Liebe geworden war, teilten Anna und Leopold noch eine Gemeinsamkeit: Sie gehörten beide zur Aktionsgruppe Phoenix und kämpften mit den Mitteln der Kunst gegen das Regime.

«Wie war dein Tag?», fragte Leopold, als er zurückkam. Er hatte sich gewaschen und umgezogen. Graue Hose, weißes Hemd, modische Hosenträger. Das Sakko trug er an der Schlaufe über der Schulter. Er lächelte.

«Ehrlich gesagt war es schrecklich heute.»

«Hast du dich wieder über die Hexe geärgert?»

«Ich musste den halben Tag für Lichtproben im Sand kauern.»

«Trotzdem ist es gut, dass du so im Stadion dabei sein kannst», meinte er.

Sie nickte. Die Arbeit hatte sie nicht nur wegen des Geldes angenommen.

Leopold legte das Sakko über eine Stuhllehne, nahm sie bei der Hand und zog sie zu sich. Er roch angenehm nach Kernseife und dunkler Erde. Anna erhob sich auf die Zehenspitzen, um ihren Geburtstagskuss zu empfangen. Neben einem aufregenden Kitzeln durchfuhr sie mit seinem Kuss ein ruhiges, tiefes Gefühl der Zuneigung. Sie hätte ewig so weitermachen können, aber Leopold wich bald zurück und beendete den Moment.

«Hast du die Skizze?», fragte er. Mit einer wischenden Handbewegung schuf er Platz auf einem der Tische.

Anna holte die Mappe.

«Sie ist lädiert», stellte Leopold überflüssigerweise fest.

«So ein Kerl vom Propagandaministerium ist mir im Stadion in den Weg gelaufen. Dabei ist sie mir auf den Boden gefallen. Und alle Blätter sind rausgefallen. Einer seiner Begleiter hätte beinahe die Phoenixskizze gesehen. Stell dir vor!» Sie lachte.

Leopold zuckte. Seine dunklen Augenbrauen zogen sich zusammen wie Gewitterwolken. «Du hattest sie den ganzen Tag dabei?»

«Ich hatte geahnt, dass die Riefenstahl mich nicht pünktlich gehen lässt.»

«Das soll heißen?»

«Dass ich viel zu spät gewesen wäre, wenn ich die Mappe vorher noch aus der Wohnung hätte holen müssen», verteidigte sie sich.

«Also hast du dir gedacht, du nimmst sie einfach mit?» Er blickte sie ungläubig an.

Anna nickte vorsichtig. Leopold schüttelte nur den Kopf.

«Ist das ein Verhör? Ich hatte die Mappe immer direkt bei mir. Und die Skizze steckte mitten unter den anderen Zeichnungen und Tuschen», sagte sie. «Das beste Versteck überhaupt.»

«Offenbar nicht gut genug, wenn irgendein herbeigelaufener Goebbels-Knecht deine Mappe in die Hände bekommen hat. Kruzifix! Was hast du dir dabei gedacht?» Leopold musste sich beherrschen, um nicht laut zu werden.

Anna wollte etwas erwidern, aber er ließ ihr nicht die Möglichkeit dazu. «Das war mehr als leichtsinnig. Will das in deinen Kopf oder ist der doch nur da, um hübsch auszusehen?»

Anna spürte, dass ihr Tränen in die Augen schossen. Aber sie würde nicht weinen!

Leopold atmete mit geschlossenen Augen tief durch. Dann zog er ihr einen Stuhl heran und wies darauf. Anna setzte sich mit der Brust zur Rückenlehne. Ihr Herz pochte.

«Wenn irgendjemand von Phoenix erfährt, sind wir alle dran. Es ist längst kein Spaß mehr. Das war vollkommen unverantwortlich von dir!»

«Meinst du, das ist mir nicht bewusst?» Eingeschnappt wandte sie sich ab. Sie wusste selbst, dass sie mit dem Feuer spielten. Ihre Aktionen waren gefährlich genug, wenn auch das Risiko wert. Als kurz nach Adolf Hitlers Ernennung zum Reichskanzler Käthe Kollwitz und Heinrich Mann aus der Akademie gedrängt und an der Hochschule jüdische und regimekritische Lehrkräfte entlassen worden waren, hatten sich Kommilitonen und Professoren ernsthaft betroffen gezeigt. Aber aus Angst vor Konsequenzen hatte keiner protestiert. Doch ein paar Studenten, Leopold, Helmut, Theo und Hape, konnten nicht tatenlos zusehen, wie der Faschismus die Kunst zu seinem Knecht machte. Also starteten sie die ersten geheimen Protestaktionen an der VS. Dann waren Anna und ein paar weitere Studenten zu der Gruppe dazugestoßen, und vor einem Jahr hatten sich alle acht geschworen, dass Freiheit und Kunst im Deutschen Reich wiederauferstehen sollten wie der sprichwörtliche Phoenix aus der Asche. So war ihre Aktionsgruppe Phoenix entstanden.

«Ich will hoffen, dass es dir bewusst ist», mahnte Leopold. Was wir vorhaben, geht weit darüber hinaus, auf Flugblättern die Freiheit der Kunst zu beweisen. Wir haben einstimmig beschlossen, die Aktion Phoenix durchzuziehen. Also zuerst die Plakate in Berlin und dann ... Jetzt zeig schon deinen Entwurf!», drängte er.

Anna schlug die Mappe auf und holte das Blatt hervor, das sie diesem Penske vorhin aus der Hand gerissen hatte. Wenn der oder sein Chef – Schmidt hieß er – es sich angesehen hätten, wäre wahrscheinlich wirklich die Hölle über ihnen hereingebrochen. Die nur mit Rot kolorierte Tuscheskizze, die sie Leopold nun hinschob, zeigte die Karikatur des Führers, der über das voll besetzte Olympiastadion hinausragte und es als Bühne für ein Marionettentheater nutzte. An seinen Fäden hingen zwei Figuren: ein Fackelläufer und ein dicker Mann mit schwarzem Anzug und Hut, der ein Schild mit der Aufschrift «IOC» hielt. Das Schild kam mit der Flamme der Fackel in Berührung und drohte, Feuer zu fangen. «Glaubt nicht der Propaganda!», stand in Großbuchstaben darüber.

Leopold sog hörbar die Luft ein.

«Gefällt es dir nicht?», fragte Anna unsicher.

«Doch. Ich stelle mir nur vor, dass du das beinahe in die Hände von Mitarbeitern des Propagandaministeriums gegeben hast.»

«Kannst du es jetzt mal gut sein lassen?», fauchte sie ihn gereizt an.

Leopold betrachtete das Blatt erneut und zeigte auf das Gesicht. «Hier musst du noch mal nachbessern. Es wäre besser, wenn er nicht ernst schaut, sondern heimtückisch grinsen würde. Was meinst du?»

«Kann ich machen», sagte Anna. Sie musste zugeben, dass das die Gesamtwirkung noch verstärken könnte.

«Und wo ist unser Zeichen?»

«Ich habe keinen Platz mehr gehabt», gab Anna zu.

«Du musst es unterkriegen», bestimmte Leopold.

Die Tür ging auf. Anna legte hektisch ein Blatt mit einer Zeichnung über die Plakatskizze, atmete aber auf, als sie Achim erkannte.

Achim Wochinsky gehörte ebenfalls zu Phoenix. Kaum größer als Anna war er fast so zierlich gebaut wie sie. Anna hatte schon mehrere Porträts von ihm gezeichnet. Auf weitere Entfernung blickte er immer über den Rand seiner Brille, was ihm eine großväterliche Anmutung gab, obwohl er einer der jüngeren Studenten war.

«Na?», begrüßte er sie knapp. Er hielt die linke Hand hinter dem Rücken versteckt. Die andere reichte er Leopold und tauschte schließlich mit Anna zwei Küsschen auf die Wangen aus. Sie beide waren kurz nacheinander zur Gruppe gestoßen. Offiziell hatte sich Achim auf flächige Abstraktionen von Stadtansichten spezialisiert, inoffiziell fabrizierte er Drucke, die mit einem Hauch Humor deutliche Kritik an den Nationalsozialisten ausdrückten und die Finger in die Wunden der Moderne legten.

«Alles Gute zum Geburtstag!», sagte er und reichte Anna eine Rose, die er aus bedrucktem Papier geschnitten und an einen dünnen Zweig geheftet hatte.

«Oh, danke!», rief Anna erfreut aus.

«Heute?», fragte Leopold entsetzt. Diese Frage raubte Anna die letzte Hoffnung, dass er sich eine Überraschung für sie ausgedacht haben könnte.

Achim bemerkte ihren Gesichtsausdruck. «Oha», machte er.

«Es tut mir so leid, mein Kätzchen. Ja, natürlich alles Gute auch von mir.» Beim Versuch, Anna zu umarmen, zerdrückte Leopold fast die Papierblume.

«Pass doch auf, wenn du es schon vergisst!»

«Ich weiß auch nicht, wie das passieren konnte. Anna, es tut mir so leid!»

Sie sagte dazu nichts, sondern zog Achim näher heran.

«Hier.» Anna nahm das oberste Blatt zur Seite und präsentierte ihm die Skizze.

«Das ist gut!», sagte er mit strahlendem Lächeln. «Wirklich gut.»

«Ich habe vorgeschlagen, dass sie ihn hämisch grinsen lassen soll», bemerkte Leopold.

Achim nickte. «Und es sollte großformatiger sein. Warum benutzen wir nicht A4? Dann wird es auch ordentlich gesehen.»

Leopold nickte überzeugt und sagte zu Anna: «Es wäre großartig, wenn du das bis zum Treffen fertig machen kannst. Ich bin überzeugt, dass es den anderen gefällt.» Er wandte sich an Achim: «Wie schnell geht der Druck?»

«Schwarz und Rot auf weißem Papier», sagte der. «Kinderspiel.»

«Sehr gut», lobte Leopold, bevor er sich Anna zuwandte. «Anna, ich weiß, es ist wirklich unverzeihlich, und es tut mir leid, aber ich muss jetzt los.»

Anna zuckte innerlich zusammen.

«Ich bin verabredet. Weißt du, ich kann das jetzt nicht mehr absagen. Oder …» Er dachte kurz nach. «… oder willst du mitkommen? Ja!»

«Mit wem?», fragte sie kühl.

«Sie heißt Marlene und bringt ihre Schwester und eine Freundin mit. Sehr nett und lustig. Du kennst sie nicht.»

Anna klappte die Mappe mit einem Schlag zu.

«Ich habe es versprochen», versuchte Leopold sie zu beruhigen. «Komm doch mit, wir lassen es uns gut gehen!»

«Nein, ich muss die Skizze umarbeiten.» Sie rauschte los zur Tür. Ihr Gesicht war heiß vor Zorn.

«Anna! Jetzt führ dich doch nicht so kleinbürgerlich auf.»

Sie schlug die große Tür fest hinter sich zu.

In der S-Bahn kämpfte Anna mit den Tränen. Achim war heute – neben diesem Penske – der Einzige, der ihr zum Geburtstag gratuliert hatte. Sein Geschenk hatte sie vor lauter Wut über Leopold auf dem Tisch liegen gelassen. Sie hasste es, ihn so zu lieben. Wie sie ihn kannte, würde er jetzt gar nicht mehr zu diesen Mädchen gehen, sondern sich einen neuen Marmorblock aufbauen und wie verrückt seine eigene Wut daran abreagieren. Es war ihr egal. Sollte Leopold sich doch durch ganz Berlin vögeln! Vielleicht würde sie es auch tun. Er hatte selbst betont, dass sie natürlich das gleiche Recht in Anspruch nehmen könne wie er. Aber Anna verspürte gar nicht das Bedürfnis dazu. Sie wollte nur einen Mann lieben. Einen, dem sie wichtig genug war, dass er an ihren Geburtstag dachte statt an die Körper anderer Frauen. Einen, der ihre Bedürfnisse und Wünsche wahrnahm. Und doch konnte sie nicht aufhören, diesen bayerischen Idioten zu lieben.

Am Bahnhof Schönhauser Allee stieg sie aus. Sie war von Friedrichshain in den Prenzlauer Berg gezogen. Die winzige Mietwohnung in der Schliemannstraße, Nähe Ecke Danziger, war zugig und laut. Aber sie war ihr ein Zuhause und Atelier zugleich. Vater war wegen der Kosten lange dagegen gewesen. Aber Gretchen, das Nesthäkchen der drei Geschwister, war zehn geworden und konnte beim besten Willen nicht länger mit Anna zusammen in einem Bett schlafen. Für ein zweites Gestell hätte Annas Zeichentisch verschwinden müssen.

Dazu kam die ständige Streiterei mit Vater. Seit Mutters Tod vor fünf Jahren hatte er sich verändert. Der Arzt, unter dessen Messer sie nicht mehr hatte gerettet werden können, war ein Jude gewesen. Seither gab er «denen», wie er abfällig sagte, die Schuld an all seinen Problemen, las den *Stürmer* und hetzte gegen die jüdischen Nachbarn. Annas Versuche, ihn zu mäßigen, hatten nur dazu geführt, dass sie sich immer weiter voneinander entfernten.

Anna bog in die Schliemannstraße ein. Hier war sie jetzt zu Hause. Als die Nachbarn erfuhren, dass kein leichtes Mädchen eingezogen war, sondern eine Studentin, waren sie beruhigt gewesen. Wenn sie Leopold über Nacht mitbrachte, musste sie trotzdem vorsichtig sein, dass man ihn nicht sah und man ihre Leidenschaft nicht hörte. Trotzdem hatte sie eine ganz neue Form der Freiheit gewonnen. Sie war niemandem Rechenschaft schuldig. Auch nicht, wenn sie an einem Freitagabend mal sehr spät nach Hause kam.

Anna seufzte. Dass sie jetzt ausgerechnet an ihrem Geburtstag um kurz nach acht alleine nach Hause ging, war eine Ironie des Schicksals.

«Mensch, Schwesterchen!»

Anna versteinerte. «Horst?»

Ihr drei Jahre jüngerer Bruder stand rauchend im Hauseingang. Er schnippte die Kippe weg und kam auf sie zu.

«Was trägst du denn da?», fragte sie ihn. Das braune Hemd mit der Schulterklappe auf einer Seite sah aus wie von der SA.

«Heil Hitler! Und herzlichen Glückwunsch!» Er hielt ihr die Hand hin, die zuerst zum Gruß hochgeschnellt war.

Anna zögerte, sie zu ergreifen, tat es dann aber doch. Horst schüttelte sie etwas zu fest.

«Was machst du hier?», fragte sie kühl.

«Darf ein guter Deutscher seiner großen Schwester nicht zum Geburtstag gratulieren?»

«Schon, aber du hast dich lange nicht mehr blicken lassen.»

«Du auch nicht», entgegnete er. «Nicht einmal an deinem Geburtstag kommst du mehr vorbei. Der Alte und Gretchen sind ziemlich traurig.»

«Aber du nicht.»

«Sonst wäre ich nicht hier.»

Es war eigenartig, mit ihrem Bruder vor der Tür zu reden. Sicher erwartete er, dass sie ihn einließ, aber das konnte sie auf keinen Fall tun. Sie hatte die Vorentwürfe für die Plakate nicht weggeräumt.

«Ich hab den ganzen Tag gearbeitet», erklärte sie. «Ich bin todmüde.»

«Keine Angst, ich wollte nicht lange bleiben. Die Jungens und ich ziehen heute noch ein bisschen um die Häuser.»

«Saufen und euch dann prügeln», ergänzte Anna.

«Wenn sich uns linke Schweine in den Weg stellen, spricht

wohl nichts dagegen. Apropos linke Schweine: Was macht denn dein bayerischer Bildhauer?»

«Verdammt noch mal, Horst. Du sollst nicht so reden!»

Horst grinste und sagte: «Hab ich nicht so gemeint. Da!» Er zog eine Seifenpackung aus seiner Hosentasche. «Rosenduft» stand darauf.

Anna war verwundert, dass Horst ihr ein Geschenk machte.

«Danke», murmelte sie.

«Gern geschehen. Du, kann ich mal oben bei dir aufs Klo?»

«Muss das sein?»

«Ich kann auch gegen die Tür schiffen, wenn dir das lieber ist.»

«Gut, du kannst auf halber Treppe gehen», stimmte sie schließlich zu. Sie schloss auf, ging durch den Flur und stieg dann vor ihm die knarzende Treppe hinauf.

«Geh schon mal», sagte Horst an der Klotür. «Wenn ich fertig bin, schaue ich noch kurz bei dir rein.»

Anna winkte ab. «Ich hab nicht aufgeräumt.»

Obwohl ihr geschwisterliches Verhältnis unter Horsts inniger Verehrung des Führers stark gelitten hatte, schmerzte es Anna, ihren Bruder so abzuweisen. Aber er durfte ihre Wohnung um keinen Preis betreten.

«Na gut. Wie gesagt, ich will sowieso gleich weiter. Ich treffe die Jungens Ecke Schönhauser. Schönen Geburtstag noch.» Er zog die Klotür zu.

Anna hielt ihn auf: «Moment!»

«Ja?»

«Sag Papa und Gretchen, dass ich am Sonntag vorbeischaue.»

«Das wird sie freuen.»

«Und danke für die Seife. Ich freue mich wirklich sehr darüber.»

«Keine Ursache. Ich bin heute in einer Apotheke regelrecht drüber gestolpert.»

SILBERPFEIL

Freudenstadt im Schwarzwald,
Mittwoch, 29. April 1936

Georg Finkbeiner servierte Hugo Eckener gerade das zweite Stück Schwarzwälder Kirschtorte, als ein Junge in den Festsaal des Hotels gerannt kam. Es war der Sohn des Fabrikanten aus Zimmer 203 und 204, er zeigte aufgeregt zur Decke und rief: «Ein Zeppelin! Ein Zeppelin!»

«Was sagst du da?», fragte Eckener streng.

«Ein Zeppelin fliegt über Freudenstadt!», wiederholte der Junge ausführlicher. «Das muss man gesehen haben! Es ist famos!» Er rannte wieder heraus.

«Wehe, wenn er uns nur einen Streich gespielt hat!», sagte Oberst von Wenzel zu seiner jungen Begleiterin, die er bei der Ankunft als seine «Großnichte» deklariert hatte. Die beiden waren die Ersten, die von ihrem Platz aufstanden und nach draußen eilten, dicht gefolgt von Fritz Scholz und seinen ungezogenen Zwillingen, deren Mutter ihre Migräne auf dem Zimmer auskurierte. Die Gäste an den anderen Tischen nahmen sich an ihnen ein Beispiel und strömten ebenfalls zur Gartenterrasse.

«So weit oben im Schwarzwald?», murmelte Eckener nachdenklich.

Georg hatte erst vor Kurzem wieder einen Artikel über den Mann gelesen. Hugo Eckener ging auf die Siebzig zu und war eine Luftfahrtlegende – vermutlich der einzige

Gast im Schlosshotel *Waldlust*, der schon in einem Zeppelin geflogen war. Und nicht nur das. Als Luftschiffkommandant hatte er unzählige Stunden auf Fahrten um die ganze Welt in der Pilotenkanzel verbracht und galt als Vater des modernsten, größten und luxuriösesten Luftschiffes, das die Welt jemals gesehen hatte, des LZ 129 Hindenburg.

Georg hingegen hatte nur einen einzigen Superlativ zu bieten: Er war im vorigen Jahr mit 27 Freudenstadts jüngster Oberkellner geworden. Mit einem solchen Posten im ersten Haus des Schwarzwälder Luftkurorts ging ein enormes Maß an Verantwortung einher. Im *Waldlust* gab sich die Hautevolee die Klinke in die Hand: Adlige, Politiker, Unternehmer, berühmte Schauspieler, Musiker und Schriftsteller. Und viele, viele andere, die sich den Luxus leisten konnten. Als Oberkellner wäre es jetzt nur recht und billig, Contenance zu bewahren, aber Georg war außer sich. Er hatte ein Faible für die Luftfahrt, verschlang alles über Flugzeuge und Zeppeline, was er in die Finger bekam. Im März hatte seine Gitti ihn ausgelacht, weil er alle drei Vorführungen der Ufa-Tonwochenschau hintereinander angesehen hatte, nur weil es in einem der Berichte um die Jungfernfahrt der Hindenburg ging. Er konnte sich die Gelegenheit einfach nicht entgehen lassen, endlich ein Luftschiff mit eigenen Augen zu sehen.

Auf der Gartenterrasse drängelte sich eine große Menschentraube, als ob das *Waldlust* all seine Gäste ausgespuckt hätte. Die Scholz-Zwillinge tobten zwischen den Schaulustigen im Sonnenschein umher, und selbst ein paar Bedienstete hatten sich hier entgegen allen Regeln versammelt, um den majestätischen Zeppelin zu bewundern, der hoch über ihnen am Himmel zu stehen schien. Georg überblickte die

Gesichter, konnte Gitti aber nicht unter den Schaulustigen ausmachen. Sollte er sie suchen? Aber dann würde er den Zeppelin vielleicht verpassen.

Georg stellte sich neben Eckener. Die lange, silbrige Oberfläche des Gefährts strahlte im Sonnenlicht. «D-LZ129» stand in schwarzen Lettern an der Seite. Länderkennung Deutschland, Luftschiff Zeppelin 129, das wusste er. Der vorne angebrachte Schriftzug «Hindenburg» war in der Höhe nur schwer zu lesen. An den Heckflossen prangten riesige Hakenkreuzsignets. Georg bildete sich ein, das Summen der mächtigen Motoren zu hören, deren Propeller den Titanen über den Himmel schoben.

«Was für ein Wunderwerk», raunte Georg leise vor sich hin.

«Das kann man wohl sagen», stimmte Eckener ihm stolz und ehrfürchtig zugleich zu. «Fast 200 Meter lang, mehr als 40 Meter Durchmesser, 200 000 Kubikmeter Gasvolumen. Der größte Körper, der jemals die Lüfte erobert hat. Wenn das der Graf erlebt hätte!»

«Der Graf von Zeppelin?»

«Ebender. Ein feiner Mensch, den gekannt haben zu dürfen ich als größte Ehre meines Lebens ansehe. Dieses Wunderwerk, wie Sie es ganz recht bezeichnen, wäre ohne ihn undenkbar.»

Der Zeppelin richtete sich gen Süden und schob sich langsam hinter das Hoteldach.

«So, jetzt geht es zurück in den Hangar», sagte Eckener liebevoll. Es klang, als bringe er ein Kind zu Bett. Wieder an Georg gerichtet, sagte er: «Ich bin nur überrascht, dass sie so weit in den Norden geflogen sind. Wahrscheinlich genießen sie die Aussicht. Können Sie bitte ein Ferngespräch veranlassen? Ludwig Dürr in der Luftschiffbau-Zeppelin-

Gesellschaft in Friedrichshafen. Ich gehe derweil zurück zu meiner Torte.»

Georg beobachtete, wie der letzte Rest des Hecks so elegant und schwerelos wie ein Fisch im Wasser über dem Hoteldach verschwand. Wobei man den größten Zeppelin aller Zeiten wohl besser mit einem Wal verglich, dachte er. Schnell eilte er zurück und gab Eckeners Fernsprechwunsch an die Rezeption weiter.

Nach und nach kamen auch die Hotelgäste zurück in den Festsaal. Die Scholz-Zwillinge zauberten Spielzeugautos aus den Tiefen ihrer Jackentaschen und ließen sie als imaginäre Kampfflugzeuge Jagd auf einen unsichtbaren Zeppelin machen. Die Kellner mussten achtgeben, von den jungen Piloten nicht umgerannt zu werden.

Ein paar Tische blieben verwaist und wurden abgeräumt. Offenbar gingen die Gäste nach Kaffee und Kuchen im Park spazieren oder zogen sich auf ihre Zimmer zurück. Beim Oberst und seiner Großnichte konnte Georg sich vorstellen, dass Letzteres der Fall war. Sie wirkte nicht wie ein Mädchen, das der Natur besonders viel abgewinnen konnte.

Da war seine Gitti ganz anders gestrickt! Gemütliche Wanderungen im Schwarzwald, Langlauf auf den Kniebis-Loipen, ein Picknick im Palmenwald oder sogar manchmal eine Kutschfahrt bis zum Sonnenuntergang. Sie genossen ihre Zweisamkeit meistens unter freiem Himmel. Georg war immer ein zufriedener Mensch gewesen, aber an Gittis Seite war er glücklich.

Seit Brigitte Luz, die Nichte des Hoteliers Ernst Luz, aus Freiburg hergezogen war, hatte es zwischen ihnen geknistert. Vor etwas mehr als einem Jahr war es endlich zu einem ersten, vorsichtigen Kuss gekommen, dem später viele leidenschaftlichere folgten.

Ihre frische Liebe blieb gerade einmal einen Monat geheim, bis Gittis Tante sie händchenhaltend ertappte. Obwohl von der Neuigkeit nicht erfreut, hatte Ernst Luz ihnen nach etwas Bedenkzeit unter drei Voraussetzungen seinen Segen gegeben. Die erste entsprach durchaus Georgs Vorstellung: Er sollte die Stellung seines scheidenden Vorgängers als Oberkellner übernehmen. Die zweite Bedingung lautete, dass jegliche Zurschaustellung von Zuneigung im Hotel zu unterlassen war. Zu guter Letzt hatte Luz gefordert, dass bis zu ihrer Verlobung ein Jahr vergehen müsse. Und dieses Jahr war heute um!

Ein Page überbrachte Georg die Nachricht, dass die gewünschte Telefonverbindung nach Friedrichshafen stand. Georg informierte Hugo Eckener darüber, der dem Jungen folgte. Der Luftschiffpionier kam nach zehn Minuten zurück und bestellte gleich eine weitere Tasse Kaffee.

«Noch ein Stück Kuchen dazu?», fragte Georg.

«Dann lassen mich meine Leute bald nicht mehr an Bord», winkte Eckener lachend ab.

«Man muss ja auch noch Platz für das Abendessen lassen», gab Georg gut gelaunt zurück.

«Das werde ich leider nicht mehr wie geplant hier genießen können. Es hat sich ergeben, dass eine frühere Abreise geboten ist, um morgen in aller Frühe bereits in Friedrichshafen einen Termin wahrnehmen zu können. Mein Fahrer bereitet gerade den Wagen vor.»

«Oh, das ist ja schade», platzte es aus Georg heraus. «Ich hoffe, Sie haben Ihren Aufenthalt bei uns genossen», fügte er förmlicher und mit einer leichten Verbeugung hinzu.

Als er kurz darauf mit dem Kaffeetablett an Eckeners

Tisch zurückkehrte, hatte er ihm noch ein paar Pralinen als Abschiedsgruß auf ein Tellerchen legen lassen. Georg balancierte das Tablett gekonnt mit einer Hand. Doch dann wurde ihm plötzlich der Boden unter den Füßen weggezogen.

Auf was immer Georg auch getreten war, es rollte weg und raubte ihm den Halt. Sein Körper reagierte ohne jegliches Zutun. Georg drückte den Oberkörper nach vorne und machte einen Ausfallschritt. Instinktiv glich sein Arm die Bewegung aus. Er fasste sich und blieb aufrecht stehen, direkt an Eckeners Tischkante.

«Ich bitte um Verzeihung», sagte er erschrocken.

«Mein Auto!», rief ein Kind, entweder Paul oder Peter Scholz. Der Junge warf sich zu Boden und hob das Modell eines Silberpfeil-Rennwagens hoch, das erstaunlicherweise nicht zu Bruch gegangen war.

«Ich bringe Ihnen selbstverständlich sofort einen neuen Kaffee», schlug Georg vor. Eckener winkte ab.

«Ich weiß nicht, wie Sie das gemacht haben, aber es sieht so aus, als sei kein einziger Tropfen verschüttet worden. Das war ein äußerst bemerkenswertes Manöver, junger Mann. Chapeau! Und sind das Pralinen?» Er grinste breit.

Während Georg servierte, zog Eckener ein Etui aus Aluminium hervor und entnahm ihm eine Karte. Er winkte Georg näher zu sich.

«Haben Sie schon einmal daran gedacht, die Anstellung zu wechseln?», flüsterte er. «Wir brauchen gute Leute für unsere Transatlantikflüge. Mit Ihren Reflexen sind Sie für den Himmel gemacht.»

Georg traute seinen Ohren kaum. Ein solches Angebot war natürlich eine einmalige Gelegenheit. Aber er zögerte mit seiner Antwort keine Sekunde: «Ich fühle mich wirklich außerordentlich geehrt, Herr Eckener, aber muss Ihr großzügiges Angebot ablehnen. Ich bin hier sehr glücklich.»

«Ach was! Ich habe doch gesehen, wie Sie meine Hindenburg bewundert haben», erwiderte Eckener. «Manchmal tut es gut, einen neuen Anfang zu wagen.»

«Ich bedaure.» Georg zog ebenfalls ein kleines Etui aus der Hosentasche. Er trug das Kästchen schon den ganzen Tag bei sich und öffnete es nun vor Eckener. Der darin steckende Goldring war platiniert und von einem glitzernden Diamanten gekrönt. «Ich habe vor, mich heute zu verloben», sagte er. Das zu sagen, ließ sein Herz schneller schlagen. Er steckte das Kästchen zurück.

«Ich verstehe. Das nenne ich einen guten Grund.» Er hielt inne und fügte an: «Wenn sie im gleichen Metier ist, könnte sie vielleicht …»

«Sie ist die Nichte von Herrn Luz», unterbrach Georg ihn. Dass sie im Gegensatz zu Georg kein Faible für Zeppeline hatte, sondern von Flugangst geplagt war, brauchte er Eckener nicht auf die Nase zu binden.

«Ich verstehe. Und Herr Luz wäre sicher nicht erfreut, wenn ich ihm Sie beide abwerbe», sagte Eckener grinsend. «Auf jeden Fall wünsche ich Ihnen alles erdenklich Gute für Ihre Zukunft. Zu diesem Ring kann sie nur Ja sagen. Bei meinem nächsten Aufenthalt müssen Sie mir erzählen, wie es gelaufen ist.»

«Das werde ich, Herr Eckener.»

Nach der Arbeit machte Georg sich ausgehfertig. Er hatte heute früh alles vorbereitet und frische Kleidung mitgebracht. Sie waren zum Tanzen verabredet und wollten sich auf dem Marktplatz treffen. Im Dämmerlicht kam Georg dort an. Freudenstadt rühmte sich, über Deutschlands größten Marktplatz zu verfügen. Ohne Marktstände wirkte der riesige Platz etwas leer. Aber immerhin konnte er Gitti sofort ausmachen.

Sie trug ein einfaches Kleid mit einem eleganten Mantel und war noch beim Friseur gewesen, wie Georg an der perfekt gelegten Wasserwelle gleich erkannte. Seit dem Frühlingsanfang waren ihre Sommersprossen um die Nase wieder aufgetaucht. Sein Herz schlug schneller. Er konnte kaum glauben, dass diese Schönheit mit dem bezauberndsten Lächeln der Welt die Seine war.

Sie küssten sich zur Begrüßung auf die Wange, um niemandem Grund zum Tuscheln zu geben.

«Du siehst aber gut aus», bemerkte sie. Georg hatte den Kellnerfrack gegen einen dunklen Anzug und Lackschuhe getauscht. «Fast ein bisschen viel für einen Abend im Warteck.»

«Ach was! Wir wollen uns so richtig amüsieren!»

Er zog sie in Richtung Stadtkirche, die eine Ecke des Marktes bildete.

«Da geht's aber nicht zum Warteck», stellte Gitti fest.

«Ich wollte noch kurz in die Kirche», sagte er.

«Aber die ist um die Zeit doch zu.»

«Stell dir vor, heute hat mir Herr Eckener eine Arbeit angeboten», versuchte er, vom Thema abzulenken.

«Als Zeppelinfahrer?»

«Das bestimmt nicht», lachte er. «Als Steward für die Transatlantikflüge.»

«Wie kommt er denn dazu?»

«Ich bin heute mit Tablett in der Hand gestolpert, aber habe mich gut gefangen. Ich denke, das hat ihm imponiert.

Und, na ja, er hat wohl auch mitbekommen, dass ich fasziniert bin von Zeppelinen.»

Gitti hielt an und wandte sich ihm zu. «Das ist ja wunderbar», rief sie, wobei ihr Gesichtsausdruck etwas anderes sagte.

«Ach was. Ich würde doch niemals weggehen. Du bist hier!»

Das schien Gitti zu beruhigen. Ihr wunderschönes Lächeln kehrte zurück. Georg folgte einem Impuls und küsste sie auf den Mund. Sie erschrak, ließ es dann aber zu. Die Berührung ihrer Lippen dauerte länger, als es der Anstand in der Öffentlichkeit gebot. Ihre Zungen trafen sich. Georg war kurz davor, die Welt um sich herum zu vergessen, doch Gitti entzog sich ihm schließlich mit rotem Kopf.

«Das war schön!», schwärmte Georg. Gitti blickte sich verlegen um. Es beruhigte sie offenbar, dass ihnen niemand Beachtung schenkte. «Ja, das war schön», hauchte sie.

«Komm, wir gehen weiter.»

«Glaub mir, die Kirche ist um die Zeit schon abgeschlossen», sagte sie, folgte ihm aber.

Georg hatte den Küster gegen eine Spende überredet, die Kirchentür erst später zu verriegeln. Und wie abgesprochen spendeten mehrere Kerzen beim Taufbecken und auf dem Altar romantische Beleuchtung.

«Was ist hier los?», fragte Gitti auf einmal misstrauisch.

«Komm schon mit!»

Er zog sie zum Altar.

«In diesem Becken wurde ich getauft», begann er seine vorbereitete Rede. «An diesem Altar empfing ich meine Konfirmation.»

Er zog das Kästchen aus der Sakkotasche. Dabei rutschte ihm noch etwas anderes heraus.

Gitti bückte sich schnell nach dem Kärtchen.

«Zeppelin Luftfahrtgesellschaft?»

«Ach das. Gib schon her!», sagte er.

«Denken Sie noch einmal darüber nach», las Gitti vor, was handschriftlich auf der Rückseite stand.

«Eckener hat die Karte liegen lassen, als er gegangen ist.»

«Und du hast sie eingesteckt», bemerkte Gitti.

«Ja. Als Erinnerung.»

«Du würdest die Stelle gerne annehmen, oder?»

«Wer nicht?», gab er zu. «Aber es bedeutet wirklich nichts. Ich … ich wollte eigentlich etwas ganz anderes mit dir besprechen.»

Er musste versuchen, die Stimmung für seinen Antrag zurückzuholen.

«Also, wie gesagt. Hier in diesem Becken wurde ich getauft. Und vor diesem Altar empfing ich meine Konfirmation.»

Gitti grinste belustigt, ließ es aber wieder sein, als sie seinen verunsicherten Blick bemerkte.

«Also, liebste Brigitte, Gitti, heute vor einem Jahr hat uns dein Onkel seinen Segen gegeben. Eine seiner Bedingungen war, dass wir ein Jahr abwarten sollten, um uns unserer Gefühle ganz sicher zu sein. Ich, meine allerliebste Gitti, war mir nie sicherer.»

Georg ging auf ein Knie. Gittis Augen glänzten feucht im Kerzenschein.

«Also frage ich dich auf Knien und vor Gott als Zeuge: Gitti, willst du meine Frau werden?»

Er öffnete das Kästchen, und Gitti atmete hörbar ein.

Sie betrachtete den Ring einen Moment. Als sie Georg mit einer Berührung an der Schulter ein Zeichen zum Aufstehen gab, spürte er, dass ihre Hand zitterte.

Er folgte ihrem Wink. Sie standen sich gegenüber, Gitti blickte zu ihm auf. Der Moment, bevor sie den Mund öffnete, kam Georg wie eine Ewigkeit vor.

«Ja, ich will!», sagte sie leise. Mit diesen Worten durchfloss ein ungeheures Gefühl der Wärme seine Brust. Sein Herz klopfte ihm bis zum Hals vor Glück.

«Aber ich kann nicht. Nicht so.»

Auf einmal erschien ihm die Stille sehr laut.

«Was?» Mehr brachte er nicht heraus. Hatte er richtig gehört? Warum blickte sie ihn so traurig an?

«Du bist ein wundervoller Mann, Georg. Ich liebe dich von ganzem Herzen.»

«Aber?», fragte er entgeistert.

«Aber ich kann so nicht deine Frau werden.» Sie hob die Hand, in der sie immer noch das Kärtchen von Hugo Eckener hielt.

«Das – das ist doch völlig nebensächlich!», brachte er erregt vor.

Gitti schüttelte den Kopf. «Nein. Ich kenne dich, Georg. Dir ist das wichtig.»

«Du bist viel wichtiger. *Wir* sind wichtiger. Das ist doch Wahnsinn!»

Gitti nahm ihm das Kästchen aus der Hand und legte es zusammen mit der Visitenkarte auf den Altar. Sie nahm seine Hände in ihre.

«Du bist meine Liebe», sagte sie. «Ich will wirklich deine Frau werden, aber ich habe Angst, dass du mir eines Tages vorwerfen wirst, dass ich zwischen dir und deinem Traum gestanden habe.»

«Du könntest mitkommen auf den Zeppelin, hat er gesagt.»

Sie lächelte zaghaft. «Du weißt, dass das nie etwas für mich wäre. Aber du musst es tun, mein Liebster. Und ich werde hier sein und auf dich warten.»

TÊTE-À-TÊTE

Friedrichshafen, Montag, 18. Mai 1936

«Guten Abend. Ich habe um sieben Uhr einen Termin bei Herrn Fischer. Mein Name ist Georg Finkbeiner.»

Der ältere Wachmann am Torhäuschen legte eine zerlesen wirkende Zeitung zur Seite und warf einen prüfenden Blick in seine Kladde.

«Noch so spät? Ah, doch. Da habe ich Sie. Finkbeiner?» Er nahm Georgs bestätigendes Nicken als Zeichen, weiterzusprechen: «Sehen Sie dort, wo die Leute gerade herauskommen, direkt links neben der großen Flughalle. Da ist das Verwaltungsgebäude. Herr Fischers Büro ist im zweiten Stock, Zimmer 204. Ganz schön spät, Ihr Termin.»

Georg nickte. Fischer war offenbar viel beschäftigt. Ein sicheres Zeichen, dass die Reederei nicht davon ausging, dass man zum Arbeitsende den Stift fallen ließ – oder in Georgs Fall das Tablett. Das schreckte Georg nicht ab. In einem Hotel war erst dann Feierabend, wenn der letzte Gast sich verabschiedet hatte und alles für den reibungslosen Einsatz der Reinigungsdamen am nächsten Morgen vorbereitet war. Georg wechselte den Koffer in die andere Hand.

«In der Flughalle stehen die Zeppeline?», fragte er.

Der Mann lachte. «Nein, nein. Das ist die kleine Halle für die Flugzeuge. Die für die Zeppeline ist weitaus größer, aber von hier nicht zu sehen. Dafür müssten Sie um den Bau herumgehen.»

Es war kurz nach sechs, offenbar Feierabend für die Männer und die paar Frauen, die Georg entgegenkamen. Er nickte ihnen höflich zu.

Jetzt war er also zum ersten Mal in seinem Leben in Friedrichshafen. Nach einer fast achtstündigen Reise mit mehrmaligem Umsteigen hatte er aus dem Fenster des Bummelzugs endlich den Bodensee erblickt und war von seiner Größe überwältigt gewesen. Er musste hier unbedingt mit Gitti hinkommen. Sie würde den Bodensee lieben!

Georg ging durch eine doppelflügelige Glastür in eine kleine Empfangshalle. Bei einem Tresen zog sich eine dunkelhaarige Frau gerade einen Mantel über. An der Wand hinter ihr hing ein monumentales Gemälde, das einen Zeppelin über dem Bodensee zeigte.

Georg lüpfte den Hut. «Entschuldigung. Georg Finkbeiner. Ich habe einen Termin bei Herrn Fischer.»

«Ah, Sie sind schon da», sagte sie mit samtiger Stimme. «Herr Fischer ist im Moment sehr beschäftigt und kann Sie erst um sieben Uhr empfangen. Bitte nehmen Sie Platz. Er hat gesagt, er würde Sie holen. Ich muss heute pünktlich weg.»

Sie zeigte auf grau gepolsterte Sessel, die sich um einen niedrigen Glastisch gruppierten, auf dem eine Tageszeitung lag.

«Ich habe den ganzen Tag gesessen. Kann ich vielleicht meinen Koffer hier abstellen und ein bisschen auf dem Gelände spazieren gehen?»

Sie überlegte kurz. «Warum nicht? Heute stehen keine Flüge mehr an.»

Gemeinsam verließen sie das Gebäude. Die Empfangsdame nahm das letzte Fahrrad und lächelte Georg noch einmal nett zu, bevor sie zum Tor radelte.

Georg wandte sich nach links und ging an der dicken Blechwand der Flugzeughalle entlang, die die Wärme des Tages jetzt langsam abgab. Als er an eine offen stehende Tür gelangte, steckte er den Kopf hindurch. Ein Blick konnte nicht schaden. In der großen Halle standen mehrere Flugzeuge. In der Mitte wartete eine blitzblank geputzte Junkers 52 auf ihren nächsten Flug. Daneben befanden sich zwei kleinere Propellermaschinen, und dahinter war noch mehr zu erahnen. Offenbar wurden die Maschinen dort gewartet und repariert, denn zum Teil lag die Technik frei.

«Sie können hier nicht rein.» Ein Mann mit einem ölverschmierten Blaumann kam ihm entgegen.

«Ich wollte nur mal schauen», sagte Georg. «Die junge Dame vom Empfang hat erlaubt, dass ich mich ein bisschen umsehe.»

«Ah, das Frollein Tanja», sagte der Mann. «Aber hier können Sie nicht mehr rein. Ich sperre jetzt zu. Feierabend.»

Georg machte ihm Platz. Der Mechaniker schloss die Tür zweimal ab, nickte ihm noch einmal zu und stapfte schnellen Schrittes in Richtung Tor.

Georg spazierte weiter. Als er die kurze Seite mit den Hangartoren erreichte, blieb er stehen und zog ehrfürchtig die Luft ein. Ein riesenhaftes Gebäude stand fast zwei Kilometer Luftlinie entfernt einsam auf freiem Feld. Dazwischen erstreckte sich das mit roten und weißen Markierungen begrenzte Rollfeld.

Der lang gezogene grau-weiße Bau war ungefähr so hoch wie breit und das größte Gebäude, das er je gesehen hatte. Kein Wunder, wenn er an die Ausmaße der Hindenburg dachte.

Der Flugplatz lag wie ausgestorben vor ihm, und am liebsten wäre er direkt darüber in Richtung des Hangars marschiert. Aber für den Hin- und Rückweg würde er mindestens zwanzig Minuten brauchen, und ein frischer Westwind führte bereits schwere Wolken mit sich. Er war sich nicht sicher, ob das Wetter noch so lange hielt.

«Wir sehen uns!», rief er in Richtung der Luftschiffhalle. Er bekäme die Hindenburg noch früh genug aus nächster Nähe zu Gesicht. Und wenn alles gut ging, würde er bald mit dem größten Luftschiff aller Zeiten den Atlantik überqueren! Gitti war bestimmt stolz auf ihn!

Als er wieder an der Flugzeughalle ankam, trafen ihn wie zur Bestätigung seiner Entscheidung erste vereinzelte Tropfen.

Georg stutzte. Die Tür, die der Mechaniker vorhin abgeschlossen hatte, stand nun wieder einen Spalt offen. Hatte der Mann noch etwas vergessen und war zurückgekehrt? Georg drückte die schwere Tür etwas weiter auf. Sie bewegte sich lautlos in ihren gut geölten Angeln.

«Hallo?», fragte er vorsichtig in die Halle hinein.

Nichts. Doch! Da war ein weit entferntes, dumpfes Geräusch. Es klang wie ein Stöhnen.

«Hallo?», fragte er erneut. Vielleicht hatten seine Sinne ihm einen Streich gespielt.

«Ist hier jemand?», fragte er etwas lauter und trat in die Halle. Seine Schritte auf dem Betonboden waren neben dem Einsetzen des Regens auf dem Hallendach die einzigen Geräusche. Er hielt inne und lauschte. Nichts. Georg kam an der markanten Nase der Junkers an. Das Flugzeug roch nach kaltem Öl und Metall. Fast zärtlich berührte er den Flügel und ging mit staunenden Augen um die Maschine herum.

Da war es wieder. Diesmal drang das schwache Geräusch trotz des stärker werdenden Regens deutlich genug an seine Ohren, dass er jeden Zweifel verlor. Es drang aus der Tiefe der Halle wie das schmerzhafte Grunzen eines Tieres. Sein Herz schlug schneller. Auf einmal hatte er das Bild einer verletzten Wildsau vor sich, die ihn in ihrer Not angreifen könnte.

Aber er war zu neugierig. Er musste wenigstens nachsehen, woher das Geräusch stammte. Georg schaute sich nach einer Waffe um. Er fand einen überdimensionierten Maulschlüssel auf einem Werkzeugwagen. Links neben ihm drehte sich ein massiger Flugzeugmotor an einer dickgliedrigen Kette von einem Flaschenzug hängend in Zeitlupe um sich selbst. Den Maulschlüssel schlagbereit erhoben ging er weiter. Das Werkzeug lag schwer in seiner Hand und verlieh ihm ein Gefühl der Wehrhaftigkeit. Hinter dem Werkstattbereich konnte er zwei weitere Stahltüren ausmachen. Die rechte Tür stand offen.

Georg schlich darauf zu. Dabei konnte man seine Schritte ohnehin nicht mehr hören. Aus dem Prasseln des Regens auf dem Hallendach war ein ohrenbetäubendes Rauschen geworden, das alle anderen Geräusche schluckte wie ein über die Ufer getretener Fluss.

Unsicher zog er die Tür auf und spähte in einen hohen Gang. Nur schwacher Lichtschein drang durch geriffelte Scheiben über den drei Türen, die von ihm abgingen.

Eine dumpfe Männerstimme war zu hören. Und dann das Schlagen einer Tür. Er erstarrte.

«Wer ist da?», fragte Georg. Statt eines Rufes drang nur ein Flüstern aus seiner trockenen Kehle. Er konnte nicht sagen, warum es ihn zu der linken Tür zog. Mit feuchter Hand umschloss er den Schraubenschlüssel kampfbereit.

Seine Linke tastete sich vorsichtig an den Türgriff heran. Er sollte nicht hier sein. Seine Gedanken rasten. Was, wenn er nur in ein geheimes Tête-à-Tête hineinplatzte? Die Peinlichkeit wäre nicht zu überbieten! Er kam sich vor wie ein Idiot.

Beherzt stieß er die Tür auf. Der Anblick, der sich ihm bot, ließ ihm das Blut in den Adern gefrieren. Auf dem Boden lag ein dicklicher alter Mann. In seinem Mund steckte ein ölverschmierter Lappen. Er starrte ihn aus gebrochenen, weit aufgerissenen Augen an. Alles Weiß um die Pupillen hatte sich blutrot verfärbt. Georg hielt die Luft an. Das Gesicht des Mannes war verformt, die Nase von etwas Schwerem in den Schädel gehauen. Ein Bein stand in einem unnatürlichen Winkel ab, Handschellen hielten die Handgelenke gefesselt.

Georg hörte ein lautes metallisches Klirren neben sich, das ihn aus seiner Starre riss. Er hatte den Schraubenschlüssel fallen gelassen. Ohne ihn aufzuheben, taumelte er zurück in den Gang. Die Tür schwang zu und verbarg die grauenhafte Szenerie vor seinen Augen. Und doch hatte sich das Bild in seine Netzhaut eingebrannt. Dann setzte sein Verstand wieder ein. Er musste hier raus!

Er wandte sich um und stieß die Tür zur Halle auf. Gott sei Dank wieder mehr Licht! Obwohl er rannte, so schnell er konnte, wurde er das Bild des Toten nicht los. Georg hielt auf die Tür nach draußen zu. War da doch ein Geräusch hinter ihm? Er bremste, drehte sich um und spähte rückwärtsgehend nach möglichen Verfolgern. Nein, niemand. Seine Lunge schmerzte. Er hatte die Luft angehalten und zog sie jetzt hungrig ein. Nur raus hier. Als er die Tür aufriss, stand vor ihm eine Gestalt. Erschrocken sprang er zurück.

«Georg Finkbeiner?», fragte der Fremde.

«Was wollen Sie von mir?», stieß Georg aus und versuchte, mehr Abstand zwischen sich und den Mann zu bringen.

«Was ist denn los mit Ihnen? Haben Sie sich hier vor dem Regen in Sicherheit gebracht? Sie sind ja ganz bleich.»

Georg musterte sein Gegenüber misstrauisch. Er trug einen grauen Anzug, den er mit einem aufgespannten Schirm vor dem Regen schützte. Das Gesicht unter dem grau melierten Operettenbart war etwas aufgedunsen.

«Sind Sie Herr Fischer?»

«Wen haben Sie denn erwartet?»

«Da hinten ist ein Toter», stotterte Georg und erntete einen verwirrten Blick des Personalleiters.

«Was reden Sie denn da für einen Blödsinn, junger Mann?» Fischer musterte Georg mit kritischem Blick.

Georg packte ihn am Arm und zog ihn zu sich heran. «Kommen Sie mit!», forderte er.

«Jetzt lassen Sie mich erst mal los!», befahl Fischer. «Ich denke nicht, dass an der Sache etwas dran ist, aber dann wollen wir uns das mal zusammen ansehen.»

Er schloss den Schirm und schritt an Georg vorbei in die Halle.

«Da drin?», fragte Fischer, als sie an der Tür angekommen waren, die zu dem Gang führte. Georg rührte sich nicht von der Stelle und zeigte nur auf das Lager. Er würde kein zweites Mal dort hineingehen.

Fischer trat nun etwas zögerlicher auf die linke Tür zu. Er öffnete sie und steckte den Kopf hinein. Georgs Herz schlug wie verrückt.

«Sie sind mir ja ein Witzbold. Für einen Moment hatte ich eine Heidenangst», wandte sich Fischer genervt zu Georg um. «Ist das auf Hugo Eckeners Mist gewachsen?»

Georg verstand nicht. Er schob Fischer zur Seite und stürmte vor. Da, wo er eben die Leiche gesehen hatte, lagen mehrere Baumwollsäcke mit aufgedrucktem Zeppelin-Emblem. Georg trat gegen einen der Säcke. Der Inhalt fühlte sich weich an. Er schaute verwirrt auf.

«Sachen für unsere Reinigung», sagte Fischer kalt. «Ich muss schon sagen, dass das nicht die beste Art ist, sich vorzustellen. Nun lassen Sie uns endlich gehen.»

Mit diesen Worten wandte der Mann sich um. Georg blieb ratlos zurück. Er schaute sich um. Sein Blick fiel auf hohe Regale und eine Tür, die nach draußen führen musste. Er versuchte, sie zu öffnen, aber es war abgeschlossen.

«Jetzt kommen Sie endlich!», rief Fischer ungehalten.

Georg ließ von der Tür ab und lief ihm hinterher.

«Entschuldigung, Herr Fischer, ich weiß auch nicht …», begann Georg, als sie im Verwaltungsgebäude ankamen.

«Ich will nichts mehr davon hören», fiel ihm Fischer ins Wort. Georg folgte ihm die Treppen hinauf in sein Büro. Die Lampe flackerte nach dem Anschalten einen Moment und beleuchtete neben einem übergroßen Schreibtisch auch eine gemütlich aussehende Sitzecke.

«Ich war früher fertig als gedacht und habe geschaut, ob Sie schon da sind», sagte Fischer und steckte sich eine Zigarette an. Er forderte Georg mit einem Wink auf, sich zu setzen. Georg nahm den Hut vom Kopf und versuchte, Ordnung sowohl in seine Haare als auch in seine Gedanken zu bringen, was ihm kaum gelingen wollte.

«Das ist sehr freundlich von Ihnen.»

Jetzt grinste Fischer versöhnlich und nahm sich Georgs

Bewerbung vor. Er überflog seine Referenzen und warf einen Blick auf die Zeugnisse.

«Ihre Referenzen sind ja hervorragend, Herr Finkbeiner», stellte er fest. «Ehrlich gesagt, hätte ich Sie trotzdem nach diesem Auftritt nicht in Erwägung gezogen. Sagen Sie Hugo, dass ich mich revanchieren werde! Das war wirklich an der Grenze. Ihnen ist doch wohl klar, dass wir zuverlässige Leute mit einer ernsthaften Einstellung brauchen und keine Scherzbolde.»

Georg war verwirrt. Dachte Fischer wirklich, das alles wäre ein geschmackloser Scherz? Er nickte.

«Ich denke, wir brauchen das Gespräch nicht in die Länge zu ziehen», sagte Fischer und klappte die Mappe zu. «Wenn Hugo Eckener Sie empfiehlt, kann ich Ihnen schlecht absagen. Sie wissen von unserem Umzug?»

«Herr Eckener hatte es angedeutet.»

«Die Transatlantikrouten werden von Frankfurt aus bedient. Darum ist es unabdingbar, dass wir uns dort stationieren. Für unsere Leute errichten wir Häuser in der Nähe des neuen Flugfelds – der Ort wird Zeppelinheim heißen –, aber trotzdem wollen natürlich nicht alle die Heimat verlassen.» Er zuckte mit den Achseln. «Darunter auch zwei Stewards. Wir sind auf erfahrene Kräfte angewiesen, für die Transatlantikflüge wie auch für andere Fahrten, die wir für das Reich unternehmen müssen, auch wenn es Hugo nicht gefällt. Sie sind in der Partei?»

«Äh, nein. Müsste ich?»

Fischer sagte nichts, schüttelte aber den Kopf. «Man wird Sie so oder so genauer unter die Lupe nehmen.»

«Wer?»

«Die Gestapo.»

Georg nickte. «Ich habe nichts zu verbergen.»

«Gut. Dann haben Sie die Stelle. Sie können heute Nacht im Hirschen unterkommen. Ich fahre morgen früh nach Frankfurt, aber meine Sekretärin wird Ihnen die Verträge vorlegen und erklären. Seien Sie morgen um neun da.»

CHRISTOGRAMM

Berlin, Dienstag, 19. Mai 1936

Hermann schloss die Mappe mit Penskes Berichten der vergangenen Woche und legte sie zurück auf den Schreibtisch. Die meisten Besitzer von Bars mit Musikbetrieb hatten sich bereit erklärt, dem Ministerium für die Zeit der Olympiade Listen der in- und ausländischen Musiker und der gespielten Stücke zur Verfügung zu stellen.

Hermann fand den Aufwand für einen kaum zu erwartenden Erkenntnisgewinn völlig unverhältnismäßig. Aber offenbar ging es den oberen Abteilungen nicht nur darum, unerwünschte Musikstücke zu erfassen. Vielmehr wollte man den Barbesitzern wohl begreiflich machen, dass die Verwaltung trotz aller Lockerungen die Augen prüfend offen hielt.

Penske hatte nicht alle Tanzbars der Liste abhaken können. Vor allem der *Kakadu* weigerte sich, Informationen herauszugeben. Penske musste wirklich lernen, sich nicht einfach abspeisen zu lassen. Ein solches Verhalten durfte man niemandem durchgehen lassen. Nur klare Ansagen schafften eine Ebene, auf der man miteinander arbeiten konnte.

Hermanns Bürotür schwang auf. Der ältere Herr, der sie ohne Eile durchschritt, reagierte nicht auf die Einwände seiner Sekretärin. Flaschenbodendicke Brillengläser vergrößerten seine Augen, die in Sekundenschnelle den Raum überflogen, um sich dann auf Hermann zu heften.

«Es tut mir leid, Herr Schmidt. Er ist einfach so durchgerauscht», brachte die Zukowsy hervor.

Hermann stand auf.

«Heil Hitler!», rief der dünne Mann mit dem grau melierten Haar und hob den Arm erstaunlich zackig zum Gruß, den Hermann erwiderte.

«Herr Schmidt, wir müssen uns unterhalten.» In der Stimme lagen weder Bitte noch Unsicherheit. Der Mann brachte einfach eine Feststellung vor. Das weckte in Hermann eine Neugierde, die ihn dazu brachte, seiner Sekretärin beruhigend zuzulächeln.

Beim Schließen der Tür warf sie Hermann einen unsicheren Blick zu.

«Vielen Dank, dass Sie mich gleich empfangen.»

Hermann wies auf einen der beiden Stühle vor seinem Schreibtisch. Sie setzten sich gleichzeitig. Der Hut des Mannes landete neben seiner schmalen Aktentasche auf dem Stuhl neben ihm.

«Was kann ich für Sie tun?»

Der Fremde lehnte sich zurück und schlug ein Bein über. Er zog ein silbernes Etui aus der Innentasche seines Sakkos hervor und hielt es Hermann geöffnet hin.

«Ich rauche nicht», sagte Hermann.

«Das einzige Laster, von dem ich nicht lassen kann», bemerkte der Mann und brachte mit einer routinierten Bewegung und einem zischenden Geräusch ein Zündholz zum Brennen. Er sog den Rauch tief ein und atmete ihn mit einem wohligen Grunzen aus.

«Wie geht's dem guten Erich? Trinkt er immer noch so gerne diesen französischen Cognac?»

«Sie kennen meinen Schwiegervater?»

«Besser, als ihm lieb ist.» Der Mann lachte und wurde

schlagartig wieder ernst. «Wir haben im Großen Krieg Seite an Seite gearbeitet.»

Hermann stutzte. Erich Bösken war seit drei Jahren Hermanns Schwiegervater. Vom verlorenen Krieg sprach er nie. Und wenn einmal die Rede darauf kam, lenkte er das Gespräch umgehend in andere Bahnen.

«Danke der Nachfrage. Es geht ihm gut. Mit wem, sagten Sie noch, habe ich das Vergnügen?»

«Ob es ein Vergnügen wird, muss sich noch zeigen. Mein Name ist Roland Schaper. Ich bin vom SD», sagte er kühl.

Hermann musterte sein Gegenüber und sagte: «Sicherheitsdienst.»

«Der Sicherheitsdienst des Reichsführers SS, um genau zu sein.»

Schaper schnippte die Aschenkrone von seiner Zigarette zielsicher in den am Rand des Schreibtischs stehenden Aschenbecher.

«Können Sie sich ausweisen?», fragte Hermann. «Oder gibt es beim Geheimdienst keine Ausweise?»

Schaper hielt die Kippe zwischen den Lippen fest und zog eine bestoßene Pappe hervor. Er klappte sie auf und hielt sie Hermann zur Ansicht hin. Auf dem Foto sah Schaper noch hagerer aus, als er nun vor ihm saß. Ein Stempel auf der zweiten Seite informierte, dass er zum Tragen einer Faustfeuerwaffe berechtigt war. Der Ausweis war von Himmler persönlich unterschrieben worden.

Schaper klappte die Pappe zu und verfrachtete sie zurück ins Sakkoinnere.

«Sie wollten sich sicher nicht nur über das Wohlergehen meines Schwiegervaters erkundigen, Herr Schaper. Was führt Sie zu mir?»

Schaper setzte sich auf. «Sie waren vor etwa einem Monat, am 17. April, zusammen mit einem Journalisten aus Frankfurt unterwegs.» Seine Worte klangen beiläufig.

«Ja, ein Journalist der *Frankfurter Zeitung*. Älterer, dicklicher Kerl, französisch klingender Name.»

«Bouchard. Christoph Bouchard», half Schaper aus.

«Was ist mit ihm?»

«Er ist verschwunden.»

«Aha?»

«Was für einen Eindruck hat er bei Ihnen hinterlassen?», fragte Schaper.

«Na ja. Er kam von der *FZ*.»

«Ich weiß, was Sie meinen. Die Reichspressekonferenz hat immer wieder Ärger, die *Frankfurter Zeitung* auf Linie zu halten», bemerkte Schaper. «Ihre Berichterstattung verläuft nicht immer nach den Vorstellungen des Reichsführers SS. Erinnern Sie sich an den Von-Papen-Skandal?»

Hermann nickte. Franz von Papen hatte 1933 noch gedacht, die immer stärker werdende NSDAP mäßigen und gar kontrollieren zu können, indem er sie in die Regierungsverantwortung einbezog. Damit hatte er Adolf Hitler zum Reichskanzler gemacht, was er bald bereute. Ein Jahr später hatte er in einer Rede an der Universität Marburg vor den Nationalsozialisten gewarnt.

«Die *FZ* war damals die einzige Zeitung, die seine Marburger Rede veröffentlicht hat», stellte Schaper fest. «Es war ein Sisyphuswerk, die komplette Abendausgabe einzuziehen und zu vernichten.»

Hermann nickte. Er hatte damals noch in der Kanzlei gearbeitet und erst wenig später die Stelle im Ministerium erhalten.

«Bouchard war damals daran beteiligt, die Ausgabe vorzubereiten», sagte Schaper. «Seither steht er unter Beobachtung. Aber vor drei Tagen ist er spurlos verschwunden.»

«Untergetaucht oder ins Ausland geflohen?», vermutete Hermann.

«Ist Ihnen an dem Mann etwas aufgefallen?»

«Es gab ein paar Dispute, was er schreiben durfte und was nicht», bemerkte Hermann. «Aber das erwartet man bei einem Journalisten der *FZ* nicht anders. Ansonsten war es ein gängiger Termin mit Besichtigung des Stadions.»

«Wie kam es zu dem Termin?»

Hermann dachte kurz zurück. «Er hat beim Architekten angefragt und wurde von ihm, den Vorgaben entsprechend, ans Ministerium weitergeleitet. Da es in dem Bericht auch um die Maßnahmen gehen sollte, mit denen Berlin sich auf die Gäste vorbereitet, wurde ich ausgewählt, ihn umherzuführen.»

«Haben Sie sich denn nicht gewundert, dass der Bericht nicht erschienen ist?»

«Bouchard hat eine Woche nach dem Besuch angerufen und mitgeteilt, dass sein Artikel erst einmal auf Eis liegt. Ich ging davon aus, dass die Redaktion mit der Veröffentlichung bis kurz vor den Spielen warten wollte.»

Schaper nickte und drückte die Zigarette im Aschenbecher aus. Während er die glühende Spitze wieder und wieder auf das Porzellan presste, sagte er: «In Bouchards Büro wurden sehr viele Fotos vom Stadioninneren gefunden.»

«Ja, er hat seinen Fotografen angehalten, möglichst viele Aufnahmen fürs Archiv zu machen. Haben Sie mit dem schon gesprochen?»

Schaper überging Hermanns Hinweis.

«Wir haben Anlass, davon auszugehen, dass er an einer

Verschwörung gegen das deutsche Volk beteiligt sein könnte», sagte Schaper und schaute Hermann prüfend an.

«Das ist nicht gut», sagte Hermann vage.

Schaper nickte.

«Und Sie denken wegen der vielen Fotos, das stünde im Zusammenhang mit den Olympischen Spielen?»

Schaper zuckte die Achseln. «Das herauszufinden, ist meine Aufgabe.» Er holte ein mehrfach gefaltetes Blatt Papier aus dem Sakko und reichte es Hermann. Das Papier war rötlich und grob. Hermann faltete es auf. Es war ein Flugblatt.

«Das lag in einem Versteck in seiner Frankfurter Wohnung.»

Es handelte sich um eine Zeichnung, die Hermann schon einmal gesehen hatte. Sie zeigte das voll besetzte Stadion, in dem eine riesenhafte, gehässige Karikatur des Führers Marionetten tanzen ließ. Eine war der Fackelläufer, die zweite stellte wohl den Vorsitzenden des Internationalen Olympischen Komitees dar, denn er hielt ein Schild mit dem Schriftzug «IOC» in die Höhe, das gerade an der olympischen Flamme Feuer fing. *«Glaubt nicht der Propaganda!»*, stand in etwas krakeliger Schrift unter dem Geschehen.

«Sie kennen das Flugblatt?»

«Nicht in dem Format», sagte Hermann. «Ende April mussten wir mehrere solcher Plakate entfernen lassen, die illegal aufgehängt worden waren.»

«Sie sind nur in Berlin-Wilmersdorf plakatiert worden. Eine lokale Aktion. Ich fand es erstaunlich, einen verkleinerten Druck davon bei einem spurlos verschwundenen Mann zu finden, der vorher noch mit Ihnen unterwegs war.»

«Das finde ich allerdings auch sehr ungewöhnlich», gab Hermann zu.

«Und fällt Ihnen vielleicht noch etwas auf?», fragte Schaper und klang wie sein Latein-Lehrer, wenn Hermann bei einer Cicero-Übersetzung den Kasus verwechselt hatte.

Hermann betrachtete das Flugblatt von beiden Seiten. Er wollte dem Geheimdienstler gerade mitteilen, dass er keine Ahnung hatte, wovon er sprach, als es ihm wie Schuppen von den Augen fiel.

«Das war nicht auf den Plakaten», sagte er und zeigte auf eine Markierung unten rechts. Sie war nicht aufgedruckt, sondern schien mit Tinte aufgemalt zu sein. Ein großes, leicht nach rechts kippendes X, durch dessen Mittelpunkt die Grundlinie eines großen P verlief. Die Endpunkte des X waren auf beiden Seiten mit einer weiteren Linie verbunden.

«Ein Schmetterling? Oder ein Adler?», tippte Hermann.

«Haben Sie es schon einmal gesehen?»

«Es kommt mir bekannt vor», sagte Hermann.

«Sie sind doch ein guter Christ», half ihm Schaper auf die Sprünge.

Und in dem Moment erkannte Hermann die Ähnlichkeit. Stünde das Symbol gerade, könnte man es leicht mit einem Christogramm verwechseln, ☧. Ein X und ein P.

«Auf den anderen Plakaten gab es keinen Hinweis», sagte Schaper. «Wir vermuten, dass es sich um eine Gruppierung von verblendeten Christen handelt, die von Berlin aus agieren, aber expandieren wollen.»

Das ergab Sinn. Hitler war in Kirchenkreisen nicht überall gut gelitten.

«Man sagte mir, man könne sich auf Sie verlassen, Herr Schmidt. Darum möchte ich Sie bitten, die Augen für mich offen zu halten. Informieren Sie mich, sobald neue Plakate aufgehängt werden oder dieses Zeichen auftaucht!»

Er griff erneut in seine Sakkotasche und zog ein silbernes Etui hervor, aus dem er eine Karte holte. Auf dieser stand nur eine Berliner Telefonnummer. «Sie erreichen mich jederzeit.»

Schaper stand auf und forderte mit einem Fingerzeig das Flugblatt ein, das er routiniert faltete und verstaute.

«Und grüßen Sie Ihren Schwiegervater von mir. Er dürfte ziemlich überrascht sein, will ich meinen. Sagen Sie ihm, der alte Dachs ist wieder aus seinem Bau gekommen.»

GUILLOTINE

Berlin, Dienstag, 19. Mai 1936

Freudig quietschend stürmte Luise ihrem Vater aus dem Wohnzimmer entgegen. Ihr weißes Spitzenkleidchen wirbelte um sie herum, als sie keck vor ihm abbremste.

«Papa, auf!», befahl sie und reckte die Ärmchen in die Höhe. Hermann stellte seine Tasche ab, nahm die Kleine lachend hoch und drückte ihr einen Kuss auf die Stirn. Erika küsste er auf die Lippen.

«Was macht dein Rücken?», fragte er beiläufig.

«Ich fühle mich wie eine alte Frau, nicht wie 23», entgegnete sie. Ihr Bauch war schon jetzt, Ende des sechsten Monats, fast so groß wie kurz vor Luises Geburt.

«Unser Kind wird es dir eines Tages danken», versuchte Hermann, sie aufzuheitern. Mit der freien Hand strich er ihr sanft über den vorgewölbten Bauch.

«Das will ich wohl hoffen!», gab Erika zurück und lächelte müde, als Luise ihrem Papa mit dem speckigen Händchen ins Gesicht tatschte. Erika nahm ihm die Kleine ab und wies mit dem Kopf in Richtung der Ablage. «Für dich ist ein Brief gekommen. Von Susanne.»

«Oh», gab Hermann zurück.

Der mit bunten Marken beklebte Umschlag stach aus den anderen Kuverts heraus. Ein Zeppelinstempel des LZ 127 belegte, wie das Schreiben über den Atlantik transportiert worden war.

«Wir müssen aber bald los», mahnte Erika. «Du weißt ja, was Papa von Unpünktlichkeit hält.»

«Ja. Gleich.»

Hermann schlitzte den Umschlag mit einem Brieföffner auf und zog das pergamentdünne Papier hervor. Das einzelne Blatt war eng mit der gleichen dunkelblauen Tinte beschrieben, die auch auf dem Umschlag prangte.

«Lieber Hermann», stand da in der unverwechselbaren, stark nach links geneigten Handschrift seiner vier Jahre älteren Schwester. *«Danke für deinen Brief. Es war schön, aus der alten Heimat zu hören. Ich hoffe, es geht euch gut, besonders Erika. Ich kann es kaum glauben, dass mein kleiner Bruder bald stolzer Vater von zwei Kindern sein soll. Mama und Papa wären so glücklich, wenn sie das noch hätten erleben dürfen. Auch bei mir gibt es Freudiges zu berichten: Deine Kinder werden – so Gott will – bald einen Cousin oder eine Cousine haben. Ja, du hast richtig gelesen. David und ich erwarten ein Kind. Endlich! Der dritte Monat ist geschafft, sodass ich es nach den bisherigen Tragödien wage, darüber zu schreiben. Ich bete, dass weiterhin alles gut laufen wird.»*

Hermanns Schwester hatte nach zwei Fehlgeburten kaum noch geglaubt, einmal ein Kind zu bekommen. Dabei bedeutete es ihr so viel. Er las weiter.

«Du kannst dir sicherlich vorstellen, wie gerne ich dir diese wundervolle Nachricht persönlich mitgeteilt hätte. Aber wir können eure Einladung nicht annehmen, solange mein Mann in Deutschland nicht willkommen ist. Bis zu einem Wechsel der Regierung werde ich bei meinem

Entschluss bleiben und keinen Fuß auf deutschen Boden setzen, auch nicht zu den Olympischen Spielen. Hier in den Vereinigten Staaten wurde lange diskutiert, die ‹Nazi-Games› zu boykottieren. Aber das weißt du ja. Ich verdränge immer, dass du selbst ein Teil des Regimes geworden bist. Nichts für ungut.»

Hermann hatte Susanne zum letzten Mal bei seiner Hochzeit vor zwei Jahren gesehen. Sie hatte ihm damals eröffnet, das Reich mit ihrem Verlobten zu verlassen. David Goldstein, ein amerikanischer Jude aus New York, hatte zuvor zwei Jahre in Berlin als Ingenieur gearbeitet und die Machtübernahme der NSDAP samt der schärfer werdenden Kampagnen gegen Juden mit wachsender Sorge miterlebt. Nur seine Liebe zu Susanne hatte ihn noch in Berlin gehalten. Ihre Entscheidung, gemeinsam in die Staaten zu gehen, war zeitgleich mit dem Angebot für Hermann gekommen, ins Propagandaministerium zu wechseln. Bereits eine Woche später war er Ministerialbeamter geworden und Susanne auf einem Liniendampfer in die Fremde gefahren.

«Ich hoffe, wir sehen uns trotzdem bald wieder», endete der Brief. *«Ich vermisse dich. Immerhin sind wir die Einzigen, die noch da sind. Ich denke so oft an Mama und Papa, sogar an Lulu. Ich sende euch herzliche Grüße, auch im Namen von David und seinen Eltern. Deine dich liebende Schwester Susanne.»*

«Und? Geht es ihnen gut?», fragte Erika. Sie betrachtete ihn fertig angezogen mit Luise an der Hand von der Tür aus.

Hermann faltete den Brief im Aufstehen zusammen.

«Stell dir vor, sie ist wieder schwanger. Diesmal sieht es wohl gut aus. Dritter Monat.»

«Wirklich? Das freut mich so sehr für sie! Werden sie und David uns zu den Spielen besuchen?»

«Leider nicht. Die beschwerliche Reise, du weißt schon. Sie wollen das Risiko wegen der Schwangerschaft nicht eingehen», log er.

Erika nickte verständnisvoll.

«Dann lass uns mal aufbrechen.»

Hermanns Schwiegereltern, Erich und Charlotte Bösken, hätten nicht gegensätzlicher sein können. Charlotte war eine zarte, zeitlose, fast elysische Erscheinung in einem dunklen, figurbetonten Abendkleid; Erich ein alternder Hüne mit Doppelkinn, Wohlstandsbauch und strengem, analytischem Blick. Er trug einen braunen Anzug mit passender Weste. An der Brust des Sakkos prangte sein goldenes Parteiabzeichen.

«Hermann», begrüßte er ihn knapp und mit kräftigem Handschlag.

«Erich», erwiderte Hermann. «Danke für die Einladung.»

Der Hausherr nickte und wandte sich deutlich herzlicher seiner Tochter Erika zu.

Charlotte Bösken hielt derweil Hermann ihre Hand zum Handkuss entgegen: «Wie schön, dass ihr da seid! Erich und ich freuen uns schon den ganzen Tag!»

Die monatlichen Abendessen bei seinen Schwiegereltern folgten einer regelrechten Choreografie: Nach einem Aperitif im Stehen – meist ein lieblicher Martini – bat die Hausherrin ins Speisezimmer. Die Mädchen servierten zuerst Suppe, dann einen Braten mit Kartoffeln oder Klößen, anschließend gab es Dessert – häufig Pudding, den Erich

Obst und Käse vorzog. Die Gespräche bei Tisch bewegten sich stets unverfänglich an der Oberfläche. Die politische Lage und Wirtschaftsthemen ließ man am besten ganz aus, streifte sie nur kurz, wie etwa den Brief aus Amerika, der heute angekommen war. Solche Themen wurden erst im Anschluss vertieft, wenn die Frauen sich in den Salon und die Männer ins Herrenzimmer zurückzogen.

Ein französischer Cognac und eine deutsche Zigarre gehörten für den Inhaber und Direktor von Bösken-Stahl zum Abschluss eines gelungenen Abends.

«Die kleine Luise ist ein pfiffiges Mädchen. Sie macht sich prächtig», begann Erich das Gespräch. Er ließ sich in einen schweren Ledersessel sinken und ergriff den volleren der beiden auf einem Silbertablett bereitstehenden Cognac-Schwenker. Mit einem Blick bot er Hermann das zweite Glas an.

«Es wäre schön, wenn das nächste Kind ein Junge würde. Trinken wir auf einen Stammhalter!»

Er hob sein Glas.

«Ich will auch zufrieden sein, wenn es ein gesundes Mädchen wird», erwiderte Hermann. Er erntete einen strengen Blick, aber das Klirren der Kristallgläser hallte trotzdem glockenhell durch den Raum.

«Sicher. Es kann auch ein Mädchen sein. Aber ein Bub wäre schon schön. Ein kleiner Erich!»

Erika teilte sich die ersten drei Buchstaben ihres Vornamens nicht zufällig mit ihrem Vater. Erich Bösken hatte nur dieses eine Kind – und liebte seine Tochter auch von Herzen, aber eigentlich hatte er immer gehofft, sich einen Nachfolger für die Firma aus seinem eigenen Fleisch und Blut heranziehen zu können. Seine Enttäuschung darüber, dass sein erstes Enkelkind als Mädchen zur Welt kam, hatte er nicht verbergen können. Das zweite Kind sah er nun als neue Chance, seinen Namen weiterbestehen zu lassen. Sie hatten deshalb früh festlegen müssen, dass ein Junge auf jeden Fall Erich heißen sollte.

«Deine Schwester bleibt also während der Olympischen Spiele in Amerika», stellte Erich Bösken fest. «Liegt es wirklich nur an der Schwangerschaft?»

Hermann schüttelte zögernd den Kopf. «Sie fühlt sich in Deutschland nicht willkommen.»

«Sie ist eine Deutsche und somit in ihrem Heimatland durchaus willkommen.»

«Aber ihr Mann ist es nicht mehr.»

«Tja. Warum musste sie sich auch ausgerechnet in einen Ausländer und dann noch einen Juden vergucken? Als gäbe es nicht genug richtige Männer bei uns.»

«Wo die Liebe hinfällt», sagte Hermann beschwichtigend.

Erich Bösken stand auf und holte eine Holzschachtel aus einer Schublade in seinem Bartisch. Er öffnete die Zigarrenkiste, deren Etikett den Inhalt als Erzeugnis der *Gebrüder-Maier-Zigarrenfabrik, Heidelberg* kennzeichnete. Es waren nur noch zwei daumendicke Stängel darin.

«Meine Lieblingssorte», sagte er. «Das sind meine Letzten. Leider hat Edeka sie aus dem Sortiment genommen.»

«Wieso?»

«Weil die Zigarrenfabrik Juden gehört, auch wenn der Name Maier es nicht auf Anhieb vermuten lässt. Der Boykott hat sie gezwungen, ihre Fabrik zu verkaufen. Auf persönlicher Ebene bedauere ich das natürlich, weil ich nicht weiß, ob die Qualität unter den neuen Besitzern die gleiche bleibt oder ich mir eine andere Marke suchen muss. Aber politisch ist es eben so. Da darf man sich nicht beschweren. Verstehst du, worauf ich hinauswill?»

Hermann schüttelte verwirrt den Kopf.

«Nun, ich will es dir gerne verraten, mein Junge», sagte Erich Bösken gönnerhaft. «Auf persönlicher Ebene finde ich es durchaus bedauerlich, dass deine Schwester nicht nach Deutschland kommt. Aber sie hat sich nun mal entschieden, die Frau eines Juden zu werden, und muss mit den Konsequenzen leben. Dafür kann sie uns Deutschen keine politische Schuld zuschieben.»

«Nun, zunächst ist es ja keine politische Aussage, sich als Frau eines Juden in Deutschland nicht willkommen zu fühlen», entgegnete Hermann. «Und es ist ja auch nicht aus der Luft gegriffen.»

«Das stimmt», gab Erich Bösken larmoyant lächelnd zu. «Gemütlicher ist es für die Juden sicher nicht geworden, seit wir an der Macht sind. Aber das war auch schon klar, als sie nach Amerika gegangen ist.»

Er blickte in die immer noch geöffnete Kiste mit den beiden nebeneinanderliegenden Zigarren.

«Man liegt, wie man sich bettet. Und man darf sich nicht beschweren, schlecht zu liegen, wenn man das Bett selbst gemacht hat. Erweist mein Schwiegersohn mir die Ehre, die letzten Zigarren mit mir zu rauchen?»

Hermann nippte am Cognac, um Zeit zum Überlegen zu gewinnen. Er wollte am liebsten seine Schwester in Schutz nehmen, aber gleichzeitig keinen Streit mit seinem Schwiegervater provozieren.

«Ausnahmsweise», sagte er schließlich. «Du weißt, dass ich eigentlich nicht rauche.»

«Du hältst es wie der Führer, ich weiß», gab Erich zurück.

Er holte das Rauchbesteck und stellte einen großen Aschenbecher aus Marmor bereit.

«Ich habe etwas Neues», merkte er freudig an. Das Gespräch über Susanne schien damit beendet. Erich Bösken holte ein hölzernes Gestell, dessen Form Hermann erst erkannte, als es vor ihm stand. Es war ein Miniatur-Modell einer Guillotine mit Seilzug, schwerer, schräg geschliffener Fallklinge und einem Fangbehälter am Boden. Erich grinste schief.

«Ich habe auf einen besonderen Moment gewartet, sie zu benutzen», sagte er und forderte Hermann mit einem Wink auf, seine Zigarre von hinten durch das Loch zu führen, sodass ihr Ende unter der Klinge zu liegen kam wie der Kopf eines zum Tode Verurteilten.

«Die heutige Zeit gebietet nun einmal, dass man sich nicht mit Juden einlassen sollte», sagte er und zog an der Schnur. Die Klinge glitt schwer nach unten, scharf genug, um das Ende sauber abzutrennen. Es sprang aus der Auffangschale heraus und flog in einem Bogen auf den Teppich.

Erich lachte von Herzen, Hermann blieb das Lachen im Hals stecken. Er hob die abgetrennte Spitze auf und legte sie auf den Tisch.

«Ein famoses Teil!», lobte Erich.

Hermann nickte betreten. Er musste hüsteln, als er kurz darauf die Zigarre mit einem Span anzündete und etwas Rauch in die Lunge bekam.

«Wie läuft es im Ministerium?», fragte Erich interessiert. «Redet Beckstein immer noch so viel?»

«Heute ist ein Besucher in mein Büro geschneit, der mir sagte, dass er dich kennt», gab Hermann zurück. Den ganzen Nachmittag und während des Essens war ihm der Blick dieses Mannes nicht aus dem Kopf gegangen.

«Ach? Und um wen handelt es sich?»

«Roland Schaper vom Sicherheits-…»

Hermann hielt auf einen fast hektischen Wink seines Schwiegervaters inne.

«Hast du gesagt: Roland Schaper?», flüsterte er mit alarmiertem Blick.

Hermann nickte. Der graue Rauch der Zigarre kräuselte sich der hohen stuckverzierten Decke entgegen.

«Das kann nicht sein.»

«Er meinte, ich solle dir ausrichten, der alte Dachs sei wieder aus seinem Bau hervorgekommen.»

Erichs Gesicht wurde bleich. Er lehnte sich zurück, griff nach dem Cognacglas und nahm einen großen Schluck.

«Und dass ihr im Krieg zusammengearbeitet habt», ergänzte Hermann. «Warum bist du so fassungslos?»

Erich zog an der Zigarre. Beim Ausatmen legte sich der Rauch wie ein Nebel zwischen sie.

«Was ich dir jetzt sage, hat strikt unter uns zu bleiben.» Er sah Hermann eindringlich an, bis er ein Nicken als Bestätigung erhielt.

«Bevor ich nach dem Tod meines Vaters die Firma übernommen habe, war ich Mitglied im militärischen Nachrichtendienst. Abteilung III b.»

Hermann sah ihn mit großen Augen an. «Weiß Erika davon?»

Erich schüttelte den Kopf. «Ich unterliege auch heute noch in Teilen der Geheimhaltung. Charlotte weiß es natürlich. Aber mit so etwas geht man nicht hausieren. Man sagt es nicht einmal seinem Kind, das sich verplappern könnte.» Es klang, als rechtfertige er sich mehr vor sich selbst als vor Hermann. «Was wollte er von dir?»

«Er ermittelt wegen eines vermissten Reporters der *Frankfurter Zeitung*, den ich vor ein paar Wochen durchs Stadion geführt habe.»

«Das ist alles?»

«Und es geht um linke Plakate, die in Berlin aufgehängt worden sind.»

«Es muss mehr dahinterstecken, wenn er dafür zurückkommt», brummte Erich.

«Woher zurückkommt?», fragte Hermann. «Wo war er denn?»

Die Antwort darauf war das Letzte, was Hermann erwartet hatte zu hören: «Er ist 1918 an der Westfront gestorben.»

VATERLANDSVERRÄTER

Berlin, Freitag, 22. Mai 1936

Der erste Pfiff war hoch, der zweite tiefer. Achims Zeichen, dass die Luft rein war, kam Anna zu dieser nachtschlafenden Zeit auf der wie ausgestorben wirkenden Straße viel zu laut und auffällig vor. Sie lockerte die Schultern, zog sich den Schirm der Ballonmütze tiefer ins Gesicht und prüfte, ob der Kragen des schwarzen Mantels noch hochstand. Es konnte jeden Moment losgehen.

«Das Tuch!», mahnte Leopold.

Anna nickte. Sie streifte das dunkle Dreieckstuch vom Hals über das Gesicht, sodass nur noch die Augen frei blieben.

Leopold trug ebenfalls Schwarz. Sie hatten sogar den Eimer für den Kleister schwarz lackiert, den Leopold samt Quast mit sich trug. Im schwachen Schein der Gaslaternen waren sie aus der Entfernung kaum auszumachen. Zumindest, solange ihnen niemand zu nahekam. Aber dafür standen ja Achim auf der einen und Claudius auf der anderen Seite der Straße Schmiere. Aus Claudius' Richtung drang nun das gleiche Pfeifsignal an ihre Ohren.

«Dann mal los!», sagte Anna. Sie zog das erste Plakat aus der Rolle in ihrer Tasche, während Leopold die Wand neben der Eingangstür des Hauses in der Zähringerstraße großzügig einkleisterte. Anna drückte das Papier in die feuchte Masse, Leopold strich mit dem Quast noch einmal darüber.

«Sieht gut aus», sagte er laut.

«Psst», machte Anna. Sie musste aber zustimmen. Das neue Plakat war ihr besonders gut gelungen. Es zeigte eine gesichtslose Masse von Sportlern, die ins Stadion einmarschierten. Die deutschen Athleten hatten eine Hand zum Hitlergruß erhoben, mit der anderen hielten sie sich die Augen zu. Die bereits im vorigen Plakat aufgetretene riesige Hitler-Karikatur zog sich einen einzelnen Sportler an den Haaren aus der Gruppe heraus und schnitt ihm mit einer riesigen Schere den Kopf ab. Auf dem Hemd des niederfallenden Leibs war ein Davidstern zu sehen.

Der in großen, zackigen Lettern über der Szene gedruckte Schriftzug «*Schaut nicht weg!*» sprang dem Betrachter förmlich entgegen. Unter der Grafik stand: «*Hitler zerstört die olympische Idee.*» Das neue Phoenix-Zeichen hatte unten links gerade noch ein Plätzchen gefunden.

«Los, weiter!» Leopold wandte sich zum nächsten Haus. «Über diese Plakate wird morgen ganz Berlin reden», schwärmte er euphorisch.

«Meinst du, dass wir damit wirklich etwas bewegen?», fragte Anna.

«Das haben wir doch schon besprochen! Die Regierung setzt dem Volk so lange falsche Bilder in den Kopf, bis die Leute die Lüge als Wahrheit ansehen. Mit deinen Plakaten sagen wir ihnen, wie es wirklich aussieht.»

Die nächste Fassade war zu rau verputzt, um das Plakat aufzuhängen. Leopold schmierte darum die Tür mit seinem Kleister ein. Als Anna das Plakat festklebte, sagte er: «Außerdem macht so eine Aktion sichtbar, dass es Widerstand gibt. All die braven Bürger müssen endlich aufwachen und sich gegen diese Regierung stellen!»

«Psst», mahnte Anna erneut, weil Leopold zu laut geworden war. «Weiter.»

Sie hatten die rechte Häuserseite fast bis zur Ecke plakatiert, als drei schnelle Pfiffe aus Achims Richtung ertönten. Das stand für Gefahr. Es kam jemand!

Leopold drückte Anna in einen dunklen Hauseingang. Er stellte den Kleistereimer im Schatten hinter sich ab. Ihre Oberkörper berührten sich, so eng standen sie zusammen.

«Du quetschst mich ein», flüsterte sie.

«Ich beschütze dich nur», hauchte er in ihr Ohr und drückte sich noch fester an sie.

Sie knuffte ihn und konzentrierte sich auf das Geräusch der näher kommenden Schritte. Ihr Kopf lag an Leopolds Brust. Sie spürte durch den Stoff der Jacke, wie sein Herz schneller schlug. Ihr eigenes raste. Jetzt nur ganz ruhig bleiben! Sie hielt die Luft an und schielte zur Straße. Auf der anderen Straßenseite taumelte ein Kerl heran. Der Mann war offensichtlich betrunken und so damit beschäftigt, auf den unebenen Pflastersteinen auf Kurs zu bleiben, dass er weder sie noch die bereits aufgehängten Plakate registrierte. Er schwankte durch den Lichtkegel der Laterne an ihnen vorbei. Dann war er nur noch eine schwindende Silhouette.

Leopold zog sich das Tuch vom Gesicht. Anna tat es ihm nach und atmete erleichtert auf. Im schwachen Schein sah sie, dass er sein charmantes Bubengrinsen aufgesetzt hatte. Sein anziehend herber Duft vermischte sich mit dem süßen Geruch des Kleisters und ließ Anna eine Gänsehaut über die Arme laufen.

Er beugte sich zu ihr hinab, sie stellte sich auf die Zehenspitzen und schloss die Augen. Ihre Lippen fanden auch blind zueinander. Das plötzliche Verlangen, das ihren Leib erzittern ließ, wuchs ins Unermessliche, als ihre Zungen sich berührten. Anna presste sich gegen ihn, spürte seine Erregung gegen ihren Bauch drängen.

Die Pfiffe zum Zeichen, dass die Luft wieder rein war, trafen Anna wie ein Eimer kaltes Wasser. Leopold löste sich unwillig von ihr.

«Du bekommst deine Belohnung, wenn wir hier fertig sind», flüsterte sie und streifte erst ihm das Tuch über die Nase, dann sich selbst.

«Das ist ein Wort! Auf geht's!»

Anna folgte ihm über die Straße. Leopold kleisterte ein, sie hängte das Plakat auf. Ihr eben gegebenes Versprechen erhöhte eine erwartungsvolle Vorfreude. Schließlich aber wich die Aufregung der Enttäuschung. Leopold war mit dem Kleister zu freizügig umgegangen. Sie schafften gerade noch die Hälfte der Straße, wo er den Quast an einer Fassade ausstrich. Anna presste das letzte Plakat dagegen und schob es gerade. In ihrer Tasche waren sicher noch dreißig Blätter übrig.

«Egal, wir sollten jetzt verschwinden», meinte Leopold. «Zuerst feiern wir noch mit Achim und Claudius, und danach haben wir zwei …»

Drei Pfiffe, hastig und unterdrückt, dann hörte Anna auch schon erste eilige Schritte. Die Gestalt, die ihnen abwechselnd durch Laternenschein und Schatten entgegenrannte, war eindeutig Claudius. Hinter ihm erklangen gebellte Rufe.

«Polizei?», fragte Leopold in Annas Richtung. Sie kam nicht mehr zum Antworten, denn als Claudius sie ausmachte, rief er ihnen warnend zu: «Lauft! Schläger!»

Leopold zögerte, aber Anna brauchte keine weitere Aufforderung. Sie zerrte ihren Freund am Ärmel und rannte Claudius hinterher. Gleichzeitig registrierte sie die Schritte seiner Verfolger. Es mussten vier oder fünf sein, und sie klangen verdammt nahe.

«Halt!», rief eine aggressive Männerstimme hinter ihnen. «Bleibt stehen!»

Anna leistete dem Befehl natürlich keine Folge. Sie schaute nicht einmal zurück. Leo rannte mit ihr gleichauf. Er warf den Eimer weg, der scheppernd auf der Straße hinter ihnen landete. Claudius war vor ihnen in der Dunkelheit verschwunden.

«Los! Bringt sie zur Strecke!», brüllte ein anderer Mann hinter ihnen.

Annas Lungen pumpten in immer schnelleren Abständen neue Luft in ihren Leib, ihre Beine stießen sie Schritt für Schritt vor. Und durch ihren Kopf schossen wie von Blitzen erleuchtet unscharfe Ahnungen, was sie erwartete, falls die Kerle sie erwischten. Das Adrenalin, das ihre Blutbahnen flutete, sorgte dafür, dass sie trotz der bereits einsetzenden Schwäche noch einmal einen Zahn zulegen konnte.

Für Leopold war es keine Schwierigkeit, mit ihr Schritt zu halten. Sie wusste, dass er langsamer lief, als er konnte. Er atmete noch nicht einmal schwer, sondern spornte sie an: «Komm! Schneller!» Ihn neben sich zu wissen, gab ihr etwas Zuversicht. Zudem schienen die Schritte ihrer Verfolger langsamer zu werden. Wenn Anna nur noch ein bisschen durchhielt, würden sie ihnen entkommen!

«Los, wir schaffen das!», rief Leopold neben ihr. Er hatte den gleichen Schluss gezogen wie sie: «Die werden müde.»

Aber ein schadenfrohes Lachen aus den Reihen der Verfolger jagte ihr einen eiskalten Schauer über den Rücken. Die Erkenntnis traf sie wie ein Schlag. Die Kerle waren nicht müde geworden. Es war eine Falle! Und sie waren mitten hineingerannt! Auf der Kreuzung vor ihnen konnte sie fünf weitere Männer erkennen. Einer von ihnen trat auf einen am Boden liegenden Körper ein. Anna meinte den Schmerz selbst zu spüren. Das musste Achim sein! Zwei andere rangen mit Claudius, und zwei erwarteten Leopold und sie. Ein großer Kerl winkte drohend mit einer Eisenstange.

Leopold bremste jäh ab und wandte sich nach hinten. Anna tat es ihm nach. Aber von dort schritt ihnen eine Front von vier Angreifern entgegen. Zwei hatten Brechstangen dabei.

«Hilfe!» Claudius' Schrei ging schlagartig in ein schmerzerfülltes Wimmern über. Ein Fenster im ersten Stock wurde geöffnet. Anna erkannte im Licht einer Kerze einen alten Mann. Sie schöpfte Hoffnung, aber der Fensterflügel wurde gleich wieder geschlossen.

Annas Kopf fühlte sich auf einmal ganz leer an. Ihr war zum Weinen zumute, denn sie wusste, dass es keinen Ausweg ohne Schmerzen geben würde. Claudius und Achim wehrten sich, so gut es ging, aber Anna machte schwarzes Blut auf den Pflastersteinen aus.

Und dann erkannte sie den großen Kerl, der sie erwartete. Die Gewissheit ließ sie taumeln. Horst! Ihr Bruder. Er würde nicht zulassen, dass man seine Schwester verletzte, aber umso erbitterter würde er seine Wut an ihren Freunden auslassen und sie letztlich zur Polizei bringen. Und das bedeutete noch größere Gefahr, denn damit würde Phoenix auffliegen.

Anna wollte Horst auffordern, Achim und Claudius gehen zu lassen, aber Leopolds Ruf kam schneller. In seiner Stimme lag ein eisiger Tonfall, den Anna gar nicht von ihm kannte und der ihr Angst machte.

«Haut ab, oder ich schieße euch alle über den Haufen!»

«Er hat eine Pistole!», rief einer. Die Schläge und Tritte gegen ihre Freunde wurden eingestellt.

«Haut ab!», wiederholte Leopold mit bitterer Entschlossenheit. Der silberne Lauf glänzte im Laternenschein. Anna war wie gelähmt. Die Schläger zogen sich langsam zurück. Nur einer nicht. Horst preschte auf einmal mit erhobener Eisenstange vor, als Leopold sich gerade in die andere Richtung wandte. Doch er hörte seine Schritte, schnellte herum und riss seine Hand vor. Sie spuckte Blitz und Donner zugleich, so laut, dass der Widerhall in Annas Ohren nicht enden wollte.

Horst lief einen Schritt weiter, zwei. Dann kam er nur vier oder fünf Meter vor ihnen zum Halten, in seinem Blick lag Fassungslosigkeit. Die Eisenstange entglitt seiner Hand und vollführte einen kurzen, scheppernden Tanz auf dem Pflaster, bevor sie regungslos liegen blieb. Horst stand ebenso regungslos vor ihnen. Ungläubig schaute er an sich hinab.

«Verschwindet!», drang Leopolds Stimme durch das Summen, das in Annas Kopf tobte und sich nur langsam auflöste. Die Kerle in ihrem Rücken nahmen Reißaus und suchten Schutz hinter einem abgestellten Auto. Die vor ihnen wichen schnell zur Seite. Mehr Lichter gingen nun in den Häusern an.

Anna wollte zu Horst, der zwei Hände auf seine linke Seite presste und wie in Zeitlupe auf das Pflaster niedersank. Aber Leopold hielt sie zurück. «Weg!», raunte er ihr zu.

Anna brachte nicht die Kraft auf, sich zu wehren. Unter Schock und mit Tränen in den Augen ließ sie sich weiterziehen. Achim und Claudius schlossen sich ihnen hinkend und stöhnend an. Achim blutete aus dem Mund.

Anna wandte sich an der Kreuzung kraftlos zu ihrem Bruder um. Zwei seiner Freunde waren bei ihm.

«Bleib bei uns!», rief einer. Eine Häuserwand nahm ihr den Blick.

Laute Schläge und Rufe rissen Anna aus einem unruhigen Schlaf in ein dämmriges Wachen. Sie war allein, lag in ihren verschwitzten Kleidern im Bett in ihrer Wohnung. Leopold war nicht da. Dabei erinnerte sie sich, dass er sie hergebracht und ihr ein Beruhigungsmittel aufgezwungen hatte.

«Anna!», rief eine Männerstimme vor der Tür. Das Klopfen ging unablässig weiter. Ihr Vater? Der war noch nie hier gewesen.

Schlagartig wurde ihr wieder bewusst, was in der Nacht geschehen war. Horst! Leopold hatte auf ihn geschossen. Und sie hatte nichts getan, um ihn daran zu hindern oder Horst zu helfen. Sie war nicht einmal bei ihm geblieben, sondern weggerannt. Die anderen hatten auf sie eingeredet. Achim mit einem ausgeschlagenen Zahn, Claudius mit zugeschwollenem Auge. Und Leopold mit der Pistole, die er kurz danach zurück in die Tasche seines Mantels hatte gleiten lassen.

«Anna, wach endlich auf. Dein Bruder ist im Krankenhaus. Hörst du?»

Im Krankenhaus? Er lebte? Hoffnung durchströmte sie – und Angst zugleich. Hatte Horst sie trotz Maske und Mütze erkannt? Egal, das war jetzt zweitrangig. Sie musste zu ihm.

«Anna!»

«Papa?», antwortete sie aufgeregt. «Warte unten, ich komme gleich.»

«Na endlich!», begrüßte ihr Vater sie zehn Minuten später vor der Tür.

«Wie geht es Horst? Was ist passiert?»

«Die haben ihn angeschossen. Linke Schweine.»

«Wie schlimm ist es?»

«Er wird's überleben, sagt der Doktor. Unkraut vergeht nicht.»

Anna schossen Tränen der Erleichterung in die Augen.

«Ich war vorhin kurz bei ihm. Er wollte unbedingt, dass ich dich hole.»

Anna wischte sich die Tränen weg. Hatte Horst sie also doch erkannt? Warum sollte er Vater sonst nach ihr schicken?

«Wo ist Gretchen?», versuchte Anna, ihre Gedanken zu ordnen.

«Bei der Palupke von nebenan.»

Dieser Information schlossen sich ein unangenehm schweigsamer Marsch zum Bahnhof und eine quälend lang wirkende Fahrt mit der Bahn an. Vater stellte ab und zu eine Frage zu ihrem Studium oder der Arbeit bei Leni Riefenstahl. Anna antwortete darauf ebenso einsilbig wie ihr Vater auf ihre ungeschickten Versuche, die Stille zwischen ihnen nicht zu laut werden zu lassen. Sie müssten sich doch wenigstens in einer solchen Lage etwas zu sagen haben, dachte Anna entmutigt, doch letztlich saßen sie den ganzen Weg nebeneinander und schauten aus dem Fenster auf die erwachende Stadt.

Anna war froh, als sie endlich am Sankt-Gertrauden-Krankenhaus ankamen.

Vater ging vor ihr über die langen, mit kaltem Licht beleuchteten Flure. Ein streng blickender Arzt kam aus einer Tür und sprach mit ihnen über Horsts Gesundheitszustand.

Anna konnte mit den Fachbegriffen nicht viel anfangen. Sie verstand nur, dass Horst wegen des Blutverlustes noch schwach war. Der Durchschuss unterhalb seiner Schulter auf der Herzseite mochte zwar schmerzhaft sein, aber Gott sei Dank nicht lebensgefährlich.

«Er hat großes Glück gehabt», sagte der Arzt. «Ein paar Zentimeter weiter Richtung Herz, und er wäre verblutet, bevor er bei uns ankam.»

«Danke, Herr Doktor. Vielen, vielen Dank!», sagte Anna.

«Ich hoffe, man findet die Verbrecher bald. Sie können jetzt zu ihm hineingehen.»

Vier Betten standen in dem halbdunklen Raum in einer Reihe. Alle waren belegt. Zwei Männer dösten, ein hagerer Herr erwiderte ihre gemurmelte Begrüßung mit einem Nicken. Horst lag am Fenster, bei ihm saß Erwin Rebkowicz, der rote Rebko, wie sie ihn im Quartier gerufen hatten. Aber nur seine Haare und seine pickligen Wangen waren rot, ansonsten lief er den Braunen nach – wie Horst. Er musste in der Nacht auch dabei gewesen sein.

Horst lächelte. Er lag mit freiem Oberkörper im weißen Leinen. Wann hatte ihr kleiner Bruder so eine muskulöse Brust bekommen, fragte sie sich. Eine Seite war in weiße Verbände verpackt. Erwin stand von dem Stuhl auf und bot den Platz Anna an. Sie setzte sich und nahm Horsts Hand.

«Anna!», flüsterte er.

«Gott, bin ich froh, dass dir nichts passiert ist», gab sie erleichtert zurück. «Es tut mir so leid.»

«Du kannst ja nichts dafür.»

Er hatte sie also nicht erkannt in der Nacht! Anna schüttelte zur Antwort leicht den Kopf und spürte, wie die Qual des schlechten Gewissens wie ein alles überdeckender Nebel in ihren Geist drang. Sie konnte nichts für Horsts Verwundung, das war richtig, aber sie war daran beteiligt gewesen. War es das wert?

«Ich schwöre euch, ich werde diese Vaterlandsverräter erwischen, die mir das angetan haben.»

«Die machen wir fertig!», bekräftigte Erwin. «Sie waren zwar maskiert, aber ich habe einem die Maske abgerissen.»

«Die finden wir», zischte Horst entschlossen. Mit jeder Silbe verstärkte sich das Unwohlsein in Annas Brust. «Und wenn es das Letzte ist, was ich tue.»

KAKADU

Berlin, Freitag, 22. Mai 1936

Teddy Stauffer und seine Kapelle setzten auf der Bühne zu einem langsamen Foxtrott an, bei dem die Paare auf der Tanzfläche noch enger zusammenrückten. An den Tischen unterhielten sich herausgeputzte Gäste, livrierte Kellner präsentierten das Etikett der gerade geöffneten Schampusflaschen, während der blaue Dunst Hunderter Zigaretten auf halber Saalhöhe eine Wolke bildete, durch die das blau und goldfarben gehaltene Interieur in diffuses Licht getaucht wurde.

Anna mochte die *Kakadu*-Bar wegen der Vielfalt ihrer Besucher. Berühmte Künstler und Schauspieler trafen sich hier, aber auch die, die es erst werden wollten. Dazu begegnete man Geschäftsmännern, Touristen und jungen Leuten, die einfach gerne tanzen wollten. Dazwischen flatterten leichte Mädchen auf der Suche nach wohlhabender Kundschaft umher. Es war laut und warm, doch selbst an den vollen Freitagabenden gab es immer ein Plätzchen, wo man sich auch über ernsthaftere Themen unterhalten konnte. Und dafür war Anna heute eigentlich gekommen: Sie musste mit Leo über die gestrige Aktion sprechen.

Schon zuvor hatten sie vereinbart, sich heute Abend hier zu treffen. Achim und Claudius waren nicht da. Beide hatten bei der Schlägerei gehörig einstecken müssen und kühlten darum lieber ihre von Blutergüssen geschwollenen

Gesichter. Dafür hatte Anna Leopold ziemlich schnell in der Traube vor der Bar wartender Besucher entdeckt. Nach einem flüchtigen Kuss betraten sie den *Kakadu* und gaben an der Garderobe ihre Jacken ab. Anna behielt ihren Glockenhut aus Filz auf dem Kopf. Zum einen passte er modisch perfekt zu ihrem hellblauen Kleid, war aber auch nützlich, ihre ungewaschenen Haare zu verdecken. Dazu war sie einfach nicht mehr gekommen. Der ganze Tag war schrecklich anstrengend gewesen. Nach ihrem Krankenbesuch bei Horst musste sie unverzüglich weiter zur Arbeit. Heinz Riefenstahl hatte ihr aufgegeben, ewig lange Listen abzutippen. Müde und unkonzentriert, wie sie war, hatte das viel Zeit gekostet und ihr wegen mehrerer Unachtsamkeiten einen bösen Rüffel eingebracht. Endlich daheim hatte sie eine Katzenwäsche vorgenommen und sich für den Abend umgezogen, nur um erneut eine gefühlte Ewigkeit bis zum *Kakadu* unterwegs zu sein.

Zu allem Überfluss liefen sie, kaum dass sie im Saal ankamen, Marlene in die Arme. Die langbeinige Blondine fiel Leopold euphorisch um den Hals und kicherte laut. Sie lud ihn ein, sich an ihren Tisch zu setzen, den sie mit zwei befreundeten Paaren ergattert hatte. Annas erster Impuls war es, sich dem Konflikt zu entziehen und aus der Tanzbar zu flüchten, aber so einfach wollte sie ihrer Rivalin das Feld dann doch nicht überlassen.

«Nein, danke», sagte sie deutlich und zog Leopold mit sich.

Sie fühlte sich zutiefst erschöpft. Und der unverhoffte Zusammenprall mit Leopolds Flittchen hatte ihre Stimmung nicht verbessert. In der Nähe einer Loge blieben sie an einem schweren Samtvorhang stehen.

«Wie geht es ihm?», fragte Leopold leise.

«Wohl ganz gut. Er hatte Glück und kann nach dem Wochenende wieder nach Hause.»

«Gott sei Dank!»

«Freu dich nicht zu früh! Er hat geschworen, die zu jagen, die ihm das angetan haben.»

«Zuerst haben er und seine Kerle *uns* etwas angetan», schoss Leopold zurück.

«Wieso hattest du überhaupt eine Pistole dabei?», fauchte Anna ihn an.

«Leise», ermahnte Leopold sie. Dabei herrschte um sie herum gerade so ein Lärm, dass man sich sowieso nur schwer verstehen konnte.

«Ist doch einleuchtend: um uns im Fall der Fälle verteidigen zu können. Was hast du denn gedacht?»

«Du hättest ihn beinahe umgebracht!»

«Erstens habe ich bei dem Licht nicht erkannt, dass es dein Bruder war. Und zweitens hätten er und seine Kumpels uns zu Krüppeln gehauen, wenn wir uns nicht gewehrt hätten.»

«Trotzdem gibt dir das nicht das Recht …»

«… meine Freunde gegen braune Schläger zu verteidigen?»

«Aber nicht mit einer Pistole!»

Leopold zog sie zu sich, um sie mit einem Kuss zum Schweigen zu bringen. Sie stieß ihn von sich.

«Warum sollen wir nicht feiern, dass alles gut gelaufen ist?»

«Das nennst du gut gelaufen?»

«Ja, schon», meinte Leopold. «Gut, die Plakate haben sie gleich wieder abgerissen, aber trotzdem haben viele Leute sie gesehen. Steter Tropfen höhlt den Stein, weißt du? Wir müssen unbedingt weitermachen.»

«Nur ohne Waffe», sagte Anna. «Woher hast du das Ding überhaupt?»

Leopold zögerte. Das tat er selten, und es war ein Zeichen, dass sie den Finger in eine Wunde gelegt hatte.

Die Kapelle ging zu einem Swingstück über, das die jungen Leute in Scharen auf die Tanzfläche trieb. Anna hatte von ihrem Standort aus einen guten Blick auf die lang gestreckte Bar. Die dort auf den Hockern sitzenden Männer schauten entweder zu tief in ihr Glas oder in den Ausschnitt ihrer Begleitung. Alleine blieb niemand lange, denn die erst auf den zweiten Blick erkennbaren leichten Mädchen waren schnell zur Stelle. Anna beobachtete, wie ein gut aussehender Herr gerade zwei aufreizend gekleideten Frauen eine Abfuhr erteilte. Die beiden zogen unbeirrt weiter. Anna war sicher, den Mann irgendwo schon einmal gesehen zu haben. Er hatte breite Schultern, ein markantes, anziehendes Gesicht und trug einen Anzug, der eher zu einem Geschäftsmann als zu einem Nachtschwärmer passte. Auch eine Aktentasche sah man im *Kakadu* sonst eher selten. Die Gestalt, die sich ihm nun zuwandte, erkannte Anna sofort. Dagobert Tichauers rundliches Gesicht mit den leicht abstehenden Ohren gehörte zum *Kakadu* wie Musik, Wein und Tabakrauch. Der Inhaber der Nachtbar begrüßte den Mann mit Handschlag.

«Ich habe sie gekauft», sagte Leopold nach langem Zögern endlich.

Anna brauchte einen Moment, um zum Thema zurückzufinden. «Wo hast du sie gekauft?», hakte sie dann nach. «Sag mir die Wahrheit!»

Er sah unleidig aus, als er leise antwortete: «Von einem Freund von Marlene.»

Es traf Anna, als habe Leopold dieses Mal auf *sie* geschossen.

«Immer diese Marlene! Was soll das?», schimpfte sie laut genug, dass das Pärchen neben ihnen einen leidenschaftlichen Kuss unterbrach und sich zu ihnen umdrehte.

«Jetzt beruhige dich! Das hat nichts mit uns beiden zu …»

«Nein? Nichts?», unterbrach sie ihn. «Du hast immerhin meinen Bruder …»

«Jetzt mal halblang!», ging er dazwischen.

«Hast du ihr von uns erzählt?»

«Natürlich. Sie weiß, dass du und ich …»

«Ich meine von uns, von …» Das Wort «Phoenix» formte sie wortlos mit den Lippen.

«Natürlich nicht! Das weißt du genau. Und du weißt auch, dass ich es nicht leiden kann, wenn du so bist.»

«Ach, dann geh halt zu deiner Marlene!»

Leopold schüttelte wütend den Kopf, wandte sich um und drückte sich an dem sich wieder küssenden Pärchen vorbei.

«Und komm nicht wieder!», rief Anna ihm nach.

«Ärger?», fragte ein Mann, der sich auf den durch Leopolds Abgang frei gewordenen Platz quetschte.

Obwohl Anna innerlich brodelte, schüttelte sie den Kopf.

«Sah aber so aus. Streit mit deinem Verlobten?»

Der Kerl war etwas größer als sie, trug einen dunkelgrauen Anzug und ein weißes Hemd. Er lächelte nervös. Etwas in seinem Gesicht kam ihr bekannt vor.

«Anna, richtig?»

Dass er ihren Namen kannte, brachte sie noch mehr aus dem Konzept. Offenbar sah er ihr das an und ergänzte: «Das Palindrom. Wir sind uns vor ein paar Wochen im

Stadion über den Weg gelaufen – im wahrsten Sinne des Wortes.»

«Ah», dämmerte es Anna. Jetzt wurde ihr auch bewusst, woher sie den anderen Mann kannte, der mit Tichauer gesprochen hatte. «Du hast mir geholfen, die Bilder aus meiner Mappe einzusammeln.»

«So ist es! Emil Penske. Also für dich Emil.»

Anna sah Leopold durch eine Lücke auf Marlenes Tisch zusteuern. Sollte er doch!

«Ich habe eine deiner Zeichnungen zu fassen bekommen», ergänzte Penske.

«Eine Akt-Studie. Ich erinnere mich leider nur zu gut. Das gehört zu meinen peinlichsten Momenten.»

Penske grinste. «Die Peinlichkeit lag wohl eher auf meiner Seite. Allerdings habe ich ohnehin nicht viel gesehen, außer, dass du großes Talent hast.»

Er schäkerte mit ihr. Anna war so wütend auf Leopold, dass sie etwas länger brauchte, um das zu bemerken.

«Penske?», ertönte eine Männerstimme hinter ihm.

Der Junge schien augenblicklich strammer zu stehen.

«Ja, Herr Schmidt?» Er drehte sich zu seinem Chef.

Der Neuankömmling sah Anna verwirrt an und stellte ihr eine Frage, die im Tusch der Musik unterging.

«Ob wir uns kennen?», wiederholte er kurz darauf, diesmal über sie gebeugt, in ihr Ohr. Anna hatte seine breite Brust vor Augen und atmete seinen herben, männlichen Duft ein.

«Das ist das Mädchen aus dem Stadion. Die Künstlerin», half Penske ihm beflissentlich aus und kam damit Anna zuvor.

«Richtig! Sie sind in mich hineingelaufen.»

Erst hatte der Fatzke sie fast umgeworfen, dann war er

kurz darauf einfach davongerauscht. Trotzig sagte sie: «Ich würde eher behaupten, dass *Sie* in *mich* gelaufen sind.»

Der Mann lächelte und nickte schließlich. «Mein Fehler. Hermann Schmidt. Sehr erfreut.» Er wechselte die Aktentasche in die linke Hand, reichte ihr die rechte und setzte ein ehrlich gewinnendes Lächeln auf.

«Anna.»

«Dann wünsche ich Ihnen weiterhin viel Vergnügen heute Abend, Fräulein Anna. Kommen Sie, Penske! Tichauer erwartet uns an der Bar.»

Der Jüngere folgte ihm. Anna blickte ihnen nach und bemerkte, dass Hermann Schmidt sich noch einmal zu ihr umdrehte. Er lächelte verlegen, als ihre Blicke sich trafen, dann verschwand er in der Menge. Anna blieb in der voll besetzten Bar allein zurück. Am besten ging sie. Sie war sowieso übermüdet. Der Sekt bei der Ankunft hatte sie aufgeputscht, aber jetzt Leopold und Marlene beim Knutschen zusehen zu müssen, wollte sie tunlichst vermeiden.

«Anna!», rief eine weitere Stimme. «Komm doch mit zu uns.» Eine schmale Hand legte sich auf ihre Schulter. Sie gehörte Laura, einer Verkäuferin im KaDeWe, mit der sie sich schon des Öfteren im *Kakadu* oder im *Delphi-Palast* unterhalten hatte. Sie gaben sich Küsschen auf beide Wangen. Anna leistete ihrer Einladung Folge.

Von ihrem neuen Platz aus musste Anna sich nur leicht zur Seite neigen, um Leopold und Marlene an ihrem Tisch im Auge behalten zu können. Auch dort wurde gescherzt, gelacht, getrunken und geraucht. Leopold schien sich mit einem dunkelhaarigen schnurrbärtigen Mann gut zu verstehen. Sie verließen sogar gemeinsam den Tisch.

Einer von Lauras Freunden forderte Anna zum Tanzen auf. Sie hatte seinen Namen schon wieder vergessen, zudem war er ihr zu klein und zu brav, aber ein Tanz konnte ja nicht schaden. Sollte Leopold doch sehen, dass sie sich auch ohne ihn amüsierte. Der Junge machte seine Sache besser, als sie gedacht hatte. Vielleicht war es der Sekt, aber Anna fühlte sich auf einmal richtig wohl, während er sie im Arm hielt.

Plötzlich stand Leopold neben ihr. «Verzeihung», sagte er und löste Anna in einer Drehung aus dem Arm ihres Tanzpartners.

«Was soll das?», fragte dieser konsterniert.

«Entschuldigung», rief Anna ihm zu und schenkte ihm ein besänftigendes Lächeln, bevor sie sich von Leopold heranziehen ließ. Er war also wirklich eifersüchtig.

«Na, hast du die Nase voll von deiner Marlene?», kostete sie den kleinen Triumph aus.

Leopold antwortete nicht. Er wippte nur angespannt im Takt der Musik.

«Was hast du?»

Er führte seine Lippen an ihr Ohr: «Polizei. Es gibt gleich eine Razzia. Die Ausgänge sind versperrt.»

«Was? Was suchen die denn hier?»

«Ich weiß es nicht. Aber ich habe eine Pistole dabei.»

Anna hielt mitten in der Bewegung inne.

«Nein!»

«Doch, ich habe bei Marlenes Bekanntem zwei Stück gekauft, und vorhin hat er mir die zweite übergeben. Was machen wir jetzt?»

In dem Moment setzte die Kapelle mitten im Lied aus. Zuerst gab es ein paar protestierende Rufe, dann wurde aufgeregtes Gemurmel laut. Anna sah, dass sich grau uniformierte Polizisten mit Tschako auf dem Kopf an allen Ausgängen postiert hatten. Ein alter Mann in einem etwas altmodisch wirkenden, dunklen Anzug enterte die Bühne. Er redete kurz mit dem Sänger, der ihm daraufhin seinen Platz überließ. Der Mann blickte über die Menge. Die dicken Gläser seiner Brille vergrößerten seine Augen. Es wirkte, als könnte er mit ihnen alles im Saal aufnehmen.

«Heil Hitler!», brüllte er ins Mikrofon und riss den Arm nach oben.

Die Reaktion fiel deutlich verhaltener aus. Die durcheinandergemurmelten Erwiderungen konnte man kaum verstehen. Wegen der Enge blieben die Arme größtenteils unten.

«Meine sehr verehrten Damen und Herren, ich bitte Sie um Ruhe für eine Durchsage.» Die laute, leicht kratzige Stimme wurde durch die Musikanlage verstärkt und erzielte bis in den letzten Winkel des *Kakadu* ihre Wirkung.

«Wirf sie unauffällig auf den Boden», raunte Anna Leopold zu. «Dann gehen wir, damit sie sie nicht mit uns in Verbindung bringen.»

Leopold nickte hoffnungsvoll, aber auf halber Strecke zu seiner Sakkotasche hielt seine Hand inne, als der Mann am Mikrofon weitersprach: «Jeder bleibt bitte genau da stehen, wo er jetzt ist.»

«Dreck», fluchte Anna leise vor sich hin.

«Es handelt sich um eine routinemäßige Überprüfung. Sie haben nichts zu befürchten.»

Der kalte Tonfall ließ nicht nur Anna eher das Gegenteil erwarten. Ein junger Mann, nicht allzu weit von ihr entfernt, stürmte plötzlich auf eine nach hinten führende Tür zu, an der zwei Polizisten warteten. Sein Versuch, durchzubrechen, scheiterte jäh durch einen Knüppelschlag auf den Kopf, der ihn wie einen Baum fällte.

Die Unruhe im *Kakadu* wurde förmlich greifbar. Zwei

Männer redeten protestierend auf die Polizisten ein, zu denen sich schnell weitere Uniformierte gesellten.

«So etwas muss nicht passieren», sagte der Anführer streng, während der Ohnmächtige unsanft an den Füßen weggezerrt wurde. «Bleiben Sie einfach ruhig! Wir werden Sie nach und nach kurz befragen. Halten Sie Ihre Papiere bereit!» Die Leute kramten in ihren Taschen. Die Farbe war aus Leopolds Wangen gewichen. Er sah aus wie ein Geist.

Annas Gedanken rasten angestrengt. Wenn die Polizisten die Pistole bei Leopold fanden, würde er wahrscheinlich endgültig aus der Reichskulturkammer und damit aus der Hochschule geworfen. Aber es könnte weitaus schlimmer kommen: Wahrscheinlich würde man ihn festnehmen, verhören und seine Wohnung durchsuchen – verdammt, lagerten dort noch die restlichen Plakate und die Kleisterpackungen? Hier stand nicht nur Leopolds Zukunft auf dem Spiel, sondern das aller Mitglieder von Phoenix. Wann bloß war aus der harmlosen Entscheidung, sich für das Richtige einzusetzen, tödlicher Ernst geworden?

Anna blickte sich auf der Suche nach einer Lösung hektisch um, während grimmig dreinschauende Polizisten vom Rand her mehr oder weniger protestierende Gäste nach draußen führten. Anna schätzte ihre Zahl auf mittlerweile mindestens fünfzig. Gehörte Hermann Schmidt auch zu der Razzia? Er arbeitete für Goebbels. Waren er und dieser Penske im *Kakadu*, um die Kontrollaktion vorzubereiten?

Sie zweifelte an ihrem Gedanken, als sie Hermann Schmidt ausmachte. Er stand inmitten der Leute und schien ebenso ratlos wie alle anderen, ob er sich bewegen konnte oder still stehen musste. Wie sie ihn sich so ansah, ohne seinen selbstsicheren Gesichtsausdruck, musste sie zugeben, dass er ihr gefiel.

«Ich könnte sagen, dass ich die Pistole gerade gefunden habe», raunte Leopold Anna zu.

Das war Unsinn. Niemand würde ihm glauben. Aber Anna hatte eine Idee. Sie flüsterte: «Nein, gib sie mir! Unauffällig.»

Leopold sah sie ungläubig an, aber sie konnte auch Erleichterung in seinem Blick lesen. Trotzdem zögerte er.

«Mach schon!», formte sie tonlos mit den Lippen.

Einen Moment später spürte sie, wie Leopold ihr ein schweres, stoffumwickeltes Päckchen gab. Zwischen all den Leuten mochte sie es unter ihrem Hut verbergen können, nicht jedoch, wenn man sie aus der Menge herausholte. Sie brauchte jemanden mit einer Tasche!

SOMMELIER

Berlin, Freitag, 22. Mai 1936

Hermann hielt seine Aktentasche mit beiden Händen vor dem Bauch fest. Sich mitten in einer Razzia wiederzufinden, überforderte ihn. Wo war Penske abgeblieben? War er vielleicht schon draußen? Er blickte sich um, fand den Jungen aber nicht. Dafür sah er Dagobert Tichauer, den Inhaber des *Kakadu*, der am Eingang mit einem weiteren zivil gekleideten Mann diskutierte, während Schaper am Mikrofon stand.

Schapers Auftauchen hier war für ihn keine wirkliche Überraschung, passte es doch zeitlich zu der gestrigen Plakataktion. Die Gruppe hinter dem Christogramm-Zeichen hatte die halbe Zähringerstraße mit neu gestalteten Plakaten beklebt. Ein paar Jungs von der Hitlerjugend waren wohl mit den vier Plakatierern zusammengestoßen und hatten versucht, sie von ihrem Tun abzubringen. Doch einer der Plakatierer hatte eine Pistole gezückt und einen der Jungen angeschossen. Als Hermann am Morgen ins Ministerium kam, lag eine Anweisung von Goebbels höchstpersönlich auf seinem Schreibtisch, er habe gefälligst dafür zu sorgen, dass so etwas während der Olympischen Spiele auf keinen Fall vorkomme. Damit war Schapers Interesse auch seines geworden.

Erneut wunderte sich Hermann über die Worte seines Schwiegervaters. Der Mann, der laut Erich 1918 an der

Westfront gestorben sein sollte, war allem Anschein nach quicklebendig. Hermann sah Erkennen in seinen Augen, als ihre Blicke sich trafen. Der Geheimdienstmann winkte ihn heran.

Um zur Bühne zu kommen, musste Hermann sich durch fast den ganzen Saal drängen. Während er losging, verschwand Schaper von der Bühne, um sich von einem Adjutanten über die ersten Ergebnisse Bericht erstatten zu lassen. Ein düster dreinschauender Polizist nahm seinen Posten ein.

«Wissen Sie, was hier los ist, Herr Schmidt?», hörte er eine Stimme neben sich.

Sie gehörte der jungen Frau von vorhin. Die hübsche Künstlerin, mit der Penske sich unterhalten hatte.

«Ich kann selbst nur spekulieren», antwortete er. Sie drängte sich zu ihm heran und wurde durch eine Bewegung in der Menge gegen ihn gedrückt. Er spürte eine zartgliedrige Schulter an seinem Oberarm.

«Ich wollte eigentlich gerade nach Hause gehen», erklärte sie besorgt. «Ich müsste sogar recht dringend los.»

«Nun, es sieht so aus, als würde es hier länger dauern.»

Ihr braunes Haar machte einen recht ungeordneten Eindruck. Sie hielt ihren Hut an sich gedrückt. Wahrscheinlich war es ihr unter dem Filz zu warm geworden beim Tanz.

«Haben Sie Penske gesehen?», fragte er, um das Ende des Gesprächs noch ein wenig hinauszuzögern.

«Ihren Mitarbeiter? Nein. Wieso? Ist er verschwunden?»

Eine andere Frau stieß gegen sie und drückte sie noch dichter an Hermann heran. Ihr Kopf passte genau unter sein Kinn. Ein faszinierend eigenartiger Geruch ging von ihr aus, den Hermann nicht benennen konnte. Sie roch süß, wie eine Schale Obst, und gleichzeitig nach Laub und

Erde. Er staunte über sich selbst. Statt zu Schaper zu gehen, stand er hier und versuchte, den Geruch dieser Frau aufzuschlüsseln, als sei er ein Sommelier.

«Entschuldigung», sagte sie mit einem scheuen Lächeln, als sie wieder Platz hatte und ein Stück zurückwich.

«Es ist eben eng», brachte er hervor. «Wie war noch Ihr Name?»

«Anna.»

«Richtig! Haben Sie es wirklich eilig, Fräulein Anna?»

Sie nickte.

«Dann folgen Sie mir. Ich lege ein gutes Wort für Sie ein, damit man Sie bevorzugt behandelt.»

«Wirklich? Das können Sie?» Sie sah überrascht und hoffnungsvoll zugleich aus.

«Zumindest, wenn Sie mir versichern, dass diese Razzia nicht Ihretwegen veranstaltet worden ist», scherzte er.

Sie lachte. Zwei Reihen ebener weißer Zähne, zarte Grübchen an den Wangen. Sie war wirklich schön.

Hermann wunderte sich über sein Verhalten. Hatte er wirklich einer Fremden angeboten, dafür zu sorgen, dass Schaper sie vorrangig behandelte? Was, wenn er sich damit verdächtig machte?

Er versuchte, sich selbst zu beruhigen: Er tat ja nichts Verbotenes, sondern half einfach nur einem Mädchen, das es eilig hatte und das er danach wahrscheinlich nie wieder sehen würde.

Die Stimmung im Saal schlug langsam um. Waren am Anfang alle noch verunsichert und von den Ereignissen überrollt gewesen, gab es nun mehr und mehr mürrische Widerworte. Dass er sich einfach gegen alle Befehle durch die Menge bewegte, gefiel nicht allen *Kakadu*-Gästen, die sich den Abend sicher unterhaltsamer vorgestellt hatten.

Anna blieb ihm dicht auf den Fersen, bevor sich die Lücke wieder schließen konnte.

«Lassen Sie den Mann durch!», wies Schaper einen Polizisten an, als sie am Rand des Gedränges ankamen.

«Herr Schmidt! Es tut mir leid, dass Sie in diese Unannehmlichkeiten geraten sind.»

«Guten Abend, Herr Schaper. Ich gehe davon aus, dass Sie gute Gründe für das Vorgehen haben.»

«Die habe ich, mein Freund. Sehr gute Gründe. Sie sind über die neue Aktion informiert?»

«Selbstverständlich.»

«Und Sie? Sind Sie dienstlich hier oder privat?»

«Eine Überprüfung der Musikanmeldungslisten. Ich bin mit meinem Mitarbeiter Emil Penske zu einem Kontrollbesuch hier.»

«Diese junge Dame scheint mir aber nicht Emil Penske zu sein.»

Er wies auf Anna, die schräg hinter Hermann wartete und nun eine Art Knicks vollführte.

«Ich bin der jungen Dame hier zufällig begegnet», erklärte Hermann. «Sie hat es recht eilig, sodass ich ihr angeboten habe, mich bei Ihnen dafür einzusetzen, dass sie vorrangig überprüft wird. Selbstredend nur, falls das machbar ist.»

Schaper wandte sich an sie: «Name?»

«Anna.»

«Ihren vollen Namen, bitte, Fräulein. Und die Anschrift.»

«Anna Kollmann. Schliemannstraße 2, Prenzlauer Berg.»

«Kollmann?», fragte Schaper nach. Seine Augen schienen hinter den Brillengläsern noch größer zu werden.

Auch bei Hermann regte sich eine unbestimmte Erinnerung an den Namen.

«Sind Sie verwandt mit Horst Kollmann?»

«Er ist mein Bruder», sagte sie.

«Er wurde gestern Nacht angeschossen», stellte Schaper fest.

Hermann blickte nun Anna fragend an.

«Ja. Ich war heute früh bei ihm.»

«Ich auch», sagte Schaper. «Ich ermittle gegen die Täter.»

Anna schluckte.

«Ich wundere mich, dass Sie tanzen gegangen sind, während Ihr Bruder im Krankenhaus liegt.»

«Ich musste mich einfach ablenken. Aber deswegen habe ich es jetzt ja so eilig, weil ich Horst morgen früh wieder im Krankenhaus besuchen will.»

Schaper zögerte, dann nickte er. «Richten Sie Ihrem Bruder nochmals meine besten Wünsche aus. Und er soll sich melden.»

Anna lächelte unsicher und wandte sich mit dankbarem Blick an Hermann. Ein Polizist nahm sie in Empfang. Außerhalb des Gedränges konnte Hermann erkennen, dass sie eine schlanke Figur mit wenigen, aber unter dem dünnen Kleid sehr reizvoll wirkenden Rundungen besaß. Den Hut hielt sie weiterhin an sich gepresst.

«Danke, dass Sie Ihrem Schwiegervater meine Grüße ausgerichtet haben», sagte Schaper. Seine vergrößerten Augen nahmen Hermann in den Fokus, schienen gleichzeitig aber auch über die ganze Menschenmenge im *Kakadu* zu wandern.

«Oh, haben Sie schon mit ihm gesprochen?»

«Nein, noch nicht. Aber mir wurde mitgeteilt, dass er sich nach mir erkundigt hat. Ich hoffe, ihn bald zu treffen.»

«Er war sehr überrascht, von Ihnen zu hören», sagte Hermann.

«Darauf würde ich wetten», lachte Schaper blechern.

«Kannten Sie die junge Dame schon vorher?» Er zeigte in Richtung Anna, die dem Polizisten Auskunft gab.

«Nicht unbedingt. Wir sind vor ein paar Wochen zusammengestoßen. Ich glaube, mein Assistent hat ein Auge auf sie geworfen. Er hat sie mir heute vorgestellt.»

«Richtig, Emil Penske. Wo steckt er?»

Hermann zuckte mit den Schultern und zeigte in die Menge.

«Na, er wird uns sicher nicht durch die Maschen gehen», grinste Schaper.

Dann wandte er sich zu dem Polizisten, der die junge Frau gerade mit einem generösen Winken entließ. Es wirkte, als habe er trotz des Gesprächs mit Hermann auch die Prozedur der Befragung genau verfolgt.

«Einen Moment, Fräulein Kollmann», hielt er sie zurück. Sie drehte sich mit fragendem Blick um.

«Haben Sie nicht etwas vergessen?», fragte Schaper den Polizisten.

Der Uniformierte sah unsicher aus. Schaper blaffte ihn an: «Die Personen sollen durchsucht werden.»

«Aber wo sollte die Dame etwas verstecken?», wagte der Polizist zu widersprechen.

«Haben Sie sich denn ihren Hut genauer zeigen lassen?»

Anna hielt die Filzglocke nun noch fester, als fürchte sie, man wolle sie ihr wegnehmen.

«Nichts für ungut, Fräulein Kollmann. Ausgerechnet Sie werden ja nun nichts vor uns verbergen. Es geht mir nur darum, dass meine Leute ihre Arbeit richtig machen.»

Sie nickte zaghaft.

«Zeigen Sie mir Ihren Hut!», forderte der Polizist sie leise auf.

«Jetzt wirklich?», fragte sie.

Schaper nickte und sagte: «Tun Sie uns den Gefallen!»

Hermann beobachtete, wie Anna den Hut langsam umdrehte und ihnen die Innenseite präsentierte.

«Wie nicht anders zu erwarten war», sagte Schaper zufrieden zu Anna, um sich gleich darauf dem Uniformierten zuzuwenden: «Trotzdem sollten Sie auch in vermeintlich sicheren Situationen immer auf der Hut sein! Wenn ich eine Durchsuchung aller anwesenden Personen befehle, verlange ich von Ihnen, dass Sie mehr Einsatz zeigen. Verstanden?»

«Verstanden», gab der Mann unglücklich von sich.

«Sie können selbstverständlich gehen, Fräulein. Kommen Sie sicher nach Hause!»

Kurz darauf verabschiedete sich auch Schaper, da er sich weiter um den reibungslosen Ablauf seiner Razzia kümmern musste.

Hermann kämpfte sich durch das Gedränge nach draußen.

Vor dem *Kakadu* war der Fußweg abgesperrt. Mehrere Transportfahrzeuge der Polizei standen herum, Uniformierte hielten die Schaulustigen in Schach.

«Besuchen Sie den *Delphi-Palast*!», warb ein junger Mann, der offenbar von der anderen Bar dazu beauftragt worden war. «Dort können Sie ohne Razzia tanzen und feiern.»

Hermann gab seine Suche nach Penske auf – der Junge war erwachsen und würde schon wissen, was er tat – und wandte sich in die Richtung, wo Reuseneck mit dem Wagen wartete.

«Herr Schmidt?»

Wie aus dem Nichts trat ihm plötzlich erneut Anna Kollmann entgegen. Sie lächelte ihn schüchtern an.

«Sie? Ich dachte, Sie wären längst weg.»

«Ich wollte nicht gehen, ohne Ihnen zu danken», sagte sie.

Hermann verbeugte sich theatralisch und erwiderte: «Keine Ursache. Es war mir ein Vergnügen, Ihnen behilflich gewesen sein zu können. Aber Sie hätten wirklich nicht auf mich warten müssen.»

«Doch. Es war mir ein Anliegen.»

«Dann nehme ich Ihren Dank gerne an. Ich wünsche Ihnen eine angenehme Nacht und Ihrem Bruder alles Gute. Eine furchtbare Sache.»

«Ja, wirklich furchtbar. Meinen Sie, die Razzia stand damit in Zusammenhang?»

«Ohne Zweifel, allerdings ist das Ganze wohl eine Verschlusssache. Sie wissen schon.»

«Sie dürfen nicht mit Fremden darüber sprechen», sagte sie.

Hermann verspürte ein aufgeregtes Kribbeln in der Magengegend. Anna stand ihm gegenüber, den Hut hatte sie wieder aufgesetzt, und sie trug einen leichten Mantel. Trotzdem kam es ihm vor, als könne er eine Erinnerung ihres aufregenden Geruchs wahrnehmen. Er genoss den Moment, gleichzeitig wusste er, dass er nicht ewig so dastehen konnte.

«Wohnen Sie in der Nähe?», fragte sie.

Die persönliche Frage verblüffte ihn, was Anna aufzufallen schien. Schnell wiegelte sie ab: «Nein, ich meinte, ob Sie vielleicht mit einem Wagen da sind.»

«Ich wohne im Grunewald», gab er zurück.

«Ach so, das ist die andere Richtung.» Sie wirkte enttäuscht.

Erst jetzt dämmerte es ihm, warum sie noch hier stand. «Kann ich Sie vielleicht nach Hause bringen?»

Trotz des schwachen Lichts erkannte Hermann, dass sie

rot wurde. «Irgendwie hat mich das alles so aufgeregt. Mein Bruder, diese Razzia …»

Hermann dachte kurz nach. Sie hatte bei der Befragung angegeben, in der Schliemannstraße 2 in Prenzlauer Berg zu wohnen.

«Mein Fahrer wartet da vorne. Ich glaube, auf seinem Nachhauseweg wäre es kein großer Umstand, Sie mitzunehmen, wenn Ihnen das recht ist.»

«Wirklich? Das wäre wunderbar.» Sie strahlte.

Wenn Reuseneck überrascht war, dass Hermann mit weiblicher Begleitung aus der Bar zurückkam, ließ er es sich nicht anmerken. Er legte Hermanns Tasche auf eine Seite der Rückbank und bot Anna den Platz auf der anderen Seite an. Hermann erklärte während der Fahrt, dass sie offenbar nicht weit von ihm wohnte und heute nicht mehr alleine unterwegs sein wollte.

Während er sich mit Reuseneck über die Razzia unterhielt, blieb es hinten ruhig. Hermann versuchte, Anna mit in das Gespräch einzubinden, doch sie antwortete zwar freundlich, aber kurz, ohne die Unterhaltung selbst voranzutreiben.

Als sie im Grunewald ankamen, forderte Hermann Reuseneck auf, sitzen zu bleiben. Er stieg aus und öffnete die Tür an Annas Seite. Sie hielt ihm seine Tasche entgegen. «Vielen Dank, Herr Schmidt.»

«Ich war Ihnen nach unserem Zusammenprall etwas schuldig und freue mich, dass ich Ihnen jetzt behilflich sein kann.»

Im Haus ging das Licht an. Erika kam wohl zur Tür.

«Reuseneck bringt Sie sicher nach Hause. Schlafen Sie gut. Und beste Genesungswünsche für Ihren Herrn Bruder, Fräulein Kollmann.»

Er warf die Tür ins Schloss und sah dem Wagen nach, wie er in die Nacht davonfuhr. Anna Kollmann. Was für eine entwaffnende Schönheit. Er wandte sich zum Haus. Erika erwartete ihn in der Tür. Sie hatte die Arme über dem ausladenden Bauch verschränkt.

«Hallo, Liebling!», sagte sie und nahm seinen Kuss entgegen. «Es ist spät geworden.»

«Im *Kakadu* gab es eine Razzia, stell dir vor. Das Prozedere hat alles ein bisschen verzögert. Du hättest nicht auf mich warten müssen», gab er zurück und streichelte über ihren Bauch. «Hier drin alles ruhig bei dem Kleinen?»

«Alles bestens.» Sie lächelte. «Hast du noch Hunger?»

«Heute nicht mehr, danke.»

«War da noch jemand bei Reuseneck im Wagen?», fragte sie kurz darauf wie beiläufig.

Hermann antwortete nicht. Ihm fiel genau in diesem Moment ein, wo er den Namen Horst Kollmann schon einmal gehört hatte. Er erinnerte sich an den Tag, als er mit dem Journalisten der *Frankfurter Zeitung* durch Berlin gelaufen war. Der Anführer der Gruppe, die dem jüdischen Apotheker das Leben schwer gemacht hatte! Dieser Kerl war Annas Bruder?

«Hermann? Hörst du mich?»

«Mir ist gerade nur etwas durch den Kopf gegangen, Liebling.»

«War es Penske?», fragte sie. «Die Person im Auto.»

«Ja klar. Es war Penske.»

COLUMBIA

Berlin, Samstag, 23. Mai 1936

Hermann wusch sich den Schweiß des Tages und den Rauch der Nachtbar ab, zog den von Erika bereitgelegten Schlafanzug an und ging zu Bett. Seine Frau hatte sich mehrere Kissen in den Rücken gepackt. Sie saß mehr, als dass sie lag. Der Bauch machte ihr zu schaffen. Er beugte sich zu ihr hinüber, um ihr einen Gutenachtkuss zu geben. Sie seufzte.

«Ist etwas?», fragte er.

Sie schwieg.

Hermann setzte sich auf und ergriff ihre Hand. Sie war ganz kalt. Er ärgerte sich, Erika vorhin angelogen zu haben. Hatte sie Anna vielleicht doch im Wagen gesehen? Doch zum Glück ging es nicht darum.

«Papa war heute da», sagte sie.

Hermann war überrascht, denn Erich Bösken kam nur selten zu ihnen. Er bevorzugte es, selbst besucht zu werden.

«Oh, was wollte er denn?»

«Nach uns sehen. Stell dir vor, er hat sogar Luise vorgelesen!»

«Kaum zu glauben», gab Hermann zurück.

«Und später hat er angedeutet, dass er dir ein bisschen helfen könnte. Jetzt verdreh nicht die Augen! Er meint es gut.»

Das war ein Punkt, den sie schon öfter besprochen hatten.

«Du weißt, dass ich deinem Vater für die Starthilfe im Ministerium wirklich dankbar bin. Aber ich muss die nächsten Schritte auf eigene Faust weitergehen.» Hermann konnte seine Gereiztheit kaum verbergen.

«Er meint es wirklich nicht böse», wiederholte Erika beschwichtigend.

«Ja, aber dann soll er mit mir darüber sprechen, nicht mit dir. Du bist schwanger!»

«Glaub mir, das brauchst du *mir* nicht zu erklären!», erwiderte sie schnippisch. Sie legte die Hände auf ihren Bauch. «Er wollte ja mit dir darüber reden. Am Dienstag nach dem Essen. Aber du hast ihn wohl mit einem Gruß von irgendeinem alten Bekannten ziemlich durcheinandergebracht.»

Schaper. Hermann hatte Erika nichts von ihm erzählt. Er versuchte generell, Erika nicht mit seinen beruflichen Problemen zu belasten. Gerade jetzt, da sie sich ganz auf Luise, sich selbst und das in ihrem Bauch heranwachsende Leben konzentrieren sollte.

«Dann war der eigentliche Grund der Einladung vom Dienstag, dass er mich davon überzeugen wollte, mich weiter von ihm protegieren zu lassen?»

Erikas Gesichtsausdruck sprach Bände.

«Du hast das gewusst?», fragte er.

Sie atmete tief ein und aus, bevor sie antwortete: «Die Steinweg-Villa soll verkauft werden.»

«Nein! Wir wohnen gut hier!»

«Natürlich, mein Liebster. Aber die Kinder wären näher bei ihren Großeltern. Es sind nun mal die Einzigen, die sie haben.»

«Dann könnten wir ja gleich bei ihnen einziehen!»

«Eben nicht. Wir würden weiter in unserem eigenen Haus leben. Nur eben mit Mama und Papa in der direkten

Nachbarschaft. Die wollen uns ja auch nicht jeden Tag bei sich haben.»

«Wie lange geistert dir das schon durch den Kopf?»

Sie ging nicht darauf ein. «Der alte Steinweg will verkaufen, solange er als Jude noch etwas dafür bekommt. Und Papa will keine fremden Leute in der Nachbarschaft. Es ist eine einmalige Gelegenheit! Mit der großen Villa und dem riesigen Garten ist das doch ideal für Luise und den Kleinen.» Sie strich sich erneut über den Bauch. «Und es wäre auch gut für deine Karriere, wenn wir Gäste in ein wirklich repräsentatives Anwesen einladen können.»

«Als wir uns kennengelernt haben, war dir mein kleines Haus genug», sagte Hermann.

«Aber dann kam Luise, und wir sind hierher in das größere Haus umgezogen», gab Erika gereizt zurück. «Warum sollen wir uns nicht noch einmal verbessern? Und gleich mit Blick in die Zukunft. Du willst doch vier Kinder. Und wir hätten genug Platz, dass die Dienstmädchen im Haus wohnen können.»

«Wir haben nicht genug Geld dafür», merkte Hermann an.

«Dann lass dir von Papa helfen!»

Hermann hielt seine Antwort zurück, als er ein leises Wimmern vernahm. Auch Erika lauschte, dann wurde aus dem Geräusch ein unglückliches Schreien.

«Ich mache das», sagte er. «Lass uns morgen darüber reden.»

Erika litt am Samstag unter Migräne. Sie blieb bei geschlossenen Läden und Vorhängen im Bett und versuchte, sich möglichst nicht zu bewegen, wie sie es von ihrer Mutter kannte.

Hermann nutzte das sonnige Wetter aus, um mit Luise einen Spaziergang am Grunewaldsee zu unternehmen. Aber richtig abzuschalten fiel ihm dabei schwer. Der Streit mit Erika ließ ihm keine Ruhe. Eine große Villa mit Garten klang natürlich verführerisch, vor allem wenn man günstig daran kommen konnte. Aber Hermann wollte sich nicht in noch größere Abhängigkeit von seinem Schwiegervater begeben, geschweige denn in seine direkte Nachbarschaft ziehen.

Als Luise müde wurde, hob er sie hoch und kehrte mit ihr auf dem Arm um. Das Mädchen drückte sich an ihn und seufzte wohlig.

Auch die Begegnung mit Anna Kollmann ging ihm durch den Kopf. Er spürte der Berührung nach, als sie in der Menge aneinandergedrückt worden waren. Er hatte ihr verlegenes Lächeln vor Augen, als sie ihn vor dem *Kakadu* noch einmal abgefangen hatte. Sie hatte so reizend um eine Mitfahrgelegenheit gebeten, dass Hermann ihr einfach hatte helfen wollen. Erikas Bitten schienen hingegen immer öfter verdeckte Forderungen zu sein. Er ärgerte sich, dass sie von den Plänen ihres Vaters gewusst, ihren eigenen Ehemann aber nicht informiert hatte.

Als sie von dem Spaziergang zurückkamen, war Luise auf seinem Arm eingeschlafen. Erika ging es wieder etwas besser. Sie schaute zerknautscht aus dem Schlafzimmer und aß eine Kleinigkeit. Dann machte sie sich fertig und übernahm Luise.

Hermann verzog sich derweil nach oben in sein Arbeitszimmer. Er hatte sich ein paar Vorgänge mitgenommen, die er vor der kommenden Woche durchgearbeitet haben wollte. Gerade hatte er sich darangesetzt, da wurde er schon wieder unterbrochen.

«Hermann? Da ist jemand für dich an der Tür», rief Erika die Treppe hoch.

Er legte die Unterlagen zur Seite und ging nach unten. Hoffentlich nicht wieder Schaper, dachte er.

«Ein Johannes Meier.»

Der Mann war etwa in Hermanns Alter. Er trug einen einfachen, hellgrauen Anzug. Im ansonsten schwarzen Haar fanden sich an den Schläfen erste graue Strähnen. Hermann hatte den Mann noch nie gesehen.

«Sie wollen zu mir?», fragte er den Besucher.

«Ich möchte zu Hermann Schmidt», sagte der Mann mit leiser, aber wohlgesetzter Stimme.

«Was kann ich für Sie tun?»

«Ich wäre Ihnen sehr dankbar, wenn wir das drinnen und unter vier Augen besprechen könnten.»

«Worum geht es denn?» Hermann hatte keine Lust, am Samstag einen Fremden ins Haus zu bitten.

«Mein Anliegen steht in Verbindung mit Lulu.»

Hermann zögerte einen Moment. Lulu war der Name der Schäferhündin, die sie früher gehabt hatten. Susannes Schäferhündin. Und Susanne hatte das Tier in ihrem letzten Brief eigenartigerweise erwähnt.

«Mit Lulu? Wer hat Ihnen den Namen gesagt?»

Der Mann wirkte ratlos, als überlege er, einfach wegzulaufen.

«Kommen Sie!», sagte Hermann und trat zur Seite.

Der Mann zögerte einen Augenblick und glitt darauf durch die Tür. Er atmete flach und stoßhaft, wie Hermann erst jetzt bemerkte, und ihm standen kleine Schweißperlen auf der Stirn. Auch die Hand, die er ihm gab, war kalt und klamm, der Händedruck schwach wie der eines kleinen Mädchens.

Luise kam aus dem Esszimmer herangelaufen und blieb in der Tür erstarrt stehen, als sie den fremden Mann entdeckte.

«Komm, Schatz», sagte Erika, die hinter ihr erschien und sie an der Hand nahm. «Wollen Sie einen Kaffee?»

«Danke, sehr gerne», erwiderte der Besucher eifrig.

Hermann sagte: «Ich denke, wir gehen am besten in mein Arbeitszimmer. Folgen Sie mir, Herr ...»

«... Meier. Hans Meier», sagte er und folgte Hermann die Treppe hinauf.

Hermanns Arbeitszimmer war nicht viel mehr als eine Kammer, in der ein großer Schreibtisch aus der Kaiserzeit mit grünen Ledereinsätzen stand. Der Schreibtisch seines Vaters. Zwei Schränke und eine kleine Sitzecke vervollständigten die Einrichtung. Da Hermann nicht oft Besucher hier hatte, lagen ein paar Bücher auf dem kleinen Tisch, die er schnell zur Seite räumte.

«Entschuldigen Sie, Herr Meier. Ich hatte nicht mit einem Gast gerechnet.»

«Vielen Dank, dass Sie mich dennoch eingelassen haben.»

«Bitte, nehmen Sie Platz.»

Hermann ließ sich ebenfalls nieder.

«Also. Wer hat Ihnen von Lulu erzählt?»

«Es stand in einem Brief», erklärte der Mann kleinlaut. «Bitte, verzeihen Sie, dass ich Sie so überfalle. Aber es ist wirklich wichtig.»

«In was für einem Brief?»

«Ich kenne David und Susanne. Die beiden haben mir geraten, mich an Sie zu wenden.»

Das hatte Hermann sich schon gedacht. Niemand sonst hätte den Namen der Hündin gewusst.

«Dann fangen wir am besten ganz vorne an», sagte Hermann. «Wie heißen Sie wirklich?»

Der Mann schluckte.

«Wenn Sie schon einen falschen Namen benutzen, sollten Sie ihn sich wenigstens selbst merken können», erklärte Hermann. «Meiner Frau haben Sie sich als Johannes, mir als Hans vorgestellt.»

«Ich war nie sonderlich gut im Improvisieren», sagte der Fremde. «Jonathan Lewinsky.»

«Ein jüdischer Name?»

«Ich bin Atheist, aber Sohn einer Mutter jüdischen Glaubens», sagte er leise. «Vielleicht haben Sie meinen Künstlernamen schon einmal gehört: Bella Levine.»

«Tut mir leid», verneinte Hermann.

«Ich bin schon länger nicht mehr aufgetreten. Ich war im *Eldorado* in der Motzstraße.»

Das *Eldorado* war eine Travestiebar im Nollendorfkiez gewesen und hatte als ziemlich verrucht gegolten. Es war kurz nach der Machtergreifung geschlossen worden. Hermann war nie dort gewesen, aber Susanne hatte einige Männer in der Szene gekannt.

«Sie sind Travestiekünstler?»

Jonathan Lewinsky nickte.

«Was sollte ich für Sie tun können?»

«Ich brauche Ihre Hilfe», sagte der Mann, und auf einmal traten ihm Tränen in die Augen. «Ich halte mich als Kellner über Wasser, eher schlecht als recht.»

«Sie wollen, dass ich Ihnen eine Arbeit vermittele?», fragte Hermann überrascht.

«Nein, nein, darum geht es nicht. Wie soll ich anfangen?»

«Nun, warum sprechen Sie nicht einfach frei drauflos?» Es gelang Hermann nicht, seine Gereiztheit zu verbergen.

«Weil es nicht einfach ist, Herr Schmidt. Ich kannte David und Susanne aus dem *Eldorado* und der *Tarzan-Bar*. Wir haben da gemeinsam einige wilde Nächte verbracht.» Sein Blick ging zur Decke, als seien dort die Erinnerungen zu finden. «Ihre Schwester und David waren frisch verliebt. Ich auch. Allerdings in … in einen Mann.»

Damit hatte Hermann ohnehin bereits gerechnet.

«Er arbeitet als Richter.»

Nun runzelte Hermann doch erstaunt die Stirn.

«Die Zeit nach der Machtübernahme war nicht einfach für uns. Ich durfte nicht mehr auftreten und er nicht als Schwuler auffallen, vor allem nicht nach der Sache mit der SA und dem Röhm-Putsch. Wir waren beide mit den Nerven am Ende. Wir haben uns gestritten, wie es eben so kommt. Ich habe mich dann von ihm getrennt.»

Er sah Hermann mit einem unsicheren Lächeln an.

«Um es kurz zu machen: Seitdem ist mein Leben die Hölle. Er ist ein ganz anderer Mensch geworden. Ich erkenne ihn nicht wieder. Er hat mir zuerst gedroht. Kurz darauf bin ich zum ersten Mal auf der Straße von zwei Schlägern verprügelt worden. Im April habe ich eine gerichtliche Einweisung ins KZ Columbia-Haus bekommen und bin dann untergetaucht.»

«Sie sind flüchtig?», fragte Hermann alarmiert.

Der Mann nickte. «Ich wusste, dass David und Ihre Schwester in die Staaten gezogen sind, und habe ihnen geschrieben. Sie haben mir empfohlen, mich an Sie zu wenden, weil Sie wahrscheinlich der Einzige sind, der mir helfen kann.»

Es klopfte. Es war Erika mit dem Kaffee. Hermann nahm ihr das Tablett ab und stellte die Tassen auf den kleinen Tisch.

«Milch?»

«Schwarz», sagte Lewinsky. «Zwei Zucker.»

Hermann nahm sich selbst einen Schuss Kondensmilch.

«Ich muss raus aus Deutschland», sagte Lewinsky flehend, als Erika wieder gegangen war.

«Und was soll ich da machen?»

«Es geht um die Olympischen Spiele», sagte er. «David will es so einrichten, dass ich mit den Sportlern ausreisen kann. Aber dafür müssten Sie mich zu einem Kontaktmann ins Stadion schaffen.»

«Das geht nicht», sagte Hermann und schüttelte bestimmt den Kopf.

Lewinskys Gesicht wurde länger. Erneut stiegen ihm Tränen in die Augen.

«Ich habe Familie. Sie haben meine Tochter gesehen. Und das zweite Kind ist unterwegs!»

«Sie müssten mich nur als Mitarbeiter ausgeben.»

Hermann schüttelte erneut den Kopf.

«Ich bin Beamter und müsste Sie eigentlich sofort an die Polizei übergeben», sagte er.

«Bitte, Herr Schmidt. Ich bin doch auch nur ein Mensch!» Er klang verzweifelt. «Ich will niemandem etwas Böses!»

Wenn man ihn dabei erwischte, wie er einen Juden zu den Amerikanern lotste, käme Hermann selbst ins Konzentrationslager! Nach allem, was er vom Columbia-Haus gehört hatte, wollte er dort definitiv nicht landen. Mit seinen Gegnern ging das Reich nur wenig zimperlich um. Und es brauchte nicht viel, um als solcher angesehen zu werden.

Hermann hielt es nicht auf seinem Stuhl. Er ging zum Fenster und blickte in den Garten. Hier sah alles so friedlich aus. Auf dem Ast im Apfelbaum saßen zwei Spatzen.

Wattige Wölkchen zogen über den blauen Himmel über Berlin.

Wie konnte Susanne ihn nur in eine solche Situation bringen? Wieso glaubte sie, dass er helfen konnte? Dass er überhaupt helfen wollte? Einem hergelaufenen Fremden? Einem Juden, der Männer liebte! Hermann machte sich schon strafbar, so jemanden nicht gleich der Polizei auszuliefern.

Er erinnerte sich an eine Zeile des jüngsten Briefes seiner Schwester: *Ich verdränge immer, dass du selbst ein Teil des Regimes geworden bist.*

Er drehte sich zu Lewinsky um, der ihn mit großen Augen anblickte wie eine Maus eine Schlange.

«Ich muss überlegen, ob ich etwas für Sie tun kann», sagte Hermann.

In den dunklen Augen kam wieder ein Schein von Hoffnung auf.

«Aber das heißt noch nicht Ja!», wiegelte Hermann ab. «Ich denke darüber nach und melde mich bei Ihnen.»

«Aber Sie werden niemandem etwas sagen?»

«Um mich selbst hineinzureiten? Natürlich nicht! Aber Sie werden auch niemandem von diesem Besuch erzählen, verstehen wir uns richtig?»

«Ich gebe Ihnen mein Wort.»

«Was wollte dieser Mann?», fragte Erika, nachdem Hermann ihn hinausgelassen hatte.

«Ein komischer Vogel», sagte Hermann. «Ein Varieté-Künstler, der Arbeit sucht.»

«Und da fragt er dich?»

«Er wollte, dass ich ein gutes Wort für ihn einlege, weil ich doch mit vielen Kneipen und Bars in Kontakt bin.»

Erika blickte Hermann fragend an. «Und, was hast du ihm gesagt?»

«Dass ich nichts für ihn tun kann.»

Erika nickte zufrieden.

LEVIATHAN

Frankfurt am Main, Mittwoch, 3. Juni 1936

Die noch niedrig stehende Sonne warf orangefarbenes Licht auf den Frankfurter Stadtwald am Ende des gerodeten Flughafengeländes und auf die rund hundertfünfzig Richtung Westen blickenden Gesichter. Eines davon gehörte Georg Finkbeiner.

«Jetzt müsste er aber bald zu sehen sein», murrte Josef Kämmerer, Georgs neuer Zimmergenosse, ungeduldig. Sein rotes Haar leuchtete weit sichtbar und wäre wahrscheinlich auch vom Zeppelin aus zu erkennen.

Als Georg vor anderthalb Wochen in Frankfurt angekommen war, hatte die Reederei sie zusammen in einer kleinen Dienstwohnung in Sachsenhausen einquartiert, einem Stadtteil unweit vom Flugfeld. Josef stammte vom Bodensee und hatte den Atlantik mit dem LZ 127, dem Luftschiff Graf Zeppelin, schon viermal überquert. Dass Georg in «seine» Wohnung eingezogen war und sie sich Küche und Bad teilen mussten, hatte den Einzelgänger nicht gerade erfreut. Im Gegenteil. Mit seinen Launen hatte er Georg gegenüber deutlich gemacht, dass er nicht willkommen war. Nach ein paar Tagen Gewöhnung und einer lautstarken Auseinandersetzung kamen sie jetzt langsam besser miteinander aus, aber echte Freunde würden sie wohl nie werden.

«Hast du es denn eilig?», fragte Georg zurück, ohne den

Blick vom Horizont abzuwenden. Laut des letzten Funkrufs sollte die Hindenburg pünktlich um sieben Uhr eintreffen. Dass sie bereits seit einer Stunde warteten, lag daran, dass die Reederei mit einem Sicherheitspuffer arbeitete, damit auch wirklich genug Leute da waren, um das Luftschiff sicher in seine Halle zu bringen.

Heute früh waren auf jeden Fall genug Helfer vor Ort. Die meisten trugen die Uniform der Pionierkompanie, die mit dem Zug aus Mainz angereist war. Die rund achtzig jungen Männer rauchten und unterhielten sich leise miteinander. Der Flughafen befand sich noch im Bau und sollte erst in einem Monat offiziell eröffnet werden. Allerdings hatte es wegen der geplanten Verlegung der Luftschiffe bereits mehrere Landeübungen gegeben, an denen die Kompanie beteiligt gewesen war.

Die Bodenmannschaft der DZR, der deutschen Zeppelin-Reederei, war ebenfalls vertreten samt bereitstehender Packer und Träger. Auch Georg und Josef zählten als Stewards zu den möglichen Helfern.

«Ich stehe ja gerne früh auf, wenn es etwas zu tun gibt», murrte Josef weiter. «Aber mehr als eine Stunde einfach nur rumstehen und warten …»

Das Warten schien einer Gruppe aus Frauen von Besatzungsmitgliedern weniger auszumachen. Sie standen bei der an die Hangarhalle angebauten Kantine und fieberten dem Moment entgegen, den Ehemann oder Verlobten bald wieder in die Arme schließen zu können. Sie schienen sich alle zu kennen und unterhielten sich in einem fort.

Auch die Fahrer der Maybach-Limousinen, in denen die Passagiere zum «Bahnhof Weltflughafen Rhein-Main» gebracht wurden, blieben unter sich. Ebenso eine Gruppe von Reportern verschiedener Tageszeitungen samt ihrer Fotografen.

Die Presseleute kamen in Bewegung, als Hugo Eckener in Begleitung dreier Männer in einem Wagen eintraf. Einen davon, Luftschiffkapitän Ernst A. Lehmann, kannte Georg von Fotografien, die im Bürogebäude hingen, und aus der Wochenschau. Er war der Geschäftsführer der Reederei. Ihre beiden Begleiter hielten sich abseits, als die Fotografen die Luftschiffpioniere für ein Foto aufstellten.

«Kapitän Lehmann ist von Herrn Eckener ausgebildet worden», erklärte Josef, dem Georgs Blick wohl aufgefallen war. «Er wurde später bei der Firma Luftschiffbau Zeppelin Eckeners Assistent. Fährt immer noch manchmal als Kommandant mit.»

«Und die beiden?» Georg wies mit einem Kopfnicken zu ihrem Gefolge. Er hatte den Eindruck, sie am Montagnachmittag schon einmal aus der Ferne auf dem Fluggelände gesehen zu haben. Beide waren hochgewachsen. Der Jüngere – schätzungsweise Anfang dreißig – war breit gebaut wie ein Ringer und trug eine SS-Uniform. Die etwas schmaleren Schultern des anderen etwa zehn Jahre älteren Mannes steckten in einem Jackett. Darüber trug er einen schwarzen Ledermantel. Wie der SS-Mann bewegte auch er sich zackig wie ein gestandener Soldat.

«Der, der gerade die Zigarette wegschnippt, ist ein SS-Offizier. Wolff», flüsterte Josef. «Man sagt, der Ältere mit der Brille, Sauer, soll ein hohes Tier bei der Gestapo sein. Die beiden haben sich im vergangenen Monat schon in Friedrichshafen rumgetrieben und jeden Winkel untersucht. Es heißt, dass sie nach und nach mit jedem Gespräche führen.»

«Was wollen sie denn wissen?», fragte Georg, während sein Blick den Männern folgte. Lehmann schien sich mit diesem Sauer gut zu verstehen. Er sagte etwas, woraufhin beide herzlich lachten. Hugo Eckener blieb ernst. Von der Herzlichkeit und dem Humor, die Georg von ihm kannte, war nichts zu sehen.

Sauer drehte sich plötzlich zu Georg um. Das Lachen des Gestapo-Mannes fror ein, als sich ihre Blicke trafen. Seine Mundwinkel zuckten. Georg wandte sich schnell ab. Sein Herz klopfte, als sei er beim Stehlen erwischt worden. Es beruhigte sich erst, als er aus den Augenwinkeln mitbekam, dass Sauer sich wieder wegdrehte und Lehmann und den anderen folgte.

«Da kommt die Hindenburg!», hallte eine aufgeregte Männerstimme über das Flugfeld. Aller Augen blickten in die Richtung des ausgestreckten Arms. Tatsächlich: Ein weißer Fleck glitzerte im Schein der Sonne über dem Wald am Horizont und wuchs so schnell wie die Aufregung vor Ort.

«Jetzt geht es also los», sagte Josef zufrieden. «Da, das ist der Ankermast.»

Von der riesenhaften Luftschiffhalle führte ein Gleis etwa vierhundert Meter gerade hinaus. An dessen Ende stand das fahrbare Stahlungetüm, das wie eine Mischung aus Eiffelturm und ägyptischer Pyramide wirkte.

«Siehst du die Kupplung auf der Spitze? Das Gegenstück, der Ankerkegel, ist vorne an der Nase des Zeppelins. Wenn er eingehängt ist, ist unsere Arbeit getan.»

Der LZ 129 bewegte sich zügig mit dem Wind. Der Fleck wuchs bald zu einer länglichen Silhouette mit leicht geneigter Nase, die langsam tiefer gehend am Flugfeld vorüberflog. Die silberne Oberfläche des Leviathans glänzte im Morgenlicht.

«Ab jetzt das Rauchen einstellen!», drang eine bekannte Stimme verstärkt durch eine Flüstertüte. Sie gehörte Eduard Brinck, der für Georgs Ausbildung zuständig war.

Die Mannschaft in der Luft drehte den Zeppelin und passte die Leistung der Motoren an den leichten Gegenwind an. Die Pioniere und freiwilligen Helfer liefen in die Richtung, aus der er sich ihnen näherte. Auch Josef lief los. Georg hingegen stand nur mit offenem Mund und zurückgelegtem Kopf da. In der Ferne war ein Zeppelin schon spektakulär, aber begreifen konnte man die schiere Größe und Macht des Luftschiffes erst aus der Nähe. Es war ein Koloss biblischen Ausmaßes, der immer mehr Himmel über Georg einnahm.

«Ich kann dir sagen, der Zauber nimmt nie ab.»

Die Stimme gehörte einem großen, breit gebauten Mann in Georgs Alter. Blondes Haar krönte sein gebräuntes Gesicht. Er hielt Georg die Hand hin und stellte sich vor: «Gerd Petersen. Maschinist. Moin.»

«Georg Finkbeiner. Steward in Ausbildung», gab er zurück.

«Ich weiß. Dich haben sie beim mürrischen Kämmerer einquartiert, oder?»

«Lass ihn das besser nicht hören!», sagte Georg scherzhaft.

Gerd lachte und ließ zwei Reihen perfekter weißer Zähne sehen.

«Du bist schon oft mitgefahren?», fragte Georg und wies auf das immer größer werdende Luftschiff.

«Regelmäßig. Zuletzt Südamerika mit dem LZ 127, aber jetzt werde ich wohl öfter auf der Hindenburg eingesetzt.»

«Du arbeitest in den Motorgondeln?», fragte Georg.

«Genau. Unter anderem. Jetzt aber hinterher!»

Er zeigte auf die Soldaten und anderen Helfer, die schon einigen Vorsprung hatten. Georg nickte und rannte Gerd Petersen nach.

Der Schatten der Hindenburg erreichte sie, bevor die Nase über ihnen ankam. Der Zeppelin fuhr dem Ankermast gegen den Wind mittlerweile fast quälend langsam entgegen. Offenbar wollte der Kapitän so nahe wie möglich beim Gerüst zum Stehen kommen, ohne über das Ziel hinwegzuschießen. Das Geräusch der vier Motoren erstarb.

«Landetau!», brüllte jemand. Eine riesige breite Scheibe wurde von zwei Männern aus einer Luke im Bauch des Zeppelins geschoben. Sie entrollte sich im Fall zu einem mehr als armdicken Tau, welches sich an seinem Ende zu einer Vielzahl einzelner Seile aufspaltete. Ein Soldat bekam als Erster ein Seilende zu fassen. Sofort griffen weitere Hände zu und strafften es. Georg streifte in letzter Sekunde die Handschuhe über, die er ausgehändigt bekommen hatte. Durch das Leder spürte er das borstige Hanfseil und daran die unglaubliche Kraft des Fahrzeugs, das sie mit seiner Restgeschwindigkeit nach vorne riss, obwohl sie sich wie Tauzieher dagegenstemmten. Kurz darauf nahm der Zug auf das Seil langsam ab. Der Zeppelin schwebte über ihnen wie ein Wal der Lüfte, so nah, dass es Georg vorkam, als müsse er nur springen, um die silbern angestrichenen Stoffbahnen zu berühren, die das Aluminiumgestell umgaben. Durch die im Bauch befindlichen Fenster winkten Passagiere herab, die begeistert verfolgten, wie sich die Reise in dem Luftschiff ihrem Ende zuneigte.

«Noch fünf Meter voran!», rief der befehlshabende Offizier der Pioniere. Mit vereinten Kräften zogen sie den Zeppelin zum Mast.

«Stopp!», erklang der Befehl.

Der Zeppelin senkte sich langsam noch weiter ab, bis das riesige luftgefüllte Gummirad unter der Gondel den Boden berührte. Georg sah, dass die Heckflosse bereits auf dem flachen Ankerwagen stand.

«Zeppelin vollständig geankert», schallte der Ruf des Offiziers über das Flugfeld. Alle klatschten. Sogar Jubel war zu hören. Die Landung war geglückt.

Der Zeppelin wurde am Ankermast in die Halle manövriert. Josef und Georg liefen mit vielen anderen Schaulustigen aufgeregt neben dem Schiff her und beobachteten, wie es im Inneren endgültig festgemacht wurde.

Zunächst öffneten sich Luken im Bauch des Ungetüms, aus denen die Gepäckstücke der Passagiere auf einen darunter geparkten Pritschenwagen geladen wurden. Über eine Leiter kletterten Mitglieder der Besatzung aus der Gondel, dann wurde auf beiden Seiten das Fallreep ausgeklappt. Ein paar Minuten später strömten die ersten Passagiere über die Treppe auf deutschen Boden.

Georg stand etwas abseits und bewunderte das riesenhafte Schiff, dem er noch nie so nahegekommen war wie heute. 1000 Reichsmark kostete eine Doppelkabine. Um sich das zu leisten, müsste er fast ein halbes Jahr arbeiten, ohne einen einzigen Pfennig auszugeben.

Den Menschen, die das Luftschiff verließen, konnte man ihren Wohlstand an der teuren Kleidung ansehen. Georg machte Paare aus, aber auch alleinstehende Herren und eine Familie mit zwei Kindern. Zwei Frauen hatten dunkel gebräunte Haut und trugen exotisch wirkende, farbige Kleider, die offenbar aus Brasilien stammten. Sie lachten laut. Hinter ihnen wurde ein älterer Herr in einem Rollstuhl die Treppen hinabgetragen.

Ein Postfahrer half derweil dem Bodenpersonal, einen

Laster mit kleinen Paketen und einer Menge von Postsäcken zu beladen. Aus den Frachtluken wurden zahlreiche Kisten aus- und in bereitstehende Transportwagen umgeladen. Und schließlich waren alle fünfzig Passagiere ausgestiegen, die Mitglieder der Besatzung von ihren Liebsten in die Arme geschlossen worden und das Löschen der Ladung beendet.

«Guten Morgen, Herr Finkbeiner.»

Georg wandte sich zu dem Sprecher um.

«Herr Eckener, was für eine Ehre, Sie zu sehen.» Georg machte einen Diener.

Eckener reichte ihm die Hand.

«Darf ich vorstellen: Kapitän Lehmann, Georg Finkbeiner. Ich habe ihn in Freudenstadt angeworben. Er wird sicher schon bald an seiner ersten Nordamerikafahrt teilnehmen.»

Georg nahm aus den Augenwinkeln wahr, dass Sauer und Wolff etwas abseits standen und die Begegnung beobachteten. Der Maschinist Gerd Petersen ging hinter ihnen vorbei und winkte in Georgs Richtung.

«Erfreut», sagte Lehmann kurz. Er war ein schnittiger Kerl, das Gesicht gebräunt und der dunkle Zweireiher perfekt gebügelt. «Vielleicht sind wir ja mal gemeinsam unterwegs.»

«Es wäre mir eine große Ehre, Herr Kapitän», erwiderte Georg.

«Ich freue mich, dass Sie sich mein Angebot noch einmal durch den Kopf haben gehen lassen», ergriff Eckener das Wort. «Ich hoffe, die künftige Frau Gemahlin war über Ihre Entscheidung nicht zu sehr besorgt.»

«Eigentlich hat sie mich sogar dazu gedrängt, die Stelle doch anzunehmen», gestand Georg.

«Sie muss eine kluge Frau sein. Legt man einen Abenteurer an die Kette, wird man auf lange Sicht nicht glücklich sein.»

«Ich habe mich nie als Abenteurer gesehen», erwiderte Georg.

«Oh, Sie sind einer. Glauben Sie es mir ruhig!»

«Wenn sich einer mit Abenteuern auskennt, dann Hugo Eckener», sagte Lehmann.

Der so Gelobte klopfte Georg auf die Schulter. «Sie können es weit bringen bei uns, Herr Finkbeiner. Wir haben einiges vor. Herr Lehmann und ich verhandeln gerade über den Bau eines neuen Zeppelins, eines Schwesterschiffs der Hindenburg. Das würde eine zweite Halle hier auf dem Gelände bedeuten. Und natürlich noch mehr Fahrten. Und der LZ 130 ist nur der Anfang! Zeppeline sind die Zukunft der zivilen Luftfahrt.»

«Das wollen wir doch erst noch ganz in Ruhe besprechen, Hugo», bremste Lehmann ihn.

«Du hast ja recht. Manchmal lasse ich mich einfach hinreißen. Aber kommen wir zu einer anderen Sache», sagte Eckener ernster und fragte Georg: «Sie haben Herrn Sauer und Herrn Wolff noch nicht kennengelernt?»

Lehmann winkte sie zu sich.

«Ich hatte noch nicht das Vergnügen», antwortete Georg mit mulmigem Gefühl in der Magengegend.

Die beiden Männer kamen heran und hoben gleichzeitig den rechten Arm, ganz so, als hätten sie es choreografiert.

«Heil Hitler!»

Georg bemühte sich, den Gruß mit dem gleichen Elan zu erwidern.

«Sauer», sagte der Ältere. «Und das ist Sturmbannführer Wolff.»

Sauer trug sein goldenes NSDAP-Parteiabzeichen am Revers. An Wolffs Kragenspiegel prangten auf einer Seite die doppelte S-Rune, auf der anderen vier silberne Punkte.

«Die Herren würden sich gerne mit Ihnen unterhalten», sagte Eckener. «Sie haben doch etwas Zeit?»

«Wo können wir das Gespräch in Ruhe führen?», fragte Sauer.

Eckener sah sich um. Die Halle leerte sich zunehmend.

«Gehen Sie doch in den Zeppelin», schlug er vor. «Der Reinigungstrupp und die Techniker fangen erst in einer Stunde an. Bis dahin hätten Sie im Salon Ihre Ruhe.»

Sauers Blick war bohrend, als er nickte.

HIRNGESPINST

Frankfurt am Main, Mittwoch, 3. Juni 1936

Georg betrat die erste Aluminiumstufe des Fallreeps. Noch vor wenigen Wochen hätte er ungläubig den Kopf geschüttelt, wenn man ihm diesen Moment vorhergesagt hätte. Leider konnte er ihn jetzt, eingerahmt von einem Offizier der SS und einem der Gestapo, nicht gebührend genießen. Er fand die Anwesenheit der beiden Männer beunruhigend.

Am Fuß der Treppe erstreckte sich das untere Deck des Passagierbereichs. Georg wusste, dass sich hier die Toiletten und Waschgelegenheiten befanden, eine Bar, die Küche, die Offiziers- und Mannschaftsmesse. Durch unauffällig in die Wandverkleidung eingebaute Türen konnte die Besatzung nach vorne zur Führergondel des Luftschiffes und nach hinten zu den Frachträumen und Motorgondeln gelangen.

«Kommen Sie, wir gehen nach oben», bestimmte Sauer und nahm die ins A-Deck führende Treppe. Im Korridor blickte ihnen eine Büste Paul von Hindenburgs entgegen, dem zu Ehren der Zeppelin benannt war. Steuerbord ging der graue Bodenbelag des Korridors in einen bunten Teppich über. Er gehörte zu einem länglichen Raum mit zahlreichen Sitzgruppen. Gelbbraune Leichtbau-Sessel standen um Aluminiumtische. Eine riesige, kunstvoll aufgemalte Weltkarte, auf der man die wichtigsten See- und Luftrouten um den Globus nachvollziehen konnte, schmückte die lange mit Seidenstoff bespannte Wand. Noch erstaunlicher fand Georg den mit gelbem Leder bezogenen Aluminiumflügel in der hinteren Ecke der Lounge. Er kam sich vor wie mitten in einer Utopie-Geschichte von Jules Verne. Dazu passte auch die Reihe der Panoramafenster an der Außenseite des Zeppelins. Aus der Luft konnte man hier sicher eine Sicht auf die Welt genießen, die sonst nur Vögeln vorbehalten war. Die Aussicht, die sich ihnen im Moment bot, war weit profaner. Georg sah die Metallwände und den Boden der Halle. Ein paar Techniker eilten unten geschäftig vorbei.

«Der Gesellschaftsraum», murmelte Georg staunend und wünschte sich, statt der beiden Männer seine Gitti bei sich zu haben. Er konnte sich vorstellen, dass sie in einem solchen Ambiente sogar ihre Angst vor Höhen vergessen mochte.

«Das erste Mal in der Hindenburg?», fragte Sauer und wählte einen Tisch in der Mitte des Raums. Er wies auf einen der Stühle und nahm auf dem gegenüberliegenden Platz. Georg kam seiner Aufforderung nach. Der Sessel war federleicht, aber vollkommen stabil.

«Ja», gestand Georg. «Ich bin überrascht, wie modern alles ist.»

Sauer zog eine in graue Pappe eingeschlagene Akte hervor, die er auf den Tisch legte. Georg erkannte seinen eigenen Namen darauf.

Das Klavier ertönte mit einem tiefen, sanften Klang. Georg wandte sich überrascht um. Weitere Töne folgten dem ersten. Siegfried Wolff spielte jetzt zweihändig im Stehen eine melancholische Melodie an, die Georg geläufig vorkam.

«Wolff!», stieß Sauer mahnend aus. Das Klavierspiel endete mitten im Takt.

Dass Georg das Stück nicht gleich erkannt hatte, lag am fehlenden Gesang. Er hatte es früher öfter bei Liederabenden im Hotel gehört. *«Ich bin der Welt abhanden gekommen»*, stellte er fest, als der SS-Mann zum Tisch kam.

«Was meinen Sie?», fragte Sauer.

«Das Lied eben. Von Gustav Mahler.»

«Stimmt das?» Die Frage war an Wolff gerichtet.

Der zuckte mit den Schultern und blieb am Tisch stehen.

«Sie sollten es besser unterlassen, entartete Musik eines Juden zu spielen», knurrte Sauer.

«Und Sie sich besser um Ihre eigenen Sachen kümmern», blaffte Wolff zurück.

Sauer rang um Fassung, seine Augen funkelten hinter der Brille. Wolff gab sich betont unbeeindruckt und pfiff die Melodie des Mahlerlieds leise weiter. Es lag eine Spannung in der Luft wie vor dem ersten, heftigen Donnerschlag eines Unwetters.

Georg fragte sich, welchen Rang der Gestapo-Mann haben mochte, dass er einen Sturmbannführer maßregelte, sich aber dessen erneute Provokation gefallen lassen musste.

Sauer atmete durch und öffnete mit einem demonstrativen «Dann wollen wir mal» die Akte. Er hielt sie so stark geneigt, dass Georg sie nicht einsehen konnte. «Sie sind also Georg Finkbeiner.»

«Jawohl», erwiderte er. «28 Jahre, Familienstand unverheiratet. Aber verlobt. Beruf Oberkellner.»

Sauer nickte und studierte die Akte. Wolff beendete sein Konzert und blieb so nah bei Georg stehen, dass er den herben Duft seines Rasierwassers riechen konnte. Die Nähe zu dem SS-Mann verunsicherte ihn. Er blickte zu ihm auf und sah in herabblickende Augen, die blau wie ein Bergsee waren.

«Sie sind kein Mitglied der NSDAP?», hakte Sauer nach.

«Äh, nein.»

«Warum nicht?»

«Ich bin kein politischer Mensch. Ein Oberkellner hat von Berufs wegen neutral zu sein.»

Wolff gab einen kurzen Lacher von sich.

«Sie würden also einen Kommunisten bedienen?»

Georg bedauerte seinen letzten Satz bereits. Er überlegte sich die Antwort auf Sauers nächste Frage wohl ein wenig zu lange, denn der Polizist zückte aus der Innentasche seines Sakkos einen Füllfederhalter und setzte eine kurze Notiz auf die oberste Seite der Akte.

«Ich würde vermutlich gar nicht wissen, dass es sich um einen Kommunisten handelt», antwortete er. «Meine Pflicht ist der Dienst am Gast.»

«Und wie sähe das bei Juden aus? Oder bei Judenfreunden? Werden die auch von Ihnen bedient?»

Georg schluckte trocken. «Ich bin ein einfacher Mann. Ich mache mir über so etwas nur wenige Gedanken. Es liegt nicht an mir, die Entscheidung zu fällen, wer in den Gastraum kommen darf», brachte er hervor.

Es wurde still. Sauer krakelte mit ernster Miene in seinen Block. Wolff trat endlich einen Schritt zur Seite. Georg fühlte sich wie eine Maus zwischen zwei hungrigen Katern.

«Warum wollen Sie mich eigentlich sprechen, wenn ich fragen darf?», versuchte er, dem Gespräch eine andere Richtung zu geben.

«Es handelt sich um eine Vorgabe des Reichsluftfahrtministeriums.» Sauer sah ihn an, als sei damit alles erklärt.

«Diese Vorgabe besagt, dass Sie mit *allen* Mitarbeitern der DZR sprechen?»

Sauer suchte bei Wolff Schützenhilfe.

«Stichproben», sagte der SS-Mann knapp. Sauer nickte und übernahm wieder das Zepter: «Sie wurden auf Empfehlung von Hugo Eckener eingestellt. Wann war das?»

«Herr Eckener hat Ende April Station in Freudenstadt gemacht, wo ich arbeitete. Dort hat er mir eine Stellung angeboten. Ich habe eine Woche später zugesagt und war am späten Nachmittag des 18. Mai in Friedrichshafen.»

«Das war ein Montag.»

«Ja.»

Wolff sah zufrieden aus. Er fragte: «Sie waren bei Herrn Fischer?»

Georg nahm wahr, wie seine Nackenmuskeln sich unweigerlich anspannten, als er an den Vorfall im Lagerraum denken musste. Seit dem Gespräch mit dem Personalleiter hatte er mit keinem anderen Menschen über den Leichenfund gesprochen, auch bei seinen beiden Telefonaten mit Gitti hatte er ihn nicht einmal erwähnt. Georg wusste mittlerweile selbst nicht mehr, ob er seiner Wahrnehmung Glauben schenken konnte oder ob es sich um ein Hirngespinst gehandelt hatte.

«Ich habe gefragt, ob Sie bei Herrn Fischer waren», drang die Stimme des SS-Mannes ungeduldig an sein Ohr.

«Ja. Und …»

«Und was?», fragte Sauer kritisch.

Georg versuchte, seine Gedanken zu ordnen. «Ich kam etwas zu früh an und bin zum Zeitvertreib auf dem Fluggelände spazieren gegangen, bis ein starker Regen eingesetzt hat.»

Sauer kniff die Augen zusammen, als überlege er. Dann holte er einen Umschlag aus seiner Tasche und daraus eine Fotografie, die er Georg hinschob.

«Haben Sie diesen Mann schon einmal gesehen?»

Georgs Magen zog sich krampfhaft zusammen.

Das Foto zeigte einen dicklichen, älteren Herrn, der an einem Schreibtisch saß, auf dem sich um eine Schreibmaschine Blöcke und Zeitungen stapelten. Das feist grinsende Gesicht glänzte fettig. Das Bild war nicht ganz scharf, trotzdem erkannte er im Hintergrund die gerahmte Ausgabe einer Zeitungsseite.

Georg konnte das Gesicht beim besten Willen nicht zuordnen. Er hatte die Leiche nur einen kurzen Augenblick bei schlechtem Licht gesehen – und das Gesicht war von brutalen Schlägen deformiert gewesen. Aber der Körperbau passte.

«Ist das ein Reporter?», fragte er, bemüht, sich den Schrecken nicht anmerken zu lassen.

«Haben Sie diesen Mann am 18. Mai bei Ihrem Spaziergang gesehen?», fragte Sauer, ohne auf seine Fragen einzugehen.

Georg wusste, dass ein Gestapo- und ein SS-Mann nicht die beste Gesellschaft waren, um über Zweifel an seinem Geisteszustand zu sprechen.

«Nein», sagte er. «Ich kenne diesen Mann nicht. Wer ist das?»

Den Blick, den Sauer und Wolff miteinander tauschten, konnte Georg nicht deuten. Wolff zuckte mit den Schultern und sagte: «Ein Journalist, der an diesem Tag zum letzten Mal gesehen wurde.»

Sauer steckte das Foto zurück in den Umschlag.

Georg atmete innerlich auf. Wenn es wirklich einen Toten gegeben hatte, litt er zumindest nicht an Wahnvorstellungen.

«Seit wann sind Sie in Frankfurt?», wechselte Wolff das Thema.

«Ich habe am Tag nach dem Einstellungsgespräch bei Herrn Fischer den Vertrag unterzeichnet und bin am nächsten Tag mit der Bahn nach Frankfurt gefahren.»

«Sie wohnen wo?»

«In einer Wohnung der Reederei in Sachsenhausen.»

«Zusammen mit Josef Kämmerer», stellte Sauer fest. «Wie haben Sie die Zeit in Frankfurt bisher verbracht?»

«Ich wurde mit Fritz Gruber und Wilhelm Voss im *Frankfurter Hof* auf den Einsatz auf der Hindenburg vorbereitet. Und hier in der Reederei werden wir für die Arbeit im Zeppelin geschult.»

Wolff nahm derweil ein silbernes Etui aus der Sakkotasche und zog eine Zigarette heraus.

«Verzeihung», entfuhr es Georg. «Sie … Sie dürfen hier nicht rauchen.»

Wolff steckte die Zigarette unbeeindruckt in den Mund.

«Die Gassäcke der Hindenburg sind mit Wasserstoff gefüllt», erklärte Georg. Brinck hatte ihnen das mehrfach und mit Entschiedenheit eingetrichtert. «Wenn Wasserstoff aus den Gassäcken entweicht, kann ein Funke genügen, damit es sich entzündet. Im Zeppelin darf darum aus Sicherheitsgründen nur im dafür zugelassenen Rauchsalon geraucht werden.»

Sauer sah mahnend zu Wolff, der die Zigarette aus dem Mund nahm.

«Diese Unannehmlichkeiten könnten sich ändern, wenn die USA der Deutschen Zeppelin Reederei Helium liefert. Die Hindenburg ist nämlich eigentlich auf den Betrieb mit dem unbrennbaren Helium ausgelegt», ergänzte Georg, führte sein Wissen aber auf den genervten Blick Wolffs hin nicht weiter aus.

Sauer hingegen sagte: «Sie haben recht, Herr Finkbeiner.

Wir brauchen Helium aus Amerika. Aber die Spannungen zwischen unseren Ländern verhindern bislang die nötigen Lieferungen. In gewisser Weise hat unser Gespräch hier auch damit zu tun.»

Georg blickte ihn erwartungsvoll an.

«Ihnen ist bewusst, dass die Hindenburg das mit Abstand modernste Luftschiff der Welt ist?»

«Selbstverständlich. Die ganze Welt bewundert unsere Zeppeline.»

«So ist es», stellte Sauer fest. Wolff blickte Georg weiter durchdringend an. «Uns ist zu Ohren gekommen, dass Sie mit Ihrem Zimmergenossen sowie mit Fritz Gruber und Wilhelm Voss am vergangenen Wochenende in einer Wirtschaft waren.»

«Wir haben Rippchen mit Kraut gegessen und ein paar Frankfurter Äppelwoi getrunken», erklärte Georg. Er wunderte sich, woher Sauer von ihrem Abendausflug wusste. «Ist das ein Problem?»

«Wurden Sie dort von jemandem wegen des Zeppelins angesprochen?», fragte Wolff scharf.

Georg sah beide verwundert an.

«Vielleicht ein Mann am Nebentisch, der sich für Luftschiffe interessiert. Oder eine Frau, die Sie kennengelernt haben, die mehr über Ihren Beruf erfahren wollte?»

«Ich bin verlobt», sagte Georg entrüstet.

«Oder ist Ihnen aufgefallen, dass einer Ihrer Kollegen auf solche Weise angesprochen wurde?»

Georg ging ein Licht auf. «Sie suchen nach Spionen?»

Wolff stützte sich auf den Tisch. «Die Welt neidet dem deutschen Volk jegliche Überlegenheit. Es wäre also durchaus möglich, dass fremde Mächte Mittel und Wege suchen, sie uns streitig zu machen.»

«Aber sollten Sie sich dann nicht besser an die Ingenieure wenden? Was wissen wir Stewards schon? Außerdem gehört Diskretion zu unserem Beruf.»

«Freut mich zu hören», sagte Sauer. «Trotzdem sollten Sie sich darüber bewusst sein, dass diese fremden Mächte existieren. Sie haben nicht weniger im Sinn, als das deutsche Volk zu unterjochen und zu vernichten! Verstehen Sie das?»

Georg nickte, obwohl er das reichlich übertrieben fand.

«Können wir davon ausgehen, dass Sie uns als treuer Deutscher informieren, falls irgendjemand Sie auf Einzelheiten des Zeppelins anspricht?»

Georg nickte verunsichert. «Ich werde selbstverständlich auf Sie zukommen.»

«Dann sind wir hier fertig», sagte Sauer. «Sie können gehen.»

Georg stand auf und wandte sich dem Ausgang zu. Er drehte sich noch einmal zu den beiden Männern um, hatte das Gefühl, noch etwas sagen zu müssen. «Ich möchte betonen, dass ich Herrn Eckener niemals enttäuschen würde.»

Wolff verdrehte die Augen. Sauer sagte: «Sie sollten besser *uns* nie enttäuschen, Herr Finkbeiner.»

RESSENTIMENTS

Berlin, Montag, 8. Juni 1936

Der Duft des frischen Kaffees vermischte sich mit dem Kampfer-Geruch von Hermanns Pitralon-Rasierwasser. Luise rieb sich mit einem Fäustchen ein Auge und löffelte mit der anderen Hand eifrig ihren Haferschleim. Erika schmierte ihm derweil ein Butterbrot und belegte es mit einer Scheibe Kochschinken.

«Vielleicht geht es ja doch um eine Beförderung», sagte sie und reichte ihm den Teller.

Am Freitag hatte Hermann eine kurze Notiz von seinem Vorgesetzten Eduard Rommer mit der Aufforderung erhalten, sich heute um zehn Uhr im Besprechungsraum im obersten Stockwerk des Ministeriums einzufinden. Worum es dabei gehen sollte, hatte Rommer nicht geschrieben. Einen Moment lang hatte er befürchtet, dass sein Kontakt zu diesem Jonathan Lewinsky aufgeflogen war und man ihn nun zur Rechenschaft ziehen würde. Aber dafür hätten sie ihn sicher nicht in den Besprechungsraum geladen.

«Was soll es denn sonst sein?», plapperte Erika weiter. Das ganze Wochenende über hatte sie kaum von etwas anderem gesprochen. «Du hast dir nichts zuschulden kommen lassen. Im Gegenteil. Du leistest dem Reich einen besonders wertvollen Dienst.»

«Apropos», sagte Hermann und biss in das Brot. «Ich

werde heute Abend noch einmal Überstunden machen müssen.»

Erika warf ihm einen skeptischen Blick zu. «Schon wieder? Geht das jetzt jede Woche so, dass du kaum noch nach Hause kommst? Luise, nein! Nicht mit dem Essen spielen!»

«Ich habe noch ein paar Gespräche mit den Barbesitzern vor mir. Und die sind eben hauptsächlich abends zu erreichen.»

«Schick doch Penske mal hin!»

«Der Junge ist noch nicht so weit. Außerdem hat Rommer ihm die Fernsehstuben für die Direktübertragungen der Spiele gegeben. Zum Glück! Wenn ich das auch noch regeln sollte, wäre ich gar nicht mehr bei euch. Ich bin ja bald durch mit den Bars.»

«Man könnte fast meinen, es macht dir Spaß, die Nächte in irgendwelchen Tanzschuppen zu verbringen, statt bei deiner Familie.»

Hermann atmete tief ein und aus. Diese Vorwürfe brachte Erika in letzter Zeit immer häufiger vor.

«Du weißt, dass das nicht stimmt, mein Liebling», sagte er in möglichst beruhigendem Tonfall.

Schon in der ersten Schwangerschaft mit Luise war ihm Erika sehr launisch vorgekommen. Sein Schwiegervater hatte ihm unter vier Augen erklärt, dass es bei ihrer Mutter nicht anders gewesen sei. «Da müssen wir Männer durch», hatte er gesagt und mit erhobenem Zeigefinger hinzugefügt: «Die Frau muss gebären, der Mann sie ernähren – und ihre Stimmungen ertragen.» Hermann hatte sein schallendes Gelächter noch immer im Ohr.

«Am Ende schmiegt sich noch irgendein junges Ding an dich», sagte sie, ohne ihn anzusehen.

«Du weißt, dass ich nur dich liebe», beeilte er sich, ihr zu versichern.

«Ich würde es dir nicht einmal verübeln. Ich sehe aus wie eine Kuh.»

«Muh», machte Luise.

«Ja, so macht die Kuh», lobte Erika ihre Tochter und wischte ihr Haferschleim aus den Mundwinkeln.

Hermann sah, dass ihr Tränen in die Augen stiegen. Er stand auf, ging um den Tisch und nahm sie in den Arm. Natürlich hatte ihr Körper sich verändert. Kennengelernt hatte er sie als zierliche, fast zerbrechlich wirkende junge Frau. Jetzt stand ihr Bauch schon deutlich vor und wuchs von Woche zu Woche. Ihre Brust hatte ebenfalls an Umfang zugenommen, und seit einer Woche klagte sie über geschwollene Beine und Sodbrennen. Dr. Sinzig hatte Ende August als Geburtstermin berechnet.

Sie ließ seine Umarmung nur kurz zu und löste sich schnell wieder von ihm.

«Du musst dir wirklich keine Sorgen machen, Liebling», sagte er. «Es sind nur noch ein paar Abende.»

«Und dann kommt eben irgendetwas anderes. Bald fangen die Spiele an. Und du bist wieder Tag und Nacht weg.»

«Ich werde mich schon noch genug um meine Familie kümmern können», sagte Hermann und streichelte seinem Töchterchen über den kleinen, warmen Kopf. Erika wischte sich die Träne fort.

«Auf der anderen Seite willst du ja gerne, dass ich befördert werde», schob er nach.

«Weil du dann Mitarbeiter hättest, denen du die Arbeit delegieren kannst», meinte sie schmollend, wohl weil sie sich in der Widersprüchlichkeit ihrer Forderungen ertappt fühlte.

«Vielleicht kommt heute jemand vom IOC», versuchte Hermann, das Gespräch in sachlichere Bahnen zu lenken. «Ich habe gehört, dass diese Woche ein paar Funktionäre in Berlin sein sollen.»

«Meinst du, Joseph wird auch da sein?»

«Ich weiß es nicht. Eher nicht, vermute ich. Sonst wäre Rommers Nachricht sicher offizieller gewesen.»

Das erste Mal waren sie Joseph Goebbels bei einem Gartenfest seiner Schwiegereltern begegnet. Erich kannte ihn schon seit dessen Gauleiterzeiten in Berlin. Er war natürlich sehr stolz gewesen, den Leiter des Reichsministeriums für Volksaufklärung und Propaganda als Ehrengast begrüßen zu dürfen, und hatte sie miteinander bekannt gemacht. Magda Goebbels und Erika hatten mit den gleichaltrigen Säuglingen sofort eine Gemeinsamkeit gefunden und der Minister ihnen im kurzen Gespräch das Du angeboten, bevor er sich den nächsten Gästen widmete. Seither sprach Erika von ihm nur als Joseph.

Nach zwei Stunden auf dem Fest hatte ein Fahrer der Reichskanzlei Goebbels zu einem Termin mit dem Führer abgeholt. Als er gegangen war, hatte sein Schwiegervater Hermann mitgeteilt, dass er mit dem Minister über seine berufliche Zukunft gesprochen habe. Da die Regierung seit Amtsantritt ohnehin alte Zöpfe abschnitt und mit dem Gesetz zur Wiederherstellung des Berufsbeamtentums Juden und politisch unliebsame Beamte von ihren Posten entfernt hatte, war der Weg für Deutsche wie ihn frei geworden. Zwei Wochen später hatte ihn eine Einladung des Ministeriums erreicht. Wenn Hermann recht darüber nachdachte, hatte sie der Einladung vom Freitag ziemlich geähnelt. Vielleicht hatte Erika recht und es stand wirklich eine Beförderung an.

«Meinst du, ich sollte besser den neuen Anzug anziehen?», fragte er.

«Das solltest du. *Wer nach oben will, muss auch nach oben aussehen*, sagt Papa immer. Und wenn du Joseph triffst, richte ihm und Magda schöne Grüße aus!»

Den neuen Anzug hatte Hermann vergangene Woche vom Maßschneider abgeholt. Hose, Weste und Sakko aus bester Schurwolle und mit leichtem Glanz im feinen Zwirn. Bisher hatte er nur für seinen Hochzeitsanzug so viel Geld ausgegeben. Den anderen beigegrauen Anzug packte Erika in eine Tasche, die sie ihm mit einem Abschiedskuss in die Hand drückte.

«Damit du den neuen in der Tanzbar nicht gleich schmutzig machst», sagte sie.

Reuseneck fuhr gerade vor. Hermann wartete, bis der Chauffeur ausgestiegen war und ihm die Tür öffnete, dann winkte er Frau und Tochter zum Abschied.

Auf Reusenecks feines Gespür konnte man sich verlassen. Er merkte stets, ob Hermann Unterhaltung suchte oder Ruhe zum Nachdenken brauchte. Heute konzentrierte der Fahrer sich auf die Straße und blieb still. Hermann hätte sich wahrscheinlich auf den anstehenden Termin im Ministerium vorbereiten sollen, aber ein bohrendes Gefühl in seinem Kopf ließ ihm keine Ruhe und sorgte dafür, dass seine Gedanken immer wieder abschweiften. Er hatte Erika belogen. Gut, er hatte am Abend wirklich einen Termin in einer Bar. Allerdings war der dienstliche Hintergrund für den Besuch nur vorgeschoben. Tatsächlich würde er Jonathan Lewinsky dort treffen. Das Auftauchen des Travestiekünstlers lag jetzt zwei Wochen zurück. Damit war die Bedenkzeit ausgelaufen, die Hermann sich erbeten hatte. Das

Problem bestand darin, dass er nach wie vor keine endgültige Entscheidung getroffen hatte.

Und noch eine Sache verheimlichte er seiner Frau. *Am Ende schmiegt sich noch irgendein junges Ding an dich*, hatte Erika gesagt. Hermann seufzte. Seit er mit Anna Kollmann im *Kakadu* Körper an Körper gestanden und sie dann direkt hinter ihm auf der Rückbank ebendieses Wagens gesessen hatte, ging die junge Frau ihm einfach nicht mehr aus dem Kopf.

«Wie geht es Ihrer Frau?», fragte er seinen Chauffeur, um auf andere Gedanken zu kommen.

«Ganz gut, danke schön. Das Wasser in den Beinen macht ihr zu schaffen. Aber der Hexenschuss ist ausgestanden. Sie hat mich gebeten, Ihnen liebe Grüße an Ihre Frau auszurichten. Sie war ganz angetan von der Schokolade.»

Kaum hatte Erika von Frau Reusenecks Hexenschuss erfahren, da hatte sie ihr ein Blümchen und eine Packung der neuen Scho-Ka-Kola-Sportschokolade mit Besserungswünschen vorbeibringen lassen. Hermann kannte niemanden, der so fürsorglich war wie sie. Ja, er war mit einer wunderbaren Frau verheiratet. Erika war schön, gebildet, eine liebevolle Ehefrau und Mutter. Und doch funkte ihm selbst in diese Gedanken Anna Kollmann dazwischen. *Schliemannstraße 2, Prenzlauer Berg.* Dorthin hatte Reuseneck sie nach der Razzia gefahren. Hermann hatte sich die Adresse immer wieder im Kopf vorgesagt und sich vorgestellt, wie es wohl wäre, sie zu besuchen. Er wusste genau, dass er das nie tun würde, aber der Gedanke daran erregte ihn.

«Sie kennen Leni Riefenstahl?», machte Ernst Seeger, der Leiter der Abteilung Film im Reichsministerium, Hermann nach der Ankunft im Besprechungsraum mit seiner elegant gekleideten Gesprächspartnerin bekannt.

«Selbstverständlich», erwiderte er und ergriff die dargebotene Hand. «Ich bin ein Bewunderer Ihrer Filme, ob als Schauspielerin oder Regisseurin.»

Offenbar gefiel ihr seine Reaktion, denn sie ließ ihre Hand etwas länger in seiner ruhen und schenkte ihm ein warmes Lächeln.

«Hören Sie bloß auf, ihr so zu schmeicheln, sonst gewöhnt sie sich noch daran!», sagte ihr Begleiter flachsig.

«Heinz, mein kleiner Bruder», stellte die Riefenstahl ihn lächelnd vor. «Er neigt zu solch unqualifizierten Bemerkungen.»

«Touché!», sagte Heinz Riefenstahl lachend. «Was sich liebt, das neckt sich, sagt man doch, Schwesterherz.»

Er sah seiner Schwester ähnlich. Die ausdrucksstarken, braunen Augen, der Zug um den breiten Mund. Anders als sie hatte er aber stark gebräunte Haut und trug viel Pomade im glatten blonden Haar. Ein gut aussehender Mann, dessen viel zu leger wirkender Anzug sicher sündhaft teuer gewesen war.

«Da ist Werner!», sagte er. Sie entschuldigten sich und gingen weiter.

Hermann war heilfroh, den guten Anzug zu tragen. Schon im Treppenhaus war er Walther Funk, dem Reichspressechef und Staatssekretär der Abteilungen Presse im Propagandaministerium, begegnet, der ebenfalls zum Besprechungsraum wollte. Es handele sich um eine «größere Sache», hatte er mitgeteilt, schien aber sonst ebenso wenig über Einzelheiten informiert wie Hermann. Und das wollte etwas heißen.

Mittlerweile befanden sich etwa 25 Personen im Raum. Einige hatten bereits an den zu einem U geformten Tischen Platz genommen und sich Kaffee oder Wasser aus den bereitstehenden Kannen eingeschenkt, andere standen in kleinen Gruppen beisammen und unterhielten sich. Hermann schätzte etwa die Hälfte der Anwesenden auf Mitarbeiter des Ministeriums. Einige der auswärtigen Teilnehmer kannte er aus der Zeitung. Mit anderen hatte er schon persönlich zu tun gehabt, etwa mit Karl Ritter von Halt, einem Mitglied des Internationalen Olympischen Komitees, der gerade mit dem nationalen Präsidenten des Organisationskomitees der Spiele, Dr. Theodor Lewald, sprach. Dessen Pressereferent Gerhard Krause stand neben ihnen und redete auf Carl Diem ein, den Generalsekretär des Organisationskomitees, der sich den olympischen Fackellauf ausgedacht hatte.

Ansonsten fiel Hermann natürlich Roland Schaper sofort ins Auge. Der Mann vom Geheimdienst sah genauso aus wie an dem Tag, als er zu Hermann ins Büro gekommen war. Er reagierte auf Hermanns Winken mit einem knappen Nicken.

«Heil Hitler!»

Alle drehten sich zur Tür um, in der Joseph Goebbels stand. Wer noch saß, erhob sich zur Erwiderung des Grußes.

«Sind alle da?», fragte Goebbels seinen Referenten Karl Hanke. Auf sein Nicken hin wandte sich der Minister an die Leute im Besprechungssaal. «Meine Herren, meine Dame!» Die Pause wurde länger, denn er ging zu Leni Riefenstahl und gab ihr einen Handkuss.

«Nehmen Sie bitte Platz!»

Goebbels war ein kleiner, dünner Mann mit spitzem

Gesicht und hoher Stirn. Ein Klumpfuß, den er von einer Knochenmarkentzündung als Kind zurückbehalten hatte, zwang ihm einen humpelnden Gang auf. Damit entsprach er dem von seiner Partei propagierten Ideal eines Ariers ebenso wenig wie Himmler, Göring oder gar der Führer selbst. Hermann tadelte sich insgeheim für seine Gedankengänge, er war über die Diskrepanz schon länger verwundert. Aber reden konnte Goebbels. Das musste er zugeben.

Hermann nahm hinter dem Schild mit seinem Namen Platz. Rommer, der sich flüsternd für die sehr knappe Einladung entschuldigte, saß rechts neben ihm, auf der linken Seite Horst Dreßler-Andreß, der Präsident der Reichsrundfunkkammer.

Goebbels hatte den einzigen Stuhl mit erhöhter Rückenlehne und Armlehnen. Sein Referent breitete die Unterlagen vor ihm aus und nahm neben ihm Platz. Der Stuhl zu Goebbels' Rechten blieb leer. Der Blick des Ministers wanderte durch die Runde. Hermann hatte das Gefühl, dass er bei ihm einen Moment länger verharrte. Er lächelte und nickte, erntete jedoch keine Reaktion darauf.

«Danke, dass Sie unserer Einladung so kurzfristig nachgekommen sind», begann Goebbels emotionslos. «Zumal sie einiges offengelassen hat. Dem Deutschen Reich steht eine Bewährungsprobe bevor, die den Eindruck unseres heiligen Vaterlandes auf die Welt maßgeblich und vorteilhaft beeinflussen soll und wird. Die Winterolympiade in Garmisch-Patenkirchen kann als gelungener Probelauf gesehen werden. Die Herausforderungen zur Ausrichtung der Sommerspiele sind ungleich monumentaler. Doch sie bieten uns auch die Gelegenheit, der ganzen Welt zu beweisen, dass Deutschland unter unserem geliebten Führer Adolf Hitler kein Feind ist, sondern ein verlässlicher Partner der internationalen Gemeinschaft.»

«Jawoll!», rief jemand dazwischen.

«Wir stellen mit diesen Spielen die deutsche Willensstärke zur Schau, die nationale Schaffenskraft und Überlegenheit. Nach innen wie nach außen. Das ist Propaganda in Reinform, meine sehr verehrten Damen und Herren!»

Goebbels' Stimme wurde lauter.

«Die wirksamste Propaganda ist stets der Erfolg. Und Erfolg ist der persönliche Wunsch unseres Führers. Diesen Erfolg sicherzustellen, sind wir heute hier zusammengekommen.»

«Jawoll!», erklang die Stimme des Zwischenrufers erneut, dann brandete Applaus auf.

«Doch genug der Vorreden, meine Damen und Herren. Gehen wir gleich in medias res.»

Goebbels warf einen Blick auf einen Zettel vor sich. «Sie wissen alle, dass es vonseiten des Internationalen Olympischen Komitees einserseits und dem Nationalsozialismus gegenüber skeptisch eingestellten Staaten andererseits große Ressentiments gab, die Olympiade im Deutschen Reich stattfinden zu lassen. Herr Karl Ritter von Halt, vielleicht können Sie etwas dazu sagen.»

Der Angesprochene stand auf. Ritter von Halt war Bankier und kürzlich zur Deutschen Bank gewechselt. Er war mehrfacher Deutscher Meister im Zehnkampf und hatte selbst an den Olympischen Spielen in Stockholm teilgenommen.

«Vielen Dank, Herr Minister», sagte er mit ruhiger, aber tragender Stimme. «Meine Dame, meine Herren. Wie Sie vielleicht wissen, gehöre ich dem IOC selbst seit 1929 an.

Bei den Spielen in Los Angeles 1932 war der Welt bereits klar, dass Deutschland politisch einen neuen Weg einschlagen würde. Man sorgte sich, ob das Reich unter Adolf Hitler die Grundsätze der olympischen Idee mit der Chancengleichheit aller Teilnehmer einhalten und achten würde. Wir säßen jetzt wahrscheinlich nicht hier, wenn Herr Hitler mir seine schriftliche Garantie verwehrt hätte. Alle Sportler, Funktionäre und Besucher der Olympischen Sommerspiele in Berlin sollen demnach unabhängig von Konfession und Rasse freundlich aufgenommen und behandelt werden. Sogar Neger und Juden.»

«So ist es», bekräftigte der Minister und zeigte Ritter von Halt an, dass er wieder Platz nehmen könne. «Das Ausland wird sicher den einen oder anderen Juden nach Berlin senden. Auch für uns soll ein Jude antreten können, wenn kein rassereiner Deutscher die gleichen Leistungen erbringen kann.»

Nicht nur Hermann wandte den Blick zu Theodor Lewald. Der fünfundsiebzigjährige Präsident des Organisationskomitees galt nach den Maßgaben der Nürnberger Rassegesetze als Halbjude, obwohl er christlichen Glaubens war. Aber falsches Blut in der Vergangenheit konnte heutzutage sehr schnell dazu führen, dass selbst ein national denkender Mann wie Lewald auf die Abschussliste geriet. Hermann hatte Gerüchte gehört, dass Hitlers Stellvertreter, Rudolf Heß, ihn als Cheforganisator loswerden wollte. Allerdings war Lewald auch Mitglied im IOC. Nach den Boykottaufrufen in Amerika und der Zusage, dass Deutschland Juden prinzipiell nicht von der Teilnahme an den Spielen ausschließen würde, hatte man Lewald schlecht von seinem Posten entfernen können, den er zudem fachlich ohne Makel ausübte.

Trotzdem war es kaum ein Geheimnis, dass es wohl nicht zu einer Teilnahme von Juden kommen würde, die für Deutschland antraten. Wie würde es denn aussehen, wenn ein Mitglied der jüdischen Rasse über arische Deutsche triumphierte? Bisher war nur Helene Mayer als Halbjüdin für die Spiele als Florettfechterin gesetzt – sozusagen eine Alibijüdin mit blonden Zöpfen.

Persönlich war Hermann der Meinung, dass bei sportlichen Wettkämpfen nur die beste Leistung zählen sollte, nicht die Rasse. Aber das sagte man besser nicht laut, wenn man einen gut bezahlten Posten im Ministerium nicht gefährden wollte.

Goebbels sprach derweil weiter. Hermann horchte auf, als er Schmierereien erwähnte, die in Berlin gefunden worden waren. Das war sein Ressort!

«Wenn die Olympiade vorbei, schlagen wir die Juden zu Brei!», zitierte der Minister. «Das stand auf eine Mauer am Bahnhof geschrieben.»

Vereinzelt gab es amüsiertes Grunzen zu hören.

«Herr Schmidt. Wie wollen Sie solche Schriftzüge während der Spiele in unserem Straßenbild vermeiden?»

Hermann schluckte trocken. Er stand auf und sagte: «Herr Minister. Wie Sie sicher wissen, handelt es sich dabei um ein Lied, das in den Reihen der SA gesungen wird. Wir können wohl davon ausgehen, dass es sich um junge Leute handelt, die sich davon haben inspirieren lassen. Die Zeile wurde in der vergangenen Woche an mehreren Orten in Berlin gefunden und von unseren Reinigungstrupps innerhalb kürzester Zeit entfernt.»

«Während der Spiele darf so etwas nicht vorkommen!», machte Goebbels klar und wies mit dem Zeigefinger stechend auf Hermann. «Wir erwarten rund zweitausend

Pressevertreter aus …», er kramte einen Zettel hervor und vergewisserte sich mit einem Blick, «… mehr als fünfzig Nationen. Dazu über vierzig Rundfunkgesellschaften mit sicher mehr als hundert Berichterstattern. Unter keinen Umständen dürfen wir der internationalen Presse einen Grund geben, unsere Spiele in den Dreck zu schreiben!»

Goebbels sah Hermann mit entschiedenem Gesichtsausdruck an.

«Jawohl, Herr Minister. Ich habe bereits mit Reichsjugendführer von Schirach Kontakt aufgenommen. In jeder einzelnen Rotte der Hitlerjugend, von den Pimpfen bis zu den Großen, erhalten die Mitglieder für die kommenden Monate entsprechende Ermahnungen und Verhaltensanweisungen.»

«Aber wird das reichen, Schmidt?», fragte Goebbels skeptisch.

Hermann spürte jetzt aller Blicke auf sich. Eine Schweißperle bildete sich auf seiner Stirn und lief quälend langsam zu seiner rechten Augenbraue hinunter.

Rommer trat ihm unter dem Tisch gegen das Bein, als Zeichen, endlich etwas zu sagen.

«Natürlich, äh, weiten wir die, nun, die Maßnahmen bis zur Eröffnung weiter aus, Herr Minister.»

«Das will ich hoffen», sagte Goebbels. «Dann müssen wir nur noch diese Plakatierer festsetzen. Gibt es dazu etwas Neues?»

Die kratzige Stimme von Schaper kam Hermanns Antwort zuvor: «Die Schlinge zieht sich zu.»

«Handelt es sich denn um eine kirchliche Gruppe? Wegen dieses Zeichens?», fragte Goebbels nach.

«Lass uns das in einem anderen Kreis besprechen, Joseph!», sagte Schaper.

Einen Moment herrschte Stille wie vor einem Donnerschlag. Doch dann sagte Goebbels betont ruhig: «Gut. Wenden wir uns einem anderen Thema zu.»

«Bitte verzeihen Sie, Herr Minister.» Hermann konnte kaum fassen, das Wort ergriffen zu haben.

«Was ist denn noch, Herr Schmidt?»

«Ich hätte einen Vorschlag.»

«Dann legen Sie los, Schmidt!»

Hermann wischte sich mit dem Handrücken den Schweiß von der Stirn.

«Sie sagen ganz richtig, dass wir der ausländischen Presse keinen Grund liefern wollen, unsere Spiele in den Dreck zu schreiben. Aber wie soll man in einer Stadt mit mehr als vier Millionen Einwohnern garantieren, dass kein Betrunkener einen ausländischen Gast angreift? Dass übermütige Jugendliche keine Parolen an Hauswände schmieren?»

Hermann atmete tief ein. «Wir brauchen mehr Präsenz auf den Straßen. Überall da, wo sich ausländische Gäste aufhalten können, vor allem auch nachts.»

«Dafür haben wir nicht genug Polizei», winkte Schaper ab. Goebbels sah enttäuscht aus und schüttelte den Kopf. Rommer verdrehte die Augen.

«Ich spreche auch nicht von der Polizei», warf Hermann schnell ein. «Ich habe an die HJ gedacht. Man könnte Patrouillen aus den Reihen der älteren Jungen rekrutieren. Die kennen sich in ihrem Kiez bestens aus, wissen genau, wo Ärger aufkommen kann, und würden sicher auch Schmierer abschrecken. Und vor allem diese Plakatierer!»

Der Minister hörte auf einmal wieder aufmerksam zu. Auch Schapers Miene hatte sich aufgehellt.

«Und falls doch Plakate aufgehängt werden, könnten die

Jungs sie entfernen, bevor sie Aufsehen erregen», fuhr Hermann fort.

«Man könnte den Patrouillen pro Person und Nacht einen kleinen Obolus für die HJ-Kameradschaft gutschreiben», spann Goebbels die Idee selbst weiter.

«Damit können sie nach den Spielen ein Fest organisieren», sagte Hermann. «Die Jungs werden stolz sein, dem Vaterland gedient zu haben, und die HJ wird weiter gestärkt. Eine Lösung, von der alle profitieren!»

«Das besprechen wir noch», sagte Goebbels. Sein Referent machte auf sein Zeichen eine Notiz. «Gut gemacht, Schmidt.»

Hermann nahm mit hochrotem Kopf Platz.

Goebbels ließ sich im weiteren Verlauf der Sitzung Punkt für Punkt über den Stand einzelner Themen im Rahmen der Vorbereitungen informieren. Als Staatssekretär Walther Funk berichtete, in den Vereinigten Staaten werde weiterhin von linken Kräften der Boykott der «Nazi-Games» gefordert, sah man Goebbels seine Wut an.

«Auf gar keinen Fall darf es sein, dass ausgerechnet der Amerikaner nicht zu unseren Spielen erscheint!», erregte sich Goebbels. Hermann registrierte, dass er Schaper einen Wink gab, den der SD-Mann mit einem kaum erkennbaren Nicken quittierte.

Der Bericht über die Baufortschritte verbesserte Goebbels' Stimmung merklich. Ein Mitarbeiter der Bauabteilung hielt einen Vortrag über den Stand der Arbeiten am Stadion und berichtete auch über das olympische Dorf und die Fertigstellung und Erneuerung der Bahnhöfe und Verkehrseinrichtungen, die nötig waren, um hunderttausend Besucher aus der Stadt zum Stadion und wieder zurückzubringen. Goebbels forderte seinen Referenten auf, eine

Kopie des Berichts in die Reichskanzlei bringen zu lassen. Gute Nachrichten für den Führer.

Im nächsten Punkt der Tagesordnung ging es um Leni Riefenstahl und ihre Filme. Während die Regisseurin in die Runde lächelte, trug ihr Bruder vor, dass die Vorproduktion voll und ganz nach Zeitplan laufe und die Dreharbeiten in Griechenland für eine künstlerische Einleitung bereits in Arbeit seien.

Als Goebbels sich schon dem nächsten Thema zuwenden wollte, ergriff auch die Diva noch einmal das Wort. «Verzeihen Sie, mein hochverehrter Herr Minister», begann sie.

«Ja, Fräulein Riefenstahl?»

«Ich habe eher beiläufig erfahren, dass der Zeppelin Hindenburg zur Eröffnungsfeier bestellt ist. Offenbar hat man versäumt, uns darüber zu informieren. Für die Bilder wäre es hervorragend, einen Kameramann an Bord haben zu können.»

Erneut fiel Hermann der Blick des Ministers in Schapers Richtung auf. Doch dieses Mal zeigte dieser keine Reaktion.

«Ich weiß nicht, ob das geht», sagte Goebbels. «Könnten wir die Aufnahmen auch für die Echtzeit-Fernsehübertragung in die Berliner Fernsehstuben nutzen?»

«Ich fürchte, das wird technisch nicht machbar sein, Herr Minister», sagte Horst Dreßler-Andreß direkt neben Hermann.

«Aber die Übertragung der Fernsehbilder in die Welt steht doch?»

«Wir können davon ausgehen», sagte der Präsident der Reichsrundfunkkammer. «Alle bisherigen Versuche haben ohne größere Probleme funktioniert.»

«Das ist gut», sagte Goebbels mit einem entrückten Grinsen im Gesicht. «Wir werden der Welt Bilder liefern, wie sie sie noch nie gesehen hat.»

SCHICKSALSSPIELE

Berlin, Montag, 8. Juni 1936

Den Rest des Tages verbrachte Hermann zum größten Teil in seinem Büro, wo er Ausnahmeanträge für Musikvorstellungen bearbeitete und mit einem Firmeninhaber sprach, der die Lautsprecher in die Bäume des Ku'damms hängen sollte. Nach der Besprechung hatte Rommer ihn darüber informiert, dass sein Vorschlag es Goebbels offenbar angetan hatte. Trotzdem hatte er ihn mit erhobenem Zeigefinger ermahnt, solche Ideen im Vorfeld mit ihm abzusprechen. Dann hatte er ihn beauftragt, ein schriftliches Konzept dazu auszuarbeiten, das Goebbels Ende der Woche auf seinem Tisch haben wollte. Hermann fing gleich damit an. Allerdings war er nicht mit ganzer Konzentration bei der Sache. Das Treffen mit Jonathan Lewinsky bereitete ihm Sorgen. Sollte er dem Mann helfen? Wenn er es tat, gefährdete er sich und seine Familie. Wenn er ihm allerdings nicht half, würde er seiner Schwester nie wieder unter die Augen treten können.

Es klopfte. Hermann blickte verwundert von seinem Aktenberg auf. Es war kurz vor fünf Uhr, das Sekretariat bereits seit einer halben Stunde unbesetzt.

«Ja?»

Der späte Besucher trug seinen Mantel über dem Arm. Seine Stirn glänzte nach dem langen Tag speckig. Die durch die dicken Brillengläser vergrößerten Augen zuckten wach und rastlos umher, als durchsuchten sie den Raum, bevor sie sich auf Hermann richteten wie Kompassnadeln auf den Norden.

«Sie sind noch da, Schmidt. Das ist gut.»

«Herr Schaper», stellte er überrascht fest und stand auf.

Ohne Aufforderung legte Schaper den Mantel über eine Stuhllehne, zog sein Zigarettenetui hervor, ließ es mit einem Schwung aus dem Handgelenk aufschnellen und bot Hermann einen von zwei verbleibenden Stängeln an.

«Ach so, Sie rauchen ja nicht, ich vergaß», sagte er und steckte sich eine Zigarette in den Mund. Es dauerte nur einen Augenblick, da war das Etui wieder im Sakko verschwunden und ein Zündholz hervorgeholt, das mit einem lauten Zischen eine weiße Flamme aufflackern ließ.

«Ich bin nur noch da, weil ich nachher einen Abendtermin habe», erklärte Hermann. «Was kann ich für Sie tun?»

«Ich komme eigentlich, um etwas für *Sie* zu tun.» Schaper sog an der Zigarette, die knisternd zu glühen begann.

«Für mich? Ich wüsste nicht …»

«Tun Sie nicht so, Schmidt. Sie stecken ganz schön in der Bredouille.»

Hermann schluckte trocken. Wusste er etwa von Lewinsky?

Schaper setzte sich und atmete den Rauch mit einem wohligen Seufzen aus.

«Das tut gut.»

«Wieso sollte ich in Schwierigkeiten stecken?», fragte Hermann. Er versuchte, sich seine Sorge nicht anmerken zu lassen.

«Ganz schön trocken, die Luft bei Ihnen.» Schaper schien es zu genießen, sein Gegenüber schmoren zu lassen.

Hermann trat hinter seinem Schreibtisch vor und holte die Flasche Cognac für besondere Gäste aus dem Schrank, dazu zwei geschliffene Schwenker.

Schaper nickte anerkennend.

«Martell. Die Lieblingsmarke des Herrn Schwiegervaters. Zumindest früher.»

«Ich habe die Flasche von ihm bekommen», gab Hermann zu und schenkte ihnen beiden ein gutes Glas ein.

«Dann sollten wir auch auf ihn anstoßen», bestimmte Schaper und hob das Glas. «Auf Erich Bösken, einen echten Patrioten.»

Er nippte bedächtig von der bernsteinfarbenen Flüssigkeit. Hermann tat es ihm nach.

«Sie haben das Zeug, es im Ministerium zu was zu bringen, Schmidt.»

Schaper musterte Hermann in der folgenden Stille genau.

«Heute haben Sie einen ziemlich guten Eindruck auf den Minister gemacht. Er hat sich über Sie erkundigt. Allerdings weiß er nicht genau, was er von Ihnen halten soll.»

Es ging also nicht um Lewinsky. Hermann empfand Erleichterung, nahm sich aber vor, auf der Hut zu bleiben.

«Über mich erkundigt?»

«Er wollte einen ausführlichen Bericht. Werdegang, Erfolge und Misserfolge, familiäre Hintergründe, eine Einschätzung Ihrer Loyalität.»

Schaper deutete Hermanns entgleiste Gesichtszüge richtig: «Genau. Dass Ihre Schwester einen Juden geheiratet hat und nach Amerika gezogen ist, wirft einen Schatten auch auf Sie. In der anderen Waagschale haben Sie Erich. Ihr Herr Schwiegervater ist seit Jahren einer der zentralen Unterstützer unserer Politik. Was wiegt mehr?»

Hermann wusste nichts zu sagen. Dass Susannes Entscheidung für ihren David ihm einmal zum Vorwurf gemacht werden würde, hatte er schon befürchtet.

«Wie stehen Sie zu Ihrer Schwester und ihrem Mann?»

Hermann schluckte erneut. «Nun, ich habe ihre Entscheidung nicht befürwortet.» Er kam sich armselig vor, als er das sagte.

«Nein? Sie stehen aber weiterhin mit ihr in Kontakt», warf Schaper ihm vor. Seine vergrößerten Augen schienen jede Gefühlsregung lesen zu können.

«Familie ist Familie. Ich habe nur diese eine Schwester.»

«Die das Land, dem Sie als Beamter Treue geschworen haben, für einen dreckigen Juden im Stich gelassen hat», ergänzte Schaper scharf.

«Sie hat sich eben verliebt», versuchte Hermann eine Rechtfertigung. Dabei hätte er Schaper am liebsten einen Schlag ins Gesicht verpasst. «Ihren Umzug kann man doch mir nicht anlasten.»

«Jetzt stellen Sie sich mal nicht dümmer, als Sie sind!» Schaper klang ungeduldig. Er zog an seiner Zigarette und atmete den Rauch direkt in Hermanns Gesicht aus. «Als Ministerialbeamter in Führungsposition sind Sie unweigerlich ein Geheimnisträger. Meinen Sie etwa wirklich, dass es uns nicht auffällt oder interessiert, wenn jemand in Ihrer Position mit den USA korrespondiert? Und ausgerechnet mit einer Person, die einen jüdisch klingenden Nachnamen trägt?»

«Ich schreibe meiner Schwester nichts, was die Arbeit betrifft!», protestierte Hermann.

Schaper legte ihm eine Hand auf den Arm und sagte mit leiserem Tonfall: «Ich weiß.»

Er las seine Briefe an Susanne? Hermann verspürte eine

tiefe Wut. Und gleichzeitig Erleichterung darüber, in seinem Antwortbrief Lewinsky nicht erwähnt zu haben.

«Sie sollten jedenfalls den Kontakt besser auslaufen lassen, wenn Ihnen Ihre Karriere wichtig ist», fuhr der SD-Mann fort. «Und noch etwas, Schmidt: Sie sind immer noch kein Parteimitglied. Die Papiere haben Sie aber schon von Ihrem Schwiegervater bekommen.»

«Ich bin im Reichsbund der deutschen Beamten.»

Schaper ignorierte seinen Einwurf. «Sie sollten umgehend eintreten.» Er drückte die Zigarette im Aschenbecher aus und ergänzte: «Joseph jedenfalls würde es sehr begrüßen.»

«Wieso wollte Herr Goebbels eigentlich einen Bericht über mich?», fragte Hermann.

Schaper grinste. «Ich bin nicht befugt, Ihnen das zum jetzigen Zeitpunkt mitzuteilen. Aber lassen Sie es mich so ausdrücken: Sie werden es nie erfahren, wenn es Zweifel bezüglich Ihrer Loyalität gibt. Dazu gehört auch Ihr Einsatz für die Olympischen Spiele. Ihre Idee, für Ordnung zu sorgen, mag gut gewesen sein, aber jetzt geht es darum, sie erfolgreich umzusetzen. Wenn Sie dabei glänzen, steht Ihnen die Welt offen, Schmidt. Wenn Sie scheitern …»

Er ließ die Konsequenz ungesagt im Raum stehen.

«Sie können diese Olympiade Ihre Schicksalsspiele nennen.»

Hermann nahm nun selbst einen Schluck von dem Cognac.

«Also, wie wollen Sie vorgehen?»

«Ich brauche einen Termin bei Reichsjugendführer von Schirach.»

Schaper nickte. «Damit ist ein guter Teil gewonnen. Aber überschätzen Sie nicht den Einfluss von Schirachs auf die

Jungs. Wenn Sie nächtliche Patrouillen installieren wollen, die selbst nicht saufen, tanzen und prügeln, was junge Leute nun mal gerne tun, dann brauchen Sie echte Leidenschaft, keinen Befehl von oben.»

«Was meinen Sie?»

«Erinnern Sie sich an den jungen Mann, der von den Plakatierern angeschossen wurde? Der Bruder Ihrer … Bekannten.»

Hermann fuhr eine Gänsehaut über den Rücken.

«Ich kenne die junge Frau kaum», sagte er schnell.

Schaper nickte, ging aber nicht weiter darauf ein. «Dieser Horst Kollmann hat geschworen, sich an den Plakatierern zu rächen. Er scheint davon regelrecht besessen. Der Junge ist nicht einfach, aber er verfügt über einen gewissen Einfluss bei seinen Altersgenossen, nicht nur im eigenen Bezirk, sondern auch rund um den Ku'damm. Er ruft alle dazu auf, nach den Aufrührern Ausschau zu halten.»

«Das könnte funktionieren», sagte Hermann.

«Oder in die Hose gehen», gab Schaper kühl zurück. «Ich habe Kollmann zwar mitgeteilt, dass er mich unbedingt informieren muss, bevor er eigene Maßnahmen ergreift, aber er ist ein Heißsporn. Ich habe nicht die Kapazitäten, den Jungen überwachen zu lassen. Aber ich möchte, dass Sie ihn im Auge behalten. Geben Sie ihm die Aufgabe, seine Altersgenossen auf ihre neue Aufgabe einzuschwören. Sie sollen diese Plakatierer ruhig jagen. Aber sorgen Sie dafür, dass ich sie lebend in die Hände bekomme, Schmidt!»

Hermann atmete tief ein.

«Sie sollten diese Sache mit absolutem Vorrang angehen», sagte Schaper im Aufstehen. Er griff nach seinem Mantel. Hermann erhob sich mit ihm. «Ich habe Horst Kollmann einen Platz in einer Führerfortbildung in der HJ-Zentrale am Prenzlauer Tor verschafft. Am Freitag. Die geht bis sechs. Sie sollten sich im Anschluss dort mit ihm unterhalten.»

Als sein Besucher gegangen war, dachte Hermann lange über dessen Worte nach. Er wurde nicht schlau aus diesem Schaper.

Bald war es an der Zeit aufzubrechen. Hermann ging zum Wagen und ließ sich von Reuseneck in die Lutherstraße bringen.

«Sie brauchen nicht zu warten», sagte er. «Ich nehme eine Taxe nach Hause. Und Ihre Frau freut sich sicher, Sie mal vor acht bei sich zu haben.»

«Es gibt Würstchen und Kartoffelsalat», erklang Reusenecks Stimme nicht ohne Vorfreude.

«Dann schöne Grüße und guten Appetit!»

In der Lutherstraße war sogar an einem Montag eine Menge los. Hermann steuerte einen recht unscheinbar aussehenden Eingang an, über den man in einen rötlich beleuchteten Hausflur gelangte. In Schaukästen hingen verblichene Plakate von freizügig gekleideten Tänzerinnen vor einem exotisch anmutenden Hintergrund. Auf einem war sogar eine junge Schwarze zu sehen, die außer einem Hut mit Federn nichts trug und der Kamera ihre bloßen Brüste mit einem verschmitzten Lächeln präsentierte. Auf einem Zettel stand handschriftlich: «Josephine Baker bei ihrem Gastauftritt in der *Tarzan-Bar* am 4. Februar 1926».

Hermann trat durch einen Vorhang aus Perlenschnüren. An der zentralen Bar ließen sich zwei Männer von einer alten Bedienung mit Getränken versorgen. Auf der Bühne spielte ein kleines Ensemble eine ruhige, entspannte Melodie, damit sich die an den Tischen sitzenden Gäste unterhalten konnten.

Hermann ging zur Theke.

«Was darf's denn sein, Schätzchen?», fragte die Frau. Sie war sicher Mitte fünfzig. Ihre Lippen leuchteten grellrot.

«Ein Gin Tonic», bestellte Hermann und nahm auf einem der Hocker Platz.

Während die Bedienung den Drink vorbereitete, blickte er sich um. Das Einzige, was mit dem Namen *Tarzan-Bar* in Verbindung stand, waren ein paar Palmen. Hinter schweren, weinroten Samtvorhängen gab es Separees. Nur ein Vorhang war geschlossen. Dort musste Lewinsky auf ihn warten.

«Lass es dir schmecken, Schätzchen!»

Hermann zahlte den Gin und fragte: «Ich war hier mit einem Mann verabredet. Ich vermute, der ist im Separee?»

Das aufgesetzte Lächeln der Frau verschwand.

«Ne, da ist ein Pärchen. Die lass mal lieber alleine. Mit wem bist du denn verabredet?»

«Er heißt Jonathan.»

«Bella Levine?»

Diesen Namen hatte Lewinsky ihm als seinen Künstlernamen genannt. Hermann nickte.

«Würde mich wundern, wenn der hier auftaucht. Aber wenn du ihn findest, sag ihm Bescheid, dass ich das Geld zurückhaben will, dass ich ihm geliehen hab.»

HEIMATHAFEN

Berlin, Dienstag, 9. Juni 1936

«Wir werden der Welt Bilder liefern, wie sie sie noch nie gesehen hat!», äffte Leni Riefenstahl im Nebenraum ganz offensichtlich jemanden nach, laut genug, dass Anna jedes Wort verstand. «Dass ich nicht lache!»

Anna arbeitete schon den ganzen Morgen in den Räumen der Produktionsfirma an neuen Drehplänen. Seit Heinz Riefenstahl und seine Schwester gestern von ihrem Termin im Propagandaministerium zurückgekehrt waren, tobte die Regisseurin.

«Goebbels will meine Filme sabotieren», hörte Anna sie schimpfen.

«Er bezahlt das Ganze, Leni», warf Heinz zum wiederholten Male ein.

«*Das Reich* bezahlt meinen Film, nicht ein Herr Goebbels! Schau dir doch an, was sie zu den Winterspielen in Garmisch-Partenkirchen gedreht haben. Sogar die Sportler haben den Film ausgepfiffen! Und dann dieses Fernsehen! Unscharf, winzig klein und ruckelig. Kopfschmerzen bekommt man davon! Was nützen Bilder, die die Welt noch nicht gesehen hat, wenn sie die Welt nicht verändern können?»

Leni Riefenstahls schrill gewordene Stimme war nicht auszublenden. Anna versuchte, weiterzuarbeiten, aber wie sollte man sich so konzentrieren?

«Wir brauchen unbedingt diese Luftaufnahmen!», forderte die Regisseurin im Nebenzimmer bestimmt.

«Ich schreibe an die Zeppelin-Gesellschaft, dass wir einen Kameramann mitschicken wollen.»

Anna horchte auf. Luftaufnahmen? Zeppelin? Das war ihr neu und betraf auch sie!

«Ich werde nicht als Bittstellerin auftreten», keifte Leni Riefenstahl.

«Du meinst, wir sollen direkt über das Promi gehen?»

«Was sollte uns das Propagandaministerium bringen, wenn der Minister gegen mich ist? Nein. Wir müssen ganz nach oben. Mach mir einen Termin mit Hitler aus!»

Die Stimmung der Riefenstahl blieb auch im weiteren Verlauf des Tages im Keller. Nach dem Mittag zitierte sie Anna zu sich, um einen Brief an Willy Zielke aufzusetzen. Der war vor anderthalb Wochen mit einem Filmteam nach Griechenland aufgebrochen, um dort den Prolog für den ersten Olympiafilm aufzunehmen. Er war ein begnadeter Kameramann und selbst Regisseur.

«Lieber Willy», begann sie zu diktieren. «Schön, dass ihr gut angekommen seid. Ich bin gespannt, wie sich das griechische Licht mit deiner Idee der Gazeschleier vor der Linse verbinden wird.»

«Moment, bitte», sagte Anna, die mit dem Schreiben nicht nachkam. Immerhin war sie keine Sekretärin, auch wenn man sie in letzter Zeit öfter so behandelte.

Etwas mürrisch wartete die Riefenstahl ab, bis Anna ihr mit einem Nicken andeutete, dass sie so weit war.

«Ich hoffe, du … Ach, jetzt haben Sie mich ganz aus dem Fluss gebracht!»

Anna setzte ein entschuldigendes Gesicht auf, erntete

dafür aber nur einen bösen Blick, bevor die Regisseurin weiterdiktierte: «Ich habe mir das vereinbarte Exposé noch einmal durch den Kopf gehen lassen. Folgende Änderungen sehe ich als nötig an und bitte dich, diese vollumfänglich zu berücksichtigen.»

Das würde Zielke nicht gefallen, da war sich Anna sicher. Sie notierte die neuen Vorschläge und Forderungen.

«Ich freue mich, dich am 20. Juli zu sehen. Ich werde dann die Dreharbeiten zum Start des Fackellaufs von Olympia nach Berlin persönlich überwachen. Mit künstlerischen Grüßen, deine Leni. Haben Sie das?»

«Mit künstlerischen Grüßen», wiederholte Anna. «Ja, Frau Riefenstahl.»

«Gut. Dann tippen Sie es ab und bringen es zur Post. Sie brauchen danach nicht mehr reinzukommen.»

«Danke, Frau Riefenstahl.»

Anna freute sich, dass sie nicht darum kämpfen musste, früher gehen zu dürfen. Sie traf sich heute Abend mit Leopold und den anderen.

«Was ist?», wollte die Riefenstahl wissen, als Anna nicht gleich ging.

«Darf ich Sie noch etwas fragen?»

«Sie wollen mehr Geld?»

«Äh, nein, Verzeihung.»

«Was entschuldigen Sie sich denn ständig? Worum geht es denn dann?»

«Ich konnte heute Mittag nicht überhören, dass Sie, äh, Luftaufnahmen planen.»

«Sie saßen im Zimmer direkt neben uns und haben vermutlich alles gehört?»

«Jedes Wort», sagte Anna. «Ich wollte nicht lauschen!»

«Das glaube ich Ihnen sogar, Fräulein Kollmann. Das

nächste Mal aber setzen Sie einfach in der Küche einen Kaffee auf oder machen vor der Tür eine Rauchpause!»

Anna nickte und fragte: «Meinen Sie, das klappt, dass jemand mit dem Zeppelin mitfährt?»

«Nun, wenn die Hindenburg über die Eröffnungsfeier fährt, dann sollte ich eine Kamera an Bord haben», gab sie zurück. «Aber was geht Sie das eigentlich an?»

«Ich fand das nur eine interessante Idee», gab Anna vorsichtig zurück.

«Natürlich ist das eine interessante Idee», giftete Leni Riefenstahl. «Sie ist ja auch von mir.»

Annas Kommilitonen kamen aus dem ganzen Reich. Leopold stammte aus München, Achim aus der Nähe von Breslau, Claudius Werner war aus Templin in der Uckermark nach Berlin gezogen. Es gab auch viele gebürtige Berliner in der Hochschule, aber nur zwei davon gehörten der Aktionsgruppe Phoenix an: Anna selbst und Helmut Lenkert. Dabei lagen trotz der räumlichen Nähe Welten zwischen ihnen. Während Anna in sehr einfachen Verhältnissen aufgewachsen war, hatte Helmut schon seinen Brei auf goldenen Löffeln gefüttert bekommen. Er war der einzige Sohn des wohlhabenden Galeristen Jörg-Ulrich Lenkert, der 1934 nach New York gezogen und nur noch auf dem Papier Deutscher war. Helmut hingegen war zu der Zeit gerade der Aktionsgruppe beigetreten und wollte vor Ort das Seinige tun, Deutschland wieder zu einem freien Land erblühen zu lassen. Er lebte und arbeitete in einer Wohnung in Mitte, weil ihm sein Elternhaus zu weit draußen lag. Für Phoenix hingegen war es ideal. Zwar mussten sie alle erst mal nach Lichterfelde kommen, aber die Villa befand sich hinter einem hohen Zaun und noch höheren Hecken auf einem riesigen Grundstück, sodass sie sicher sein konnten, nicht beobachtet und belauscht zu werden.

Anna, Helmut und Merit waren sich am Bahnhof begegnet und gemeinsam zum Haus gelaufen. Merit war schon seit mehr als einem Jahr mit Helmut zusammen. Sie hatten sich in der Aktionsgruppe kennengelernt, und irgendwann war aus der geteilten politischen Überzeugung ein Liebesverhältnis erwachsen. Wie bei Anna und Leopold. Nur dass Merit und Helmut kaum einmal ohne den anderen zu sehen waren. Merit war bei ihm eingezogen, und sie teilten sich sogar das großzügige Atelier. Es schien nur noch eine Frage der Zeit, bis sie vor den Traualtar treten würden, auch wenn Merit das stets als «absolut überkommen» von sich wies.

In den Jahresstein über dem Türsturz der Villa war «Anno 1896» eingemeißelt. Das Bauwerk war riesig und besaß einen Turm in Fachwerkoptik. Die Möbel im Salon waren mit weißen Tüchern abgehängt, auf dem Boden lag ein dünner Staubschleier. Helmut öffnete die Läden und ließ das warme Nachmittagslicht in den Raum. Anna und Merit zogen die Laken weg und legten sie zusammen. Helmut brachte einen Korb mit Rotweinflaschen aus dem Keller und stellte sie an den Buffetschrank, in dem die Gläser warteten.

Bald erklang das nächste Klopfen. Einmal, Pause, dreimal, Pause, zweimal. Anna öffnete die Tür und fiel Achim in die Arme.

«Gut siehst du aus!», sagte sie freudig.

Er grinste schief und präsentierte stolz seine neuen Zähne. Bei dem Zusammentreffen mit Horst und seinen Kumpanen hatte er mehrere Tritte ins Gesicht abbekommen.

Ein Eck- und ein Schneidezahn waren nicht mehr zu retten gewesen.

«Gut geworden, oder? Nur die Farbe stimmt nicht ganz», sagte er und bleckte weiter die Zähne.

Achim hatte früher immer eine Brille mit dickem Rand getragen. Auch sie war bei der Schlägerei demoliert worden. Die neue hatte ein schlankes Eisengestell und gab seinem Gesicht eine Spur mehr Verwegenheit.

«Wie läuft es mit Gigi?», fragte sie.

Achim winkte ab.

«Schon wieder vorbei?»

«Ich hab dir doch gesagt, dass es nichts Ernstes war.»

Sie gingen ins Haus, wo Achim von Helmut und Merit begrüßt wurde und die Aufgabe bekam, die Weinflaschen zu öffnen.

Beim nächsten Klopfen standen gleich drei Männer an der Tür: Claudius Werner, der bei der Plakatieraktion Schmiere gestanden hatte, Theodor von Gehrs, den alle nur TvG nannten, so wie er auch seine Skulpturen signierte, und Hans-Peter Jensen, dessen geschnitzte Figurengruppen vor politischen Anspielungen nur so strotzen, aber dabei so doppeldeutig blieben, dass ihm bisher kein Strick daraus gedreht werden konnte. Damit war Phoenix fast komplett. Es fehlte nur noch ein Mitglied: der Mann, der sie alle zusammengebracht und seither zusammengehalten hatte.

«Wo bleibt Leopold?», fragte Hans-Peter in Annas Richtung.

Sie zuckte mit den Schultern und sagte: «Wir sind nicht verheiratet.»

«Aber noch verliebt», warf Achim ein. Oder war das eine Frage gewesen? Er grinste sie an. Anna hatte den Eindruck, dass er ziemlich stolz auf sein zurückgewonnenes Lächeln war.

Als alle sich begrüßt hatten und mit Wein auf dem Biedermeiersofa und den Sesseln saßen, drehte sich das Gespräch zuerst um Achims verlorene Zähne und Claudius' Gehirnerschütterung.

«Wir können froh sein, dass wir noch leben», sagte Claudius. Anna spürte mehrere Blicke auf sich, denn natürlich hatte es längst die Runde gemacht, dass ihr Bruder der Anführer des Schlägertrupps gewesen war. Aber niemand sprach es an. Anna wusste, dass das noch kommen würde, sobald Leo da war.

Endlich erklang das Klopfzeichen. Achim saß der Tür zum Flur am nächsten und sprang eifrig auf.

«Hallo Leo!», hörte Anna ihn rufen. Doch gleich darauf stockte seine Stimme.

Den Grund dafür verstand Anna wenig später. Denn Leo kam nicht allein. Ein Mädchen mit blondem Haar und einem dünnen Mantel über einem blauen Kleid folgte ihm wie ein langbeiniges Hündchen. Annas Herz setzte für einen Moment aus. Es war diese Marlene!

Nicht nur Anna war entsetzt.

«Was soll das, Leopold?», rief Theodor. «Wieso bringst du jemanden mit?» Andere stimmten in den Protest ein.

Leo hob abwehrend die Hände. Anna bemerkte, dass Marlene näher an ihn heranrückte. Sie konnte nicht glauben, dass er dieses Mädchen ausgerechnet zu einem geheimen Treffen mitgebracht hatte.

«Jetzt erschlagt mich nicht gleich, sondern lasst mich erst mal reinkommen und alles erklären», brachte er die anderen zum Schweigen. «Schön, dass ihr da seid. Wir haben heute einiges zu besprechen!»

Während Leopold alle reihum mit Handschlag oder einer Umarmung begrüßte, wartete Marlene mit einem schüchternen Lächeln an der Stelle, wo er sie zurückgelassen hatte. Als sich ihre Blicke kreuzten, senkte sie den Kopf und wurde rot.

«Bitte dreh nicht durch!», flüsterte Leo Anna ins Ohr, als er bei ihr ankam und sie umarmte. «Ich werde dir alles erklären. Das hat nichts mit uns beiden zu tun!»

Sie stieß ihn von sich.

«Also, wieso bringst du jemand Neues in mein Haus?», fragte Helmut mit feindlichem Unterton in der Stimme.

Leopold verstand wohl ebenso gut wie Anna, dass er «mein Haus» als Allegorie für «unsere Gruppe» nutzte. Er stellte sich zurück an Marlenes Seite.

«Darf ich vorstellen? Marlene Pelzer.»

«Sehr erfreut», brachte Marlene mit unsicherem Lächeln hervor.

«Sie steht einhundertprozentig auf unserer Seite.»

«Nichts gegen dich, Marlene», warf Theodor zweifelnd ein, «aber wir sollten uns zuerst als Gruppe besprechen. Ohne dass du dabei bist.»

Leo erstickte die aufkommenden Zustimmungsbezeugungen im Keim: «Das ist nicht nötig. Marlene ist bereits über alles informiert.»

Dieser Satz brachte noch mehr Aufregung in die Runde.

«Wie kannst du so etwas machen?», fragte Claudius.

«Über alles informiert?» Hans-Peter wirkte verärgert.

Während Merit mit Helmut flüsterte, stand Theodor auf, zeigte mit dem Finger anklagend auf Leopolds Brust und schimpfte: «So haben wir das nicht ausgemacht, mein Freund!»

Nur Anna brachte kein Wort heraus. Sie spürte einen

schmerzhaften Stich in ihrer Herzgegend. Seit sie sich mit Leopold eingelassen hatte, war ihr bewusst gewesen, dass er nicht für Treue gemacht war. Aber Anna war stets die Frau, zu der er zurückkehrte wie ein Seemann in seinen Heimathafen. Und jetzt schleppte er eines seiner Liebchen an und sagte, das habe nichts mit ihnen beiden zu tun?

«Wir brauchen mehr Unterstützung. Wir stehen zu acht einer riesigen und gewissenlosen Staatsmacht entgegen. Aber wir sind gar nicht so alleine, wie ihr vielleicht denkt. Die Nazis wollen alle glauben machen, dass das deutsche Volk als Einheit hinter ihnen steht. Aber es gibt auch viele Gegner, Gruppen wie wir, die ebenfalls im Verborgenen agieren. Was könnten wir erreichen, wenn wir zusammenarbeiten würden?»

«Wir haben immer gesagt, dass wir nicht weiter wachsen wollen», ging Helmut dazwischen.

«Wir sind Künstler, keine Krieger», bekräftigte Claudius.

«Mit jeder Person, die von uns weiß, steigt das Risiko!», warf Merit ein.

«Ja, ihr habt recht», unterbrach Leopold sie mit entwaffnend erhobenen Händen. «Ich sehe das doch genauso wie ihr! Aber hier steht die Lösung!»

Er zog Marlene neben sich.

«Marlene ist mit anderen Widerstandsgruppen in Kontakt. Sie kann uns unsagbar behilflich sein.»

Anna hielt es nicht mehr auf ihrem Platz. Sie sprang auf und fragte: «Zu welchen Gruppen hast du denn Kontakt?»

Marlene sah sie unsicher an, antwortete dann aber umso bestimmter: «Zu mehreren. Einige von denen haben Leute in wichtigen Positionen bei der Polizei, in Ämtern und Ministerien. Darüber kann man einiges in Erfahrung bringen und Pläne koordinieren. Aber welche Gruppen das sind, kann ich euch ebenso wenig mitteilen, wie ich anderen von euch erzählen werde.»

«Aha», stieß Anna aus. Sie ärgerte sich über die Anerkennung im Blick einiger ihrer Freunde, denen Marlenes Antwort gefallen hatte. «Und wie sollst du uns behilflich sein? Indem du uns Waffen beschaffst?»

«Ja», ging Leopold dazwischen. «Zum Beispiel das.»

«Waffen bringen uns nur in Schwierigkeiten», sagte Anna mit fester Stimme. «Oder hast du vergessen, dass ich deine bescheuerte Pistole in der Tasche von diesem Promi-Mitarbeiter für dich aus dem *Kakadu* schmuggeln musste? Wir bekämpfen das Regime mit Mitteln der Kunst, nicht mit Waffen.»

«Richtig!», stimmte Merit ihr zu. «Die Kunst ist unser Schwert. Das waren früher mal deine Worte, Leopold!»

«Das war am Anfang, als man noch hoffen konnte, dass das Volk wieder zu Verstand kommt», warf Leopold ein. «Aber wir sehen doch alle, was daraus geworden ist. Alles ist gleichgeschaltet. Die Kunst ist doch nur noch ein Vehikel, die Weltsicht der Nazis zu transportieren.»

Es gab einige widersprechende Rufe, aber Leopold übertönte sie: «Die Kunst ist unser Schwert, sagt ihr? Dann sage ich, dass unsere Schwerter stumpf geworden sind!»

«Aber Annas Plakate sind schneidend scharf», bemerkte Achim. «Damit treffen wir das Regime und machen dem Volk klar, dass sich Menschen widersetzen, die mit Hitler und seinen Spießgesellen nicht einverstanden sind.»

«Du musst gerade schimpfen, Achim!», rief Leopold. Er klang wütend. «Ohne die Pistole, die Marlene mir vermittelt hat, hätten die Braunen dich wahrscheinlich totgeschlagen.»

«Gewalt verstärkt Gewalt», rief Anna.

«Muss ich dich daran erinnern, dass dein Bruder der Anführer dieser Mistkerle ist?», brüllte Leopold plötzlich in ihre Richtung.

«Den du beinahe umgebracht hättest!»

«Weil er uns umbringen wollte. Und jetzt alles tut, um uns zu finden!»

«Dann ist es ja gut, dass du unser Geheimnis an so eine hergelaufene Pute verrätst!»

Leopold machte zwei Schritte auf Anna zu und hob die Hand, als wolle er ihr eine Ohrfeige verpassen. Anna wich zurück. Claudius und Achim stellten sich Leopold in den Weg, aber er hatte sich schon wieder unter Kontrolle.

«Ich hatte eigentlich gedacht, dass du über dieser billigen Eifersucht stehst», sagte er kühl.

«Das hat überhaupt nichts mit Eifersucht zu tun», brachte Anna mit zittriger Stimme vor. Sie hasste die Tränen, die ihre Worte Lügen straften.

FAVORITEN

Berlin, Montag, 8. Juni 1936

Die Gruppe stimmte dafür, eine Pause einzulegen, damit die anderen sich in Ruhe mit Marlene unterhalten konnten – und Leopold mit Anna. Sie nahm die Welt um sich wie durch einen Schleier wahr, als Leopold sie in ein Nebenzimmer führte. Eine noch mit Tüchern verhangene Sitzgruppe, ein ovaler Tisch und zwei übergroße Bodenvasen prägten den Raum mit dem großen, offenen Kamin. Die mit blauer Seide tapezierten Wände hingen voll mit Landschaftsgemälden in prunkvollen Goldrahmen. Eine Tür führte weiter in die privaten Bereiche der Villa.

Leopold befreite zwei Sessel von den Laken und nahm Platz. Er wartete, bis Anna ebenfalls saß.

«Wie konntest du nur?», hörte sie ihre Stimme, als gehöre sie einer Fremden.

«Ich hab dir doch gesagt, dass das nichts mit uns zu tun hat.» Leopolds bayerischer Akzent ließ ihn wie einen kleinen Jungen klingen.

«Wie kann das nichts mit uns zu tun haben? Du hast sie doch in alles eingeweiht.»

«Sie weiß nicht alles», sagte Leopold schnell.

«Sie kennt dieses Haus, sie hat jeden von uns gesehen. Sie braucht nur zur Gestapo zu laufen, und wir landen alle im Lager.»

«Das würde sie nie tun. Sie ist doch selbst Antifaschistin

und Kommunistin. Ihr Vater war Mitglied der KPD und ist '33 buchstäblich vor ihren Augen von der SA totgeprügelt worden. Sie hasst die Nazis mehr als wir alle zusammen!»

Das hatte Anna nicht gewusst. Immerhin nahm das die Sorge, dass sie sie verraten würde.

«Dachtest du ernsthaft, ich würde uns ein faules Ei ins Nest legen?» Er beugte sich im Sessel vor. Sein intensiver Blick nahm sie gefangen. Sie rückte ebenfalls vor.

«Ich würde nie etwas tun, das uns gefährdet», versicherte er.

Diesen Satz fand Anna empörend. «Du hast schon einiges getan, das uns gefährdet», sagte sie laut. «Alleine die Sache mit der Pistole.»

«Man muss um eine Skulptur herumgehen, um sie von allen Seiten wirken zu lassen», gab er leicht pathetisch zurück. «Was du als Gefährdung ansiehst, sehe ich als Schutz.»

«Mein Bruder ...»

Er unterbrach sie und packte ihren Unterarm. «Ich habe dir schon gesagt, dass es mir leidtut, dass dein Bruder verletzt worden ist, aber er wollte uns umbringen, will es immer noch!»

«Ich weiß, dass er kein Engel ist ... Aber Waffen sind doch nicht die Lösung.»

«Es geht mir nicht darum, sie zu benutzen. Es reicht, welche zu haben. Und genau deshalb brauchen wir Marlene. Mit ihr können wir leichter und vor allem ungefährlicher an Waffen kommen.»

«Liebst du sie?», fragte Anna ganz leise.

Leopold verdrehte die Augen. «Du und ich, Anna, wir haben uns versprochen, wirklich ehrlich miteinander zu sein. Und ich werde dich auch jetzt nicht belügen, obwohl ich weiß, dass es dir in diesem Fall lieber wäre.»

Anna spürte, wie sich ihre Nackenmuskeln verkrampften.

«Ich mag Marlene gerne. Sie ist viel tiefsinniger, als es auf den ersten Blick wirkt. Wenn ihr euch erst mal besser kennt, werdet ihr bestimmt gute Freundinnen.»

Anna schloss die Augen und wiederholte: «Liebst du sie?»

«Ich liebe dich, Anna», antwortete Leopold und griff nach ihren Händen. «Vielleicht bin ich auch ein bisschen verliebt in Marlene, aber das hat nichts mit *unserer* Liebe zu tun.»

«Ach, hör doch auf!» Anna entzog ihm die Hand, stand aus dem Sessel auf und trat zum Fenster. Leopold folgte ihr, drehte sie zu sich um und sah ihr erneut in die Augen.

«Warum hast du mir nicht vorher etwas gesagt?», fragte sie.

«Weil es die einzige Möglichkeit war, Marlene einzubeziehen. Ihr hättet euch alle gesperrt. Vor allem du.»

«Vielleicht aus guten Gründen?»

«Ja, ich weiß», gab er zu. «Natürlich ist es eine Gefahr, unsere Identität preiszugeben, aber ich habe Marlene vollumfänglich auf den Zahn gefühlt …»

«Vollumfänglich, klar!» Anna drehte den Kopf angewidert ab.

«Ach, jetzt versteh mich doch nicht falsch!», stöhnte er, als ihm die Doppeldeutigkeit des Gesagten bewusst wurde. «Marlene mag uns jetzt alle kennen, aber sie hat selbst weit mehr zu verlieren. Sie würde eher sterben, bevor sie uns den Nazis verrät. Außerdem wird sie kein fester Teil der Aktionsgruppe, eher ein Mitglied mit beratender Funktion, ohne Stimmrecht und ohne Veto. Das erklärt sie auch gerade den anderen.»

«Du hast gesagt, sie hat viel zu verlieren. Was denn?»

Leopold schien mit Annas weniger feindseligem Gesichtsausdruck zufrieden zu sein.

«Das ist nicht der richtige Ort und Zeitpunkt, um dir das zu erklären.» Er kniff kurz die Lippen zusammen und fragte dann auf Bayerisch: «Samma wieda guad?»

Anna wollte ihn wegstoßen, und gleichzeitig wollte sie ihn zu sich heranziehen. Sie versperrte sich seinem Kuss nur für einen kurzen Moment, dann erwiderte sie ihn.

«Habt ihr euch ausgesprochen?», fragte Merit, als sie ins Nebenzimmer zurückkehrten.

«Ja, es ist alles wieder gut», antwortete Leopold.

Anna war immer noch zwiegespalten. Sie ärgerte sich insgeheim, dass sie in seinen Armen wieder wie Wachs geschmolzen war. Trotzdem setzte sie ein Lächeln auf, das sie leicht beschämt in die Runde warf.

«Komm, Anna, vertragt euch wieder!», forderte Leopold sie auf und schob sie vor.

Widerstrebend ging Anna auf Marlene zu, sagte: «Es tut mir leid, dass ich dich Pute genannt habe», und hielt ihr die Hand hin.

Marlene griff fast dankbar zu. «Vergessen wir's, Anna», sagte sie und lächelte mit ihren perfekten weißen Zähnen. «Die Situation ist ja auch nicht ganz einfach.»

«Hast du dich allen vorgestellt?», fragte Leopold.

«Hat sie», antwortete Helmut für Marlene. «Ich denke, ich spreche für alle, wenn ich sage, dass sie in Ordnung ist.»

Die Zustimmung der anderen war deutlich zu vernehmen, fiel aber nicht euphorisch aus.

«Dann können wir vielleicht endlich anfangen», sagte Theodor gereizt.

«Können wir, TvG», gab Leopold strahlend zurück. Klar, er hatte wieder einmal seinen Kopf durchgesetzt. Und Anna sich sogar bei ihrer Rivalin entschuldigt. Warum musste Liebe nur so wehtun?

Leopold gab zunächst einen Überblick über die jüngsten Aktivitäten der Gruppe. Und schon wieder stand Anna im Fokus. Denn als er die Plakatieraktion ansprach, kam die Rede natürlich gleich auf Horst.

«Er hat geschworen, die zu fassen, die ihm das angetan haben», sagte Leopold.

«Das hat er sicher nur aus der Situation heraus gesagt», gab Anna zurück. «Immerhin war er lebensgefährlich verletzt. Seit er aus dem Krankenhaus entlassen ist, zieht er zwar wieder mit seinen Freunden los, aber ich habe nicht mitbekommen, dass sie irgendetwas planen. Vor allem auch, weil sie selbst nicht mehr schmieren dürfen. Es gab da ganz konkrete Vorgaben, dass Berlin bis nach den Spielen unauffällig bleiben soll.»

«Sie wollen die ganze Welt verarschen», sagte Hans-Peter. «Ein paar Wochen ist Berlin sauber und die Ratten bleiben in ihren Verstecken. Und wenn die Journalisten und Sportler wieder weg sind, dann kriecht die braune Brut aus ihren Löchern.»

«Ich denke, wir sollten erst mal gar keine neuen Plakate machen», warf Theodor ein. «Das Aufhängen ist zu gefährlich geworden.»

«Es ist gefährlich, aber es bringt auch so viel Aufmerksamkeit wie nie zuvor», sagte Achim.

«Plakatieren ist das eine, aber unser Vorhaben, bei der Eröffnungsfeier Flugblätter über dem Stadion abzuwerfen, etwas ganz anderes. Ich finde, dass wir es uns gut überlegen sollten, ob wir die Sache überhaupt durchziehen wollen.»

«Du meinst, wir sollen unsere Schwänze einziehen und kneifen?», fragte Hans-Peter überrascht.

«Denkt ihr etwa, die Nazis lassen ihre Propaganda-Spiele sabotieren, ohne die Schuldigen zu jagen?»

«Das haben wir doch schon besprochen, TvG», ging Leopold dazwischen. «Natürlich werden Hitler, Goebbels und Göring alle Hebel in Bewegung setzen, um uns festzusetzen. Aber mein Kontaktmann ist sicher, dass er die Flugblätter aus dem Zeppelin abwerfen kann, ohne dass sie es ihm zuordnen können. Und wir halten uns im Anschluss erst mal bedeckt. Hitler wird so wütend sein, dass er sich vor der ganzen Welt demaskiert.»

«Und wer weiß», sagte Achim, «vielleicht ist das sogar der Anfang von seinem Ende!»

Theodor wirkte nicht wirklich überzeugt. «Ich beantrage hiermit, dass wir noch einmal darüber abstimmen.»

Anna schluckte und war nicht die Einzige, die über den offiziellen Charakter von Theodors Antrag überrascht war.

«Wir haben damals festgelegt, dass alle Aktionen einstimmig beschlossen werden müssen», erklärte Leopold. «Bei einer Aktion, über die bereits abgestimmt wurde, darf der Antragsteller eines gegenteiligen Antrags selbst nicht mehr mitstimmen. Ich denke, du bist dir dessen bewusst?»

«Klar bin ich das», gab Theo zurück. «Wenn ihr es alle durchziehen wollt, bin ich dabei. Aber wenn sich jemand Sorgen macht und jetzt ablehnt, dann sollten wir vielleicht doch besser einen anderen Weg suchen, die Nazis zu ärgern.»

Anna konnte kaum glauben, dass die seit Langem geplante Aktion auf einmal infrage gestellt wurde und damit auf der Kippe stand. Sie sagte: «Wenn sich jemand Sorgen macht? Wir wären verrückt, wenn wir uns keine Sorgen machen würden.»

Sie blickte in die Runde und bemerkte, dass sie die Aufmerksamkeit aller hatte. «Ja, wir begeben uns in echte Gefahr», fuhr sie fort. «Aber tun wir das nicht seit dem Moment, als wir uns zusammengetan haben? Wir setzen unser Leben aufs Spiel, um ein paar Plakate aufzuhängen, die höchstens von tausend Leuten gesehen werden, bevor die Braunen sie abreißen. Aber jetzt haben wir die Gelegenheit, mit unserer Aktion die ganze Welt aufzurütteln. Das ist einmalig. Das kommt nie wieder!»

«Lasst uns abstimmen», sagte Leopold und schenkte Anna einen anerkennenden Blick. «Wer ist dafür, dass wir die Aktion wie geplant durchziehen?» Er selbst hob bereits die Hand.

Anna tat es ihm ohne zu zögern nach. Achims Arm folgte, ebenso der von Helmut, Merit und Hans-Peter. Claudius hingegen ließ die Hand unten.

«Ich habe einiges abbekommen von deinem Bruder», sagte er entschuldigend.

«Claudius!», rief Achim.

«Ich kann nicht dafür stimmen», sagte er in die Runde. «Aber ich stimme auch nicht dagegen. Ich enthalte mich.»

Anna atmete erleichtert auf.

«In dem Fall gibt es also keine Gegenstimme», stellte Leopold fest. «Theodor?»

Der Bildhauer schob eine Locke seines blonden Haares hinters Ohr und zuckte mit den Schultern. «Dann soll es so sein», sagte er schließlich. Richtig glücklich wirkte er nicht.

«Mein Kontaktmann ist jetzt in Frankfurt», berichtete Leopold, als sei nichts gewesen. «Er wartet auf die Flugblätter und lässt ausrichten, dass wir sie so klein wie möglich machen sollen, damit er sie an Bord des Zeppelins bringen und verstecken kann. Anna, kannst du uns die Entwürfe zeigen?»

«Apropos Zeppelin», sagte Anna, während sie zwei Blätter aus ihrer Mappe holte und vor sich auf dem Tisch ausbreitete. Die anderen kamen heran und schauten sich die Entwürfe genau an.

«Leni Riefenstahl will versuchen, einen Kameramann in den Zeppelin zu bekommen. Für Luftaufnahmen vom Stadion und dem gesamten Reichssportfeld. Ich weiß nicht, ob das auf unseren Plan eine Auswirkung haben könnte.»

«Wer weiß», überlegte Leopold laut. «Höchstens, wenn du mit an Bord gehen sollst.»

«Keine Chance. Die Riefenstahl hat mich schon für die ganzen Spiele in Dienst gestellt.»

«Das sieht gut aus», sagte Helmut und zeigte auf das rechte Blatt. Seine Freundin Merit stimmte ihm begeistert zu.

Anna hatte die vergangenen Tage damit verbracht, die Flugblätter zu skizzieren, die zur Eröffnung aus dem Zeppelin ins Stadion geworfen werden sollten. Der erste Entwurf zeigte wie die vorherigen Plakate das Stadion mit den beiden Türmen, zwischen denen die olympischen Ringe angebracht waren. Mit Tausenden kleinen Punkten und einer feinen Schraffur hatte Anna die voll besetzten Reihen zur Eröffnungsfeier stilisiert. Hitlers riesige Visage im Himmel bildete den Hintergrund. Vor ihm stand der Zeppelin in der Luft, aus dem kleine, rote Totenköpfe mitten auf die Eröffnungsfeier regneten.

«Hitlers Sport ist Mord!», stand in weißen Lettern darüber.

«Das ist sehr stark», stimmte Marlene zu. Als Anna zu ihr herübersah, lächelte sie schüchtern. «Du hast die gemalt?»

Anna nickte kurz als Antwort und wandte sich wieder den anderen zu.

«Aber dieses ist auch interessant», meinte Hans-Peter und lenkte die Aufmerksamkeit auf den zweiten Entwurf, der aus der Sicht der Ehrentribüne gezeichnet war. Adolf Hitler sah die Betrachter mit einem diabolischen Grinsen an. Aus der Stirn wuchsen ihm zwei Hörner. Er erbot dem Stadion den Hitlergruß. An der ausgestreckten Hand waren Fäden befestigt, die eine Weltkugel auf dem Rasen zwischen den aufmarschierenden Sportlern wie eine Abrisskugel tanzen ließen. Sie hatte bereits ein paar Gruppen zermalmt.

«Die Welt als Marionette des Teufels!», stand darüber.

Beide Entwürfe fanden bei der nun folgenden Diskussion ihre Fürsprecher.

«Lasst uns abstimmen», schlug Leopold vor. «Jeder hat eine Stimme.»

Anna mochte die Marionetten-Idee mit dem Teufel-Hitler am liebsten. Mit ihr stimmten Achim, Helmut und Merit.

Für den Entwurf mit dem Zeppelin und den aufs Stadion niedergehenden Totenköpfen hoben Leopold, Claudius, Hans-Peter und Theodor die Hand.

«Damit haben wir einen Gleichstand», sagte Achim. «Was machen wir jetzt?»

«Was würdest du uns raten, Marlene?», wollte Leopold von ihr wissen.

«Könnt ihr nicht beide abwerfen?», fragte sie statt einer Antwort.

«Das würde die Botschaft zu beliebig machen», meinte Leopold. «Wir können maximal zwanzigtausend Blatt in DIN-A7 an Bord bekommen. Und das nur, wenn die Grammatur des Papiers höchstens fünfzig Gramm pro Quadratmeter beträgt.»

«Das ist dünnes Zeitungspapier», gab Achim zu bedenken. «Bei Wind besteht die Gefahr, dass alle Flugblätter weggeweht werden. Bei Regen werden sie reißen und verkleben.»

«Dickeres Papier reduziert die Zahl der Flugblätter, die wir abwerfen können», erklärte Anna. «Leos Freund kann höchstens sieben bis acht Kilo auf den Zeppelin bringen und verstecken.»

«Richtig», sagte Leopold. «Im Stadion werden einhunderttausend Besucher sein. Wir müssen mindestens zwanzigtausend Flugblätter haben, damit sie ihre Wirkung erzielen, vor allem wenn einige außerhalb des Stadions landen sollten.»

Anna sah die anderen nicken.

«Also, wenn wir nur einen Entwurf nehmen können, welcher soll es dann sein?», fragte Leopold. Er sah Marlene an.

Anna spürte Wut in sich aufsteigen. Jetzt sollte ausgerechnet sie das Zünglein an der Waage sein? Es war doch klar, dass Marlene sich für den Entwurf entscheiden würde, für den auch Leopold sich ausgesprochen hatte. Ja, er hatte sich mit ihr eine zusätzliche Stimme verschafft.

Marlene zeigte auf den Tisch.

«Dann nehmen wir den!», sagte Leopold entschlossen. Die anderen klatschten. Erst jetzt sah Anna hin und erkannte, dass sie Marlene falsch eingeschätzt hatte. Sie hatte nicht für Leopolds Favoriten gestimmt, sondern Annas Wahl unterstützt. «Zur Eröffnung der Olympischen Spiele werden wir Hitler als teuflischen Marionettenspieler demaskieren, der über Leichen geht und die Welt in den Abgrund ziehen wird», sagte Leopold weiter, der kein Problem damit zu haben schien, dass ein anderer Entwurf gewählt worden war.

«Aber eine Sache müssen wir noch ändern», ging Theodor dazwischen. Er zog das Blatt zu sich und betrachtete es genau durch die Brille.

«Wir geben uns so viel Mühe, aber niemand wird wissen, von wem die Flugblätter kommen. Man sieht das Zeichen kaum.»

«Ja, das ist richtig», stimmte Claudius ihm zu. «Vor allem ist es so auch ein christliches Zeichen.»

«Wir sollten statt eines Symbols unseren Namen dazuschreiben», schlug Theodor vor.

Anna nahm ein anderes Blatt und faltete es zweimal, während sie sagte: «Ein Flugblatt wird nur so groß sein.» Sie hielt das gefaltete Papier in die Höhe. «Ich kann natürlich alles verkleinern, aber wenn man noch etwas erkennen soll, kann ich nicht noch mehr draufpacken. ‹Aktionsgruppe Phoenix› ist einfach zu lang. Das wird man kaum lesen können. Und durch den Druck auf das dünne Papier gehen auch Details verloren.»

Anna spürte eine Hand auf ihrer Schulter. Sie drehte sich zu Achim, der sie angrinste. «Die Druckqualität lass mal meine Sorge sein. Ich bekomme das schon hin.» Zu den anderen gewandt sagte er: «Aber Anna hat recht. Aktionsgruppe Phoenix ist zu lang.»

«Wir sind die Aktionsgruppe Phoenix, also lasst uns wenigstens ‹AG Phoenix› auf unser Flugblatt schreiben.»

PSEUDONYM

Frankfurt am Main, Mittwoch, 10. Juni 1936

Am Völkerkundemuseum flatterten Hakenkreuzfahnen in der Sommerbrise. Am Gebäudekomplex gegenüber schrubbte hingegen ein älterer Mann in grauer Arbeitskleidung ein auf die Fassade geschmiertes Hakenkreuz mit bereits schmutzig schaumigem Wasser weg. Über der Tür daneben stand «Frankfurter Zeitung». Georg blickte sich in alle Richtungen um und hielt nach möglichen Verfolgern Ausschau. Dann schlüpfte er schnell durch den Eingang.

Im hohen Foyer kamen ihm zwei jüngere Männer entgegen. Einer davon hatte eine Tasche über der Schulter und eine Kamera an einer Lederschnur um den Hals hängen.

«Entschuldigung», unterbrach Georg ihr Gespräch. «Geht es hier zur Zeitung?»

«Zur Redaktion da lang!», sagte der Fotograf und wies auf eine breite Treppe.

Georg atmete durch, sah sich erneut um und stieg dann die Stufen hinauf.

Das Gespräch mit SS-Offizier Wolff und dem Gestapo-Mann Sauer an Bord der Hindenburg lag fast eine Woche zurück. Georg hatte die beiden seither mehrfach gesehen. Immer wieder führten sie mehr oder weniger lange Gespräche, über die die Verhörten im Anschluss keine Silbe verloren. Wahrscheinlich warnten sie auch die anderen vor Spionen.

Auf jeden Fall hatte Georg eine schleichende, aber wachsende Verunsicherung bei den Männern auf dem Flugfeld bemerkt. Argwohn lag in der Luft, als könne jeder ein potenzieller Feind des Deutschen Reichs und von fremden Mächten gelenkt sein. Wolff und Sauer musste das gefallen: Die Mitarbeiter der Reederei überwachten sich gegenseitig, während sie abwarten konnten, bis jemand einen Kollegen denunzierte. Das war gestern bereits passiert. Ein Techniker war von den beiden festgenommen und verhört worden. Nach mehr als vier Stunden kam er zurück und begab sich wieder an die Arbeit. Offenbar war er doch kein Spion gewesen.

Spionage war das eine. Aber das andere Thema, über das Sauer und Wolff mit Georg gesprochen hatten, beschäftigte ihn weitaus mehr. Je länger Georg darüber nachdachte, umso überzeugter war er, dass der Mann auf dem Foto und der Tote im Hangar ein und derselbe waren. Die SS und die Gestapo suchten diesen Mann. Da sie das Foto besaßen, mussten sie wissen, wer er war. Georg wusste es nicht. Und genau das hatte ihm die vergangene Woche keine Ruhe gelassen. Vor allem nicht, nachdem ihm gestern zufällig eine Ausgabe der *Frankfurter Zeitung* in die Hände gefallen war. Der Schriftzug hatte ihm sofort die gerahmte Zeitungsseite im Büro des Mannes wieder vor Augen gerufen. Georg war im Impressum darauf gestoßen, wo sich die Redaktion in Frankfurt befand.

Da er am heutigen Mittwoch einen freien Tag hatte, war er früh aufgestanden, um in die Stadt zu fahren. Er wolle ein Geschenk für seine Gitti besorgen, hatte er behauptet. Das war nicht einmal gelogen. Doch sein eigentliches Ziel hatte er geheim gehalten.

«Guten Tag. Ich bin auf der Suche nach einem Redakteur», sagte Georg im ersten Stock in einen weitläufigen Raum hinein, in dem mehrere Männer mit Hosenträgern über den weißen Hemden an Schreibtischen saßen und tippten. An der Wand standen große, gusseiserne Maschinen, deren Zweck sich ihm nicht erschloss.

Der Mann, den er angesprochen hatte, war etwa in seinem Alter. «Sie haben einen gefunden. Fritz Schwalbacher.»

«Georg», er zögerte, «Greiner.»

«Was kann ich für Sie tun, Herr … Greiner?» Er setzte die Pause lang genug, um Georg wissen zu lassen, dass er sein Pseudonym durchschaut, aber akzeptiert hatte.

«Wie gesagt, ich suche einen Redakteur.»

«Einen bestimmten Kollegen?»

«So ist es. Ich kenne allerdings seinen Namen nicht.»

«Das macht die Sache ein bisschen schwerer. Wie könnte man ihn sonst identifizieren?»

Fritz Schwalbacher wartete auf eine Antwort, und Georg überlegte, wie er am besten vorgehen konnte. Warum hatte er sich nur vorher keine Gedanken darüber gemacht und sich eine Geschichte bereitgelegt?

«Ein älterer Herr, etwas dicker.»

«Das trifft auf ungefähr die Hälfte der Kollegen zu», sagte Schwalbacher grinsend. «In welchem Ressort ist er denn tätig?»

«Das kann ich nicht sagen. Aber er hat in seinem Büro ein Bild von einer Titelseite hängen.»

Offenbar grenzte das die Auswahl ein.

«Aus der Politik vielleicht?»

«Mag sein. Der Kollege dürfte seit einiger Zeit nicht mehr dagewesen sein.»

Fritz Schwalbacher blickte Georg prüfend an.

«Der alte Bouchard?»

Die Vermutung war so plötzlich geäußert worden, dass Georg aufhorchte.

«Bouchard?»

«Christoph Bouchard, Politikredaktion, Abteilung Reportage. Haben Sie ihn gesehen?»

Georg wusste nichts zu sagen. Fritz Schwalbacher nickte schließlich und forderte ihn auf, ihm zu folgen.

Er führte ihn in einen anderen Bereich des Gebäudekomplexes. Je weiter sie kamen, umso mehr Menschen sah man. Größtenteils Männer ohne Sakko und Krawatte. Schwalbacher führte ihn in einen die ganze Breite des Gebäudes einnehmenden Raum, dessen Decke von eisernen Säulen getragen wurde. Durch die Sprossenfenster auf beiden Seiten fiel Licht auf die Reihen von Schreibtischen. An einigen hauten Männer klackernd in die Tasten der Schreibmaschinen oder telefonierten mit schwarzen Bakelit-Telefonen. Andere hatten sich zum Telefonieren in dafür vorgesehene Zellen begeben. An einem zentralen Tisch stand ein Dutzend Herren, die an großen Bögen die Ausgabe vorplanten.

Georg zählte sicher vierzig Männer. Im Raum war es so laut wie im *Waldlust*, wenn alle Tische besetzt waren. Er fragte sich, wie man in einem solchen Lärm einen klaren Gedanken fassen, geschweige denn einen Text für die Zeitung schreiben konnte.

Schwalbacher führte ihn durch den gesamten Raum bis an die gegenüberliegende Wand, von der mehrere Türen abgingen. Die Reporter und Fotografen nahmen kaum Kenntnis von ihnen. Auf einer Stellwand erkannte Georg unter mehreren Fotos auch eines, das im Hintergrund einen Zeppelin zeigte. Es musste der LZ 127 bei seiner letzten Ankunft aus New York sein.

Doch genau hinsehen konnte er nicht, denn Schwalbacher klopfte bereits an eine Tür mit geriffeltem Glaseinsatz. An dem kleinen Schild neben der Tür stand «H. Schick». Darunter «C. Bouchard».

«Guten Tag, Herr Schick», sagte Schwalbacher.

«Sie sind noch da? Sollten Sie nicht längst unterwegs zu dieser Eröffnung sein?»

«Ich hab noch etwas Zeit», beschwichtigte Schwalbacher. «Ich habe jemanden gefunden, der Sie vielleicht interessieren könnte. Er hat nach Christoph gefragt.»

Schwalbacher trat zur Seite und gab den Blick in ein Büro frei. Schwerer Zigarrenrauch lag in der Luft. Das einzige Fenster war zu.

«Treten Sie ein!», sagte Schwalbacher und schloss die Tür hinter Georg.

Der Mann stand hinter seinem Schreibtisch auf und beäugte Georg über eine tief auf der Nase sitzende Lesebrille. Nicht gerade freundlich sagte er: «Wer sind Sie?»

«Und Sie?», fragte Georg zurück.

«Harald Schick. Redakteur im Ressort Politik, Abteilung Reportage.»

Georg erinnerte sich rechtzeitig an sein eben genutztes Pseudonym. «Georg Greiner», sagte er und hielt dem Mann seine Hand hin.

Der Raum schien aus zwei Hälften zu bestehen. H. Schicks Schreibtisch wirkte bis auf einen fast vollen Aschenbecher zwar arbeitsam, aber aufgeräumt und sauber. Der zweite Schreibtisch auf der anderen Seite einer brusthohen Trennwand aus Holz war ein wirres Lager für Blöcke, Zeitungen und Fotografien. Georg sah die eingerahmte Titelseite hinter dem Schreibtisch sofort. Das Papier war etwas vergilbt.

«Die Jubiläumsseite zu 50 Jahren *Frankfurter Zeitung*», sagte Schick. «Das war 1906. Ich glaube, Christoph ist der Einzige, der das Ding noch hängen hat. Er mag den Feuilleton-Text von Oskar Blumenthal. Woher kennen Sie Christoph?»

«Ich habe ihn vor einiger Zeit getroffen», antwortete Georg, ohne dabei zu lügen.

«Ja? Er hat seit fast einem Monat nichts von sich hören lassen. Ehrlich gesagt, hat der Chefredakteur mich schon aufgefordert, seinen Teil des Büros räumen zu lassen. Sie glauben nicht, wie viele Kollegen auf diesen dreckigen Schreibtisch aus sind. Also, wo haben Sie ihn gesehen? Und wann? Arbeitet er noch an der Zeppelin-Olympiafahrt?»

Georg versuchte, keine Miene zu verziehen, doch offenbar gelang ihm das nicht wie gewünscht.

«Ah, es geht also wirklich um den Zeppelin. Erzählen Sie, Mann!»

Er kramte ein Päckchen mit Zigarillos hervor, klopfte dagegen, bis einer vorkam, und hielt ihn Georg hin. Der schüttelte den Kopf.

«Eigentlich bin ich nur gekommen, um etwas über Ihren Kollegen zu erfahren.»

«Wir sind hier in einer Redaktion, mein Freund. Bei uns kommen Sie auf zwei Arten an Informationen. Erstens: Sie kaufen sich eine Zeitung. Wollen Sie etwas erfahren, was nicht im Blatt steht, müssen Sie mir Informationen als Gegenleistung bieten.»

Er zog erneut an dem Zigarillo.

«Also, wo haben Sie ihn getroffen?»

Georg war versucht, dem Mann von seinem Erlebnis in

Friedrichshafen zu berichten, aber in diesen Zeiten achtete man besser darauf, was man von sich preisgab.

«Das Gespräch bleibt aber vertraulich?», vergewisserte er sich.

«Absolut. Und zwar von beiden Seiten!», erwiderte Schick ohne Zögern.

«Ich bin ihm nicht wirklich begegnet», sagte Georg. «Man hat mir ein Foto gezeigt und mich nach ihm gefragt.»

«Ein Foto? Wer hat Ihnen das gezeigt?»

«Ein Mann von der SS und ein Mann von der Gestapo.»

Schick nahm überrascht den Kopf zurück und blies eine Rauchwolke aus. Seine Augen wurden zu schmalen Schlitzen. «Gehören Sie auch dazu?»

Georg schüttelte den Kopf. «Ich bin Steward in Ausbildung bei der Deutschen Zeppelin Reederei.»

Schick entspannte wieder etwas. «Das passt. Christoph hat seit fast drei Monaten immer mal wieder an einer ziemlich großen Geschichte recherchiert, wie er gesagt hat.»

«Worum ging es?»

Der Mann zuckte mit den Schultern. «Er meinte, er müsse erst alle Fakten zusammentragen, bevor er das jemandem anvertrauen kann.»

«Sie meinen, er hat niemandem gesagt, woran er gearbeitet hat?»

«Das ist nicht unüblich», erklärte Schick. «Als er dann geschlagene zwei Wochen nichts hat von sich hören lassen, habe ich mir seinen Schreibtisch genauer angesehen. Aber der Reihe nach. Was genau wollten Wolff und Sauer von Ihnen?»

Georg erstarrte. «Ich habe keine Namen genannt.»

Schick atmete Rauch aus und sagte: «Meinen Sie, die

seien nicht auch hier gewesen? Sie haben mich ebenfalls zu Christoph befragt. Ich konnte ihnen nicht viel sagen.»

Jetzt wusste Georg endgültig, dass Bouchard der Tote gewesen sein musste.

«Er ist …» Georg zögerte.

Schicks Gesicht wurde länger. «… tot?», beendete er flüsternd seinen Satz.

Georg nickte.

Der Redakteur riss ein Stück Papier von einem Block und schrieb etwas auf.

«Sie müssen gehen», sagte er auf einmal.

«Wieso?», fragte Georg alarmiert.

«Sie sollten gar nicht hier sein. Gehen Sie! Ich habe Ihnen nichts zu sagen.»

Schick kam um den Schreibtisch und hielt Georg zum Abschied die Hand hin. Verwirrt schlug er ein und spürte gleich, dass der Zettel darin lag.

«Kommen Sie nicht wieder her», sagte Schick und führte ihn zur Tür. «Finden Sie alleine hinaus?»

Georg ging den Weg so zurück, wie er gekommen war. Er ärgerte sich, dass er mehr verraten hatte, als er wollte. Er hätte Schick nicht sagen dürfen, dass Bouchard tot war!

Und seine Fragen waren immer noch unbeantwortet. Was sollte das für eine große Geschichte sein, an der Bouchard dran gewesen war und die ausgerechnet mit dem Zeppelin und seiner Fahrt zu den Olympischen Spielen zu tun hatte? Die Fahrt, wegen der die SS und die Gestapo zwei ihrer Männer abgestellt hatten. Was ging hier nur vor?

Georg war versucht, auf der Stelle den Zettel auseinanderzufalten, aber er übte sich in Geduld, bis er das Gebäude verlassen und sich versichert hatte, dass ihm niemand folgte.

Ziellos wandte er sich nach links, bog ab und ging das nächste Stück zügig, um mögliche Verfolger abzuhängen. Am liebsten wäre er gerannt, aber das wäre wohl zu auffällig gewesen. Schließlich gelangte er an den Rand eines Parks. Ein paar Frauen nutzten den Sonnenschein aus, um mit Kinderwagen und kleinen Kindern spazieren zu gehen. Georg suchte Deckung hinter einer Hecke. Hier konnte ihn niemand sehen.

Er hatte die Faust so lange geballt, dass es nun fast Kraft kostete, sie zu öffnen. Das Papier darin war ganz zerknittert, aber er konnte Schicks Nachricht ohne Weiteres lesen. Mit blauer Tinte stand auf dem Papier: *«Hanauer Landstraße, heute Abend, 11 Uhr. Allein!»*

FLASCHENZUG

Frankfurt am Main, Mittwoch, 10. Juni 1936

Das Klappern des hinteren Schutzblechs erschien Georg auf der Fahrradfahrt über die Pflastersteine nervtötend laut. Er ärgerte sich, die lockere Schraube nicht längst festgezogen zu haben. Mit dem Lärm, den er machte, musste man ihn von weither kommen hören. Nicht gerade unauffällig.

Der schmale Lichtkegel vorne beleuchtete immer nur ein kleines Stück der Hanauer Landstraße. Den Schildern nach ging es rechts zum Osthafen, aber laut Stadtplan, den er vor der Abfahrt genau studiert hatte, musste er weiter geradeaus. Ein Motorrad raste ihm entgegen, zwei Autos überholten ihn. Einmal traf er sogar einen anderen Radfahrer. Sie wechselten einen kurzen Gruß. Aber je weiter Georg fuhr, umso menschenleerer und dunkler wurde es. In der Ferne hörte er einen Zug über die Gleise rattern. Er erschrak, als sich der Scheinwerfer in zwei Tieraugen spiegelte. Als kurz danach ein räudig aussehender Fuchs vor ihm über die Straße lief und im Schatten einer Lagerhalle verschwand, fragte er sich nicht zum ersten Mal an diesem Abend, ob es eine gute Idee war, sich auf dieses nächtliche Treffen einzulassen. Aber er wollte unbedingt mehr erfahren über Bouchard und seine Recherchen. Also trat er fester in die Pedale. Es musste fast elf sein.

In den Gebäuden, die sich mit einigem Abstand auf beiden Seiten der breiten Straße aufreihten, brannte kein Licht mehr. Er machte ein paar Hallen, Werkstätten und einen Schrottplatz aus. Georg zählte die Bauten auf der linken Seite hoch. Weit konnte es nicht mehr sein.

Vor ihm tat sich ein verwinkeltes Gebäude mit angebautem Lager und Garagen auf. Die Zahl 235 stand unscheinbar auf der Hauswand. Als er von der Straße auf den dunklen Hof spähte, erkannte Georg, dass es sich um einen Steinmetzbetrieb handelte. Zwei Reihen Grabsteine waren auf einer Seite aufgereiht. Ein paar einfache Skulpturen, die im dämmrigen Schein des Mondes auch Menschen hätten sein können, standen neben auf Kanthölzern gelagerten Steinplatten.

Georg fuhr auf den Hof, stieg vom Fahrrad und lehnte es gegen die Mauer.

«Hallo?», fragte er leise in die Nacht, erhielt aber keine Antwort. Schick war also noch nicht da. Seine Augen gewöhnten sich nur langsam an die Dunkelheit. Er hoffte, nicht allzu lange auf den Journalisten warten zu müssen. Falls jetzt Polizisten auftauchen sollten, würde es verdammt schwer werden, zu erklären, was er hier verloren hatte. Man würde ihn sicher für einen Einbrecher halten. Er wich weiter zurück in die Schatten und beobachtete von dort aus die Straße.

Was war das nur für ein eigenartiger Treffpunkt? Wenn Schick ihm auf diese Art Angst einjagen wollte, gelang ihm das leider prächtig. Aus Richtung der Grabsteine hörte Georg ein scharrendes Geräusch. Er versteifte sich, stierte angespannt in die Dunkelheit und lauschte. Alles war wieder still. Er wagte kaum zu atmen. Am liebsten wäre er sofort wieder auf sein Fahrrad gestiegen. Eigentlich sollte er sich einen Teufel um diese ganze Geschichte scheren. Ja, vielleicht war es wirklich am besten, schnell zu verschwinden. Auf der anderen Seite würde er dann nie erfahren, was mit Bouchard passiert war. Aber wollte er das wirklich wissen? Um auch so zu enden wie der Journalist? Die Grabsteine standen ja schon bereit.

Da – hektische Schritte auf dem Kies hinter ihm! Noch bevor er sich umgedreht hatte, spürte er einen massigen Leib gegen seinen prallen. Durch die Wucht ging er zu Boden. Sein Gegner stürzte so schwer auf ihn, dass es ihm den Atem raubte. Trotzdem wehrte er sich, schlug nach dem Mann. Seine Treffer zeigten keine Wirkung. Plötzlich war noch jemand da und zerrte ihm einen Sack über den Kopf. Der Erste brachte ein Knie auf Georgs Brust und presste ihn damit brutal zu Boden. Er spürte ein Stück Metall unter seinem Kinn, so kalt, dass er es durch den Sack wahrnahm.

«Ein Ton, und ich drücke ab, Freundchen», raunte eine tiefe Männerstimme mit hessischem Einschlag.

Oh Gott! Es war eine Pistole!

«Kapiert?»

Georg brachte ein in seinen eigenen Ohren wimmernd klingendes «Ja» über die Lippen. Die beiden Männer flüsterten etwas, was Georg nicht verstand. Er musste zulassen, dass er auf den Bauch gedreht wurde und man ihm die Hände mit einem rauen Strick auf dem Rücken zusammenband. Der Sack wurde derweil ebenfalls mit einer Kordel um seinen Hals zugezogen, gerade noch locker genug, dass er atmen konnte.

«Wer seid ihr?», brachte Georg leise heraus.

Der Druck der Pistole in seinem Rücken wurde wieder spürbar.

«Kein Wort! Kapiert?»

Ängstlich nickte er. Der Druck ließ nach.

«Wie heißt du?»

«Georg ...» Ihm fiel ein, dass er bei Schick einen falschen Namen benutzt hatte. «Georg Greiner.»

«C'est lui», sagte der Mann leise zu dem anderen und wandte sich dann wieder an Georg: «Wir machen einen Ausflug, Greiner. Halt einfach still, sonst werde ich ungemütlich. Kapiert?»

Georg nickte erneut. Die Männer zerrten ihn auf die Beine.

Von der Straße näherte sich das Brummen eines Motors. Trotz des dichten Leinenstoffs des Sacks nahm Georg das Leuchten der Scheinwerfer wahr.

Das Automobil kam direkt bei ihnen auf dem Hof zu stehen. Türen wurden geöffnet, Georg auf die Rückbank geschoben, sein Kopf nach unten gedrückt. Dann stieg der Kerl ebenfalls ein.

«Alles in Ordnung?», kam eine Stimme von vorne.

«Aber sicher. *Allez-hop!*»

Die beiden Kerle neben Georg rochen nach Zigarettenrauch und Schweiß. Der Strick war so fest um seine Hände gebunden, dass sie taub zu werden begannen. Georg stöhnte leicht auf.

«Wer sind Sie und wohin bringen Sie mich?», fragte er.

«Das findest du noch früh genug raus», sagte der Sprecher und verpasste ihm mit dem Ellenbogen einen Schlag in die Rippen. Die Frage nach Schick sparte Georg sich lieber. Sollten diese Männer ihn zu dem Journalisten bringen? Oder war er wie sein Kollege Bouchard bereits tot?

Die weitere Fahrt über schwiegen die Männer. Georg wurde in den Kurven mal gegen den einen, mal gegen den anderen gedrückt. Durch den Sack über dem Kopf hatte er längst jede Orientierung verloren.

Auf einmal verlangsamte der Fahrer deutlich.

«Achtung! Polizei», warnte er angespannt.

Zwei Hände drückten Georg unsanft nach unten. Er spürte den Lauf der Pistole im Nacken.

«Kein Ton! Keine Bewegung! Kapiert?»

Georg hielt verängstigt die Luft an. Offenbar waren sie schon an der Streife vorbei, denn kurz darauf ließ der Druck nach. Wenn die Männer nicht wollten, dass ein Polizist ihn sah, handelte es sich bei seinen Entführern wohl nicht um SS oder Gestapo, schlussfolgerte Georg.

«Wir sind gleich da», sagte der Mann mit der tiefen Stimme. «Du tust dir einen großen Gefallen, wenn du ohne Widerstand mitkommst. Kapiert?»

Georg brachte ein Nicken zustande.

Sie waren höchstens zehn Minuten unterwegs, auch wenn es ihm wie eine Ewigkeit vorkam. Er hörte ein schweres metallisches Tor gehen, dann fuhr der Wagen in ein Gebäude. Eine Halle? Seine Vermutung bestätigte sich, als sie ausstiegen. Dem Klang seiner Schritte auf Steinboden nach musste er sich in einem sehr großen Raum, eher einem Saal befinden. Es roch noch Schmieröl und Stahl, vielleicht eine Werkstatt? Unweigerlich musste er an den Flughangar in Friedrichshafen denken, wo er den Toten gefunden hatte. Eine plötzliche Angst ließ ihm die Knie ganz weich werden. Er wäre zu Boden gesunken, wenn seine beiden Bewacher ihn nicht an den Armen gehalten und aufgefangen hätten. Einer lachte.

Georg wurde durch eine Tür gestoßen.

«Hier ist eine Treppe», sagte der Mann. «Geh vor!»

Georg spürte seinen Griff am Kragen seiner Jacke. Stufe um Stufe ging er mit den Füßen tastend hinab, bis er keine neue Stufe finden konnte. Der andere ging wieder voran, öffnete eine weitere Tür, die schwer in ihren Angeln quietschte, und führte Georg in einen weiteren Raum. Die Luft war feucht und kühl. Es roch metallisch und süß zugleich.

Georg ließ sich gefügig führen und blieb stehen, wo man ihn hinstellte. Dann wurde er unsanft auf einen Stuhl niedergedrückt.

Endlich löste man ihm die Fesseln. Sofort lief wieder Blut in seine Hände, und die Fingerspitzen begannen, sich wie Nadelkissen anzufühlen.

Dann zerrte jemand hinter ihm an dem Sack und es wurde mit einem Mal hell. Georg saß vor einem Tisch und zwinkerte in eine grelle Glühbirne, die zwischen ihm und seinem Gegenüber hing.

«Guten Abend. Bitte verzeihen Sie die Vorsichtsmaßnahmen, Herr …?»

Es war die Stimme einer Frau. Langsam gewöhnten sich Georgs Augen an die Helligkeit.

Sein Gegenüber war um die sechzig Jahre alt. Eine Großmutter! Graues, hochgestecktes Haar, ein sicher einst hübsches Gesicht mit vielen Falten, hängenden Augenlidern und Wangen, die Lippen rot geschminkt. Am auffälligsten aber waren die schmalen, jung gebliebenen, klaren Augen, deren Pupillen Georg wach und genau musterten.

«… Greiner», ergänzte er kleinlaut.

«Ich weiß, dass das nicht Ihr wirklicher Name ist», sagte sie. In der Stimme lagen Samt und Sandpapier. Georg war fasziniert und eingeschüchtert zugleich.

«Georg Finkbeiner», sagte er wie in Trance. Er rieb sich die Handgelenke. «Und wer sind Sie? Wo ist Herr Schick?»

«Sie können mich Amanda nennen. Das muss reichen.»

Sie trug eine helle Bluse mit Jäckchen und einen Rock, was keinerlei Rückschlüsse auf irgendeine Organisation ermöglichte.

«Für wen arbeiten Sie, Amanda?», brachte er unsicher hervor. Er musste sich zusammenreißen. Zeit gewinnen und wieder Herr seiner Sinne werden.

Er versuchte, Einzelheiten des Raums wahrzunehmen, der bis auf den Tisch, zwei Stühle und einen Schrank leer zu sein schien. Die Tür musste sich in seinem Rücken befinden. Auf dem Tisch lagen ein Päckchen Zigaretten, ein Aschenbecher und ein Block mit Bleistift. Was links hinter der Frau zu erkennen war, sorgte dafür, dass ihm der Atem stockte. Von der Decke hing ein Flaschenzug mit einer Kette. Eine schmutzige Kneifzange lang auf dem Boden neben einem Abfluss. War die dunkle Flüssigkeit, die darin stand, Blut?

«*Ich* stelle hier die Fragen, mein Junge», antwortete die Frau kühl. Ihr Tonfall hatte nichts von einer lieben Oma.

«Alter?»

«Achtundzwanzig.»

«Verheiratet? Kinder?»

«Nein, verlobt.»

«Ihre Verlobte ist aus Frankfurt?»

«Nein.»

«Sondern?»

«Aus Freudenstadt im Schwarzwald. Aber warum …»

«Muss ich wiederholen, dass *ich* hier die Fragen stelle?»

Georg schüttelte den Kopf.

«Gut», sagte sie. «Was denken Sie, warum Sie hier sind?»

Georg überlegte fieberhaft. War es besser, die Wahrheit zu sagen? Oder sollte er sich schleunigst eine Lüge einfallen lassen?

«Los! Reden Sie!», forderte die Frau ihn mit einem Schlag auf den Tisch nachdrücklich auf. Und als hätte sie seine Gedanken erraten, fügte sie hinzu: «Die Wahrheit!»

«Weil ich mich über Christoph Bouchard erkundigt habe?»

«Wer ist Christoph Bouchard?»

«Das wissen Sie doch, oder?»

Neben Georgs Gesicht tauchte ein breit gebauter Mann mit einem Brecheisen in der Hand auf, das er drohend erhob. War das der Sprecher von vorhin?

«*Ich* stelle die Fragen, *Sie* antworten», erklärte Amanda ungeduldig. «So läuft das hier.»

«Er ist ... ein Journalist der *Frankfurter Zeitung*.»

Der Mann mit der Eisenstange zog sich wieder hinter Georg zurück.

«Wieso haben Sie sich über Bouchard erkundigt?»

Georgs rechte Hand begann unkontrolliert zu zittern. Er schluckte trocken.

«Ich habe in Friedrichshafen einen toten Mann gesehen. Vor ein paar Tagen wurde mir ein Foto vorgelegt, und man fragte mich, ob ich den Mann auf dem Bild kenne.»

«Bouchard ist also wirklich tot?» Ein bedauernder Zug tauchte um ihre Mundwinkel auf.

«Ich habe den Toten nur ganz kurz gesehen. Bei schlechtem Licht», relativierte er schnell. «Aber ich glaube schon, dass er es war. Das Foto, das man mir gezeigt hatte, war in seinem Büro aufgenommen worden. Im Hintergrund konnte ich eine Titelseite der *Frankfurter Zeitung* erkennen. Darum bin ich in die Redaktion gegangen.» Die Worte sprudelten förmlich aus ihm heraus.

«Eins nach dem anderen», sagte die Frau mahnend. «Erzählen Sie mir, wo, wann und unter welchen Umständen sie seine Leiche gefunden haben. Und wo er jetzt steckt.»

Georg berichtete ihr von seiner Bewerbung als Steward. Er erzählte, wie er den Toten entdeckte, weglief und bei seiner Rückkehr nicht mehr vorfand.

«In der Tat eigenartig», sagte Amanda. «Wer hat Sie über Bouchard befragt?»

«Zwei Männer. Sie befragen alle, die auf dem Flugfeld arbeiten.»

«Wolff und Sauer», stellte sie fest.

Georg nickte.

«Ich hätte eigentlich gedacht, die beiden hätten ihn selbst umgebracht und müssten nicht fragen, wo er verscharrt wurde», sagte sie bitter.

«Kannten Sie diesen Bouchard gut?», fragte Georg. Fast augenblicklich erschien wieder der Kerl mit dem Brecheisen am Rand seines Sichtfeldes.

«Es ist gut», pfiff Amanda den Mann zurück. Sie zündete sich hüstelnd eine Zigarette an. Ihr Blick blieb dabei auf Georg geheftet. Er fragte sich, was die Frau wohl machte, wenn sie nicht gerade einen Gefangenen in ihrem Folterkeller verhörte. Hatte sie heute früh das Treppenhaus geputzt? Oder mit ihren Enkeln gespielt?

«Sind Sie Nationalsozialist?», unterbrach sie seine Überlegungen.

Georg hatte keine Ahnung, wem er hier gegenübersaß, aber dass diese Leute keine Nazis waren, schien offensichtlich. Er beschloss, auch in diesem Punkt die Wahrheit zu sagen. Er wollte Amanda – oder wie immer sie in Wirklichkeit heißen mochte – keinen Grund geben, diese Kneifzange einzusetzen.

«Ich bin kein politischer Mensch», wiederholte er fast wörtlich, was er Sauer und Wolff auf diese Frage geantwortet hatte.

«Das habe ich nicht gefragt.»

«Ich bin nicht in der Partei, wenn Sie das meinen.»

«Wie stehen Sie zu Adolf Hitler?»

«Er ist der Führer.» Georg zögerte einen Moment. Wenn er nur mehr in ihrem Gesicht lesen könnte. Als Oberkellner hatte er es bei seinen Gästen bis zur Perfektion gebracht, ihnen ihre Wünsche von den Augen abzulesen. Aber hier ging es nicht um die Frage, welches Dessert Amanda wünschte. Er musste Farbe bekennen. «Ich habe ihn damals nicht gewählt», sagte er wahrheitsgemäß.

Sie stand auf und beugte sich über den Tisch, bis ihre Augen seinen genau gegenüberlagen.

«Dann lassen Sie uns jetzt über den Zeppelin sprechen.»

Amanda stellte sicher hundert Fragen zur Reederei, zu internen Abläufen, zu verschiedenen Personen. Insbesondere die Olympiafahrt zur Eröffnung der Spiele nach Berlin hatte es ihr angetan. Ob die Passagiere schon feststanden? Wer als Kapitän eingesetzt würde? Wann genau der Zeppelin in Berlin erwartet werde? Sie fragte auch intensiv danach, ob Georg etwas über einen geheimen Bau von Kriegsluftschiffen gehört habe. Er verneinte und fand auf die meisten anderen ihrer Fragen nur selten Antworten, die sie als interessant genug betrachtete, um sie in den Block vor sich einzutragen.

«Ich sage Ihnen wirklich alles, was ich weiß», versicherte Georg. «Aber ich bin doch nur ein einfacher Steward und erst ganz frisch dabei.»

Er hatte noch ein paarmal versucht, selbst etwas herauszufinden. Doch das war schwer, wenn man jemanden mit schlagbereiter Eisenstange hinter sich wusste. An der Art, wie Amanda ihre Jacke zurechtrückte, erkannte er, dass sie etwas Schweres in der Tasche trug. Er vermutete eine Pistole.

«Gut», sagte sie nach etwa einer Stunde und lehnte sich in ihren Stuhl zurück. «Wollen Sie einen Kaffee?»

«Wenn ich so spät Kaffee trinke, kann ich nicht schlafen», sagte er.

Zum ersten Mal lachte Amanda. Es war eher ein Kichern, das in ein Husten mündete.

«Sie sind ja ganz schön zuversichtlich, dass Sie es noch in ein Bett schaffen.»

«Weil ich nicht glaube, dass Sie mir etwas antun werden», gab Georg kühn zurück und betete insgeheim, dass er sich nicht täuschte.

«Vielleicht haben Sie recht», sagte sie. «Wenn Sie mit uns kooperieren, werden wir Ihnen nichts antun. Im Gegenteil.»

«Was meinen Sie damit?»

«Unsere Auftraggeber befürchten, dass Deutschland wieder einen Krieg lostreten könnte. Jetzt fragen Sie nicht, um wen es geht. Ich werde es Ihnen nicht verraten.»

Georg nickte. Er hatte immer mehr das Gefühl, dass Amanda Gedanken lesen konnte.

«Es gibt deutliche Gründe zu der Annahme, dass Hitler genau das plant. Sagt Ihnen Phoenix etwas?»

«Dieser mythische Vogel, der verbrennt und aus seiner Asche neu geboren wird?»

«Genau der. Hitler will, dass Deutschland wie ein Phoenix zu neuer Macht aufersteht. Und es gibt Hinweise, dass die Hindenburg damit in irgendeiner Verbindung steht. Christoph Bouchard hat versucht, das aufzudecken. Jetzt ist es traurige Gewissheit, dass etwas an der Sache dran zu sein scheint. Jedenfalls genug, um ihn umzubringen.»

Sie zündete sich eine neue Zigarette an und hustete wieder.

«Ich weiß, das Zeug ist nicht gut für mich. Aber ich kann einfach nicht davon lassen», sagte sie, bevor sie zurück zum Thema kam. «Die Frage ist natürlich, was Bouchard seinem Mörder vor seinem Tod noch verraten haben mag. Offenbar nicht allzu viel, denn sonst würden wir hier vielleicht nicht mehr sitzen. Wir werden unsere Sicherheitsvorkehrungen noch einmal verstärken müssen.»

Den letzten Satz sagte sie mehr zu sich selbst als zu Georg und krakelte etwas in Großbuchstaben in ihren Notizblock.

«Sie haben von Kooperation gesprochen», erinnerte Georg sie.

«So ist es. Ich möchte, dass Sie Augen und Ohren offen halten. Wenn Sie etwas Verdächtiges mitbekommen, werden Sie mir Bescheid geben. Und besorgen Sie mir die Passagierliste der Olympiafahrt!»

«Ich weiß nicht», sagte Georg. «Das wäre Verrat. Wenn ich erwischt werde, wird man mich als Spion erschießen.»

«Sie werden sich nicht erwischen lassen, ganz einfach. Und Sie werden niemandem von uns erzählen. Sonst …»

«Sonst was?», fragte Georg mit zitternder Stimme in die bedrohlich werdende Pause. Er war sich nicht sicher, ob er die Antwort hören wollte.

«Dazu brauchen wir es nicht kommen lassen. Ihre Verlobte wird bestimmt auch froh sein, wenn niemandem etwas passiert.»

Georgs Gesichtszüge froren ein. Obwohl Amanda süßlich lächelte, verstand Georg die Drohung sofort. Darum hatte sie also nachgefragt, woher seine Verlobte kam. Und Georg hatte es ihr ohne Weiteres verraten.

«Sie werden ihr nichts tun!», sagte er bestimmt und stand wütend auf.

Noch bevor der Kerl hinter ihm seine Eisenstange parat hatte, sah Georg den kurzen Lauf einer winzigen Pistole auf sich gerichtet.

«Nur die Ruhe, Jungchen!», mahnte Amanda. «Die Sicherheit Ihrer Verlobten liegt doch ganz in Ihren Händen. Und jetzt nennen Sie mir ihren Namen, sozusagen als Zeichen der Verbundenheit zwischen uns.»

Georg zögerte nur kurz. Amanda wusste von Freudenstadt und musste dort nur nach ihm fragen. Jeder würde sie dann zu Gitti schicken. «Brigitte Luz», knurrte er. «Wenn Sie ihr nur ein Haar krümmen …»

«Ich bin zuversichtlich, dass das nicht nötig wird», unterbrach sie ihn barsch. Der Lauf der Pistole senkte sich. «Sehen Sie, meine Auftraggeber wollen eine Garantie, dass Sie kein doppeltes Spiel spielen werden. Sagen Sie niemandem etwas, und es muss niemandem etwas passieren. So einfach ist die ganze Chose.»

LEIBSTANDARTE

Berlin, Freitag, 12. Juni 1936

«Bringen Sie mich bitte zum Hauptquartier der Reichsjugendführung!», sagte Hermann zu seinem Fahrer.

«Das ehemalige Kaufhaus Jonaß am Prenzlauer Tor?», vergewisserte sich Reuseneck. Vereinzelte Regentropfen fielen aus dem Himmel. Er betätigte die Scheibenwischer einmal, um für klare Sicht zu sorgen.

«So ist es. Schaffen wir es bis sechs?» Hermann kam gerade aus einer ausufernden Besprechung mit Vertretern der Presseabteilung. Jetzt mussten sie sich beeilen.

«Es ist ja nicht weit», beruhigte Reuseneck ihn und legte einen rasanten Start hin.

Doch sie hatten nicht mit einem großen Unfall auf dem Alexanderplatz gerechnet. Ein Polizist winkte den Verkehr in Richtung Hackescher Markt, sodass sie durchs Scheunenviertel mussten. An der Volksbühne am Horst-Wessel-Platz hing zwischen den Hakenkreuzbannern bereits die Werbung für die internationalen Tanzfestspiele im Rahmen der Olympiade.

In der Stadt spürte man die wachsende Vorfreude an jeder Ecke. Viele Berliner waren stolz, dass bald die ganze Welt auf sie blicken sollte. Natürlich tat das Propagandaministerium einiges dafür, die Spiele und Vorbereitungen in schmeichelndem Licht darzustellen. Auch die Sportförderung kam bei den Leuten gut an. Der olympische Geist vom Miteinander legte sich wie ein Schleier auf viele Seelen und überdeckte Hass und Hetze. Stattdessen freute man sich auf bunte Vielfalt und Wettkämpfe in Frieden, was von der Werbung natürlich gerne aufgegriffen wurde. Kaum ein Geschäft, in dessen Schaufenstern die bunten Ringe nicht aufgehängt oder zumindest auf irgendeinem Produkt aufgedruckt zu sehen waren.

Die früheren Besitzer des ehemaligen Kaufhauses Jonaß hätten die Gelegenheit sicher auch genutzt, mit der Olympiade zu werben. Hermanns Mutter hatte ihn und seine Schwester Susanne hier früher für festliche Anlässe eingekleidet. Mit der Machtübernahme waren die jüdischen Besitzer mit ihrem Kaufhaus auf den Alexanderplatz umgezogen, sodass die Partei das Gebäude als Zentrale der Hitlerjugend nutzen konnte.

Auf dem Dach wehten jetzt weithin sichtbar die Fahnen des Reichs und der HJ. Durch den Haupteingang strömte eine Traube junger Männer. Die meisten von ihnen trugen ihre Hemden mit Hakenkreuz-Armbinde.

«Es sieht aus, als seien wir gerade noch rechtzeitig», sagte Reuseneck erleichtert. Verspätungen betrachtete er als persönliches Scheitern.

Vor zwei Tagen hatte Hermann seine mit Rommer ausgearbeitete Idee Reichsjugendführer Baldur von Schirach vorgetragen. Der hatte sich das Anliegen aus dem Propagandaministerium etwas unwillig angehört, Hermann letztlich aber die Zusage gegeben, die Kameradschaften Anfang Juli darüber informieren zu lassen. Man wollte dann aus dem HJ-Streifendienst und weiteren älteren HJlern Freiwillige rekrutieren. Diese sollten kleinere Gruppen bilden, um während der Spiele ein Auge auf die Stadt zu haben. Bis dahin waren allerdings noch einige organisatorische

Einzelheiten zu klären: Hermann wollte für jeden Bezirk und jede Nacht verbindliche Listen der Teilnehmer haben, mit Namen und Adressen. Zudem war es wichtig, durch Schulungen im Vorfeld dafür zu sorgen, dass die Jungen während ihrer Streifen nicht über die Stränge schlugen, weil sie sich plötzlich für Polizisten hielten und ihre vermeintliche Macht ausnutzten. Natürlich musste auch die Polizei informiert werden.

Je weiter Hermann den Plan ausarbeitete, umso mehr Probleme und Aufgaben türmten sich vor ihm auf. Aber nachdem Goebbels einen solchen Narren an der Idee gefressen hatte, musste Hermann dranbleiben. Sonst stünde er als Versager da, was Erika sicher nicht goutieren würde. Jetzt musste er also zuerst Horst Kollmann finden und den jungen Schläger überzeugen, ihm zuzuarbeiten, so wenig er das eigentlich wollte. Der Junge schien Ärger anzuziehen wie Motten das Licht. Noch mehr Aufregung konnte Hermann derzeit nicht gebrauchen.

Hermann hielt aus dem Wagen heraus nach Kollmann Ausschau. Er hatte ihn bisher nur einmal gesehen: im April in dieser jüdischen Apotheke. Er hatte ihn als groß in Erinnerung, breit gebaut und mit blondem Haar, vor allem aber als einen übermütigen Kerl, der schnell die Kontrolle über sich verlieren konnte. Eine Beschreibung, die auf viele der aus dem Gebäude strömenden Männer passte. Dennoch fiel Kollmann ihm gleich ins Auge. Er ging neben einem kleineren Burschen mit leuchtend roten Haaren, den Hermann ebenfalls in der Apotheke gesehen hatte. Sie wandten sich in Richtung Alexanderplatz.

«Mit denen da muss ich sprechen», wies Hermann auf die Jungen, und Reuseneck setzte den Wagen in Bewegung. Als er auf ihrer Höhe ankam, fuhr er rechts ran und bremste ab.

«Hallo! Kollmann!», rief Hermann aus dem Fenster.

Die beiden jungen Männer sahen sich um.

«Hierher!», machte sich Hermann mit Winken bemerkbar.

Die Angesprochenen kamen zögerlich auf den Wagen zu, sichtlich beeindruckt von dem glänzenden Fahrzeug.

«Müssten wir Sie kennen?», fragte Kollmann. Er bückte sich leicht, um ins Innere blicken zu können.

«Das will ich meinen. Aus der Apotheke in der Pestalozzi. Ist schon ein bisschen her.»

«Zwei Monate oder so», erinnerte sich der Rothaarige. «Mensch, Horst, das war doch der aus dem Promi, der uns bei dem Drecksjuden weggeschickt ...»

«Ach, Sie sind's», unterbrach Kollmann seinen Freund.

«Hermann Schmidt vom Propagandaministerium, korrekt.»

«Und, äh, was wollen Sie von uns?»

«Ich muss mit euch reden.»

«Ein andermal wäre besser», stellte Kollmann fest. «Wir müssen zum Alex zur Bahn. Wir sind sowieso schon spät dran.»

«Ihr könnt die nächste Bahn nehmen», schlug Hermann vor.

«Seine kleine Schwester hat Geburtstag.»

«Rebko!», mahnte Kollmann seinen Freund. Jetzt erinnerte sich Hermann wieder. Der zweite Junge hieß Rebkowicz.

«Wenn das so ist: Schon mal Mercedes gefahren?», fragte Hermann.

Die eben noch verkniffenen Gesichtszüge des Rothaarigen wechselten zu einem ungläubigen Staunen. «Echt?», fragte er. «Sie bringen uns in *der* Kiste zum Alex?»

Kollmann wirkte weniger begeistert.

«Nein, nein», sagte Hermann. «Ich fahre euch nach Hause. Dann seid ihr auf jeden Fall pünktlich daheim, und wir können uns unterwegs in Ruhe unterhalten.» Er stieg aus und reichte beiden jungen Männern die Hand.

«Um was soll's denn überhaupt gehen?», fragte Kollmann skeptisch, während sein Freund bereits auf die Rückbank kletterte.

«Das besprechen wir besser, wenn wir unter uns sind.»

«Es hockt sich wie auf 'nem Sofa», staunte der Rotschopf. Kollmann folgte ihm endlich auf die Rückbank.

«Wo wohnt ihr?»

«Horst-Wessel-Stadt, also Friedrichshain. Löwestraße.»

Reuseneck wartete eine Lücke im Verkehr ab und drehte schwungvoll in einem Zug.

«Ein toller Wagen!», jubilierte Kollmanns Freund.

«Das neuste Modell. Gerade erst rausgekommen», gab Hermann zurück. Das war einer der Vorteile, die man als Ministerialbeamter seiner Position genoss. «Wie geht's der Schulter?» Diese Frage war an Horst Kollmann gerichtet.

«Woher wissen Sie davon?» Kollmann klang überrascht. Er fuhr mit der Hand über die Stelle oberhalb seines Herzens.

«Ein Bekannter hat es mir erzählt. Sein Name lautet Roland Schaper.»

«*Sie* kennen Herrn Schaper?»

Hermann hatte den Eindruck, dass dies ihn in Kollmanns Ansehen wachsen ließ.

«Er hat mir gesagt, wo ich dich heute finde. Wir scheinen alle ein gemeinsames Ziel zu verfolgen, nämlich diesen Plakatierern das Handwerk zu legen. Er hat mir erzählt, dass einer von denen dich angeschossen hat.»

«Wenn wir die linken Schweine erwischen, ziehen wir ihnen die Haut ab», prahlte der Rotschopf. «Und dann …»

«Halt die Klappe, Rebko!» Diese Aufforderung kam so scharf, dass der Angesprochene sofort schwieg. An Hermann gewandt fragte Kollmann: «Wieso sind Sie hinter denen her?»

«Meine Aufgabe ist es sicherzustellen, dass Berlin während der Spiele den bestmöglichen Eindruck bei den Gästen aus aller Welt hinterlässt.»

«Sie wiederholen sich», gab Kollmann kühl zurück. «Das haben Sie schon in der Apotheke gesagt.»

«So redest du nicht mit mir», erwiderte Hermann scharf. Vor Kollmann durfte er sich keine Blöße geben. Bei einem Schläger war Angriff eben die beste Verteidigung.

«War nicht so gemeint», gab Kollmann nach kurzem Zögern zurück. Hermann atmete innerlich auf. Der Punkt ging an ihn.

«Ich habe nach unserem Aufeinandertreffen in der Apotheke mit ein paar Gefolgschaftsführern der Hitlerjugend gesprochen. Seitdem sind Schmierereien gegen Juden oder Kommunisten in Mitte und den umliegenden Bezirken zurückgegangen», fuhr Hermann fort.

«Erst haben sie uns Pinsel und Farbe gegeben, und dann sollten wir sie nicht mehr benutzen», klagte der Rotschopf.

«Das gilt nur für die Zeit der Olympiade», entgegnete Hermann. «Ich habe erst diese Woche mit Minister Goebbels darüber gesprochen. Wenn die Spiele vorbei sind …»

«Sind die Spiele vorbei, schlagen wir die Juden zu Brei!»

Hermann lief bei diesem Spruch immer wieder ein kalter Schauer über den Rücken. Wie hatte man den jungen Leuten nur in so kurzer Zeit so viel Hass gegen Juden eingeimpft? Es hatte natürlich immer schon Vorbehalte gegen Juden gegeben. In Deutschland wie in anderen Ländern auch. Und sicher gab es unter ihnen auch schlechte Menschen, wie stets und überall. Aber auch viele gute. So viele, die Seite an Seite mit ihren Kameraden im Großen Krieg gedient hatten, zum Beispiel. Man konnte doch nicht alle über einen Kamm scheren. Und jetzt befeuerte die Regierung den Judenhass schon bei den Kindern ins Unermessliche. Vielleicht hatte Susanne recht gehabt, nicht zu den Spielen nach Deutschland zu kommen. Und vielleicht war es für Jonathan Lewinsky, alias Bella Levine, wirklich besser, das Land bald zu verlassen. In den vergangenen Tagen hatte sich Hermann wiederholt gefragt, warum er nicht zu dem vereinbarten Treffen in der *Tarzan-Bar* erschienen war. Hatte man ihn festgenommen?

«Sie kennen Goebbels?», fragte Kollmann mit einem fast ehrfürchtigen Tonfall.

Hermann schüttelte seine Gedanken ab. Er musste sich auf seine Aufgabe konzentrieren. «Ich arbeite für ihn. Natürlich.»

«Und kennen Sie auch den Führer?»

Hermann zuckte mit den Schultern und nickte dabei, als sei dies Antwort genug. Er war Hitler einmal im Treppenhaus des Ministeriums begegnet, als er die Stufen in Begleitung seines Adjutanten und zweier Mitglieder seiner Leibstandarte emporstieg. Hermann hatte unsicher auf dem Treppenabsatz haltgemacht und den Arm zum Gruß erhoben, woraufhin Hitler mit einem wohlwollenden Nicken reagiert hatte. Aus der Nähe sah er kleiner aus, als man erwartete.

«Aber zurück zum Thema», setzte Hermann das Gespräch fort. «Die Plakatierer werden sich nicht einfach so vom Kleben abhalten lassen. Ich habe gehört, du suchst nach ihnen.»

«Ich werde diese Schweine finden», kam es vom Rücksitz mit einer solchen Vehemenz, dass Hermann keinen Moment daran zweifelte. «Die werden noch verdammt bitter bereuen, dass sie auf mich geschossen haben.»

«Wie gesagt, ich möchte selbst sichergehen, dass in den Berliner Bezirken keine Plakate dieser Art mehr auftauchen – vor allem nicht kurz vor und während der Spiele», sprach Hermann ruhig weiter. «Ich schlage euch also vor, dass wir in der Sache gemeinsam vorgehen.»

«Was meinen Sie damit?»

«Ich möchte gerne während der Spiele Sicherheitspatrouillen aus älteren HJ-Mitgliedern einsetzen», erklärte Hermann. «Über die Einzelheiten wird euch die HJ-Führung informieren, wenn es so weit ist. Ich habe gehört, dass du einen gewissen Einfluss bei deinen Freunden hast.»

«Das kann man wohl sagen», warf Kollmanns Freund ein.

«Reichsjugendführer von Schirach hat mir die generelle Unterstützung des HJ-Streifendiensts und der gesamten Hitlerjugend versprochen …», begann Hermann, bemerkte beim Umdrehen aber einen fast spöttischen Blick in Kollmanns Gesicht. «Was ist?», fragte er.

«Die generelle Unterstützung der HJ ist so eine Sache», gab Kollmann zurück. «Nicht alle Jungs sind mit ganzer Überzeugung dabei.»

«Was willst du damit sagen?»

Kollmann schüttelte den Kopf. «Bei der HJ gibt es natürlich echte Patrioten, die mit ganzer Kraft hinter der nationalen Sache stehen. Die sind entweder schon im Streifendienst oder werden sich für Ihre Patrouillen gerne freiwillig melden. Aber die meisten Jungs sind Mitläufer. Wissen Sie, dass man samstags in die Schule muss, wenn man nicht in der HJ ist? Zu patriotischem Unterricht, während die HJler Ausflüge machen oder für große Auftritte üben wie jetzt für die Eröffnungsfeier der Olympischen Spiele?»

Hermann nickte.

«Die Mitläufer wollen samstags nicht in die Schule oder sind in der HJ, weil die Eltern keinen Ärger in der Nachbarschaft brauchen können. Ganz einfach. Und dann gibt es noch die, denen die Politik am Arsch vorbeigeht. Jungs, die andere verprügeln wollen, ohne größeren Ärger erwarten zu müssen. Schlägst du einem Deutschen die Zähne ein, kommst du ins Gefängnis. Bei einem Juden lobt man dich. Das sind Kerle, die schmieren auch weiterhin Judensterne auf Schaufenster, wenn sie Lust dazu haben. Egal, was der Reichsjugendführer sagt.»

«Aber man sagte mir, sie hören auf *dich*», stellte Hermann fest.

Kollmann schüttelte den Kopf, aber sein Freund nickte derweil eifrig: «Klar! Vor dem Horst haben sie alle Respekt.»

Kollmann beließ es dieses Mal dabei. Hermann sah in seinen Augen etwas Stolz aufblitzen.

«Ich bin zwar eigentlich schon zu alt, aber trotzdem einer von ihnen», sagte er. «Aus einfachen Verhältnissen. Ich denke wie sie, rede wie sie und mache, was sie machen. Wir sind der Bodensatz, auf dem bisher alle herumgetrampelt haben. Aber jetzt nutzen wir die Möglichkeit, die unser Führer uns gibt: ein Teil von etwas wirklich Bedeutendem zu sein.»

«Wie zum Beispiel bei der Eröffnungsfeier aufzutreten», lenkte Hermann das Gespräch wieder in die Richtung seines Vorhabens. «Oder eben während der Spiele dabei zu helfen, der Welt ein positives Bild vom Deutschen Reich zu vermitteln.»

«Oder einmal für das Vaterland in einen Krieg zu ziehen, der dem Deutschen Reich seinen Glanz zurückgibt», fügte Kollmann hinzu.

«Also, der Auftrag, den ich für dich habe, ist folgender», sagte Hermann, ohne auf Kollmanns letzte Worte einzugehen. «Ich möchte, dass du in den kommenden Wochen die Bezirke abfährst, für die Teilnahme an den Patrouillen wirbst und Listen mit den Jungen erstellst, die wir als Patrouillenführer einsetzen können, am besten welche vom Streifendienst. Sie müssen dann vorher noch an einer Schulung teilnehmen.»

«Eine Schulung?», fragte Kollmann skeptisch.

«Die Patrouillen werden genau festgelegte Aufgaben und Kompetenzen haben», sagte Hermann. «Ich weiß, dass du ein Hühnchen zu rupfen hast mit den Kerlen, die dich angeschossen haben», erklärte er weiter, während Reuseneck in eine kleine Straße einbog. Hermann bekam beiläufig mit, dass «Löwestraße» auf dem Straßenschild stand.

«Aber Schaper will die Plakatierer lebend und unversehrt. Es wäre für die HJ auch viel zu gefährlich, gegen diese bewaffneten Kerle vorzugehen.»

«Wir werden eben auch Waffen benötigen», sagte Kollmann. «Halten Sie da vorne! Da wohne ich», fügte er an Reuseneck gerichtet hinzu und zeigte auf einen grauen, mehrstöckigen Bau.

«Es wird keine Waffen geben!», sagte Hermann bestimmt. «Die Patrouillen sollen nicht kämpfen, sondern Präsenz zeigen. Wenn eine Gruppe eine unerwünschte Schmiererei sieht, wird sie gleich beseitigt. Und Plakate werden sofort entfernt.»

«Und wenn eine Gruppe auf diese Kommunisten trifft?», fragte der Rotschopf.

«Dann wird ein Teil der Patrouille die Plakate sofort wieder abreißen und der andere die Plakatierer unauffällig bis zu ihrem Unterschlupf verfolgen. Um den Rest kümmert sich dann die Gestapo. Und die möchte anständige Patrioten an ihrer Seite wissen. Keine Rotzbengel, die Befehle nicht befolgen können und nur Ärger machen. Jede Missachtung der Vorgaben und des Verhaltenskodex wird streng geahndet. Haben wir uns verstanden?»

Reuseneck hielt vor einer schmutzigen Haustür. Kinder aus der Nachbarschaft liefen herbei, um sich den Wagen anzusehen, der hier sicher keine alltägliche Erscheinung war. Der Fahrer stieg aus und gab acht, dass niemand das Fahrzeug betatschte.

Kollmann überlegte derweil.

«Was haben die Jungs davon, wenn sie Ihnen helfen?»

«Sie erweisen ihrem Vaterland einen großen Dienst», sagte Hermann. «Wer regelmäßig mit unterwegs ist, bekommt das HJ-Ehrenabzeichen in Gold verliehen. Und ansonsten schwebt mir ein großes Fest für alle Teilnehmer nach den Spielen vor.»

«Legen Sie ein paar Freikarten für die Spiele drauf!», schlug Kollmann vor. «Als Ansporn für Jungs, die sich besonders hervortun.»

Hermann fand das eine gute Idee. «Einverstanden. Du bist also dabei?»

«Wann soll es losgehen?»

«Kannst du am Montag ins Ministerium kommen? Zwei Uhr? Da werden wir die Einzelheiten besprechen.»

«Kommt drauf an», gab Kollmann zurück und zuckte mit den Schultern.

Hermann hatte für einen Moment gedacht, alles in trockenen Tüchern zu haben. Was konnte der Junge jetzt noch wollen?

«Ich möchte bezahlt werden», begann Kollmann.

«Klar», stimmte Hermann ungeduldig zu.

«Und ich will nach den Spielen zur Leibstandarte des Führers.»

Hermann schluckte. «Das liegt außerhalb meiner Macht», wiegelte er ab.

«Dann vergessen Sie es.»

Hermann zögerte nur einen Moment. Schaper hatte darauf bestanden, dass er Kollmann unter Kontrolle hielt.

«Ich werde mit Schaper darüber reden und sehen, was ich tun kann», sagte Hermann.

Er stieg aus und reichte dem älteren Jungen die Hand. «Abgemacht?», fragte er und ignorierte das Grummeln in seiner Magengegend.

«Abgemacht.»

GIN TONIC

Berlin, Freitag, 12. Juni 1936

Gretchen hatte sich riesig über das Pferdebild gefreut, das Anna ihr zusammen mit einem Sandkuchen zum elften Geburtstag geschenkt hatte. Das Gebäck lag jetzt unbeachtet auf den Tellern, da Vater begonnen hatte, über die Juden und ihre Weltverschwörung zu schwadronieren. Annas Gegenrede befeuerte seine Wut nur. Gretchen zeichnete mit dem Zeigefinger angespannt die Linien des Pferdebildes nach, während Vater auf Anna einredete, um sie von der Verschlagenheit der jüdischen Rasse zu überzeugen. Als er schließlich Mutters Tod ins Spiel brachte, hatte Anna genug und kündigte an, jetzt zu gehen. Vater blieb ohne ein Wort des Abschieds beleidigt in der Stube sitzen. Gretchen hatte Tränen in den Augen.

«Es tut mir leid, Kleine», verabschiedete Anna sich von ihrer Schwester und zog die Wohnungstür ins Schloss. Mit jeder Stufe hinab fiel es ihr schwerer, ihre Tränen zu unterdrücken. An der Haustür wischte sie sich über die Augen und zog die Nase hoch. In dem Moment wurde die Tür geöffnet.

«Anna?» Horst klang überrascht.

Groß und breit stand ihr jüngerer Bruder vor ihr. Die Schussverletzung merkte man ihm gar nicht mehr an. Anna war froh, dass die Sache glimpflich ausgegangen war.

«Gehst du schon?»

«Ja. Ich muss», antwortete sie kurz. «Oben ist Kuchen.»

«Dein trockener Sandkuchen?», fragte er spöttisch.

«Musst ihn ja nicht essen.»

«Hast du dich wieder mit Papa gestritten?» Er klang vorwurfsvoll.

«*Er* hat die ganze Zeit keine Ruhe gegeben.»

«Du weißt doch, wie er ist. Und jetzt fang bloß nicht an zu heulen!»

«Du Idiot hast mir gerade noch gefehlt!», brüllte sie ihn an und rannte an ihm vorbei zur Tür heraus. Die eben noch unterdrückten Tränen schossen ihr jetzt umso wütender in die Augen und sorgten dafür, dass sie fast in einen Mann neben einem Automobil hineinrannte.

«Oh, Fräulein Kollmann! Kann ich Ihnen helfen?», fragte er.

«Lassen Sie mich!», brachte sie hervor. Dann erst erkannte sie ihn.

«Sie?»

«Wir stoßen ja wortwörtlich ziemlich oft aufeinander», sagte Hermann Schmidt und grinste. «Ich habe gerade Ihren Bruder nach Hause gebracht.»

Ein Mitarbeiter des Propagandaministeriums chauffierte Horst in seinem Auto nach Hause? «Was haben Sie mit Horst am Hut?»

«Ach, das ist eine lange Geschichte», sagte er und hielt Anna ein säuberlich gebügeltes Taschentuch aus feinster Baumwolle hin. Es war weiß wie Schnee. «Es sieht so aus, als sei nicht nur mein Tag furchtbar gewesen», sagte er.

«Darauf können Sie wetten.» Anna schnäuzte sich und nickte dann dem Fahrer freundlich zu, der bei ein paar Kindern aus der Nachbarschaft stand, die ihn über den Wagen ausfragten.

«Ich muss furchtbar aussehen, so verweint! Wie war noch Ihr Name? Schmidt, richtig?» Sie wusste das eigentlich noch ziemlich gut. In letzter Zeit hatte sie öfter an ihn gedacht, und sie schämte sich, dass er sie jetzt so sah.

«Sie sehen ganz und gar nicht furchtbar aus, wenn ich das sagen darf.» Er lächelte entwaffnend.

«Das muss man wohl als eine schamlose Lüge bezeichnen, Herr Schmidt», gab sie zurück und spürte, wie ihre Mundwinkel sich hoben.

«Gut zu lügen lernen wir im Propagandaministerium als Erstes», konterte er grinsend.

Anna musste lachen. «So wird es wohl sein», sagte sie und hob das Taschentuch. In eine Ecke des feinen Stoffs waren mit blauem Garn die Initialen HS eingestickt. «Ich werde es waschen und Ihnen dann zurückgeben.»

«Ist denn etwas Schlimmes passiert?», fragte Hermann.

«Ach, der Tag war einfach schrecklich.» Anna winkte ab. «Statt mit meiner kleinen Schwester ihren Geburtstag zu feiern, habe ich mich mit meinem Vater gestritten. Seit Mama tot ist, streiten wir nur noch.» Wieso erzählte sie ihm das? «Und Ihr Tag?», lenkte sie ab.

«Ach, es war einfach viel los bei der Arbeit», gab er zurück. «Eine lange Woche, die kein Ende finden wollte.»

Sie standen sich gegenüber und blickten sich in die Augen. Sein breiter Brustkorb hob und senkte sich unter dem graubraunen Sakko.

«Ich schätze, ich muss dann mal los», sagte sie in die Pause. «Es hat mich sehr gefreut, Sie wieder einmal zu sehen.»

«Mich auch, Fräulein Kollmann.»

«Leute, die mir ihr Taschentuch anbieten, können mich Anna nennen.» Sie war selbst überrascht über ihre Worte.

«Gerne, Anna. Dann nennen Sie mich Hermann! Es hat

mich auch gefreut, Sie zu sehen. Sehr sogar.» Es gab eine winzige Pause. «Ich muss noch in die *Tarzan-Bar*. Vielleicht kann ich Sie mitnehmen?»

Seine Wangen röteten sich.

«Ich denke, das liegt nicht in Richtung meiner Wohnung», stellte sie fest.

«Ich meinte auch eigentlich, dass ich Sie gerne auf einen Drink einladen würde.»

Das kam ziemlich unerwartet. Anna spürte ihr Herz schneller schlagen. Was sollte sie darauf sagen?

«Natürlich nur, damit Sie sich von diesem Tag etwas erholen können. Verzeihen Sie! Ich wollte Sie nicht in eine unangenehme Lage ...»

«Nein, nein», unterbrach sie ihn schnell. «Ich meine, ich könnte nach diesem Tag wirklich etwas zu trinken gebrauchen.» Das entsprach vollkommen der Wahrheit.

«Also heißt das Ja?»

Er biss sich auf die Unterlippe und sah auf einmal aus wie ein kleiner Junge. Ihr gefiel es, wie er sie musterte. Unweigerlich fragte sie sich, ob sie den erwartungsvollen Ausdruck in seinen Augen mit einem Kohlestift auf Papier festhalten könnte.

«Und der Streit mit meinem Vater war nicht einmal das Schlimmste heute.» Anna nippte an ihrem zweiten Gin Tonic, den die Bedienung gerade gebracht hatte. Die Bar füllte sich mit zum Teil recht wildem Publikum. Ein Mann in einem auffällig geschnittenen, roten Kleid bewegte sich auf der Tanzfläche zu beschwingter Musik. Die Kapelle spielte leise genug, dass man sein Gegenüber verstand, aber zu laut, um mitzubekommen, was an den nahen Nebentischen besprochen wurde. Anna fand das sehr angenehm. Sie hätte nie gedacht, dass der Beamte sie in eine solche Bar ausführen würde. Es gefiel ihr hier. Und Hermann gefiel ihr auch. Normalerweise hörten Männer nicht auf, über ihre Bedeutung und berufliche Stellung zu prahlen. Hermann hielt sich damit zurück. Auf der Fahrt und während des ersten Getränks war ihre Unterhaltung so ungezwungen vonstattengegangen, als würden sie sich schon lange kennen. Dabei hatte sie den Eindruck gewonnen, dass er ebenso dringend Ablenkung brauchte wie sie. Erst jetzt tastete er sich langsam zu dem Grund für ihre Tränen vor.

«Was war denn schlimmer als der Streit mit Ihrem Vater?», fragte er behutsam, während er mit einem Rosmarinzweig das Eis in seinem Gin nach unten drückte.

Anna überlegte. Ihren Streit mit Leopold heute in der Hochschule wollte sie ihm nicht auseinandersetzen. «Sie kennen Frau Riefenstahl?», fragte sie deshalb.

Er lachte. «Ist sie wirklich so eigen, wie man hört?»

«Viel schlimmer! Sie können es sich nicht vorstellen!»

Beide lachten. «Aber lassen wir uns den schönen Abend nicht mit ihr verderben.» Anna hatte sich lange nicht mehr so entspannt gefühlt.

Hermann prostete ihr zu.

«Ich bin wirklich froh, dass Sie mitgekommen sind, Anna», sagte er.

«Ich auch. Danke, dass Sie mich überredet haben.»

«Sollen wir das blöde Sie nicht lassen?», fragte er und hielt ihr seinen Arm mit dem Glas hin. Wollte er Brüderschaft trinken? Er nickte auffordernd. Warum auch nicht! Sie hakte sich bei ihm ein, dann führte jeder sein Glas zum eigenen Mund, wobei sie sich unweigerlich näher kamen. Wo sein Arm ihren berührte, wurde es ihr ganz heiß. Sie sahen sich in die Augen und tranken, ohne die Blicke voneinander zu lösen. Er roch so gut, dachte Anna. Und dazu diese Augen! Wenn er sie jetzt küssen wollte, schoss es ihr plötzlich durch den Kopf, würde sie es geschehen lassen.

Doch der Moment verging, ohne dass er ihr noch näher kam.

Sie spürte, wie sie rot wurde, und löste die Haltung auf.

«Hallo Schätzchen!» Eine ältere Frau trat an ihren Tisch und lehnte sich mit ihrem ausladenden Busen in dem zu tiefen Ausschnitt Hermann entgegen. Er sah überrascht aus, dann erschrocken.

«Tschuldigung, dass ich störe, aber ich müsste dich kurz mal sprechen», sagte sie. «Du kriegst ihn gleich zurück», sagte sie zu Anna.

«Einen Moment», brachte Hermann entschuldigend vor, stand auf und ging mit der Frau zum Tresen.

Anna betrachtete die Szene verwundert. War diese Frau der Grund, wieso er ausgerechnet in diesen Laden wollte? Die beiden unterhielten sich kurz, wirkten aber nicht sonderlich vertraut. Dann griff sie in eine Tasche ihres Kleides. Ausgerechnet jetzt ging ein Pärchen vorbei und nahm Anna die Sicht. Sie sah nur noch, wie Hermann gleich darauf seine Hand in die Hosentasche steckte. War das Geld gewesen? Oder etwas anderes?

Als Hermann zurückkam, wirkte sein Lächeln aufgesetzt.

«Schlechte Nachrichten?», fragte Anna.

«Nein, nein», beeilte er sich, ihr zu versichern. «Es ging nur um … um die Musikkapellen, die während der Olympischen Spiele hier auftreten sollen. Rein beruflich.»

Er merkte offenbar, dass sie kurz davor war, nachzuhaken.

«Apropos Musik. Möchtest du tanzen?», fragte er rasch.

Der Schlagzeuger setzte gerade einen langsamen Takt,

der Kontrabass griff ihn auf und wurde vom Klavier ergänzt. Auf der freien Fläche vor der Bühne tummelten sich mehrere Paare.

Anna durchschaute sein Ablenkungsmanöver, legte aber dennoch ihre Hand in die seine und stand auf. Als sie sich berührten, schoss ihr ein wohliger Schauer über den Rücken.

Da die Tanzfläche klein und voll war, wurden sie dicht aneinandergedrückt. Ihre Oberkörper berührten sich. Es war schön, ihm in die Augen zu blicken, dachte Anna. Sie spürte seine Hand an ihrem Rücken, während er mit der anderen die ihre hielt. Anna nahm seinen Duft auf, spürte seinen Atem, wenn er sich vorbeugte und ihr etwas ins Ohr sagte. Die Worte spielten keine Rolle. Sie dienten nur als Grund, einander noch näher zu sein. Seine Hand wanderte derweil vom Schulterblatt in Höhe der Taille hinab. Welch aufregendes Gefühl!

Viel zu früh endete das Lied. Sie applaudierten, dann stolzierte ein stark geschminkter Mann in einem aufregend bunten Kleid mit Federboa heran, und sie mussten die Tanzfläche für den Auftritt von Maja Filou räumen.

Anna konnte sich am Tisch kaum auf den Auftritt konzentrieren. Verstohlen beobachtete sie, wie Hermann sich über die Tanzeinlage von Maja Filou amüsierte. Als er zu ihr sah, fühlte sie sich ertappt. Errötend lächelte sie und trank ihren Gin aus.

«Ich bin gleich wieder da», sagte sie und verschwand in Richtung der Toilette. Im Schein einer matten Glühbirne wusch sie sich die Hände und staunte, wie ein dermaßen schrecklicher Tag in einen so schönen Abend gipfeln konnte.

Als sie zum Tisch zurückkehrte, fand sie ein neues Glas

vor. Hermann prostete ihr zu. Das Gespräch verlief ungezwungen und ohne peinliches Schweigen. Er war an Kunst interessiert und kannte sich auch mit Kunstgeschichte ziemlich gut aus.

«Meine Schwester liebt die Expressionisten», sagte er irgendwann und erwähnte damit erstmals seinen familiären Hintergrund. Anna fragte sich, ob er wohl verheiratet sein mochte, verdrängte den Gedanken aber sofort wieder.

«Die Schwester eines Promi-Mitarbeiters mag entartete Kunst?», fragte sie überrascht zurück.

Er nickte. «Susanne sammelt sie sogar. Sie hat ein paar tolle Bilder mit nach Amerika genommen.»

«Nach Amerika?»

«Sie hat sich in einen amerikanischen Ingenieur verliebt, der als Jude nicht in Deutschland bleiben wollte. Man kann es ihm nicht verübeln.»

Hermann war Anna die ganze Zeit nicht wie ein typischer Nationalsozialist vorgekommen, anderenfalls hätte sie sich wohl auch nicht derart zu ihm hingezogen gefühlt. Dass er aber sogar mit einem Juden verschwägert war, wunderte sie doch. Wie stolz er von seiner Schwester sprach, ließ ihn in ihrem Ansehen nur steigen.

«Wo die Liebe hinfällt, ist eben Schicksal», sprach Hermann weiter.

Maja Filou beendete ihr letztes Lied und warf als Dank für den Applaus mit beiden Händen Küsse ins Publikum. Sie rauschte davon, und die Musiker setzten zu einem Swingstück an.

«Tanzt du Swing?», fragte sie ihn im Aufstehen und griff nach seiner Hand.

Er zögerte, ließ sich aber von ihr hochziehen.

Anna merkte schnell, dass Swing nicht zu Hermanns

Stärken gehörte. Als sie seine ersten Versuche sah, musste sie lauthals auflachen.

«Komm, ich bringe es dir bei», sagte sie schließlich und zeigte ihm die Schritte. Hermann lernte schnell, fand bald in die Musik hinein. Nach dem zweiten Stück wurde es Anna richtig warm. Sie fühlte sich schwindelig.

Die Kapelle hatte ein Einsehen mit den Tänzern. Das nächste Stück war wieder langsam. Annas Kopf sank gegen Hermanns Brust. Er roch jetzt noch intensiver. Anna fragte sich nur einen Moment, ob es das Richtige war, was sie hier tat. Ihr Verstand setzte aus und ihr Instinkt übernahm.

Sie stellte sich auf die Zehenspitzen, blickte ihn erwartungsvoll an und näherte sich ihm weiter. Dann schloss sie die Augen.

FEIND

Berlin, Samstag, 13. Juni 1936

Mit einem atemlosen Schrei umklammerte sie ihn mit ihren Beinen und hielt ihn fest. Ihr Leib erzitterte, ihre Augen verdrehten sich. Einen Moment verstärkte sich ihr Druck, dann ließ er nach und sie gab ihn frei. Erschöpft verharrte er über ihr, genoss das Gefühl intimster Nähe und beugte sich für einen zarten Kuss zu ihr hinab. Ihre Zungen umspielten sich, bevor Hermann sich endgültig zurückzog und erschöpft neben ihr aufs Bett sank.

Anna drehte sich zu ihm, legte den Kopf auf seine Schulter und ein Bein über ihn. Nur langsam beruhigte sich ihr Atem und passte sich schließlich an das Heben und Senken seines Brustkorbes an. Ihre Hand strich zärtlich über seinen Bauch. Hermanns fuhr ihr sanft über den schmalen Rücken und drückte einen Kuss auf ihr seidenweiches Haar. Schon lange hatte er sich nicht mehr so entspannt gefühlt, und er merkte, wie sich ein Lächeln auf seinen Lippen ausbreitete, während ihm die Augen zufielen.

Eine Bewegung schreckte ihn auf. Anna kletterte aus dem Bett. Hermann erschrak. Er war eingeschlafen!

«Wie spät ist es?», fragte er im Aufsetzen.

Annas schönes Gesicht näherte sich seinem. Sie küsste ihn auf die Stirn.

«Du hast nur ganz kurz geschlafen», flüsterte sie beruhigend. «Höchstens zehn Minuten.»

Erika. Vorhin hatte die Lust jeden Gedanken an sie in den Hintergrund gedrängt. Jetzt wallte eine wahre Flut aus Schuld und Reue in ihm auf.

«Wohin gehst du?»

«Ich muss kurz verschwinden», antwortete sie. Während sie sich nach einem auf dem Boden liegenden Nachthemd bückte, bewunderte er ihre Kehrseite.

Wie frei von Scham Anna sich vor ihm bewegte. Seit Luises Geburt hatte Erika immer darauf bestanden, dass er das Licht ausschaltete, bevor sie sich liebten. Er konnte sich kaum erinnern, wie sie nackt aussah. Annas Körper hingegen hatte er gerade im Kerzenschein so genau erkundet, dass er jedes ihrer Muttermale auch an den delikatesten Stellen benennen könnte.

Anna zog das Nachthemd an und einen Morgenmantel darüber. Hermann erinnerte sich, dass sich die Toiletten auf der Zwischenetage befanden. Sie packte eine Schüssel und ein Stück Seife.

«Ich bin gleich wieder da. Gib mir zehn Minuten.»

Hermann nickte. Er blickte ihr nach, bis sie den Raum verlassen hatte, und hörte, wie sie die Tür von außen zuzog.

Er fühlte sich noch ganz schwindelig vom Alkohol und dem überwältigenden Ausgang des Abends. Jetzt galt es, einen klaren Kopf zu bekommen und nachzudenken, wie es weitergehen sollte. Ganz klar war: Er musste so schnell wie möglich nach Hause. Hoffentlich fand er ein Taxi. Erika schlief bestimmt schon. Dann konnte er ins Badezimmer und sich Annas Geruch abwaschen, bevor er zu ihr ins Schlafzimmer ging. Falls sie dann wach wurde, würde er ihr erklären, dass er beruflich noch einmal in eine Bar gemusst hatte. Dass er einen Kollegen aus einem anderen Ministerium getroffen hatte. Das war unverfänglich. Sie hätten etwas getrunken und darüber die Zeit vergessen. Wie spät mochte es überhaupt sein? Er hatte vorhin die Armbanduhr abgelegt. Aber wohin?

Hermann schwang die Beine über den Bettrand und blickte sich zum ersten Mal um, seit sie nach der Taxifahrt hier angekommen waren. Sie hatten schon im Treppenhaus kaum voneinander lassen können. Kaum in der kleinen Wohnung angekommen, hatten sie sich die Kleider vom Leib gerissen und überall verteilt. Seine Hose lag auf dem Dielenboden. Seine Unterhose fischte er von einem Haufen Bücher über Kunst.

In dieser Wohnung herrschte kreatives Chaos. Am von einem Vorhang verhüllten Fenster stand ein Zeichentisch. Rund um den Stuhl davor lagen zerknülltes Papier, eine Schüssel mit undefinierbaren Essensresten, Farbtöpfe und Lappen. Auf einer Seite des Zeichentisches stand eine Staffelei mit einem bereits begonnenen Gemälde, das wohl ein Porträt einer Frau werden sollte. Dahinter erhob sich ein alter Schrank. Durch die offen stehende Tür sah Hermann, dass er sowohl für Kleidung als auch zum Aufbewahren von Malutensilien diente. Letztere fanden sich auch in großer Zahl auf Regalbrettern und auf dem schmalen Tisch. Aus einem Glas mit Pinseln roch es nach Lösungsmitteln.

Das Bett hatte schon bei ihrem Eintreffen ausgesehen, als sei es lange nicht gemacht worden. Auf dem Nachttisch stand ein Kerzenleuchter mit drei Armen, die Kerzen nur noch Stummel.

An den Wänden hingen Bilder und Zeichnungen. Häufig handelte es sich um Eindrücke aus der Stadt, aber dazwischen fand er auch eine Wannsee-Szene mit einem Ausflugsdampfer bei Sonnenuntergang. Ansonsten Architekturskizzen und Gesichter von Menschen jeden Alters – sehr ausdrucksstark. Überall im Raum lagen Bücher herum. Und dazwischen Annas Unterhose, die er ihr vorhin erst abgestreift hatte.

Die halb offen stehende Tür führte in den kleinen Flur, wo seine Schuhe lagen. Von hier aus konnte man in einen winzigen Küchenraum gelangen.

Hermann ging mit den Schuhen zurück ins Schlafzimmer. In der offen stehenden Schublade einer breiten Kommode fand er einen seiner Socken. Hier bewahrte Anna offensichtlich ihre Notizen aus Vorlesungen auf. Er fand auch den anderen und zog beide an.

Verdammt, so etwas wie heute durfte nie wieder geschehen! War eine Nacht voller Lust es wert, seine Ehe zu gefährden? Hermann zog die Hose an und glitt in die Schuhe. In der Hosentasche steckte ein Papier. Er erinnerte sich, dass die Bedienung in der *Tarzan-Bar* es ihm mit dem Hinweis zugesteckt hatte, Bella Levine sei beim letzten Mal doch noch gekommen, allerdings mit mehreren Stunden Verspätung.

Hermann nahm das Briefkuvert heraus. Vorne stand sein Name: H. Schmidt. Dieser Lewinsky musste wirklich vorsichtiger werden! Er riss den Umschlag auf und nahm einen Zettel heraus: *«Bitte kommen Sie noch mal am 27. Juni, 9 Uhr abends. Bella.»*

Hermann steckte Zettel und Umschlag zurück in die Hose. Während er die Knopfleiste seines Hemds schloss, besah er sich das Bild auf dem Zeichentisch, an dem Anna offenbar gerade arbeitete. Es war ein Aquarell, das eine Berliner Straßenecke zeigte. Die Architektur hatte sie mit

Feder und Tusche skizziert. Die Mauern waren rot und braun, die Schatten leuchtend grün. Die menschliche Staffage bestand aus mit wenigen Strichen aufgesetzten Figuren, aus denen man trotz aller Knappheit der Gestaltung anhand ihrer Haltung eine Emotion ablesen konnte. Ein interessanter, ganz eigener Stil. Anna besaß wirklich großes Talent, auch wenn er sich nicht sicher war, ob alle ihre Bilder den Vorgaben der Reichskunstkammer entsprachen. Ihm fiel eine Aktzeichnung ins Auge. Ein nackter Adonis von hinten, der mit Hammer und Meißel einen riesigen Block Stein bearbeitete. «Leo», stand in geschwungenen Lettern darunter.

Beschämt spürte Hermann einen Stich in der Herzgegend. Wer war dieser Leo? Vielleicht ein Kommilitone von der Kunsthochschule? Doch der Körper war so perfekt, dass es sich dabei nur um ein Werk ihrer Fantasie handeln konnte. Hermann blickte an sich herab. Wenn er das bisschen Bauch einzog, das er seit der Hochzeit angesetzt hatte, machte er selbst eine gute Figur. Dazu war er durchaus muskulös. Aber im Vergleich zu dem Halbgott auf Annas Zeichnung kam er sich doch eher unauffällig vor. Ob Anna enttäuscht gewesen war?

Nein! Sie hatte ihm wahrlich keinen Grund gegeben, sich diese Frage zu stellen.

Die Krawatte hängte er sich nur um. Die konnte er im Taxi binden. Nur seine Armbanduhr fehlte noch, ein Geschenk von Erika zu ihrem ersten Hochzeitstag. Vergoldet machte sie einiges her. Wenn er ohne die nach Hause kam, würde Erika das sofort bemerken und ihm die Hölle heißmachen. Zu Recht. Vielleicht unter dem Bett?

Da – ein Glitzern! Seine Uhr lag auf einer offenen Künstlermappe, aus der mehrere Zeichnungen und Bilder quollen. Er zog an der Mappe und holte damit die Uhr vor. Gott sei Dank! Mit einem Seufzen band er sie um.

Er schob die Mappe wieder zurück, hielt aber mitten in der Bewegung inne. Er hatte etwas gesehen, was überhaupt nicht sein konnte. Erneut holte er die Mappe ins Licht und legte sie vor sich auf das Bett. «Anna Kollmann» stand auf der Innenseite der Pappe.

Hermann blätterte hindurch. Ein paar ansehnlichere Zeichnungen, teils koloriert. Er atmete auf. Offenbar waren es doch nur recht harmlose Bilder. Ihn überkam ein Anfall schlechten Gewissens. Anna war nicht da, und er stöberte sich hier durch ihre Sachen wie ein Gestapo-Offizier.

Er wollte alles zurücklegen, als er das Blatt sah, das er nicht zu finden gehofft hatte: eine Karikatur, deren Stil er kannte. Und in der unteren rechten Ecke befand sich ein Zeichen, das zu sehen ihm das Blut in den Adern gefrieren ließ. Ein Christogramm! Das gleiche Symbol, das auf den Plakaten zu sehen gewesen war.

Hermann stockte der Atem. Das Bild zeigte unverkennbar das voll besetzte Olympiastadion. Auf dem Sportfeld marschierten Gruppen mit verschiedenen Fahnen auf. Es war so fein gemalt, dass Hermann die Flagge von Japan erkennen konnte. Und ganz winzig ein verballhorntes Hakenkreuz.

Doch das war längst nicht alles! Eine gehässig blickende Karikatur von Adolf Hitler hing wie ein Satan über dem Sportereignis. Vor ihm schwebte ein Zeppelin im Himmel über dem Stadion. Kleine, rote Totenköpfe regneten von dort mitten auf die Eröffnungsfeier hinab. «*Hitlers Sport ist Mord*» stand in weißen Lettern darüber.

Hermann merkte erst jetzt, dass er zu atmen vergessen hatte. Ruckhaft entließ er die verbrauchte Luft. Er blätterte weiter. Noch einmal das gleiche Bild, aber mit weniger Einzelheiten und flächiger gemalt. Ein Plakat! Anstelle des Christogramms war ein Stück freigelassen, als warte es noch auf seine Vollendung. Was sollte das bedeuten? Er legte auch dieses Blatt zur Seite. Dahinter befand sich ein brauner Umschlag. Bei einem Blick hinein erkannte er schockiert, dass sich darin Druckvorlagen befanden, Schablonen für einen Siebdruck.

Er hörte den Schlüssel in der Wohnungstür. Hektisch legte er den Plakatentwurf und den Umschlag aufs Bett und warf sein am Bettpfosten hängendes Sakko darüber. Die Tür öffnete sich. Hermann nahm die Mappe und schob sie mit pochendem Herzen zurück unter das Bett.

Er stand gerade rechtzeitig auf, als Anna durch die Zimmertür kam. Sie eilte zu ihm, als habe sie ihn schon vermisst, lächelte, stellte sich auf die Zehenspitzen und küsste ihn auf den Mund. Es fiel ihm schwer, den Kuss angemessen zu erwidern.

«Du bist schon angezogen?»

«Ja.»

«Kannst du nicht noch bleiben?»

Er schüttelte den Kopf. Ihr Lächeln verschwand.

«Ich verstehe. Sehen wir uns wieder?»

«Ich weiß nicht, ob es für uns gut ist …»

«Du bist verheiratet», schlussfolgerte sie nach einer längeren Pause.

Hermann biss sich auf die Lippen. Das schien ihr Bestätigung genug. Sie nickte traurig.

Er konnte keinen klaren Gedanken fassen. Diese Frau, zwischen deren Schenkeln er gerade noch gelegen hatte, gehörte zu den Plakatierern. Sie gehörte zu den Leuten, die ihm das Leben schwer machten. Sie war der Feind!

«Es tut mir leid», sagte er, nahm sein Sakko samt dem darunter verborgenen Umschlag und ging an ihr vorbei in Richtung des kleinen Flurs.

«Hermann?»

Er drehte sich zu ihr um.

«Ich habe gedacht, du wärst anders.» Sie sah so verletzt aus.

Wortlos verließ er die Wohnung.

FANAL

Berlin, Samstag, 13. Juni 1936

Das aggressive Hupen eines Lasters auf der Straße riss Anna aus dem Schlaf. An den Vorhängen vorbei fiel Tageslicht in den Raum. Ein Blick auf die Uhr ließ sie hochschrecken. Es war fast zehn. Sie schnellte aus dem Bett. Um elf war sie mit Achim und Leopold verabredet.

Der Gedanke an Leopold brachte die Erinnerung an die letzte Nacht auf einen Schlag zurück. Hermann. Sie verspürte einen warmen Schauer über ihren Rücken laufen.

Anna klaubte ihre Strumpfhose vom Boden und hängte sie über den Stuhl. Die Unterhose warf sie mechanisch in den Wäschekorb unter dem Zeichentisch. Bilder der Nacht schossen ihr dabei durch den Kopf. Der erste Kuss, die zarten Berührungen, die Kratzer und Bisse, aber vor allem die absolute Nähe, die sie verspürt hatte. Sie erstarrte. Sie hatte nicht einen Gedanken an Verhütung verschwendet! Dabei lag eine Packung mit Frommsern in ihrer Nachttischschublade. Fassungslos schüttelte sie den Kopf. Sie konnte doch jetzt nicht schwanger werden! Vor allem nicht von einem Mann, für den sie wahrscheinlich nicht mehr als ein Abenteuer gewesen war.

Bei dem Gedanken brach sich ein wütender Schrei aus tiefstem Herzen Bahn.

Kurz darauf ertönte ein scharfes Klopfen mit einem Besenstiel von unten. Da wohnten die Fellbachs, ein kinderloses Ehepaar. Beide waren braun wie der Dreck unter den Fingernägeln.

«Ach, lasst mich doch in Ruhe!», brüllte sie nach unten und stampfte mehrmals mit der Ferse auf die Dielen auf. Zur Antwort nahm das Pochen mit dem Besenstiel an Intensität zu.

Anna war zu aufgewühlt, um das Gefecht fortzusetzen. Sie ließ sich in ihren Stuhl sinken und zog die Nase hoch. Warum fühlte sie sich nur immer zu Männern hingezogen, mit denen es kompliziert war? Sie hatte wirklich gedacht, mit Hermann könnte es anders sein. Aber dann stellte sich heraus, dass er verheiratet war. Zu allem Übel arbeitete er für Hitlers Verbrecherbande und war damit definitiv kein Wunschkandidat für eine Widerstandskämpferin wie sie. Auch wenn er blendend aussah. Und aufregend roch. Und gut im Bett war. Das musste sie zugeben.

Sie brauchte ja nicht gleich ihr restliches Leben mit ihm zu planen! So viele Leute suchten doch heutzutage nur ihren Spaß. Die Riefenstahl hielt sich ihren jüngeren Assistenten wie ein Schoßhündchen. Oder Leopold. Er fand sich selbst so unwiderstehlich, dass ihm *eine* Frau nicht genug war, sondern er gleich einen ganzen Harem um sich scharen wollte.

Anna sprang vom Stuhl auf. Wenn Leopold mit anderen Frauen anbandeln durfte, warum sollte Anna nicht ein Verhältnis mit Hermann haben? Sie musste beim nächsten Treffen eben nur auf ein Kondom bestehen – falls es überhaupt ein nächstes Treffen geben sollte.

Sie sah sich um und kam nicht umhin, sich zu fragen, ob Hermanns überhasteter Aufbruch nur an seiner Frau oder vielleicht auch an der unordentlichen Wohnung gelegen haben mochte. Vor lauter Arbeit bei der Riefenstahl und für

Phoenix war sie die vergangenen Tage weder zum Aufräumen noch zum Putzen gekommen.

Ihr Blick glitt über leere Flaschen, aufgeklappt herumliegende Bücher, ausrangierte Bleistiftstummel, einen schiefen Stapel der *Berliner Illustrierten* und einen Teller, auf dem neben hartem Brot und braun gewordenen Apfelschnitzen ein Rest Käse vor sich hin schwitzte. Nie hätte sie Hermann mit in diesen Dreckstall nehmen dürfen. Doch sie war zu kopflos gewesen, um sich über so etwas Gedanken zu machen. Hermann hatte dem Taxifahrer einfach ihre Adresse genannt. Zu ihm nach Hause zu fahren war gar nicht infrage gekommen. Eigentlich hätte ihr spätestens zu diesem Zeitpunkt bewusst werden müssen, dass er verheiratet war. Stattdessen hatte sie ihn, ein hohes Tier aus dem Propagandaministerium, ausgerechnet hierher mitgenommen. Gott sei Dank versteckte sie die gefährlichen Skizzen und Druckvorlagen immer gut unter dem Bett!

Sie kniete sich auf den Boden und zog die Mappe heraus. Die Blätter lagen durcheinander. Anna ordnete sie und hielt plötzlich inne. Hektisch blätterte sie durch die Bilder. Die Plakatskizze war da, aber die flächige Umsetzung und der Umschlag mit den Schablonen fehlten.

Sie war sich fast sicher, den Umschlag gestern in die Mappe gesteckt zu haben. Oder hatte sie ihn schon an die Tür gelegt? Sie sprang auf, um nachzusehen, doch in ihrem Hinterkopf hatte sich bereits eine quälende Vorahnung festgesetzt.

Die Räume in der alten Schuhfabrik, die Achim als Atelier nutzte, wurden durch die großen Strebenfenster in sonniges Licht getaucht. Efeuranken hatten die Backsteinmauern des niedrigen Gebäudes fest im Griff. Insekten schwirrten um die Tür. Ein Fahrrad mit Anhänger stand davor.

Anna klopfte mit einem mulmigen Gefühl. Auf der Fahrt hierher hatte sie beschlossen, Leopold die Wahrheit zu gestehen. Dass sie die Nacht mit einem führenden Mitarbeiter aus dem Promi verbracht und er wahrscheinlich die Druckvorlagen mitgenommen hatte. Leopold würde vollkommen außer sich sein. Wahrscheinlich hauptsächlich wegen der Schablonen.

«Anna, du bist spät!», begrüßte Achim sie mit ernster Miene. Er nahm sie in den Arm.

Leopold wartete drinnen. Er küsste Anna beiläufig auf den Mund und umarmte sie ebenfalls. Sie spürte seinen muskulösen Körper und nahm seinen lieb gewonnenen Geruch wahr. Und doch kam es ihr anders vor als sonst.

«Warum kommst du so spät?», fragte er. «Ich habe mir schon Sorgen gemacht.»

«*Wir* haben uns Sorgen gemacht», ergänzte Achim. «Hier ist alles vorbereitet.» Er zeigte auf die Tische, auf denen Rahmen und Siebe bereitlagen. Ein großer Papierstapel und mehrere Dosen dickflüssiger Farbe, dazu alle möglichen Werkzeuge, vom Farbspachtel bis zur Handrakel.

«Wo hast du die Schablonen?», fragte Achim misstrauisch. Anna hatte ihre Mappe nicht mitgebracht.

«Ich hab sie nicht dabei», sagte sie kleinlaut. Jetzt war der Zeitpunkt gekommen, Tacheles zu reden.

«Du wusstest doch, dass wir heute drucken wollten.» Leopold wirkte aufgebracht. «Bist du immer noch nicht fertig?»

«Komm mir nicht so», gab sie zurück.

«Ja, wie denn sonst! Verdammt noch mal!» Er schlug mit der Faust auf den Tisch.

Achim legte Leopold eine Hand auf den Arm, aber der stieß ihn weg.

«Wenn sie nun einmal noch nicht fertig ist …», versuchte Achim zu beschwichtigen. «Die Plakate sollen doch gut werden.»

«Ich bin die ganze Woche von früh bis spät bei der Riefenstahl eingespannt», verteidigte sich Anna. «Zum Studieren komme ich gerade gar nicht mehr. Und in jeder freien Minute arbeite ich an den verdammten Plakaten!»

«Aber offenbar nicht schnell genug, Herrschaftszeiten noch mal!»

«Vielleicht hab ich mir zwischendurch auch mal einen Liebhaber gesucht und bin deshalb nicht dazu gekommen.» Jetzt war es raus. Annas Herz klopfte wie wild.

«Ach, als ob! Du solltest endlich mal weniger Energie in deine kleingeistige Eifersucht stecken!» Leopold trat gegen einen Mülleimer, der scheppernd gegen die Wand donnerte.

«Was ist denn mit dir los?», brüllte Anna.

Diesmal legte Achim die Hand auf ihren Arm.

«Helmut und Merit sind ausgestiegen», sagte er leise.

«Was?» Anna war wie vor den Kopf geschlagen.

Leopold schien sich etwas zu beruhigen. Immerhin hob er den Papierkorb auf und stellte ihn zurück.

«So ist es. Gestern waren die Gestapo-Schweine in der Hochschule unterwegs. Sie suchen nach uns.»

«An der Hochschule?» Anna stockte der Atem.

«Sogar den Drecks-Nazis ist wohl die künstlerische Qualität deiner Plakate aufgefallen», sagte Leopold.

«An der Hochschule gibt es Künstler und eine Siebdruckwerkstatt», ergänzte Achim. «Eigentlich hätten wir damit rechnen müssen, dass die Gestapo irgendwann auftaucht.»

«Was hat das mit Merit und Helmut zu tun?», wollte Anna wissen.

Leopold verdrehte die Augen. «Sie haben Merit befragt. Sie haben ihr angeboten, dass sie ein Bild im Kronprinzenpalais ausstellen kann, wenn sie ihnen Hinweise zu uns gibt.»

Die neue Abteilung der Nationalgalerie im Kronprinzenpalais war das bedeutendste Haus für neuere und zeitgenössische Kunst. Wer hier als Künstler vertreten war, hatte es geschafft. Viele wichtige Werke von Juden und anderen den Nazis unliebsamen Künstlern waren zwar bereits abgehängt worden, um das Museum vor einer Schließung zu bewahren, trotzdem fanden sich im Obergeschoss Bilder und Skulpturen von Oskar Kokoschka, Renée Sintenis und auch Käthe Kollwitz.

«Aber sie hat der Gestapo nichts gesagt?», fragte Anna.

«Natürlich nicht!», polterte Leopold. «Auch wenn sie bestimmt scharf darauf ist, in der neuen Abteilung ausgestellt zu werden. Aber dann wäre sie ja selbst dran. Es beweist nur, dass die Braunen mit allen Tricks vorgehen. Was natürlich zeigt, dass *unsere* Aktionen Früchte tragen und die Mächtigen unruhig werden.» In Leopolds Miene spiegelte sich ein Anflug von Stolz.

«Aber Merit befürchtet», fuhr Achim fort, «dass irgendjemand weich werden und sich verplappern könnte. Sie hat auch Helmut überzeugt, mit sofortiger Wirkung auszusteigen. Sie wollen nichts mehr mit Phoenix zu tun haben.»

«Und jetzt?», fragte Anna. «Gibt das eine Kettenreaktion?

Theo hatte doch sowieso schon Bedenken. Und Hans-Peter?»

Leopold zuckte mit den Schultern. «Ich weiß es nicht. Uns war vorher allen klar, dass die Sache ernst wird.»

Das stimmte nur zum Teil. Als Anna zu der Gruppe gestoßen war, schien man eher ein großes Abenteuer zu planen, eine Installation im öffentlichen Raum. Politische Agitation mit Mitteln der Kunst. Ein Fanal, dass selbst ein repressives Regime wie das eines Adolf Hitler die Kunst nicht unterdrücken konnte, die immer aus sich heraus die Oberhand behalten würde. Über die Risiken und Gefahren hatten sie zwar gesprochen, waren aber voller Idealismus davon ausgegangen, dass ihnen nichts Ernstes passieren konnte. Sie mussten nur zusammenhalten, hatte Leopold immer wieder betont. Kein Wunder, dass er gereizt war, wenn jetzt alles zusammenbrach.

«Helmut und Merit haben sich sowieso nicht an den Aktionen beteiligt», sagte Leopold, als sei ihre Entscheidung ihm egal.

«Aber wir konnten die Villa seines Vaters nutzen. Wir brauchen einen neuen Treffpunkt.»

«Das ist jetzt ja wohl die kleinste Sorge.»

«Vielleicht sollten wir die Olympiaaktion wirklich abblasen», schlug Anna vor.

«Und die Braunen gewinnen lassen?», fragte Leopold viel zu laut.

Anna und Achim gaben ihm Zeichen, ruhiger zu sein.

«Wenn wir den Schwanz einziehen, ist es doch egal, ob uns jemand hört!», brüllte er weiter.

«Das will doch keiner.»

«Seit einem halben Jahr arbeiten wir an der Aktion», sprach Leopold nun ruhiger, aber nicht weniger eindringlich weiter. «Ein halbes Jahr, in dem wir eine Menge aufs Spiel gesetzt haben. Nicht, weil wir lebensmüde sind, sondern weil wir uns vorgenommen haben, mit unseren Mitteln gegen die Ungerechtigkeit aufzustehen. Die Leute müssen begreifen, dass sich nicht alle mit der Unterdrückung abfinden. Wir dürfen uns von den Braunen nicht einschüchtern lassen, Himmisakra!» Leopold ballte die Rechte zur Faust. «Sonst wehrt sich bald gar keiner mehr. Dann landet jeder im KZ, der den Nazis nicht gefällt, und alle kriechen im Dreck vor Hitler!»

Er wandte sich Anna zu und wies mit dem Zeigefinger auf ihren Kopf.

«Das Vaterland und die ganze Welt müssen erfahren, dass es nicht nur Kriecher gibt, sondern auch mutige, gute Deutsche! Das haben wir doch immer gesagt, oder?»

Anna nickte kaum merkbar.

«Und genau deshalb haben wir nicht die Zeit, ewig darauf zu warten, dass Frollein sich bequemt, die Schablonen fertig zu machen.»

«Frollein bequemt sich, die Schablonen fertig zu machen, wenn es eben so weit ist!», keifte Anna zurück.

Er wollte gerade etwas erwidern, da ging Achim dazwischen: «Jetzt hört aber auf!»

Leopold verschränkte die Arme. Anna wandte sich von ihm ab.

«Wenn du mit den Plakaten noch nicht fertig bist, drucken wir eben ein anderes Mal», sagte Achim und gab Leopold mit der Hand ein Zeichen zu schweigen. «Wie weit bist du denn?»

«Es gibt noch einiges zu tun», sagte sie, um Zeit zu gewinnen.

Wenn sie die Schablonen neu machen musste, brauchte sie ein paar Tage. Wenn sie sie sich zurückholen konnte, sähe die Sache anders aus. «Am besten gehe ich gleich.»

Mit klopfendem Herzen saß Anna in der Bahn. Sie war schon einmal bei Hermanns Haus gewesen. An dem Tag, als sie Leopolds Pistole in Hermanns Tasche aus dem *Kakadu* geschmuggelt hatte. Sie hatte sich die Straße nicht gemerkt, aber erinnerte sich hoffentlich gut genug an die Fahrt.

Sie lief an Einfamilienhäusern vorbei, die auf gepflegten Grundstücken standen, musste aber bald feststellen, dass sie sich in der falschen Straße befand. Anna konnte sich zwar gut an Eindrücke erinnern, was ihr beim Zeichnen und Malen zugutekam. Allerdings hatte sie Hermanns Haus nur im Dunkeln gesehen.

In der parallel verlaufenden Straße wurde sie schließlich fündig. Ihr Puls beschleunigte sich. Ein hell verputztes Gebäude, ein paar Stufen zum überdachten Eingang. Die Position der Fenster stimmte. Um sicherzugehen, wollte sie auf dem Klingelschild nachsehen.

Anna öffnete das Tor und ging unsicher auf die Haustür zu.

«Kann ich Ihnen helfen?» Es war eine Frauenstimme. Ihre Besitzerin kam gerade durch den Garten um das Haus. Sie trug eine Schürze über dem kugelrunden Bauch. Anna erstarrte.

«Wollen Sie zu uns?», fragte die Frau weiter. «Familie Schmidt?»

Anna bemerkte erst jetzt, dass sie mit offenem Mund dastand. Hermanns Frau war hochschwanger. Sie hielt eine Gartenschere und ein paar gefüllte Rosen in den Händen.

Was hatte sie nur geritten, hierherzukommen? Sie hatte

behaupten wollen, von Leni Riefenstahl geschickt worden zu sein, aber als sie Hermanns Frau ansah, schüttelte sie nur den Kopf.

«Ich suche das Haus der Familie Winter», stammelte sie spontan.

Die Verwirrung im Gesicht der Frau wich einem nachdenklichen Blick. «Das tut mir leid. Eine Familie Winter kenne ich nicht. Wissen Sie die Straße und Hausnummer?»

Auf einmal machte die Frau einen Schritt zur Seite. «Oh Gott!», stöhnte sie auf. Die Blumen fielen ihr aus der Hand. Sie taumelte.

Anna lief zu ihr und stützte sie am Arm.

«Was ist los?», fragte sie.

«Mir ist schwindelig. Ich habe wohl zu lange gestanden.»

«Sie müssen sich setzen!»

«Helfen Sie mir nach hinten?»

Anna stützte Hermanns Frau und ging mit ihr am Haus vorbei. Im Garten blühten Rosen mit Hortensien um die Wette. Im Schatten eines hohen Apfelbaums standen eine Bank und ein Tisch mit einem Glas und einer Kanne Wasser. Hinter dem lauschigen Sitzplatz erstreckten sich ordentlich eingefasste Obst- und Gemüsebeete.

Mit Anna an ihrer Seite strebte Hermanns Frau der Bank zu. Als sie sich setzte, drang ein erleichtertes Seufzen aus ihrem Mund. Sie trank einen Schluck aus dem Glas, das Anna ihr reichte. Schließlich lächelte sie sie an.

«Vielen Dank für Ihre Hilfe! Es geht schon wieder.»

Anna musterte ihr Gegenüber. Das war also Hermanns Ehefrau. Sie wirkte sympathisch und war wirklich sehr schön. Anna wurde bewusst, dass Hermann aus einer vollkommen anderen Welt kam als sie. Eine gedankenlose Nacht lang mochte das leidenschaftliche Abenteuer zwischen der Kunststudentin und dem Promi-Mitarbeiter in ihrer unaufgeräumten Wohnung funktionieren. Aber wenn sie das hier sah – und vor allem den prallen Bauch der Frau vor ihr –, musste ihr klar werden, dass die Affäre keine Zukunft haben konnte. Zumal wenn er ihre Schablonen genommen hatte.

«Sind Sie denn alleine zu Hause? Wo ist Ihr Mann?»

«Er bringt die Kleine zu ihren Großeltern. Wir üben schon einmal mit ihr für den großen Tag.» Sie streichelte sich über den Bauch.

«Wann ist es denn so weit?»

«In etwas mehr als einem Monat. Ich wünschte, ich wäre wieder so schön schlank wie Sie, Fräulein …»

«Maria», log sie und fügte gleich hinzu: «Maria Sommer.»

«Maria Sommer sucht Familie Winter! Das ist ja lustig.»

«Ja, ein komischer Zufall», sagte sie. «Ich muss dann auch. Ich kann Sie doch allein lassen?»

«Ich glaube, Sie müssen mich gar nicht allein lassen. Wenn mich nicht alles täuscht, kommt da gerade mein Mann.»

LANDESVERRAT

Berlin, Samstag, 13. Juni 1936

Hermann erblickte neben dem Haus die Gartenschere und ein paar Rosen. Zuerst dachte er sich nicht viel dabei. Offenbar war Erika noch im Garten. «Luise ist völlig ohne Meckern bei ihrer Oma geblieb…», begann er und erstarrte mitten im Satz. Erika saß auf der Gartenbank. Vor ihr stand – Anna!

«Mach dir keine Sorgen. Mir geht's gut», beschwichtigte seine Frau ihn und erhob sich. «Der Kreislauf.»

Hermann brachte noch immer kein Wort hervor. Seine Blicke pendelten zwischen den beiden Frauen hin und her.

«Das ist Fräulein Sommer. Oder Frau?»

«Fräulein», antwortete Anna leise, ohne den Blick von Hermann zu lassen.

«Sie war zufällig da und hat mir geholfen, als mir schwindelig wurde.»

Hermann musste sich schleunigst fassen. Dass sein Herz ihm bis zum Hals schlug, machte es jedoch nicht leichter.

«Dann geht es dir gut? Oder müssen wir zum Arzt?»

«Nein, nein, nicht nötig», gab Erika lächelnd zurück. «Uns geht es wieder besser.» Sie streichelte über ihren Bauch.

Hermanns Mund war auf einmal ganz trocken. Anna zu sehen, brachte ihn vollkommen durcheinander.

«Sie waren zufällig hier?», fragte er sie.

«Sie sucht eine Familie Winter. Kennst du die?»

«Winter? Nein, das tut mir leid. Aber vielen Dank, dass Sie geholfen haben.»

«Das ist doch selbstverständlich.»

«Ich denke, du solltest jetzt reingehen, Erika», schlug er vor. «Die Hitze hier draußen ist nichts für dich.» An Anna gerichtet sagte er: «Warten Sie einen Moment hier. Sie haben sicher Durst. Ich bringe Ihnen auch ein Glas Wasser.»

«Danke», sagte Anna.

«Ich habe zu danken», erwiderte Erika und reichte der jüngeren Frau die Hand.

«Alles Gute für das Kind», sagte Anna.

«Alles Gute für Sie!»

Hermann führte Erika in die Stube und bugsierte sie dort in ihren Sessel. Anschließend eilte er mit einem Glas zurück in den Garten. Anna erwartete ihn mit ernster Miene.

«Was willst du hier?», fauchte er.

«Du hast etwas von mir», gab sie zurück.

Also wusste sie es!

«Das muss sofort ein Ende haben!», raunte er eindringlich und reichte ihr das Glas.

«Das zwischen uns?», fragte sie nach.

«Das mit den Plakaten. Anna, die Sache ist brandgefährlich! Weitaus gefährlicher, als du vielleicht denkst.»

«Nennst du das etwa eine gerechte Welt, in der man für seine Meinung verfolgt wird?»

Hermann schluckte. Er hatte jetzt keine Zeit für Grundsatzdiskussionen. «Natürlich nicht. Aber so sind nun mal die Zeiten! Mit euren Aktionen ändert ihr keinen Deut daran.»

Er schenkte ihr Wasser aus dem Krug ein.

Sie nahm das Glas. «Wirst du mich verraten?», fragte sie, bevor sie trank.

Hermann hatte sich darüber selbst noch keine Klarheit verschafft. Er flüsterte: «Nein.»

Annas Schultern sanken etwas herab.

«Ich werde niemandem ein Wort sagen, wenn diese Aktionen sofort aufhören.»

Anna trank einen weiteren Schluck. Sie zeigte in den hinteren Garten.

«Schön haben Sie es hier», sagte sie laut.

Hermann wandte sich um. Er bemerkte eine Bewegung der Gardine im Esszimmer.

«Ja, danke. Man tut, was man kann. Es ist einiges an Arbeit.»

Er wandte sich um, sodass Erika von innen nur seinen Hinterkopf sehen konnte, und flüsterte: «Du darfst nie wieder hierherkommen. Das war das erste und das letzte Mal.»

Er stellte fest, dass es ihm wehtat, von Anna nur ein Nicken als Reaktion zu ernten. Ihr Gesicht sah einen Moment so betrübt aus, wie er sich fühlte. Dann übertünchte ein gezwungen wirkendes Lächeln ihre Gefühle. Aus ihrem Blick sprach Entschlossenheit.

«Du wirst niemandem ein Wort verraten. Dann brauchst du dir auch keine Sorgen zu machen, dass deine Frau von uns erfährt.»

«Willst du mich etwa erpressen?», raunte Hermann.

Anna trank einen letzten Schluck und stellte das Glas ab.

«Das ist keine Erpressung, sondern ein gegenseitiges Versprechen, unsere Geheimnisse für uns zu behalten.»

«Gut», hörte Hermann sich sagen.

«Dann gib mir meine Schablonen zurück!», forderte sie.

«Verdammt! Deine Plakate bringen dich und deine Freunde ins KZ!», spuckte er wütend aus und fügte an: «Ich habe den Umschlag gestern Nacht verbrannt.»

Sie sah ihn entsetzt an.

«Wie gesagt, ich kenne hier keine Familie Winter», sagte er wieder betont laut.

«Dann werde ich mal weitersuchen», erwiderte sie. «Danke für das Wasser. Und grüßen Sie noch mal Ihre *Ehefrau.*»

Hermann verstand den Vorwurf in ihrem letzten Wort.

Sie ging. Er blickte ihr nach, bis ein Klopfen an die Fensterscheibe ihn aus seinen Gedanken riss. Hermann nahm die beiden Gläser und die Karaffe und brachte sie nach drinnen.

Erika war in der letzten Nacht zwar kurz aufgewacht, als er gegen drei Uhr ins Haus geschlichen kam, aber fast umgehend wieder eingeschlafen. Heute früh allerdings hatte sie ihm die kalte Schulter gezeigt. Erst nach vielen Entschuldigungen und Versprechungen hatte sie das Kriegsbeil begraben.

Trotzdem konnte er das Grübeln nicht abstellen. Vor wenigen Stunden hatte er eine andere im Arm gehalten. Als sei das nicht genug der Verwicklung, hatte er einen Beweis in die Finger bekommen, dass sie in verbrecherische Machenschaften verwickelt war.

Annas Besuch bei ihm zu Hause fand er schlichtweg beängstigend. Er musste davon ausgehen, dass sie ihre Drohung wahr machen könnte, Erika alles zu sagen, falls er über die Plakate sprach. Aber gleichzeitig war er gezwungen, alles zu tun, das Aufhängen neuer Plakate zu unterbinden und im besten Fall die Dissidenten festzusetzen. Zu allem Überfluss arbeitete ausgerechnet Annas Bruder für ihn, sozusagen um seine eigene Schwester zu fassen.

Hermann vergewisserte sich, dass Erika es mit einem Buch gemütlich hatte. Dann ging er in sein Arbeitszimmer, schloss die Schublade seines Schreibtisches auf und holte den Umschlag hervor. Vielleicht wäre es wirklich am besten, ihn zu verbrennen, dachte er.

Er zog das Plakat heraus. Ein professioneller Plakatmaler hätte die Sache nicht besser machen können. Trotzdem schüttelte er den Kopf über den Wahnsinn, sich an einer solchen Aktion zu beteiligen. Wer Hitler verunglimpfte, beging Landesverrat. So einfach war die Gleichung. Und Verräter wurden im Vaterland erbarmungslos kaltgestellt.

Das Problem war, dass er sich selbst schuldig machte, wenn er Anna nicht den Behörden auslieferte. Hermann ging in Gedanken alle Möglichkeiten durch. Letztlich fand er nur einen sicheren Weg aus der Bredouille. Er würde Erika seinen Fehltritt beichten müssen, um nicht weiter erpressbar zu sein. Dann blieb ihm nur, Schaper einzuweihen. Das könnte ihn retten. Aber Anna würde er damit ans Messer liefern.

Ein lautes Poltern unten riss ihn aus seinen Gedanken. Hermann sprang auf und rannte aus seinem Zimmer, die Treppe hinab.

«Erika?», rief er.

Seine Frau lag seitlich auf dem Boden der Stube. Die Arme hielt sie schützend um ihren Bauch. Neben ihr lag die Tischdecke samt Geschirr und Kuchen, die sie beim Sturz wohl mitgerissen hatte. Erika atmete schwer und war ganz bleich.

Hermann ging neben ihr auf die Knie. «Was ist passiert? Geht es dir gut?»

«Ich glaube schon», hauchte sie. «Mir war wieder so schwindelig. Ich bin kurz ohnmächtig …»

«Psst. Alles wird gut, mein Liebling.» Er half ihr hoch in den Sessel. «Wir fahren in die Charité.»

Zwei Stunden später saß Hermann nervös in einem Wartebereich der Geburtsklinik. Sein Schwiegervater kannte den Chefarzt Dr. Gerhard Sinzig, der schon höchstpersönlich Luise auf die Welt geholt hatte.

«Entschuldigen Sie! Wir warten hier schon lange. Wie geht es meiner Frau?», fragte Hermann eine vorbeilaufende Krankenschwester, die er vorher bereits gesehen hatte.

«Dr. Klein wird zu Ihnen kommen, sobald die Untersuchungen abgeschlossen sind», erwiderte die Frau.

«Wir werden uns an höchster Stelle beschweren!», schaltete sich Erich ein. Er war vor einer halben Stunde eingetroffen. Charlotte war mit Luise daheimgeblieben.

«Ich kann nicht mehr tun, als Dr. Klein noch einmal Bescheid zu geben.»

«Darum will ich auch gebeten haben! Dass der Gerhard ausgerechnet heute wandern gehen muss!», schimpfte Erich vor sich hin und nahm neben Hermann Platz.

Ab und zu wurde eine Frau in einem fahrbaren Bett vorbeigeschoben, hinter der gegenüberliegenden Tür plärrte immer wieder ein Kleinkind. Samstagnachmittags kamen viele Besucher. Gehetzt wirkende Ehemänner brachten ihren Frauen Koffer oder Taschen, ältere Paare, vermutlich frischgebackene Großeltern, liefen orientierungslos mit Blumen durch die Gänge.

«Wie läuft es im Ministerium?», fragte Erich nach ein paar Minuten des Schweigens.

«Ganz gut, denke ich.»

«Man sollte stets danach streben, seine Arbeit mehr als ganz gut zu erledigen», gab sein Schwiegervater zurück. «Ich habe gehört, dass du eine Idee hattest, die bis in höchste Kreise Zustimmung gefunden hat.»

Hermann nickte. «Ja. Schon.»

«Jetzt lass dir die Würmer nicht aus der Nase ziehen. Wir haben ohnehin nichts Besseres zu bereden, solange wir hier warten müssen.»

Hermann hatte wahrlich andere Sorgen, als seinen Schwiegervater zu unterhalten, aber wenn ein Erich Bösken sich etwas in den Kopf gesetzt hatte, bekam man seine Ruhe erst dann wieder, wenn er hatte, was er wollte.

«Also gut», begann Hermann. «Der Führer will, dass sich die Hauptstadt der Weltöffentlichkeit während der Spiele friedlich, sauber und weltoffen präsentiert.»

«Das war mir so weit bekannt, Junge.»

«Gut. Das für Berlin mit Polizeikräften zu gewährleisten, ist personell nicht stemmbar. Darum habe ich vorgeschlagen, die patriotische deutsche Hitlerjugend an Patrouillen zu beteiligen.»

Erich nickte. «Sollen sie Waffen bekommen?»

«Um Gottes willen, nein! Das sind Jungs. Die sollen nur durch ihr Quartier ziehen und nach Schmierereien oder Plakaten Ausschau halten.»

Erich schenkte ihm ein anerkennendes Lächeln.

«Manchmal kann so eine kleine Idee große Wirkung zeigen», sagte er mit einem vielsagenden Blick.

«Wie meinst du das?»

«Wenn mir bei Bösken-Stahl ein Mitarbeiter durch Einsatz und gute Ergebnisse auffällt, werde ich von seinen Vorarbeitern auf ihn aufmerksam gemacht. Ich lasse mir dann regelmäßig von dem Mann berichten. Zeigt er sich langfristig fleißig und loyal, wird er zum Kandidaten für eine Beförderung. Ein Ministerium ist letztlich auch nur eine Firma. Und du bist Joseph positiv aufgefallen.»

Er sah sich verschwörerisch um. «Ich darf es dir eigentlich nicht sagen, aber man ist ganz oben an dir interessiert. Ganz, ganz oben.»

Hermann wusste darauf nichts zu erwidern.

«Roland hat doch schon mit dir gesprochen?»

«Er hat so etwas angedeutet.»

«Ach?» Erich wirkte überrascht. «Was hat er denn genau gesagt?»

«Dass Goebbels sich für mich interessiert. Meinst du, ich soll befördert werden?»

Erich grinste über beide Backen.

«Wenn die Olympiade gut über die Bühne geht, sollte dem nichts im Weg stehen. Aber es gibt auch Aufstiege, die nicht unbedingt mit einer Beförderung in Verbindung stehen. Hat Roland mit dir auch über die Partei gesprochen?»

«Er hat gefragt, warum ich noch kein Mitglied bin.»

«Hör mir gut zu», flüsterte Erich eindringlich. «Du solltest umgehend den Mitgliedsantrag stellen. Ich habe dir das schon des Öfteren nahegelegt, aber diesmal ist es wirklich wichtig.»

«Warum? Und weshalb flüsterst du?»

«Weil es mir eigentlich nicht zusteht, mich mit dir darüber zu unterhalten. Du darfst niemandem ein Wort darüber verraten. Schwörst du mir das?»

Hermann nickte verwirrt.

«Als ich gehört habe, dass Joseph sich für dich interessiert, habe ich dich in einem anderen Rahmen ins Gespräch gebracht.»

«In was für einem Rah...»

«Herr Schmidt?»

Ein schlanker Mann in einem weißen Kittel kam auf sie zu. Eine kleine runde Brille saß tief auf seiner Nase. Der Arzt blickte darüber hinweg.

«Dr. Michael Klein», stellte er sich vor.

Erichs verschwörerische Rede war sofort vergessen. Hermann sprang auf und reichte dem Mann die Hand. Erich tat dasselbe.

«Wie geht es meiner Frau? Kann ich zu ihr?»

«Das Wichtigste zuerst. Mutter und Kind sind wohlauf.»

Eine gewaltige Anspannung löste sich aus Hermanns Schultern.

«Es finden noch ein paar letzte Routineuntersuchungen statt, aber Sie können sie gleich wieder mit nach Hause nehmen.»

«Ja? Was hat sie denn?»

«Ihre Frau leidet unter einem niedrigen Blutdruck. Bei Frauen in ihrem Stadium der Schwangerschaft ist das weder ungewöhnlich noch besonders gefährlich. Ihre Frau hat mir gesagt, dass sie in letzter Zeit häufiger zu Schwindel neigt. Dieses Mal kam eine kurze Ohnmacht dazu. Ein Sturz aufgrund einer Ohnmacht kann unter Umständen eine Gefahr für das Ungeborene werden. Wir sollten die Hypotonie darum behandeln und im Auge behalten.»

«Sie gehört ins Bett!», befand Erich.

«Ausreichend Schlaf ist wichtig», stimmte Dr. Klein zu. «Aber ansonsten braucht Ihre Tochter viel Bewegung und vor allem innere Ausgeglichenheit.» Er wandte sich wieder an Hermann: «Vermeiden Sie alle größeren Aufregungen. Und Ihre Hebamme soll ihren Kreislauf mit Bürstenmassagen in Gang bringen. Machen Sie sich keine zu großen Sorgen!»

«Können wir zu ihr?»

«Schwester Hilda wird Sie gleich abholen und hinbringen», sagte der Arzt und reichte ihnen beiden die Hand zum Abschied. «Verzeihen Sie bitte, ich muss in den Kreißsaal. Ah, da kommt Schwester Hilda schon!»

Er rauschte ab, während die Krankenschwester von vorhin sie aufforderte, ihr zu folgen. Sie gingen durch zwei Flure und gelangten an eine Tür, auf die die Krankenschwester zeigte, bevor sie weiterhuschte.

«Einen Moment noch, Hermann», hielt sein Schwiegervater ihn zurück. «Wie gesagt, unser Gespräch eben muss unter uns bleiben.»

«Ja, schon gut. Können wir jetzt zu Erika?»

«Du weißt ja noch gar nicht, was ich dir sagen wollte», flüsterte Erich. «Du stehst unter Beobachtung. Wahrscheinlich wird dich der Führer bald zu sich einbestellen.»

«Was?»

«Pst! Leise!» Hermann erkannte Schweißperlen auf Erichs hoher Stirn. So aufgeregt hatte er ihn noch nie erlebt.

«Merk dir genau, was ich jetzt sage: Wenn der Führer dir ein Angebot macht, darfst du nicht zögern. Nimm es mit einem deutlichen Ja an. Sonst bist du tot! Verstanden?»

Erich drückte eindringlich Hermanns Unterarm.

«Was soll er mir denn anbieten?»

«Kein Wort mehr davon!», befahl Erich leise, aber scharf. Er öffnete die Tür. «Erika, mein Schatz, was machst du nur für Sachen?»

KIELLAUFGANG

Friedrichshafen, Donnerstag, 18. Juni 1936

«Keine Sorge. Sie wird jeden Moment kommen!», sagte Gerd Petersen mit seinem Hamburger Akzent und knuffte Georg den Ellenbogen in die Seite.

«Bekommst du keinen Ärger, wenn du mit mir hier wartest?»

«Ohne die Passagiere brauchen wir die Motoren nicht», erklärte der Maschinist. «Und einen Probelauf habe ich schon gemacht.»

Es war Viertel nach drei, mitten in der Nacht, aber auf dem Flugfeld in Friedrichshafen herrschte bereits emsige Betriebsamkeit. Im Licht der Scheinwerfer wartete die Hindenburg in Startposition. Man erkannte nur den Bauch des Giganten, der sich über den Mitarbeitern der Bodenmannschaft in die Finsternis erhob.

Nachdem Gerd Petersen Georg vor zwei Wochen bei der Landung der Hindenburg angesprochen hatte, hatten sie bei einem Kneipenbesuch nähere Bekanntschaft geschlossen. Es war ein lustiger Abend gewesen, und es hatte Georg gutgetan, ein paar unbeschwerte Stunden ohne brütende Gedanken an Spionage, ermordete Reporter und Folterkeller zu verbringen, ganz zu schweigen von der Sorge um Gitti, die ihn seit der Begegnung mit Amanda schlecht schlafen ließ.

Gerd erwies sich als Freund. Und von ihm stammte

auch die Idee, Gitti für die heutige Überführungsfahrt der Hindenburg vom Wartungshangar in Friedrichshafen zurück nach Frankfurt als Fahrgast einzuladen. Georg war sicher gewesen, dass sie wegen ihrer Höhenangst absagen würde, aber sie wollte sich die Gelegenheit, ihren Liebsten endlich wieder einmal zu sehen, nicht entgehen lassen.

Jetzt stand Georg voller Vorfreude auf dem Flugfeld und wartete bang darauf, ob sie wirklich kam.

«Da sind sie», rief Gerd.

Georg sah es auch. Dem ersten Scheinwerferpaar folgten drei weitere. Die Autos mit den Passagieren!

«Also, dann toi, toi, toi! Für deine Jungfernfahrt und mit deiner Gitti. Wir sehen uns.»

Der Maschinist lief schnurstracks über das Feld auf die hintere Steuerbord-Motorgondel zu. Georg schritt indessen auf den geteerten Platz, wo die Limousinen gleich anhalten würden. Er konnte es kaum abwarten, Gitti endlich wieder in die Arme zu schließen. Mehr als einen Monat hatten sie sich nicht gesehen. Es kam ihm vor wie eine Ewigkeit.

Gitti stieg kurz darauf aus dem zweiten Maybach aus. Ihr Strahlen ging ihm zu Herzen. Seine Sorge, die Zeit der Trennung könnte etwas zwischen ihnen verändert haben, war mit einem Mal verschwunden. Nur einen Augenblick später lagen sie sich in den Armen und hielten sich fest, als wollten sie sich nie wieder loslassen.

«Gitti!»

«Mein Georg! Du erdrückst mich», lachte sie.

Er löste sich so weit von ihr, dass er im schwachen Lichtschein ihr Gesicht erkennen konnte: ihre trotz der frühen Uhrzeit wachen Augen, das süße Näschen und die kirschroten Lippen. Georg konnte nicht anders. Er gab ihr einen stürmischen Kuss, den sie erwiderte. Doch dann zog sie sich zurück.

«Nicht so in der Öffentlichkeit», bat sie schüchtern und lief rot an.

Dabei war von Öffentlichkeit nicht zu reden, denn die wenigen Fahrgäste folgten bereits einem Mann von der Bodenmannschaft in Richtung Fallreep.

«Es ist so schön, dich endlich wiederzusehen!», hauchte Gitti und nahm seine Hand.

«Ich habe dich so vermisst!»

«Ich dich auch, mein Georg!»

Sie setzten sich in Bewegung.

«Schöne Grüße von Onkel Ernst», plapperte Gitti drauflos. «Er lässt ausrichten, dass du jederzeit heim ins *Waldlust* kommen kannst, wenn die Sehnsucht nach dem Schwarzwald zu groß wird.»

«Die Sehnsucht nach dir», verbesserte Georg und drückte ihre Hand fester, was Gitti erwiderte. «Du siehst wunderschön aus.»

«Und du ganz schön schmuck in deiner Uniform!»

Sie strahlten sich gegenseitig an.

«Ich habe noch eine besondere Überraschung für dich», konnte er sich nicht länger zurückhalten. «Wir dürfen den Start in der Führergondel miterleben!»

«Ist das nicht gefährlich?», fragte sie.

Georg lachte. «Überhaupt nicht, mein Schatz. Es ist eine besondere Ehre zu meinem Jungfernflug.»

«Ich weiß nicht», druckste sie.

«Du musst keine Angst haben. So kann ich beim Start bei dir sein. Du wirst kaum merken, dass wir fliegen.»

«Gut», sagte sie, konnte aber nicht verbergen, dass sie diese Überraschung lieber ausgelassen hätte.

Für eine mehrtägige Transatlantikfahrt benötigte man zwischen fünfzig und sechzig Mann als Besatzung. Für den kaum länger als drei Stunden dauernden Überführungsflug von Friedrichshafen nach Frankfurt waren nur halb so viele eingeteilt. Gitti eingerechnet befanden sich gerade einmal 18 Passagiere an Bord. Trotzdem galt es natürlich, den Gästen das ganze Programm zu bieten, denn die Reise war nicht billig. Georg hätte sich Gittis Fahrkarte nie leisten können, wenn Hugo Eckener nicht mit der Idee eines Sondertarifs auf ihn zugekommen wäre. Und Eckener hatten sie es auch zu verdanken, dass Gitti bei Georgs Jungfernflug mit in die Führergondel kommen durfte.

Gerade einmal fünf Minuten nach ihrem Wiedersehen standen sie vor Obersteward Heinrich Kubis. Wie Eckener galt er als Luftfahrtlegende, seit er 1912 als junger Mann auf dem Zeppelin Schwaben den Dienst als erster Flugbegleiter der Welt angetreten hatte. Mittlerweile war sein Haaransatz deutlich zurückgewandert und dunkle Ringe zeichneten sich unter seinen Augen ab. Er war stets vorbildlich gekleidet, verhielt sich den Gästen gegenüber absolut zuvorkommend und achtete mit strengem Regiment darauf, dass seine Stewards den Passagieren alle Wünsche von den Augen ablasen.

Er stellte sich Gitti mit einem angedeuteten Handkuss vor und schloss die Tür zum vorderen Kiellaufgang auf, der in einer Länge von 246 Metern entlang der Unterseite des gesamten Zeppelins verlief. Heckwärts führte der Aluminiumsteg von den Passagierdecks aus zu den Motorgondeln, Werkstätten, Besatzungsunterkünften und Lagerräumen, nach vorne zur Nase des Luftschiffs, zu den Unterkünften der Offiziere sowie zur Führergondel.

Kubis ging ihnen bugwärts voraus, an mehreren großen

Ballastwassertanks vorbei. Vor ihnen links lag der Postraum. Ein Blick durch die offen stehende Tür ließ Georg zwei Arbeitsplätze, einige Stempel und einen großen Haufen Briefumschläge nebst einiger Postsäcke erkennen.

Vor der gegenüberliegenden Tür, an der «Funkraum» stand, hielt Kubis an und klopfte.

«Kurti?»

«Nur herein, wenn's kein Steward ist», kam es als Antwort.

«Obersteward», sagte Kubis. «Und gegen unseren Neuen und seine hübsche Verlobte hast du sicher nichts einzuwenden.»

Der Funker grinste sie an, hob einen Finger und lauschte in seinen Kopfhörer, der ihm fest auf dem runden Schädel saß. Vor ihm befanden sich mehrere Geräte, ein Kurz- und ein Langwellensender, zwei Empfänger und ein Peilgerät. Auf einem kleinen Seitenschreibtisch stand eine Schreibmaschine.

«Der andere ist schon unten?», fragte Kubis.

Der Funker nickte. «Kannst dir vorstellen, dass der alte Pruss kaum begeistert ist.»

«Junge Dame, Sie müssten jetzt eine Leiter nehmen.»

Georg musste grinsen, als er Gittis empörten Blick sah.

«Ich klettere vor, dann kann ich dich unten auffangen», scherzte er.

Im Funkraum gab es den Schleusenraum, eine abgetrennte Kabine, von der aus eine kurze, griffige Aluminiumleiter direkt in die darunterliegende Führergondel reichte. Georg kletterte rückwärts hinab und wartete auf Gitti. Die machte sich beim Klettern sehr gut, obwohl sie mit einer Hand den Rock sittsam über ihrem Hinterteil festhalten musste.

Georg half ihr die letzten Stufen hinab.

«Melden Sie sich bei mir zum Dienst, wenn Sie hier fertig sind, Finkbeiner», sagte Kubis von oben und schloss den Zugang hinter ihnen.

In der Führergondel konnte man die Leichtbauweise des Zeppelins gut erkennen. Mehrere Löcher waren an den freiliegenden Aluminiumträgern ausgestanzt worden, um bei höchster Stabilität möglichst viel Gewicht einzusparen.

Durch die Fenster, die die gesamte Gondel umliefen, drang das erste Licht des Tages. Vom hinteren Raum hatte man einen guten Überblick auf den Bauch des Zeppelins. Gerade wurde die letzte Ladeluke geschlossen.

«Kommen Sie!», hörte er eine Stimme. Sie traten in den mittigen Raum, von dem aus man in alle Richtungen blicken konnte. Vor dem Navigationsoffizier lagen Karten und Werkzeuge auf dem Tisch. Er wies auf einen Durchgang weiter vorne, wo Georg bereits mehrere Männer erkennen konnte. «Kapitän Pruss erwartet euch.»

Max Pruss war nicht besonders groß, in seiner dunklen Uniform mit Kapitänsmütze aber eine Ehrfurcht einflößende Persönlichkeit. Er neigte dazu, sein Herz auf der Zunge zu tragen, was ihn bei seinen Leuten beliebt machte. Kühl, aber nicht unfreundlich reichte er ihnen die Hand.

«Meine Verlobte, Brigitte Luz», stellte Georg vor. «Wir haben uns über einen Monat nicht gesehen.»

«So etwas kann öfter vorkommen», brummte der Kapitän. «Luftschiffer sind viel unterwegs. Nur übertroffen von Seeleuten. Das Seitensteuerrad.» Er zeigte nach vorne, wo sich backbord ein Steuerrad befand wie von einem alten Segelschiff, nur nicht aus Holz, sondern aus Aluminium. Davor hing ein Kompass. Ein Besatzungsmitglied stand mit dem Rücken zu Gitti und Georg neben einem großen

Mann in SS-Uniform. Sie blickten über das langsam heller werdende Flugfeld.

«Anders als ein Schiff zu Wasser benötigen wir auch ein Höhenruder», wies Pruss auf das zweite Ruder mit einer Tafel voller Anzeigen.

Neben sich hatte er eine weitere Tafel, an der man die einzelnen Segmente des Zeppelins sehen konnte. «Von hier aus wird der Gasfüllstand überwacht und das Ballastwasser abgelassen.» Dann wandte er sich an die gesamte Mannschaft.

«Fertig zum Start!»

Als der große SS-Mann sich umdrehte, bewahrheitete sich Georgs Befürchtung. Es war Wolff, der ihn mit seinem Gestapo-Kollegen Sauer bereits vernommen hatte. Während Pruss der Mannschaft Befehle erteilte, kam Wolff auf Georg zu.

«Soso, der Herr Finkbeiner», begrüßte er ihn.

«Herr Wolff», stellte Georg ihn knapp vor und fügte ebenso knapp dazu: «Fräulein Luz.»

«Sehr erfreut», sagte Gitti vorsichtig. Auch ihr war wohl die SS-Uniform aufgefallen.

«Motoren bereit und Leinen los!», rief Kapitän Pruss. Der Offizier im Navigationsraum sprach in eine Anlage und drückte mehrere Knöpfe. Ein anderer gab zusätzlich Lichtzeichen.

«Bereitmachen zum Lösen vom Ankerturm!»

«Sind Sie schon einmal mit einem Zeppelin geflogen?», fragte Wolff Gitti.

«Nein.» Sie drückte sich näher an Georg.

«Du musst keine Angst haben», beruhigte Georg sie. «Die Hindenburg ist das sicherste Luftschiff, das es je gegeben hat. Es kann gar nichts passieren.»

Trotzdem verspürte auch er ein mulmiges Gefühl in der Magengegend, als es einen leichten Ruck gab und der Offizier am Höhenruder durchgab: «Start erfolgt. Weiterhin windstill.»

«Dann wollen wir mal», sagte der Kapitän. «Bringen Sie uns hoch, Herr Geier.»

«Jawohl, Kapitän! Ballastwasser wird abgelassen.»

Georg hätte diesen Moment des Starts mit seiner Gitti mehr genießen können, wenn neben ihnen nicht Wolff gestanden hätte. Die Anwesenheit des SS-Mannes machte ihn nervös.

Doch Gitti war weit aufgeregter. Sie klammerte sich an Georgs Arm, als sei er der einzige vertrauenswürdige Halt auf dem Zeppelin. Doch der Start fühlte sich richtiggehend unspektakulär an. Auf der Seite sah man einen Schwall Wasser zu Boden stürzen. In Frankfurt erzählte man sich, dass Pruss mit der Graf Zeppelin schon einmal absichtlich das Wasser auf eine auf dem Flugfeld musizierende HJ-Kapelle abgelassen hatte, weil er die Braunen nicht mochte. Heute hatte er keine Chance auf ein solch anarchisches Vergnügen. Für die Überführungsfahrt hatte man keine Kapelle aufgeboten. Das Summen der Motoren wuchs an, und während das Schiff stieg, wurde es von den Motoren sanft nach vorne gedrückt. Dabei achtete man darauf, das Ansteigen sanft zu gestalten. Immerhin konnten im Passagierbereich bereits Gäste mit einem Kaffee oder Wasser am Tisch sitzen. Nichts sollte überlaufen und kein Glas zerbrechen.

«Oh Gott, geht das hoch!», murmelte Gitti.

«Das war erst der Anfang», erklärte Georg stolz. «Ist aber gar nicht so schlimm, oder?»

Sie schüttelte den Kopf und lächelte ihn an. Zwar

schmiegte sie sich weiterhin an ihn, aber ihr Griff war nun eher zärtlich als verkrampft. Georg hätte sie am liebsten an sich gedrückt und geküsst.

Wolff ließ sie stehen und trat zu Kapitän Pruss, der neben dem Mann am Seitensteuerrad die Aussicht genoss. Georg war froh, Wolff nicht mehr direkt neben sich zu wissen.

Der Zeppelin stieg weiter und weiter, so sanft, dass Gittis Herzschlag sich beruhigte. Die Lichter Friedrichshafens wurden kleiner, die dunkle Fläche des Bodensees füllte ihr Gesichtsfeld mehr und mehr aus. Im Süden sahen sie die ersten Berggipfel in zartrosafarbenes Licht getaucht. Auf einen Befehl von Max Pruss schlug der Steuermann das Seitenruder herum und brachte den Zeppelin somit in einer weiten Kurve auf Nordwestkurs.

Gerade wollte sich Georg entspannen, als er Wolff flüstern hörte: «Haben Sie die Olympialiste dabei?» Er erstarrte.

FAUXPAS

Auf der Hindenburg, Donnerstag, 18. Juni 1936

«Ich bin so froh, dass wir das zusammen erleben können», hauchte Gitti Georg zu, doch er war gerade an anderer Stelle ganz Ohr.

«Die Passagierliste, richtig», raunte Pruss zurück. «Wozu brauchen Sie …»

«Psss», unterbrach Wolff ihn.

Georg beobachtete die Szene nur aus dem Augenwinkel. Trotzdem merkte er dem Kapitän an, dass ihm Wolffs Gesellschaft nicht passte. Er zog einen Umschlag aus seiner Ledertasche und reichte ihn dem Sturmbannführer. «Hier. Es sind erst ziemlich wenige Plätze gebucht.»

«Denken Sie daran, dass sie unter Verschluss steht!», mahnte Wolff fast zu leise für Georgs Ohren.

«Wie schön es hier ist, so friedlich», seufzte Gitti, sodass Georg Pruss' Erwiderung nicht verstehen konnte.

«Ja, wunderschön, mein Liebling», sagte er abwesend. Die Namen auf diesem Zettel waren es, die Amanda von ihm haben wollte. Wenn er die Liste in die Finger bekam, wäre das die Möglichkeit, sich aus ihren Fängen zu befreien und Gitti damit außer Gefahr zu bringen. Während sie auf eine Kirche am Nordufer des Sees zeigte, beobachtete Georg, wie Wolff den Umschlag in die linke Innentasche seiner Uniformjacke steckte.

Ein paar Minuten später verließen sie die Führergondel gemeinsam. Wolff begann auf dem Weg in den Speisesaal ein Gespräch mit Gitti. Georg ging hinter den beiden und überlegte fieberhaft, wie er an den Umschlag kommen konnte.

«Ich muss jetzt schnell an die Arbeit», verabschiedete er sich im Speisesaal.

«Lassen Sie sich nicht abhalten, Finkbeiner», antwortete Wolff. «Ich leiste der Dame derweil Gesellschaft. Falls Sie mir das erlauben wollen?» Die Frage war an Gitti gerichtet.

«Gerne», antwortete sie. Georg kannte sie gut genug, um ihr anzumerken, dass sie eigentlich lieber nicht mit ihm an einem Tisch sitzen wollte.

«Lassen Sie uns direkt den hier am Fenster nehmen», schlug Wolff vor und wartete eine Reaktion Gittis nicht ab, während er schon seine Jacke auszog und sie über die Lederlehne der Sitzbank legte.

Georg nahm ihre wortlose Bitte, sie zu retten, zwar wahr, reagierte aber nicht darauf. Wenn Gitti bei Wolff saß, ergab sich für ihn vielleicht eine Gelegenheit, unauffällig an dessen Jacke zu kommen. Doch zuerst musste er sich bei Kubis zum Dienst melden.

«Und, wie war der erste Start?», fragte der Obersteward.

«Hervorragend, Herr Kubis», antwortete Georg wahrheitsgemäß. «Ich hoffe, ich habe noch viele weitere vor mir.»

«Wissen Sie, ich bin jetzt seit 24 Jahren im Dienst, aber es kribbelt jedes Mal aufs Neue, wenn die Motoren losrattern. Wenn Sie gute Arbeit leisten, zweifele ich nicht daran, dass Sie noch viele Jahre bei uns sind, Finkbeiner! Aber jetzt ran an den Feind! Bis zum Frühstück können Sie Gruber im Salon helfen.»

«Es schien mir, als bräuchte Josef Kämmerer eher Unterstützung im Speisesaal», erwiderte Georg, in der Hoffnung, so in der Nähe von Gitti – und Wolffs SS-Uniformjacke – bleiben zu können.

«Es genügt, wenn Sie zum Frühstück dazustoßen», bestimmte der Obersteward.

«Selbstverständlich, Herr Kubis.»

Da die gesamte Fahrt nach Frankfurt nur rund drei Stunden dauern sollte, verlor Georg damit wichtige Zeit. Etwa eine Stunde tat er Dienst im Salon, bis es endlich galt, das Frühstück vorzubereiten. Einen Koch hatten Sie bei dieser kurzen Reise nicht an Bord. Trotzdem sollte es den Passagieren natürlich an nichts fehlen.

Als Georg in den Speisesaal gelangte, saß Gitti noch bei Wolff. Er las sich durch die aktuelle *Seekreis*-Zeitung, während Gitti sichtlich lustlos in der *NS-Frauenwarte* blätterte. Wolffs Jacke hing immer noch über der Rückenlehne der Bank.

«Am besten hänge ich Ihre Jacke auf», sagte Georg in hilfsbereitem Ton und nahm sie auf.

«Nichts da. Lassen Sie sie hier!», befahl Wolff.

Georg hielt die Uniformjacke am Kragen. «Aber über einem Bügel hängen sich die Falten aus», versuchte er, den SS-Offizier zu überzeugen. Er spürte Gittis verwunderten Blick auf sich. Ein guter Oberkellner ließ dem Gast seinen Willen.

«Nicht nötig», sagte Wolff bestimmt und zeigte fordernd auf die Lehne neben sich. Georg fluchte innerlich. Das wäre so einfach gewesen. Er hängte die Jacke zurück. Wolff nahm sie und legte sie auf den Sitz neben sich. Georgs Zielobjekt war damit in noch weitere Ferne gerückt.

«Wie darf ich Ihnen Ihr Frühstücksei bringen?», fragte er

Wolff mit einem professionellen Lächeln, ohne sich seine Enttäuschung anmerken zu lassen.

«Gerne als Rührei. Mit extra viel Maggi», antwortete er.

«Hart gekocht mit weichem Kern?», fragte Georg bei Gitti nach, deren Vorliebe er natürlich kannte.

«Ja, genau so», antwortete sie lächelnd.

Georg notierte sich auch die Bestellungen an den anderen Tischen und übergab sie an Josef, der durch die Leiter in der kleinen Anrichte in die Küche hinabstieg, um die Eier zuzubereiten. Derweil deckte Georg zusammen mit Fritz Gruber die Tische ein. Brotscheiben, Brötchen, Marmelade in dünnwandigen Porzellanschalen, Wurst- und Käsescheiben waren bereits vorbereitet angeliefert worden. Tassen und Gläser, Silberbesteck sowie Frühstücksteller mit Goldrand und dem Signet der DZR – ein Luftschiff über der Weltkugel – rundeten das Bild ab.

Während des Eindeckens überlegte er fieberhaft, wie er Wolff von seiner Jacke trennen konnte. Er brauchte nur eine Minute Zeit, die Liste abzuschreiben und das Original zurückzustecken. Dann könnte er sie Amanda geben und hätte damit ihre Forderung erfüllt.

Wolff unterhielt sich wieder mit Gitti. Sie nickte ihm zu. Georg registrierte in ihrer Haltung eine gewisse Gereiztheit. Wie er sie kannte, musste er damit rechnen, dass sie sich nach dem Frühstück unter einem Vorwand von Wolff verabschieden würde. Für Georg bedeutete das, dass er schnell einen Weg finden musste, den Umschlag in die Hände zu bekommen.

Die Hindenburg glitt sanft über bewaldete Höhen. Nur das beständige Geräusch der vier Motoren erinnerte daran, dass sie in dreihundert Metern Höhe mit mehr als einhundert Kilometern pro Stunde in Richtung Frankfurt rasten.

Georg versorgte seine Tische mit Kaffee- oder Teekännchen. Dann waren auch schon die ersten Eier fertig, die er routiniert auslieferte. Gelernt war gelernt. Wolff machte sich gleich über sein Rührei her, das weithin nach Liebstöckel roch. Gitti ließ ihr Ei in dem mit einer Stoffserviette abgedeckten Körbchen noch ein wenig ruhen. Sie schmierte Butter auf eine Hälfte ihres Brötchens und bepackte sie mit einer Scheibe Käse.

«Darf es vielleicht ein Apfelsaft sein?», fragte er, als er das nächste Mal wieder an ihren Tisch kam. Er wusste, dass Gitti zum Frühstück gerne einen Saft trank.

Sie strahlte ihn an und bejahte.

«Mir noch einen Kaffee», orderte Wolff.

«Sehr wohl.»

Georg spürte sein Herz aufgeregt schlagen, als er einen kleinen Krug Apfelsaft und ein neues Kännchen Kaffee auf ein kleines Tablett stellte. Jetzt kam es darauf an. Er balancierte die Getränke zum Tisch. Eigentlich befahl der Anstand, zuerst der Dame aufzutun, aber diesmal musste es anders laufen. Georg servierte Wolff den Kaffee und ruckte dann unauffällig mit dem Arm. Er spürte, wie der Saftkrug kippte.

«Achtung!», rief Gitti noch, aber es war bereits zu spät.

Der Krug landete wie beabsichtigt auf Wolffs Schoß.

«Verdammt noch mal!», schimpfte dieser und sprang auf, damit der Saft von der Hose ablief und nicht einzog. Doch das Material war bereits nass.

«Oh Gott, das tut mir unsagbar leid!», rief Georg. Er hielt Wolff seine Serviette hin, der damit angestrengt auf seiner Hose herumtupfte. In Gittis Blick lag tiefste Verwunderung, sie hielt sich aber mit Kommentaren zurück. Zumal ohnehin alle im Speisesaal schon in ihre Richtung schauten.

«Kommen Sie, ich bringe Sie in den Raum des Oberstewards. Dort können Sie sich umziehen, und ich trockne Ihre Hose», schlug Georg vor. «Wirklich, es tut mir so leid!»

Wolff war perplex genug, sich ohne Gegenwehr zum Ausgang führen zu lassen. Georg triumphierte innerlich. Sein Plan ging auf, auch wenn er wegen seines Fauxpas sicher noch gehörigen Ärger von Kubis erhalten würde. Zu Recht, musste er gestehen. Aber dafür hätte er gleich Zugriff auf die Passagierliste. Und das war den Ärger wert.

«Halt!», protestierte Wolff und drehte sich um. «Meine Jacke!»

Georg erstarrte. «Ich … ich bringe sie Ihnen gleich nach, Herr Wolff», versicherte er und schob ihn weiter Richtung Treppe. «Erst mal finden wir für Sie eine Ersatzhose.»

Doch Wolff sträubte sich. «Verdammt, Finkbeiner. Gehen Sie mir aus dem Weg und lassen Sie mich meine Jacke holen!»

«Ich erledige das», sagte Georg schnell.

Er lief zurück in den Speisesaal, Gitti blickte ihm befremdet entgegen.

«Er will seine Jacke», sagte er entschuldigend und legte sie sich so über einen Arm, dass er mit der anderen Hand unauffällig in die Innentasche greifen konnte. Da war der Umschlag. Georg überlegte einen Moment, ob er ihn einstecken sollte, aber falls Wolff gleich nachprüfte, ob die Liste noch da war, und sie vermisste, sollte er sie nicht bei Georg finden. Also ließ er das Kuvert am Ausgang zu Boden fallen, als sei es beim Tragen der Jacke unbemerkt aus der Tasche gerutscht.

Wolff tupfte noch an seiner Hose, als Georg zurückkam.

«Ich habe Ihre Uniformjacke. Jetzt sollten wir aber schnell ins Schiffsbüro des Oberstewards.»

«Georg?», erklang hinter ihnen Gittis Stimme. Sie kam angelaufen, in der Hand präsentierte sie den Umschlag.

«Der ist dir eben aus der Jacke von Herrn Wolff gefallen», erklärte sie.

Wolff blickte Georg misstrauisch an und ergriff den Umschlag.

«Was ist denn los mit dir?», raunte Gitti Georg an. «So ungeschickt bist du doch sonst nicht.»

Georg setzte ein gequältes Lächeln auf und beobachtete Wolff, der offensichtlich beruhigt feststellte, dass der Umschlag noch verklebt war.

Er stöhnte still auf.

PUPPENTHEATER

Berlin, Samstag, 27. Juni 1936

«Wir können das nicht annehmen, Erich!», sagte Hermann bestimmt, als sie über die breite, geschwungene Außentreppe auf die Terrasse traten.

Die Steinweg-Villa war ein absoluter Traum. 360 Quadratmeter beste Bausubstanz auf zwei Stockwerken, ein riesiger Garten mit altem Baumbestand, hohe Weißdornhecken, die das Grundstück uneinsehbar machten. An der für Anlieferungen gedachten Seitenzufahrt stand hinter einem kleinen Wäldchen ein Pförtnerhaus, groß genug, dass eine kleine Familie dort wohnen könnte, perfekt für Dienstboten.

«Ich wusste, dass du das sagen würdest, Hermann», sagte sein Schwiegervater grinsend und paffte an seiner Zigarre. «Aber ich will es euch gar nicht schenken. Im Gegenteil. Ihr zahlt mir eine angemessene Miete. Wenn mich die Zigarren oder der Cognac ins Grab gebracht haben, dann erbt ihr das Häuschen.»

«Papa!», schimpfte Erika. «Du sollst noch ganz lange leben!» Sie war vollkommen verklärt, seit sie die Villa zum ersten Mal gesehen hatte. Die heutige Besichtigung hatte das noch verstärkt. Erika und ihre Mutter hatten jedem der gefühlt zwanzig Zimmer bereits eine Funktion verpasst und seine mögliche Einrichtung besprochen.

«Nichts anderes habe ich vor, mein Schatz», sagte er

amüsiert. «Und ab meinem neunzigsten Geburtstag mache ich mit dem Kasten sogar noch Gewinn, wenn ihr immer brav eure Miete zahlt.»

Hermann steckte in einer Zwickmühle. Erika liebte das Haus, ihre Eltern hatten es ohnehin bereits gekauft, und Hermann würde ihr ein Zuhause wie dieses nie aus eigener Tasche bieten können. Auch ihm selbst gefiel der Gedanke ausnehmend gut, in dieser Villa zu leben. Die Gelegenheit war so günstig wie der Preis. Der alte Steinweg hatte es plötzlich ganz eilig gehabt, nach Amerika zu ziehen. Nur die direkte Nachbarschaft zu Hermanns Schwiegereltern war schon ein schwerwiegendes Haar in der Suppe.

Erika schritt mit ihrer Mutter und Luise über den gepflegten Rasen auf einen weißen, von Rankrosen bewachsenen Pavillon mit Sitzgarnitur zu. Hermann und sein Schwiegervater blieben bei der Terrasse stehen.

«Und? Ist alles in Ordnung?», fragte Erich.

Hermann sah ihn argwöhnisch an.

«Ja, danke. Vielleicht ein bisschen zu viel Arbeit im Moment. Leider kommen die Spiele und das Kind fast gleichzeitig.»

«Ich habe gehört, deine Mitgliedschaft ist in Arbeit.»

«Ja, ich habe mir deinen Rat zu Herzen genommen. Ich hätte ohnehin längst in die Partei eintreten sollen.»

«Sehr gut!», sagte Erich anerkennend. «Hat sich sonst schon jemand bei dir gemeldet?»

«Das hätte ich dir gesagt, Erich. Vielleicht war es falscher Alarm?»

«Hast du das Gefühl, dass du unter Beobachtung stehst?»

«Eigentlich nicht», stellte Hermann fest.

«Der Sicherheitsdienst des Reichs kann sehr unauffällig

sein. Unkraut muss mit der Wurzel ausgemerzt werden, sobald man es erkennt.» Erich zerdrückte mit der Schuhspitze eine Löwenzahnpflanze. «Wer ist Bella?»

Hermann erstarrte. Woher wusste sein Schwiegervater von dem Travestiekünstler?

«Bella?», versuchte er mit einer Gegenfrage Zeit zu gewinnen.

«Ich weiß, dass du vorhast, dich heute mit ihr zu treffen. Oder sollte ich besser sagen: mit ihm?»

«Nein, ich will mich mit niemandem treffen!», log Hermann.

«Aber du hast es doch schon einmal versucht.»

Erich zog eine Fotografie aus der Jackentasche. Hermann erkannte das Motiv sofort wieder. Es handelte sich um die zusammengefügten Fetzen der letzten Botschaft von Jonathan Lewinsky.

«Woher hast du das?», fragte Hermann.

«Du wirst diesen Ort heute meiden», raunte Erich scharf. «Verdammt noch mal! Du bist Ehemann und Vater. Erika erwartet euer zweites Kind. Ich werde nicht zulassen, dass du das Leben meiner Tochter und Enkelkinder für einen Juden aufs Spiel setzt, der Frauenkleider trägt. Verstehen wir uns?»

Hermann spürte, wie er bleich im Gesicht wurde. Im Gegensatz zu Erich, dessen Wangen und Stirn rot leuchteten.

«Ich hatte nicht vor …»

«Du hättest den Kerl direkt festsetzen müssen! Jetzt habe ich das Problem am Hals!»

«Du?»

«Ja, ich», bestätigte Erich. «Ich habe dich Hitler empfohlen. Wie stehe ich da, wenn herauskommt, dass du dich mit perversen Juden triffst? Hast du mit ihm …?» Er formte mit Zeigefinger und Daumen der einen Hand ein O und steckte den Zeigefinger der anderen hindurch.

«Nein!», wiegelte Hermann umgehend ab.

Erich sah ihn prüfend von oben herab an. «Nein? Immerhin. Das wird Erika beruhigen.»

«Erika?»

«Sie dachte, du hättest mit diesem Kerl ein Verhältnis. Du bist doch immer so spät nach Hause gekommen.»

«Mit all dem ist sie zu *dir* gekommen?»

«Meine Tochter weiß eben, dass sie sich auf mich verlassen kann. Ich hoffe doch sehr, dass das bei deinen Töchtern und vielleicht auch Söhnen einmal genauso sein wird. Die Kinder stehen stets an erster Stelle!» Er blickte Hermann abwartend an. Erst als Hermann nickte, sprach Erich weiter: «Sag ihr nicht, dass wir darüber gesprochen haben. Das regt sie nur unnötig auf. Und Aufregung ist Gift für sie und das Kind.»

Hermanns Gedanken überschlugen sich. Erika durchsuchte also seinen Papierkorb und gab Informationen an ihren Vater weiter. Seine eigene Frau! Und was bedeutete das für Jonathan Lewinsky, alias Bella Levine?

«Warum soll ich nicht zur *Tarzan-Bar*?», fragte Hermann.

«Man darf dich damit auf keinen Fall in Verbindung bringen können. Jemand, der mir einen Gefallen schuldet, wird diesen Perversen dort heute ruhigstellen.»

«Was?» Hermann war so laut geworden, dass die Frauen zu ihnen herüberblickten. Erich winkte beruhigend, und sie wandten sich wieder den Schönheiten des Gartens zu.

Erich hatte einen weiteren Löwenzahn gefunden und trat ihn mit der Schuhspitze kaputt.

Reuseneck erwartete Hermann zu Hause vor der Tür. Der Wagen war wie immer blitzblank geputzt, das Verdeck geöffnet.

«Herr Reuseneck! Schön, Sie zu sehen», sagte Erika mit einem strahlenden Lächeln.

«Ich muss Ihnen leider Ihren Herrn Gemahl entführen», gab der Fahrer zurück. «Eine dringliche Einbestellung, Herr Schmidt.»

«Einbestellung? Von wem?»

«Mir wurde nur gesagt, wohin ich Sie bringen soll. Wir müssen uns beeilen.»

Erika war richtig aufgeregt. Hermann fragte sich, ob sie vielleicht mehr über diese ominöse Einbestellung wissen mochte als er. Ihm wurde heute schon zum zweiten Mal klar, wie wenig er seine Frau eigentlich kannte.

«Also, wohin bringen Sie mich?», fragte er im Wagen.

«Zur Reichskanzlei, Herr Schmidt.»

«Auf wessen Anordnung?»

«Auf die von Herrn Goebbels persönlich. Stellen Sie sich vor, meine Martha geht ans Telefon und hat den Minister am Apparat. Sie war wahrscheinlich zum ersten Mal in ihrem Leben sprachlos.» Reuseneck grinste. Als Fahrer für das Ministerium hatte man ihm einen Telefonanschluss in die Wohnung gelegt. Hermann nutzte die Nummer nur selten.

«Was hat Herr Goebbels denn gesagt?»

«Dass es dringend sei. Ich muss Sie bis vier in die Reichskanzlei bringen. Das schaffen wir spielend!»

Zwei Wachen der SS-Leibstandarte Adolf Hitlers standen mit Gewehren vor dem Eingang des Reichskanzleipalais, in dem sich auch die Führerwohnung befand.

«Hermann Schmidt», stellte er sich vor. «Ich werde erwartet.»

«Sie können durchgehen, Herr Schmidt», sagte einer der Wachleute und winkte mit dem in die Höhe gerichteten Gewehr zur Tür.

Drinnen wurde Hermann von einem anderen Soldaten abgepasst, der ihn aufforderte, sich mit erhobenen Armen breitbeinig aufzustellen. Er tastete ihn gründlich ab, dann forderte er ihn auf, ihm zu folgen. Der Weg führte eine gewaltige Marmortreppe empor, durch eine Tür in einen Saal. Hermann war von den Eindrücken förmlich erschlagen. Vor einer weiteren, hohen Doppeltür warteten zwei bewaffnete Wachleute.

«Schmidt, Hermann?», fragte einer der beiden.

«Jawohl.»

«Folgen Sie mir!»

Hermann betrat die Führerwohnung mit pochendem Herzen. Nach allem, was Erich ihm erzählt hatte, erwartete ihn hier kein freundliches Geplänkel.

Die SS-Wache führte Hermann zu einer dunkel gebeizten Tür und klopfte. Hermann sah sich schnell um. Ein weinroter Teppich mit dunkelblauen und weißen Ornamenten, eine gemalte Stadtansicht, wohl Wien zur Mitte des 19. Jahrhunderts. Eine moderne Sitzgruppe in hellem Blau.

Eine leise Klingel ertönte. Der Wachmann öffnete die Tür und forderte Hermann mit einer Geste auf einzutreten. Der Raum war sehr weitläufig. An den getäfelten Wänden hingen Gemälde und Jagdtrophäen. Auf zwei Podesten standen Büsten aus Marmor. Ein Läufer führte über dunkles Parkett zu einem riesigen Fransenteppich, auf dem ein großer Schreibtisch stand. Daran saß Adolf Hitler persönlich. Die beiden anderen Männer erkannte Hermann ebenfalls sofort: Josef Goebbels und – das überraschte ihn – Roland Schaper.

«Heil Hitler!», rief Hermann und versuchte, so gerade wie möglich zu stehen.

«Ja, ja. Kommen Sie, Schmidt!», rief der Führer durch den Raum. «Ich muss heute noch auf den Empfang für Max Schmeling, kommen Sie herein!»

Die drei Männer blickten ihm entgegen. Goebbels und Schaper standen auf. Hitler behielt Platz.

«Eine Vorstellung können wir uns wohl sparen», bemerkte Hitler kühl. «Setzen Sie sich!»

Er musterte Hermann genau.

«Wir sind uns schon einmal begegnet, will ich meinen.»

«Ja, mein Führer», bestätigte Hermann. «Im Treppenhaus des Propagandaministeriums.»

«Gut.» Hitler kratzte sich mit Zeige- und Mittelfinger der linken Hand über seinen Bart und wandte sich zur Seite. Sein Blick schien in weite Ferne zu schweifen, als er ohne jedwede Überleitung proklamierte: «Wir sind wahrlich weit gekommen. Emporkömmlinge hat man uns geschimpft. Es war ein steiniger Weg, voller Risiken, ein Spießrutenlauf, den wir aber frohen Mutes gegangen sind, mit der gottgegebenen Zuversicht, dass wir unsere Aufgabe, das Vaterland aus dem tiefsten Tal in neue, unerreichbar geglaubte Höhen zu bringen, in naher Zukunft umsetzen dürfen.» Sein Kopf schnellte zu Hermann herum. «Lieben Sie Ihr Vaterland, Schmidt?»

«Jawohl, Herr Hitler.»

«Wie sehr?»

«Deutschland ist ein wundervolles Land mit großartiger Natur …» Hitler nickte. «… mit treuen, guten Menschen …»

«So ist es, so ist es!», murmelte Hitler dazwischen.

«... und mit einer Kultur, um die uns alle anderen Nationen beneiden müssen.»

«Dann steht die Liebe zu Ihrem Vaterland also an erster Stelle?»

Hermann schluckte. «Ich würde lügen, wenn ich nicht meine Frau und meine Kinder an erste Stelle setzen würde, mein Führer. Doch dann kommt gleich das Vaterland», fügte er schnell an.

Hitler blickte zu Goebbels, dann zu Schaper. «Gar nicht schlecht, die Antwort. Die Familie ist die Urzelle des Vaterlands. Wer seiner Familie nicht treu und kompromisslos ergeben ist, wird es dem Reich gegenüber niemals sein können.»

Er lehnte sich in seinen Sessel zurück und starrte Hermann unverhohlen an. Auch Goebbels und Schaper beobachteten ihn genau. Hermann spürte, wie sich kleine Schweißperlen auf seiner Stirn bildeten.

«Ich habe vor, Deutschland in eine neue, glanzvolle Ära zu führen», erläuterte Hitler. «Dazu brauche ich treue, mir absolut ergebene Unterstützer.»

«Was kann ich dafür tun, mein Führer?», fragte Hermann. War das schon der Moment, vor dem Erich ihn gewarnt hatte?

«Ist Ihnen warm?»

«Verzeihen Sie.» Er wischte sich mit dem Handrücken die Stirn ab.

«Ich hatte zuerst meine Zweifel, ob Sie der richtige Mann sind für das, was ich Ihnen andienen möchte, Schmidt.»

Hermann bemerkte, dass Schaper ihm fast unmerklich beruhigend zunickte.

«Was hat Sie jüngst dazu gebracht, Mitglied meiner Nationalsozialistischen Deutschen Arbeiterpartei zu werden?»

«Ich hatte es eigentlich längst vorgehabt», brachte Hermann heraus. «Ich dachte, jetzt, vor den Spielen, sei es an der Zeit.»

Hitler nickte.

«Die Spiele, die Spiele. Sie haben sicher gehört, dass ich am Anfang nicht begeistert war, die Olympiade auszurichten?»

Hermann nickte leicht.

«Ich habe mich geziert, Schmidt, habe mich bitten lassen. Und schließlich habe ich visionär erkannt, dass man stets auch im Unliebsamen die Gelegenheit entdecken muss. Nun stehen uns also die monumentalsten Spiele aller Zeiten ins Haus. Die ersten Spiele, die in der ganzen Welt zu sehen sein werden. Was denken Sie, Schmidt? Was ist es, was meine Meinung zur Olympiade gewandelt hat?»

Hermann dachte einen Moment lang nach.

«Die Möglichkeiten der Propaganda, Schmidt! Die Propaganda bietet uns die Gelegenheit, die ganze Welt auf unsere Seite zu ziehen. Was sagen Sie dazu?»

Hermann nickte. Auf diesem Terrain fühlte er sich einigermaßen sicher. «Da kann ich Ihnen nur zustimmen. Ich selbst nenne es positive Propaganda.»

Hitler sah ihn fragend an.

«Wir zeigen der Welt, dass Deutschland unter Ihrer Führung schöner und weltoffener ist als je zuvor. Die Welt wird Deutschland dafür lieben.»

Hitler blickte amüsiert zu Goebbels, dann brach das Lachen aus ihm heraus. Goebbels und Schaper stimmten ein. Hermann kam sich vor wie ein Idiot und sah fragend von einem zum anderen.

«Es ist wichtig, dass es Menschen wie Sie gibt, Schmidt», brachte Hitler schließlich gönnerhaft hervor. «Sie scheinen mir ein guter Mann zu sein. Ein guter Mensch. Das Vaterland braucht gute Menschen. Aber weitaus rarer gesät sind die, die sich, um das Richtige zu erreichen, über das Gute hinwegsetzen können. Schmidt, Sie sitzen direkt an der Quelle, aber haben keinen blassen Schimmer, wovon ich spreche. Ist das korrekt?»

Hitler hatte recht. Hermann wusste wirklich nicht, was er von ihm wollte.

«Ich denke, wir sollten ihn fragen», sagte Hitler zu Goebbels.

«Herr Schmidt», wandte sich Goebbels an ihn. «Sie leisten gute Arbeit im Ministerium.»

«Vielen Dank.»

«Man kann sich auf Sie verlassen, Sie haben gute Ideen und sind fleißig, strebsam, ein Mann mit Leitungsqualitäten. Allerdings hat Roland ein paar Punkte zusammengetragen, die uns zuerst haben nachdenklich werden lassen. Da ist vor allem diese Sache mit Ihrer Schwester, die sich der Rassenschande schuldig gemacht hat.»

«Sie hat den Juden vor dem Verbot geheiratet …», korrigierte Hermann, schwieg aber schnell, als er Schapers mahnenden Blick bemerkte. Nach Erichs Warnung befürchtete er für einen Moment, gleich einen Schuss zu hören, eine Kugel zu spüren und blutend auf dem Teppich zu verenden wie ein Tier. Aber es gab keinen Knall, keine Kugel. Nur wieder die schnarrende Stimme Hitlers: «Es tut mir im Herzen weh», er pochte mit einem Zeigefinger gegen seine Brust, «für jedes deutsche Mädchen, das von einem Juden verführt wird. Die dummen Dinger beschmutzen damit das Blut ihrer Nachfahren in alle Ewigkeit.»

Hermann dachte an Susannes Brief. Seine Schwester

freute sich unendlich auf ihr erstes Kind von dem Mann, den sie liebte. Wie konnte das schlecht sein? Er fühlte sich versucht, Hitler zu widersprechen, aber dachte dann erneut an Erichs Warnung.

«Ihr Schwiegervater hat vor einem halben Jahr auf demselben Stuhl gesessen wie Sie heute», sagte Goebbels. «Er hat für Sie gebürgt. Das bedeutet bei uns sehr viel. Ich hoffe, Sie geben ihm keinen Grund, seine Bürgschaft zu bereuen, Schmidt?»

Hermann blieb nichts anderes übrig, als sich aufzusetzen und klar «Nein, das werde ich nicht!» zu rufen.

Offenbar tat er das Richtige, denn es fiel auch dieses Mal kein Schuss.

Hitler übernahm wieder. «Dann kommen wir nun endlich zu des Pudels Kern.» Er setzte eine bedeutungsschwangere Pause und sprach dann ruhig und vollkommen normal weiter, ganz ohne sein typisches Rattern: «Ich biete Ihnen an, Teil eines äußerst intimen, streng geheimen Bundes zu werden. Bevor Sie ein weiteres Wort darüber erfahren, frage ich Sie jetzt und hier, ob Sie bereit sind, mir bedingungslosen Gehorsam zu leisten und über alles damit in Verbindung Stehende absolutes Stillschweigen zu bewahren. Absolutes!»

Ein Schweißtropfen lief Hermann an der Schläfe entlang zur Wange. Er wagte nicht, ihn wegzuwischen. Gleichzeitig nahm er aus dem Augenwinkel wahr, dass Roland Schaper während Hitlers Rede in eine aufrechtere Position gerückt war und die Hand unter den Tisch geführt hatte. Er hätte schwören können, ein leises, metallisches Klicken aus seiner Richtung vernommen zu haben.

«Ich bin bereit, mein Führer», sagte Hermann mit brüchiger Stimme.

«Überlegen Sie es sich gut, junger Freund. Nur der Tod wird Sie aus diesem Bund entlassen können.»

Der Tod wartete vor allem ganz real, wenn er einen Rückzieher machte. Das war Hermann dank Erichs Warnung klar. Wenn er seine Frau wieder in die Arme nehmen, Luise und ihr Geschwisterchen aufwachsen sehen wollte, blieb ihm dann eine andere Wahl, als Ja zu sagen? Doch zugleich verriet er damit seine Schwester. Und was war mit Anna? Dass er ausgerechnet jetzt, im Angesicht Adolf Hitlers, an Anna Kollmann denken musste, verunsicherte ihn. An sie und ihre Plakate. Sie hatte den Führer so gut getroffen mit ihrer Karikatur. Genauso lauernd und lockend wie auf dem Plakat saß er jetzt vor ihm und erinnerte ihn an den Teufel aus dem Puppentheater, mit dem er als Kind gespielt hatte.

«Sprechen Sie!», fauchte Goebbels. Er war wie das Krokodil. Und Schaper war der böse Polizist mit dem Schießgewehr. Alle jagten sie den kleinen Kasper. Im Puppentheater hatte der am Ende immer über seine Gegner triumphiert. Hermann bezweifelte, ob ihm das auch gelingen würde.

Er flehte in Gedanken Susanne, ihren David und das ungeborene Kind um Verzeihung an. Er hoffte, dass sie in Amerika weit genug weg von diesem Wahnsinn waren. Dann sagte er mit leicht wackeliger Stimme: «Ja, ich bin bereit.»

Die Luft schien sich während der letzten Sekunden ein paar Grad abgekühlt zu haben. Jetzt wechselte der verkrampfte Ausdruck auf Schapers Gesicht zu beruhigter Zufriedenheit. Auch Goebbels wirkte gelassener. Nur Hitler sah ihn weiter ernst an. Der Führer stand auf.

Die anderen taten es ihm gleich, auch Hermann.

Hitler hielt ihm über den Schreibtisch die Hand hin. Hermann ergriff sie. Der Händedruck war weicher, als er erwartet hatte.

«Herzlich willkommen als neuestes Mitglied der Arbeitsgruppe Phoenix.»

«Danke», brachte Hermann vor, weil Hitler etwas von ihm zu erwarten schien. Zumindest ließ der Führer seine Hand nicht los, sondern schüttelte sie weiter. «Was tut die Arbeitsgruppe Phoenix?»

Offenbar war das die richtige Frage gewesen, denn Hitler ließ endlich los. Goebbels und Schaper gratulierten Hermann ebenfalls. Dabei fühlte er sich beileibe nicht so, als habe er etwas getan, das eine Gratulation verdiente.

«Sie sehen aus, als hätten Sie einen Geist erblickt», meinte Hitler.

«Nein, es ist nur … die Ehre.»

Hitler nickte. Dann begann er zu erklären.

«Wir haben die AG Phoenix gegründet, um ein für alle Mal die Judenfragc zu lösen. Sie werden sich fragen, wie wir das anstellen wollen, wo sich die Juden doch wie Ungeziefer überall eingenistet haben.»

Mit jedem Wort wurde es Hermann mulmiger.

«Darf ich noch eines hinzufügen, Adolf?», fragte Schaper. «Bitte verzeih mir die Unterbrechung.»

«Was willst du sagen, Roland?»

«Wir sollten noch einmal betonen, dass jedweder Verrat mit dem Tod geahndet wird.»

Hitler hob den Finger. «Richtig. Mit einem besonders schmerzhaften Tod. Für den Verräter wie für seine gesamte Familie ersten und zweiten Grades. Die vollkommene Auslöschung, Sie verstehen?»

Hermann stellte fest, dass sein Mund vor Entsetzen offen stand. Nicht nur die Worte waren grauenhaft, auch die Sachlichkeit, mit der Hitler darüber sprach, erschreckte ihn.

«Wo war ich? Ah, bei der Judenfrage. Viele Völker der Erde verabscheuen das jüdische Gesindel. Aber sie haben ihren Einfluss über die Jahrhunderte genutzt. Sie auszurotten mag manchem zunächst unmenschlich erscheinen, indes es eigentlich nur menschlich ist, nicht wahr?»

Dabei handelte es sich nicht um eine Frage.

«Wenn wir nun damit beginnen würden, die Juden einzusammeln, abzutransportieren und zu vernichten, dann würde das wahrscheinlich einen Aufschrei nach sich ziehen. So weit sind wir noch nicht.»

Hermann spürte Übelkeit in sich aufkommen.

«Darum haben wir einen Weg bereitet, auch andere Nationen auf unsere Seite zu ziehen. Das wird bei den Olympischen Spielen geschehen.»

Hitler sah so zufrieden aus wie ein Kind, wenn es wusste, dass sein innigster Wunsch zum Weihnachtsfest endlich erfüllt werden würde.

«Die Hindenburg wird ein teures Bauernopfer sein», fuhr Hitler fort.

«Der Zeppelin?», fragte Hermann verwirrt.

«Ebenjener. Unser wertvollster Besitz wird zur Eröffnung auf dem Weg nach Berlin in die Luft gesprengt werden. Im Anschluss werden Bekennerschreiben einer Organisation namens ‹Liga der Weltjuden› auftauchen. Wir haben bereits überall Spuren für die ausländischen Geheimdienste gelegt. In den USA wird man bei Ermittlungen gegen die Liga Hinweise finden, die auf die nächsten Ziele der Terroristen schließen lassen: die Freiheitsstatue in New York und das Kapitol in Washington. Die Briten werden herausfinden, dass die Juden den Buckingham-Palast und das Parlament in die Luft jagen wollen. Und, und, und …»

Er grinste über beide Wangen. Hermann brauchte einen Moment, das Gehörte zu verstehen.

«Was meinen Sie, wie das die Stimmung den Juden gegenüber beeinflussen wird?»

«Die ganze Welt wird sie hassen und jagen», brachte Hermann fassungslos heraus.

Hitler nickte: «Und Sie, Schmidt, werden dazu beitragen, dass es keinen Flecken auf den Kontinenten dieser Welt gibt, wo ein Jude sich verkriechen kann!»

ENE MENE

Berlin, Samstag, 27. Juni 1936

Sobald Hermann das Gelände der Reichskanzlei verlassen hatte, begannen seine Hände unkontrollierbar zu zittern. Er wollte nur noch weg von hier und wäre beim Überqueren der Straße beinahe von einem Automobil erfasst worden. Der Fahrer legte eine Vollbremsung hin und schimpfte laut, aber Hermann starrte ihn nur durch die Scheibe an. Erst als der Mann hupte, erwachte er aus seiner Schockstarre und ging weiter.

Er wanderte gedankenverloren durch die Stadt und setzte sich schließlich in ein Café, wo er sich einen Mokka und einen Doppelkorn bestellte. Es war ihm eigentlich zu früh für Alkohol, aber er brauchte dringend einen Schnaps. Seine Gedanken rasten nur so dahin. Immer wieder schossen ihm Fetzen des Gesprächs durch den Kopf.

«Darf's noch etwas sein», riss ihn der Ober aus seinen Gedanken.

«Nein, ich habe noch.»

«Das sagen Sie schon seit einer geschlagenen Stunde», bemerkte der Ober schnodderig.

«Was? Wie spät ist es denn?»

«Nach sieben.»

Hermann legte ein paar Münzen auf den Tisch und ging ohne ein Wort.

Er war nicht mehr häufig abends in Berlin zu Fuß unterwegs. Sein Umfeld nahm er nur beiläufig wahr. Wenigstens ließ die Bewegung endlich das Zittern verschwinden, die frische Luft verhalf ihm zu klareren Gedanken. Noch nie hatte er dem Tod so nahe gegenübergestanden wie heute. Auch wenn er die Luger nicht gesehen hatte, war er überzeugt, dass ihr Lauf unter dem Tisch auf ihn gerichtet war.

Es war bereits dunkel, als Hermann kurz vor neun Uhr feststellte, dass ihn sein Umherlaufen in die Nähe der Lutherstraße geführt hatte. Auf der Straße und den Trottoirs herrschte reger Betrieb. Vor der *Scala* machten Plakate Werbung für eine freizügige Tanzrevue. Das berühmte Restaurant *Horcher* nebenan platzte aus allen Nähten.

Hermann überquerte die Straße und hielt auf den kleinen, unscheinbaren Eingang der *Tarzan-Bar* zu. Er wusste, was zu tun war. Als Mitglied der AG Phoenix würde er unermessliche Schuld auf sich laden. Er musste zumindest versuchen, Jonathan Lewinsky zu warnen. Auch wenn Erich ihm befohlen hatte, es zu unterlassen. Sein Entschluss stand fest.

Er senkte den Kopf, als er durch die Tür in den beleuchteten Gang trat, der wie eine Schleuse zur Bar führte. Ein Plakat verkündete den heutigen Stargast des Abends: Peter Igelhoff mit Ensemble. Jazzige Tanzmusik und der Lärm vieler feiernder Gäste begrüßten Hermann. Es sah aus wie zuletzt, als er mit Anna hier gewesen war. Als sie getanzt, sich berührt und schließlich geküsst hatten. Nur viel voller war es heute. Hermann drückte sich in den Schatten an der Wand hinter der runden Theke. Die Alte, die sonst hier bediente, war nirgends zu sehen. Verdammt! Sie hätte er nach Bella fragen können. Zu den anderen Bedienungen zu gehen, wagte er nicht.

Sich einen Überblick zu verschaffen, war von hier aus sehr schwer. Der Laden war schon ziemlich voll, die Tische besetzt. Zwischen eher unauffälligen Gästen machte Hermann auch aufwendig herausgeputzte Frauen mit breiten Schultern und markanten Kinnen unter den rot geschminkten Mündern aus.

Auf der kleinen Tanzfläche bewegten sich acht oder neun Paare ausgelassen zur Swingmusik der Kapelle. Der Mann am Klavier sang mit recht heller Stimme in ein neben ihm aufgebautes Mikrofon.

Hermann kannte bisher nur Jonathan Lewinsky, den Mann. War er heute als Bella Levine da? Wie sollte er ihn oder sie erkennen? Ein Blick auf die Uhr zeigte ihm, dass es jeden Moment neun war. Es brachte nichts, sich hier im Schatten zu verstecken. Hermann ging los und besah sich die Leute, die am Tresen saßen. Von denen war keiner Bella oder Jonathan.

Er begab sich in die Menge, die nach dem Ende des Liedes applaudierte und zum Teil sogar jubelte.

Hermann überlegte, ob er erst die Tische oder die Separees absuchen sollte. Wo würde Bella ihn erwarten?

«Das nächste Lied spiele ich heute hier zum ersten Mal», kündigte Peter Igelhoff gut gelaunt an. «Singen Sie ruhig mit!»

Die Leute klatschten.

Hermann wandte sich nach rechts. Einen Moment hatte er gedacht, durch die Menge jemanden erkannt zu haben. Aber es war zu voll, um sicherzugehen. Er drückte sich durch die Leute, die darauf warteten, zu tanzen.

Dann legte die Kapelle los. Eine schnelle Melodie, frech und belebt. Und dazu passte auch der Gesang des Pianisten.

Jeder lebt auf seine Art,
sei es mit, sei's ohne Bart,
und will auf seine Weise lustig sein.

Hinter der Tanzfläche machte Hermann endlich Jonathan aus. Er hatte sich wohl zur Tarnung einen Oberlippenbart wachsen lassen. Hermann winkte in seine Richtung, aber er sah immer wieder zur Tür, als wartete er auf ihn.

Jeder hat das Recht dazu,
er und sie und es und du,
ihr alle sollt euch eures Lebens freu'n.

Hermann kam beim wilden Tanz auf der engen Tanzfläche kaum durch. Unsanft drückte er ein Paar zur Seite.

Wenn ich vergnügt bin, muss ich singen,
überall soll mein Lied erklingen,
enc mene ming mang ping pang,
ene mene acka dacka eia weia weg.

Als Igelhoff den Refrain wiederholte, sangen die anderen Musiker lauthals das «ene mene ming mang» mit. Alle lachten. Nur Hermann nicht. Er hatte die Tanzfläche endlich hinter sich gebracht.

Singt auch jeder Broadway-Melodien,
mir soll's recht sein, ich sing von spät bis früh:
Wenn ich vergnügt bin, muss ich singen,
wenn auch die andern Leut' zerspringen,
ene mene ming mang ping pang,
ene mene acka dacka eia weia weg.

Jetzt schmetterte der ganze Laden mit. «Ene mene ming mang» schaffte jeder noch ohne Probleme, danach machten die Leute alle möglichen Geräusche und lachten, wenn sie sich verhaspelten. Die Gäste an einem Tisch rissen vor Freude die Arme in die Höhe, und bei der nächsten Wiederholung machte es ihnen die halbe Bar nach.

Jonathan hatte sich etwas weiter an den Rand begeben und spähte immer noch zur Tür. Hermann musste mehrere Tische passieren. Beim nächsten Refrain waren die Leute völlig außer Rand und Band. Am letzten Tisch stieß ein Mann sein Rotweinglas um, das auf dem Boden vor Hermann zersprang.

Hermann blickte an sich hinab. Das Glas war nicht mehr voll gewesen, aber seine Hose hatte dennoch etwas abbekommen. Als er wieder hochsah, bemerkte er, dass Jonathan Lewinsky sich zu einem Mann gedreht hatte und ihm etwas ins Ohr rief. Der Gesprächspartner stand mit dem Rücken zu Hermann. Er war nur noch einen Meter entfernt.

Auf einmal gab es ein knallendes Geräusch, dann sank Jonathan Lewinsky zu Boden wie ein Sack Kartoffeln. Ein metallischer Geruch schoss Hermann in die Nase. Die Leute umher waren in zu guter Stimmung, um etwas zu bemerken. Hermann stieß jemanden aus seinem Sichtfeld. Dann drehte sich der Mann um, mit dem Lewinsky eben noch gesprochen hatte. Hermann blieb entgeistert stehen. Ihre Blicke trafen sich. Und in den Augen des Mannes hinter den dicken Brillengläsern sah Hermann zuerst Verwirrung, dann ungläubiges Staunen und zuletzt mörderische Entschlossenheit. Roland Schaper strebte ohne jedwede Hast direkt auf Hermann zu. Eine Hand war unter seinem Sakko verborgen. Aber ein verdickter Pistolenlauf schaute darunter hervor. Ein Schalldämpfer. Hinter ihm rutschte eine Frau in der Blutlache aus. Ihr Schrei ging im erneuten Refrain des Liedes unter.

Wenn ich vergnügt bin, muss ich singen,
überall soll mein Lied erklingen.

Hermann konnte nicht zurück. Schapers vergrößerte Augen fixierten ihn wie eine Schlange die Maus. Hermann schnappte einem vorbeigehenden Kellner ein Glas vom Tablett und schleuderte es Schaper entgegen. Der bekam den Alkohol ins Gesicht.

Ene mene ming mang ping pang,
ene mene acka dacka eia weia weg.

Arme flogen in die Luft, was Hermann kurz den Raum bot, sich auf Schaper zu stürzen. Damit hatte der SD-Mann nicht gerechnet, aber seine Reflexe und die Enge bewahrten in davor, umzufallen. Hermann spürte, dass Schaper versuchte, den Pistolenlauf in seine Richtung zu bewegen. Hermann packte Schapers Hand und drückte den Lauf gegen ihn.

«Das ist Ihr Ende!», schrie Schaper, doch er war kaum zu hören. Langsam entstand Unruhe. Man hatte den Toten bemerkt, aber Hermann konzentrierte sich nur darauf, seinen Gegner auszuschalten. Er hatte mehr Kraft als Schaper, aber Schaper war der routiniertere Kämpfer. Ein Knie des SD-Mannes rammte sich in Hermanns Bauch. Dann hörte er erneut einen Knall, spürte ein Reißen in seiner rechten Hand. Schaper starrte ihm ungläubig in die Augen. Der Geruch des gelösten Schusses drang in ihre Nasen. Hermann ließ Schapers Hand immer noch nicht los, obwohl dessen Gegenwehr erlosch.

«Das wirst du bereuen», war das Letzte, was Hermann von Schaper hörte. Er keuchte, dann drang gurgelnd Blut aus seinem Mund.

Schapers Griff um die Pistole löste sich, als er stürzte. Hermann hatte die Waffe in der Hand. Geistesgegenwärtig ließ er sie unter seinem Sakko verschwinden.

«Was ist mit dem?», rief jemand Hermann von hinten ins Ohr. Gleichzeitig wurde der Lärm um den toten Lewinsky immer lauter. Mehrere Frauen schrien auf. Peter Igelhoff bemerkte nun auch, dass etwas in seinem Publikum nicht stimmte, und hörte mitten in der Zeile auf zu singen.

Hermann hingegen drängte schon in Richtung Ausgang. In seinem Kopf hallte der Schuss wider und die beißende Gewissheit, einem Menschen das Leben genommen zu haben. Dabei hatte er nur versucht, sich selbst zu schützen.

«Hier ist alles voller Blut!», rief jemand. Mehrere Leute strebten ebenfalls zur Tür.

«Hier ist noch ein Toter!», hörte er.

Jemand anderes rief: «Lasst niemanden raus!», aber da schlüpfte Hermann schon als einer der Ersten durch die Tür und reihte sich auf dem Trottoir in die Reihen der Feierwütigen im nächtlichen Berlin ein.

Zu Hause fand Hermann einen Zettel von Erika, dass sie bei ihren Eltern war. Er trank den Rest aus einer Flasche Kirschwasser und fiel auf der Couch in einen traumlosen Schlaf, aus dem ihn erst beharrliches Klingeln riss. Er sah zur Uhr. Es war fast zehn. Das Klingeln hörte auf. Stattdessen hämmerte der Besucher gegen die Tür, nur um dann wieder die Klingel zu drücken.

Hermann sah an sich herab auf die Weinflecken. Ein paar waren dunkler. Blut.

«Wer ist denn da?», rief er, während er die Hose über die Beine zerrte und unter das Bett schob.

«Mach endlich auf!» Es war die Stimme von Erich Bösken.

«Moment!»

Das Hemd nahm den gleichen Weg wie die Hose. Schnell zog er frische Kleidung an. Er fuhr sich mit der Hand durchs Haar und ging endlich zur Tür.

Erich drückte sich umgehend an ihm vorbei in die Wohnung. «Das wurde auch höchste Zeit! Sie haben Roland Schaper umgebracht!»

Hermanns Erinnerung überkam ihn wie ein Hieb mit der bloßen Faust ins Gesicht.

«Ja, so ging es mir auch!», sagte der alte Bösken.

«Wie haben sie ihn …?», stammelte Hermann.

«Erschossen. Mitten in der *Tarzan-Bar*. Mit seiner eigenen Waffe.»

«Ich brauche einen Kaffee», sagte Hermann. Er spürte Kopfschmerzen in sich aufsteigen.

Während er Kaffee kochte, berichtete sein Schwiegervater vom Besuch eines Gestapo-Mitarbeiters heute früh. «Gestern Nacht wurden in der *Tarzan-Bar* zwei Menschen erschossen. Schaper und dieser Lewinsky. Beide mit derselben Waffe.»

Hermann musste seine Deckung wahren. Er sagte: «Bella ist auch tot? Hat Schaper ihn erschossen?»

«Davon gehe ich doch aus. Aber wer hat danach Roland getötet?»

Hermann zuckte mit den Schultern und goss das kochende Wasser auf das Kaffeepulver.

«Was denkt der SD?»

«Dieser von Häusern hat nur gesagt, dass jemand zuerst einen untergetauchten Juden, dann Schaper getötet hat. Die Waffe ist verschwunden.»

Die Luger lag noch im Wohnzimmer!

«Sie halten sich natürlich bedeckt, aber dieser Kerl hat angedeutet, dass man eine Gruppe von Dissidenten im Auge hat, die schon einmal mit einer Waffe in Erscheinung getreten sind.»

«Diese Plakatierer?», fragte Hermann überrascht.

«Schaper war hinter denen her. Und dieser Horst Kollmann ist damals angeschossen worden. Für uns gibt es nichts Besseres. Niemand weiß, dass Roland mir mit Lewinsky behilflich sein wollte.»

«Warum ist die Gestapo ausgerechnet zu dir gekommen?», fragte Hermann. Er goss den Kaffee ein und tat seinem Schwiegervater zwei Stück Zucker dazu.

«Roland hatte in seinem Planer stehen, dass er heute früh zu mir wollte.»

«Und warum sind Erika und Luise bei euch?»

«Ich hatte mir gedacht, dass du nach dem Treffen in der Reichskanzlei vielleicht etwas Ruhe brauchst», antwortete Erich. «Er hat dich also aufgenommen?»

«Ja, aber ich wollte es nicht!»

«Es ist nicht leicht, die Idee zum ersten Mal zu hören», gab Erich zu. «War es für mich auch nicht.»

«Es ist Wahnsinn!», rief Hermann.

«Psst! Gewöhn dir ab, so etwas laut zu sagen! Du weißt nie, ob die Wände Ohren haben.»

Hermann schüttelte fassungslos den Kopf.

«Wir sollten uns Rolands Tod eine Warnung sein lassen», sagte Erich.

Hermann sah ihn fragend an.

«Du glaubst ja wohl nicht wirklich, dass es einer der Plakatierer war. Die Gestapo will wahrscheinlich nur nicht zugeben, dass sie keinen blassen Schimmer hat. Aber genauso ist es. Wir sollten auch im Auge behalten, dass jemand aus unseren eigenen Reihen der Mörder gewesen sein könnte, jemand von Phoenix.»

Hermann sah alarmiert auf.

«Wir gehören einem sehr kleinen, erlesenen Kreis an», erklärte Erich. «Wo sich Macht anhäuft, gedeiht der Verrat. Nach Rolands Tod ist es umso wichtiger für uns beide, dass wir uns hundertprozentig aufeinander verlassen können. Das kann ich doch?»

Hermann nickte. Was sollte er auch sonst tun? Ihm verraten, dass er seine Tochter mit einer hübschen Kunststudentin betrog? Dass er entgegen seinem Befehl in die *Tarzan-Bar* gegangen war und dort seinen Freund umgebracht hatte, einen SD-Offizier und Mitglied der widerwärtigsten Arbeitsgruppe der Welt?

«Du kannst dich auf mich verlassen», sagte er leise.

«Das ist gut. Ich tauche nicht gerne ohne Sicherheitsvorkehrungen in einem Haifischbecken.»

UMKEHRSCHLUSS

Berlin, Sonntag, 28. Juni 1936

«Du?»

Anna spürte ihr Herz schneller schlagen.

«Kann ich reinkommen?», fragte Hermann.

Er wirkte wie von allen guten Geistern verlassen. Sie überlegte kurz. Nach dem Besuch bei ihm zu Hause hatte sie den Entschluss gefasst, ihn nie wiederzusehen. Schließlich trat sie aber doch zur Seite. Hermann ging an ihr vorbei.

Sie schloss die Tür und fragte: «Was willst du?»

«Wir müssen reden.»

«Ich wüsste nicht, worüber.»

«Oh, es gibt eine Menge, was wir beide zu bereden hätten! Könnte ich ein Glas Wasser haben?»

Anna ging vor in die Küche.

«Du hast aufgeräumt», bemerkte er beiläufig.

«Ja. Das letzte Mal, als du da warst, sah es hier nicht es so aus wie normalerweise. Setz dich!» Sie zeigte auf den Küchenstuhl am Fenster.

Hermann nahm Platz.

«Das letzte Mal bei dir geht mir nicht aus dem Kopf», sagte er, als sie ihm sein Wasser hinstellte.

Ihr ging es genauso, aber sie hatte nicht vor, ihm das zu gestehen.

«Ich habe ständig Angst gehabt, dass ich verhaftet würde», sagte sie stattdessen.

Er schüttelte den Kopf. «Ich würde dich nie ans Messer liefern, Anna. Auch wenn ich mich geärgert habe, als du plötzlich bei mir zu Hause standest.»

«Ich wollte nur mein Eigentum zurückhaben.»

«Glaub mir, es war besser so.»

Das bezweifelte Anna. Es war nur weitere Arbeit gewesen. Viel Arbeit. Erst gestern hatte sie alles zu Achim gebracht, der mit dem Druck begonnen hatte. Leopold war auch da gewesen, zusammen mit Marlene. Die beiden präsentierten sich jetzt als festes Paar, nachdem Anna sich von Leopold getrennt hatte. Sie fand es erstaunlich, wie wenig Schmerz ihr das bereitete.

«Warum hast du mich nicht verraten? Weil du Angst hattest, dass deine Frau es erfährt?» Sie wollte gar nicht so aggressiv klingen. Dieses Gespräch war sie schon hundertmal im Kopf durchgegangen, aber es entwickelte sich ganz anders, als sie es sich vorgestellt hatte.

Hermann schüttelte erneut den Kopf. «Ich hätte ihr einfach von dir erzählen können», sagte er emotionslos. «Sie hätte mir einen Ausrutscher sicher verziehen.»

«Einen Ausrutscher! Das bin ich für dich?»

«Dann würde ich nicht hier sitzen. Ich habe dich nicht verraten, weil ich nicht will, dass … dir etwas geschieht.» Er trank das Glas leer.

«Und was willst du dann hier?»

«Es ist eine Menge passiert, Anna! Und ich habe ständig an dich gedacht. Zu den unmöglichsten Zeiten!»

«Du bist verheiratet und erwartest dein zweites Kind», bemerkte Anna kühl, auch wenn seine Worte etwas in ihr auslösten.

«Ich weiß», gab Hermann traurig zurück. Er wirkte angeschlagen. «Trotzdem habe ich mich in dich verliebt.»

«Du willst mir also sagen, dass du mich deshalb nicht verrätst, weil du dich in mich verliebt hast?»

«Ja.»

«Und was bedeutet das im Umkehrschluss?», fragte sie scharfzüngig. «Wenn ich dir sage, dass ich nichts mehr von dir wissen will – wirst du mich dann verraten? Oder erst, wenn ich dir irgendwann unbequem werde?»

«Nein, nein», rief er aus. «So habe ich das nicht gemeint!»

«Und wie hast du es dir vorgestellt? Was willst du? Noch ein bisschen Spaß haben mit der Kleinen?»

«Ich bin gekommen, um dich zu sehen. Und um dich zu warnen», sagte er.

Anna sah ihn fragend an. «Ich kann mich nicht damit abfinden, wie ihr Nazis mit den Menschen umgeht.»

«Ich weiß», sagte Hermann.

«Dein Hitler tut so, als sei ihm das deutsche Volk wichtig, aber wir sind doch nur Mittel zum Zweck!»

Er nickte.

«Verdammt, warum nickst du denn?»

«Weil du recht hast», sagte er leise. «Wie gesagt, es ist einiges passiert, seit wir uns zum letzten Mal gesehen haben.»

«Was denn?»

«Das kann ich dir nicht sagen. Zu deinem eigenen Besten! Aber du musst wissen, dass sich die Schlinge um euch immer weiter zuzieht. Man ist jetzt auch wegen Mord hinter euch her.»

«Mord? Das ist Unsinn!», sagte Anna bestimmt.

«Gestern sind in der Bar, wo wir waren, zwei Männer getötet worden. Ein Jude und ein Mann vom Sicherheitsdienst. Der, den du bei der Razzia kennengelernt hast: Schaper.»

«Wir waren das nicht!»

«Aber die Behörden sehen eine Verbindung, weil Schaper

sich euch an die Fersen geheftet hat. Ihr müsst euch unbedingt weiter bedeckt halten! Das bedeutet das Ende aller Aktionen!»

«Das liegt nicht in meiner Hand», sagte Anna.

«Aber du kannst die anderen warnen. Und du musst dich selbst sofort aus allem herausziehen.»

«Du solltest gehen», sagte sie. Und wünschte doch etwas ganz anderes.

Er erhob sich. «Anna! Das ist kein Spiel!»

Sie stand ebenfalls auf, stellte sich ihm gegenüber und sagte: «Das ist es schon lange nicht mehr.»

Sie wusste nicht, warum sie es tat, aber sie stellte sich auf die Zehenspitzen, nahm sein Gesicht in die Hände und küsste ihn. Hermann war zuerst regungslos, dann öffneten sich seine Lippen, und er schlang die Arme um sie.

«Wieso hast du das getan?», fragte Hermann, während er sein Hemd zuknöpfte.

«Ich bin mir sehr sicher, dass ich das nicht alleine war», gab sie zurück.

«Aber du hast mich zuerst geküsst.»

«Und du mir gesagt, dass du dich in mich verliebt hast.»

Hermann lächelte. Er sah entspannter aus als bei seiner Ankunft. Kein Wunder.

Dieses Mal allerdings hatten sie einen Frommser benutzt.

«Hast du dich denn auch in mich verliebt?», fragte er.

Zur Antwort fuhr sie ihm mit den Händen unters Hemd und streichelte seine Brust.

Sie zog sie allerdings schnell zurück, als ein Klopfen an der Wohnungstür ertönte.

«Anna?»

Sie hätte am ehesten Leopold erwartet. Oder Achim, der

ihr seit dem Ende der Liebschaft mit Leo deutliche Avancen machte. Aber die Stimme gehörte jemand anderem.

«Mein Bruder!», flüsterte sie fast lautlos. Sie sah Hermanns entsetztem Gesichtsausdruck an, dass er ihn offenbar auch erkannt hatte.

«Er darf mich auf gar keinen Fall hier sehen!», flüsterte er.

Als ob sie das gewollt hätte!

«Anna!» Es klopfte noch mal. «Ich weiß, dass du da bist!»

«Moment», rief sie zur Tür.

«Bleib hier drin.» Anna zog ihre Bluse an und verließ das Schlafzimmer. Sie zog die Tür zu.

«Mach schon!», kam es von draußen.

«Ja, ja. Was willst du überhaupt hier?»

Sie öffnete die Wohnungstür. Horst grinste ihr entgegen.

«Ich darf doch wohl noch meine Schwester besuchen.»

«Als ob du mich jemals einfach so besucht hättest.»

«Irgendwann muss ich damit ja anfangen. Und du wirst doch sicher nicht gerade heute, am heiligen Sonntag, einen Kerl hier haben.»

Er drückte sich an ihr vorbei. Anna fühlte sich ertappt.

«Oder etwa doch?», fragte er überrascht nach.

«Natürlich nicht! Und wenn, dann ginge es dich einen Scheißdreck an.»

«So redet eine feine Dame aber nicht.»

«Siehst du irgendwo eine?»

Horst lachte und folgte Annas Wink in die Küche.

«Ach, du hast also doch Besuch?» Er zeigte auf die beiden Wassergläser.

«Heute Mittag war eine Kommilitonin da», sagte Anna schnell. «Also, was willst du?»

«Ich brauche die Geburtsurkunden von Mama und den Großeltern. Papa meint, du hättest sie.»

«Wozu?»

«Ariernachweis. Ich will mich bei der SS bewerben.»

«Was willst du da? Du musst was Ordentliches lernen!»

«In der SS erwartet mich eine glänzende Zukunft. Wenn alles gut läuft, komme ich vielleicht sogar in die Leibstandarte unseres Führers.»

«Bitte?»

«Ich arbeite für einen Mitarbeiter aus dem Promi. Soll für ihn meine Kontakte bei den HJ-Jungs spielen lassen. Im Gegenzug hat er mir über jemanden beim Sicherheitsdienst ein Vorsprechen bei der Leibstandarte besorgt.»

Annas Mundwinkel verzogen sich.

«Der, der gestern ermordet worden ist?», fragte sie und hätte sich am liebsten sofort auf die Zunge gebissen.

«Was? Wer ist gestern ermordet worden?»

«Ich hab da so was gehört», sagte Anna.

«Was hört man denn so?» Horst nahm sie und hielt sie an den Schultern fest.

«Lass mich los, du tust mir weh!»

«Dann sag schon!» Er ließ nicht los, lockerte seinen Griff aber etwas.

«Heute früh haben zwei Leute beim Bäcker darüber gesprochen. Ein Mann vom Sicherheitsdienst ist wohl gestern erschossen worden. In einer Bar.»

«Das kann er nicht gewesen sein. Der, den ich meine, geht sicher nicht in irgendwelche Bars.» Horst ließ sie los.

«Bei der Leibstandarte erwartet man von dir, dich dazwischenzuwerfen, wenn irgendjemand auf Hitler schießt», wechselte Anna das Thema.

«So weit lassen wir es gar nicht kommen. Und falls doch, ist es die größte Ehre, für den Führer und das Vaterland zu sterben.»

«Jetzt bist du ja wohl vollkommen durchgedreht.»

«Wo hast du die Geburtsurkunden?», fragte er mit genervtem Gesichtsausdruck.

«Ich weiß nicht. Muss morgen mal nachsehen.»

«Ich brauche die Dinger morgen früh. Sieh gefälligst gleich nach.»

Anna überlegte fieberhaft, wie sie vorgehen konnte. Sie hatte die Unterlagen selbst benötigt, um weiter an der Hochschule bleiben zu können. Sie wusste sogar, in welcher Schublade sie lagen. Aber die befand sich bei Hermann im Zimmer.

«Ich brauche etwas Zeit, um die Sachen zu finden», sagte sie erneut. «Komm in einer Stunde noch mal vorbei.»

«Meinst du, ich hab nichts Besseres zu tun? Was willst du denn eine Stunde lang durchsuchen hier? Ist ja nicht grade ein Palast, oder?» Er drehte sich um.

«Horst!», rief sie scharf. Doch er ließ sich nicht davon abhalten, in Richtung ihres Schlafzimmers zu gehen.

«Horst, warte!» Sie lief ihm nach und hielt ihn am Hemd fest.

«Was ist los? Hast du wirklich 'nen Kerl da?»

Er drückte die Klinke und öffnete die Tür.

Anna stürmte hinter ihm ins Zimmer. Es war leer.

«So wie dein Bett aussieht, könnte einer hier gewesen sein», sagte er lachend. «Wenn Papa die Unordnung sehen würde ...»

«Wie ich wohne, geht Papa gar nichts an. Und dich schon dreimal nicht.»

Anna sah sich nach Hermann um, aber es gab kein Anzeichen seiner Anwesenheit. Mit einem schnellen Blick stellte sie fest, dass er nicht hinter der Tür steckte.

«Und wenn es doch der Mann war, mit dem du zu tun

hattest? Der, den sie erschossen haben?», versuchte sie, ihre Nervosität zu überspielen.

Horst blickte sie skeptisch an. «Wieso sollte er das sein?»

«Ich fand das nur seltsam. So viele Leute vom Geheimdienst kennst du ja auch nicht, oder?»

«Wenn es Schaper war und der tot ist, dann wird sein Mörder keine Freude mehr haben», sagte er. «Der SD wird ihn jagen und zur Strecke bringen.»

Horst ging zu ihrem Maltisch.

«Du wirst nicht in meinen Sachen rumwühlen!» Sie zerrte ihn zurück.

«Dann gib mir, was ich brauche!»

Da Hermann nicht hinter der Tür war, blieben nur noch unter dem Bett oder im Schrank als Versteck. Und im Schrank lagen auch die Unterlagen, die Horst haben wollte. Anna musste ihren Bruder hier schnellstmöglich wegbekommen!

Pro forma sah sie die Blätter auf ihrem Maltisch durch.

«Geh doch in die Küche. Auf dem Bord findest du in der Papiertüte Kirschen von gestern.» Als Kind hatte Horst für Kirschen alles stehen gelassen. Und tatsächlich sagte er: «Ja, klingt gut.»

Anna atmete erleichtert aus, als er verschwand. Aber er war nur eine dünne Wand entfernt.

Sie öffnete die Schranktür. Hermann kauerte zwischen ihren Kleidern und dem Wintermantel. Seine Sachen hatte er mitgenommen. Anna legte den Zeigefinger auf den Mund.

«Hast du sie gefunden?», rief sie.

Es gab eine kurze Pause, dann folgte aus der Küche ein zufriedenes «Ja. Die sind gut.»

Das stimmte. Anna hatte gestern nur ein paar gegessen, weil sie eigentlich zu teuer waren. Sie war sicher, dass ihr kleiner Bruder ihr keine übrig lassen würde. Aber sei's drum. Die Anschaffung hatte sich bezahlt gemacht.

Sie öffnete schnell eine Kiste und holte die Papiere heraus, die Horst für seinen Ariernachweis benötigte. Dann hauchte sie einen Kuss auf die Hand und pustete ihn Hermann zu. Dem schien die Stellung schon ein bisschen unbequem zu sein.

«Ich habe die Papiere gefunden», sagte sie, schloss den Schrank und ging zurück in die Küche.

GEISTIGER BESITZ

Berlin, Freitag, 3. Juli 1936

Leni Riefenstahl hatte sich ein neues Spielzeug aus Griechenland mitgebracht. Es hieß Anatol. Sie wollte den sehr ansehnlichen jungen Mann mit dunklem Haar und gebräunter Haut in ihrem Film als Fackelträger inszenieren. Seit sie am Mittwoch mit ihm zurückgekehrt war, machte sie kein Geheimnis daraus, dass sie Anatols Jugend zu schätzen wusste. Heute kam sie viel zu spät in die Produktion und kicherte wie ein Backfisch.

Ihr bisheriger Liebling und persönlicher Assistent Wolfgang schmollte und hatte sich gleich ganz krankgemeldet.

Die Nachricht aus dem Propagandaministerium, dass man im Zeppelin zwei Plätze für den Kameramann Heinz von Jaworsky und seinen Bruder Gert bereithalten würde, stimmte die Riefenstahl zusätzlich milde.

«Da hat bestimmt der gute Adolf seine Hände im Spiel gehabt. Jede Wette!», war sie überzeugt.

Produktionsleiter Waldi Traut schlug vor, zusätzlich einen Ballon anzuschaffen, der an einem Seil hochgelassen werden sollte. Die automatische Kamera würde weitere Luftaufnahmen liefern. Riefenstahl gefiel die Idee.

Neben den Besprechungen gab es ständige Besuche von Honoratioren oder Delegationen. Anna hatte schon den Überblick verloren. Um alle musste sich angemessen gekümmert werden. Leni und Heinz Riefenstahl zeigten Vertretern des auftraggebenden IOC die eher kargen Räume der Produktionsgesellschaft und führten sie dann in eine der feineren Adressen zum Essen aus. Die Spiele mochten ein sportliches Ereignis sein und die olympischen Ideale hochhalten, in erster Linie aber waren sie ein gutes Geschäft für die, die an ihnen verdienten. Und dazu gehörten eine ganze Menge Leute.

Anna war mittlerweile für die Riefenstahl fast rund um die Uhr im Einsatz, erhielt aber weiter nur den knappen Lohn einer studentischen Aushilfe. Studieren hingegen war mittlerweile fast gar nicht mehr drin. Ihr Professor erkannte ihre Tätigkeit immerhin als künstlerische Fortbildung an, sodass sie nicht fürchten musste, aus der Hochschule geworfen zu werden.

Trotzdem fand sie die Zeit, sich mit Hermann zu treffen. Nachdem er zu ihr gekommen war, hatte Anna ihren Entschluss, die Affäre zu beenden, verworfen. Hermann war am Donnerstag erneut bei ihr gewesen. Dieses Mal hatten sie erst danach geredet, Arm in Arm. Seine Warnungen hallten noch immer in ihren Ohren wider, aber sie vergaß sie unter seinen süßen Küssen.

Sie vermieden es, über die Hindernisse zu sprechen, die ihnen im Weg standen. Hermanns Ehe und Kinder, seine Karriere im Ministerium, ihr Einsatz gegen das Regime. Anna wollte nicht daran erinnert werden, wie sympathisch Hermanns Frau ihr bei dem kurzen Treffen vorgekommen war. Und Hermann fragte sie nicht über die Plakate aus. Zumal sie ihm ohnehin nichts verraten hätte. Sie vertraute ihm zwar, aber wollte ihren Schwur den anderen gegenüber nicht brechen.

«Fräulein Anna?» Die Riefenstahl riss sie aus ihren Gedanken. Sie sah wütend aus.

«Entschuldigung, ich habe nur kurz nachged…»

«Seien Sie still!», wurde sie unterbrochen. «Sie haben Besuch. Kommen Sie mit.» Und schon schoss die Riefenstahl davon.

Anna beeilte sich, ihr zu folgen.

«Bringen Sie mir bloß keinen Ärger ins Haus!», murrte sie auf dem Weg zum Vorführsaal.

«Hier?»

«Der Herr hat auf einem ruhigen Raum bestanden.»

Sie klopfte und öffnete. Anna sah einen hochgewachsenen Mann mittleren Alters, der in einem der Sessel der ersten Reihe Platz genommen und die langen Beine ausgestreckt hatte. Er trug eine Gestapo-Uniform. Als sie eintraten, stand er auf.

«Heil Hitler», rief er, schlug die Hacken zusammen und hob den rechten Arm schnittig empor.

«Hier ist sie. Anna Kollmann. Kann ich Ihnen einen Kaffee bringen lassen?», flötete Leni Riefenstahl und setzte das Lächeln auf, das sie für Männer reserviert hatte, die ihr gefielen.

«Nein danke, Frau Riefenstahl.»

«Fräulein», korrigierte sie ihn mit einem Augenaufschlag.

Er nickte.

Den Vorführraum hatten die Riefenstahls wie ein kleines Kino gestalten lassen. Die Sitze waren klappbar und mit rotem Samt bezogen. In der Mitte führte ein Treppengang zu dem großen Filmprojektor, dem gegenüber sich die Leinwand befand. Zwei Tische und ein paar Klappstühle rundeten die Einrichtung ab.

«Fräulein Anna Kollmann», sagte der Mann. Es war keine Frage, sondern eine Feststellung.

«Ja», sagte sie leise. Sich etwas schüchtern zu zeigen,

mochte bei solchen Männern einen Beschützerinstinkt wecken.

«Nikolaus von Häusern. Verzeihen Sie den Überfall», sprach er mit einem beruhigenden Säuseln in der Stimme. «Es handelt sich um eine Untersuchung, für die wir mehrere Personen vernehmen.»

«Untersuchung?»

«Eine ernste Sache», sagte von Häusern. «Aber wenn Sie nichts damit zu tun haben, brauchen Sie nichts zu befürchten.»

Er lächelte, als habe er einen Scherz gemacht.

Anna lächelte zurück.

«Nehmen Sie Platz», schlug er vor und schob zwei der Klappstühle an den Bistrotisch vor der Leinwand.

Sie setzten sich.

«Sie erlauben, dass ich mir ein paar Notizen mache?»

«Ja, natürlich.»

«Gut.» Er holte ein Notizheft und einen schon recht weit heruntergespitzten Bleistift aus der Jackentasche.

«Beginnen wir mit Namen und Anschrift.»

«Anna Kollmann. Schliemannstraße 2, Prenzlauer Berg.»

Er schrieb nichts auf, sondern setzte nur einen schwungvollen Haken hinter eine Zeile in seinem Heftchen.

«Geboren?»

«Am 17. April 1912.»

Der Mann setzte den nächsten Haken.

«Sie scheinen schon einiges über mich zu wissen. Wieso fragen Sie mich das noch mal?»

«Ich möchte sichergehen, es mit der richtigen Anna Kollmann zu tun zu haben. Sie sind verlobt mit Leopold Stickelsperger?»

Woher hatte er das?

«Nein. Wir waren einmal ein Paar.»

«Aber sind es nicht mehr?»

Sie schüttelte den Kopf.

«Darf ich fragen, wie lange schon?»

«Spielt das eine Rolle?»

«Alles kann eine Rolle spielen, Fräulein Kollmann. Ich mache nur meine Arbeit.»

«Seit etwa zwei Wochen.»

Dieses Mal gab es keinen Haken, sondern ein geschwungenes Zeichen und einen Punkt. Ein Fragezeichen, wurde Anna klar.

«Das ist eigenartig, weil ebendieser Leopold Stickelsperger angegeben hat, dass Sie verlobt sind.»

Dreck! Warum sagte Leo so etwas? Jetzt musste sie improvisieren. «Er will nicht wahrhaben, dass es vorbei ist.»

«Soso.»

Dieses Mal schrieb von Häusern etwas auf.

«Aber ich bin ja nicht gekommen, um mich über Ihre Verhältnisse ins Bild zu setzen», sagte er schließlich wieder mit diesem nicht einmal unfreundlich wirkenden Lächeln.

«Ich habe nur ein paar Fragen, dann können Sie wieder zurück an die Arbeit.»

Er sah sich um, als wolle er sich vergewissern, dass niemand sonst da war. «Ehrlich gesagt, ich schwärme schon lange für Fräulein Riefenstahl. Großartig, sie mal getroffen zu haben! Das muss grandios sein, jeden Tag mit ihr zu arbeiten.»

«Es ist eine große Ehre», sagte Anna diplomatisch. «Sie ist eine echte Künstlerin.»

Von Häusern nickte eifrig.

«Apropos», setzte er fort. «Sie sind auch eine Künstlerin.»

«Noch nicht. Ich bin an der Vereinigten Staatsschule für freie und angewandte Kunst eingeschrieben.»

«Und fast fertig mit dem Studium, wenn es stimmt, was das Dekanat angegeben hat.»

«Das wird noch nichts. Ich muss Geld verdienen. Die Arbeit hier sollte eigentlich nur neben dem Studium stattfinden, aber je näher die Spiele rücken, umso mehr gibt es zu tun.»

«Nun, ich freue mich sehr auf die Spiele. Wissen Sie, ich war früher ein ganz annehmbarer Hochspringer», sagte von Häusern stolz. «1 Meter 98. Meine persönliche Bestleistung. Man wollte mich sogar in den Kader holen.»

Anna nickte anerkennend.

Von Häusern kramte in der schweren Ledertasche, die neben seinem Platz stand, und zog ein gefaltetes, schmutziges Papier hervor.

«Haben Sie das schon einmal gesehen?»

Er entfaltete das Papier und zeigte Anna ihr eigenes Plakat. Jenes, das sie an dem Tag aufgehängt hatten, als Leo Horst angeschossen hatte.

«Sie kennen es?», schloss der Gestapo-Offizier aus ihrem Schweigen.

«Nein, nein. Ich habe das nie zuvor gesehen.»

«Ach, ich dachte. Sie wirkten so … überrascht.»

«Wer macht denn so etwas?»

«Ich bin hier, um genau das herauszufinden. Auch wenn es sich dabei inhaltlich um geistigen Dreck von asozialen Subjekten handelt, um eine Lästerung unserem Führer gegenüber, muss man zugestehen, dass sich die Ausführung durchaus künstlerisch darstellt. Nicht jeder Hinz und Kunz könnte so ein Plakat herstellen. Was meinen Sie?»

Anna überspielte ihre Nervosität. «Da haben Sie sicher recht.»

«Wir dachten uns, vielleicht in Künstlerkreisen in Erfahrung zu bringen, von wem das Plakat stammen könnte. Sie wissen ja, jeder Künstler hat seinen unverkennbaren Stil.»

Zum ersten Mal war Anna froh, ihren Stil noch nicht gefunden zu haben. Das war oft die Kritik der Professoren an ihren Arbeiten gewesen. Sie experimentierte gerne mit unterschiedlichen Malweisen und Sujets, verschiedenen Papieren, Stiften und sonstigen Materialien, naturalistischen wie abstrakteren Darstellungen. Dass sie Karikaturen zeichnete, wusste in der Hochschule niemand außer die Mitglieder von Phoenix.

«Wie gesagt, ich kann Ihnen da nicht helfen. Ich kenne niemanden, der so etwas machen würde. Beim besten Willen.»

«Hmm. Na gut. Sagt Ihnen der Name Roland Schaper etwas?»

Anna blickte nachdenklich nach oben. «Nein, ich denke nicht.»

«Ein Staatsbediensteter. Er hat für den Sicherheitsdienst des Reichsführers SS gearbeitet.»

Sie schüttelte den Kopf.

«Sie sind ihm einmal bei einer Razzia in der *Kakadu*-Bar begegnet.»

«Ach, der ältere Herr. Nicht sonderlich groß, eine Brille mit dicken Gläsern?»

«Genau der. Er wurde vergangene Woche erschossen.»

«Nein!» Anna tat schockiert.

«Wir haben Grund zu der Annahme, dass die Urheber dieses Plakats mit der Ermordung in Verbindung stehen könnten. Und wir fürchten, dass diese Terroristen Blut geleckt haben und weitere Menschen umbringen werden. Darum möchte ich Sie bitten, die Augen offen zu halten, wenn Sie wieder an der Staatsschule für Kunst sind.»

«Wie gesagt, ich habe im Moment hauptsächlich hier zu tun.»

«Sei's drum», sagte er. «Falls Ihnen etwas einfällt, kommen Sie in die Gestapo-Zentrale oder in irgendein Polizeirevier. Man wird mich dann informieren.»

Er überreichte ihr eine kleine Karte, auf der sein Name und die Adresse des Gestapo-Hauptquartiers standen. Ein Hakenkreuz war in die Pappe geprägt.

«Scheuen Sie sich nicht, sich zu melden. Für Hinweise, die zur Ergreifung der Urheber dieser Plakate führen, sind hohe Belohnungen ausgesetzt worden. Damit könnten Sie sich ganz auf Ihr Studium konzentrieren, ohne ständig für einen Hungerlohn arbeiten zu müssen», bemerkte er augenzwinkernd.

«Wenn ich etwas wüsste, hätte ich es Ihnen gesagt», meinte Anna und stand auf. «Kann ich zurück? Sonst lässt Frau Riefenstahl mich nacharbeiten.»

«Wir sind fertig. Ich danke Ihnen.»

Er schüttelte Anna die Hand. Ohne loszulassen, sagte er: «Jetzt habe ich doch noch etwas vergessen. Wo waren Sie am vergangenen Samstag gegen neun Uhr abends?»

«Ich war zu Hause und habe gemalt», sagte sie mit Herzklopfen.

«Alleine?» Er blickte sie durchdringend an und ließ ihre Hand immer noch nicht los.

«Ja, ich male immer alleine.»

«Ein bestimmtes Bild?»

«Skizzen. Verschiedenes.»

Von Häusern dachte einen Moment nach, dann lockerte

er endlich seinen Griff. «Nichts für ungut. Ich wünsche Ihnen einen schönen Abend.»

Leni Riefenstahl verlangte von Anna wirklich, die zwanzig Minuten nachzuarbeiten, die von Häusern sie verhört hatte. Erst als die Regisseurin mit dem schönen Anatol längst verschwunden war, konnte Anna sich auch endlich auf den Weg machen. Das Gespräch mit dem Staatspolizisten ließ sie nicht los. Der Mann wirkte, als wisse er schon alles, wonach er fragte. Alleine die Sache mit Leopold. Wieso hatte er nur behauptet, sie seien verlobt? Und was bedeutete ihr Widerspruch?

Im Zug ratterten ihre Gedanken wie die Räder auf den Schienen. Und immer wieder glitten sie zu Hermann. Sie hätte sich nach Leopold eine einfachere Romanze gewünscht. Aber das Schicksal hatte dieses Mal noch ein Sahnehäubchen für sie draufgesetzt. Und trotzdem malte sie sich aus, wie alles, was zwischen ihnen stand, zur Seite gewischt werden könnte. Sie müssten nur diesem grauenvollen Land den Rücken kehren. Aber das alles war nur möglich, wenn sie hier nicht entdeckt würden. Und was machte sie? Sie fuhr zu Phoenix, um neue Plakate aufzuhängen!

Achim öffnete ihr die Tür und umarmte sie. In seiner Druckwerkstatt warteten bereits Leopold, Marlene und zu ihrer Überraschung auch Theodor von Gehrs.

«Schön, dich zu sehen, TvG», begrüßte Anna ihn mit einer schnellen Umarmung.

«Claudius ist ausgestiegen», schaltete sich Achim ein, der die Neuigkeit offenbar nicht für sich behalten konnte. Er stand ihr so nah, dass ihre Unterarme sich kurz streiften.

«Komplett?», fragte Anna schockiert.

«Nein, nein.» Leo warf Achim einen bösen Blick zu. «Nur heute für die Plakatieraktion.»

«Leopold hat mich überredet, anstelle von Claudius Schmiere zu stehen», sagte Theo, was Anna ziemlich erstaunte. Er hatte sich bei allen Aktionen bisher im Hintergrund gehalten.

«So ist es», sagte Leo. «Dann besprechen wir mal das Vorgehen.»

«Moment», unterbrach Anna. «Ich hatte heute Besuch von einem Nikolaus von Häusern von der Gestapo. Warum hast du ihm gesagt, dass wir verlobt sind?»

Marlene sah Leopold verwirrt an.

«Das habe ich niemandem gesagt», gab er empört zurück. «Ich kenne den Mann gar nicht!»

«Er hat gemeint, er hätte mit dir gesprochen.»

«Eine typische Gestapo-Taktik», erklärte Marlene. «Sie versuchen, die Leute bei Befragungen aus der Reserve zu locken. Es geht nur darum, zu sehen, wie du auf falsche Informationen reagierst. Was hast du gesagt?»

Anna fand es eigenartig, ausgerechnet Marlene zu antworten: «Dass wir ein Paar waren, es aber nicht mehr sind.»

«Gut», sagte sie. «Was wollte er sonst wissen?»

«Hast du diesen Schaper erschossen?», fragte Anna unvermittelt an Leo gewandt. Seit Hermann ihr erzählt hatte, dass Schaper ermordet worden war, hatte sie ihn im Verdacht.

«Nein!», protestierte er.

«Und die Pistole?»

«Nur zur Selbstverteidigung», sagte er. «Was soll das überhaupt, dass du mir so was vorwirfst?»

«Ich dachte nur», sagte sie kleinlaut. «Auf jeden Fall

denkt die Gestapo, dass einer von uns diesen Schaper umgebracht haben könnte. Sie waren die ganze Zeit schon hinter uns her, aber jetzt haben sie sich richtig auf uns eingeschossen. Deshalb denke ich auch, wir sollten die Aktion heute lieber lassen.»

Jetzt war es raus. Ihre Worte überraschten Anna selbst. Den ganzen Tag hatte sie überlegt, ob sie Hermanns Warnung ernst nehmen sollte. Auf der einen Seite glaubte sie weiter an die Macht der Kunst, Gesellschaften zu verändern. Auf der anderen Seite stand die Hauptaktion – das Abwerfen der Flugblätter – erst noch an, die nicht gefährdet werden durfte.

Marlene überlegte. Achim schien vollkommen perplex und Theo zumindest erstaunt. Leo sah sie an, dass er kurz vor einer Explosion stand.

«Das ist doch ein Scheiß!», fuhr Leo sie an. «Gerade jetzt müssen wir den Druck hochhalten! Gerade jetzt, wo wir sehen, dass unsere Aktionen wirken! Die Nazis haben Angst vor uns!»

«Aber wir befinden uns auf ganz dünnem Eis!», gab Anna zurück. «Jederzeit kann jemand von uns schwach werden und Phoenix verraten.»

«Das wird schon keiner tun.»

«Ach nein? Es muss nur einer auf den Gedanken kommen, für eine gute Belohnung den Kopf aus der Schlinge zu ziehen.»

«Wir stecken alle zusammen in der Sache. Niemand denkt auch nur daran, seine Freunde zu verraten», entgegnete Leo, aber Anna sah Achim an, dass er ihre Sorgen offenbar teilte. Er sagte: «Bisher hatten wir Ruhe. Aber jetzt haben sie schon Anna verhört, und wir sind sicher auch bald dran.»

«Wir haben doch noch eine ganz andere Aktion in petto!», schoss Anna hinterher. «Unser Ziel ist es, der Welt zu den Olympischen Spielen zu zeigen, dass es einen Widerstand gibt.»

«Ich finde, sie hat recht», kam Marlene Anna zu Hilfe. «Wenn wir die Nazis vor den Spielen zu sehr reizen, bringt das vielleicht die Olympiaaktion in Gefahr.»

Marlenes Einwurf brachte Leopold dazu, sich zu beruhigen. Anna staunte. Das Mädchen schien ihn besser im Griff zu haben, als es ihr jemals möglich gewesen war.

«Wir haben über die Plakate abgestimmt, haben sie gedruckt und alles organisiert. Und jetzt soll die ganze Arbeit umsonst gewesen sein?»

«Die Plakate sind mein geistiger Besitz», sagte Anna. «Ich verbiete, dass sie aufgehängt werden.»

«Ich sehe es wie Anna», schaltete sich Theodor in das Streitgespräch ein. «Wir sollten uns auf das große Hauptprojekt konzentrieren und eher daran arbeiten, dass es keine Spuren zu uns gibt. Wenn die Flugblätter erst aus dem Zeppelin fallen, wird die Gestapo nicht nur einen Mann losschicken. Die Nazis werden ausschwärmen wie Ameisen, denen man einen Stock in den Bau rammt. Dann bricht erst mal die Hölle los.»

REGISTRATUR

Frankfurt, Mittwoch, 8. Juli 1936

Georg saß mit einem Kaffee in der winzigen Wohnung, die er sich mit Josef Kämmerer teilte, und las die *Frankfurter Zeitung*. Das Reichskommissariat für Preisüberwachung sollte heute eine Verordnung erlassen, dass im ganzen Reich für die Dauer der Olympischen Sommerspiele Preise für die «Beherbergung von Gästen aus Anlass der Olympischen Spiele» nicht erhöht werden durften. Das war vor allem für die Orte mit Spielstätten interessant, also hauptsächlich Berlin samt Umland und Kiel, wo die Segelwettbewerbe stattfanden.

Die vergangenen zwei Wochen hatte er seine ersten beiden Linienflüge mit der Hindenburg hinter sich gebracht. Das Gefühl, über den Wolkenkratzern von New York dahinzuschweben, würde er nie vergessen! So weit man sehen konnte, gab es ein Meer aus Bauwerken – und einen riesigen, rechteckigen Park. Sie hatten zwei Nächte Aufenthalt in New York zur freien Verfügung gehabt. Josef hatte sich direkt nach der Ankunft verkrümelt. Er wollte in der Stadt bei Verwandten übernachten, hatte er gesagt.

Georg war zusammen mit Gerd Petersen in ein Zimmer einquartiert worden. Endlich hatte er einen Zimmerkameraden, mit dem er gerne Zeit verbrachte.

Gerd kannte die Stadt von vorigen Besuchen. Der gut aussehende Maschinist aus Hamburg erregte bei den Amerikanerinnen Aufmerksamkeit. Seine Größe und Statur, die muskulösen Arme, das gebräunte Gesicht mit markantem Kinn, ausdrucksstarken Augen und blondem, vollem Haar zogen viele Blicke an, wenn sie die Sehenswürdigkeiten der Stadt besuchten. Die Nazis hätten als Bebilderung für den Begriff Arier kaum eine idealere Person finden können.

Gerd zeigte Georg die Freiheitsstatue und das Empire State Building, das höchste Gebäude der Welt. Gegen die Häuserfluchten, durch die sie gingen, wirkten die Hänge der Wutachschlucht, die Georg in seiner Kindheit so ehrfürchtig betrachtet hatte, fast unspektakulär. Am beeindruckendsten allerdings fand er die Menge an Menschen. Überall liefen sie durcheinander. Ein schier unaufhörlicher Strom aus Leibern quoll durch die Straßen, bevölkerte riesige Kreuzungen oder verschwand im Untergrund, um anderswo wieder an die Oberfläche gespült zu werden. Millionen Menschen aus aller Welt, die Georg bewiesen, dass nicht nur Arier schön sein konnten. Georg sah einige mit dunkelbrauner Haut, manche waren fast schwarz wie Ebenholz. Dazwischen erblickte man Männer und Frauen mit Mandelaugen, deren Ursprünge in Asien gelegen haben mussten. Jede erdenkliche Volksgruppe und jede Schattierung von Haut und Haar waren hier zu bestaunen. Strenggläubige Juden liefen offen mit Kippa und Schläfenlocken durch die Stadt, in einem Viertel wähnte Georg sich in Italien, weil kaum jemand Englisch sprach, dann gab es orientalisch aussehende Familien und Frauen, die ihre Haare und teils sogar Gesichter unter Schleiern verbargen.

Gerd hatte ihm erzählt, dass es natürlich zu Spannungen kam bei so vielen Völkerschaften. Vor allem die Juden hatten es auch hier nicht einfach. Offenbar gab es überall auf der Welt Antisemiten, denen die Juden als Sündenbock für ihre Probleme gerade recht kamen. Dass mittlerweile immer mehr von ihnen aus Deutschland fortströmten, um in den Vereinigten Staaten eine neue Heimat zu finden, führte offenbar zu weiter steigenden Missstimmungen.

Die Eindrücke dieser beiden Reisen hatten Georg schwer imponiert. Natürlich hatte er Gitti Postkarten aus Amerika geschickt und zuletzt auf der Rückreise einen ausgiebigen Brief abgesetzt, in dem er noch einmal kryptisch auf ihre gemeinsamen Erlebnisse im Zeppelin eingegangen war. Bei seiner Rückkehr hatte er eine Antwort von ihr vorgefunden, in der sie ihn aufforderte, vorsichtig zu sein.

«Liest du das noch?», riss Josef Kämmerers Frage ihn aus seinen Gedanken. Georg reichte ihm den erbetenen Teil der Zeitung und wünschte sich, der Mitbewohner wäre ein bisschen mehr wie Gerd, freundlicher und nicht so verschlossen. Josef gab Georg nach all den Wochen, die sie zusammenlebten, immer noch das Gefühl, ein Fremdkörper zu sein.

Georg begann die Zeitungslektüre immer von hinten. Somit hatte er die Ankündigung erst nach dem nächsten Umblättern vor Augen: Die heutige Eröffnung des «Weltflughafens Rhein-Main». Es wurden einige Größen der Politik erwartet, zahlreiche Reden und Gratulationen standen auf der Tagesordnung, Flugvorführungen und natürlich Führungen durch den Hangar und für geladene Gäste durch die Hindenburg. Die Deutsche Zeppelin Reederei rechnete mit Tausenden von Besuchern.

«Wir sollten uns ranhalten», sagte Georg. «Nicht, dass wir erst ankommen, wenn die Leute schon auf dem Flughafen sind.»

Sie kamen frühzeitig genug an, um bei den letzten Vorbereitungen zu helfen. Nur eine Stunde nachdem alle Arbeiten getan waren, erkannte Georg das Flugfeld kaum wieder. Sonst war es hier bis auf Starts oder Landungen ziemlich leer. Jetzt standen zwischen dem Hangar und dem heute geschlossenen Verwaltungsbau hinter einer Absperrung blitzblank geputzte Flugzeuge aufgereiht. Direkt vor der wachsenden Besuchermasse war eine flache Bühne errichtet worden, auf der gerade die Polizeikapelle unter im Wind flatternden Hakenkreuzfahnen aufspielte. Mittig wartete ein Rednerpult auf die erste offizielle Ansprache.

«Entschuldigen Sie, junger Mann», drang eine Stimme von hinten an sein Ohr. Jemand tippte auf seine Schulter.

«Verzeihung. Stehe ich im Weg?» Er drehte sich um und erstarrte in der Bewegung. Er erkannte die ältere Dame sofort.

«Oh», brachte er überrascht heraus.

«Lächeln Sie, Jungchen!», forderte Amanda ihn auf. Sie selbst schmunzelte dabei so gütig, als wolle sie ihm bloß ein Glas Erdbeermarmelade schenken.

Georg brachte seine Gesichtszüge unter Kontrolle.

«Begleiten Sie mich ein Stückchen zu den Flugzeugen?»

Die Musiker waren fertig, und Applaus brandete auf. Das Klatschen wurde sogar noch lauter, als Hugo Eckener ans Rednerpult trat, die Gäste durch die auf Masten angebrachten Lautsprecher mit einem routinierten Scherz begrüßte und so gleich auf seine Seite brachte.

«Schön, Sie mal wieder zu sehen», sagte Amanda. «Ich hatte mich schon gefragt, ob Sie mich vielleicht vergessen haben?»

«Ich hatte Ihnen doch geschrieben, dass ich versucht habe, an die Liste zu kommen …»

«... dass der Versuch aber misslungen ist», ergänzte sie immer noch süßlich lächelnd.

«Und anschließend war ich im Flugbetrieb eingesetzt und kaum hier», sagte Georg auf Verständnis hoffend.

«Ich fürchte, Ihnen ist der Ernst der Lage nicht bewusst», sagte sie und zeigte unmotiviert auf eines der Flugzeuge. «Ein Informant, der keine Informationen bringt, ist für meine Auftraggeber nicht nur wertlos, sondern eine Gefahr. Ich habe mich dafür eingesetzt, Ihnen noch eine Chance zu geben.»

«Wie meinen Sie das?»

«Nun, ich bin auch gewissen Vorgaben unterworfen. Wenn Sie mir heute nichts bringen, wird es in Freudenstadt ein Feuer im *Waldlust* geben.»

«Was?!»

«... Ruhe!», fauchte sie, ohne lauter zu werden oder das Lächeln zu verlieren.

Der Wind ließ nach, während Eckener die Weitsicht des Führers lobte, mit Frankfurt eine neue Drehscheibe des internationalen Verkehrs zu schaffen. Die Hakenkreuzfahnen erschlafften. Wenn es windstill blieb, würde man die Hindenburg nachher wieder aus dem Hangar holen, um für die Fotografen einen besseren Hintergrund zu schaffen.

«Was mit Ihrer Verlobten geschieht, liegt nicht in meiner Macht. Das habe ich Ihnen schon einmal gesagt. Es ist einzig und allein Ihre Sache! Ich weiß nur, dass jemand im *Waldlust* ist, der sich um sie kümmern wird, falls ich nicht heute noch etwas abliefere. Es ist dringend an der Zeit für Sie, endlich aktiv zu werden.»

Georg sah sie böse an. «Gitti darf nichts passieren!»

«So war die Abmachung. Sie besorgen mir die Namen der Passagiere der Olympiafahrt und sehen sich nach Hinweisen über Bouchards Tod um. Wenn wir haben, was wir wollen, braucht niemandem ein Leid zu geschehen. Sollten Sie uns verraten oder nutzlos sein, wird gnadenlos durchgegriffen. Oh, könnten Sie mir bitte einen Apfelsaft bringen? Mein Hals ist so trocken.»

Sie zeigte auf einen Getränkestand.

Georg ging wie betäubt darauf zu. Erst nach ein paar Schritten drehte er sich zu Amanda um. Doch sie war schon in der Menge verschwunden.

Er konnte im *Waldlust* anrufen und Gitti auffordern, schnellstens zu verschwinden. Doch sollte wirklich jemand vor Ort sein und das mitbekommen, würde man vielleicht gleich gegen sie vorgehen.

Was konnte er sonst tun? Zu Wolff gehen und ihm alles erklären? Man würde ihn wahrscheinlich festnehmen und Gitti dazu. Er könnte Eckener einweihen. Er war weder ein Freund der Nazis noch stand er auf Amandas Seite. Würde der Chef ihm eine von der SS als streng geheim klassifizierte Information übergeben? Eher nicht.

Er hatte Wolff und Sauer vorhin bei den Honoratioren gesehen. Georg drückte sich durch die Leute in Richtung Bühne. Ganz vorne waren ein paar Reihen Stühle für geladene Gäste aufgebaut worden. Die beiden saßen neben Nazipolitikern und verfolgten Eckeners Rede. Er wandte sich um und eilte zurück in Richtung des Verwaltungsgebäudes.

«Georg!», rief jemand.

Er blickte zu dem Rufer. Gerd Petersen saß mit ein paar Kollegen an einem Tisch.

«Wohin gehst du?», fragte Gerd und zeigte einladend auf einen freien Platz.

Georg winkte ab. «Vielleicht später. Guten Appetit!»

In Gedanken versunken ging er weiter. Er hatte Amandas Drohungen zwar ernst genommen, aber verdrängt – und nicht gedacht, dass sie wirklich einer unbeteiligten Person etwas antun würde. Aber offenbar hatte er sich getäuscht. Offenbar war auch sie nur eine Befehlsempfängerin.

Durch die Lautsprecher ertönte jetzt eine neue Stimme. Dem Programm nach musste das der Bürgermeister von Frankfurt sein. Georg hörte nicht hin. Er betrat die Kantine, um von dort in den Verwaltungstrakt zu gelangen.

Für die Öffentlichkeit war das Gebäude bis auf das Foyer gesperrt worden, in dem ein Modell der Hindenburg von der Decke hing, das von den Besuchern bewundert werden konnte. Ein Wachmann stand neben der mit einer Kette versperrten Haupttreppe. Georg ging zu einer der Türen, die in den Bürotrakt im Erdgeschoss führten. Er drückte die Klinke hinab und gegen die Tür. Sie war verschlossen. Er fluchte innerlich.

«Da ist heute zu», sagte der Wachmann.

«Schließen Sie mir bitte auf. Ich muss da rein.» Georg zeigte auf das DZR-Abzeichen, das er an seiner Uniform trug.

Der Kerl war zum Glück nicht der Hellste – oder er hatte einfach keine Lust auf eine Diskussion. Er nahm einen Schlüsselbund hervor und probierte zwei Schlüssel, bevor er den richtigen fand.

«Dauert es lange?»

«Vielleicht eine Viertelstunde», gab Georg zurück.

«Dann schließe ich nicht ab», sagte der Wachmann. «Geben Sie mir Bescheid, wenn Sie wieder gehen.»

Georg bedankte sich und ging durch den leeren Flur. An dessen Ende befand sich das zweite Treppenhaus, das nach unten in den Keller führte. Das Büro, das Wolff und Sauer im ersten Stock nutzten, war hundertprozentig abgeschlossen. Aber Georg wusste, dass es in großen Häusern immer einen Ersatzschlüssel gab. Und wo sollte man den finden, wenn nicht in der Kammer des Hausmeisters?

Georg klopfte an die Tür. Keine Reaktion. Becker war also nicht da. Ein breites Lächeln formte sich in seinem Gesicht, als die Tür sich ohne weitere Schwierigkeiten aufdrücken ließ.

Er hatte Balduin Becker vor anderthalb Wochen kennengelernt. Der Mann machte keinen Hehl aus seiner Freude, dass die Nationalsozialisten an die Macht gekommen waren, und war ihm auf Anhieb unsympathisch. Aber in seinem kleinen Lager fand man alle möglichen Ersatzteile für Sachen, die in und an einem Gebäude kaputtgehen mochten. Becker war eigentlich nur für den Verwaltungsbau und die Kantine zuständig. Trotzdem hatte er Georg vor der zweiten New-York-Fahrt mit einem Glühbirnchen ausgeholfen, das er für seine Leselampe brauchte. Man half sich aus bei der DZR.

Ohne zu zögern ging er zu dem Schreibtisch. Hier wurde gearbeitet, wie man an einem ölverschmierten Lappen erkennen konnte. Hinter dem Drehstuhl hing Beckers Schlüsselkasten, natürlich verschlossen. Aber das machte Georg nicht viel aus. Werkzeug lag hier genug herum. Kurzerhand nahm er einen Schraubenzieher und hieb ihn einfach zwischen Schrank und Tür. Er musste sich etwas anstrengen, bis ein Knacken und Splittern ertönte und das Holz brach.

Nach Räumen sortiert hingen die Schlüssel an Häkchen wie eine Miniaturversion der Schlüsselwand in einem Hotel. Es war mittlerweile eine fast gängige Redensart bei der DZR, dass Mitarbeiter eine «Eins null acht» bekamen. So nannten sie es, wenn jemand zu Wolff und Sauer ins Büro gerufen wurde. Über eine «Eins null acht» redete man nicht. Georg nahm den Schlüssel, über dem 1.08 stand. Erster Stock, Raum 8.

Er drückte das Schränkchen wieder zu. Einem oberflächlichen Blick würde das standhalten. Georg lief die Treppe hoch in den ersten Stock. Er klopfte auch hier zögerlich an die Tür, um sicherzugehen, dass niemand darin war. Keine Antwort. Mit pochendem Herzen schloss Georg die Tür auf. Er schlüpfte in den Raum hinein und sperrte von innen wieder ab, damit es keine Überraschungen geben konnte.

Zwei Schreibtische standen sich im Raum gegenüber. Hinter den Bürostühlen gab es Kommoden und einen Registraturschrank. Neben dem Fenster hing eine Fotografie von Adolf Hitler.

Es gab eine weitere Tür. Georg zog sie auf und sah einen winzigen, fensterlosen Raum, der als Lager für Kisten diente. An ein paar Haken an der Wand hingen zwei normale Dienstjacken mit den Abzeichen von SS und Gestapo. Er wandte sich den Schreibtischen zu. Sie vermittelten ein recht unterschiedliches Bild. Einer sah fast steril aus. Zettel lagen im rechten Winkel, Stifte parallel zueinander. Der andere war ebenfalls aufgeräumt, aber nicht so pedantisch. Auf der Seite stapelte sich Post. Und hier gab es auch einen persönlichen Gegenstand: ein Bilderrahmen, in dem ein Foto steckte. Eine nicht unbedingt hübsche, aber vor Glück strahlende junge Frau lächelte dem Betrachter entgegen. Im Arm hielt sie ein kleines Kind in einem Taufkleidchen.

Georg tippte darauf, dass es sich hierbei um Wolffs Familie handeln musste. Er nahm in dem Bürosessel Platz und zog die oberste Schublade des Schreibtischs auf. Durch die Fenster drang die Rede des Bürgermeisters über die Lautsprecher so verzerrt, dass man keine Worte mehr verstehen konnte.

Hatte Wolff die Liste überhaupt noch in seinem Besitz? Georg blätterte die Zettel durch. Notizen über die Hindenburg, technische Skizzen und die genauen Baupläne.

Die zweite Schublade enthielt eine Menge Mappen, die mit Schnüren verschlossen waren. Er löste den ersten Knoten und öffnete den Umschlag. Informationen über Hugo von Eckener. Ein paar maschinengeschriebene Seiten, die das Leben des Luftschiffpioniers zusammenfassten, Beurteilungen über seine Treue zum Nationalsozialismus – man schätzte ihn als widerspenstigen Mitläufer ein – und dann einige handgeschriebene Seiten, offenbar von Wolff selbst. Gesprächsprotokolle.

Georg schob die Papiere zurück in die Mappe und band sie wieder zu. Die nächste Akte war Kapitän Ernst A. Lehmann gewidmet. Offenbar befanden sich in dieser Schublade die Informationen zu zentralen Personen der Reederei. Er steckte alles zurück und schloss die Schublade. In der darunter lagen Zeitungsausschnitte. Georg fand mehrere von der *Frankfurter Zeitung*. Ein Bericht stammte sogar aus Bouchards Feder. *«Zeppeline starten von neuem Flughafen»*, ein Bericht von 1935, wie handschriftlich auf dem Papier notiert war.

Was befand sich in den Registraturschränken? Georg wandte sich um und zog die oberste Schublade auf. In zwei Reihen hingen Mappen, die mit Pappreitern versehen waren, sodass er schneller überblicken konnte, dass es sich hier um Personen handelte, die Sauer und Wolff befragt hatten. Ihm fiel der Name Josef Kämmerer ins Auge. Georg öffnete das eingehängte Dossier. Ein Foto rutschte ihm entgegen, das seinen Zimmerkameraden in New York zeigte. Er ging neben einem hochgewachsenen, dunkelhäutigen Mann. Ein weiteres Bild zeigte Josef am Bodensee, vermutlich im Kreise der Familie.

«Kämmerer, Josef Wilhelm, 28, Zeppelinsteward, ledig. Vermutlich homosexuell.»

Georg sah sich nochmals das erste Foto an. Josef wirkte neben dem großen, schlanken Mann weitaus gelöster als sonst. Beide gingen ganz nah nebeneinander, sodass sich ihre Arme berührten. *Vermutlich homosexuell?* Georg hatte bei Josef bislang keine offensichtlichen Anzeichen in diese Richtung ausgemacht. Er fragte sich, wer dieses Foto in New York aufgenommen hatte. Und warum?

Er stöberte weiter. Viele der Namen kannte er. Und zwischen all den Akten hing auch eine, auf deren Reiter «Georg Finkbeiner» stand.

Einen Moment zögerte er, sie zu öffnen. Auch von ihm gab es ganz vorne ein Foto, das ihn auf dem Flugfeld zeigte. Auf einem zweiten Bild erkannte er Gitti. Sie trug ihre Uniform. Das Foto war eindeutig im Speisesaal des *Waldlust* aufgenommen worden.

Die Informationen über sein Leben waren recht ausführlich. «Zögling von Hugo Eckener», stand auf einer Seite. Darunter: «Eigenen Aussagen nach unpolitisch. Schwache Persönlichkeit. Kann auf unsere Seite gezogen werden.»

Wenn Wolff wüsste, dass er gerade in seinen Sachen herumkramte, um Informationen für Amanda zu beschaffen, würde er wahrscheinlich anders von ihm denken, dachte Georg. Er blätterte weiter: «Verdächtiges Verhalten bei Zeppelinfahrt von Friedrichshafen nach Frankfurt. Prüfen, ob er mehr über J. B. weiß.»

J.B.? Das konnte eigentlich nur Jacques Bouchard bedeuten.

Georg erstarrte, weil er dachte, neben der Musik von draußen ein anderes Geräusch vernommen zu haben. Er spürte, wie sich die Härchen in seinem Nacken aufrichteten. Schnell steckte er seine Akte zurück und schob den Schrank zu. Dann lauschte er. Tatsächlich. Da waren Schritte zu hören. Zwei Stimmen. Und dann wurde der Schlüssel ins Schloss gesteckt.

WELTORDNUNG

Frankfurt, Mittwoch, 8. Juli 1936

«... sich noch keine Ergebnisse entwickelt», hörte Georg eine Männerstimme durch die Tür der kleinen Kammer dringen. Er ordnete sie Sauer zu.

«So ist es. Seit Roland tot ist, stockt die Information von Phoenix.» Das war Wolff.

Es kam zu einer Pause. Georg wurde es heiß in der engen Kammer. Ein Schweißtropfen fiel von seiner Nase auf den Karton vor ihm. Das Geräusch kam ihm verräterisch laut vor. Doch die beiden Männer draußen unterhielten sich einfach weiter.

«Hat man seine Mörder schon?», fragte Wolff.

Offenbar hatte Sauer verneinend den Kopf geschüttelt, denn Wolff sprach erneut: «Aber ihr seid an ihnen dran?»

«Natürlich. Von Häusern hat die Ermittlungen übernommen. Kennst du ihn?»

«Flüchtig», sagte Wolff. «Aber man hört, er soll sich in seine Fälle regelrecht verbeißen.»

«Das kann man wohl sagen. Weißt du, wie man ihn nennt?» Nach einer kurzen Pause: «Dobermann. Groß, schnittig, stets akkurat und höchst bissig.»

Beide lachten. Georg hingegen fühlte sich immer schlechter. In was war er nur hineingeraten? Geheimdienste, SS, Gestapo. Ein ermordeter Journalist und jetzt noch ein weiterer Toter. Und er, der eigentlich nur sein Mädchen heiraten und vielleicht zwei oder drei Kinder mit ihr haben wollte, steckte irgendwo dazwischen.

«Wenn er lange genug sucht, findet er vielleicht sogar noch heraus, was mit Bouchard passiert ist», hörte Georg Sauer.

«Wer weiß», gab Wolff nachdenklich zurück.

Georg hörte, dass jemand eine Schublade öffnete.

«Also, dann trag noch die Neuen ein!», sagte Sauer. «A. Kunert, seine Frau und zwei Kinder.»

«Zwei Kinder?», fragte Wolff.

«Ich weiß auch nicht, was der Kunert gemacht hat, aber irgendjemandem ist er wohl richtig auf die Füße getreten.»

«Aber nicht die Kinder, oder?»

«Trag die ganze Familie ein! Ist der Kameramann von der Riefenstahl schon drauf? Sie muss einige Räder in Bewegung gesetzt haben, damit sie ihre Leute für die Filmaufnahmen mitschicken kann.»

«Heinz von Jaworsky. Ja, er und sein Bruder Gert stehen schon drauf.»

«Immerhin wirkt es so unauffälliger.»

«Ja.»

Georg verstand nicht, was sie meinten. Aber immerhin ging es um die Olympiafahrt. Er prägte sich die Namen Kunert und Heinz von Jaworsky ein. So hatte er Amanda immerhin etwas zu bieten. Zumindest falls er hier herauskam.

«Und der Prinz?», fragte Sauer.

«Bekommt auch seine Karte. Zusammen mit seiner Schwester.»

«Wunderbar. Goebbels wird höchst zufrieden sein.»

«Hoffen wir, dass alles läuft wie geplant.» Wolff klang nachdenklich.

«Ein riskanter Auftrag, aber dann haben wir für immer ausgesorgt», sagte Sauer. «Die Weltordnung wird eine andere sein!»

Georgs Augen weiteten sich.

«Und wir werden ganz weit oben an der Spitze stehen», stimmte Wolff zu. In seiner Stimme lag Faszination.

Erneut wurde eine Schublade bedient.

«Gehen wir wieder runter», schlug Wolff vor. «Hast du diesen Finkbeiner noch mal gesehen?»

Georg spürte einen Krampf in seinem Fuß. Ausgerechnet jetzt!

«Unauffällig. Vorhin habe ich ihn im Gedränge aus den Augen verloren.»

Er zog den Fuß hoch, um den Krampf zu lockern.

«Behalte ihn im Auge. Diese Geschichte auf dem Flug von Friedrichshafen hierher war wirklich eigenartig. Irgendetwas stimmt mit dem Kerl nicht.»

«Vielleicht sollten wir ihn noch mal verhören», schlug Sauer vor.

«Ich würde ihn lieber nicht wissen lassen, dass er unter Beobachtung …»

Die Tür fiel ins Schloss und wurde von draußen abgeschlossen. Georg stöhnte auf, als der Krampf sich endlich verzog. Mehrere Minuten blieb er wie gelähmt in seinem Versteck. Seine Angst, dass Sauer oder Wolff zurückkommen und ihn finden könnten, wuchs ins Unermessliche. Endlich glitt er aus der Kammer. Eine Schublade hatte er gehört. Es musste die verschlossene sein. Verdammt!

Zuerst dachte er daran, die Schublade mit der großen Schere aufzubrechen, die bei Sauer lag. Aber das wäre zu auffällig, zumal er offenbar ohnehin unter Überwachung stand. Wer sonst wusste, dass es diese Liste überhaupt gab?

Georg sah sich das Schloss genauer an. Es handelte sich um ein einfaches, nicht gerade modernes Kastenschloss. Vielleicht konnte er es mit einem Draht öffnen, ohne dass Wolff etwas merkte.

In den anderen Schubladen fand er ein Dossier, das mit einer großen Büroklammer zusammengehalten wurde.

Er entfernte sie und bog sie sich zurecht. Dann stocherte er mit der Klammer im Schlüsselloch herum und fluchte, als er feststellte, dass es schwerer war als gedacht.

Von draußen drangen kämpferische Parolen an sein Ohr. Das musste die Rede des Gauleiters sein. Bevor sie zu Ende war, musste Georg verschwinden, ob mit oder ohne Liste.

Das Schloss knackte. Georg erschrak. Er zog an dem Griff der Schublade – und tatsächlich ließ sie sich herausziehen! Er hatte es geschafft.

Ganz oben lag die Liste. Mittlerweile standen deutlich mehr Namen darauf. Die meisten waren mit Schreibmaschine getippt, einige Namen bereits durchgestrichen, dafür andere unten ergänzt: «A. Kunert, Frau Kunert, Kind Kunert 1, Kind Kunert 2.»

Georg überflog die Namen. Es waren zu viele, um sie sich zu merken. Da stand «Prinz Rangsit von Siam», darunter «Prinzessin Valaya von Siam». Geschwister waren sie, wenn Georg das richtig verstanden hatte.

Er konnte die Liste nicht mitnehmen. Also sah er sich nach einem Zettel um und begann, die Namen abzuschreiben: Dr. Auer, Wilhelm Bahr, Herr Alfred Balcke, Frau Hertha Balcke …

Er war gerade bei K angekommen, da verstummte die über die Lautsprecher kommende Stimme. Was, wenn Wolff und Sauer zurückkehrten? Er sollte besser verschwinden. Und Amanda sollte lieber froh sein, überhaupt etwas zu bekommen.

Georg prägte sich noch ein paar Namen ein, packte die Liste so zurück, wie er sie gefunden hatte, und versuchte sich darin, die Schublade wieder zu verschließen. Offenbar hatte er ein Talent dafür – oder Schlösser schnappten einfacher zu, als sie sich öffneten.

Er verließ den Raum und sperrte hinter sich ab. Dabei kam er sich vor wie ein richtiger Spion. Er *war* ein richtiger Spion, musste er sich korrigieren. Nur mit dem Unterschied, dass Geheimagenten in Büchern und Filmen immer ein aufregendes Leben in Reichtum führten, während er nur versuchte, sein Mädchen zu schützen.

Georg brachte den Schlüssel zurück in den Lagerraum des Hausmeisters und hängte ihn zurück an seinen Platz. Dass das Kästchen aufgebrochen worden war, musste der Hausmeister sehen, aber niemand würde wissen, worauf der Einbrecher es abgesehen hatte.

Als er an den Toiletten vorbeikam, öffnete sich die Tür zum Herrenbereich. Offenbar war der Verwaltungsbau doch nicht so leer, wie er gedacht hatte.

«Ach, das ist ja eine Überraschung», sagte Hugo Eckener. «Müssten Sie nicht draußen bedienen?»

«Meine Schicht fängt gleich an, Herr Eckener. Eine gute Rede!» Georg wollte das Gespräch so schnell wie möglich hinter sich bringen. «Entschuldigung. Es pressiert.» Er zeigte auf den Durchgang, den Eckener immer noch blockierte.

«Oh, Verzeihung», sagte der Luftfahrer und trat zur Seite. Als Georg eintrat, vermutete er, seine Bitte um Verzeihung könnte auch mit dem Geruch zu tun haben, den Eckener hinterlassen hatte.

Georg wartete nur kurz, bevor er die Toilette wieder verließ. Eckener war schon weg. Er atmete auf.

Georg traf Wolff und Sauer an der Tür zur Kantine. Sein Herz schlug ihm bis zum Hals, aber er ging so beiläufig wie möglich an den beiden vorbei und grüßte sie.

«Herr Finkbeiner. Was machen Sie denn hier?», fragte Sauer.

«Ich musste auf die Toilette», sagte er einer plötzlichen Eingebung folgend. «Da draußen war mir zu viel los.»

«Auf die Toilette, soso. Da wollten wir auch gerade hin.»

«Ich hoffe, es riecht nicht mehr so schlimm», sagte Georg und ging einfach weiter.

Mehrfach sah er sich nach einem Verfolger um. Wenn die beiden wirklich die Toilette überprüften, dann würden sie ihm bei dem Geruch sicher glauben.

Er schlenderte auf eine Kapelle zu. Jungs der HJ bliesen dem Publikum den Radetzkymarsch. Eher schlecht als recht, fand Georg. Trotzdem standen viele Leute um sie herum und klatschten mit. Ideal, um in der Menge unterzutauchen, falls sich ihm doch jemand an die Fersen geheftet haben sollte. Weiter vorne standen an der Absperrung mehrere Flugzeuge, um die sich jetzt die Besucher scharten. Vor der Bühne war gerade weniger los. Die Ehrengäste gingen bereits zu dem abgesperrten Sitzbereich auf dem Flugfeld, wo Georg jetzt eigentlich sein sollte, um sie zu bedienen. Wo steckte nur Amanda?

«Suchen Sie mich?», drang ihre Stimme auf einmal an sein Ohr. Die Hand auf seinem Rücken schob sie ihn in Richtung eines Bierstandes. Von einem Grill daneben roch es verführerisch nach Bratwürsten und mariniertem Fleisch. Sie stellten sich hinter den Bierstand.

«Haben Sie etwas für mich?»

Georg zog den Zettel hervor und reichte ihn möglichst unauffällig weiter.

Doch Amanda faltete den Zettel einfach auf und las sich die Namen durch.

«Warum endet die Liste hier?», fragte sie.

«Ich wäre sonst erwischt worden», fauchte Georg sie an. «Aber ich habe noch ein paar andere Namen. Ein Prinz und eine Prinzessin aus Siam fahren mit. Und dieser Kunert mit Frau und Kindern soll jemandem wohl ziemlich auf die Füße getreten sein», fügte er hinzu. «Ach so, und über Bouchard haben sie gesprochen.»

Amanda blickte Georg aufmerksam an.

«Nicht viel. Irgendein Roland ist offenbar ermordet worden. Und der Mann, der dem Mörder auf den Fersen ist, hat einen Hundenamen. Rottweiler oder so.»

«Dobermann?», flüsterte sie.

«Ja, das war es. Sauer meinte, der würde sicher den Mörder von Bouchard finden.»

«Also wissen sie, dass er tot ist», schloss Amanda.

«So sieht es aus. Und Wolff verdächtigt mich, ein Verräter zu sein. Sauer soll mich im Auge behalten.»

Amanda versteifte sich, blickte sich aber nicht um.

«Warum sagen Sie mir das erst jetzt?»

«Ich wurde nicht verfolgt. Aber wir sollten uns ab sofort nicht mehr sehen», sagte Georg. «Sie haben, was Sie wollten, zumindest einen guten Teil davon. Mehr kann ich nicht tun. Ich gehe davon aus, dass Sie Gitti und mich von nun an in Frieden lassen.»

VERSCHLUSSSACHE

Berlin, Donnerstag, 9. Juli 1936

«Dieser Kollmann leistet ganze Arbeit», sagte Emil Penske. Hermann erschrak jedes Mal, wenn der Name fiel. Dass Annas Bruder für ihn arbeitete, bereitete ihm stetiges Unbehagen.

Penske hatte auf Hermanns Schreibtisch eine sehr unübersichtliche, auf Millimeterpapier gezeichnete Liste ausgebreitet. Mehrere Blätter waren zusammengeklebt, um die zentralen Bezirke und Quartiere Berlins während der gesamten Zeit der Spiele zu erfassen. Die ersten HJ-Patrouillen mit jeweils drei bis vier Jungen sollten eine Woche vor der Eröffnung starten, in den Abendstunden und am frühen Morgen.

«Die Idee, die Jungs vom Frühdienst für den Tag von der Schule freizustellen, hat zu einem regelrechten Ansturm von Freiwilligen geführt», sagte Penske stolz.

Hermann hatte in den vergangenen beiden Wochen die Organisation der Patrouillen weitgehend in die Hände seines Assistenten gegeben. Penske zeigte auf ein paar der mit farbigen Stiften gekennzeichneten Felder und sagte: «Ansonsten kann man davon ausgehen, dass leere Plätze sich füllen, wenn Kollmann mit den Jugendlichen vor Ort gesprochen hat. Ich weiß nicht, wie er das macht, aber der Junge ist Gold wert.»

Gold bekam Horst Kollmann keines. Dafür einen angemessenen Lohn. Zudem fühlte sich Hermann trotz Schapers Tod an sein Wort gebunden, dem jungen Mann zu einer Stellung in der Leibstandarte Adolf Hitlers zu verhelfen. Sein Schwiegervater hatte ihm zugesagt, sich darum zu kümmern.

«Und zu guter Letzt sind keine neuen Plakate von dieser Gruppe mehr aufgetaucht. Die haben wohl die Köpfe eingezogen, weil sie merken, wie sich die Schlinge um ihren Hals zuzieht.»

Dass es keine neuen Plakate gab, rechnete Hermann eher sich selbst an. Offenbar hatte er Anna zur Vernunft gebracht – und sie daraufhin ihre Mitstreiter. Hermann war erleichtert. Er kämpfte zurzeit an genug Fronten.

Anna. Der Gedanke an sie ließ alles andere in den Hintergrund treten. Obwohl die Vernunft dagegensprach, hatten sie ein weiteres Treffen bei ihr vereinbart. Wenn sie zusammen waren, schien die Welt für einen Moment stillzustehen. Dann existierten nur sie beide. Er wünschte sich, es könnte immer so sein. Bei ihrem jüngsten Treffen hatte keiner von ihnen die Plakate angesprochen. Sie waren übereinander hergefallen und wollten nicht voneinander lassen. Im Anschluss hatten sie Arm in Arm, Körper an Körper beisammen gelegen und geschwiegen, um die Nähe zwischen ihnen nicht zu gefährden.

«Ich bin mehr als zuversichtlich, dass wir bis zur Eröffnung alle Posten besetzt und sogar Springergruppen zur Unterstützung bereit haben», erläuterte sein Assistent weiter.

«Hervorragend, Penske. Das hätte ich nicht besser machen können.»

Der Junge strahlte.

«Wie sieht es mit den Eintrittskarten für die HJ-Jungs aus?»

«Das klären wir gerade …»

Es klopfte an der Tür.

«Herein.»

Emilie Zukowskys Kopf schaute durch den Spalt.

«Bitte verzeihen Sie die Störung, Herr Schmidt. Hier ist ein Herr von Häusern für Sie. Er ist von der Gestapo und sagte, es sei wichtig.»

«Gestapo? Was will er hier?»

«Das wollte er mir nicht auseinanderlegen.»

«Penske, dann machen wir ein anderes Mal weiter», sagte Hermann.

«Entschuldigen Sie», ertönte eine Männerstimme, während Penske seine Liste zusammenfaltete. «Nikolaus von Häusern mein Name. Sie sind Emil Penske? Zu Ihnen wollte ich auch. Vielleicht unterhalten wir uns kurz zu dritt? Dann schlage ich zwei Fliegen mit einer Klappe.»

Hermann stand auf. Als Fliege bezeichnet zu werden, die der Mann schlagen wollte, gefiel ihm gar nicht.

«Was soll denn so wichtig sein, dass Sie ohne Termin hier hereinstürmen?», fragte er.

Der Gestapo-Mann drückte sich an der Sekretärin vorbei. «Verzeihen Sie, Herr Schmidt. Ermittlungen. Ich war gerade im Haus. Wir können uns natürlich auch im Gestapo-Hauptquartier zum Gespräch treffen. Ich dachte nur, wir sparen uns allen die Zeit und den Aufwand. Heil Hitler.»

Hermann erwiderte den Gruß kurz. Er überlegte, den Mann wegzuschicken. Aber Anna hatte ihm davon berichtet, dass dieser Mann zum Mord an Schaper und einer möglichen Beteiligung ihrer Gruppe ermittelte. Es war besser, gleich zu erfahren, was er von ihnen wollte. «Kaffee?», fragte er und zeigte auf den freien Stuhl neben Penske.

«Gerne. Schwarz wie die Nacht», sagte von Häusern und nahm Platz. Hermann wunderte sich, wie absolut makellos seine Gestapo-Uniform saß. Sie wies keine Falte auf, wo sie nicht hingehörte. Bis der Kaffee kam, lobte der Polizist beiläufig Hermanns Büro, und sie plauderten unverfänglich über das Wetter. Zum Glück ließ die Zukowsky nicht lange auf sich warten und tischte von Häusern sein Gedeck auf.

«Sie organisieren also die Olympischen Spiele», begann der Staatspolizist.

«Herr Penske und ich sind nur kleine Rädchen im olympischen Getriebe», sagte Hermann bescheiden. «Uns unterliegen Aufgaben, die von der Öffentlichkeit eher unterschwellig wahrgenommen werden.»

«Die da wären?»

Hermann war sicher, dass sein Besucher das längst wusste. Trotzdem sagte er brav seinen Spruch auf: «Wir wollen, dass die Besucher der Spiele einen positiven Eindruck von Deutschland mit nach Hause nehmen.»

«Keine Parolen gegen Juden, keine *Stürmer*-Kästen, keine offensichtliche Politik», ergänzte der Polizist.

«So ist es.»

«Keine regierungskritischen Plakate?»

«Sie scheinen bereits bestens über unsere Aufgaben informiert zu sein», gab Hermann bissig zurück.

Von Häusern nickte. «Ich habe gehört, dass auch Bars zu Ihren Aufgabenbereichen gehören.»

«Bars, Restaurants, Varietés, alle möglichen Vergnügungsstätten. Ja.»

«Sie kannten Roland Schaper.»

Das war keine Frage, sondern eine Feststellung. Es lief also wirklich darauf hinaus. Hermann nickte.

Von Häusern rührte klirrend in der Porzellantasse herum. Er legte den Löffel auf die Untertasse und nahm einen Schluck.

«Sehr gut!», lobte er. «Wissen Sie, Herr Schmidt, ich bin eigentlich nur hier, weil Ihr Name in meinen Ermittlungen mehrfach aufgetaucht ist.»

«In Ihren Ermittlungen in Sachen Schaper? Verdächtigen Sie mich etwa?» Hermann legte eine Mischung aus Erstaunen und Empörung in seine Worte.

«Sollte ich das?», fragte von Häusern lachend. «Nein, nein. Aber um das ein für alle Mal zu klären, stelle ich die Frage gleich zu Beginn. Das ist reine Routine. Wo waren Sie gegen neun Uhr am Samstagabend vor zwei Wochen, am 27. Juni?»

Sein Blick wechselte von Hermann zu Emil Penske und zurück.

Penske blickte nachdenklich in die Luft.

«Ich habe im Moment so viel um die Ohren, dass ich Ihnen spontan nicht mal sagen kann, was es gestern zum Abendessen gab», sagte Hermann.

«Ich verstehe, Herr Schmidt. Lassen Sie sich ruhig Zeit zum Überlegen.» Er lächelte verständnisvoll.

«*Ich* war zu Besuch bei meinen Eltern», warf Penske ein. «Mutter hatte Nachbarn eingeladen.»

Von Häusern holte ein kleines Notizbüchlein und einen Stift hervor.

«Wie heißen die Nachbarn?», fragte er, während er eine der hinteren Seiten aufschlug. Hermann sah, dass die Seite mit «Emil Penske» überschrieben war. Von Häusern hatte eine sehr saubere Handschrift.

«Die Palms, Udo und Elisabeth. Und Melanie, ihre Tochter.»

Von Häusern schrieb die Namen auf und strahlte zufrieden.

«Vielen Dank, Herr Penske. Das war es auch schon für Sie. Sie können gehen.»

Penske holte sich mit einem Blick die Erlaubnis aufzustehen.

«Soll ich später noch mal kommen?», fragte er.

«Wenn es nötig wird, schicke ich nach Ihnen», sagte Hermann betont ruhig und zuversichtlich.

Penske verabschiedete sich, packte seine Papiere zusammen und verließ das Büro.

«Ist Ihnen in der Zwischenzeit schon etwas eingefallen, Herr Schmidt?», fragte von Häusern.

Hermann wusste sehr gut, wo er an diesem Tag gewesen war und was er getan hatte. Er durfte seinem ungebetenen Besucher weder von seinem Geheimtreffen mit Hitler und Goebbels erzählen noch von seinem späteren Besuch in der *Tarzan-Bar*, wo er Schaper in Notwehr erschossen hatte. Aber was konnte er sagen?

«Meine Frau ist hochschwanger. Ich würde daher erst einmal davon ausgehen, dass ich wohl zu Hause gewesen sein müsste», sagte er.

Von Häusern blätterte mit eiserner Miene in seinem Notizbuch, bis er eine Doppelseite erreichte, auf der sich schon ein paar Notizen fanden.

«Sind Sie sicher?»

«Ehrlich gesagt nein. Ich müsste zu Hause in meinem Kalender nachsehen. Vielleicht waren wir auch bei meinen Schwiegereltern.»

«Den Böskens», bemerkte von Häusern.

«So ist es. Kann ich Ihnen das vielleicht nachreichen? Wie gesagt, wir haben alle Hände voll zu tun. Oder bin ich jetzt doch verdächtig, weil ich nicht auf Anhieb weiß, wo ich vor zwei Wochen war?»

«Wissen Sie, warum ich mit der Antwort Ihres Assistenten so glücklich war?»

Hermann schüttelte verwundert den Kopf.

«Raten Sie!», forderte von Häusern ihn auf.

«Ich weiß es nicht.»

«Raten Sie, raten Sie!»

«Weil er sich gleich erinnern konnte?», riet Hermann genervt, um die Sache endlich zu einem Ende zu bringen.

Von Häusern schien äußerst amüsiert. «Weil er mir bestätigt hat, was ich schon wusste! Ich war vorher schon bei seinen Eltern, verstehen Sie?»

Sein Lächeln verschwand, als habe jemand einen Schalter umgelegt.

«Ich kann Ihnen daher so weit helfen, dass Sie an dem Abend nicht bei Ihrer Frau waren.»

«Sie haben meine Frau verhört?» Hermann stand empört auf.

Von Häusern nahm unbeeindruckt einen Schluck Kaffee. Seine Selbstsicherheit verunsicherte Hermann.

«Erika war vor kurzem im Krankenhaus. Die Ärzte haben gesagt, dass sie keine Aufregungen verträgt. Und dann kommen Sie einfach so vorbei, ohne mich vorher zu fragen?»

«Kein Grund, laut zu werden, Herr Schmidt», sagte von Häusern bestimmt. «Setzen Sie sich wieder!»

«Ich lasse mir von Ihnen nicht vorschreiben, dass ich mich in meinem eigenen Büro setzen soll!», erwiderte Hermann ebenso scharf. «Gestapo oder nicht!»

Ruhig stellte der Besucher die Tasse zurück.

«Ehrlich gesagt fällt mir auf, dass Ihre Frau sich weit weniger aufgeregt hat, als Sie es tun, Herr Schmidt.» Er lächelte wieder überlegen. Das machte Hermann nur noch wütender. Aber ihm leuchtete nun ein, dass er gerade dabei war, auf eine Taktik des Gestapo-Mannes hereinzufallen. Vielleicht hatte er sich sogar schon verdächtig gemacht.

«Wir haben nichts mit dieser Sache zu tun», sagte Hermann und bemühte sich um Haltung. «Schlimm genug, dass Sie *mir* die Zeit damit rauben, aber meine Familie halten Sie bitte heraus!»

«Wussten Sie, dass Schaper ein Dossier über Sie erstellt hat?», fragte von Häusern, ohne auf ihn einzugehen.

Hermann zuckte unmerklich.

«Nein. Wieso hat er das getan?»

«Sagen *Sie* es mir!»

Was wusste von Häusern? Sein Besuch war jedenfalls nicht so zufällig, wie er es hatte scheinen lassen. Hermann musste umso vorsichtiger sein.

«Kann ich dieses Dossier sehen?»

«Das ist Verschlusssache. Was denken Sie, was darin steht?»

«Geht das jetzt schon wieder los? Ich werde mich an diesen Ratespielen nicht weiter beteiligen.»

Hermann kam sich so an seinem Schreibtisch stehend wenig souverän vor. Er nahm wieder Platz.

Von Häusern schwieg.

Am besten gab Hermann zu, was der Staatspolizist ohnehin schon wusste. «Es dürfte um meine Schwester gehen», sagte Hermann genervt.

«H Punkt S Punkt», zitierte der Gestapo-Mann aus dem Gedächtnis, «weiterhin emotional enge familiäre Verbindung zu seiner Schwester Susanne Goldstein, geborene Schmidt. Überwachter Briefverkehr unauffällig.»

Er setzte sich auf. «Ich habe mich beim Lesen gefragt, wieso es Schaper so wichtig war, dass Ihre Schwester einen Juden geheiratet hat und ihm nach Amerika gefolgt ist. Immerhin war er ein hochrangiger Offizier des Sicherheitsdienstes. Die haben meist Besseres zu tun, als sich um das Privatleben eines, verzeihen Sie meine Direktheit, einfachen Ministerialbeamten zu scheren.»

«Ich denke, es gab ein persönliches Interesse», log Hermann. «Er ist, äh, *war* mit meinem Schwiegervater bekannt.»

«Eng befreundet, wie es scheint. Auch wenn sie sich über viele Jahre nicht gesehen haben.»

«Da wissen Sie mehr als ich», sagte Hermann.

Von Häusern nickte. «Das ist mein Beruf, Herr Schmidt.»

«Und was steht sonst noch in diesem ominösen Dossier?» Hermann sah keinen Sinn mehr darin, dem Staatspolizisten freundlich zu begegnen.

«Sie kennen Anna Kollmann.»

Hermanns Mund wurde mit einem Mal ganz trocken. Was hatte Schaper von ihnen gewusst? Was hatte Erich verraten?

«Anna Kollmann», sagte er, um Zeit zu gewinnen. «Die Schwester von Horst Kollmann. Er arbeitet für mich. Ich kenne sie flüchtig.»

«Kennen Sie die Familien aller Ihrer Mitarbeiter?»

Hermann lehnte sich lauernd vor. «Was wollen Sie damit andeuten?», knurrte er.

«Nichts, nichts, Herr Schmidt», wiegelte von Häusern ab. «Ich wunderte mich nur, dass es einem Mann wie Schaper wichtig war zu notieren, Sie beide bei einer Razzia in der *Kakadu*-Bar gesehen zu haben.»

«Das war reiner Zufall», sagte Hermann etwas zu laut. Leiser fuhr er fort: «Wäre Penske noch hier, könnte er es Ihnen bestätigen. Er kennt die junge Dame genauso gut wie ich.»

«Ach so. Dann werde ich ihn dazu noch einmal befragen. Der junge Mann scheint ein weit besseres Gedächtnis zu haben als Sie.»

«Ich habe die junge Dame zweimal gesehen. Einmal in dieser Bar und einmal im Stadion.»

«Genau dieses erste Treffen ist es, das mich zum Nachdenken gebracht hat», sagte von Häusern. «Sie waren damals mit einem Journalisten der *Frankfurter Zeitung* unterwegs.»

«Ja, ein französischer Name. Ich habe von Herrn Schaper gehört, dass er ermordet worden ist.»

«Bouchard. Es fällt auf, dass eine Menge Leute sterben, nachdem Sie mit Ihnen in Kontakt standen.»

Hermann atmete genervt aus. «Ich weiß nicht, was Sie von mir wollen.»

Von Häusern trank seinen mittlerweile sicher kühl gewordenen Kaffee aus. «Nun, eigentlich wollte ich nur erfahren, wo Sie am Samstag vor zwei Wochen waren.»

«Ich werde in Ruhe darüber nachdenken und es Sie wissen lassen», knurrte Hermann. «Darf ich Sie jetzt bitten zu gehen? Die Eröffnungsfeier naht – und Herr Goebbels erwartet von mir, dass ich meine Arbeit bis zum Termin fertig bekomme.»

Von Häusern stand auf, ohne den Blick von Hermann zu nehmen. Er reichte ihm eine Karte.

«Melden Sie sich hier, wenn Sie sich erinnern!»

Hermann nahm die Karte entgegen.

«Nichts für ungut», sagte der Staatspolizist und schüttelte Hermann die Hand. Er lächelte wieder äußerst freundlich. «Ich hoffe, Sie verstehen, dass ich nur meine Arbeit mache.»

«Das tun wir doch alle», gab Hermann zurück.

Als von Häusern endlich draußen war, ließ Hermann sich mit Erich Bösken verbinden.

SCHLACHTFEST

Berlin, Freitag, 10. Juli 1936

«Treten Sie ein, Schmidt.»

Hermann war heute erst zum zweiten Mal im Büro des Ministers. Joseph Goebbels saß an seinem monumentalen, schweren Holztisch, der den Mann hinter ihm noch kleiner wirken ließ, als er war. Alles in diesem Büro dünstete den Drang nach Größe aus. Der gewaltige Globus schräg hinter dem Minister oder das Staatsgemälde des Alten Fritz, das in seinem goldenen Rahmen direkt über einem niedrigen, bulligen Buchregal voller ledergebundener Enzyklopädien prangte.

Karl Hanke, Goebbels' Adjutant, stand von dem zweiten, deutlich kleineren Schreibtisch auf, der mit einer Schreibmaschine und einem Telefon ausgestattet war und mit mehreren Mappen und Papieren weit mehr nach Arbeit aussah als der Platz des Ministers.

Hanke reichte Hermann die Hand und verließ den Raum.

«Wir werden nicht lange brauchen», sagte Goebbels reserviert und zeigte auf einen Sessel vor seinem Schreibtisch. «Ich muss gestehen, dass ich Sie zuerst nicht im Visier hatte», fuhr er fort und unterzeichnete noch ein Papier in einer Mappe, die er daraufhin zuschlug und zur Seite schob.

«Erich Böskens Schwiegersohn. Ich wusste, dass Sie das sind, aber hätte nie gedacht, dass Sie einmal zu Phoenix gehören würden.» Er lächelte kalt. «Erich hat sich wegen dieser Geschichte mit von Häusern an mich gewandt», fuhr er fort. «Sollte so etwas noch einmal vorkommen, können Sie sich auch gleich an mich wenden.»

«Jawohl, Herr Minister. Vielen Dank.»

«Ich habe vorhin in anderer Sache mit Himmler telefoniert und auch diesen Topos angesprochen. Er hat mir zugesagt, dass von Häusern Sie nicht mehr belästigen wird.»

Hermann atmete auf.

«Gehört Heinrich Himmler auch zu Phoenix?»

«Das braucht Sie nicht zu interessieren. Nur, dass diese Sache mit von Häusern damit erledigt wäre.»

«Sehr gut. Danke», sagte Hermann.

«Sie haben die Worte des Führers noch im Sinn? Unser Vorhaben?»

«Ja. Das kann man schlecht vergessen.»

«Eine famose Sache, nicht wahr?»

Hermann nickte und setzte ein höfliches Lächeln auf.

«Nun, wir haben Sie nicht bloß eingeweiht, um einen weiteren Mitwisser zu generieren, sondern weil wir vorhaben, in der Sache von Ihrer Mitarbeit zu profitieren.»

«Jawohl.»

Hermann hatte sich schon gefragt, wann man ihm die ersten Aufgaben übertragen würde.

«Wir haben uns aus zwei Gründen für Sie entschieden», gestand Goebbels. «Zum einen sind Sie ein schlauer Kopf mit einem fast natürlichen Gespür für Propaganda und pragmatische, lösungsorientierte Ideen.»

Hermann fühlte sich geschmeichelt.

«Der zweite Grund ist Ihre Verbindung zu einer bedeutenden jüdischen Familie in den Vereinigten Staaten.»

«Bitte?»

«Wenn die Hindenburg explodiert ist, sollen, wie geplant, zuerst Bekennerschreiben der ‹Liga der Weltjuden› in Umlauf gebracht werden. Die Schreiben sind bereits entworfen. Auch die falschen Hinweise auf die Anschlagsziele in aller Welt werden bald ausgelegt. Der Hass auf die Juden wird wachsen, weil plötzlich jeder an die Liga glaubt. Nur die Juden selbst werden leugnen, dass es sie überhaupt gibt. Und hier kommen Sie und Ihre Schwester ins Spiel.»

«Was hat das alles mit meiner Schwester zu tun?»

«Als besorgter Bruder mit tiefen Einblicken in unsere Strukturen werden Sie Ihre Schwester warnen und auffordern, schnell nach Deutschland zurückzukehren.»

«Das wird Sie niemals tun!», sagte Hermann bestimmt.

«Das soll sie auch gar nicht!», erwiderte Goebbels streng. «Sie soll nur ihrem Mann und seiner Familie die Informationen weitergeben, die wir streuen möchten. Ihr Schwager und seine Familie sind in der jüdischen Gemeinschaft der Vereinigten Staaten äußerst gut vernetzt. Es wird nicht lange dauern, dann reden auch die Juden davon, dass wir der ‹Liga der Weltjuden› auf der Spur sind. Junge jüdische Männer werden sich zusammenschließen, um die Liga zu unterstützen, obwohl sie nie jemanden daraus kennengelernt haben. Und spätestens wenn es wirklich erste Anschläge von Juden gibt, brechen alle Dämme. Die Straßen werden rot sein von Blut. Es wird ein Schlachtfest!»

Goebbels' Augen leuchteten.

«Wir erschaffen die höchste Form der Propaganda: Wir bringen unsere Feinde dazu, willig ihr eigenes Grab zu schaufeln! Und kein Land der Welt wird mehr mit Spott und Häme auf Deutschland schauen. Sie alle werden uns für unsere Weitsicht loben!»

«Du bist früh», stellte Erika verwirrt fest, als ihr Mann nach Hause kam.

«Ich werde in nächster Zeit einigen Papierkram hier erledigen», gab Hermann zurück. «Dann kann ich auch ein bisschen auf euch aufpassen.»

Erika blickte ihn skeptisch an.

«Hast du Ärger im Ministerium?»

«Nein, Liebste», beeilte er sich, ihr zu versichern. Er hauchte ihr einen Kuss auf die Wange. «Hast du gehört, Luise, der Papa ist jetzt öfter zu Hause.»

«Ja!» Die Kleine jubelte.

«Wie kannst du plötzlich so kurz vor der Eröffnung der Spiele von zu Hause aus arbeiten?», fragte Erika. «Das kann doch nicht sein.»

«Oh, ich werde nicht immer zu Hause sein. Es wird ein paar Termine geben, aber überwiegend habe ich hier zu tun.» Er wandte sich zu dem Kindermädchen, das gerade fertig war, Luise zu füttern. «Marietta. Könnten Sie mit der Kleinen ein wenig im Garten spielen? Das Wetter ist noch so schön.»

Das Dienstmädchen schaute Erika fragend an.

«Jawohl, Herr Schmidt», sagte sie, als die Hausherrin nickte.

«Hermann, das kann so nicht weitergehen.»

«Was meinst du? Du wolltest doch, dass ich öfter zu Hause bin.»

«Was steckt dahinter?», fragte sie. «Was sind das für Schreibarbeiten?»

«Das kann ich dir nicht sagen.»

«Warum nicht? Was ist nur los in letzter Zeit?» Tränen stiegen in Erikas Augen auf. Es tat Hermann leid, sie so zu sehen. Und er selbst fühlte sich kaum besser, wie ein

Schiffbrüchiger in stürmischer See. Alles schlug über ihm zusammen.

«Penske wird mich bei einigen Aufgaben entlasten», erklärte er und kniete sich vor Erika.

«Soll er jetzt deine Stelle übernehmen? Hat man dich degradiert?»

«Nein, Liebling. Was denkst du denn!»

«Was soll ich denn denken? Du verheimlichst mir ja alles! Du bist seit ein paar Monaten nicht mehr du selbst!»

«Du sollst dich doch nicht so aufregen!»

«Wie soll man sich da nicht aufregen! Die Gestapo kommt vorbei, Papa ist ständig nervös, du bist dauernd weg.»

«Das bin ich ja jetzt nicht mehr.»

Hermann versuchte, dem drohenden Streit aus dem Weg zu gehen. Aber er merkte auch, dass seine Frau streiten wollte. Es dauerte, bis sie die Katze aus dem Sack ließ.

«Ich weiß, dass du mich betrügst, Hermann.»

Hermann saß von einer Sekunde auf die andere aufrecht da.

«Nein, das tue ich nicht.»

«Lüg mich nicht an. Das brauchen wir nicht.»

Er schwieg und versuchte, einen klaren Gedanken zu fassen. Woher wusste Erika von Anna?

«Du hast vor einiger Zeit eine Frau im Auto mitgenommen», sagte sie. «Als ich dich gefragt habe, wer das war, hast du gesagt, es sei Penske gewesen. Aber ich habe sie gesehen.»

«Aber das war doch nur, um dich nicht zu beunruhigen. Reuseneck hat sie nach Hause gefahren. Da war nichts!»

Hermann versuchte, sie in den Arm zu nehmen, aber sie drückte ihn weg.

«Ich weiß, dass du sie noch mal gesehen hast.»

«Hat dieser von Häusern das behauptet?»

«Was hat der damit zu tun? Nein, Frau Reuseneck hat es mir verraten.»

«Wie?»

«Ich habe ihr doch die Schokolade geschickt. Sie hat mir daraufhin zu verstehen gegeben, dass ihr Mann schon öfter ein junges Ding im Auto hatte. Zum Beispiel an dem Abend, als du mitten in der Nacht heimgekommen bist. Liebst du sie?»

Hermann wusste nicht, was er antworten sollte.

«Liebst du uns noch, deine Familie?»

«Ja, verdammt! Erika, es ist anders, als du …»

«Hör auf!», unterbrach sie ihn.

Hermann sah sie an.

«Offenbar brauchen Männer ihre Abenteuer», sagte sie kühl und schüttelte den Kopf. «Aber ich verlange, dass das ein für alle Mal ein Ende hat», sagte sie. «Verstehen wir uns?»

Hermann nickte kraftlos.

OLYMPIONIKEN

Berlin, Donnerstag, 16. Juli 1936

Anna sank erschöpft auf die Matratze zurück. Hermann lag bereits in den Kissen. Sie legte ihre Hand auf seine Brust und spürte sein schnell schlagendes Herz. Auch sein Atem beruhigte sich nur langsam.

Er drehte sich auf die Seite, sodass ihre Köpfe sich berührten. Seine Hand fuhr über ihren nackten Hintern. Er küsste sie. Doch tief in seinen Augen erblickte Anna eine quälende Unruhe.

«Du musst gleich wieder weg?», fragte sie flüsternd und fürchtete seine Antwort bereits.

«Es tut mir leid», erwiderte er. «Ich hätte eigentlich gar nicht so lange bleiben dürfen.»

Warum tat Liebe nur so weh?

«Ich wünschte, ich könnte bei dir bleiben», sagte er wehmütig.

«Aber das geht leider nicht», ergänzte sie.

Er nickte. Anna löste sich von ihm und setzte sich auf.

«Ich … ich liebe dich, Hermann.»

Statt zu antworten, atmete er hörbar aus.

«Hermann? Stimmt etwas nicht?»

Er setzte sich nun auch auf. Eine Hand legte er auf ihren Oberschenkel. Ihre Haut war noch so empfindsam, dass sie erschauderte. Hermann sah ernst aus.

In der vergangenen Woche hatten sie sich nur einmal

kurz gesehen. Hermann musste wegen seiner Frau sehr vorsichtig sein, Anna wegen Phoenix. Gleichzeitig war dieser Nikolaus von Häusern immer noch unterwegs. Nach Merit und Anna hatte er in der vergangenen Woche auch Achim und Leopold zu den Plakaten verhört. Die Gruppe hatte daraufhin entschieden, alle weiteren Treffen bis auf Weiteres einzustellen und zuerst die Reaktionen auf die Olympiaaktion abzuwarten. Anna war kurz davor gewesen, Hermann davon zu erzählen, aber sie durfte weder ihre Freunde noch den Abwurf der Flugblätter gefährden. Zu lange schon arbeiteten sie auf dieses Ziel hin.

Neben allen Heimlichkeiten war auch die Zeit gegen sie. Leni Riefenstahl forderte von Anna mittlerweile tägliche Anwesenheit. Ein Dreh zur Eröffnung des olympischen Dorfs, Architekturaufnahmen im Stadion, zahlreiche Kameratests. Die Ankunft der japanischen Athleten nahmen sie ebenso auf, wie sie alle 42 195 Meter der Marathonstrecke abfuhren und Kamerastationen festlegten. Anna erhielt im Anschluss die Aufgabe, die Positionen für den Dreh einem Mitarbeiter des Propagandaministeriums vorzulegen und die nötigen Genehmigungen einzuholen. Diese Liste hatte sie zügig bei seiner Sekretärin abgegeben und sich dann nach Hermanns Büro erkundigt, um ihm die Grüße von Leni Riefenstahl zu überbringen.

Hermann hatte erst vor zwei Tagen einen neuen Büroraum bezogen, der fast so groß wie ihr Atelier und Schlafzimmer zusammen war. Statt eines Grußes der Regisseurin hatte Anna ihm einen leidenschaftlichen Kuss gegeben – und einen vorbereiteten Zettel, auf dem stand, wie sehr sie ihn vermisste. Während sie für mögliche Mithörer Belanglosigkeiten austauschten, schrieb Hermann darunter: *«Donnerstag, 17 Uhr 30 bei dir.»*

Seither hatte sie auf das heutige Treffen hingefiebert. Aber ihr Stelldichein hatte sich von Anfang an eigenartig angefühlt. Der Kuss war kürzer, seine Berührungen fahriger, als denke er an etwas anderes. Sein Schweigen auf ihr Liebesgeständnis bewies ihr nun, dass etwas ganz und gar nicht in Ordnung war.

«Wir sollten uns etwas anziehen», sagte er und zog die Hand zurück.

«Können wir nicht noch ein bisschen zusammenliegen?»

Aber er schaute sie nur bedauernd an und stand auf, um seine Unterhose anzuziehen.

«Es tut mir leid», sagte er.

«Was ist los, Hermann?»

Jetzt, da er auch sein Hemd überzog, fühlte sie sich in ihrer Nacktheit unwohl und verletzlich. Sie schlang das Laken um ihren Leib und stand ebenfalls auf.

«Anna, du bist eine wundervolle Frau», begann er.

Sie zog ihren Schlüpfer über und fand die Bluse. «Bitte rede nicht weiter!»

«Aber wir müssen reden, Anna», beharrte er.

Sie ahnte längst, was er besprechen wollte.

«Es geht so nicht weiter», bestätigten sich ihre schlimmsten Befürchtungen.

«Was geht nicht weiter», fragte sie trotzdem, hoffend, dass sie sich irrte. Doch das tat sie nicht.

«Das mit uns. Du weißt, dass meine Frau unser zweites Kind erwartet.»

«Das tat sie auch schon, als wir uns kennenlernten», protestierte sie.

«Du hast recht. Ich hätte es nie so weit kommen lassen dürfen.»

«Hermann!»

Anna wollte mehr sagen, aber ihr versagte die Stimme. Betreten nahm sie den Rock entgegen, den er ihr reichte. Dann fragte sie: «Bereust du das mit uns?»

«Nein, das tue ich nicht. Aber wir können so nicht weitermachen. Ich stehe für alles, wogegen du kämpfst. Und du bist die Verbrecherin, die ich eigentlich suchen müsste.»

«Eine Verbrecherin bin ich? Soso.»

«Du weißt, was ich meine.»

«Ich weiß, dass du zu feige bist, um uns eine Zukunft zuzutrauen.» Sie wollte ihn damit aus der Reserve locken, doch das schlug fehl.

«Ja, vielleicht bin ich zu feige dafür», sagte Hermann nachdenklich.

«Du kommst nach einer Woche hierher, schläfst noch einmal mit mir, und dann gehst du einfach so?»

«Anna, es tut mir leid.»

«Mir auch!» Ihre Stimme brach. Die Aussichtslosigkeit aller Worte machte sie so wütend, dass ihr Tränen in die Augen schossen.

«Jetzt wein doch nicht», sagte er und versuchte, sie zu umarmen.

Aber Anna stieß ihn weg. «Wenn du gehen willst, dann geh!» Ihre Stimme klang jetzt eiskalt.

«Ich will nicht im Bösen gehen!», erwiderte Hermann. «Ich habe mich wirklich in dich verliebt. Das weißt du. Aber ich kann meine Familie nicht im Stich lassen. Ich glaube, das hast du auch immer gewusst.»

Sie schüttelte trotzig den Kopf. Aber wenn sie ehrlich zu sich selbst war, hatte sie es gewusst. Auch wenn ihre Traumbilder ganz anders ausgesehen hatten.

Er zog die Hose hoch und schloss den Gürtel.

«Das habe ich nie von dir verlangt. Du musst deine Frau nicht für mich verlassen.» Anna hasste sich dafür, wie bettelnd sie klang.

«Das stimmt. Aber sie verlangt von mir, dass ich dich nicht mehr sehe.»

«Du hast ihr von uns erzählt? Von mir?»

«Sie hat es herausgefunden. Aber sie weiß nicht, wer du bist.»

Anna glitt in ihre Schuhe. Eben noch ein vollkommen nacktes Liebespaar waren sie innerhalb von wenigen Minuten zu Fremden geworden.

«Liebst du sie?»

«Das Gleiche hat sie mich auch gefragt.»

«Und was hast du geantwortet?»

Hermanns Schweigen ließ die Wut wieder wachsen.

«Du hast mir gesagt, dass du mich liebst. Vor ein paar Tagen noch!»

«Anna, ich …, verdammt. Ich liebe dich ja auch. Aber es ist eine Liebe, die gerade nicht geht! Ich habe eine Familie. Ich wünschte, ich wäre frei für dich.»

«Ach.»

Anna reichte ihm seine Tasche. «Du solltest gehen.» Sie zögerte. «Wirst du mich jetzt verraten?»

«Nein!», rief er aus. «Natürlich nicht. Anna!»

«Geh!», befahl sie. «Und komm nicht wieder!»

Ein kaltes Eisenband legte sich um ihr Herz. Alles lag in Scherben.

«Leb wohl», sagte er.

«Ich will dich nicht mehr sehen», erwiderte sie und schloss hinter ihm die Tür. Sie lehnte sich von innen dagegen, als könne sie so verhindern, dass er sie aufbrach und doch zu ihr zurückkäme. Dabei wünschte sie sich genau das. Aber er klopfte nicht einmal. Als sie seine Schritte auf der Treppe nach unten hörte, sank sie an der Tür zu Boden. Trauer, Angst und Unglaube wechselten sich ab. Und dazwischen: Wut.

Am nächsten Morgen erwachte sie mit einem leeren Gefühl in ihrer Brust, als hätte Hermann ihr Herz mitgenommen. Sie schleppte sich zur Arbeit. Wie ein Automat führte sie die Aufgaben aus, die ihr aufgetragen wurden. Offenbar merkte man ihr an, dass etwas nicht stimmte. Die Riefenstahl schimpfte zwar zuerst mit ihr, meinte aber irgendwann: «Mädchen, wenn du dich wegen eines Mannsbilds so grämst, dann lass dir gesagt sein: Am besten hilft es, sich schnell einen Neuen zu suchen.»

Die nächsten Tage vergingen quälend langsam. So weit es möglich war, betäubte sie ihre Trauer über die Trennung von Hermann mit Arbeit – in der Produktion und in ihrem Atelier. Es entstanden ein paar Bilder, die sie wirklich gut fand. Es fühlte sich an, als entwickele sie einen eigenen Stil. Ein Stil, der den Nazis garantiert nicht gefallen würde.

Auch die Arbeit bei Leni Riefenstahl machte Anna weit mehr Spaß, seit die Zeit der ewigen Vorbereitung und reinen Übungen endlich vorbei war. Die Dreharbeiten hatten begonnen!

Es war Freitagnachmittag. Zusammen mit Tausenden Schaulustigen befanden sie sich auf der Straße Unter den Linden, die für die Spiele zur «Via Triumphalis» gehörte, der großen, besonders reichhaltig geschmückten Feststraße. Hier wollten sie die Ankunft der amerikanischen Olympioniken filmen. Ein Kamerateam der Wochenschau hatte sich neben ihnen positioniert. Schnell redende Radioreporter berichteten und nahmen Stimmen aus der Menge auf. Links von ihnen hörte man einen italienischen Journalisten, der lautstark plappernd jede Szene beschrieb.

Seit die erste einer ewig langen Reihe von offenen Limousinen zu sehen war, herrschte im Gedränge der Leute Jubelstimmung. Einige schwenkten sogar kleine Fahnen der USA. Dabei dominierten eindeutig die Hakenkreuzfahnen, die aus fast jedem Fenster hingen und an Hunderten extra aufgebauten Fahnenmasten im Wind schwangen. Ein riesiges Aufgebot an Polizei und Vertretern anderer Behörden, vornehmlich SS und Gestapo, sicherte den Bereich ab.

«Und jetzt auf Mr. Owens», dirigierte Leni Riefenstahl.

Ein schwarzer Sportler saß in dem offenen Wagen und sah in ihre Richtung. Walter Frentz schwenkte seine Kamera von der langen Reihe überdimensionierter Hakenkreuzbanner auf der Straße zurück zum Fahrzeugkonvoi. Das Objektiv fand den Sportler schnell, der Fokus stellte ihn scharf, genau rechtzeitig, um einzufangen, wie Owens Annas Winken erwiderte.

«Wundervoll!», jubelte Leni Riefenstahl.

Der Moment war kurz, der Wagen vorbei. Die Kamera schwenkte zurück und nahm die nächsten Berühmtheiten auf.

Die Ankunft der Sportler der USA hatte einige Schaulustige angezogen. Mit 312 Teilnehmern waren die Nordamerikaner trotz aller Boykottforderungen die zweitgrößte Mannschaft nach der des Deutschen Reiches, für das fast 350 Sportler an den Start gingen.

«Los, wir müssen fahren!», rief Leni Riefenstahl Anna zu, als erst etwa die Hälfte der Fahrzeuge vorbei war. Frentz würde hierbleiben und den Rest der Parade filmen, während sie ins olympische Dorf fuhren, um dort die Aufnahmen mit dem zweiten Kamerateam auszuführen.

Sie eilten in eine Seitenstraße und sprangen in einen bereitstehenden Wagen. Wolfgang fuhr rasant in Richtung Osten und vermied die Route der Sportler, die auf der Via Triumphalis weitaus langsamer unterwegs sein mussten. Trotzdem drängte die Riefenstahl ihren Assistenten, weiter Gas zu geben, weil sie fürchtete, die Ankunft im olympischen Dorf zu verpassen, die als Probedreh für den Einzug der deutschen Sportler dienen sollte.

Anna klammerte sich mit einer Hand am Sitz fest, mit der anderen hielt sie ihren Hut, damit er im Fahrtwind nicht verloren ging. Als ein Seidentuch der Riefenstahl von einem Windzug ergriffen und über die Sitze getragen wurde, fluchte sie zwar, forderte Wolfgang aber zur Weiterfahrt auf. «Wir haben keine Zeit!»

Bald verließen sie die Stadt und rasten über die Hamburger Chaussee durch die märkische Landschaft mit ihren Hügeln, Wäldern und Feldern. Am Ende waren sie fast 15 Minuten vor den ersten Fahrzeugen im olympischen Dorf, das im Vergleich zu ihrem letzten Besuch vor einer knappen Woche schon viel lebendiger wirkte. Hinter ihnen traf ein Bus ein, aus dem Sportler aus aller Welt strömten, die bereits vor ein paar Tagen angekommen waren. Andere stiegen in den Bus, um sich nach Berlin bringen zu lassen. Neben den sportlich oder in legeren Anzügen gekleideten jungen Männern sah man einige Herren in Gestapo-Uniform, die offenbar ein Auge auf das Treiben im Dorf haben sollten. Betrieben wurde es jedoch von der Wehrmacht, die das Gelände später als Kaserne nutzen würde.

Frauen sah man keine. Nur etwa 300 der 3600 Teilnehmer der Olympiade waren weiblich. Sie waren in der Nähe des Stadions untergebracht.

Auf dem Rasen vor dem lang gezogenen Empfangsgebäude in modernem Stil hatte sich das zweite Kamerateam aufgebaut.

«Macht mir bloß keine Wochenschau», bläute die Regisseurin ihren Leuten ein. «Wir machen künstlerische Filme, keine Berichte.»

Die Riefenstahl zeigte über das weitläufige Gelände auf den großen Hauptbau: «Das Haus der Nationen mit der Kantine. Wenn alle angekommen sind, gibt es erst einmal etwas zu essen.» Überall dazwischen befanden sich längliche Gebäude mit rotbraunen Dächern, in denen die Sportler nach Ländern sortiert unterkommen sollten.

Während die Regisseurin sich den Kameraleuten zuwandte, schaute Anna sich ein bisschen um. Etwa die Hälfte der Nationen war bereits eingetroffen. Es herrschte reger Betrieb. Im Empfangsgebäude gab es einen riesigen Tresen, an dem junge Helfer in weißen Uniformen Karten des Areals und Stadtpläne von Berlin verteilten.

«Die Amerikaner kommen!», rief jemand. Anna rannte zurück zu den Kameras, um zu sehen, ob sie etwas tun konnte. Aber Leni Riefenstahl war zu beschäftigt, um sich weiter um sie zu scheren. Die Autos und Kleinbusse hielten vor ihnen, die Sportler stiegen aus, nahmen ihre Koffer und Taschen und marschierten in freudiger Erwartung in das Empfangsgebäude.

«Los, ihnen nach!», forderte Leni Riefenstahl, nachdem sie die ersten zehn Wagen gefilmt hatten.

«Mr. Owens! Here!», rief sie. Der schwarze Läufer blickte sich um, lächelte, ging aber weiter. «Los, Mädchen, halten

Sie ihn auf! Ich glaube, der Kerl kann Medaillen holen! Ich will ihn am Empfang filmen!»

Anna lief dem Mann nach, der von einem anderen Schwarzen und zwei Weißen begleitet wurde.

«Entschuldigung, warten Sie!»

Anna konnte kein Englisch. Was sollte sie sagen? Jesse Owens wandte sich um. Er war einen halben Kopf größer als sie. Obwohl er einen grauen, weit geschnittenen Anzug trug, konnte Anna unter dem Stoff einen schlanken, gestählten Körper erahnen. Sie hatte erst wenige Leute mit schwarzer Haut gesehen, hauptsächlich im Varieté. Owens hatte wache Augen, ein offenes, gewinnendes Lächeln. Einer seiner Schneidezähne stand etwas vor. Sein Haar trug er raspelkurz.

Er erwiderte etwas auf Englisch.

«Er hat gesagt, dass er Sie nicht versteht», sagte einer seiner hellhäutigen Begleiter. «Jack Hefferston, sehr erfreut.»

«Anna Kollmann. Ich gehöre zu dem Team, das den Olympiafilm dreht. Meine Regisseurin möchte Herrn Owens gerne am Empfang filmen», erklärte sie.

Jack Hefferston übersetzte. Jesse Owens sagte etwas und lachte mit seinem Freund. Anna lächelte nur.

«So einen netten Empfang hat Jesse nicht erwartet in Germany», hat er gesagt.

«Her name is Anna», übersetzte er weiter.

«Hello Anna.»

Sie ergriff die Hand des Sportlers. Er hatte einen kräftigen, bestimmten Händedruck. Auch Jack reichte ihr die Hand.

«Da kommen Ihre Leute», sagte er. «Können wir weiter?»

Leni Riefenstahl sorgte für einigen Tumult, weil sie die Anmeldung aus verschiedenen Perspektiven gedreht haben wollte. Owens lächelte mehrmals in die Kamera, strahlte den Mann am Empfang an und nahm dann eine Mappe mit Informationen auf Englisch entgegen. Jack Hefferston war am Nebenschalter längst fertig und hatte sich zu Anna gesellt, um den Dreh zu beobachten.

«Was machen Sie für einen Sport?», fragte sie ihn.

«Feldhockey.»

«Haben Sie eine Chance auf eine Medaille?»

«Wir wären nicht hier, wenn nicht. 1932 in Los Angeles hat die Mannschaft Bronze geholt. Aber gegen die Inder hat wohl niemand eine Chance. Egal, Dabeisein ist alles!»

«Woher kommen Sie?»

«Aus Ohio. Aufgewachsen bin ich in einem kleinen Ort in der Nähe von Cleveland.» Er lächelte. «Das kennen Sie nicht, oder?»

«Ich kenne mich nicht so aus.»

«Und Sie arbeiten für diese Frau?» Er zeigte auf die Riefenstahl, die Owens bat, den Erhalt der Informationsmappe zum x-ten Mal zu wiederholen. Owens spielte mit. Ihm schienen die Augenaufschläge der Regisseurin zu gefallen.

«Nur zeitweise», antwortete Anna. «Ich studiere eigentlich Kunst.»

«Thank you so much!», drang Leni Riefenstahls süßlichste Stimme durch den Empfangsbereich. Jesse Owens nahm ihre angebotene Hand und drückte ihr entgegen allen guten Sitten einen echten Kuss auf den Handrücken. Bei Leni Riefenstahl wirkte sogar das Erröten einstudiert.

«Wir müssen gehen», sagte Jack Hefferston. «Werden wir uns wiedersehen, Anna?»

Das war direkt. «Vielleicht im Stadion», sagte sie. «Ich wünsche Ihnen viel Erfolg.»

«Danke», sagte er. «Ihnen auch.»

Anna erschrak, als sie hinter Leni Riefenstahl auf einmal einen Mann sah, den sie kannte. Er erblickte sie im gleichen Moment und kam auf sie zu.

«Na, das ist ja ein Zufall», sagte er.

«Ich weiß Ihren Namen nicht mehr, verzeihen Sie.»

«Emil Penske vom …»

«… vom Promi», ergänzte Anna schnell. Sie wusste natürlich genau, wer er war, und hielt sofort Ausschau, ob auch sein Vorgesetzter hier sein mochte. Ein seltsames Gefühl überkam sie, als sie an Hermann dachte.

Penske lachte. «Ja, vom Promi, auch wenn wir Propagandaministerium bevorzugen.»

«Was machen Sie hier?», fragte sie.

«Herr Schmidt hat mich geschickt, weil heute hier doch die ersten Filmaufnahmen stattfinden.»

«Ah, geht es ihm gut?»

«Viel zu tun hat er. Einige Sonderaufgaben. Im Moment arbeitet er oft von zu Hause aus. Seine Frau bekommt bald ihr zweites Kind.»

Anna bemühte sich, überrascht zu klingen. «Ah, das ist ja schön.»

«Und Sie sind wieder mit Fräulein Riefenstahl unterwegs?»

Sie nickte und sah zu ihr hinüber. Ihre Chefin war in ein Gespräch mit zwei hochrangigen Offizieren der Wehrmacht verwickelt.

«Das ist Oberst Werner Albrecht Freiherr von und zu Gilsa, der Kommandant des olympischen Dorfs», erklärte

Penske flüsternd und zeigte auf einen der Männer. «Nicht ganz einfach, der Gute.»

Doch für eine Leni Riefenstahl bedeutete das kein Problem. Als Frau, die Männer allen Alters um den Finger wickeln konnte, versagte sie auch beim Oberst nicht, sondern zauberte ihm ein Lächeln auf die Lippen.

«Der andere ist Hauptmann Wolfgang Fürstner, der Dorfvorstand.»

«Er wirkt nicht sonderlich erfreut», stellte Anna fest.

Penske kam ihr näher und flüsterte ihr ins Ohr: «Eigentlich sollte er der Kommandant des olympischen Dorfes sein. Gilsa wurde ihm gerade erst vor die Nase gesetzt. Fürstner ist ein sehr strenger Nationalsozialist, aber bei der Rasseuntersuchung kam heraus, dass er kein reiner Arier ist, sondern dass sich irgendwo in seiner Ahnenreihe jüdische Vorfahren finden. Als das bekannt wurde, war er als Kommandant nicht mehr tragbar.»

Anna hatte in der Zeitung darüber gelesen.

«Ihr Bruder macht sich sehr gut, Fräulein Kollmann», sagte Penske derweil.

«Ach richtig. Horst arbeitet ja jetzt für Sie. Ich habe ihn länger nicht gesprochen. Was macht er denn genau?»

«Er rekrutiert die Jungen von der Hitlerjugend, die wir ab morgen Nacht als Ordnungspatrouillen durch Berlin schicken.»

Anna horchte auf. Ab morgen schon? Hermann hatte das doch eigentlich erst ab Montag vor.

«Weil schon einige Sportler, Reporter und erste Gäste in der Stadt sind, haben wir spontan beschlossen, die Patrouillen schon am Wochenende loszuschicken. Zumindest da, wo wir genug Freiwillige finden. In Schöneberg sind wir noch unter Plan und zum Teil auch in Wilmersdorf. Aber ab Sonntagabend beginnt dann die völlige Kontrolle bei Nacht.» Die letzten Worte sprach er im Duktus des Führers. Er lachte.

«Fräulein Kollmann!»

Die Stimme verhieß nichts Gutes.

«Entschuldigen Sie, Herr Penske. Die Pflicht ruft.»

«Ja, ich muss auch wieder zurück. Schön, Sie mal wieder gesehen zu haben. Vielleicht treffen wir uns auch einmal so?»

«Ich muss», rief Anna zurück und rannte der Riefenstahl hinterher, die sich bereits auf dem Weg zur großen Kantine befand, dem Haus der Nationen.

RASSENSCHANDE

Berlin, Samstag, 25. Juli 1936

«Zuerst der Ami, jetzt dieser Penske. Ich bezahle Sie nicht fürs Schäkern, Fräulein Kollmann», herrschte Leni Riefenstahl sie an, als sie sie eingeholt hatte.

«Ich habe nicht geschäkert», gab Anna zurück.

«Mädchen. Ich sehe ja, dass Sie Liebeskummer haben. Und ich habe Ihnen auch gesagt, dass es hilft, sich einen neuen Mann zu nehmen. Aber das darf sich nicht auf Ihre Arbeit auswirken!»

«Das wird es nicht», antwortete Anna.

Sie gingen weiter. Das etwa hundert Meter lange Speisehaus der Nationen war geformt wie ein Auge. Im Innenhof befand sich ein Platz mit einer runden Rasenfläche, die aus der Luft wie eine Pupille wirken mochte. Mehrere Männer hockten im Schatten.

Leni Riefenstahl und das Kamerateam betraten zielstrebig das Hauptgebäude. Während die Regisseurin den japanischen Teilnehmern über einen Dolmetscher klarmachte, dass sie sie gleich filmen werde, sah Anna Jack Hefferston, der ihr von der anderen Seite aus zuwinkte. Sie lächelte ihm entgegen. Er stand auf und kam auf sie zu.

«Darf ich Sie noch etwas fragen, Anna?»

«Wenn es schnell geht. Ihr Essen wird sonst kalt.»

«Schweinbradn mit Susengedoffeln und Brumekouh»,

sagte er mit seinem amerikanischen Akzent. Anna musste lachen.

«Habe ich das falsch gesagt?», fragte er verwirrt.

«Nein. Das war schon sehr gut. Was wollen Sie wissen?»

«Das Training beginnt am Montag. Morgen Abend und am Sonntag haben wir frei. Ein paar von uns wollen sich Berlin ansehen. Man hat gesagt, der *Zigeunerkeller* in der Ku'damm wäre ein guter Ort. Ist das in Ordnung?»

«Ja. Ein gutes Restaurant mit Barbetrieb und samstags auch Musik.»

«Ein Nazigeschäft?»

Anna zuckte.

«Verzeihung», sagte er schnell. «Jesse und Tommy werden mit uns kommen. Wir wollen keinen Ärger haben wegen ihrer schwarzen Haut.»

«Ich denke, das wird kein Problem sein. Soweit ich weiß, gehören das Lokal und das dazugehörige *Café Wien* sogar einem Juden.»

«Ich dachte, es gibt keine Juden mehr in deutschen Geschäften.»

«Ich muss jetzt weitermachen, sonst bekomme ich wieder Ärger», wich sie seiner Frage aus.

«Verzeihung!», rief er ihr nach.

Sie drehte sich noch einmal zu ihm um.

«Anna, ich würde mich freuen, wenn Sie morgen Abend mit Jesse, mir und ein paar anderen in den *Zigeunerkeller* kommen.»

Anna spürte, wie sie rot anlief.

«Ich weiß nicht», sagte sie.

«Sie wird gerne mit Ihnen kommen», schaltete sich Leni Riefenstahl ein, die ihre Ohren überall hatte. «Aber jetzt lassen Sie uns arbeiten!»

«Thank you, Lady!», sagte Hefferston strahlend. «Anna, dann um sieben Uhr!»

Ohne ihre Antwort abzuwarten, drehte er sich um. Er erntete Applaus, als er an seinen Tisch zurückkehrte. Anna musste grinsen.

Das Haus Wien auf dem Ku'damm gehörte mit seiner antik anmutenden Säulenfassade zu den ersten gastronomischen Adressen in Berlin. Der *Zigeunerkeller* war das größte unterirdisch liegende Restaurant der Stadt und für seine ungarischen Spezialitäten bekannt. Anna war erst einmal hier gewesen. Und das auch nur, weil es einen Barbereich gab, wo man an kleineren Tischen sitzen konnte, ohne eine große Speise bestellen zu müssen. Die Kapelle spielte Schlager und ab und zu etwas Swing, sehr zur Verwunderung und zum Gefallen der zehn US-Sportler. Sie hatten an der kleinen Balustrade drei Tische zusammengeschoben und große Biergläser vor sich stehen. Ein paar Männer rauchten.

Als Anna sah, dass sie die einzige Frau am Tisch sein würde, wollte sie am liebsten wieder umdrehen. Aber sie war unter anderem gekommen, weil die Riefenstahl sie dazu aufgefordert hatte. Die Regisseurin war sich sicher, dass die Amerikaner gut abschneiden würden. Vor allem Jesse Owens sah sie als möglichen Kandidaten für mehrere Goldmedaillen. Und es schadete nicht, so ihre Worte, eine persönliche Beziehung zu dem Mann aufzubauen, um bei den Spielen mit der Kamera ganz nah an ihn heranzukommen.

Jesse Owens saß direkt neben Jack Hefferston. Als er darauf aufmerksam gemacht wurde, dass *«the german girl»* da war, stand er auf und reichte Anna freudig die Hand.

Er trug einen weit geschnittenen Anzug und ein Hemd ohne Krawatte. Ein Hut hing am Knauf des Stuhls. Sein dunkelblondes Haar hatte er mit Wichse gebändigt. Es war eigenartig, ihn wiederzusehen. Aber sein Strahlen war das gleiche wie gestern.

«Anna!», sagte er. «Ich hatte Sorge, dass Sie nicht kommen.»

«Hello. Nice to meet you», sagte sie auf, was sie an Englisch zusammenbekam.

«Oh, she speaks English!»

«Kein Englisch. Nein.»

«Ich kann übersetzen», beruhigte Jack sie und holte einen Stuhl, den er zwischen Owens' und seinen eigenen Platz schob.

«Hello Mister Owens», sagte Anna.

«You can call me Jesse», gab er zurück.

«Tom, Adam, Michael, Sean ...» Anna war von der Menge der Namen überfordert. Die jungen Kerle nahmen sie alle freundlich in ihrer Mitte auf, und kurz darauf hatte auch Anna ein Glas Bier vor sich stehen, von dem sie nippte.

Sie genoss das Essen neben Jack und Jesse. Owens hielt sich ebenfalls mit Alkohol zurück und rührte auch keine Zigarette an. Das Rauchen tue ihm nicht gut, erklärte er.

Mehrere der Hockeyspieler sahen das wohl anders. Bald wurden die Aschenbecher von der Bedienung ausgetauscht. Und es kamen mehrfach neue Biere dazu.

Anna unterhielt sich derweil mit ihren direkten Sitznachbarn und bekam von den restlichen Gesprächen hauptsächlich mit, dass man guter Laune war und überlegte, nach dem Essen noch woanders hinzugehen.

Sie schlug den *Kakadu* vor. Die Bar, aus der sie mit

Hermanns Hilfe die Pistole geschmuggelt hatte, lag schräg gegenüber.

Ein Stich traf sie ins Herz, wie immer, wenn sie an einen Moment mit Hermann zurückdachte. Es mochte ihr schmeicheln, von Achim begehrt zu werden. Es mochte ihr gefallen, neben einem gut gebauten Amerikaner zu sitzen, der ihr definitiv den Hof machte, aber das, was sie für Hermann empfand, löste keiner der anderen Männer in ihr aus.

«Warum so traurig?», fragte Jack.

«Ich bin nicht traurig.» Bei Jacks Strahlen wurde ihr Herz tatsächlich wieder etwas leichter.

Auf dem Ku'damm waren um halb zehn so viele Menschen unterwegs, dass sie die allgegenwärtigen Hakenkreuzfahnen in den Hintergrund treten ließen. Die ganze Stadt schien aufzublühen, wenn sich die Ideologie der Nazis zurückhielt. Anna war begeistert von den verschiedenen Sprachen, die man hörte. Die Stimmung war gelöst und frei. Das fiel umso mehr auf, als dass Weltoffenheit in den vergangenen Jahren ein Fremdwort geworden war. Feierlaune wurde allzu oft mit Märschen und Paraden assoziiert, nicht mit Tanz und Ausgelassenheit, wie es bei jungen Menschen eigentlich der Fall sein sollte. Während sie sich gut gelaunt bei Owens und Hefferston einhakte, fragte sie sich, ob die Spiele vielleicht der Auftakt für ein besseres Deutschland sein könnten. Es mussten doch einfach alle merken, dass es sich in Frieden und Freiheit angenehmer lebte als in Überwachung und Faschismus.

Sie waren doch alle Menschen – und als solche gleich, ob Deutscher, Jude oder Schwarzer. Jeder hatte letztlich doch den Wunsch, glücklich und gesund zu leben, sehnte sich nach Liebe und Freundschaft, nach Frieden und Ruhe.

Und ein paar wenige Hetzer schafften stattdessen Unfriede, Angst, Hass und Tod. Diesen Leuten musste man Grenzen setzen. Ihnen deutlich vor Augen führen, dass ihr Streben nach Gewalt nicht ohne Widerstand blieb. Dafür stand auch Phoenix. Sie wollten den Rechten klarmachen, dass man sie nicht gewählt hatte, um Deutschland in ein Gefängnis für die eigenen Bürger zu verwandeln. Im Gegenteil: Deutschland konnte von neuen Einflüssen doch nur profitieren. Jeder mit ein bisschen Verstand musste das einsehen. Alleine bei diesen Olympischen Spielen.

Sie waren fast am Eingang der Bar angelangt, als eine Hand sie an der Schulter packte.

«Horst!»

«Was machst du hier?»

«Darf ich vorstellen, das sind Jack und Jesse von der amerikanischen Olympiamannschaft. Und ihre Freunde gehören auch alle dazu.»

«Dass ich dich Arm in Arm mit einem Neger sehen muss!», knurrte er abfällig.

«Horst!», fauchte sie ihren Bruder an. «Beherrsch dich!»

Ihr Bruder war nicht alleine auf dem Ku'damm. Auf einer Treppe sah Anna mehrere seiner Freunde sitzen. Natürlich war auch der rote Rebko dabei, Erwin Rebkowicz. Er schloss schnell zu Horst auf.

«Lassen Sie die Lady in Ruhe!», schaltete sich Jack Hefferston ein. Er schob sich zwischen Anna und ihren Bruder. Die beiden Männer waren etwa gleich groß und ähnlich muskulös gebaut. Sie standen sich so nahe gegenüber, dass sich ihre Nasen fast berührten, und plusterten sich beide auf. Rebko drückte Anna zur Seite, was Jesse Owens definitiv nicht gefiel.

Die anderen Sportler bekamen nun ebenfalls mit, dass

etwas im Busch war, und traten ihren Freunden zur Seite. Doch auch Horst und Rebko mussten nicht lange auf Verstärkung warten.

«Lass mich sofort los», fauchte Anna den rothaarigen Jungen an. Sie hatte ihm früher auf der Straße die Nase geputzt und ihn getröstet, wenn er hingefallen war. Jetzt hätte sie ihm am liebsten eine schallende Ohrfeige verpasst.

«Nein. Wir wollen keine Rassenschande!»

«Rebko! Ende!»

Sie war so laut geworden, dass der Junge sie losließ und sie sich gerade noch zwischen Horst und Jack schieben konnte. Sie drückte die beiden auseinander.

Bei den anderen kam es zu ersten Schubsern und Knuffen. Die Lage war kurz davor, zu eskalieren.

«Ruf sofort deine Schläger zurück, Horst!», forderte Anna laut und fügte hinzu: «Das sind Gäste des Reichs!»

«Gäste sollten sich ordentlich benehmen», gab er zurück.

«Das tun sie auch. Du hast angefangen! Aber gerade du solltest es besser wissen.»

Horsts Anspannung ließ auf einmal nach. Seine Kameraden bekamen das mit, ebenso die Amerikaner.

«Das ist dein Bruder?», fragte Hefferston.

«Ja. Ich wollte euch gerade vorstellen.»

«Okay. Stop it, boys!», sagte der Feldhockeyspieler und hielt beide Hände beschwichtigend in die Luft.

«Wir wollen keinen Ärger haben», sagte er und bot Horst seine Rechte zum Einschlag an. Anna bemerkte den Unwillen in Horsts Gesicht, als er sie ergriff. Die von Jesse Owens allerdings mied er mit einem Gesichtsausdruck, als wolle er sich nicht schmutzig machen.

«Du gehst jetzt nach Hause», bestimmte Horst in Annas Richtung.

«Einen Dreck tue ich», gab Anna zurück.

«Ich lasse meine Schwester nicht mit hergelaufenen Ausländern herumziehen. Wo ist denn dein Bayer?»

«Wir sind schon lange nicht mehr zusammen. Und mit wem ich herumziehe, geht dich gar nichts an.»

«Oh doch. Du bist meine Schwester, verdammt noch mal! Entweder du gehst nach Hause oder wir nehmen die Typen hier auseinander und ich schleppe dich danach zu Papa. Der wird verdammt sauer sein, dass du dich mit Negern einlässt.»

«Damn shit», fluchte Hefferston. «Uns bekommt ihr nicht nieder.»

Anna nahm aus den Augenwinkeln wahr, dass einer von Horsts Freunden ein Messer zog.

«Jack! *Stop!* Es ist nicht wert, dass ihr Ärger bekommt oder euch sogar noch verletzt. Wie lange habt ihr auf diese Spiele hintrainiert?»

Er antwortete nicht, aber man sah ihm an, dass er nachdachte.

«Ich hätte sowieso gleich nach Hause gemusst», sagte sie. «Wir sehen uns im Stadion. Euch allen viel Erfolg.»

Anna nahm demonstrativ Jesses Hand und schüttelte sie. Der Läufer schenkte ihr ein trauriges Lächeln. Auch Jack schien unsicher, wie er sich verhalten sollte. Seine Hände waren riesig und stark, und Anna zweifelte keine Sekunde daran, dass er mit seinen Fäusten kräftig austeilen konnte.

«Abmarsch!», rief Horst und packte Anna an der Schulter. «Wir bringen meine Schwester noch zur Bahn.»

«Ich dachte, der Führer will den Ausländern ein liebenswertes Deutschland präsentieren», sagte sie nach einem Blick zurück. Die Sportler diskutierten miteinander. Jack schaute Anna nach und winkte ihr noch einmal. Er wirkte unglücklich mit der Situation. Aber Anna war sicher, dass es so am besten war. Ein Messerstich, ein Tritt gegen das Bein – und der Traum der Olympiateilnahme wäre zerplatzt. Wenn sie jetzt darauf bestanden hätte, bei den Amerikanern zu bleiben, wäre der Ärger vorprogrammiert gewesen.

«Du hast dich wirklich zu einem miesen Ekel entwickelt», sagte sie zu Horst.

«Danke. Besser, als Rassenschande zu begehen.»

Anna trat ihm gegen das Schienbein, traf aber nicht richtig. Horst packte sie nur noch fester.

«Du bist ein Arschloch», sagte sie.

«Ich passe auf dich auf. Das ist alles.»

Als Horst sie in den Zug schubste, war sie so wütend, dass sie einen Entschluss fasste. Sie musste etwas tun gegen die Willkür des Stärkeren! Und sie wusste auch schon, was. Sie brauchte dafür nur die Hilfe von Achim.

AUGENSCHEIN

Berlin, Sonntag, 26. Juli 1936

Erika lag auf dem Sofa im Wohnzimmer und beobachtete Luise beim Spielen mit ihrer Puppe. An Sonntagvormittagen gingen sie eigentlich zur Kirche, aber die fortgeschrittene Schwangerschaft war eine perfekte Ausrede, einen ruhigen Tag zu Hause zu verbringen. Auch Hermann kam nach den hektischen Wochen ein wenig zur Ruhe.

«Liebling, bringst du mir ein Glas Wasser?», fragte sie.

Er stand aus dem Sessel auf und füllte ihr Glas aus der Karaffe.

«Wenn wir die Villa umbauen, können wir in vier Monaten einziehen, meint Papa», überlegte sie laut.

Der Kauf der Steinweg-Villa war mittlerweile zu Erikas Lieblingsprojekt geworden. Sie hatte Pläne für alle Räume gemacht. Hier ein Durchbruch, um die Beletage zu vergrößern, dort ein zusätzliches Badezimmer. Ansonsten wollte sie jedes Zimmer tapezieren und streichen lassen. Das Parkett sollte geschliffen und versiegelt werden. Und ein paar neue Fenster waren einzubauen, um den «alten jüdischen Mief» aus der Villa herauswehen zu lassen, wie sie sagte.

«Wir sollten zusehen, das Haus bis dahin verkauft zu haben», meinte sie.

«Papa!»

Luise hielt ihm ihre Puppe hin und forderte ihn auf, mit ihr zu spielen. Hermann schwenkte die Puppe hin und her und sagte mit verstellter Stimme: «Ich will mit Luise spielen.»

Die Kleine streckte beide Arme aus.

«Puppi!», rief sie und umarmte das Spielzeug, als habe sie es seit Jahren vermisst. Hermann lächelte.

«Papa meint auch, dass wir auf jeden Fall noch in diesem Jahr umziehen können. Das wird toll für die Kinder.»

Erika streichelte sich über den Bauch und strahlte.

«Ja, das wäre schön», sagte Hermann, um das Thema zu beenden.

Seit Erikas Forderung, seine Affäre aufzugeben, hatten sie kein einziges Wort mehr über seinen Fehltritt verloren. Bei seiner Rückkehr vom letzten Treffen mit Anna hatte er auf Erikas fragenden Blick hin mit einem Nicken geantwortet. Ja, er hatte sich von ihr getrennt, hieß das. Ihr Leben fühlte sich an wie zu der Zeit, als Hermann Anna noch nicht kannte. Er hatte viel zu tun. Einen Teil der Arbeit erledigte er in seinem neuen Büro, doch die Aufgaben, die Goebbels ihm persönlich für Phoenix übermittelte, führte er in seinem Arbeitszimmer hier im Haus aus. Die Akten verschloss er jedes Mal in seinem Tresor. In dem Extrafach lag noch immer Schapers Pistole.

«Kannst du mir noch meinen Roman reichen? Ich würde gerne etwas lesen.»

Hermann brachte ihr das in Leinen gebundene Buch. Kuni Tremel-Eggert: *Barb. Roman einer deutschen Frau.*

«Worum geht es?», fragte er beiläufig.

«Eine junge Frau, Barbara. Sie durchlebt Höhen und Tiefen und findet schließlich ihre Erfüllung als Mutter.»

Hermann verdrehte die Augen erst, als er sich umgedreht hatte. Er setzte sich an den Sekretär und holte das dünne Briefpapier hervor.

«Schreibst du einen Brief an Susanne?»

«Ich habe lange nichts von mir hören lassen», sagte er.

«Richte ihr meine herzlichsten Grüße aus! Und alle guten Wünsche für ihre Schwangerschaft, von Frau zu Frau.»

«Mache ich.»

Hermann setzte den Stift an.

Liebe Susanne,

Nach dieser Begrüßung wusste er schon nicht mehr, was er schreiben sollte. Vor allem nicht, weil er nahezu sicher sein konnte, dass sein Brief den Weg in die USA nicht antreten würde, ohne vorher vom Sicherheitsdienst gelesen worden zu sein. Er überlegte, wie er den Anfang am besten gestalten sollte. Am besten persönlich und unverfänglich:

Ich hoffe, es geht euch gut. Ich denke viel an dich und wünsche euch und eurem Kind alles erdenklich Gute. Viele herzliche Grüße richte ich dir von Erika aus. Es wird noch drei bis vier Wochen dauern, bis sie mich erneut zum Vater und dich noch mal zur Tante macht. Wenn es ein Junge wird, soll er Erich heißen, wie Erikas Vater.

Für ein Mädchen hatte sich Erika vor ein paar Tagen als Vorname ausgerechnet «Anna» in den Kopf gesetzt. Hermann hatte zuerst gefürchtet, sie wisse doch mehr über seine Liebschaft. Er hatte verschiedenste Alternativen angeführt, aber keine davon wollte Erika von ihrem Vorhaben abbringen.

Wir sind sehr traurig, dass du wohl vorerst nicht vorbeikommen wirst, um deinen Neffen oder deine Nichte kennenzulernen. Aber du weißt, du bist uns jederzeit herzlich willkommen.
Ich bin mittlerweile befördert worden und in ein neues Büro gezogen. Alles noch vor Beginn der Olympischen Spiele, die von unserer Seite so gut organisiert werden wie keine Sportveranstaltung der Welt zuvor. Eure Sportler sind gerade hier angekommen. Im olympischen Gedanken drücke ich ihnen die Daumen, ebenso wie unseren Athleten.

Jedes Wort wollte gut gewählt sein. Am liebsten hätte er Susanne vor Hitlers perfidem Plan gewarnt, aber das ging nicht, ohne sich und seine Familie in Gefahr zu bringen. Hermann überlegte, ob er wenigstens einen Hinweis auf Lewinskys Schicksal geben konnte. Immerhin hatte der tote Travestiekünstler sich auf Susanne bezogen.

Letztens habe ich nach Jahren wieder einmal an unsere treue Lulu gedacht. Schade, dass sie gestorben ist. Sie war ein gutes Tier. Leider konnte ihm niemand helfen.

Ja, so ging es. Niemand würde es ihm vorwerfen, wenn er über die alte Familienhündin schrieb. Aber Susanne würde den Wink verstehen. Hermann fuhr fort:

Die Olympischen Spiele haben mich sehr in Beschlag genommen. Wenn du diesen Brief liest, liegt die Eröffnung bereits hinter uns. Ich hoffe, dann wird alles wieder etwas ruhiger. Wir planen, uns ein größeres Haus zu kaufen. Umbau und Umzug werden viel Zeit, Kraft und

Geld kosten. Ich schreibe dir die neue Adresse, sobald das Datum des Einzugs feststeht. Für Erika und die Kinder ist es ideal, weil es direkt neben dem Haus meiner Schwiegereltern liegt. Das gefällt …

Mehrfaches Klingeln riss Hermann mitten im Satz aus der Konzentration.

«Wer kann das sein am Sonntag?», fragte Erika.

Seit er sich von Anna getrennt hatte, fürchtete Hermann sich genau vor einem solchen Moment. Sie war sehr impulsiv, und es wäre nicht das erste Mal, dass sie einfach hier auftauchte. Das unablässige Klingeln klang verdächtig nach ihr. Luise suchte bereits bei ihrer Mutter Schutz.

«Ich komme ja!», rief Hermann auf dem Weg zur Haustür. Er musste Anna unbedingt sofort wegschicken. Er öffnete nur einen Spalt weit.

Statt Anna stand ein hochgewachsener SS-Offizier vor ihm. Ein schwarzer Wagen wartete mit laufendem Motor vor dem Haus.

«Herr Hermann Schmidt?»

«Was soll das?»

«Herr Schmidt?», wiederholte der Mann unbeirrt.

«Ja. Das bin ich.»

«Ich habe den Auftrag, Sie mit größter Dringlichkeit abzuholen.»

«Wohin? Am Sonntagvormittag?»

«Ich bin nicht befugt, Ihnen Fragen zu beantworten.» In seinen Worten lag kein Bedauern.

Ob sie irgendwie herausgefunden hatten, dass Hermann Schapers Mörder war? Nein. In dem Fall hätten sie wahrscheinlich mehr als einen Mann geschickt.

«Was ist denn?», rief Erika aus dem Wohnzimmer.

«Ich muss mit meiner Frau sprechen. Es dauert nur einen Moment.»

«Mein Befehl lautet, Sie unverzüglich zur Mitfahrt zu bewegen.»

«Sie ist hochschwanger», flüsterte Hermann. «Ich bin sofort wieder da. Ich lasse die Tür offen.»

Der Mann überlegte einen Augenblick, nickte dann aber. Hermann ging hinein, streichelte Luise über den Kopf und sagte: «Es tut mir leid. Ich muss ganz dringend noch einmal los. Zur Arbeit.»

«Heute?»

«Es muss irgendetwas passiert sein. Sonst hätten sie keinen Mann von der SS geschickt. Ich verspreche dir, dass ich mich beeile und bald wieder bei euch bin.»

Erika schien weniger aufgeregt, als er sich fühlte. Er gab ihr einen flüchtigen Kuss, dann eilte er zurück in den Flur, zog das Sakko an und nahm seinen Hut.

Der Fahrer raste regelrecht. Hermann wurde immer nervöser. Der SS-Offizier stellte sich auch während der Fahrt nicht namentlich vor und beantwortete weiterhin keine Fragen.

Im Regierungsviertel angelangt hielt der Mercedes zu Hermanns Überraschung nicht vor dem Eingang des Ministeriums, sondern fuhr auf das Gelände der Reichskanzlei. Eine Besprechung von Phoenix? Aber wieso so plötzlich? Ein weiterer Wagen bog gerade wieder vom Gelände.

Der Führer saß mit rotem Kopf hinter seinem Schreibtisch und starrte ihm entgegen. Hermanns Gruß wurde von den bereits Anwesenden nicht erwidert. Goebbels saß auf dem gleichen Platz wie beim letzten Mal. Er wirkte aufgebracht.

Neben ihm wischte Heinrich Himmler seine Brillengläser an einem Tuch sauber. Der Reichsführer SS, dem seit etwa einem Monat auch die gesamte Polizei unterstand, schien sich gar nicht für Hermann zu interessieren. Ganz anders als Erich Bösken, der sich mit einer Hand den Schweiß von der Stirn wischte. Die Mundwinkel seines Schwiegervaters zuckten leicht.

«Kommen Sie heran!», befahl Hitler knapp. Er erhob sich aus seinem Stuhl, ging um seinen Schreibtisch und blieb vor Hermann stehen. Dieses Mal bot er ihm nicht die Hand an.

«Ich bin enttäuscht, Schmidt. Sehr enttäuscht bin ich von Ihnen!» Spucketröpfchen trafen Hermann an der Wange.

«Mein Führer …»

Hitler machte mit der Rechten eine abschneidende Handbewegung. «Unterbrechen Sie mich nicht!»

Hermann zuckte zusammen.

«Setzen Sie sich!», forderte Hitler. Er zeigte auf den freien Stuhl. Goebbels und Himmler rückten beide etwas zur Seite.

«Heute in aller Früh erreichte mich eine Nachricht, die mich vermuten lässt, dass unsere Gruppe es mit einem Verräter zu tun haben könnte.»

Hitler blieb direkt neben Hermann stehen. Ihm fiel auf, dass Erich genau an dem Platz saß wie letztes Mal Schaper, als der unter dem Tisch die Pistole auf ihn gerichtet hatte. Erichs rechte Hand befand sich ebenfalls unter der Tischplatte. Er atmete schwer und sah ganz bleich aus. Jetzt begann auch Hermann zu schwitzen.

«Ich frage mich, ob Sie dieser Verräter sind, Schmidt.»

«Nein, mein Führer», rief Hermann unwillkürlich. «Das käme mir niemals in den Sinn!»

«Haben Sie das schon einmal gesehen, Schmidt?» Hitler drehte ein Blatt Papier um, das auf seinem Schreibtisch lag.

Hermann erstarrte. Das war Annas Plakat. Sie hatte doch versprochen, es nicht mehr aufzuhängen.

«Er kennt es also!», bemerkte Hitler ruhig.

«Nein, mein Führer. Ich kenne dieses Plakat nicht. Aber es ist im gleichen Stil gemacht wie die früheren Plakate.»

«Heinrich!», forderte Hitler den Reichsführer SS auf, weiterzusprechen. Er selbst stellte sich hinter Erich und legte ihm die Hände auf die Schultern.

«Ein Hausmeister in Wilmersdorf hat heute früh gegen fünf Uhr dreißig ein Plakat an der Fassade seines Hauses gefunden», übernahm Heinrich Himmler. «Der Kleister war noch feucht. Als treues Parteimitglied hat der Mann es sofort abgenommen und bei der nächsten Polizeiwache abgegeben. In der Umgebung wurden 35 dieser Machwerke von der Polizei entfernt.»

«Wie konnte das nur passieren, Schmidt?», fragte Hitler.

Hermann sah in Erichs Augen eine hektische Aufforderung, schnell zu sprechen.

«Die Patrouillen der HJ-Gruppen konnten in Wilmersdorf erst ab heute Abend eingerichtet werden, mein Führer», erklärte Hermann. Er sah Hitler an, dass er damit nicht zufrieden war.

«Es war Ihre Aufgabe», sagte Joseph Goebbels scharf, «dafür zu sorgen, dass es keine weiteren Plakate dieser Art gibt.»

«Mit Verlaub, Herr Minister, meine Aufgabe war es, zu gewährleisten, dass Berlin sich im besten Licht präsentiert.» Er hörte ein leises, metallisches Klicken unter der Tischplatte. Als er zu Erich sah, wirkte der, als trage er eine Maske. «Sie können mir nicht anlasten, dass es Menschen gibt, die so etwas tun.»

Hitler ließ Erichs Schultern los und schritt zurück zu seinem Platz. «In diesem Punkt muss ich Schmidt beipflichten, Joseph. Die Dissidenten zu fangen und damit weitere Plakate zu verhindern, war Heinrichs Aufgabe.»

Himmler blieb ungerührt sitzen. «Wir arbeiten mit Hochdruck daran.»

«Aber nicht schnell genug!», herrschte Hitler ihn an. «Woher wissen diese Dissidenten von Phoenix?», fragte er dann lauernd in Hermanns Richtung.

«Wieso?», fragte Hermann.

Der Führer pochte als Antwort mit dem Zeigefinger auf eine Ecke des Plakats.

«Was steht hier, Schmidt? Lesen Sie es vor!»

Hermann nahm das Plakat in Augenschein. Als Hitler den Finger wegnahm, wurde er bleich vor Schreck. Auf dem Papier stand «AG Phoenix».

«Woher wissen die von uns?», fragte Hitler nun in die Runde. Nicht zum ersten Mal, wie Hermann an den Reaktionen der anderen ablas. Himmler und Goebbels sahen betreten zu Boden.

«Man verrät einen Adolf Hitler nicht. Sonst ist es das Ende für die ganze Sippe! Die Urheber dieses Machwerks und alle, die damit zu tun haben, werden qualvolle Tode sterben», rief Hitler. «Ihre Familien werden ausradiert bis auf die dritte Generation!»

In Hermanns Kopf rasten die Gedanken nur so. Er kannte das Plakat. Die ursprünglichen Druckschablonen lagen noch immer in seinem Tresor. Wenn man sie fand, war sein Leben zu Ende. Und das seiner Familie auch. Aber auf diesem Exemplar hatte garantiert kein Name gestanden. Das Feld war leer gewesen. Wie hatten sie oder ihre Freunde davon erfahren?

«Das wurde nicht gedruckt, sondern geschrieben», stellte er fest.

Hitler unterbrach seine Tirade: «Was meinen Sie?»

«AG Phoenix», erklärte Hermann. «Die Farbe sieht anders aus. Ich schätze, dass es nachträglich hinzugefügt wurde.»

Hitler sah sich den Schriftzug genau an. Dann nahm er ein zweites Plakat hoch.

«Sie haben recht, Schmidt. Es ist die gleiche Schrift, nur etwas anders geschrieben. Aber was soll das bedeuten?»

«Ich weiß es nicht, mein Führer. Es fiel mir bloß auf.»

Dazu fiel ihm noch etwas ein.

«Auf den früheren Plakaten stand ein anderes Zeichen an der Stelle.»

«Dieses Kirchenzeichen», sagte Hitler. Er sah Hermann interessiert an.

«Wir haben alle kirchlichen Gruppen durchleuchtet», warf Himmler ein.

«Und wenn es gar kein Christogramm war?», fragte Hermann. «Darf ich?» Ohne die Erlaubnis abzuwarten, nahm er einen Füller vom Schreibtisch, malte auf ein Stück Papier ein schräges P und fügte ein kleineres X durch dessen Bein hinzu. «Abgesehen davon, dass ein Christogramm nicht schräg steht, sind es die Anfangs- und Endbuchstaben von Phoenix», erklärte er. «Und mit etwas Fantasie sieht es aus wie ein Vogel.»

«Was wollen Sie damit sagen, Schmidt?», fragte Hitler. Auch Goebbels und Himmler sahen ihn fragend an.

«Was, wenn die Plakatierer einfach den gleichen Namen gewählt haben?»

Hitler lehnte sich in seinem Sessel zurück. «Sie meinen, es gibt zwei Arbeitsgruppen Phoenix?»

«Vielleicht», sagte Hermann.

Eine kurze Stille trat ein. Dann: «Ich muss jetzt zurück nach Bayreuth. Sie können gehen.»

Erstaunt sah Hermann sich um. Goebbels wirkte ebenso überrascht. Erich hingegen sah geradezu erleichtert aus.

Hermann stand auf, schob seinen Stuhl zurück und hob seinen rechten Arm zum Gruß.

Hitler entließ ihn mit einem Nicken.

Als er sich umdrehte und zur Tür ging, fürchtete Hermann, jeden Moment einen Knall zu hören und eine Kugel in seinem Rücken zu spüren, doch nichts geschah.

«Schmidt?», hörte er Hitlers Stimme, als er an der Tür war.

Er wandte sich um.

«Wir sehen uns zur Eröffnungsfeier im Stadion!»

«Ja, mein Führer.»

KATAKOMBEN

Berlin, Montag, 27. Juli 1936

Ein böiger Wind schob schwere Wolken über das Land, von denen sich einige über dem Reichssportfeld abregneten. Hermann wartete im Wagen, bis sein neuer Fahrer, Ernst Meier, ihm mit dem Schirm die Tür öffnete. Reuseneck hatte mehrfach um Verzeihung gebeten, weil seine Frau zu Erika gegangen war, doch er hätte nie mit ihr über dienstliche Fahrten sprechen dürfen. Hermann musste ihn loswerden, wollte ihn aber auch nicht völlig auf die Straße setzen und hatte sich dafür eingesetzt, dass er bei der Fuhrparkwartung unterkam.

Allerdings hatte Hermann das Gefühl, vom Regen in die Traufe gekommen zu sein. Ernst Meier pflegte einen etwas ruckenden Fahrstil und versuchte ständig, seinen Fahrgast in Gespräche zu verwickeln. Hermann wurde das Gefühl nicht los, dass er ein Spitzel der Gestapo sein könnte.

«Ein mieses Wetter, aber da vorne klart es ein wenig auf», sagte Meier. «Soll ich nicht doch mitkommen und Ihnen den Schirm halten?»

«Das wird nicht nötig sein. Bleiben Sie beim Wagen!»

«Jawohl! Wie lange werden Sie beschäftigt sein?»

«Das wird sich zeigen.»

Hermann nahm ihm den Schirm ab und vermied mit einem langen Schritt, in eine Pfütze zu treten. Vor ihm erhob sich das olympische Tor mit den beiden schlanken, viereckigen Türmen, zwischen denen die fünf ineinander verschlungenen Ringe trotz einer Böe fast bewegungslos hingen. Zu seiner Rechten befand sich das Hockeyfeld, ein Stück dahinter konnte man die Dächer des Sportforums entdecken.

Er erreichte den Vorplatz des Stadions, auf dem eine einzelne Eiche stand, ein Relikt des Grunewalds, dem das Stück Land für den Sport entrissen worden war. Rechts daneben sah er das Schwimmstadion.

Hermann betrat das große Stadion und folgte dem Rundgang bis zum nächsten Eingang. Er trat hinaus auf ein Plateau in der Mitte des Publikumsrangs. Die Ausmaße des Stadions überwältigten ihn immer wieder. Trotz des Regens war auf dem Sportfeld einiges los. Eine Gruppe von sicher hundert HJ-Jungen schritt in einer langen Zweierreihe über die Laufbahn und salutierte mit dem Hitlergruß in Richtung der Führerloge. Auf ein Zeichen ihres Anführers blieben sie stehen, um eine perfekte Wende auf dem Platz vorzunehmen. Sie marschierten wieder zurück, während etwas weiter eine Gruppe von Gärtnern ein Stück des Rasens ausbesserte, das offenbar nicht richtig angegangen war.

Anna fiel ihm von oben gleich ins Auge. Sie trug der Riefenstahl eine offensichtlich sehr schwere Tasche nach und versuchte, gleichzeitig einen großen Schirm über die Regisseurin zu halten. Sie waren unterwegs zum Weitsprunggraben.

Entschlossen schritt er die Treppe hinab, um auf das Feld zu gelangen.

«Guten Tag, Fräulein Riefenstahl. Kommt alles voran?»

Die Regisseurin versuchte sichtlich, ihn einzuordnen.

«Hermann Schmidt», half er. «Wir haben uns während einer Besprechung bei Herrn Goebbels kennengelernt.»

«Hermann Schmidt! Selbstverständlich! Wie schön, Sie einmal wiederzusehen!»

Hermann bemerkte, dass Anna bewusst Abstand hielt.

«Was machen Sie denn hier?»

«Ich wollte mir vor Beginn der Spiele noch mal das Stadion ansehen. Es sieht alles ziemlich fertig aus so weit.»

«Ja, ein wahres Zeugnis deutscher Planung, Genauigkeit und Zuverlässigkeit», erwiderte sie.

Im Hintergrund marschierte wieder die Gruppe der Hitlerjugend heran.

«Zu früh!», rief sie über den Platz. «Los, zurück! Erst auf mein Zeichen.» Sie wandte sich wieder an Hermann. «Verzeihen Sie. Wir sind knapp in der Zeit.»

«Selbstverständlich. Mir geht es nicht anders. Ich stelle mich erst mal im Mundloch unter.» Er zeigte demonstrativ auf den breiten Tunneleingang, der ins Innere des Stadionunterbaus führte.

«Tun Sie das», sagte die Riefenstahl emotionslos, um gleich darauf die HJ-Gruppe weiterzuscheuchen.

Hermann warf Anna einen auffordernden Blick zu und wandte sich in die angezeigte Richtung.

Anna folgte ihm nicht sofort. Das wäre auch zu auffällig gewesen. Vielleicht war sie ihm aber auch einfach zu böse.

Er bog in einen Seitengang ab, der der Form des Stadions folgend unter die Sitzreihen führte. In weiten Abständen beleuchteten Lampen mit gelblichen Birnen Säulen, Rohre, Leitungen und eine weiter nach unten führende Treppe.

Hermann wartete am Eingang dieser Katakomben und spähte durch einen Türspalt in den großen Tunnel, durch den bei der Eröffnung die Sportler einlaufen sollten. Offenbar hatte die HJ ihren Auftrag zu Leni Riefenstahls

Zufriedenheit erfüllt, denn bald kamen die Jungen vorbei. Einige Zeit darauf folgte eine weitere Gruppe, die von der laut schwadronierenden Regisseurin angeführt wurde. Hermann spähte durch den Spalt und sah Anna, die sich umblickte. Er öffnete die Tür weiter – und tatsächlich ließ sie sich zurückfallen.

«Ich habe etwas liegen gelassen», sagte sie laut. «Ich komme gleich nach.»

Die Riefenstahl achtete gar nicht auf sie, sondern redete weiter mit ihren Produktionsmitarbeitern und Kameraleuten.

Anna zu sehen, verschaffte ihm ein Hochgefühl, das er nicht erwartet hatte. Obwohl sein Verstand genau wusste, dass es falsch war, schlug sein Herz schneller. Mit verschränkten Armen und einem fast feindseligen Blick kam sie auf ihn zu.

«Was ist?», fragte sie aggressiv.

Auf seinen Wink schlüpfte sie durch die Tür und sah sich skeptisch in dem Gang um.

«Wir dürfen nicht zusammen gesehen werden», erwiderte er hastig und führte sie weiter in den Gang hinein. «Du hattest mir doch etwas versprochen.»

«Ich habe meine Meinung geändert. Ebenso wie du», gab sie bissig zurück.

«Ihr habt euch mit den Plakaten extrem gefährliche Feinde gemacht.»

«Als ob wir die nicht ohnehin schon gehabt hätten.»

«Diesmal ist es anders. Wenn ihr erwischt werdet, wird man euch und eure Familien auf die härteste Weise bestrafen.»

Trotz des gelblichen Lichts wirkte Anna vollkommen bleich.

«Schluss mit diesen Aktionen!», raunte er. «Endgültig. Und gib acht, dass dich keiner verrät. Es braucht nur einer auszuscheren, dann bricht über euch allen die Hölle los. Ich muss jetzt gehen.»

«Ich zuerst», sagte sie bestimmt und drehte sich um, hielt aber noch einmal inne.

«Warum warnst du mich?»

«Um deinet-, aber auch um meinetwegen. Anna, das Ganze ist weitaus größer, als du es dir vorstellen kannst.»

«Dann sag mir doch, was genau los ist!»

«Das kann ich nicht.»

Annas trotzige Haltung löste sich für einen Moment auf. Ihre Hand näherte sich vorsichtig seinem Gesicht. Ihre Finger streichelten über seine Wange, dann ging sie.

Hermann war wieder allein. Ihr Geruch lag noch in der Luft. Er musste sich eingestehen, dass er noch ein Motiv gehabt hatte, sie zu treffen: die vage Hoffnung, doch einen Weg für eine gemeinsame Zukunft zu finden. Aber die war jetzt endgültig geschwunden. Annas letzte Geste hätte man vielleicht als zärtlichen Akt interpretieren können, doch sie war wohl nur ein Überbleibsel der Vergangenheit. Wahrscheinlich waren dies die letzten Worte, die er je zu ihr gesagt, das letzte Mal, dass er ihre Stimme vernommen hatte.

Er folgte ihr mit einigem Abstand, verließ das Stadion durch den Tunnel und in Richtung Maifeld. Hitler hatte beim Bau des Reichssportfeldes auch einen Versammlungsplatz für Aufmärsche gefordert, der mehrere Hunderttausend Menschen fassen konnte. Er grenzte direkt an das Stadion, wo früher Rennbegeisterte den Galoppern und ihren Reitern zugejubelt hatten. Absolut eben lag das mit Gras bepflanzte Areal vor ihm, das später auch als Polospielfeld oder für andere Veranstaltungen dienen sollte. Auf der gegenüberliegenden Seite erhob sich der gewaltige Glockenturm über alle anderen Bauten. Die Glocke war extra für die Spiele gegossen worden und sollte erst zur Eröffnung erklingen.

Der Regen hatte nachgelassen, der Wind sich etwas beruhigt. Leni Riefenstahl dirigierte ihre Mitarbeiter und mehrere Soldaten der Wehrmacht, einen übermannsgroßen Ballon aus silbrigem Material in die Höhe steigen zu lassen.

«Aufregend, nicht wahr?», sagte ein Mann hinter Hermann.

Er wandte sich um und hätte beinahe seine Tasche fallen gelassen. Es war Nikolaus von Häusern in seinem schwarzen Mantel. Was machte die Gestapo hier? Sofort durchfuhr ihn ein Gefühl der Panik. Hatte von Häusern ihn zusammen mit Anna gesehen?

«Was machen Sie hier?», fragte Hermann.

Von Häusern ging nicht auf seine Frage ein. «Sie haben wichtige Freunde, Herr Schmidt.»

«So?»

«Ich finde es gelinde gesagt eigenartig, wenn ich in einem delikaten Mordfall von oberster Stelle angewiesen werde, meine Ermittlungen bezüglich eines der Verdächtigen einzustellen.»

«Also verdächtigen Sie mich immer noch? Das ist doch Wahnsinn.»

«Ich wäre verrückt, entgegen dem persönlichen Befehl Heinrich Himmlers in Ihrem Fall weiter zu ermitteln», stellte von Häusern lächelnd fest. «Aber das heißt ja nicht, dass ich Sie nicht ansprechen darf, wenn wir beide uns zufällig über den Weg laufen.»

«Rein zufällig natürlich», sagte Hermann voller Ironie.

Von Häusern winkte ab. «Sehen Sie nur – da!» Er zeigte in Richtung der Soldaten, die sich anstrengen mussten, den Ballon festzuhalten. Offenbar waren die Böen weiter oben noch ein gutes Stück kräftiger als am Boden.

«Ich hoffe, sie können ihn halten», sagte Hermann.

«Ja, aber den Ballon meine ich gar nicht, Herr Schmidt. Sehen Sie denn nicht, wer da neben Fräulein Riefenstahl steht? Ist das nicht ein Zufall? Anna Kollmann!»

«Die junge Frau arbeitet für die Olympia-Film GmbH.»

«Sie meinen, so zufällig ist es gar nicht, dass Sie beide hier aufeinandertreffen? Warten Sie doch einen Moment. Ich bitte das Fräulein kurz zu uns. Dann können wir uns ein bisschen unterhalten.»

«Für so etwas habe ich keine Zeit. Leben Sie wohl», sagte Hermann. Er wandte sich zum Gehen.

«Das ist aber schade», bedauerte der Staatspolizist. «Dann werde ich mich eben alleine mit der jungen Dame unterhalten. Auf Wiedersehen, Herr Schmidt.»

SCHULTERLAGE

Berlin, Freitag, 31. Juli 1936

Hermann bekam die letzten Tage vor den Spielen nur schemenhaft mit. Erika litt immer mehr unter der Schwangerschaft. Sie klagte über Wasser in den Beinen, hatte Kopfschmerzen und fror oder schwitzte ständig, während ihr das Kind schmerzhafte Tritte versetzte. Hermann half, wo es nur ging. Auch Erikas Mutter schaute häufig vorbei, um ihre Tochter zu unterstützen. Ihre Hilfe bestand aber hauptsächlich darin, dem Dienstmädchen Arbeitsanweisungen zu geben und seine Arbeit zu kritisieren.

Hermann musste so kurz vor der Olympiade wieder verstärkt persönlich bei Terminen erscheinen. Am Tag nach dem letzten Treffen mit Anna im Stadion hatte er der Eröffnung der unterirdischen Bahnstrecke zwischen dem Stettiner Bahnhof und Unter den Linden beigewohnt, mit der der nördliche Vorortverkehr besser angeschlossen wurde. Am Folgetag hatte die Festsitzung des Internationalen Olympischen Komitees in der Friedrich-Wilhelm-Universität stattgefunden. Theodor Lewald, der OK-Präsident, den Hermann bei einer Besprechung mit Goebbels kennengelernt hatte, applaudierte bei der Eröffnungsrede von Rudolf Heß, dem Stellvertreter des Führers, aus der ersten Reihe. Dort saß auch Henri Graf de Baillet-Latour, der Präsident des IOC, neben Reichsinnenminister Wilhelm Frick und anderen Größen der Regierung.

Vom anschließenden Festakt im Pergamonmuseum, wo Mitglieder des IOC und des deutschen Organisationskomitees mit anderen Sportfunktionären und geladenen Gästen aus Politik und Gesellschaft bis tief in die Nacht feierten, zog sich Hermann früh zurück, weil er noch eine Stippvisite bei den HJ-Patrouillen vorhatte, die bisher im abendlichen Berlin weitgehend unauffällig funktionierten. Ein paar antisemitische Schmierereien waren hier und da aufgetaucht, aber immer schon entfernt worden, bevor jemand anderes sie sehen konnte.

Ein besonders bedeutender Termin war der Empfang für die Presse des In- und Auslandes am Donnerstagabend gewesen, der vom Propagandaministerium im Marmorsaal des Zoologischen Gartens ausgerichtet worden war. Zentrales Element aller Reden und Gespräche war ausgerechnet der Frieden gewesen. Hermann war es mit seinem geheimen Hintergrundwissen wie Hohn vorgekommen. Die Journalisten tranken, rauchten, diskutierten über Sport und hinter vorgehaltener Hand auch über Politik oder tanzten mit den jungen Fräuleins, die für diesen Zweck zu späterer Stunde einbestellt worden waren. Als er nach Mitternacht nach Hause kam, hatte Erika noch wach gelegen, sich aber nicht beschwert. Noch immer hatten sie kein Wort über seine beendete Affäre verloren. Es war, als habe es diesen Abschnitt seines Lebens nie gegeben. Nur in seinen Gedanken konnte er Anna nicht ganz ausblenden, wenn er nachts wach lag und sich über die Welt sorgte, wie sie sich nach dem 1. August präsentieren würde.

Jeden Tag trafen neue Gäste aus aller Welt in Berlin ein. Die Hotels in der Innenstadt waren durchgängig ausgebucht, und auch in den Außenbezirken wurden Zimmer vermietet. Die Bars quollen über, die Cafés und Restaurants machten Umsätze wie nie zuvor, und die Bahnen waren zu Stoßzeiten so voll, dass Leute bis zum Eintreffen des nächsten Zugs warten mussten. Regen und Wind vom Montag waren heiterem Wetter gewichen, und sogar die Polizei meldete bis auf die angestiegene Tätigkeit von Taschendieben vornehmlich ruhige Tage.

Am Freitag, dem Tag vor der großen Eröffnung, hatte Hermann noch eine späte Besprechung im Ministerium, die sich hinzog. Morgen war der Tag der Superlative. Goebbels war vor Aufregung ganz außer sich. Dreißigtausend Jungen und Mädchen der Hitlerjugend würden um zwölf Uhr mittags im Lustgarten zum Auftakt der Spiele aufmarschieren. Zusammen mit rund vierzigtausend Männern der SA sollten sie dort in Reih und Glied strammstehen, um das olympische Feuer zu erwarten. Die Flamme lag auf ihrem Weg vom griechischen Olympia nach Berlin bis auf die Minute im Zeitplan. Natürlich ging es bei einer solchen Inszenierung nicht nur um Sport. Kein anderes Land der Welt würde solche Menschenmassen zusammenbringen. Es war ein Zeichen an die Welt, dass man mit Deutschland wieder zu rechnen hatte.

Hermann war einer der wenigen, die wussten, wie sehr mit Deutschland zu rechnen sein musste. Das Reich bereitete sich auf einen Krieg vor. Einen Krieg gegen die Juden und gegen alle, die ihnen beistanden. Der alte Steinweg hatte wohlgetan, seine Villa noch zu verkaufen. Hermann war fast sicher, dass jüdischer Besitz bald konfisziert werden würde. Zumindest wenn Hitlers Plan aufging und der Zeppelin irgendwo auf dem Weg nach Berlin explodierte. Morgen würde die Welt eine andere werden!

Goebbels ging mit ihnen die Stationen des nächsten Tages durch. Der Führer sollte heute noch vom Obersalzberg in Berlin eintreffen. Morgen stand ein Empfang des IOC in der Reichskanzlei an und anschließend die Fahrt mit den Offiziellen zum Stadion. Entlang der Via Triumphalis würden ihm bis zum Stadion mindestens hunderttausend Menschen am Wegesrand zujubeln. Auf dem Maifeld sollten dann die Sportler aus der ganzen Welt für ihn aufmarschieren, bevor man dann im restlos ausverkauften Stadion auf seine Ankunft und die eröffnenden Worte wartete. Dazwischen waren überall in der Stadt Feierlichkeiten geplant.

Es klopfte. Ein SS-Offizier trat ein und ging zu Goebbels' Adjutanten. Goebbels sprach zwar zunächst weiter, ließ sich aber auf einen Wink seines Referenten kurz informieren. Er sah zu Hermann.

«Schmidt. Man wartet draußen auf Sie.»

Seine Befürchtung, dass die Gestapo ihn jetzt verhaften würde, schwand sofort, als der SS-Mann ihm mitteilte, dass Erika ins Krankenhaus gekommen war. Einzelheiten wusste er keine, nur dass Hermann sofort kommen sollte. Sein Wagen stand bereit.

«Wo ist meine Frau? Was ist mit ihr?», fragte Hermann eine Schwester, als er in der Entbindungsstation der Charité ankam. Erst als er sich ein bisschen beruhigt hatte und seinen Namen nannte, wusste die Pflegerin ihm zu helfen.

«Ihre Frau wurde mit frühzeitigen Wehen eingeliefert», sagte sie. «Dr. Sinzig, unser Chefarzt, ist gerade noch im Kreißsaal. Er wird zu Ihnen kommen, sobald er dort fertig ist.»

«Kann ich zu meiner Frau?»

«Selbstverständlich. Ihr Herr Schwiegervater ist auch bereits da. Ich bringe Sie hin.»

Erika lag mit zwei anderen Frauen in einem Zimmer. Erich war nicht zu sehen.

«Erika!»

«Hermann. Es tut mir leid, dass du kommen musstest.»

«Ach, hör doch auf. Wie geht es dir?»

Hermann sah, dass Erika Tränen in die Augen stiegen. «Es ist zu früh», sagte sie. «Die Wehen kommen schon regelmäßig, alle halbe Stunde.»

«Aber so früh ist es doch auch nicht», versuchte Hermann, sie zu beruhigen. «Drei Wochen. Das ist doch in der Regel kein Problem.»

«Ich weiß, aber ich habe solche Angst!»

«Wo ist Luise?», fragte er.

«Marietta bringt sie zu Mama. Die Kleine hat bestimmt Angst.»

«Sie ist schon groß. Und sie liebt es, im Haus ihrer Großeltern zu sein.»

Nach einem kurzen Klopfen trat Erich Bösken ein. Er hatte eine Flasche Mineralwasser in der Hand.

«Hermann. Gut, dass du da bist. Ich habe Gerhard getroffen. Er ist gerade aus einem Kreißsaal gekommen. Er würde dich gerne sprechen.»

Bei Erika setzte die nächste Wehe ein.

Dr. Gerhard Sinzig war der Chefarzt der Entbindungsabteilung und ein guter Bekannter der Böskens. Hermann kannte ihn von einer der letzten Untersuchungen als sachlichen Mann, der sich seinen Untergebenen allerdings manchmal als Choleriker präsentierte. Fachlich besaß er einen hervorragenden Ruf.

Sinzig hatte keine sonderlich guten Nachrichten für Hermann. In recht unverständlicher Medizinersprache reihte er Begriffe aneinander, von denen Hermann nicht einmal sagen konnte, ob er sie jemals zuvor in seinem Leben gehört hatte. Er unterbrach den Doktor mehrfach, um nachzufragen, was all das bedeutete.

«Das bedeutet, dass wir eine Schulterlage feststellen konnten», erklärte er, als sei damit alles gesagt.

«Ist das schlimm?»

«Es kann für Mutter und Kind tödlich sein, zumal zu einem derart frühen Zeitpunkt. Aber wir versuchen, das Kind zu drehen.»

Sinzig empfahl Hermann, für alle Fälle in der Charité zu bleiben. Seiner Ansicht nach könne das Kind innerhalb der nächsten Stunden zur Welt kommen. Erich bot an, ebenfalls vor Ort zu warten.

Hermann ging noch einmal zu Erika ins Zimmer, aber bald begann die Visite, und danach wurde eine der anderen Frauen in den Kreißsaal gerollt. Dr. Sinzig wies Hermann und Erich Stühle im Gang zu, wo sie wie die anderen Männer warten konnten. Es sollte ein langes Warten werden.

Gegen halb elf kamen Erikas Wehen immer noch regelmäßig und immer noch im nahezu gleichen Abstand, wie Dr. Klein ihnen mitteilte, der für Dr. Sinzig übernommen hatte.

Hermann und Erich warteten und warteten, liefen einzeln oder zu zweit auf und ab und rannten schließlich dem Bett und den Krankenschwestern hinterher, die Erika in den Kreißsaal brachten.

«Wir konnten die Schulterlage nicht verändern», sagte Dr. Klein. «Ich habe nach Dr. Sinzig geschickt. Er wird in einer halben Stunde hier sein. Unter Umständen müssen wir einen Kaiserschnitt vornehmen.»

Der Arzt war kurz darauf wieder verschwunden und ließ Erich und Hermann alleine zurück.

Auch Dr. Sinzig hielt sich nicht lange bei ihnen auf, als er nach dem Besuch im Kreißsaal gegen halb zwölf zu ihnen kam. Sie würden versuchen, das Kind auf natürliche Weise zur Welt zu bringen. Wenn Erika zu erschöpft sei, bleibe aber keine Wahl.

«Die arme Erika», sagte Erich und ließ sich auf den Stuhl fallen.

«Ich wünschte nur, ich könnte ihr irgendetwas abnehmen», flüsterte Hermann.

Sie saßen nebeneinander. Der Betrieb war deutlich ruhiger geworden, eine Frau wurde eingeliefert, ab und zu kam eine Nachtschwester vorbei und kontrollierte die Zimmer. Hermann und Erich warteten weiter.

Beim nächsten Blick auf seine Uhr sah Hermann, dass es gerade Mitternacht schlug. Ein neuer Tag. Der Tag der Eröffnung der Olympischen Spiele von Berlin. Der Tag, der die Welt verändern sollte.

HALS- UND BEINBRUCH

Samstag, 1. August 1936

«Sind Sie bereit für die Olympiafahrt?»

Kapitän Max Pruss reichte Georg die Hand.

«Guten Morgen, Herr Kapitän. Jawohl, bereit.»

«Fein. Wir haben heute einen besonderen Tag vor uns.»

«Jeder Tag auf der Hindenburg ist für mich ein besonderer Tag», sagte Georg und erntete ein freudiges Nicken des alten Kapitäns, der sich daraufhin Josef Kämmerer zuwandte.

«Sie sind heute auch wieder im Dienst am Gast?»

«Immer sehr gerne, Herr Kapitän.»

«Und Sie?» Damit wandte er sich an Gerd Petersen. «Die Motoren gewartet und geprüft?»

«Jawohl, Herr Kapitän», erwiderte Georgs Freund und präsentierte seine Hände. Sie waren zwar gewaschen, aber der dunkle Schatten des Maschinenöls lag trotzdem noch darüber.

«Dann nichts wie an Bord! Wir legen gleich los. Hals- und Beinbruch, die Herren!»

«Danke, Herr Kapitän, Hals- und Beinbruch!», erwiderten sie wie aus einer Kehle.

Es war sieben Uhr in der Früh, als die Hindenburg am Ankermast auf das Flugfeld gezogen wurde. Eine leichte Brise bewegte eine geschlossene Wolkendecke über Frankfurt. Sonnenschein wäre sicher schöner gewesen für die

Olympiafahrt, aber als Luftfahrer meckerte man nicht über das Wetter, solange es gut genug für einen sicheren Start war.

Um 7.13 Uhr begann der Aufstieg. 54 Passagiere waren zur Olympiafahrt eingetroffen, darunter auch Siegfried Wolff, der sich mit eisiger Miene in den Salon setzte. Während Georg den Fahrgästen für Fragen zur Seite stand, beobachtete Wolff die Ankömmlinge und machte sich dann und wann Notizen in ein Heftchen. Georg fragte sich, welche Fahrgäste die SS wohl unter Beobachtung hielt. Auf jeden Fall lag etwas im Argen. Er beschloss, die Augen offen zu halten.

Zunächst half er Josef und den drei anderen Stewards bei den Vorbereitungen für das Frühstück im Speisesaal: frisch aufgebrühter Kaffee, knackige Brötchen mit Wurst, Käse und Marmelade. Als sie die Fahrgäste zu Tisch baten, setzte Wolff sich zu Oberstleutnant Hermann Ritter von Lechner, einem Fliegerass aus dem Großen Krieg. So weit Georg es mitbekam, unterhielten sich die beiden über Belanglosigkeiten. Nichts ließ darauf schließen, dass Wolff von Lechner ins Fadenkreuz nahm. Vielleicht beobachtete der SS-Mann jemand anderen?

Georg verlängerte Wolffs Sichtlinie im Geist. Sie führte zum Tisch der beiden exotisch aussehenden Hoheiten aus Birma. Prinz Rangsit und seine Schwester Valaya wurden gerade besonders zuvorkommend von Josef bedient. Georgs Kollege hatten den beiden Königlichen Hoheiten einen Ehrenplatz am Fenster zugewiesen, von dem aus sie immer wieder begeistert auf das bergige, bewaldete Land zeigten, über das der Zeppelin in gemütlichem Tempo flog.

Seit dem Einbruch in das Büro von Sauer und Wolff am Tag der Flughafeneröffnung hatte Georg sich immer wieder gefragt, was an dieser Passagierliste so interessant sein sollte. Nicht nur, dass sie streng geheim gehalten wurde, vor allem schienen, wie er durch Amanda wusste, auch internationale Spione hinter ihr her zu sein. Jemand setzte einige Zeit und Energie daran, die Pläne Hitlerdeutschlands zu durchschauen. Aber welche Rolle die Passagierliste spielte, konnte er sich beim besten Willen nicht vorstellen.

Während die meisten Passagiere genüsslich speisten, gab es auch eine Gruppe, die weniger Zeit zu verlieren hatte: die Kameraleute und Fotografen. Einige von ihnen gehörten zum Filmstab der berühmten Schauspielerin und Regisseurin Leni Riefenstahl und waren für Luftaufnahmen während der Eröffnung zuständig. Sie wollten ihre Ausrüstung in der Nase des Zeppelins aufbauen, wo es Aussichtsplattformen gab, die perfekte Bilder ermöglichten.

«Könnten Sie mir bitte noch einen Kaffee bringen, junger Mann?», fragte eine Dame, die mit zwei Fräulein an einem Tisch in Georgs Zuständigkeitsbereich saß.

«Selbstverständlich, Frau Pruss. Sehr gerne.» Die Ehefrau des Kommandanten nickte ihm dankbar zu.

***

«Gibst du mir bitte den Malzkaffee rüber?», fragte Achim.

Marlene reichte die Kanne an Anna weiter, die Achims hingehaltene Tasse auffüllte.

«Danke, Anna.» Achim strahlte sie an.

«Heute ist also der große Tag», bemerkte Marlene. Achim trank einen Schluck und biss in seine Frühstücksstulle. Anna bemerkte, dass er ständig zu ihr hersah.

Sie bereute es, gestern zu viel Sekt getrunken zu haben. Kopfschmerzen hatte sie keine, aber sie fühlte sich ein wenig schlapp und kraftlos. Schlechte Voraussetzungen für den wohl hektischsten und aufregendsten Tag ihres bisherigen Lebens: die Eröffnung der Olympischen Spiele.

Der harte Kern von Phoenix hatte sich gestern Abend in Achims Druckatelier getroffen. Ihr erstes Zusammentreffen seit Annas Entscheidung, die Plakate nicht aufzuhängen. Und das war nicht ohne Spannungen abgelaufen. Ihrer aller Nerven lagen blank, zumal da dieser Staatspolizist von Häusern immer noch herumschnüffelte und Leute aus ihrem Umfeld befragte. Aber alle hatten dichtgehalten. Gott sei Dank!

Anna und Achim hatten sich zu Beginn von Leopold und Theo eine Standpauke anhören müssen, weil sie die Plakate vor einer Woche ohne erneute Absprache auf eigene Faust aufgehängt hatten. Der Streit war aber bald geschlichtet, und sie hatten auf ihr großes Vorhaben angestoßen. Theo war um Mitternacht aufgebrochen, aber die anderen hatten weitergefeiert. Irgendwann knutschten Leo und Marlene hemmungslos auf dem Sofa. Anna war nicht eifersüchtig, aber hatte es Leo doch irgendwie zeigen wollen. Sie hatte Achim an sich gezogen und geküsst und war schließlich mit ihm im Nebenraum verschwunden, wo sie auf einer am Boden liegenden Matratze übernachtet hatten. Außer weiteren Küssen und etwas Streicheln war aber nichts passiert.

Bereits beim Aufwachen hatte sie es bereut. Sie war nicht bereit für einen neuen Mann. Völlig verwirrt und vom Ende der Beziehung zu Hermann verletzt hatte sie mit Achim ein egoistisches Spiel betrieben. Ihm Hoffnungen zu machen war nicht richtig gewesen.

Achims Malzkaffee war der reinste Muckefuck. Ein alter Rest Malzpulver, den er mit zu viel Wasser übergossen hatte. Das Brot war so trocken wie der Käse, aber immerhin war es eine Art Frühstück.

«Das wird absolut famos heute!», freute sich Achim und rückte an Anna heran, bis sich ihre Knie berührten.

«Dieser Tag könnte der Anfang vom Ende des Nationalsozialismus sein», schwärmte auch Leopold. «Die Radiosender und Zeitungen der ganzen Welt werden darüber berichten. Alle werden erfahren, dass Deutschland dem Verführer nicht ohne Widerstand folgt. Die Weltgemeinschaft wird uns unterstützen.»

«Deine Worte in Gottes Ohr», sagte Marlene.

In Anna mehrten sich seit der letzten Woche Zweifel. Sie hatte mit Achim zig Plakate aufgehängt, aber ihre Aktion war vollkommen wirkungslos verpufft. Am nächsten Tag sprach keiner davon, denn niemand hatte die Plakate gesehen. Noch vor Sonnenaufgang waren sie ausnahmslos wieder abgerissen worden. Würden die Flugblätter wirklich die gewünschte Wirkung entfalten? Waren sie mächtig genug, eine gewissenlose Staatsmacht in die Knie zu zwingen?

«Hitler ist ein Mörder. Hitler muss weg», sagte sie laut.

«Genau!», antwortete Leo. «Und genau das wird auch passieren! Und damit wir den Anfang seines Endes auskosten können, habe ich eine Überraschung.» Er holte drei Karten hervor. «Eintrittskarten für die Eröffnung. Anna, du bist ja ohnehin im Stadion, darum habe ich für dich keine. Aber Achim, Marlene und ich werden uns den Triumph von Phoenix nicht entgehen lassen.» Stolz wedelte er mit den Karten in der Luft. Marlene versuchte spielerisch, sie zu erhaschen. Was für eine Kinderei, dachte Anna.

«Ich muss los», sagte sie.

Eine Dreiviertelstunde später fand Anna Leni Riefenstahl in völliger Auflösung vor. Sie bereute lauthals, sich noch einmal zu einem Dokumentarfilm bereit erklärt zu haben, der jegliche künstlerische Inszenierung ausschloss.

«Wir haben alle Vorbereitungen getroffen», sagte sie kurze Zeit später in ihrer Ansprache an die versammelte Mannschaft, die in den Räumen der Olympiafilm-Produktion zusammengekommen war: Kamera, Ton, Produktion, Verpflegung, Träger und Helfer. Die Leute standen gedrängt bis in die Nebenräume.

«Manche von euch kommen vom Dokumentarfilm, andere sind Filmjournalisten. Aber ich erinnere noch einmal daran …»

«… bloß keine Wochenschau», rief Walter Frentz. Die Männer lachten.

Doch die Riefenstahl sah weiter ernst aus. «Richtig. Wir wollen nicht einfach abbilden, was geschieht. Die Zuschauer sollen das Gefühl bekommen, ein Teil des Ganzen zu sein, mitzulaufen, mitzuspringen, mitzukämpfen! Ich möchte Aufnahmen, die uns und unseren Film unsterblich machen.»

Die wirst du bekommen, dachte Anna. Tausende von Flugblättern, die aus dem Zeppelin in das voll besetzte Stadion regneten, würden Bilder liefern, die nicht einmal eine Leni Riefenstahl so inszenieren könnte.

Anna verteilte die vorbereiteten Produktionspläne. Jedes Kamerateam erhielt eine Mappe mit allen Anweisungen für den ersten Tag: eine minutiöse Aufstellung der geplanten Dreharbeiten, im Stadion und im Lustgarten, wo heute Zigtausende Vertreter der Hitlerjugend, des Bunds deutscher Mädels und der SA aufmarschieren und die olympische Flamme begrüßen sollten. Ein Kamerateam war zur

Reichskanzlei bestellt, um die Abfahrt des Führers nach dem IOC-Empfang in seinen Räumen aufzunehmen, ein weiteres zu seiner Ankunft am Maifeld. Jeder Einzelne hatte seinen Plan.

Anna saß in Wagen zwei, hinter dem von Leni Riefenstahl, als sich die Kolonne in Bewegung setzte. Während die Chefin zum Empfang des IOC im alten Museum fuhr, begab sich Anna schon zum Stadion, um Absperrungen zu kontrollieren, letzte Markierungen anzubringen und den Aufbau der Kamera in der Führerloge zu überwachen, bis die Herrin und Meisterin eintraf. Annas Aufgabenliste war beängstigend lang. Auf der anderen Seite hatte das den Vorteil, dass es sie von der Aufregung wegen der Flugblätter ablenkte, die in ihr wuchs.

Als sie auf den Vorplatz des Stadions fuhren, herrschte noch wenig Betrieb auf dem Areal. Einige Lieferwagen brachten Bierfässer oder Kästen mit Coca-Cola. Der deutsche Ableger des amerikanischen Limonadenherstellers gehörte zu den großen Sponsoren der Spiele. Erste Gäste trieben sich bereits auf dem Reichssportfeld herum, das die Wachmannschaften gerade absperrten.

«Jetzt wird's ernst», sagte Anna laut vor sich hin.

***

Nach einer sorgenreichen, nahezu schlaflosen Nacht im Krankenhaus und einem nicht enden wollenden Vormittag hatte man Hermann heute Mittag endlich kurz zu Erika in den Kreißsaal gelassen. Als wenig später erneut Wehen einsetzten, hatte man ihn wieder vor die Tür gesetzt. Er ging zurück zu dem kleinen Warteraum, in dem sie schon die Nacht verbracht hatten. Erich hatte ein kleines Sümmchen springen lassen, um nicht mit anderen Leuten zusammensitzen zu müssen.

«Wie geht es ihr? Was hat Sinzig gesagt?», fragte er und sprang auf. Sein Hemdsaum war auf einer Seite aus der Hose gerutscht.

«Sie sieht sehr erschöpft aus. Aber sie ist stur und will das Kind ohne Kaiserschnitt auf die Welt bringen.»

Erich ballte seine Hände in Brusthöhe in einer hilflos wütenden Geste zu Fäusten und ließ die Arme dann wieder schlaff herabsinken.

«Ich habe kurz mit Dr. Sinzig gesprochen», fügte Hermann hinzu.

«Und? Er will das Kind holen, oder?»

«Nicht gegen ihren Willen.»

«Erika kann doch in ihrer Lage keinen vernünftigen Gedanken mehr fassen. Geschweige denn eine solche Entscheidung fällen. Du bist ihr Ehemann. Es ist deine Aufgabe, zu bestimmen, was das Beste für sie ist!»

Hermann nickte müde. «Ich weiß. Darum habe ich ja auch noch mal mit Dr. Sinzig gesprochen. Er hat gesagt, sie können noch warten, aber sobald Schaden für Erika oder das Kind zu befürchten ist, will er den Kaiserschnitt setzen.»

«Gott sei Dank! Sinzig ist ein Mann von Verstand. Wann geht es los?»

Hermann zuckte mit den Schultern. «Er meinte, spätestens heute Abend müsse er ran.»

«Was? So ein Idiot!» Erich wandte sich um und wollte hinauslaufen.

Hermann hielt ihn am Ärmel zurück. «Wo willst du hin?»

«Lass mich. Ich geig dem mal meine Meinung!»

«Du musst dich beruhigen, Erich!», erwiderte Hermann

streng. «Sonst landest du am Ende noch mit einem Infarkt auf der Herzstation.»

Erich nahm sich zusammen.

«Erika ist hier in den besten Händen», sagte Hermann beruhigend. «Sie hat sogar gemeint, ich solle unbedingt noch zur Eröffnung ins Stadion.» Hermann lachte.

Die Reaktion seines Schwiegervaters hingegen war eine gänzlich andere: «Das wirst du nicht!», erwiderte er so streng, dass es wie ein Befehl klang.

«Natürlich nicht. Ich warte hier.»

Erich stopfte den herausgerutschten Hemdsaum zurück in den Hosenbund und nahm dann wieder Platz.

«Meine Erika ist ein starkes Mädchen», murmelte er vor sich hin.

«Das ist sie», stimmte Hermann zu und setzte sich neben ihn. Sie saßen mehrere Minuten schweigend da. Jeder in seine eigenen Gedanken versunken. Dann flüsterte Erich: «Hermann?»

«Ja?»

«Ich muss mit dir reden. Wegen Phoenix.» Er sprach so leise, als fürchte er, die Wände hätten Ohren.

«Ist das hier der richtige Ort für so ein Gespräch?»

«Es muss *jetzt* sein», bestimmte Erich lauter und senkte die Stimme gleich wieder: «Erstens: Heute soll die Hindenburg explodieren.» Er flüsterte ihm direkt ins Ohr. Hermann konnte seinen Atem am Hals spüren.

«Ja. Ich weiß.»

«Lass mich ausreden! Zweitens: Nach dem Anschlag soll ein fingiertes Bekennerschreiben der ominösen ‹Liga der Weltjuden› auftauchen. Drittens: Für ausländische Geheimdienste sind Hinweise auf andere Anschlagsziele in ihren eigenen Ländern vorbereitet.»

«Ja, das hat mir Goebbels schon erzählt.»

Erich seufzte.

«Das alles wird die antijüdische Stimmung in der Welt zum Aufkochen bringen.»

«Und junge Juden sollen angestachelt werden, sich der bis dato eigentlich gar nicht existenten Liga anzuschließen», ergänzte Hermann, um Erich zu beweisen, dass er informiert war. «Warum sprechen wir jetzt darüber?»

«Weil das noch nicht alles ist!», stellte Erich mit Nachdruck fest. «Uns steht ein neuer großer Krieg bevor. Die Vorbereitungen laufen längst. Nicht nur Panzer und Soldaten werden diesen Krieg gewinnen. Propagandisten wie du werden ihn entscheiden. Dabei wird die ganze Welt in Flammen aufgehen. Und aus der Asche soll sich das Deutsche Reich als einzige und ewige Weltmacht über alle anderen erheben.» Er atmete hörbar ein und aus und fügte dann hinzu: «Darum haben wir es Aktion Phoenix genannt.»

«Ich verstehe immer noch nicht …», erwiderte Hermann.

«Hitler schafft sich mit dem Anschlag heute die Legitimation, mit noch mehr Entschiedenheit gegen die Juden und seine anderen Gegner vorzugehen, als er es bisher schon tut. Ich sage nur Sachsenhausen.»

Die Bauarbeiten an dem Konzentrationslager in der direkten Nähe von Berlin hatten vor wenigen Tagen begonnen.

«Ein politisches Gefängnis.» Das war alles, was Hermann darüber wusste.

Erich gab ein kurzes, schmerzhaftes Lachen von sich.

«Es ist die erste von vielen geplanten Anlagen, in denen unliebsame Gruppen interniert und in großer Zahl exekutiert werden sollen. Wenn erst auch andere Länder die Juden einsperren, wird es keinen mehr aufregen, dass

Deutschland scharf gegen sie vorgeht. Weitaus schärfer als jetzt! Wir reden von vollständiger Deportation und Ausrottung.»

Hermann rückte von seinem Schwiegervater ab.

«Das ist doch Wahnsinn!», brachte er kopfschüttelnd heraus.

«Vielleicht ist es das. Aber weder du noch ich noch sonst irgendjemand auf dieser Welt wird den Plan stoppen können. Im Gegenteil: Wahnsinn wäre es, sich nicht darauf vorzubereiten, von der Entwicklung zu profitieren.»

«Geht es denn nur um Profit? Zählt bei dir Moral und Anstand gar nichts mehr?»

«Jetzt aber vorsichtig, Jungchen!», schimpfte Erich. «Du bist doch längst ein Teil davon!»

«Ich wünschte, du hättest mich da nie mit reingezogen», gab Hermann wütend zurück.

«Meinst du, das würde irgendetwas ändern?»

«Ja, für mein Gewissen!»

«Von Gewissen kannst du dir nichts kaufen. Und gerade *du* solltest dankbar sein, dass ich mich darum kümmere, dass meine Tochter und meine Enkelkinder eine gute Zukunft vor sich haben.»

«Gerade *ich*?»

«Wer wohnt denn bald in der Goldstein-Villa? Wer hat denn gerade ein neues Büro bezogen? Wenn nur deine Schwester nicht diesen verdammten Juden geheiratet hätte!»

«Lass Susanne da raus!», fauchte Hermann.

Erich hob mahnend einen Zeigefinger. «Ruhig, mein Freund. Du scheinst immer noch nicht den Ernst der Lage zu begreifen. Zuerst ging es nur gegen die Juden. Dann reichte es, Halbjude zu sein, als Nächstes, einen Juden in der Ahnenreihe zu haben. Wann wird es so weit sein, dass man Verfolgung fürchten muss, weil es irgendwo in der Verwandtschaft einen Juden gibt? *Ich* werde nicht zulassen, dass *meine* Tochter und *meine* Enkel für einen Fehler deiner Schwester leiden müssen.» Dabei stieß er den Zeigefinger mehrmals gegen Hermanns Brust. «Ich kümmere mich darum, dass sie nicht zu Opfern werden, sondern auf der Seite der Gewinner bleiben. Ob mit dir oder ohne dich.»

Das saß. Hermann erkannte die Drohung, die in diesen Worten steckte.

«Diese Geschichte ist längst geschrieben», belehrte Erich ihn. «Wenn heute die Hindenburg brennend ins Stadion stürzt, wird dadurch nur ein neues Kapitel aufgeschlagen.»

Hermann brauchte einen Moment, um das Gehörte zu begreifen. «Was sagst du?» Er sprang auf.

Erich biss sich auf die Unterlippe.

«Ja, ich weiß. So weit warst du noch nicht eingeweiht.»

«Der Zeppelin soll über dem Stadion …?»

«Psst!», ermahnte Erich ihn.

«Der Zeppelin soll über dem Stadion explodieren?», wiederholte Hermann leiser, aber nicht weniger ungläubig.

«*Du* machst doch hier die Propaganda, Hermann», sagte Erich. «Wie bringt das Opfer der Hindenburg die meiste Wirkung? Indem sie ohne Augenzeugen irgendwo über der Mecklenburgischen Seenplatte abstürzt? Oder wenn die ganze Welt zum ersten Mal in der Geschichte bei der Eröffnung der größten Olympiade aller Zeiten in Echtzeit zuhört und zusieht?»

Die Frage bedurfte keiner Antwort.

«Es sind hunderttausend Menschen im Stadion», ging es Hermann auf. *Und Anna!*, dachte er.

«Um die vielen Deutschen unter den Zuschauern tut es

mir leid», sagte Erich. Zum ersten Mal wirkte er ehrlich betroffen. «Aber ihr Heldentod wird unser Vaterland ehren. Wir müssen sie als Bauernopfer sehen!»

«Und Hitler? Goebbels? Göring?»

«Die werden natürlich rechtzeitig von der Leibstandarte des Führers aus der Ehrentribüne in Sicherheit gebracht.»

Hermann warf einen Blick auf die Uhr. Es war kurz vor zwei. Laut der Planung wurden die Leute bereits ins Stadion eingelassen. Er selbst sollte eigentlich längst vor Ort sein. Penske musste schon da sein. Und Anna. Ständig ging sie ihm durch den Kopf. Sie hatte das Hitler-Regime durchschaut. Sie besaß den Mut, für ihre Überzeugung einzustehen, gegen das Böse zu kämpfen, statt ein Teil davon zu werden. Und jetzt sollte sie sterben?

«Ich vermute, Goebbels hat dir nach dem letzten Treffen in der Reichskanzlei einen neuen Sitzplatz im Stadion zugewiesen. Habe ich recht?»

Hermann war bass erstaunt. «Ja, es kam noch irgendein Offizieller für die Ehrenloge dazu. Mein neuer Platz ist irgendwo in der Ostkurve, ziemlich weit unten.»

In dem Moment wurde ihm erst klar, was das bedeutete: «Oh Gott, ich soll auch sterben!»

«Dass euer Kind heute kommt, ist das größte Glück. Wir müssen beide nicht ins Stadion, vor allem nicht du. Hör genau zu, Hermann: Direkt nach der Geburt wirst du dich bei Hitler melden und ihn bitten, der Patenonkel des Kindes zu werden. Das zieht dich aus der Schusslinie.»

Hermann schüttelte den Kopf. «Ich muss ins Stadion!», sagte er. Er konnte Anna nicht einfach sterben lassen.

«Nein!», polterte Erich und packte Hermann am Revers.

«Lass mich! Ich komme zurück. Aber ich muss vorher noch eine Sache erledigen!»

Sein Schwiegervater hielt Hermann weiter fest und starrte ihm in die Augen, als wolle er ihn hypnotisieren. Aber Hermanns Entscheidung war unabänderlich getroffen. Erich ließ ihn los.

«Dann tu, was du verdammt noch mal tun musst», sagte er eiskalt. «Aber wenn du jetzt gehst und uns dadurch in Gefahr bringst, dann sei dir sicher, dass ich dich fallen lassen werde.»

«Ich habe nichts anderes von dir erwartet», sagte Hermann kühl und verließ den Raum.

HEXENKESSEL

Samstag, 1. August 1936

Der Pianist ließ den letzten Ton des beschwingten Musikstücks verklingen. Im Aufenthaltssalon brandete Applaus auf, während Kommandant Max Pruss sich neben dem Flügel für eine Ansprache positionierte.

«Meine sehr verehrten Damen und Herren, ich hoffe, Sie genießen die Fahrt bisher.»

Als Antwort gab es erneuten Applaus.

«Das freut mich. Wie Sie mitbekommen haben, sind wir von Frankfurt über Kassel und Hannover geflogen und haben einen Abstecher nach Hamburg gemacht, bevor wir über Schwerin den nördlichsten Punkt unserer Reise erreicht und wieder südlichen Kurs eingeschlagen haben. Während des Desserts haben wir Neuruppin passiert und werden nun in Kürze Berlin und das Olympiastadion erreichen. Leider bleibt es wohl bewölkt, aber wir erwarten keinen allzu starken Wind. Wir werden dann bis zum frühen Abend über dem Stadion kreisen und auch ein paar Runden über die Stadt und das Berliner Umland drehen. Genießen Sie den einmaligen Blick aus der Vogelperspektive über unsere Hauptstadt, die heute mit der Eröffnung der elften Olympischen Sommerspiele auch zur Welthauptstadt des Sports wird.»

Unter dem Jubel der Zuhörer ging er zum Tisch zurück und setzte sich neben seine Frau.

Georg servierte der Prinzessin von Siam derweil einen

Apfelsaft. Eigentlich saßen sie in Josefs Bereich, doch der hatte sich nach der Auflösung der Mittagstafel vor etwa einer halben Stunde bei Georg mit Kopfschmerzen abgemeldet und ihn gebeten, für eine Weile im Salon seine Tische zu übernehmen. Aus der Weile war mittlerweile schon fast eine Dreiviertelstunde geworden. Aber es war nicht sonderlich viel los, sodass es Georg nicht störte.

Der Koch und sein Helfer hatten sich beim Mittagessen wieder einmal selbst übertroffen. Muschelsuppe zur Vorspeise, als Hauptgang Rinderfiletsteaks mit gebratener Gänsestopfleber und Trüffeln und zum Nachtisch eine Eisbombe. Die Passagiere, die mit in den Salon gekommen waren, wirkten satt und zufrieden und lauschten den wieder einsetzenden Klängen des Flügels. Nur Siegfried Wolff saß mit einem halb getrunkenen Glas Bier an einem Tisch neben dem Piano und starrte irgendwie schwermütig in die längst schaumlos gewordene Flüssigkeit.

«Darf ich Ihnen ein neues Bier bringen?», fragte Georg, doch Wolff schüttelte den Kopf. Er warf einen Blick auf seine Armbanduhr, schob das Glas von sich weg und stand auf. Ohne ein Wort verließ er den Salon.

«Da!», rief Prinz Rangsit und zeigte zum Fenster hinaus. «Ist das schon Berlin?»

Max Pruss nahm das als Zeichen, dass es an der Zeit war, sich zurück in die Führergondel zu begeben.

«Oh, sind wir wirklich schon da?», fragte einer der Fahrgäste, der mit seiner Frau etwas abseits der anderen saß. Dr. Meinecke und Gemahlin. Wenn Georg es richtig mitbekommen hatte, praktizierte er als Allgemeinmediziner in einem Ort in der Nähe von Frankfurt.

«Wir dürften Berlin gleich erreichen, Herr Dr. Meinecke», sagte er.

Der Arzt schob seine runde Brille mit dem Zeigefinger den Nasenrücken hoch. Offenbar eine Sisyphusarbeit, denn einen Moment später rutschte sie schon wieder hinab.

«Dann sollten wir gleich mal zum Fenster gehen», sagte der Arzt. «Wissen Sie, meine Frau ist nicht mehr so gut zu Fuß.»

«Dass wir einmal zusammen mit zwei Königlichen Hoheiten in einem Raum sitzen …», raunte Frau Meinecke Georg vertraulich zu. Man hörte ihr deutlich an, dass sie Hessin war. Sie machte Anstalten, sich vom Tisch zu erheben. Georg reichte ihr einen Arm zur Stütze, den sie gerne als Hilfe annahm. Ihr Mann übergab ihr dazu noch einen Gehstock.

«Wissen Sie, die Fahrt war eine Auszeichnung», erklärte Herr Meinecke auf dem sehr langsam beschrittenen Weg zu den Fenstern. «Zwei Fahrkarten mit Anreise und Übernachtung im *Frankfurter Hof* als Anerkennung für den Einsatz an den Kranken und Versehrten des Vaterlands.»

«Sie glauben nicht, wie uns das gefreut hat!» Frau Meinecke strahlte und ließ sich mit Georgs Hilfe und einem Seufzer auf einen Stuhl am Fenster sinken. Als sie saß, winkte sie Georg noch einmal heran.

«Vor allem, weil Walter vorher noch ein bisschen Ärger mit der Reichsärztekammer hatte», flüsterte sie.

«Und jetzt zeichnen sie mich mit so einer großartigen Reise aus!», ergänzte der Arzt.

«Na, umso besser», erwiderte Georg. «Schauen Sie, man sieht das Stadion schon!»

«All die Menschen!», rief gerade ein anderer Passagier.

Tatsächlich. Georg hatte so etwas noch nie gesehen. Das riesige Oval war schon halb gefüllt, und trotzdem war der Platz am Eingang schwarz vor Sportsfreunden, die sich die

Eröffnung der Spiele in Berlin nicht entgehen lassen wollten. Eine Bewegung ging durch die Masse, als die Hindenburg sich näherte. Georg glaubte, den Jubel durch die offenen Fenster hören zu können.

***

Mit Leni Riefenstahls Eintreffen im Stadion am frühen Nachmittag hatte es plötzlich noch einige spontane Planänderungen gegeben, die Anna in letzter Sekunde umzusetzen hatte. Dabei war der Vormittag schon so hektisch gewesen, dass sie kaum einen Gedanken an den Zeppelin und die Flugblätter verschwenden konnte. Vornehmlich übermittelte sie Botschaften der Regisseurin an die Kameraleute. Zum Beispiel die, dass Madame beschlossen hatte, selbst an der Kamera auf der Führerloge dabei zu sein, wenn Hitler seinen Eröffnungssatz sprach.

Es fühlte sich fast wie eine Erlösung an, als das Stadion für die Besucher geöffnet wurde. Endlich war der Zeitpunkt gekommen, auf den so viele Menschen hingearbeitet hatten. Sogar die Riefenstahl schien einen Moment in sich zu gehen und beobachtete vom Sportplatz aus, wie sich das Oval füllte. Die Leute strömten in das Stadion wie eine unaufhörliche Flut, liefen durch die Reihen und suchten ihre Plätze. Überall Gesichter voller Vorfreude.

Anna bemühte sich, ihre Freunde zu entdecken. Obwohl sie grob wusste, wo Leo, Marlene und Achim saßen, fand sie sie nicht.

Der Geräuschteppich vergrößerte sich. Einzelne Sprachen konnte man nicht heraushören. Doch Anna war vorhin bei ihren Botengängen auch im Presserang gewesen, der sich oberhalb der Führerloge befand. Dort hatten die

Radioreporter schon allerlei zu tun gehabt. Neben dem Kaugummi-Englisch der Amerikaner erklang das Maschinengewehr-Stakkato eines japanischen Reporters. Direkt daneben säuselte ein Franzose gegen einen nasal klingenden Inder an. Etwas weiter hatte sie Henri Nannen gefunden, den jungen Stadionsprecher, den Leni Riefenstahl auch für den Olympiafilm als Sprecher gewinnen wollte.

Ein weiterer Klang drang tief und langsam in ihre Wahrnehmung. Das leise Brummen war mehr zu spüren, als dass man es hören konnte. Doch es nahm an Intensität zu, bis von den obersten Rängen der Westtribüne Rufe erklangen. Menschen standen auf, Blicke richteten sich in die Höhe.

«Der Zeppelin kommt!», stellte Leni Riefenstahl fest.

Anna sah die Spitze der silbernen Zigarre über den Zinnen des Stadions auftauchen. Die Leute jubelten. Frentz hielt seine Kamera in die Höhe und filmte die Ankunft des Luftschiffs, das bald den halben Himmel einzunehmen schien.

Eine Klappe öffnete sich im Boden der Gondel. Anna sah gebannt hinauf. Kamen die Flugblätter jetzt schon auf sie niedergeflogen? Das wäre zu früh! Nein. Es war großes Stück Stoff, das nun hinabstürzte und vom Fahrtwind ergriffen wurde: eine riesige Fahne. Als sie sich entfaltet hatte, konnte man darauf die olympischen Ringe erkennen. Frenetischer Applaus ertönte im Stadion. Wie würden die Leute reagieren, wenn die Flugblätter herabfielen?

«Fräulein Kollmann!», rief die Riefenstahl. «Kommen Sie! Wir müssen zum Maifeld. Der Führer wird bald eintreffen.»

Sie schritt bereits los in ihrem Hosenanzug, der sich sowohl durch Schick als auch Praktikabilität auszeichnete. Ideal, um sich beim Dreh ganz ins Zeug legen zu können.

Anna ergriff ihre Taschen und den Regenschirm und lief der Regisseurin nach.

Während noch immer Leute ins Stadion strömten, verließ die Riefenstahl es mit ihrer Entourage über die Marathontreppe, an deren Fuß bereits eine Kamerastation auf die Ankunft des Führers wartete. Die Zuschauer sollten aus Hitlers Perspektive miterleben, wie es sich anfühlte, in den brodelnden Hexenkessel einzutreten. Dieser Empfang würde dem Führer gefallen, dachte Anna. Aber wenn er erst einmal die Flugblätter sah, würde die ganze Welt sein wahres Gesicht erkennen.

Anna blickte nach oben, wo die Hindenburg weiter ihre Bahnen über dem Reichssportfeld zog. Gerade bewegte sie sich brummend über das Maifeld. Die Sportler aller Welt standen hier in Reih und Glied und nach Ländern sortiert Spalier. In der Mitte blieb eine Gasse, die der Führer zusammen mit seinen wichtigsten Vertrauten und den Funktionären des deutschen und des Internationalen Olympischen Komitees zum Stadion durchschreiten würde. Leni Riefenstahl lief ihre wartenden Kamerastellungen ab und gab letzte Anweisungen.

Ein Winken von der Seite erregte Annas Aufmerksamkeit. Es stammte von Jack Hefferston, dem amerikanischen Feldhockeyspieler, der mit seiner Mannschaft und seinen Landsleuten bereitstand. Anna winkte erfreut zurück und wäre am liebsten zu ihm gegangen, musste aber ihrer Chefin folgen, die bereits bei der nächsten Kamera ankam.

«Heute geht es um alles», belehrte sie einen erst vor drei Tagen für einen Kollegen mit Beinbruch eingesprungenen Kameramann.

Der junge Kerl hob den Daumen und grinste.

Anna fand, dass dieser Satz für die Aktionsgruppe Phoenix und sie selbst ganz besonders zutraf. Ihr Schicksal und das des ganzen Reichs war mit diesem Zeppelin verknüpft, der gerade in Richtung Stadt abdrehte.

***

Hermann nahm zwei Stufen auf einmal, stürmte in sein Arbeitszimmer und krallte sich die Platzkarte und den Dienstausweis. Bevor er wieder hinunter zum wartenden Taxi lief, warf er durch das Fenster einen Blick nach draußen – und erstarrte. Nicht wegen des Wagens, der direkt vor der Tür wartete, sondern wegen des schwarzen Mercedes-Benz, der fünfzig Meter weiter vor dem Haus der Tanners stand. Vielleicht litt er mittlerweile unter Verfolgungswahn, aber genau einen solchen Wagen hatte er auf dem Weg vom Krankenhaus nach Grunewald auch schon hinter seinem Taxi bemerkt. Zuerst war der Wagen dem Taxifahrer im Rückspiegel aufgefallen, weil er recht ruppig fuhr. Auf die derben Berliner Flüche hin hatte Hermann sich umgesehen und das Fahrzeug entdeckt. Der 170er Mercedes war aber bald zurückgeblieben, und Hermann hatte sich etwas beruhigt. Es konnte Zufall sein, dass ein Wagen gleichen Fabrikats nun dort unten stand. Aber im Moment fiel es Hermann schwer, an Zufälle zu glauben.

Er musste jegliche verdächtigen Spuren verwischen. Er hängte das Bild zur Seite und öffnete seinen Tresor. Im Extrafach lagen noch immer die Druckschablonen, die er von Anna mitgenommen hatte. Er hatte nie die rechte Gelegenheit gefunden, sie loszuwerden. Das sollte er jetzt besser tun. Auch die Luger musste dringend verschwinden. Er nahm sie und steckte sie sich in den Hosenbund. Die Waffe war eiskalt und der Lauf drückte ihm gegen das Bein.

Hermann warf die Papierschablonen zusammen mit ein paar zerknüllten Zeitungsseiten in den Kamin. Die Flamme des Streichholzes fraß sich schnell fest. Dunkelgrauer Rauch zog in den Abzug. Zurück blieb ein Häufchen Asche, das Hermann mit dem Feuerhaken zerkleinerte, bis auch die letzte Glut verloschen war. Mit Besen und Kehrblech nahm er die Überreste auf und spülte sie im Küchenabfluss hinab. Das hätte er längst tun sollen. Dann eilte er zurück zu seinem Taxi. «Los, bringen Sie mich, so schnell es geht, zum Stadion!», wies er den Fahrer an.

Als sie losfuhren, drehte Hermann sich nach dem schwarzen Mercedes um. Der Wagen fuhr an, kurz bevor sie außer Sicht gerieten.

«Geben Sie Gas, Mann!», rief Hermann.

Doch die Straßen waren voll. Als sie etwas später an einer Kreuzung warten mussten, machte Hermann seinen Verfolger zwei Wagen hinter ihnen erneut aus.

«Los, fahren Sie!», befahl Hermann, als er eine kleine Lücke entdeckte. Beinahe hätte es gekracht, aber das Taxi kam durch und fuhr dem Verfolger endlich davon.

Sie mussten einige Umwege in Kauf nehmen, weil kein Durchkommen auf der Route war, die der Führer und die olympischen Offiziellen zum Stadion nahmen. Tausende Menschen säumten den Weg der Fahrzeugkolonne, aber auch sonst war die Stadt so voll, wie Hermann es noch nie erlebt hatte. Wo immer über die öffentlichen Lautsprecher aus dem Stadion berichtet wurde, standen große Menschentrauben darunter und fieberten der Eröffnung entgegen. Und auch als der Führer unter brüllend lauten «Heil-Hitler»-Rufen vorbeigefahren und der Verkehr endlich wieder freigegeben war, ging erst mal gar nichts. Hermann musste sich damit abfinden, erst nach Hitler im Stadion anzukommen. Er wusste nicht, wann die Bombe explodieren würde. Aber er wusste, dass er Anna vorher herausholen musste. Immerhin – das erkannte er mit einem Blick nach hinten – der schwarze Mercedes hatte sie im dichten Verkehr wohl verloren.

FANFAREN

Samstag, 1. August 1936

Georg gönnte sich ab und zu während der Arbeit einen Blick aus dem Fenster auf die Hauptstadt aus der Vogelperspektive. Gerade flogen sie recht tief über das mit zahlreichen Flaggen und Bannern geschmückte Brandenburger Tor, durch das eine lange Fahrzeugkolonne fuhr. Auf beiden Seiten drängten sich die Menschen und jubelten der winzigen Gestalt zu, die in einem der Autos stand und winkte.

«Der Führer! Das muss der Führer sein!», freute sich Ritter von Lechner. «Sagenhaft!»

Bald darauf erschienen Fritz Gruber und Wilhelm Voss, um Georg abzulösen. Seine erste Schicht war geschafft. Er hatte jetzt Pause bis zum Nachmittagskuchen.

Langsam machte Georg sich ernstlich Sorgen um Josef, der immer noch nicht wieder aufgetaucht war. Er hatte gestern Abend schon etwas bleich gewirkt. Und jetzt diese Kopfschmerzen … Georg beschloss, nach ihm zu sehen. Wahrscheinlich hatte er sich in eine der Besatzungskabinen zurückgezogen.

Georg ließ noch einen letzten Blick über das Meer an Häusern und Straßen schweifen. Ein wenig erinnerte es ihn an seine Ausflüge mit Gerd Petersen in New York, obwohl hier natürlich die Wolkenkratzer fehlten. Er nahm sich vor, die Hauptstadt im Herbst mit Gitti zu besuchen, wenn er seinen ersten längeren Urlaub antrat. Berlin war etwas anderes als Freudenstadt. Jeden Abend eine andere Vergnügung. Und wenn sie genug gespart hätten, würde er seine Frau mit in die USA nehmen.

Nur mit Mühe riss er sich von dem Anblick los, verließ den Salon und nahm gleich die Treppe nach unten, wo man durch die Tür zum Kiellaufgang zu den Kabinen der Besatzung gelangte. Er stutzte. Die Tür war nicht abgeschlossen. Dabei gab es drei entscheidende Regeln, die jedes Besatzungsmitglied vor der ersten Fahrt eingetrichtert bekam: nicht zu rauchen, sich niemals in den Passagierkabinen aufzuhalten und bei Publikumsverkehr diese Tür stets verschlossen zu halten. Niemand wollte Unbefugte im Bauch des Zeppelins wissen. Sie könnten sich selbst in Gefahr bringen oder, was noch viel schlimmer wäre, den Zeppelin beschädigen.

Georg schloss hinter sich ab und kontrollierte die sehr spartanisch gehaltenen Kabinen für die einfache Besatzung. Als Sichtschutz zum Laufgang diente ein Vorhang. Decke und Wände der Kabinen bestanden aus Gewichtsgründen ebenfalls nur aus gespanntem Stoff, durch den man bei Mehrtagesfahrten jedes Räuspern, jedes Wort und jedes Schnarchen der Kollegen hörte. Doch heute war alles still. Georg warf trotzdem einen Blick hinein. Eine Kiste für Wechselkleidung und das Stockbett waren die einzigen Möbelstücke. Zur oberen Schlafstätte führte eine dreistufige Aluminiumleiter.

«Josef?»

Keine Antwort. Je mehr Vorhänge er daraufhin zur Seite zog, umso größer wurde seine Sorge. Keine Spur von Josef Kämmerer. War er vielleicht vorne bei den Kameraleuten? Oder hatte Pruss ihn auf dem Weg zurück getroffen und mit in die Gondel genommen? Georg überlegte, dass es vielleicht am besten war, zum Kommandanten zu gehen, bevor er das ganze Schiff alleine nach dem Kollegen durchsuchte. Auf der anderen Seite konnte sein Verschwinden einigen Ärger für Josef bedeuten.

Der Vollständigkeit halber sollte er auch noch die Besatzungskabinen der Maschinisten und Techniker im Heck des Luftschiffs inspizieren. Vorbei an den großen Wasser- und Benzintanks, an den Ingenieursräumen und der Werkstatt gelangte Georg am niedrigsten Punkt des gebogenen Kiellaufgangs in die Mitte des Luftschiffs. Er warf einen kurzen Blick in die leeren Laderäume, dann eilte er weiter. Über ihm erhoben sich die prall gefüllten Gaszellen, die dem Luftschiff den Auftrieb gaben.

Je weiter er sich bewegte, umso näher rückten die Seiten des Zeppelins an den Laufgang heran. Das Luftschiff war am Heck schlanker als am Bauch, der Durchmesser der Aluminiumringe, die dem Zeppelin seine Form gaben, nahm kontinuierlich ab.

«Josef?», rief er, als er die hinteren Schlafkabinen erreichte. Er zog den ersten Vorhang auf. Wie erwartet war der kleine Raum leer.

Doch ein dumpfes Geräusch aus einer anderen Kabine erregte seine Aufmerksamkeit. Es klang, als lande jemand nach einem Sprung mit beiden Beinen auf dem Boden.

Georg blickte in die Richtung, aus der er das Geräusch vernommen hatte. Jetzt war nichts mehr zu hören. Nur der Vorhang der hintersten Kabine schien sich minimal zu bewegen.

«Ist da jemand?»

Unsicher trat er einen vorsichtigen Schritt auf die Kabine zu und verharrte regungslos davor, lauschte. Bis auf das beständige Brummen der Motoren und seinen Herzschlag blieb alles still. Aber er hatte sich das doch nicht eingebildet!

«Ist da jemand?», fragte er erneut.

Auf der anderen Seite des Vorhangs knarzte der Boden.

«Hallo?»

«Geh weg!» Georg kannte die Stimme.

«Gerd?», versicherte er sich, packte den Stoff und zog ihn mit einem Ruck zur Seite.

Es war wirklich Gerd Petersen. Der Maschinist stürmte mit entschlossener Miene aus der Kabine heraus und stieß Georg mit dem vorgereckten Ellenbogen so fest gegen die Brust, dass ihm die Luft wegblieb und er beinahe gestürzt wäre. Mit einer Hand stützte Georg sich an einer Aluminiumstrebe ab. Gerd eilte derweil mit einer großen schwarzen Tasche aus Segeltuch an ihm vorbei und rannte über den Kiellaufgang nach vorne.

«Gerd!», rief Georg ihm nach.

Der Maschinist sah sich gehetzt um und bog rechts in den Quergang ein, der zur hinteren Steuerbord-Motorgondel führte.

Georgs erster Impuls war es, ihm nachzulaufen. Doch als sein Blick in die Kabine fiel, blieb er wie gelähmt stehen.

Josef Kämmerer lag ausgestreckt auf dem Boden, ein Arm war in einem eigenartigen Winkel abgespreizt. Sein spitzes Gesicht sah noch bleicher aus als sonst, das rote Haar war mit blutigen Strähnen verklebt.

«Oh Gott! Josef!», rief Georg. Er ließ sich neben ihm auf die Knie fallen und rüttelte an seinen Schultern. Schon bei der ersten Berührung wusste er, dass in diesem kalten Körper kein Lebensfunke mehr glomm. Josef war tot.

***

Die Wagenkolonne des Führers erreichte den Glockenturm.

«Jetzt kommt's drauf an», sagte Leni Riefenstahl und sah vom Stadioneingang zu ihren Kameraleuten auf dem Maifeld hinüber. Der Führer schritt das Sportlerspalier zusammen mit Goebbels und anderen Regierungsvertretern sowie zahlreichen Mitgliedern des olympischen Komitees ab. Als sie bei der deutschen Mannschaft angelangt waren, hoben die Athleten den rechten Arm zum Gruß. Jack Hefferston und seine amerikanischen Mitsportler unterließen das.

«Los, wir müssen in die Loge!», sagte die Riefenstahl und eilte mit jedem Schritt Richtung Führerloge schneller durch den Säulengang. Anna registrierte besorgt, dass draußen leichter Nieselregen einsetzte. Sie hoffte sehr, dass das Wetter schnell wieder aufklarte. Achim hatte gewarnt, dass das dünne Papier der Flugblätter bei Feuchtigkeit zum Reißen und Verkleben neigte. Das könnte die Wirkung der ganzen Aktion zunichtemachen.

Der Eingang zur Führerloge wurde von sicherlich zwanzig schwer bewaffneten SS-Soldaten bewacht. Das musste ein Teil der Leibstandarte des Führers sein, zu der auch Horst gerne gehören wollte. Ein besonders streng dreinschauender Gardist verlangte ihren Passierschein.

«Ich bin Leni Riefenstahl», sagte die Regisseurin, als sei seiner Forderung damit Genüge getan. Als der Mann aber keine Regung zeigte, griff sie beleidigt in ihre Tasche und zerrte nach kurzem Tasten zwei Pässe hervor. «Hier, einer für mich und einer für meine Aushilfe», sagte sie.

Anna ärgerte sich über die Bezeichnung, wunderte sich aber, dass die Riefenstahl sie ausgewählt hatte, mit in die Loge zu kommen.

Sie eilten durch einen Raum, der wie ein gemütliches, modernes Wohnzimmer eingerichtet war. An einer Seite gab es eine Bar. Auch hier standen SS-Leute bereit und musterten sie streng. Einer führte sie zu der großen Balkontür, durch die man bereits in das Stadion sehen konnte. Der Ausblick war gewaltig. Sie traten auf den breiten Balkon hinaus, wo gegen den Nieselregen abgedeckte Polsterstühle für die Honoratioren bereitstanden. In der vorderen Ecke stand die große Kamera. Mehrere Mikrofone warteten darauf, die Eröffnungsworte des Führers ins Stadion und in die ganze Welt zu übertragen.

Während Leni Riefenstahl mit einem SS-Offizier stritt, saugte Anna die Atmosphäre auf. Hunderttausend Menschen saßen oder standen rund um sie herum. Der Regen hatte Gott sei Dank schon wieder aufgehört. Aus den Lautsprechern drangen die letzten Klänge des *Meistersinger*-Vorspiels von Wagner, dem Lieblingskomponisten des Führers. Das olympische Symphonie-Orchester ließ den letzten Ton verklingen und nahm auf der kleinen Bühne in der Arena den Applaus entgegen. Leni Riefenstahl kam zur Brüstung und warf einen gehetzten Blick zur Marathontreppe.

Doch es dauerte noch einen weiteren Moment, bis Fanfarenklänge erschollen und kurz darauf atemberaubender Jubel ausbrach. Alle Gesichter wandten sich zur Treppe, auf deren oberster Stufe gerade Adolf Hitler erschien.

«Der Führer!», rief Leni Riefenstahl entzückt.

Die Fanfaren verklangen. Mit Hitlers ersten Schritten die Treppe hinab begann das Orchester, Wagners *Huldigungsmarsch* zu spielen.

Anna war wahrscheinlich der einzige Mensch im Stadion, der nicht zu dem Tyrannen sah. Ihr Blick ging suchend in den Himmel.

***

Hermann atmete erleichtert aus, als er das Stadion bei seinem Eintreffen unbeschadet vorfand. Vom Zeppelin war weit und breit nichts zu sehen. Aber das musste nicht heißen, dass Hitlers Plan gescheitert und die Hindenburg unverrichteter Dinge wieder abgezogen war. Das Luftschiff kreiste vielleicht gerade für ihn außer Sicht hinter dem Stadion und trug seine tödliche Fracht heran. Er musste sich beeilen.

«Propagandaministerium. Lassen Sie mich durch!», befahl er den Wärtern vor der Reihe der mittlerweile geschlossenen Einlasshäuschen. Mit der Pistole im Hosenbund musste er aufpassen, nicht genauer kontrolliert zu werden.

«Es geht schon los. Der Führer ist gerade angekommen», sagte ein Wachmann und ließ ihn nach einem gelangweilten Blick auf seinen Ausweis und die Platzkarte durch.

Große Lautsprecher beschallten den Vorplatz des Stadions. Hermann rannte unter den Tönen von Wagners *Huldigungsmarsch* zum Eingang und bog in den Säulenumlauf. Er nahm den nächstbesten Durchgang ins Stadioninnere. Ein ganz in Weiß gekleideter Platzanweiser, der eine Armbinde mit den olympischen Ringen trug, wollte seine Platzkarte sehen, aber eine erneute Erwähnung seines Ministeriums führte dazu, dass er durchgelassen wurde.

Der Anblick des bis auf den letzten Platz voll besetzten Ovals erschlug ihn fast. Wie nur sollte er Anna in dieser Menge finden? Die sprichwörtliche Nadel im Heuhaufen war dagegen ein Kinderspiel. Hermann hielt nach Kameras Ausschau. Nur Leni Riefenstahls Mitarbeiter durften offiziell im Stadion und in der Arena filmen. Ein Kameramann wusste vielleicht, wo Anna gerade steckte.

Viel zu weit weg, bei der Marathontreppe, konnte er eine Kamera ausmachen. Hitler schritt in Galauniform die letzte Stufe hinab in die Arena, gefolgt von anderen Politikern und Herren in schwarzem Frack. Ein Kind überreichte dem Führer einen Blumenstrauß. Die Leute klatschten gerührt Applaus.

Hermann sah sich weiter um. Einigermaßen in seiner Nähe fiel ihm direkt neben dem Orchester eine weitere Filmmannschaft auf. Zwei Stufen auf einmal nehmend, spurtete Hermann los.

«Propagandaministerium. Ich muss sofort zu den Filmarbeiten!», erklärte er kaltschnäuzig und wurde von dem überraschten Wärter aufs Feld gelassen. Er eilte über die breite Laufbahn, dann über den Rasen auf die Kameraleute zu.

«Ich suche Anna Kollmann!», keuchte er den Kameraassistenten an, der ihm entgegenkam. «Wo ist sie?»

«Anna? Die kann jetzt nicht», gab der junge Mann genervt zurück.

«Mann! Ich will nicht wissen, ob Anna jetzt kann, sondern wo sie ist.» Die Schärfe in seiner Stimme zeigte Wirkung: «Äh, da oben. In der Führerloge!»

Hermann folgte dem ausgestreckten Arm. Auf dem ansonsten noch fast leeren Balkon waren bei einer riesigen Kamera ein Mann und zwei Frauengestalten zu sehen. Die größere der Frauen musste Leni Riefenstahl sein. Die andere war unverkennbar Anna. Hermann spürte sein Herz schneller schlagen. Er hatte sie gefunden, allerdings am problematischsten Ort des ganzen Stadions.

Er rannte, was das Zeug hielt. Bei einem Blick zurück sah er, wie Hitler gerade unterhalb der Ehrentribüne ankam. Hermanns Herz pumpte schon, aber solange er eine Chance hatte, Anna zu retten, durfte er nicht nachlassen. Er rannte in den Säulenumlauf und wandte sich gehetzt in Richtung der Ehrentribüne. Bald erkannte er die ersten schwer bewaffneten Mitglieder der Leibgarde des Führers. Draußen wurden gerade ein paar Fahrzeuge für eine schnelle Abfahrt bereitgestellt. Erich Bösken hatte nicht gelogen. Hitlers Plan war real! Alles schien vorbereitet, den Führer umgehend in Sicherheit zu bringen.

Hermann wurde langsamer und versuchte, seinen Atem unter Kontrolle zu bringen. Zwei Wachleute beäugten ihn kritisch.

Er steuerte auf die Tür zu. Ein Offizier fing ihn ab.

«Propa – ganda – ministerium», brachte er keuchend vor und präsentierte kurz seine Einlasskarte. «Ich muss – zur Kamera.»

«Das geht nicht. Der Führer nimmt gerade Platz.»

«Aber ich muss ...»

«Ihre Einlasskarte ist für die Führerloge nicht gültig», unterbrach ihn der SS-Mann streng. «Bitte verlassen Sie diesen Ort jetzt.»

«Ich bitte Sie, ich arbeite mit Herrn Goebbels zusammen.»

«Und wenn Sie mit dem Führer persönlich Tee trinken. Ich darf und werde Sie hier nicht durchlassen!»

FÜHRERLOGE

Samstag, 1. August 1936

Der tote Josef starrte mit starren, stumpfen Augen gegen die Decke der Kabine. Vor ein paar Stunden hatten sie noch gemeinsam das Frühstück serviert. Josef hatte Georg gemaßregelt, weil ihm ein gekochtes Ei zu Boden gefallen war. Georg hatte sich mehr über seine eigene Ungeschicklichkeit als über Josefs harschen Ton geärgert, aber ihm trotzig entgegnet, er solle sich um seine eigenen Angelegenheiten kümmern. Ja – das waren die letzten Worte, die sie gewechselt hatten.

Ein Knopf seiner Uniform war abgerissen und lag neben ihm, als habe es einen Kampf gegeben. Die roten Haare verdeckten einen Gegenstand. Georg zog ihn hervor, eine dünne Stange, kaum länger als sein Handrücken. An einem Ende prangte eine kleine, von dunkelgrauem Kautschuk überzogene Kugel. Die andere Seite endete in einem Schraubgewinde. Irgendeine Art Antenne. Ohne weiter darüber nachzudenken, steckte Georg sie in die Tasche seiner Stewardjacke.

Das Blut in Josefs Haaren stammte von einer Wunde oberhalb der Stirn. Wie es aussah, war er mit einem schweren, stumpfen Gegenstand erschlagen worden. Vielleicht einem der Schraubenschlüssel, wie sie von den Maschinisten bei der Arbeit an den Motoren verwendet wurden.

Georg dachte wieder an Gerd. Zuerst hatte er sich verstecken wollen, hatte dann aber Georg angegriffen und war fortgelaufen. Alles an seinem Verhalten sprach dafür, dass er etwas mit dem Tod seines Kollegen zu tun hatte. Aber er war nicht der Typ dafür, jemanden zu erschlagen. Georg hatte ihn als friedlich, offen und stets freundlich kennengelernt. Er hatte sogar vorgehabt, ihn darum zu bitten, sein Trauzeuge zu werden.

Er fragte sich, was zwischen Gerd und Josef vorgefallen sein mochte. Die beiden hatten sich nicht sonderlich gemocht, aber auch nie gestritten. Man arbeitete zusammen und war sich sonst gleichgültig.

Gedankenverloren stand Georg auf. Dabei fiel sein Blick auf einen Riss in der Stoffwand am Kopfende des oberen Bettes. Gerd musste dort oben gewesen und dann heruntergesprungen sein.

Georg kletterte hinauf. Der Stoff war auf einer Länge von etwa einem halben Meter beschädigt. Ein Schnitt, der an einer Seite noch etwas weiter eingerissen war. Er steckte den Kopf hindurch und erkannte die Streben aus Aluminium und Spannseile, die das Skelett des Schiffes ausmachten. Sonst nichts. Er wollte den Kopf schon wieder zurückziehen, als ihm ein Fleischerhaken auffiel, der an der Strebe über ihm baumelte. Georg vermutete, dass hier die geheimnisvolle, schwer gefüllte Stofftasche gehangen haben musste, die Gerd an sich gedrückt hatte.

Er musste herausfinden, was hier vor sich ging. Georg verließ die Kabine mit einem letzten Blick auf Josef und lief los. Am hinteren Quergang, in den Gerd abgebogen war, zögerte er nur einen Moment. Das Bild seines toten, blutüberströmten Zimmergenossen trieb ihn dem Maschinisten nach, statt zuerst zu Kapitän Pruss ganz nach vorne zu laufen. Der Quergang führte direkt auf die mit Aluminiumfarbe getränkte Stoffhülle des Zeppelins zu und in mehreren Stufen seiner Wölbung folgend hinauf.

Unterwegs versuchte Georg, Klarheit in seine Gedanken zu bringen. Ging es hier um Spionage? Hatte Josef zu viel gesehen? Georg erstarrte, als ihm sein Erlebnis in Friedrichshafen in den Sinn kam. Als Maschinist hatte Gerd Zugang zu den Flughallen gehabt und bestimmt auch die Schlüssel für die hintere Tür. Bouchard musste ihm zum falschen Zeitpunkt über den Weg gelaufen sein.

Georg nahm die letzten Stufen bis zum Seitengang, der nach ein paar Metern zu einer Klappe in der Außenhülle führte. Er atmete entschlossen ein und zog die Klappe auf. Sie war viel leichter als gedacht.

Direkt unter dem Zeppelin zogen die Ausläufer Berlins dahin. Auf der Heckseite konnte Georg in der Ferne noch das Stadion erblicken. Voran erstreckte sich ein riesiges, von Seen durchzogenes Waldgebiet. Mehrere Meter unter ihm und nur durch Stahlseile, Rohre und dünne Streben mit dem Luftschiff verbunden befand sich die Motorgondel, die wie ein zu kurz geratener, nach hinten geöffneter Minizeppelin aussah. Ohrenbetäubendes Brummen drang aus dem Inneren. Die rückwärts ausgestellten Propeller drehten sich so schnell, dass man die Rotation nur als Flimmern in der Luft wahrnahm. Der einzige Weg zur Gondel führte über eine schmale, steile Aluminiumleiter.

Georg nahm seinen Mut zusammen und wagte tastend den ersten Schritt hinunter. Die Sprosse fühlte sich zu seiner Erleichterung sehr griffig unter seiner Sohle an. Und da das Luftschiff gerade mit dem Wind fuhr, spürte er hier draußen zum Glück nur eine leichte Brise. Trotzdem krallte er sich mit den Händen so fest an die Sprossen, dass seine Knöchel weiß hervortraten.

Endlich erreichte er die in der Gondel angebrachte Klappe. Mit einem Ruck stieß er sie auf und sprang auf sicheren Boden.

Im Inneren wirkte die Gondel noch kleiner als von außen. Es roch streng nach Diesel, Öl und Abgasen. Der lärmende Motor nahm den meisten Platz ein. Gerd stand auf der anderen Seite der Maschine an einem geöffneten Fenster und sah dem Neuankömmling erschrocken entgegen. Neben ihm lag die Tasche auf dem Boden.

«Hau ab!», brüllte Gerd über die wassergekühlten Stahlzylinder des Motors hinweg.

«Warum tust du das?», rief Georg zurück.

«Das geht dich nichts an!»

Georg machte einen vorsichtigen Schritt auf den Maschinisten zu und hielt beide Hände in Abwehrhaltung vor sich.

«Zeig mir, was in der Tasche ist!»

«Das brauchst du nicht zu wissen!»

Gerd nahm die Tasche auf und hielt sie schützend mit beiden Händen vor seinen Körper.

«Keinen Schritt weiter!»

Doch Georg gehorchte nicht. «Gib mir die Tasche! Niemandem muss etwas passieren.»

«Mit mir wirst du nicht so leichtes Spiel haben!», brüllte Gerd und legte die Tasche hinter sich ab. Er ballte die Fäuste.

«Ich? Was meinst du, verdammt?», fragte Georg.

Doch statt einer Antwort stürzte sich Gerd ihm schon entgegen. Seine Faust traf Georgs Wange. Der Schlag war stark genug, dass er Sterne vor Augen sah und nach hinten geworfen wurde. Er fiel und landete zwischen zwei Verstrebungen im Stoff der Gondelhülle. Das dünne Material hielt wider Erwarten und bewahrte ihn so vor einem Sturz in die Tiefe.

«Willst du mich auch umbringen?», brüllte Georg und brachte schützend den rechten Arm nach vorne, um den nächsten Hieb damit abzuwehren. Mit der anderen Hand stemmte er sich hoch.

«Wieso *auch*?», schrie Gerd zurück und griff nach einer großen Eisenzange, die neben dem Druckmesser an einem Rohr hing. Georg nutzte seine Unaufmerksamkeit, um ihm mit aller Kraft gegen das Bein zu treten. Gerd knickte ein. Reflexartig stützte er sich mit der linken Hand am glühend heißen Motor ab. Er gab einen lauten Schmerzensschrei von sich, blieb aber auf den Beinen. Georg hatte nur einen Moment gewonnen, um seinen Angriff fortzusetzen. Er holte aus und schlug Gerd mit voller Wucht die Faust gegen die Schläfe.

Der große Maschinist taumelte nur kurz und ging dann k.o. zu Boden. Er blieb neben dem Motor auf dem Blechboden liegen.

Aufs Höchste verwundert, dass er den Hünen tatsächlich besiegt hatte, hob Georg die Tasche auf. Sie war schwerer als gedacht. Er stemmte sie zum Fensterrahmen, um im Licht besser sehen zu können.

Georg stutzte. Statt Spionagewerkzeug oder Waffen befand sich nur Papier darin. Stapel um Stapel voller handgroßer Zettel auf dünnem, fast durchscheinendem Papier. Georg holte einen Zettel heraus und betrachtete ihn. Er sah eine Hitlerkarikatur. «Die Welt als Marionette des Teufels!», las er darüber in roter Schrift. Und auf der Seite: «AG Phoenix».

Phoenix? Irgendwo war ihm das doch in letzter Zeit untergekommen. Georg überlegte fieberhaft. Dann fiel es ihm ein: Amanda hatte im Zusammenhang mit dem toten Bouchard von Phoenix gesprochen. Aber sie war nicht konkreter geworden, und Georg hatte in ihrem Folterkeller andere Sorgen gehabt. Ohne die Zettel hätte er es wahrscheinlich vergessen. Aber was hatte Gerd mit diesen Flugblättern am Hut?

Plötzlich spürte er zwei Hände an seiner Hüfte. Gerds Ohnmacht war schneller vorüber als gedacht. Sein Gegner brüllte, als er ihn anhob. Entsetzt wurde Georg bewusst, dass der Maschinist ihn aus dem Fenster in die Tiefe stürzen wollte.

Er ließ die Tasche los und klammerte sich mit beiden Händen an dem dünnen Fensterrahmen fest. Der schwere Beutel bekam Übergewicht und rutschte durch die Öffnung. Gerd schob erbarmungslos weiter. Georg versuchte, ihm etwas entgegenzusetzen, aber sein Oberkörper war schon halb aus der Gondel heraus. Er spürte den Fahrtwind im Haar. Mit den Augen verfolgte er die Tasche. Sie stürzte im freien Fall dem riesenhaften, dunkelgrün schimmernden See entgegen, über den das Luftschiff gerade fuhr. Tausende von Flugblättern fanden den Weg hinaus und flatterten wie ein Schwarm weißer Vögel über dem Wasser.

Georg hielt sich mit aller Kraft am Rahmen fest und trat nach hinten aus. Seine Hände umklammerten den Aluminiumrahmen wie Schraubstöcke. Ein Fuß traf Gerd zwar, aber der Maschinist brüllte nur wie ein Tier und schob mit aller Kraft weiter. Georg befand sich jetzt mehr außerhalb der Gondel als darin.

Zigtausend Flugblätter erreichten durch die Luft schaukelnd die Wasseroberfläche und bildeten einen dünnen, weißen Teppich aus Papier, der sich bald auflösen würde.

Wenn Georg den Zetteln gleich nachstürzte, würde das weniger poetisch aussehen, dachte er. Aus mehr als hundert Metern Höhe gab es wahrscheinlich auch bei einem Sturz ins Wasser keine Überlebenschance. Er wünschte nur, er hätte Gitti noch einmal sagen können, wie sehr er sie liebte.

Das durfte nicht das Ende sein! Der Gedanke an die Liebe seines Lebens ließ Georg seine letzte Kraft mobilisieren. Er trat ein weiteres Mal aus. Sein Bein löste sich aus Gerds Umklammerung und donnerte dem Maschinisten ins Gesicht. Sofort ließ der Druck von hinten nach. Mit einer gewaltigen Anstrengung kämpfte Georg sich zurück durchs Fenster in die Gondel und fiel kraftlos halb über Gerd zu Boden. Der Maschinist stöhnte.

«Du wolltest mich wegen ein paar Flugblättern ermorden?», brüllte Georg ihn an. «Ich dachte, wir sind Freunde!»

«Willst du nach Josef jetzt mich umbringen?», brachte Gerd gerade laut genug zustande, um ihn über das Dieselaggregat zu verstehen. Ein Schwall Blut lief ihm aus der Nase.

«Ich? Ich habe doch Josef nicht umgebracht!» Georg war perplex. «Du bist derjenige, der aus dieser Kabine gekommen und weggerannt ist.»

Gerd wirkte genauso verwundert. «Weil ich dachte, dass der Mörder zurückkommt. Ich war vollkommen überrascht, dass du es warst. Ich wollte eigentlich nur die Flugblätter holen, die ich dort versteckt hatte. Und du bist mir nachgekommen. Was sollte ich da denken?»

Georg rutschte zur Seite. Er war außer Atem, und sein ganzer Körper schien zu schmerzen. Wo Gerds erster Hieb ihn getroffen hatte, brannte sein Kiefer.

«Du hast Josef also gar nicht ...»

«Nein», gab Gerd bestimmt zurück.

«Und was waren das für Flugblätter?», fragte Georg.

Gerd setzte sich langsam auf. Georg tat es ihm nach.

«Jetzt ist es auch egal. Die Flugblätter sind von meinem Freund Leopold. Er gehört zu einer Künstlergruppe, die sich gegen die Naziherrschaft stellt. Ich sollte die Zettel bei der Eröffnungsfeier über dem Stadion abwerfen», erklärte Gerd. «Die Welt sollte einfach erkennen, dass nicht alle Deutschen die Nazis gut finden. Monatelang haben wir das geplant und vorbereitet. Es war scheißgefährlich. Und jetzt? Das ganze Risiko, alles umsonst. So ein verdammter Schiet!» Seine Wuttirade endete in hysterischem Gekicher.

Georg fiel in das aufgekratzte Lachen des Maschinisten ein, obwohl es wahrlich eher Grund zu weinen gab. Josef war tot. Und das führte noch zu einer weiteren Frage:

«Wenn nicht du und auch nicht ich, wer hat Josef sonst umgebracht?», fragte er.

Gerds Lachen erstarb. In diesem Moment sprang ein Mann in die Motorgondel. Er brauchte nur einen kurzen Moment, um sich zu orientieren. Dann hob er seine Pistole und drückte ab.

***

Anna versuchte, die Stuhlreihe zu verschieben, wie Leni Riefenstahl es ihr befohlen hatte. Das allerdings brachte den diensthabenden Offizier der Führerloge auf den Plan.

«Das geht nicht», stoppte er sie streng. «Was soll das?»

Anna brauchte selbst nicht zu antworten, denn Leni Riefenstahl drückte sie beherzt zur Seite.

«Es geht hier um einen Film!», schimpfte sie dem SS-Offizier ungehemmt entgegen. «Um *meinen* Film. Ich bin Leni Riefenstahl! Und ich brauche bei Gott mehr Platz!»

Der Architekt hatte bei der Planung des Stadions offenbar nicht an Filmaufnahmen gedacht. Um die eröffnenden Worte des Führers für den Olympiafilm und damit die Nachwelt aus nächster Nähe aufzeichnen zu können, hatte sich Leni Riefenstahl mit Goebbels angelegt, damit man ihr wenigstens eine winzige Ecke in direkter Nähe des Führers für eine professionelle Kamera zugestand. Die Ecke war so winzig, dass selbst der magerste ihrer Kameraleute kaum Platz fand.

«Für ihren Film sollte *ein* Kameramann ausreichend sein», sagte der SS-Mann.

«Tun Sie Ihre Arbeit, und lassen Sie mich meine machen», keifte die Regisseurin.

Anna merkte gleich, dass sie damit nicht gut beraten war.

«Sie müssen den Balkon jetzt verlassen», bestimmte der Mann mit einem Tonfall, der keine Widerrede zuließ. Seine Hand legte sich auf die Kurzwaffe.

«Ich werde mich beim Führer über Sie beschweren», fauchte die Riefenstahl ihn wütend an.

«Das können Sie später tun. Aber jetzt verschwinden Sie endlich!»

«*Sie* wird gehen!», bellte die Regisseurin wütend und zeigte auf Anna. «Los! Ich bleibe hier. Ich brauche keinen Platz.»

Irgendwie schaffte sie es, sich neben den Kameramann zu quetschen.

Der Offizier verdrehte die Augen, schien die Situation aber nicht weiter eskalieren lassen zu wollen. Er führte Anna zu einem seiner Untergebenen. Der packte sie unsanft am Arm und geleitete sie so zur Treppe. Unterhalb des Führerbalkons stieß er sie ins Stadion hinaus. Genau in dem Moment, als Hitler die Treppe heraufkam.

Offenbar hatte der Soldat nicht gewusst, wie weit der Führer und sein Gefolge schon waren. Anna wäre beinahe gegen Hitler geprallt.

«Hoppla!», machte er überrascht.

Anna fiel vor Schreck der Unterkiefer hinab.

«Verzeihung!» Schnell trat sie einen Schritt zur Seite.

Die Miene des Führers verdüsterte sich wegen der ungeplanten Störung. Er musterte Anna abschätzig und gab ein knurrendes Geräusch von sich. Dann ließ er sie links liegen und setzte wieder ein Lächeln auf. Ihr lief es eiskalt über den Rücken.

Anna konnte weder vor noch zurück. Während Hitler kurz darauf oben auf dem Balkon mit erneut aufbrausendem Jubel und Heil-Rufen begrüßt wurde und das Deutschland-Lied, gefolgt vom Horst-Wessel-Lied, erklang, drückten sich alle Ehrengäste an ihr vorbei: IOC-Präsident Henri de Baillet-Latour, sein deutsches Pendant Theodor Lewald, Joseph Goebbels, der kaum größer als Anna selbst war, der dicke Göring, der schon kräftig schwitzte. Rudolf Heß war dabei, der Stellvertreter des Führers in der Parteileitung, Reichssportführer Hans von Tschammer und viele, die Anna nicht kannte. Alle sahen sie Anna an, manche gleichgültig, manche verwundert, aber niemand mit einer solchen Intensität wie Adolf Hitler.

Endlich waren sie vorbei und Anna huschte die Treppe runter, um sich eine andere Aufgabe zu suchen. Der Einmarsch der Sportler stand als Nächstes auf dem Programm. Und noch immer keine Spur vom Zeppelin!

***

Hermann musste einsehen, dass er an der Leibstandarte des Führers nicht vorbeikam. Zumal die Luger aus seinem Hosenbund zu rutschen drohte. Wenn man die bei ihm fand, war sowieso alles vorbei.

«Ich verstehe», sagte er zu dem Wachmann.

Hinter seinen Worten steckte mehr, als dieser ahnen konnte. Hermann verstand, was es bedeutete, wenn er nicht in die Loge gelangte. Er verstand, dass er nichts mehr für Anna tun konnte. Dass er alles versucht, aber letzten Endes verloren hatte. Er sollte gehen und seiner Ehefrau bei der Geburt ihres gemeinsamen zweiten Kindes zur Seite stehen. Mehr gab es für ihn nicht zu tun.

Sobald Hermann nicht mehr gesehen werden konnte, rückte er die Pistole zurecht. Am besten würde er sie hier in einen der Mülleimer werfen. Dann wäre er das verdammte Ding los.

Mit diesem Gedanken erreichte er die Stelle, wo er vor einer gefühlten Ewigkeit mit Anna zusammengestoßen war. Er bewunderte sie für ihren Mut, stets ihrem Gewissen zu folgen und für ihre Prinzipien einzustehen. Die Plakataktionen ihrer Gruppe mochte man als das Werk weltfremder, idealistischer Studenten abtun, die damit am Ende doch nichts verändern würden, aber immerhin nahmen sie das Heft in die Hand, statt sich willenlos den Herrschenden zu fügen.

Es machte ihn krank, dass er Anna nun ihrem Schicksal überließ. Er konnte nur hoffen, dass ihre räumliche Nähe zu Adolf Hitler auf der Ehrentribüne ihr einen Vorteil bot, wenn der Zeppelin abstürzte und das Chaos losbrach. Das Schicksal all dieser Menschen lag in Gottes Hand. Aber Hermann konnte sich immer noch retten. Erich Bösken mochte ein Opportunist und Rassist sein, aber in einer Sache musste er ihm recht geben: Es war sicher besser, ein lebendiger Feigling zu sein als ein toter Held, der seine Familie nicht mehr beschützen konnte.

Hermann wandte sich zum Ausgang und erstarrte. Über den Platz schritt ein Mann in einem schwarzen Gestapo-Mantel mit großen Schritten auf das Stadion zu. Hermann erkannte Nikolaus von Häusern trotz der Distanz sofort.

Er trat zurück in die Deckung des Säulenumlaufs. Ihm ging der schwarze Mercedes durch den Kopf, den der Taxifahrer abgehängt hatte. Hatte der Gestapo-Mann darin gesessen? Oder bildete er sich das nur ein? Für einen Zufall war es jedenfalls ein bisschen viel, dachte Hermann. Am besten versteckte er sich in der Masse und stahl sich dann ungesehen aus dem Stadion. Hermann glitt in Deckung der Säulen zum nächsten Eingang zur Arena.

Der Einmarsch der Nationen hatte bereits begonnen. Aus den Katakomben traten Reihe um Reihe von nationalen Funktionären und Athleten in sommerlichen Anzügen. Jeder Nation gingen ein Junge mit dem Ländernamen auf einem großen Schild und ein Fahnenträger voraus.

Traditionell kamen die Griechen zuerst, die in militärischer Formation an der Führerloge vorbeimarschierten und unter begeistertem Jubel den rechten Arm zur Tribüne erhoben und damit Hitler grüßten.

Hermann sah zur Führerloge. Er konnte Anna nicht ausmachen. Aus diesem Winkel war kaum die Kamera zu erkennen. Doch als er hinunter auf den Platz schaute, sah er eine kleine Gestalt zwischen den ganz in graue Anzüge gekleideten Belgiern hindurchlaufen. Und er wusste sofort, dass es sich dabei um Anna handelte.

FLAMMENINFERNO

Samstag, 1. August 1936

Siegfried Wolff drückte ab, ohne eine Miene zu verziehen. Georg zuckte zusammen, aber spürte keinen Einschlag. Der Schuss hatte nicht ihm gegolten, sondern Gerd. Er sackte röchelnd in sich zusammen. Ungläubig starrte Georg auf den Schwall dickflüssigen Blutes, der aus einem Loch im Hals des Maschinisten quoll.

«Keine Bewegung!», befahl Wolff und richtete die Waffe dieses Mal auf ihn.

«Er lebt noch», rief Georg.

«Nicht mehr lange», kam eiskalt die Antwort. «Jetzt langsam aufstehen, Finkbeiner!»

Georg wusste, dass Wolff nicht zögern würde, auch ihn zu erschießen. Er kam dem Befehl nach. Gerd blickte ihn aus fassungslosen Augen an und reckte ihm kraftlos eine Hand entgegen, die gleich darauf wieder zu Boden fiel. Seine Mundwinkel zuckten, als wolle er etwas sagen, doch er blieb still. Gerd Petersen starb vor seinen Füßen.

Wolffs Lachen ließ Georg das Blut in den Adern gefrieren.

«Sie haben ihn umgebracht», brüllte er wütend. Dann wurde ihm klar: «Und Sie haben auch Josef erschlagen. Sie sind ein Mörder!»

«Hände hoch!», befahl Wolff energisch, ohne auch nur einen Versuch des Leugnens. Der Lauf der Pistole blieb dabei auf Georgs Oberkörper gerichtet.

«Packen Sie die Waffe weg! Ihretwegen könnte noch das ganze Schiff in Brand geraten!», brüllte Georg.

«Das nehme ich in Kauf», erwiderte Wolff und machte einen Schritt zur Seite. Mit der Waffe dirigierte er Georg zur Leiter. «Los, zurück in den Zeppelin jetzt!»

Georg blieb nichts anderes übrig, als die Gondel zu verlassen und auf der Leiter nach oben zu klettern. Wolff blieb ihm auf den Fersen, aber mit drei Sprossen Abstand. Die Höhe schien den SS-Offizier nicht zu stören. Er hielt sich nur mit einer Hand fest und trug in der anderen die Waffe schussbereit.

«Bleiben Sie oben stehen. So, dass ich Sie sehen kann!»

Einen Moment hatte Georg gehofft, einfach loslaufen und Wolff entkommen zu können, aber er zweifelte keine Sekunde daran, dass dieser auf ihn schießen würde.

«Warum haben Sie das getan?», wollte Georg wissen. «Josef. Und jetzt Gerd.»

«Dich wollte ich eigentlich auch erschießen, aber ich habe es mir anders überlegt», erwiderte Wolff kaltschnäuzig.

Er warf einen Blick auf seine Uhr und blickte noch einmal hinaus. «Du wirst mich begleiten. Los, es ist Zeit.»

«Zeit wofür?»

«Zeit zu sterben.» Seine Stimme klang gefühllos.

«Sie müssen das nicht tun!», beschwor er Wolff. Er verspürte keine Angst, nur Bedauern, Gitti nie wieder zu sehen.

«Als hättest du die geringste Ahnung davon, was ich tun muss.»

Mit einem Wink seiner Waffe forderte Wolff ihn auf, vorauszugehen. Ihm blieb nichts anderes übrig, als dem Befehl Folge zu leisten und auf eine Gelegenheit zu warten, Wolff vielleicht überwältigen zu können.

«Eigentlich war das alles ganz anders geplant», sagte Wolff hinter ihm in einem nachdenklichen Plauderton.

«Was? Wovon sprechen Sie?»

«Bei der letzten Reparatur der Hindenburg in Friedrichshafen wurde ein Sprengsatz angebracht.»

«Ein Sprengsatz?», rief Georg erschrocken aus. «Warum?»

«Der Führer hat das angeordnet. Wenn die Bombe hochgeht, wird der ganze Wasserstoff in Flammen aufgehen. Das brennende Schiff stürzt auf die Menschen im Stadion. Es wird eine prächtige Katastrophe geben!»

Georg blieb stehen.

«Wieso sollte der Führer so etwas anordnen?»

Wolff trieb ihn mit einem unsanften Druck der Waffe in den Rücken weiter voran.

«Da vorne rechts!»

Sie gelangten an den Kiellaufgang. Georg war vollkommen durcheinander. Sein Kopf schmerzte, was er weniger Gerds Treffer und dem anschließenden Kampf zuschrieb als den jüngsten Eindrücken und den unerhörten Worten Wolffs. Er fühlte sich so überfordert, dass ihm nicht einmal der Gedanke an Flucht kam. Er tat einfach, was der Mächtigere ihm befahl. Wie schon so oft in seinem Leben.

«Alle werden denken, dass es ein Attentat auf den Führer war», sagte Wolff. «Hitler selbst eröffnet die Spiele mit allem Brimborium. Aber natürlich wird er rechtzeitig in Sicherheit gebracht. Es soll aussehen, als sei er nur knapp mit dem Leben davongekommen. Und das Volk wird ihn noch mehr lieben.»

«Die Hindenburg soll explodieren? Wir werden alle sterben. Und Tausende im Stadion dazu. Das ist doch Wahnsinn!»

«Wer sind wir, die Entscheidung unseres Führers zu hinterfragen?»

«Er ist doch kein Gott!», protestierte Georg.

«Vielleicht nicht. Aber der Messias der Deutschen ist er. Ein Heilsbringer im wahrsten Sinne des Wortes. Das deutsche Volk ist lange unterjocht worden. Unser Führer sorgt nun dafür, dass wir die beherrschende Stellung in der Welt einnehmen können, die uns zusteht. Und jeder Deutsche muss das Seinige dazu beitragen. Ich und sogar du.»

Wolff klang, als würde er seine Worte selbst glauben. *Ein Fanatiker*, dachte Georg.

«Halt! Da hoch!»

Der Sturmbannführer zeigte auf eine Aluminiumleiter, die zwischen den Gaszellen geradewegs in die Höhe führte.

Georg blickte die Leiter empor. Sie führte zum Axialgang, der auf der Mittelachse durchs ganze Schiff führte.

«Los!»

Georg gehorchte widerstrebend. Sprosse um Sprosse stieg er zwischen die riesigen Gassäcke. Wolff folgte ihm mit etwas Abstand. Die Pistole hielt er dabei stets griffbereit. Ein Schuss hier würde genügen, einen Gassack aufzureißen. Ein zweiter würde den Wasserstoff entzünden.

Nach fast zwanzig Metern erreichten sie den Axiallaufgang. Wolff achtete auf dem Aluminiumsteg darauf, dass der Abstand zwischen ihnen nicht zu gering wurde.

«Warum bringen Sie mich nicht einfach jetzt schon um?», fragte Georg.

Wolff musterte ihn mit einem unbestimmbaren Ausdruck und erwiderte: «Vielleicht will ich nicht alleine sterben.»

Der Sturmbannführer holte ein Kästchen aus schwarz glänzendem Bakelit hervor. Es war gerade so groß wie eine Streichholzschachtel. Auf der Oberseite befanden sich ein Kippschalter und eine winzige Leuchtdiode, die langsam rot blinkend die Betriebsbereitschaft des Geräts anzeigte.

«Das ist der Sender, der die Bombe hochgehen lässt», erklärte Wolff. «Der Sprengsatz ist sogar noch kleiner. Unauffällig genug, dass ihn niemand finden kann. Die Explosion muss im obersten Drittel des Luftschiffs stattfinden, damit der ganze Wasserstoff verbrennt. Dreißig Sekunden nach der Zündung wird das ganze Schiff nur noch ein verdammtes Flammeninferno sein. Dafür müssen wir nur nahe genug heran an den Sprengsatz.»

«Aber so kommen Sie doch auch nicht mehr raus aus dem Zeppelin. Warum hat man Ihnen keinen Sender gegeben, mit dem Sie die Bombe aus der Ferne aktivieren können?»

Wolff zeigte auf einen Steckeingang an dem Schächtelchen.

«Die Antenne fehlt. Sie wirkt wie ein Verstärker und sollte erst angebracht werden, wenn es ernst wird. Damit man nicht versehentlich den Schalter aktiviert und das Ding zu früh in die Luft geht. Es soll erst explodieren, wenn wir gleich zur Eröffnungsfeier genau über dem Stadion sind.»

Georg spürte den dünnen Stab in seiner Jackentasche.

«Und die Antenne haben Sie nicht?»

Wolff schüttelte den Kopf.

«Verloren», sagte er. Seine Miene zeigte eine groteske Regung. «Eigentlich sollte ich die Bombe zünden und mich mit einem Fallschirm absetzen. Aber ohne die Antenne muss ich ganz nah heran, damit der Sprengsatz wirklich auslöst.»

«Dann lassen Sie es doch einfach sein», versuchte Georg,

ihn zu überreden. «Sagen Sie, dass die Technik nicht funktioniert hat!»

«In dem Fall sterbe ich, wenn wir gelandet sind. Und falls man meine Frau und meine Tochter am Leben lässt, würde es ein Leben in Schande sein.»

Er sah auf seine Uhr. «Genug geplaudert. Wir müssen noch höher.»

***

Die Mannschaften der Nationen marschierten einmal um das ganze Stadion und bezogen ihre Position auf dem Platz. Anna blickte weiter nach oben. Jeden Moment musste die Nase des Zeppelins auftauchen.

Jubel brach aus. Anna erkannte die französische Flagge vor der Führerloge. Die Franzosen hoben den rechten Arm wie zum Hitlergruß in Richtung Führer. Anna wusste, dass sie den alten olympischen Gruß abgaben, aber das deutsche Publikum verstand es als Ehrerbietung des früheren Erzfeindes und war regelrecht begeistert.

«Anna!»

Sie wandte sich zur Seite und glaubte ihren Augen nicht. «Du?»

Hermann war außer Atem und schwitzte. Sein Gesicht war bleich, dunkle Ringe prangten unter seinen Augen, das sonst so penibel gekämmte Haar wirkte strähnig. Ein Bartschatten lag über seinen Wangen.

«Anna, du musst sofort mit mir kommen!», sagte er gehetzt.

Sie würde ihm nicht einfach nachlaufen. «Was willst du?»

Er packte sie am Arm, aber Anna riss sich los. «Lass mich in Ruhe!»

«Anna, es ist unendlich wichtig, dass du auf der Stelle mit mir kommst!», beschwor er sie, während um sie herum aus hunderttausend Kehlen erneuter Jubel für die österreichischen Athleten aufbrandete.

«Was soll das heißen?»

«Das kann ich dir jetzt nicht sagen. Aber ich wäre nicht hier, wenn es nicht um alles ginge.»

Anna bekam es bei Hermanns wirrem Blick langsam mit der Angst zu tun. Er sah immer wieder nach oben.

«Wo willst du hin?», fragte sie.

«Raus aus dem Stadion. Sofort!»

«Nein! Das geht nicht», erwiderte sie.

«Doch!», beharrte er.

«Ich muss hierbleiben», sagte sie.

«Es ist wegen Phoenix!», raunte er ihr zu, nahm sie bei der Hand und zog sie mit sich.

***

Hermann zog Anna hinter sich in den Tunnel, wo die Athleten für den Aufmarsch der Nationen Aufstellung genommen hatten. Die meisten Sportler waren bereits in der Arena. Nur die beiden größten Nationengruppen warteten noch auf ihren Einmarsch: Die Amerikaner starteten gerade in ungeordneter Formation. Es sah aus, als wollten sie absichtlich keinen Gleichschritt zeigen. Die deutschen Athleten hingegen präsentierten das genaue Gegenteil. Sie warteten in Reih und Glied auf ihren Auftritt.

Niemand beachtete, wie Hermann mit Anna im Schlepptau durch eine schmale Tür in den Unterbau des Stadions verschwand. Wie erwartet trieb sich hier unten niemand herum. Alle wollten das Spektakel miterleben.

«Noch ein Stück.»

«Hermann. Was willst du?», fragte sie und entzog ihm ihre Hand.

Er hatte sie nur ein letztes Mal warnen und dann selbst verschwinden wollen, aber ihre Hand in seiner, ihre Nähe machten ihn unsicher, brachten Gefühle an die Oberfläche, die zuvor wie vergraben gewesen waren.

«Anna, es … es tut mir so leid, wie alles gekommen ist», sagte er.

«Ach, auf einmal.»

«Verdammt, Anna, ich habe mich Hals über Kopf in dich verliebt.» Die Worte sprudelten nur so aus ihm heraus. «Ich bin noch nie einer Frau wie dir begegnet. Wenn ich könnte, würde ich mit dir zusammen …»

Eine schallende Ohrfeige unterbrach seine Liebesbekundung. Anna stand wutschnaubend vor ihm und betrachtete ihre Handfläche, als würde sie schmerzen.

«Das habe ich verdient», sagte er. «Es tut mir so leid.»

«Du hast mit mir geschlafen und mich dann stehen gelassen, als ich dir gesagt habe, dass ich dich liebe. Einfach so.»

«Ich war doch selbst vollkommen überfordert von der ganzen Situation.»

«Ja, ich weiß. *Du* musst viel arbeiten, *du* hast eine Frau und bald zwei Kinder, *du* wirst von Goebbels unter Druck gesetzt, die bösen Hitlergegner daran zu hindern, Plakate aufzuhängen, *du* musst dies, *du* musst das. Und dann verlangt das dumme Ding auch noch, dass *du* es liebst.»

«So war das nicht. Und ich liebe dich wirklich. Anna! Seit dem ersten Moment, als wir uns hier im Stadion begegnet sind, bist du mir nicht mehr aus dem Kopf gegangen.»

Hermann merkte Anna an, dass sie in ihrem Inneren mit sich selbst rang. Tränen stiegen in ihre Augen.

«Wir beide haben keine Zukunft», flüsterte sie kopfschüttelnd.

«Nur dann nicht, wenn wir es nicht wollen», wich er aus. Er packte sie an den Schultern. Sie konnten über ihre Zukunft verhandeln, wenn sie sicher aus dem Stadion heraus waren. Das war jetzt das Wichtigste. «Anna. Ich bin nicht nur hier, um dir zu sagen, dass ich dich liebe. Ich bin hier, weil dein Leben in Gefahr ist.»

«Wieso?»

«Im Zeppelin ist eine Bombe.»

Sie löste sich entsetzt von ihm.

«Sie wird explodieren, sobald die Hindenburg wieder über dem Stadion ist. Wir müssen schleunigst hier weg.»

«Aber das kann nicht sein. Es sollen doch nur Flugblätter …»

«Wir haben keine Zeit, Anna», unterbrach er sie. Wie sollte er sie nur dazu bringen, mit ihm zu gehen? «Lass uns verschwinden», beschwor er sie. «Jetzt! Wir müssen aus diesem Stadion. Verdammt, lass uns ganz aus diesem Land verschwinden. Zusammen. Wir können ein neues Leben anfangen, weit weg von all dem Wahnsinn!»

Er konnte kaum glauben, dass er das wirklich gesagt hatte. Er sah Anna an, dass er die richtigen Worte gefunden hatte, was ihn gleichzeitig erleichterte und beschämte.

«Du wirst deine Familie niemals allein zurücklassen.» Sie lotete aus, wie ernst er es meinte. Er sah die Hoffnung und den letzten Rest Zweifel in ihrem Blick. Beides tat weh. Sie hatte recht. Trotzdem sagte er:

«Mein Schwiegervater wird für Erika und die Kinder sorgen.» Wenn Anna nur mit ihm kam! Er packte ihre Hand und zog sie einen Schritt auf den Ausgang zu. «Komm! Wir müssen!»

Anna widersetzte sich.

«Du musst mir vertrauen!», forderte er eindringlich.

Sie trat zögernd an ihn heran.

«Vertrauen?», hauchte sie.

«Vertrauen», murmelte er. Dann küsste sie ihn, und für einen Moment vergaß er alles um sich herum.

«Ach, das ist ja noch schöner!»

Hermann und Anna fuhren auseinander.

Nikolaus von Häusern stand mit gezogener Pistole vor ihnen. Hermann hatte nicht mitbekommen, wie der Gestapo-Mann durch die Tür gekommen war.

«Der Mörder von Roland Schaper und die Schwester von Schapers Protegé Horst Kollmann in flagranti erwischt.»

«Packen Sie die Waffe weg!», forderte Hermann. «Das hier geht Sie überhaupt nichts an!»

«Mörder?», fragte Anna bleich.

«Ach, das hat er Ihnen wahrscheinlich nicht erzählt. Sicher auch nicht, dass er ein Schwuler ist.»

«Das ist doch Irrsinn!», rief Hermann.

«Halt's Maul, Schmidt!», befahl von Häusern und richtete die Waffe direkt auf Hermanns Oberkörper.

Hermann hob abwehrend beide Hände.

«Hast du jemanden umgebracht?», wollte Anna wissen.

Er schüttelte den Kopf. Es war weder Ort noch Zeit, darüber zu sprechen. Sie mussten verschwinden.

Sein Ass im Ärmel würde ihnen diesen Ausweg ermöglichen. Da war er sicher. Er spürte die Luger gegen seine Hüfte drücken. Es brauchte nur einen Moment, sie zu ziehen. Doch solange von Häusern schussbereit vor ihm stand, war daran nicht zu denken. Er musste ihn aus der Reserve locken.

«Ich kann Sie reicher machen, als Sie es sich vorstellen können», sagte Hermann. Von der Seite bemerkte er Annas verwunderten Blick, während von Häusern lachte.

«Ich habe mich schon gefragt, wann Sie diese Karte ziehen. Nein. Ich brauche Ihr Geld nicht. Ich will nur, dass alles seinen rechten Weg geht.»

«Ihnen wurde von oberster Stelle untersagt, weiter gegen mich zu ermitteln», legte Hermann nach.

Von Häusern hielt die Mündung weiterhin auf ihn gerichtet.

«Man mag mir mit fadenscheinigen Begründungen verboten haben, Sie zu den Morden an Jonathan Lewinsky und Roland Schaper zu befragen. Aber man hat mir nicht verboten, andere Zeugen in dem Mordfall zu suchen.»

Von Häusern senkte den Waffenarm leicht. Trotzdem würde er immer noch weit schneller abdrücken, als Hermann seine Luger hervorziehen konnte.

«Ich habe herausgefunden, dass Lewinsky in Kontakt mit einem Mann stand, der ihm helfen sollte, in die USA zu fliehen. Ich habe lange nach diesem ominösen Fremden gesucht, bis eine Bedienung in der Bar zu singen angefangen hat. Die Beschreibung passte auf Sie, Schmidt. Gestern bin ich mit einer Fotografie von Ihnen zu ihr, und sie hat Sie unzweifelhaft identifiziert. *Sie* haben Lewinsky und Schaper umgebracht! Und *Sie* werden dafür bezahlen!»

«Wieso haben Sie mich nicht gleich festgenommen?», fragte Hermann. Anna rückte immer weiter von ihm ab.

«Weil ich wissen will, was so bedeutend an Ihnen sein soll, dass Sie von ganz oben gedeckt werden! Und warum Sie hier mit dem Fräulein herumtändeln, während Ihre Frau gerade in der Charité Ihr Kind zur Welt bringt.»

«Stimmt das?», fragte Anna.

«Mit Ihnen befasse ich mich gleich noch!», knurrte von Häusern drohend in ihre Richtung. Hermann schwitzte.

«Zuerst will ich wissen, was es mit Phoenix auf sich hat.»

«Was?», rief Anna und machte unweigerlich einen Schritt nach vorn. Von Häusern riss die Waffe hoch und richtete sie auf Anna.

«Stehen bleiben!», befahl er.

In dem Moment sprang Hermann ihn an.

DONNERSCHLAG

Samstag, 1. August 1936

Die Leiter führte weiter hinauf, bis zur Oberseite des Luftschiffs. Diesen Weg nahmen auch die Zellenpfleger, um im Notfall während der Fahrt hinauszuklettern und die Außenhaut zu flicken. Dass er aber selbst einmal diese Leiter hochklettern würde, hätte Georg in seinen schlimmsten Albträumen nicht erwartet. Es war heiß in dem Schacht. Er spürte den Schweiß auf seinem Gesicht.

Wenn er Gitti jemals wiedersehen wollte, musste er diesen Irren hinter sich entweder überwältigen oder davon überzeugen, die Bombe nicht hochgehen zu lassen. Wolff im Kampf zu besiegen, war nahezu unmöglich, der Mann war Soldat. Zudem hielt er genug Abstand, um auf einen Überraschungsangriff reagieren zu können. Also die Überzeugungstaktik.

«Was hat Josef getan, dass Sie ihn umgebracht haben?»

«Der Verräter hat nichts anderes verdient! Er hat mich dabei beobachtet, wie ich mir einen Fallschirm bereitgelegt habe. Ich hatte ihn schon einige Zeit in Verdacht, für die Amerikaner zu arbeiten.»

«Josef ein Spion? So ein Unsinn!», sagte Georg.

«Und du? Was war das letztens auf der Fahrt von Friedrichshafen nach Frankfurt? Ich vermute mal, du hast dich mit den dreckigen Froschfressern eingelassen. Wie dieser Reporter.»

Georg war so schockiert, dass er nichts zu sagen wusste.

«Danke, das ist mir Antwort genug.» Wolff lachte bitter. «Du bist also auch ein Volksverräter. So wie Kämmerer.»

«Ich wurde gezwungen», verteidigte sich Georg. «Sie wollten meiner Verlobten etwas antun.» Leugnen ergab in seiner Situation sowieso keinen Sinn.

«Trotzdem bist du ein dreckiger Vaterlandsverräter. Wie sind die Franzosen überhaupt auf dich aufmerksam geworden?»

«Ich hatte mich bei der *Frankfurter Zeitung* nach Jacques Bouchard erkundigt.»

Jetzt klang Wolff überrascht. «Du kanntest Bouchard?»

«Ich habe ihn auf dem Foto erkannt, das Sie mir gezeigt haben. Zuvor hatte ich seine Leiche gefunden.»

«Halt!», befahl Wolff. «Wir sind da.»

Krampfhaft hielt sich Georg an den Holmen fest und sah nach unten zu Wolff. Der schien hinter einer Aluminiumstrebe gefunden zu haben, was er suchte. Er nickte ernst vor sich hin, bevor er den Gesprächsfaden wieder aufnahm: «Du hast die Leiche von diesem Schmierfink gefunden?»

Georgs Oberschenkel brannten von der ungewohnten Anstrengung des Kletterns.

«In dem Raum in der Flughalle. Haben Sie ihn etwa auch ...?»

«Du warst dort? Ich habe dich nicht gesehen.»

«Ich Sie auch nicht. Als ich hereinkam, war sonst niemand da. Nur die Leiche. Aber als ich zehn Minuten später wieder zurückkehrte, war sie verschwunden und alle Spuren mit ihr.»

«Dann haben wir uns knapp verpasst», lachte Wolff, wie über einen gelungenen Scherz. «Ich habe den Wagen geholt und Bouchards Leiche weggebracht. Er ist jetzt Fischfutter im Bodensee.»

Georg schüttelte den Kopf. «Aber warum haben Sie das getan?»

«Er hat sich zur AG Phoenix umgehört.»

Schon wieder dieser Name.

Wolff sprach weiter: «Bouchard lag natürlich komplett falsch. Er dachte, es ginge dabei um irgendwelche Flugblätter. Dabei braucht es kein Papier, um die Welt zu verändern, sondern Stahl.»

Er klopfte mit dem Eisen der Pistole gegen die Leiter, dass es metallisch schepperte.

«Sehen Sie denn nicht, wie verrückt das ist?», fragte Georg eindringlich.

Wolff gab erneut ein kratziges Lachen von sich. «Das Ende ist nah!», sagte er. Er kramte den Sender aus seiner Hosentasche.

Was nun folgte, war mehr Überlebensinstinkt als Heldenmut: Georg erkannte den Hauch einer Chance und handelte. Er zwang sich, die verkrampften Hände zu öffnen, und ließ sich einfach fallen. Wolff reagierte ebenso instinktiv und zog den Kopf zur Seite. Er krallte sich an den Holmen fest, aber die Wucht von Georgs Aufprall drückte ihn ein paar Meter hinunter, bis er mit den Füßen Halt fand und sie beide stoppte. Seine Pistole fiel gegen die Leiter scheppernd in die Tiefe. Aber das Senderkästchen hielt Wolff immer noch in der Hand.

Georg fand Halt und trat von oben nach Wolff. Der SS-Offizier versuchte auszuweichen, bekam aber einen heftigen Treffer gegen den Kopf ab. Ein unmenschliches Grunzen entfuhr ihm.

Verzweifelt trat Georg nach, aber diesmal ging sein Fuß

ins Leere. Wolff hatte sich nach unten gleiten lassen, Georg sah, dass er das Kästchen nun zwischen den Lippen hielt.

Wie weit mochte der Sender wirken? Sollte er Wolff folgen und den Kampf aufnehmen? Aber was, wenn er seine Waffe wiederfand? Es blieb nur eines: Georg musste die Bombe aus dem Zeppelin schaffen. So schnell wie möglich.

Er tastete suchend hinter die Strebe. Nichts. Womöglich befand er sich schon zu tief. Er stieg eine Sprosse weiter hoch und versuchte es erneut. Nichts.

Doch! Hier war etwas: Georg bekam ein Päckchen zu fassen, kaum größer als der Sender selbst. Er zog daran und war überrascht, dass der Sprengsatz sich löste. Er war mit Klebstoff am Metall befestigt worden.

«Ich werde dich töten!», schrie Wolff wutschnaubend.

Georg sah zu ihm hinunter und erstarrte. Er stand auf einer der unteren Sprossen und reckte den Arm mit dem Sender empor zu Georg und der Bombe.

«Ich muss nur nahe genug an dich heran!», rief er mit einem diabolischen Grinsen und stieg die Leiter rasend schnell hinauf. Georg ließ die Bombe zur Antenne in die Stewardjacke rutschen und kletterte, was das Zeug hielt. Er durfte den Abstand zwischen Wolff und sich nicht zu gering werden lassen.

«Bleib, wo du bist, Finkbeiner! Das ist ein verdammter Befehl!»

Georg hörte den Wahnsinn in dem Gebrüll und verstärkte seine Anstrengung. Schon sah er über sich die Ausstiegsklappe, während Wolff von unten rasch aufholte. Seine Augen waren rot unterlaufen.

Die Klappe war mit einem Riegel gesichert. Daneben hingen mehrere dünne, aber stabil wirkende Taue mit Karabinerhaken. Georg schnappte sich eines davon, drückte den Riegel zur Seite und stieß die Klappe auf. Dann kletterte er hinaus auf den Zeppelin.

***

Wie gelähmt starrte Anna auf die beiden Kämpfer vor sich auf dem Boden. Die Pistole, mit der von Häusern sie eben noch bedroht hatte, war ihm aus der Hand gefallen und lag ein Stück neben ihm. Hermann versetzte ihm gerade einen Schlag in die Seite, aber das hinderte den Polizisten nicht daran, seinem Gegner ins Gesicht zu boxen.

Anna fühlte sich von den Ereignissen vollkommen überrollt. Sie wusste nicht, was sie verrückter fand: Dass Hermann sie liebte und mit ihr fortgehen wollte, oder dass sich im Zeppelin eine Bombe befinden sollte. Und konnte es sein, dass Hermann zwei Menschen umgebracht hatte?

Von Häusern versuchte, an die Waffe zu gelangen. Anna musste ihm zuvorkommen. Sie packte eine Schaufel, die an der Wand lehnte, und näherte sich den Kämpfenden. Beide grunzten vor Anstrengung, wobei Hermann versuchte, den Polizisten von der Pistole wegzuziehen.

«Nimm sie!», rief Hermann ihr zu, doch in diesem Moment versetzte von Häusern ihm einen Schlag gegen die Schläfe, der ihn schlaff zusammenfallen ließ.

«Hermann!», rief Anna und hob den Spaten an. Doch von Häusern war schneller. Er tastete suchend nach der Waffe neben sich und legte auf Anna an.

«Fallen lassen!», rief er im Aufstehen. Er klang außer Atem.

Anna hatte den Spaten kaum über den Kopf gehoben und ließ ihn jetzt fallen.

«Die Hände dahin, wo ich sie sehen kann!», befahl von Häusern. Er trat den Spaten zur Seite, der scheppernd gegen die gemauerte Wand prallte.

«Los jetzt, die Hände hoch!» Sein Gesicht war wutverzerrt.

«Ich muss nach ihm sehen!», rief sie.

«Hände hoch, oder du bist tot!»

Er hielt ihr die Waffe direkt ins Gesicht. Es folgte ein lauter Donnerschlag. Anna versuchte, ihren Kopf zur Seite zu reißen. Ein Schrei kam aus ihrem Mund, sie blickte von Häusern in die weit aufgerissenen Augen, in denen echte Überraschung lag.

Sein Blick ging zu Boden, wo Hermann immer noch ohnmächtig lag, dann wandte er den Kopf zur Seite. Anna folgte seinem Blick – und glaubte ihren Augen kaum. Mit wutstrotzender Fratze stürmte Horst heran. Ihr kleiner Bruder, der längst so viel größer war als sie. Die verzerrte Miene erinnerte sie an Papa, wenn er mit ihr schimpfte. Die Partie um die Augen hatte er eindeutig von Mama geerbt. Sie wirkten normalerweise weicher, aber jetzt hatte er sie zu schmalen Schlitzen verengt. Er kam schnell näher.

Anna schaute zurück zu von Häusern. Seine Pistole fiel langsam zu Boden, als habe jemand die Zeit verlängert. Er ließ den Kopf auf die Brust sinken. Plötzlich stieß er auf. Blut lief ihm aus dem Mund, während er auf die Knie sank.

Dann war Horst bei ihm angekommen und trat ihm mit seinem bestiefelten Fuß voller Kraft ins Gesicht, sodass er zur Seite kippte und das Blut in weitem Bogen durch den Gang spritzte.

Erst jetzt wurde Anna bewusst, dass sie immer noch die Hände gehoben hatte. Sie ließ sie sinken.

«Niemand vergeht sich an meiner Schwester, hörst du mich?»

Horst trat weiter auf den Mann ein, der sich weder bewegte noch einen Ton von sich gab.

«Niemand, hörst du?»

«Er ist tot!», rief sie. «Horst, hör auf!»

Über dem weißen Anzug trug Horst auf einer Seite eine Armbinde mit Hakenkreuz, auf der anderen eine mit den olympischen Ringen. Seine Hose war mit Blutflecken besprenkelt.

«Er ... er wollte dich töten! Ich musste es tun!»

Auf einmal wurde er wieder zu ihrem starken Bruder, der sie, das kleine Mädchen, das immerzu zeichnete, schon früh im Quartier in Schutz genommen hatte. Selbst größere Jungen hatte er verjagt, weil er ohne nachzudenken und vollkommen furchtlos auf seine stärkeren Gegner losgegangen war und erst nachgelassen hatte, wenn sie entweder weggelaufen waren oder weinend und um Gnade bettelnd am Boden gelegen hatten. Nun lag zum ersten Mal ein Gegner tot vor ihm.

Anna beachtete von Häusern nicht und kniete sich zu Hermann. Er war immer noch bewusstlos.

«Hat er Schmidt umgebracht?», fragte Horst. Nur dem leichten Flattern seiner Stimme konnte man anmerken, dass er sich in einem Schockzustand befand. «Was war hier los? Anna! Was tust du hier? Mit Hermann Schmidt und der Gestapo?»

«Hilf mir. Wir müssen raus aus dem Stadion!»

«Anna, antworte, wenn ich dich was frage!»

Als er sah, wie sie Hermanns Kopf streichelte, wurde Horst klar, was sich hier abspielte.

«Du hast was mit *ihm*? Mit Hermann Schmidt?»

Er holte zu einem Tritt gegen ihn aus, aber Anna schrie ihn an und warf sich dazwischen. Die Wut in Horst war so groß, dass er sie loswerden musste. Er drehte sich zu von Häuserns Leiche und trat mit voller Wucht gegen den toten Körper.

«Horst, hör auf!», befahl sie ihm.

«Ekelhaft!», schimpfte er und zerrte sie am Arm hoch.

«Lass mich! Wie kommst du überhaupt hierher?»

«Ich hab dich mitten auf dem Platz gesehen. Und dann hat dich ein Kerl einfach mitgezogen.» Er trat Hermann mit der Schuhspitze in die Seite. «Also bin ich euch nach. Aber jetzt komm mit. Das hier darf niemand mit uns in Verbindung bringen! Sonst sind wir tot.»

«Wir müssen Hermann mitnehmen.»

«Einen Teufel werden wir tun!»

Er packte sie und zerrte sie in Richtung Ausgang.

«Lass mich sofort los!», herrschte sie ihn an.

«Nein. Wir sind eine Familie. Und ich bin für dich verantwortlich.»

Anna trat ihrem Bruder gegen das Schienbein und löste sich aus seinem Griff. Er fluchte. Sie sprang drei Schritte zurück, um Abstand zwischen ihn und sich zu bekommen.

«Eine Familie? Sind wir das?», schrie sie zurück. «Was haben wir denn gemeinsam? Nichts! Du bist ein verdammter Nazi!»

«Was auch sonst?»

«Diese Regierung muss weg! Merkst du denn nicht, wie gefährlich und böse das alles ist? Und du willst ein Teil davon sein.»

«Und dein Held hier?», hielt Horst dagegen. «Der ist sogar ein hohes Tier im Promi! Bei dem ist es dir egal? Genauso, wie es dir egal ist, dass er verheiratet ist? Ich hätte nie gedacht, dass du so eine dumme Pute bist!» Er baute sich vor ihr auf.

«Dumm? Und was bist dann du?» Anna stieß ihren Bruder mit den Handflächen fest gegen die Brust.

«Du treibst dich nachts mit anderen Schlägern auf der Straße rum und erkennst nicht mal, wenn dir deine Schwester gegenübersteht.»

Horst sah sie erstaunt an. «Was redest du?»

«Der Abend, als auf dich geschossen wurde …»

«Anna!» Er klang warnend.

«Ich war dabei! So viel zu deiner heilen Familie!»

«Du spinnst doch!»

«Ach? Die Plakate habe *ich* gemalt! Und mit *meinen* Freunden aufgehängt. *Wir* sind die Aktionsgruppe Phoenix!»

ENTSCHEIDUNG

Samstag, 1. August 1936

Ein feuchter Film lag über dem Silberrücken des Luftschiffes. Georg kletterte ziemlich genau in der Mitte des Riesen auf das Dach und konnte rundherum nur bewölkten Himmel erkennen.

Er wagte einen vorsichtigen Schritt in Richtung der Bugflossen. Das gespannte Tuch gab leicht wippend unter seinen Füßen nach, trug ihn aber erstaunlich gut. Am First des Schiffs konnte man sich recht sicher bewegen. Aber je weiter es zur Seite ging, umso steiler fiel der Boden ab.

Georg blickte sich um. Genau in dem Moment wurde die Ausstiegsluke aufgedrückt. Wolff hatte weiter aufgeholt.

Er lief los, dicht am First entlang nach hinten zum Bug. Der Boden war rutschig und er war ungesichert. Aber er durfte Wolff nicht zu nahe herankommen lassen. Der Mann schrie hinter ihm wie ein Tier. Georg musste unbedingt noch weiter nach hinten, wo der Rücken des Zeppelins schmaler war und er den Sprengsatz außer Reichweite werfen konnte.

Doch ein Blick zurück jagte ihm einen Schauer über den Rücken. Wolff stürmte bereits heran. Georg musste unvermittelt handeln. Mit einer weit ausholenden Bewegung wollte er den Sprengsatz vom Zeppelin werfen. Doch in der Bewegung stolperte er gegen eine Metallöse am First.

Der Sprengsatz glitt ihm aus der Hand und landete

nur wenige Meter von ihm entfernt auf dem silbergrauen Tuch, aber immerhin weit genug, dass die Bombe auf dem steileren Stück in Bewegung blieb und erst langsam, dann schneller werdend weiter herunterrutschte – bis sie an einem Abluftventil hängen blieb. Georg fluchte.

Wolff hingegen stieß ein triumphales Gebrüll aus. Zwischen ihnen lagen nur noch etwa zehn Meter. Nun, da der SS-Mann wusste, dass sich die Bombe außerhalb von Georgs Reichweite und innerhalb der seinen befand, setzte er seine Schritte vorsichtiger.

«Was jetzt, Finkbeiner?», rief Wolff in siegesgewissem Tonfall. In der einen Hand hielt er den Sender, mit der anderen zog er etwas aus der Hosentasche. Er machte eine schnelle Bewegung mit dem Handgelenk, wodurch eine dornartige Klinge aus dem Schaft schoss und arretierte.

Georg verwarf den Gedanken, Wolff zu attackieren. Stattdessen lief er dem Sprengsatz hinterher. Der Boden unter seinen Füßen wurde durch die Rundung des Zeppelins nach wenigen Schritten beängstigend steil. Georg konnte unter sich niedrige Häuser ausmachen, dahinter Grün. Sie mussten über dem Reichssportfeld angekommen sein. Aber konzentrieren konnte er sich nur auf den in Papier eingewickelten Sprengstoff mit den hervorstehenden Drähten, der an der Öffnung des Abluftschachts lag. Georg warf sich zu Boden, um mit den Füßen voraus zu rutschen. Er versuchte, irgendwo Halt zu finden, um abzubremsen, aber vergebens. Gerade so bekam er die Abdeckung des Schachts zu packen und vergrub beide Hände in den festen Stoff. Die Schwerkraft zerrte seinen Körper weiter, aber Georg konnte sich halten.

Über sich sah er Wolff, höchstens sechs oder sieben Meter entfernt. Er kam auf ihn zu. Ein prüfender Blick auf seine Uhr. Mit einer entschlossenen Grimasse reckte er das Bakelitkästchen nach vorne, kostete seine Überlegenheit aus.

Mit letzter Kraft zog sich Georg höher und tastete auf der Oberseite des Luftabzugs nach dem Sprengsatz.

«Zu spät!», formte Wolff tonlos mit den Lippen und hob demonstrativ den Daumen über den Elfenbein-Schalter. Georg spürte etwas unter seinen Fingern. Entschlossen stieß er den kleinen Sprengsatz davon. Im gleichen Moment drückte Wolff den Schalter. Georg vernahm das Klicken, aber der Sprengsatz flog davon, ohne zu explodieren. Er fiel hinab und geriet schnell außer Sicht.

Wolff stand unbeweglich da, die Miene eingefroren in der wachsenden Erkenntnis seines Scheiterns. Er starrte Georg an und nickte ihm fast anerkennend zu. Dann trat er einen entschlossenen Schritt nach vorne, noch einen und lief los, die immer steiler werdende Außenhülle der Hindenburg hinab, an Georg vorbei in die Tiefe.

***

Als Hermann die Augen öffnete, wusste er nicht, wo er sich befand. Er sah Betonstufen über sich im flackernden Schein einer Lampe, die mehr Schatten als Licht lieferte. Sein Kopf hämmerte vor Schmerz.

«Anna!», hörte er einen Mann sagen. Dann Annas Stimme. Sie klang wütend. Und ängstlich. Aber Hermann konnte sich nicht bewegen. Es fühlte sich an, als sei er am ganzen Leib gelähmt.

«Ich bringe dich um!», rief der Mann.

Annas Schmerzensschrei. Hermann nahm all seine Kraft zusammen und schaffte es, den Arm zu heben. Er drehte sich um. Im Halbdunkel sah er sie mit einem Mann kämpfen. Von Häusern schlug sie ins Gesicht. Aber irgendwie sah er ganz anders aus als vorher. Er war so groß wie von Häusern, aber breiter und trug einen weißen Anzug. Hermann konnte die Worte des Mannes nicht verstehen, so voller Wut brüllte er sie ihr entgegen. Anna stürzte zu Boden.

«Nein!», rief Hermann, brachte aber nur ein schwaches Röcheln zustande.

Als der Kerl zum Tritt ausholte, zerrte Hermann die Luger hervor. Er zielte und drückte ab. Der Rückstoß ließ ihn erneut zu Boden sinken. Die Luger fiel ihm aus der Hand. Das Donnern des Schusses hallte in seinen Ohren wider. Dann folgte ein Schrei. *Anna!*

Hermann drückte sich erneut hoch. Diesmal fiel es ihm leichter. Der Mann lag am Boden. Er bewegte sich nicht. Anna robbte zu der Gestalt. Hermann wurde bewusst, dass sein Schuss getroffen hatte. Aber nicht ins Bein, auf das er gezielt hatte.

«Horst, sag doch was!», wimmerte Anna.

Horst? Jetzt verstand Hermann gar nichts mehr. Als er zitternd aufstand, sah er die Leiche von Häuserns neben sich. Wie lange war er ohnmächtig gewesen?

«Horst!», flehte Anna erneut und legte seinen Kopf in ihren Schoß.

Das weiße Jackett des Mannes färbte sich rot. Die Uniform, die die Olympiahelfer aus den Reihen der HJ trugen, Hermann erkannte sie jetzt. Horst Kollmanns Gesicht war starr.

Die Bombe!, fuhr es Hermann durch den Kopf.

«Anna?» Er bewegte sich unsicher auf sie zu.

«Du hast ihn umgebracht!», schrie sie ihn an und ließ den Kopf ihres Bruders vorsichtig zu Boden sinken.

«Ich wollte nur sein Bein treffen. Er hätte dir etwas angetan.»

Anna stand schweigend auf. Schwer atmend stand sie vor ihm.

«Wir müssen hier verschwinden, Anna», beschwor er sie. «Lass uns weggehen. Nach Amerika! Wir vergessen das alles und fangen ein neues Leben an! Nur wir beide.»

Anna wirkte auf einmal ganz entrückt. Sie sah ihm tief in die Augen. Ihre Wangen röteten sich, und ihre Lippen zitterten. Ganz leicht schüttelte sie den Kopf.

«Anna, die Bombe! Lass uns wenigstens aus dem Stadion verschwinden!»

Sie warf einen letzten Blick auf ihren Bruder, der wie eine kaputte Puppe vor ihr lag. Hermann verspürte den Impuls, ihre Haarsträhne zurechtzulegen, aber er ließ es sein. Dann lief sie ohne einen Blick zurück los zur Tür.

Hermann rannte ihr nach. Draußen war alles leer. Die Ordner standen vorne am Stadion und hörten einer Rede zu, die immer wieder von Applaus unterbrochen wurde. Doch statt zum Ausgang steuerte Anna in die Arena. Sie wollte nicht fliehen. Im Gegenteil! Als er bemerkte, was sie vorhatte, rief er verzweifelt: «Nicht!» Er erstarrte mitten in der Bewegung.

Die Bombe konnte jeden Moment explodieren. Er konnte ihr nicht mehr nachlaufen. Sie hatte ihr Schicksal gewählt. Das hatte sie schon, als sie dem Widerstand gegen die Regierung beigetreten war. Anna war ein Freigeist, eine Kämpferin, das bewunderte er am meisten an ihr. Ganz im Gegensatz zu ihm. Er hatte sich einfach schon zu tief in die Regierungsmaschinerie hineinziehen lassen. Wenn er Anna jetzt folgte, würde er nicht nur sein Leben aufs Spiel setzen. Ihm blieb nur eines zu tun. Hermann sah Anna noch einen langen Moment nach, dann wandte er sich um und eilte zum Ausgang.

Seine Familie wartete sicher schon auf ihn.

***

Anna trat hinaus ins Licht der Arena. Innerlich fühlte sie sich wie tot. Sie war Hermann davongerannt, aber eigentlich hatte sie ihn gehen lassen. Von Anfang an war das Schicksal gegen sie gewesen. So oder so, sie hätten keine Zukunft gehabt. Nicht in dieser Zeit, in der Bomben auf unschuldige Menschen fielen. In dieser Zeit wollte sie nicht leben. Wenn der Zeppelin gleich eintraf, würde sie zusehen, wie ihre Flugblätter auf die Menschen hinabregneten. Ein kleiner Triumph. Und danach würde sie erwarten, was immer das Schicksal für sie vorgesehen hatte. Wenn es der Tod in den Flammen sein sollte, würde sie das akzeptieren.

Aus den Lautsprechern war eine Rede zu hören. Anna achtete nicht auf die Worte. Sie lauschte auf das andere Geräusch, das langsam näher zu kommen schien: ein leises Brummen von großen Motoren.

Wie in Trance trat sie durch die Reihen der Athleten und blieb erst stehen, als der Zeppelin über dem Stadion auftauchte. Sie legte den Kopf in den Nacken und erwartete das Ende.

Nichts geschah. Keine Flugblätter, keine Bombe.

«Anna?» Jack Hefferston stand neben ihr und sah sie besorgt an.

Ohne ein Wort blickte sie wieder nach oben. Der Zeppelin fuhr ein letztes Mal über das Olympiastadion und drehte ab.

Gewaltiger Applaus brandete auf, und durch die Lautsprecher ertönte Hitlers Stimme: «Ich verkünde die Spiele von Berlin zur Feier der elften Olympiade neuer Zeitrechnung als eröffnet!»

Hunderte weißer Friedenstauben stoben unter dem Donnern der Salutgeschütze in die Höhe und flogen davon.

PROPAGANDA

Samstag, 1. August 1936

Hans-Werner Sauer schlug mit der flachen Hand eine Stechmücke an seinem Hals tot. Die Plagegeister drangen zusammen mit der schwülheißen Nachtluft durch das offene Autofenster in den Wagen. Er hob den Feldstecher wieder an und richtete ihn auf das beleuchtete Flugfeld.

Das Telefon hatte um 18.17 Uhr geläutet. Statt der erwarteten Vollzugsmeldung hatte ihm eine unbekannte Männerstimme mitgeteilt, dass die Aktion Phoenix nicht in Gang gesetzt worden war. Der Mann hatte ihm befohlen, unverzüglich mit dem Wagen nach Berlin aufzubrechen, wo Heinrich Himmler morgen in aller Früh mit ihm sprechen wolle.

In der Regel befolgte Sauer Befehle strikt, aber er konnte einem der mächtigsten Männer des Reichs nicht unbedarft gegenübertreten. Seit er vor anderthalb Stunden seinen Spähposten erreicht und die Antenne aufgebaut hatte, hörte er den Funkverkehr zwischen Zeppelin und Bodenstation ab und versuchte, sich einen Reim darauf zu machen, was an Bord passiert sein mochte.

Die Landehelfer und Flughafenarbeiter manövrierten gerade das riesenhafte Luftschiff in Richtung Halle. Die Maybach-Limousinen fuhren mit den Passagieren in Richtung Stadt ab. Ihre Scheinwerfer beleuchteten dabei kurz zwei ihnen entgegenkommende Leichenwagen.

Durch das Abhören des Funkverkehrs wusste Sauer bereits von den beiden Toten. Der Maschinist Gerd Petersen war erschossen in einer Motorgondel vorgefunden worden. Mit Josef Kämmerer war ein zweiter Toter aufgetaucht, der erschlagen in einer Besatzungskabine der Maschinisten lag. Den vermissten Georg Finkbeiner hatte man schlafend in einer der Passagierkabinen entdeckt. Der Idiot hatte es sich dort nach seiner Schicht gemütlich gemacht. Den Funkmitteilungen nach hatte Obersteward Kubis ihn mit sofortiger Wirkung des Dienstes enthoben.

Eine weitere Person war trotz ausgiebiger Suche nicht gefunden worden: Siegfried Wolff.

Sauer hatte sich auf der Suche nach einer plausiblen Erklärung lange den Kopf zerbrochen. Womöglich waren Petersen, Kämmerer oder Finkbeiner – oder alle drei – irgendwie mit Wolff aneinandergeraten. Bei nächster Gelegenheit würde er diesen Finkbeiner in die Mangel nehmen.

Die vier Männer, die aus den Leichenwagen ausstiegen, sahen nicht wie Bestattungsunternehmer aus. Sauer tippte auf die Gestapo. Oder Mitarbeiter des Geheimdienstes.

Es war Zeit zum Aufbruch. Der Weg nach Berlin war weit. Sauer montierte die Antenne ab und verstaute sie mit dem Funkempfänger im Kofferraum, während sich auf dem Flugfeld das gewaltige Tor des Hangars hinter dem Zeppelin zu schließen begann.

Die Scheinwerfer ließ er ausgeschaltet, als er auf dem schmalen Weg zurücksetzte. Das Mondlicht musste ausreichen. Ihm ging dabei die zweite Sprengladung durch den Kopf, die er heimlich genau an der Stelle angebracht hatte, von der aus Wolff den Sender betätigen und mit dem Fallschirm abspringen sollte. Mit einem Knopfdruck hätte der SS-Mann nicht nur den Zeppelin in die Luft gejagt, sondern auch sich selbst – und somit alle Beweise vernichtet. Sicher war sicher.

Der Zellenpfleger, der in Friedrichshafen die Hauptbombe angebracht hatte, würde sie sicher wieder entfernen können. Aber von dem zweiten Sprengsatz wusste nur Sauer und sonst niemand auf der Welt. Er nahm sich vor, dafür zu sorgen, dass dieser ebenfalls entfernt wurde. Nicht auszudenken, wenn er irgendwann einmal hochginge. Das wäre das Ende der Hindenburg und würde vielleicht noch dazu führen, dass jemand von dem Bombenkomplott erfuhr. Sauer setzte auf die Schnellstraße zurück.

Zwei hohe Scheinwerfer näherten sich ihm. Sauer wurde bewusst, dass man ihn ohne Licht nicht sehen konnte. Er rührte in dem verdammten Getriebe herum, aber fand den Gang nicht. Die Scheinwerfer kamen ihm immer näher. Er musste sich dem Fahrer bemerkbar machen! Sofort! Licht! Hektisch tastete er nach dem Schalter. Endlich fand er ihn und legte ihn um.

***

Dieter Schupp war ein Mann, auf den man sich hundertprozentig verlassen konnte. Noch nie hatte er bei der Arbeit auch nur einen Tag gefehlt. Selbst bei Schnee und Eis setzte er sich hinters Lenkrad und schaffte seine Ladung pünktlich an die Verteilstellen. Das war etwas, worauf man stolz sein konnte, fand er.

Entsetzt zuckte er zusammen, als aus dem Nichts zwei Rücklichter eines Autos direkt vor ihm auf der Fahrbahn aufleuchteten. Ohne nachzudenken, trat er mit aller Kraft die Bremse durch und riss das Lenkrad herum. Die Kontrolle hatte er zu diesem Zeitpunkt längst verloren. Der bis unters Dach mit der Olympiaausgabe der *Frankfurter Zeitung* beladene Laster überschlug sich und prallte mit voller Wucht gegen das Auto vor ihm. Als Dieters Beine zu einer breiigen Masse zerquetscht wurden, bedauerte er, dass die Leute morgen ohne ihre Zeitung auskommen mussten. Als sich ihm die Lenksäule durch die Brust bohrte, machte er damit seinen Frieden. Sein letzter Gedanke war, dass in allen Zeitungen sowieso nur stand, was die Nazis wollten: Propaganda.

EPILOG

Sonntag, 9. Mai 1937

Die fremde Sprache hatte zu Beginn eine Hürde dargestellt. Mittlerweile, neun Monate nach ihrer Ankunft in New York, verstand Anna genug Englisch, um mit Kommilitonen über Kunst zu diskutieren, sich in einem Restaurant als Bedienung den Lebensunterhalt zu verdienen und die Nachrichten in der US-Wochenschau im Kino verfolgen zu können.

Am Donnerstag hatte sie trotzdem an ihren Sprachkenntnissen gezweifelt, als sie am späten Abend vom Absturz der Hindenburg im nahen Lakehurst erfuhr. Doch die Bilder der Kamera, die das Unglück eingefangen hatte, logen nicht. Sie liefen seither in den Lichtspielhäusern rauf und runter.

Ein über das Plakat mit der brennenden Hindenburg geklebtes Banner versprach aktuelle Neuigkeiten. Spontan löste Anna ein Ticket und nahm in dem Saal in einem roten Samtsessel Platz. Bald darauf wurde das Licht gelöscht, und das Rattern des Projektors erklang, gefolgt von bewegten Bildern auf der Leinwand.

«Am Donnerstag, den 6. Mai 1937, stürzte der deutsche Zeppelin Hindenburg beim Anflug auf den Flughafen Lakehurst nach einer Explosion in einem Meer aus Flammen gen Erde. Eine verbogene, verknotete Masse von Trägern und verkohlten Stofffetzen ist alles, was an Überresten des

stolzen Luxusliners der Lüfte verbleibt. Wie durch ein Wunder konnten sich einige Passagiere und Besatzungsmitglieder durch verzweifelte Sprünge aus den Fenstern des Luftschiffes in Sicherheit bringen. Die Liste der Toten umfasst nun 35 Namen, zehn weitere Menschen, darunter Kapitän Pruss, befinden sich in kritischem Zustand.»

Die Kamera zeigte Bilder von Verletzten, die zu Krankenwagen getragen wurden, dann erneut das riesenhafte ausgebrannte Wrack. Anna schüttelte fassungslos den Kopf.

«Mit dem anbrechenden Licht des nächsten Tages wurden die Trümmerteile nach möglichen Hinweisen auf die Ursache des mysteriösen Desasters durchsucht. Die Überreste der Hindenburg werden vor dem Eintreffen des deutschen Experten Dr. Hugo Eckener nicht bewegt. Er soll die Ermittlungen im Rahmen einer Untersuchungskommission parallel zu denen des amerikanischen Wirtschaftsministeriums leiten. Fachleute vermuten, dass die genaue Ursache dieses schlimmsten Unglücks der Luftfahrtgeschichte niemals aufgeklärt werden wird. Über den Trümmern der Hindenburg wird wohl für immer ein Fragezeichen verbleiben.»

Anna spürte unliebsame Erinnerungen in sich aufsteigen, die sie in den vergangenen Monaten meist verdrängt hatte. Hatte Hermann mit seiner wahnwitzigen Warnung vor einer Bombe an Bord der Hindenburg doch recht gehabt? Leichte Übelkeit stieg in ihr auf. Ob wegen der Vorstellung, was hätte passieren können, wenn der Zeppelin über dem voll besetzten Stadion explodiert wäre, oder wegen des Gedankens an Hermann, konnte sie nicht sagen. Es tat noch immer weh, an ihn und ihre letzten Wochen in Berlin zu denken, aber mittlerweile war der Schmerz nur noch ein dumpfes Pochen, das hoffentlich irgendwann ganz vergehen würde. Sie verließ den dunklen Saal noch vor dem Ende und trat entschlossen hinaus ins Licht ihres neuen Lebens.

NACHWORT

Ein Roman über einen fiktiven Anschlagsplan auf die Olympischen Spiele 1936 in Berlin verlangt geradezu nach ein paar Erläuterungen.

Seit meiner Jugend beschäftige ich mich mit der Frage, was einen Helden ausmacht. Ich finde es heldenhaft, wenn sich jemand unter Gefahr für das eigene Wohl einer überlegenen Macht entgegenstellt, um Schwächeren zu helfen. Oft habe ich mich gefragt: Wäre ich selbst ein Held gewesen in der Zeit des Nationalsozialismus? Oder einer der unzähligen schweigenden Mitläufer?

Ein paar Jahre ist es nun her, dass mir ein Foto in die Hände fiel, das den gerade über der Eröffnungsfeier der Olympischen Spiele in Berlin kreisenden Zeppelin Hindenburg zeigte. Natürlich kannte ich die Aufnahmen des Unglücks im amerikanischen Lakehurst, bei dem das Luftschiff im Folgejahr, am 6. Mai 1937, nach einer Explosion in Flammen aufging. Ich fragte mich, wie sich die Welt wohl entwickelt hätte, wenn die Hindenburg schon in Berlin havariert wäre, direkt über dem mit einhunderttausend Menschen besetzten Stadion. Möglicherweise bei einem Attentatsversuch gegen Adolf Hitler? Doch das verwarf ich sehr schnell wieder als Grundlage für einen Roman. Viel eher hätte es zu den Nazis gepasst, so viele Opfer für ein politisches Ziel in Kauf zu nehmen. Schließlich schälte sich die Idee einer gewaltigen False-Flag-Operation heraus, die Hintergrund für die Heldenreisen meiner Protagonisten werden sollte. Ob Anna, Hermann oder Georg sich im wahrsten Sinne des Wortes heldenhaft verhalten haben, wird jede Leserin und jeder Leser selbst für sich entscheiden.

Die «Arbeitsgruppe Phoenix» und ihr geplanter Anschlag auf die Eröffnungsfeier der Olympischen Spiele sind also samt der Verschwörung um eine «Liga der Weltjuden» rein fiktiv. Ebenso die studentische «Aktionsgruppe Phoenix» um Anna Kollmann. Die junge Künstlerin und ihre Kommilitonen sind genauso meiner Fantasie entsprungen wie die beiden anderen Protagonisten: Georg Finkbeiner und Hermann Schmidt samt familiärem Umfeld. Auch die ausgesandten HJ-Patrouillen gab es nicht in der beschriebenen Art.

Die erdachte Geschichte fügt sich sonst aber in historische Tatsachen ein: Der Zeppelin kreiste wirklich zur Eröffnung über dem Stadion. Leni Riefenstahl drehte tatsächlich die beiden Olympiafilme – und Berlin wurde ganz real herausgeputzt, weil die Besucher aus aller Welt einen guten Eindruck von Nazi-Deutschland bekommen sollten.

Die Olympischen Spiele 1936 waren nur eine kurze, oberflächliche Unterbrechung von Hass und Verfolgung. Während kurzzeitig in den Bars der Hauptstadt wieder Swingmusik erklingen durfte, blieb nur wenige Kilometer entfernt der von der Errichtung des Konzentrationslagers Sachsenhausen ausgehende Baulärm ungehört. Während Berlin sich weltoffen zeigte, bekam niemand das Lager am Rand von Marzahn zu sehen, in das Hunderte Sinti und Roma verbracht wurden – um das Stadtbild «zu säubern». Ein auch im Roman vorkommender Satz beweist, dass die Spiele nur eine trügerische Schonzeit bedeuteten. 1936 skandierten SA-Schlägertrupps: «Wenn die Olympiade vorbei, hauen wir die Juden zu Brei.» Die Vergabe von Olympischen Spielen oder anderen sportlichen Großereignissen an totalitäre Staaten wird von den Funktionären der Verbände gerne mit dem Ansinnen begründet, unterdrückten Gruppierungen in dem Gastgeberland zu helfen. Doch das hat in Berlin 1936 nicht geklappt – und auch bei späteren Versuchen nie nachhaltige Wirkung gezeigt.

Die Nationalsozialisten waren unzweifelhaft Experten darin, mit den Mitteln der Propaganda Realitäten zu schaffen. Viele Machthaber haben sich seither ihre Vorgehensweise zum Vorbild genommen und weiter perfektioniert – bis in die Gegenwart. Letztlich handelte es sich bei den elften Olympischen Spielen um die erste, in dem Maß nie zuvor dagewesene Propaganda-Inszenierung. Die Grundlage dafür bereitete der technische Fortschritt: Fernsehstuben, Live-Radio-Übertragungen und Wochenschauen. Durch bewegte Bilder und Töne erreichte und faszinierte man die Massen. Bis heute sind Bilder oft mächtiger als das Schwert – bedenklich in einer Zeit, in der Bildbearbeitung und -fälschung allgegenwärtig geworden sind.

Zum Schluss: In einem Roman über die Nazizeit können sich nicht alle Personen nur mit «Guten Tag» begrüßen. Die Schilderung des Hitlergrußes in Geste und Ausruf ist in der glaubhaften Darstellung der Handlungszeit begründet und dient der Charakterisierung der Figuren.

In diesem Buch tauchen zudem Bezeichnungen auf, die heute zu Recht nicht mehr verwendet werden. Ich habe die Nutzung von rassistischen, diskriminierenden, beleidigenden und verletzenden Begriffen in direkter Rede im Roman bewusst eingesetzt. Meiner Meinung nach wäre es falsch, das Empfinden der damaligen Zeit zu verfälschen, indem nur Worte verwendet werden, die heute als politisch korrekt gelten. Ich möchte betonen, dass daraus keinerlei Wertung meinerseits abzuleiten ist und darin keine Absicht liegt, jemanden zu verletzen. Im Gegenteil hoffe ich von Herzen, dass wir alle unsere Lehren aus der dunklen Vergangenheit ziehen – und uns gemeinsam dafür einsetzen, dass so etwas nie wieder geschehen kann.

DANKSAGUNG

Dass dieses Buch entstehen konnte, habe ich vor allem dem Einsatz des Wunderlich Verlags zu verdanken, der sich dem Projekt mit Begeisterung und Hingabe gewidmet hat. Mein Dank gilt der Verlagsleiterin Ulrike Beck für ihr Vertrauen und ihren Glauben an den Stoff. Auch meine liebe Lektorin Dinah Fischer stand von Anfang an mit viel Einsatz hinter dem Roman. Ihr möchte ich ein besonderes Dankeschön aussprechen für die sehr präzise und aufmerksame Lektoratsarbeit, das stets richtige Verhältnis von Lob und Kritik und die netten Gespräche und Treffen.

Zwei weitere Frauen dürfen an dieser Stelle nicht ungenannt bleiben. Zunächst meine Agentin Franka Zastrow von der Literaturagentur Schlück, die «das Zeppelinbuch» über mehrere Jahre von der allerersten Idee bis zum Erscheinen mit Leidenschaft unterstützt und begleitet hat. Und meine Frau, Daniela Bianca Gierok, die alle meine literarischen Texte liest, bevor ich sie nach außen gebe. Bei ihr kann ich mich darauf verlassen, eine ungeschönte erste Kritik zu erhalten. Manchmal hat das zur Folge, dass ich ein Kapitel komplett neu aufsetze – und jedes Mal stelle ich fest, dass sie absolut recht hatte. Danke, dass es Dich gibt!

Bemerkenswert war die Unterstützung bei der Recherche durch das Zeppelin-Museum in Zeppelinheim. Museumsleiter Christian Kunz hat alle meine zahlreichen Fragen geduldig und mit ansteckender Begeisterung ausgiebig beantwortet. Einige der Erzählungen von ihm und

Mitgliedern seines Teams aus dem Museum habe ich im Buch untergebracht.

Auch das Zeppelin-Museum in Friedrichshafen habe ich mehrfach besucht – und wurde sowohl von Museumsleiter Jürgen Bleibler als auch der Leiterin des Zeppelin-Archivs, Barbara Waibel, in meinen Recherchen freundlich unterstützt.

Abschließend möchte ich all jenen meinen Dank aussprechen, die mir bei Fragen und Unsicherheiten geholfen haben und an der Entstehung dieses Romans beteiligt waren – und natürlich Ihnen: allen Leserinnen und Lesern, die meine Geschichte bis zu diesen letzten Worten begleitet haben.